T0014359

Te odio con todo mi amor

Te odio con todo mi amor

Noa Alférez

rocabolsillo

Primera edición en este formato: enero de 2022

Av. Marquès de l'Argentera 17, pral.
08003 Barcelona
actualidad@rocaeditorial.com
www.rocabolsillo.com

Impreso por NOVOPRINT
Sant Andreu de la Barca (Barcelona)

ISBN: 978-84-18850-06-6
Depósito legal: B. 17970-2021

RB50066

PRÓLOGO

Sussex. Inglaterra. 1850

Marian Miller, vestida de luto, miraba fijamente las puntas de sus pies, enfundados en zapatos y medias negras, mientras se balanceaba lentamente en el columpio. Era su lugar favorito. Su padre lo había colgado en aquel viejo árbol para ella y, cuando hacía buen tiempo, daban un paseo hasta allí. Él la columpiaba, elevándola hasta que Marian creía poder tocar el cielo, mientras su madre leía sentada en la hierba, amonestándolos con la mirada cuando subía demasiado alto.

El viento frío arrastró hasta ella, amortiguadas por la vegetación, voces lejanas que gritaban su nombre, pero a ella no le importaba. Lo único importante ahora era que sus padres descansaban en sendas cajas de madera pulcramente pulida, y no alcanzaba a entender por qué la habían dejado sola. Hacía apenas unas horas, ella misma se había agachado e, imitando a su abuela Gertrude, había cogido con sus pequeñas manos un puñado de tierra para arrojarlo sobre los féretros. Después, todo se volvió más confuso aún. La gente se había agolpado alrededor de su abuela y de su tío para darles las condolencias y, de paso, intentar sonsacar algún detalle escabroso sobre el hecho para poder comentarlo a la hora del té.

—Pobrecita niña. No lo superará jamás. Seguro que lo vio todo.

La pequeña los escuchaba y trataba de ocultar su rostro, agobiada por ser el centro de atención.

Marian iba en el carruaje cuando ocurrió el fatídico accidente que les costó la vida a los Miller, pero se negaba a hablar de ello, como si negándolo pudiese fingir que no había sucedido. Por desgracia, la realidad no podía cambiarse, y Marian, a pesar de tener solo diez años, tendría que afrontar ese abismo de soledad y de dolor.

La escena se repetía una y otra vez. Caras compungidas, palabras de dolor, de consuelo…, que, para ella, a su corta edad, no significaban nada.

Había aprovechado el tumulto para soltar la mano de su abuela Gertrude y echar a correr campo a través sin que nadie la viera. Solo Andrew Greenwood, que no le quitaba ojo desde que la vio en la iglesia, encogida y sobrepasada por el dolor, se percató de que la niña había escapado de la vigilancia asfixiante y el consuelo inútil de los mayores. Pero, en lugar de dar la voz de alarma, decidió seguirla y asegurarse de que estaba bien.

Marian necesitaba tiempo para asimilarlo y un poco de soledad para poder digerirlo todo. Él sabía muy bien lo que significaba perder a un ser querido. Tan solo dos años antes, su padre había fallecido, y era consciente de que si él hubiera podido, hubiese salido corriendo como aquella niña. Andrew, con quince años, estaba obligado a transformarse en un hombre a marchas forzadas y a asumir que se había convertido en el nuevo conde de Hardwick. Sabía que su madre y sus hermanos menores lo necesitaban, y la debilidad no era una opción.

Andrew se acercó muy despacio hasta el columpio para no asustarla. Marian estaba ensimismada y no levantó la vista hasta que lo tuvo delante.

—Hola, ¿puedo sentarme aquí? —preguntó Andrew, señalando una gran piedra junto al columpio.

Marian lo miró con sus enormes ojos verdes brillando bajo el sol y se encogió de hombros.

El joven cogió aire y lo soltó lentamente. ¿Cómo consolarla cuando no había consuelo posible, cuando la vida era tan injusta?

—Sé cómo te sientes, Marian. —La niña sorbió por la nariz y una lágrima solitaria resbaló por su mejilla hasta caer sobre su falda—. ¿Quieres que te cuente un secreto? Mi padre también está allí, en el cielo. Y desde que se fue intento vivir cada día para que él esté orgulloso de mí. —Le secó con ternura la lágrima de su mejilla con su pañuelo—. Y sé que ahora él es mi ángel de la guarda.

Marian continuaba con sus pequeñas manos aferradas a las cuerdas del columpio sin decir ni una palabra. Levantó la vista intrigada por lo que él le acababa de confesar, mirándolo entre la maraña de cabello rojizo escapado de su trenza.

—Tus padres… Sé que ahora es difícil de entender, pero ellos también cuidarán de ti desde allí arriba. Nunca estarás sola —le dijo con una tímida sonrisa para tranquilizarla—. ¿Quieres que te acompañe a casa? —Ella negó con la cabeza. A Andrew le pareció normal que no quisiera volver todavía a un hogar que en esos momentos estaría impregnado de dolor y de tristeza—. ¿Quieres que empuje el columpio? —Marian dudó por un momento con el ceño fruncido mientras lo miraba a los ojos sin titubear.

Ella sabía quién era Andrew Greenwood, aunque nunca había hablado con él. Era el hermano de su amiga Caroline y se lo había cruzado muchas veces en la mansión Greenwood cuando su madre la llevaba de visita, pero esta era la primera vez que lo observaba tan de cerca. Nunca había visto sus ojos, de un color tan azul que le recordaron el océano que había cruzado con sus padres unos años antes. Descubrió que tenía una pequeña mancha marrón en uno de ellos, como si fuera una isla en medio del mar. Se preguntó si los príncipes de los cuentos que le leía su madre por las noches serían así de guapos, pero dudaba que hubiera alguno más apuesto que él.

Marian asintió con la cabeza y permanecieron allí durante largo rato. Andrew empujaba el columpio y la veía alzarse hacia el cielo azul con los ojos cerrados y las lágrimas derramándose sin freno por su cara, ahora sonrojada y sonriente. Marian imaginó que sus padres la observaban entre las nubes, y su pesada carga se volvió un poco más liviana. Nunca estaría sola, ellos la cuidarían.

Mientras la observaba, Andrew sintió una opresión en el pecho que apenas le dejaba respirar. Experimentaba un dolor intenso que se extendía por sus entrañas, llenándolo todo de tristeza y de resignación. Y al ver cómo aquella niña, demasiado pequeña para empezar a sufrir, se enfrentaba a su dolor, dejó escapar por fin el suyo propio y, sintiéndose liberado, rompió a llorar por primera vez desde la muerte de su padre.

1

Greenwood Hall. Primavera 1856

Andrew Greenwood, conde de Hardwick, había dejado Londres para trasladarse al campo hacía varias semanas, y aún no había conseguido un momento de paz. Eleonora, su madre, no dejaba de insinuar la necesidad de organizar algún evento al que invitar a la flor y nata de la nobleza rural, incluyendo a jóvenes casaderas, ya que, aunque todavía era joven para desposarse, debía empezar a ampliar su círculo de amistades, cosa que a él le desagradaba.

Su hermano Richard, a sus veintiún años, volcado por entero en el conocimiento del sexo femenino, estaba totalmente de acuerdo con su madre. De hecho, parecía ansioso por ver pulular a hermosas damas bajo los muros de su mansión, lo cual preocupaba a Andrew por si aquel insensato se echaba la soga al cuello demasiado pronto.

La presentación en sociedad de sus hermanas aún era algo muy lejano. A Caroline, de catorce años, y a la pequeña Cristal, de solo doce, las emocionaba la idea de disfrutar de todos los preparativos que conllevaba organizar un evento así. Estaban ansiosas por tener la casa llena de invitados y por poder participar en alguna de las actividades permitidas a los niños, y le perseguían a la menor oportunidad para interrogarle sobre todo lo referente a valses, festivales, moda y posibles partidos, intentando estar al día de lo que se cocía en sociedad.

A todo eso había que sumar la constante presencia de Marian Miller en la casa familiar que, con el paso de los años, en lugar de una vecina parecía haberse transformado en una más de la familia. A veces, Andrew tenía la impresión de que esa cría irreverente estaba más integrada en su propio hogar que él mismo. Era imposible tener una cena tranquila o una conversación relajada cuando ella estaba presente, que era la mayoría de las veces. La consideraba la muchacha más difícil que había conocido jamás, con una impresionante capacidad para sacarle de sus casillas y hacerle perder el control. Ambos eran como el agua y el aceite. Andrew encarnaba la prudencia y la corrección, y Marian era simplemente irrefrenable.

Él tuvo que afrontar la responsabilidad que conllevaba su título, y por lo tanto ser el cabeza de familia, siendo solo un niño. Debía hacerse respetar y, para ello, hizo de la seriedad y de la rectitud sus normas de vida. La muerte de su padre le obligó a madurar antes de tiempo, pero cuando la tragedia marcó la vida de Marian, ella era demasiado pequeña como para asumirla con la misma entereza que él.

La pequeña de los Miller había recibido una estricta educación en Estados Unidos, donde su padre multiplicó la ya importante fortuna familiar con varios negocios mercantiles e inversiones en una naviera. Pero, al poco tiempo de mudarse a Greenfield, la propiedad colindante a Greenwood Hall, Victor y Anne Miller murieron en un desafortunado accidente de carruaje durante una noche de tormenta, cuando volvían de la ciudad. Victor y el cochero fallecieron en el acto. Anne sobrevivió toda la noche, malherida, protegiendo a su hija y dándole calor, muriendo a las pocas horas de ser rescatada. Milagrosamente, la niña solo sufrió algunas magulladuras, y jamás volvió a hablar de aquel tema tan doloroso.

Su tío Joshua, hermano de su padre, fue nombrado su tutor y administrador de su herencia hasta que cumpliera los veinticinco años, fecha en la que recibiría una asignación lo suficientemente generosa como para poder vivir holgadamente. Más allá de las vicisitudes económicas, la verdadera carencia de Marian se hallaba en el terreno afectivo. Su única familia consistía en su tío Joshua, su abuela paterna, que había regresado a Estados Unidos tras la muerte de su hijo y de su nuera, y una anciana tía de su madre que vivía en Londres: lady Margaret Duncan. Esta dama se interesó por Marian durante los primeros años tras la tragedia, pero, tras los constantes desaires por parte de Joshua Miller y las continuas trabas que encontraba para comunicarse con la niña, decidió mantenerse en un segundo plano con el fin de no enturbiar el ambiente en el que la pequeña crecía. Además, lady Duncan había pasado la mayor parte de su vida acompañando a su marido por sus exóticos viajes alrededor del mundo y, egoístamente, cargar con una niña no era lo más cómodo llevando ese tipo de vida.

Gertrude Miller intentó llevarse a su nieta cuando volvió a Estados Unidos, dos años después de la muerte de su hijo y de su nuera, pero Marian adoraba aquellas tierras en las que sus padres descansaban, y además no quería alejarse de ellos. Todo el mundo estuvo de acuerdo en que lo mejor para ella sería continuar en su hogar, aunque los pilares de su vida ya no estuvieran, ya que un cambio tan drástico le podría traer peores consecuencias. Obviamente, su tío la apoyó para que se quedara en Inglaterra, lejos de la supervisión de Gertrude, sabiendo que así podría mangonear a su antojo el dinero que había dejado su hermano.

Marian era una chica despierta y de carácter noble y nadie la culpaba por ser un poco rebelde después de lo que había sufrido. Tampoco nadie intentó remediar la situación cuando una sucesión interminable de niñeras e institutrices comenzaron a entrar y salir, a una velocidad vertiginosa, de Greenfield, ante la imposibilidad de controlar su carácter.

Eleonora Greenwood, condesa viuda de Hardwick y amiga desde la infancia de su madre, era la única que con grandes dosis de cariño, comprensión y perseverancia conseguía hacer entrar en razón a la niña. Su tutor, sabedor de que su sobrina era la debilidad de la condesa, aprovechaba cada ocasión disponible para dejarla a su cargo y olvidarse de la molesta chiquilla. Pronto las hijas y el hijo menor de los Greenwood se hicieron inseparables de la pequeña Marian, ya que eran todos de una edad similar. En cambio, Andrew, mucho más frío y racional, se veía incapaz de mostrar ni una pizca de amabilidad hacia Marian, y no perdía la ocasión de demostrarle cuánto le molestaba su inapropiado comportamiento.

Ambos parecían haber olvidado la primera vez que hablaron, cuando Andrew la consoló en aquel columpio tras el entierro de los Miller, como si el hecho de recordar aquel momento de intimidad les hiciera sentirse expuestos y vulnerables.

Al principio, Andrew se empecinó en doblegar su carácter, enzarzándose en acaloradas discusiones que ella no dudaba en responder de manera airada, algo totalmente impropio teniendo en cuenta que él era un conde y ella solo una chiquilla rebelde. Bastaba que Andrew hiciera algún comentario mordaz sobre sus modales poco refinados o sobre sus aficiones, según él, más propias de un marimacho que de una señorita, para que los puñales comenzaran a volar entre los dos.

Con el paso del tiempo, Andrew desistió, y ahora se limitaba a maldecir por lo bajo y a fulminarla con la mirada cada vez que Marian se saltaba el protocolo o cometía alguna fechoría. Temía que fuera una mala influencia para sus hermanas o, peor aún, que Richard acabara encaprichándose de ella y terminara haciendo alguna tontería que lo comprometiese, porque, aunque le fastidiara reconocerlo, Marian acabaría convirtiéndose, con toda seguridad, en una mujer de una exuberante belleza.

Baile de Primavera

Como era habitual, Marian había pedido a su tío y tutor que la dejara dormir en casa de los Greenwood, y este, ya que eran vecinos, no vio motivo para oponerse, más aún cuando el hecho de no estar pendiente ella le daba a él más libertad para hacer lo que quisiera.

Caroline había insistido en salir a hurtadillas de sus habitaciones para observar por los ventanales el brillo de las joyas y el revolotear de las faldas vaporosas de las invitadas, mientras bailaban bajo la luz de cientos de velas. Se camuflaron detrás de los enormes maceteros que adornaban la galería que rodeaba esa parte de la casa, amparadas por la oscuridad de la noche. Desde esa posición, tenían una vista privilegiada sobre las cristaleras del salón de baile, y Marian sacó la cabeza lo suficiente para poder espiar a los bailarines.

Tras observar un buen rato a través de las puertas de cristal, envueltas en la penumbra, el ruido de unos pasos y una risa femenina las pusieron en alerta. Caroline se tapó la boca con las manos, intentando aguantarse la risa nerviosa que la sacudía siempre que estaba haciendo algo temerario, y Marian le dio un codazo para que se callara.

—¡Chsssss! Cállate, Carol. Si tu madre nos pilla aquí, nos castigará hasta que seamos unas viejas arrugadas como pasas —dijo Marian en un susurro que sonó más fuerte de lo que ella hubiese deseado.

Carol se llevó dos dedos a la boca, como si estuviera cerrándola con llave, prometiendo silencio con su semblante mortalmente serio. Con solo catorce años estar castigada hasta la vejez no era cosa de broma.

A su amiga le hizo gracia el gesto y fue ella quien tuvo que luchar por reprimir la carcajada.

—Deberíamos irnos, Marian —dijo en un susurro, tirándole de la manga mientras ella estiraba el cuello entre las hojas de la palmera, intentando averiguar dónde se había metido la pareja que habían visto acercarse y que parecía haberse esfumado de repente.

El talante más osado de Marian hacía que siempre llevara la voz cantante a la hora de hacer travesuras.

—Parece que la parejita se ha marchado —susurró Marian confiada.

Ambas respiraron tranquilas y, con un gran suspiro, liberaron el aire que habían contenido sin darse cuenta, hasta que una ronca voz masculina a sus espaldas casi las hizo gritar del susto.

—Creo que alguien va a tener que darme una explicación, señoritas. —Andrew Greenwood las miraba ceñudo con los brazos cruzados sobre el pecho.

Marian se enderezó en toda su envergadura y puso sus brazos en jarras plantándole cara, ocasión que Caroline aprovechó para huir despavorida hasta el refugio de su habitación, dejando que Marian se enfrentara sola al dragón.

—Solo estábamos tomando un poco de aire fresco.

—Marian lo miró altanera al percibir por su ropa que, tal como sospechaba, era él quien minutos antes paseaba, muy acaramelado, con una chica. Sintió una sensación desconocida que la enfurecía y le hacía arder la sangre—. ¿Acaso no hacía usted lo mismo, *milord*? —lo provocó con insolencia.

—Eres una descarada, Marian Miller. Ya le dije a mi madre que no era buena idea invitar a una niña maleducada como tú a dormir aquí, con tantos invitados ilustres de por medio... —Andrew maldijo para sus adentros por no haber sido más cuidadoso con su cita clandestina.

Era imperdonable que esas dos muchachas entrometidas hubieran frustrado sus planes románticos para esa noche asustando a su amiga, que había vuelto al salón rápidamente al darse cuenta de que no estaban solos.

—¡Oooh! —gritó Marian indignada—. No soy ninguna niña. Y voy a ahorrarme decirle por dónde puede meterse a sus ilustrísimos invitados de pacotilla. Puede... —La mirada de Andrew fue tan dura que decidió que era más oportuno no terminar la frase. Era impulsiva, pero no era tonta—. Además, tengo ya dieciséis años. ¡No creo que su amiguita sea mucho mayor! Solo porque sea una remilgada y una sosa no la hace mejor que yo.

—¡Basta, Marian! —le gritó, intentando zanjar el tema. Lo que menos le interesaba era enzarzarse en una discusión con una chiquilla protestona, a pocos metros de un salón lleno de familiares e invitados que podrían salir en cualquier momento—. Vuelve a la habitación con Caroline. No tenéis permiso para bajar, y ahora veo que hice bien en prohibíroslo. Solo sois unas crías inmaduras e irresponsables.

—Como si usted fuera todo un hombre. —Andrew la miró pasmado, intentando no alterarse ante el insulto. Marian se dio cuenta de lo que acababa de espetarle e intentó arreglarlo sin mucho éxito—. No del todo, quiero decir. Ya sé que tiene veintitrés años, pero Richard me ha dicho que ni siquiera le sale la barba por toda la cara.

Andrew pensó seriamente quién merecía ser azotado primero, si aquella chica impertinente o el imbécil de su hermano Richard, por chismoso y exagerado.

—De eso hace ya un montón de tiempo, y si no te marchas ahora, te llevaré de la oreja —sentenció exasperado. Le sorprendía que hombres aguerridos no dudaran en obedecer sus órdenes sin rechistar y, sin embargo, una mocosa lo cuestionara y lo desafiara sin pestañear—. Y sabes que soy capaz, niñata.

Marian gruñó indignada, con un sonido más propio de un leñador que de la señorita culta que se suponía que era. Quiso responderle con algún improperio porque odiaba no ser ella quien tuviera la última palabra. Pero sabía que Andrew tenía razón, deberían haberse quedado en sus habitaciones en lugar de andar merodeando por los jardines. Giró sobre los talones y recorrió la galería a grandes zancadas con la barbilla levantada airadamente, maldiciendo para sus adentros por no poder decirle realmente a ese conde pedante lo que pensaba de él. Antes de llegar al final del corredor se volvió, y al ver que él seguía observándola con el ceño fruncido, le sacó la lengua, con el gesto más amenazador que pudo componer.

El conde de Hardwick se pasó las manos por el pelo y miró al cielo clamando un poco de paciencia, pero no pudo evitar que sus labios se curvaran en una sonrisa. Aquella cría acababa sacándolo siempre de sus casillas.

Andrew, impaciente, se dirigió al vestíbulo, acomodándose los puños de su chaquetilla de montar. Habían perdido varios días con los preparativos del baile de primavera y, ahora que los invitados se habían marchado, quería adelantar trabajo. Había quedado con Richard para ir a revisar el estado de las tierras y hablar con el capataz. Quería que su hermano empezara a implicarse en el manejo de la finca, ya que él, gracias a las nuevas inversiones que había realizado, cada vez pasaba más tiempo en la ciudad ocupándose de los negocios.

Su aventura empresarial había empezado casi por casualidad. Su amigo y ahora socio, Thomas Sheperd, le sugirió invertir algunos ahorros y habían acabado siendo los dueños de dos de las fábricas textiles más prósperas y modernas de la zona, y eso le retenía la mayor parte del tiempo en Londres.

Cuando llegó al vestíbulo, paró en seco al ver que sus hermanas, entre risas escandalosas, venían corriendo y chillando desde la zona de las cocinas. Ambas lo esquivaron, flanqueándolo a toda velocidad, y de milagro consiguió mantener el equilibrio.

—¡Corre, Crystal! —gritó Caroline entre risas nerviosas.

—¡Mi pelo no, mi pelo no! —gritó su hermana pequeña mientras huía por el pasillo.

Apenas tuvo tiempo de entender lo que sucedía, cuando un cuerpo que venía a toda velocidad chocó contra él y a punto estuvo de tirarlo al suelo cuan largo era. No podía ser otra persona más que Marian, que perseguía a las hermanas como alma que lleva el diablo.

Su alocada carrera, unida a la sorpresa de encontrárselo allí parado, le hizo imposible frenar a tiempo. El impacto casi les hace caer, pero Andrew consiguió mantener el equilibrio y, sujetándola por la cintura contra él, evitó también que ella cayera.

Debería haberla soltado inmediatamente, pero se quedó allí, como un estúpido, con su cuerpo demasiado cerca, mirando sus labios entreabiertos por la sorpresa. Unos labios llenos y tentadores. Esa muchacha estaba convirtiéndose en el mismísimo demonio y, cuanto más crecía, más peligrosa resultaba para su salud mental.

—Lo… lo siento —dijo Marian con un hilo de voz, bajando la mirada hacia el hasta entonces impecable traje de montar de color gris del conde.

Andrew siguió la mirada de Marian para descubrir horrorizado el porqué de la carrera desenfrenada de las muchachas: el demonio pelirrojo iba persiguiendo a sus hermanas con un pastel de crema de merengue, con la más que probable intención de embadurnarlas con él.

Enrojeció de ira mientras veía cómo la crema se deslizaba lentamente por su levita nueva hasta caer con un ruidito ridículo sobre el suelo de mármol, dejando una marca de grasa oscura que, probablemente, sería imposible de eliminar.

Marian se tapó la boca con la mano y retrocedió un par de pasos, un poco temerosa de la reacción del conde. Andrew pensó que al menos tenía la decencia de parecer preocupada, pero, de repente, incapaz de aguantarse más, Marian estalló en una sonora carcajada.

—Maldita sea. ¡Demonio de criatura, esto ya es el colmo de la desvergüenza! —bramó indignado el muchacho. Estaba tan furioso que ni siquiera encontraba las palabras para increparla, aunque no sabía precisar si su azoramiento se debía al pastel de merengue o a lo que había sentido al pegarla a su cuerpo—. Ni siquiera entiendo cómo todavía permito que pises esta casa.

—No hace falta ponerse así, conde. No era mi intención —dijo Marian, aparentando tranquilidad y cruzándose de brazos, mientras preparaba su huida dando otro discreto paso en dirección a la puerta.

—No era tu intención. ¡Nunca lo es! —exclamó él,

mientras trataba de quitarse los restos de merengue de la chaqueta, ensuciándola aún más y pringándose los dedos en el intento—. Tampoco era tu intención llenarme el armario de ranas, ni soltar aquellos saltamontes en la sacristía para que el reverendo pensara que era una plaga bíblica, ni…, es imposible enumerar todos los desastres que has provocado sin intención —gruñó cada vez más frustrado—. Desaparece de mi vista. Y, escúchame bien, no me importa cómo lo consigas, pero ya puedes ahorrar porque vas a tener que comprarme otro traje como este, mocosa. —Las risitas de sus hermanas llegaban desde el fondo del pasillo. Las muy cobardes no se atrevían a salir.

Marian se limitó a encogerse de hombros y se dirigió hacia la puerta.

—Ese gesto es muy poco caballeroso por su parte, lord Hardwick. Ha sido un accidente. —Se paró en el umbral, dándole una última mirada a Andrew que estaba a punto de echar chispas por los ojos—. Pero si ese es su veredicto, así se hará, *milord*. —Y dicho esto, hizo una pomposa y teatral reverencia y, al incorporarse, le sacó la lengua burlándose de él.

Ese gesto acabó con la compostura del hombre, que se dirigió hacia la puerta para darle un escarmiento, aunque aún no había decidido cuál. Pero todo quedó en un intento, ya que, sin darse cuenta, pisó el merengue que había caído al suelo y, entre maldiciones, aterrizó con un ruido sordo sobre sus posaderas.

Marian se volvió con intención de ayudarle, pero al ver su mirada furibunda, creyó más prudente marcharse corriendo hasta su casa, entre carcajadas. Andrew, humillantemente vencido por el Demonio Miller, suspiró tumbado de espaldas sobre una masa informe de merengue y bizcocho. Apoyó con resignación la cabeza contra el frío mármol, advirtiendo que, desde lo alto de la escalera, su hermano asomaba su cabeza sobre la barandilla conteniendo la risa a duras penas. Soltó aire mientras se preguntaba en qué momento se había convertido en el bufón de esa casa, y todo por culpa de esa incontrolable muchacha que ya tenía edad para comenzar a sentar la cabeza. Pero no importaba, tarde o temprano esa mocosa se las pagaría.

2

Greenfield, 1856

Marian salió del despacho que había pertenecido a su padre tratando de asimilar la conversación que acababa de tener con su tío. Las noticias que Joshua traía de Londres la dejaron desconcertada. La única pariente que conocía de su familia materna, la vieja tía Margaret, se había puesto en contacto con Joshua. La dama, sabiendo que quizás hubiera podido hacer más por la única hija de su difunta sobrina, tuvo cargo de conciencia y decidió aportar su grano de arena en la educación y el futuro de Marian. Más valía tarde que nunca, y la mujer insistió en que era intolerable que a su edad aún no hubiese sido presentada en sociedad. Se ofreció a ser la patrocinadora de su sobrina, encargándose de todos los gastos que Marian pudiera tener durante los dos meses que estuviese alojada en su casa.

Joshua se había quedado sin argumentos para negarse, sobre todo cuando la anciana le dijo que una negativa daría mucho que hablar entre la alta sociedad, ya que no había nada que justificara que una heredera de una familia de renombre aún no hubiera tenido su debut. Hacía años que se evitaba el tema, pero Marian ya no era ninguna niña y era ineludible que ese asunto saliera a colación tarde o temprano.

No era un secreto para ella que su tío no tenía ningún interés en que encontrara marido, pues eso supondría dejar de ser su tutor y perder el poder que ahora ostentaba en Greenfield, porque todo lo que Marian poseía pasaría a pertenecer a su esposo. Cuando llegara ese momento, él debería conformarse con su asignación que, a todas luces, no era suficiente para mantener su elevado nivel de vida. Tendría que esperar al fallecimiento de su madre para heredar su parte y sanear sus bolsillos, y eso no parecía que fuera a suceder pronto.

Marian era totalmente consciente de la forma en que Joshua esquilmaba sus bienes desde hacía años. Muchos de los arrendatarios de las tierras, ante el abandono que sufrían, se trasladaron a la ciudad a buscar fortuna en la creciente industria. En la mansión, los más jóvenes del servicio hacía tiempo que se habían marchado; a casi todos se les pagaba poco y tarde.

Solo los mayores, temerosos de no encontrar otro empleo con facilidad, o los más fieles a Marian y a su familia permanecían en sus puestos. No eran suficientes para mantener la gran mansión, cada día más abandonada, a pesar de que Marian ayudaba en la mayoría de las tareas y no era difícil verla zurciendo la ropa de cama, sacándole brillo a la plata o cuidando de los pocos animales que aún quedaban en el establo.

Hacía tiempo que había desistido de pedirle explicaciones a su tío o de exigirle mejoras en la casa y un trato justo para los trabajadores. Desconocía si las explicaciones que le ofrecía sobre los enormes gastos que suponía mantener la casa y las fincas eran reales o no. Pero las amenazas veladas de internarla en algún convento cuando la ruina se cerniera sobre sus cabezas y se le hiciera imposible mantenerla la asustaban lo suficiente como para seguir con la boca cerrada y no tentar demasiado a su suerte. Al fin y al cabo, era su tutor y nadie podía interferir en sus decisiones. Decidió molestarlo lo menos posible hasta que cumpliera veinticinco años, edad en la cual podría deshacerse del yugo de su tío, salvar lo que quedara y continuar con su vida. Pero aún faltaba mucho tiempo para eso y tendría que acatar lo que otros dispusieran hasta entonces. En ese momento, la vida parecía darle un respiro, aunque le temblaran las manos mientras empaquetaba sus pocas pertenencias para pasar su primera temporada en Londres.

Su tía Margaret la miraba con ojo crítico, dando vueltas alrededor de ella, mientras la modista ajustaba un poco más el corpiño de encaje.

—¡Ay! —se quejó Marian, ya que por enésima vez la chica la había pinchado con uno de los alfileres y estaba empezando a dudar que fuera accidental—. Creo que con esto es suficiente, tía Margaret. En serio, no necesito tantos vestidos, y este es… demasiado atrevido. —Marian se observó en el espejo, levantando una ceja sin poder evitar admirar lo que veía. El escote en forma de corazón mostraba el nacimiento de sus pechos y parte de sus hombros. El color verde esmeralda potenciaba enormemente su belleza, resaltando su cabello rojizo y haciendo que sus ojos verdes brillaran más. Debía agradecer que su tía tuviera tan buen gusto—. Y obscenamente caro —terminó, bajando la voz mientras deslizaba sus manos por la suave seda de la falda.

—Acabaremos cuando yo lo decida. No voy a permitir que la gente diga que vas hecha una pordiosera. Ya tienes casi diecinueve años. Eres una mujer, no una de esas debutantes que acaban de salir del cascarón, enfundadas en tul blanco como si fueran pastelitos de crema. Es perfecto para el baile de los Dolby. Será el evento de la temporada y acudirán los mejores partidos. Sabes que van a examinarte con lupa, ¿verdad, Marian? —Su sobrina puso los ojos en blanco, llevándose una mirada reprobatoria de la mujer—. Y no empieces con esas bobadas de que no quieres casarte. Me enfermas. —Con un gesto dramático, la anciana se dejó caer en el sillón.

Marian no pudo evitar sonreír. Se había llevado una grata sorpresa con su tía, ya que, aunque quisiera aparentar ser un ogro, se la veía genuinamente preocupada por ella. Sospechaba, acertadamente, que habían llegado a sus oídos las costumbres disolutas de su tutor porque no pareció demasiado sorprendida al ver su escaso equipaje, y siempre derivaba la conversación para sonsacarle algo de información sobre Joshua. Marian, a veces, se sentía tentada a sincerarse con ella, pero ¿qué podía hacer Margaret?

La única persona que podría intervenir era la abuela paterna, pero Gertrude había confiado en su hijo Joshua para dejarle toda la responsabilidad y llevaba años sin venir a Londres. Marian no se sentía capaz de escribirle y contarle la situación.

Entre pruebas de vestuario y visitas, las primeras semanas pasaron volando, y Marian solo podía pensar que ojalá Caroline estuviera allí para poder compartir todo aquello entre risas y confidencias. Pero su amiga no sería presentada en sociedad hasta el año siguiente, con lo cual tendría que conformarse con contárselo por carta.

Los dos primeros eventos a los que asistió fueron un poco caóticos y, entre presentaciones y bailes, Marian se sintió un poco cohibida por la atención que generaba. No obstante, había conseguido entablar sus primeras amistades y, cuando llegó la velada de los Dolby, tan esperada por Margaret, ya se sentía un poco más segura de sí misma.

ϒ

—En serio, Richard, no sé cómo nos has convencido para meternos en la boca del lobo —dijo Thomas Sheperd, bajándose del carruaje de un salto. Se paró en la acera mirando a una pareja que entraba a la mansión Dolby—. ¿Ves? No hacía falta apresurarse tanto. No somos los últimos. Lo único que espero es que esas urracas no se hayan acabado ya el champán. Necesitaré un trago para sobrellevar esto.

Richard se rio a carcajadas ante la tensión de su amigo.

—Vamos, amigo, yo te tenía por un hombre aguerrido. No imaginaba que un grupo de inocentes matronas y sus dulces hijas casaderas despertaran así tu instinto de supervivencia. Seguro que saldrás vivo de esta —dijo, dándole una palmada en la espalda para que avanzara.

—Vivo, sí, pero... ¿y soltero? ¿Saldremos solteros de esta? Hay que andarse con mil ojos. Ni las madres ni sus hijas tienen nada de inocentes. Somos sus presas, créeme, ya lo he visto antes. Hay que estar alerta. Están adiestradas para tender emboscadas. Usan sus dulces miradas y sus encantadoras sonrisas para atraerte y, cuando quieres darte cuenta... ¡Zas! Estás atrapado.

—Te recuerdo que tengo dos hermanas que pronto serán también debutantes —dijo Andrew desde atrás en tono cortante—. Modera lo que dices, Thomas, o tendrás que llevar tus dientes en el bolsillo de tu elegante levita —declaró, dándole otra palmada en la espalda más fuerte que la de su hermano y que lo lanzó hacia delante.

—Sabes que no me refiero a ellas. Además, quien debería estar nervioso eres tú. Al fin y al cabo, eres el único de los tres con título y te consideran uno de los solteros más codiciados de la temporada, querido conde. En cuanto entres, serás el blanco de Cupido.

Richard y él se rieron, y Andrew solo pudo gruñir en respuesta. Sabía que tenían razón, y aún no tenía ninguna intención de encontrar esposa, pero los Dolby eran amigos de la familia y no podían despreciar su invitación. Su madre les había hecho prometer que acudirían, como también le hizo prometer a Andrew que, si se encontraba con Marian, intentaría ser amable y sacarla a bailar, aunque fuera una sola vez, para facilitar su entrada en la alta sociedad.

Así que entrarían, saludarían a los anfitriones, alternarían un poco y huirían en cuanto pudieran. ¿Quién querría estar en un salón, rodeado de hipocresía y conversaciones rancias, pudiendo estar en cualquier otra parte, disfrutando de los placeres de la noche londinense?

Marian dio otro sorbo a su copa de champán, intentando ignorar los retazos de conversación que llegaban a sus oídos. A unos pocos pasos de ella, aprovechando que su tía Margaret había ido a saludar a los anfitriones, dos señoras a las que no conocía la observaban descaradamente y cuchicheaban sin disimulo. Ambas coincidían en que Marian no sería rival para sus hijas ya que se rumoreaba, y ella sabía muy bien de dónde provenían los rumores, que la dramática muerte de sus padres durante su infancia había trastocado su personalidad y se había criado en el campo como una salvaje. Marian estuvo a punto de volverse y gruñirles, enseñando los dientes como si fuera un animal, para espantarlas. Sería divertido, aunque eso, probablemente, ocasionaría algún desmayo, y le había prometido a su tía que se comportaría como una dama, lo cual era tremendamente aburrido.

Dejó la copa vacía a un lacayo y, cuando se disponía a buscar algún sitio tranquilo donde esconderse, una mano fuerte sujetó la suya. Se volvió sobresaltada y tuvo que contenerse para no gritar de alegría y saltar a los brazos de Richard Greenwood. Él no se contuvo tanto y, haciendo caso omiso de la gente que los rodeaba, le plantó a Marian un cariñoso beso en la mejilla, provocando a su alrededor un coro de jadeos, unos de indignación y otros de envidia, ya que debía reconocer que Richard cada día que pasaba resultaba más arrolladoramente guapo.

—Dios mío, Richard... ¡Me alegro tanto de verte! —dijo ella realmente emocionada, apretándole las manos.

—No me digas que estos estirados no te tratan bien. Les patearé el trasero si es necesario —dijo, pellizcándole la mejilla—. Cuéntame, ¿cómo estás? —Se separó un poco para mirarla de arriba abajo, en un gesto descarado, y silbó con admiración—. Caramba, Marian, estás simplemente espectacular. ¿Todo eso estaba ahí hace un par de meses? —bromeó, mirando su escote.

—¡Déjalo ya, Richard! —Marian le golpeó con el abanico mientras se sonrojaba—. Estoy bien, la verdad es que no es tan malo como pensaba. Mi tía Margaret me trata muy bien, aunque aún me siento como un pez fuera del agua. Este no es mi sitio. Es solo una terrible obligación que tengo que cumplir —dijo, encogiéndose de hombros.

—Te entiendo. Eso es lo que significa hacerse mayor. Cumplir con obligaciones que en realidad no nos apetecen —repuso él con una sonrisa comprensiva—. Pero hablemos de cosas que sí nos apetecen. Supongo que me concederás el honor de bailar conmigo, ¿no? ¿O vas a seguir escondida detrás de esta columna toda la noche? —Ella rio a carcajadas, era increíble lo bien que Richard la entendía.

—Creí que no me lo pedirías nunca, Greenwood —dijo con una sonrisa de felicidad, mientras enlazaba su brazo con el del joven para dirigirse hasta la pista.

Bailar con Richard era como respirar aire limpio, como estar de nuevo en casa, sin tener que fingir, sin conversaciones impostadas mientras se dejaban llevar por la música; reían y se contaban las anécdotas de los últimos días.

—Me había hecho una idea totalmente diferente de ella. —Andrew se volvió sobresaltado al escuchar la voz de Thomas a su lado. Estaba totalmente ensimismado mirando cómo Richard y Marian se deslizaban con gracia por la pista de baile y no lo había visto llegar. Thomas siguió la dirección de su mirada—. Demonio, Miller —continuó pensativo—. Por tu descripción, la imaginaba con tres ojos, cuernos y una verruga peluda en la nariz. Se te olvidó decirme que es realmente atractiva y que tiene un cuerpo tan absolutamente tentador que... —Andrew lo fulminó con la mirada y Sheperd sonrió burlón—. Creo que haré una excepción y le pediré un baile. A juzgar por lo bien que se lo está pasando Richard, además de guapa, parece ser encantadora y divertida.

El conde no se molestó en contestarle y se dirigió al salón contiguo en busca de alguna bebida un poco más fuerte que el champán caliente que estaban sirviendo, mientras su amigo lo observaba con una sonrisa. Thomas ignoraba si Richard sentía algo más que amistad por la muchacha, pero se conocían desde niños y le resultaba evidente que intentaba disimular la atracción que experimentaba, destacando los defectos de la señorita Miller. Si realmente no la soportaba, la reacción normal hubiese sido ignorarla, pero tanta inquina solo demostraba que no podía sacarla de su cabeza. Así que se moría de curiosidad por conocerla.

ɣ

Marian miró por encima del hombro de lord Bellamy, intentando encontrar una vía de escape. Su tía hacía rato que había desaparecido de su vista, alternando con unos y otros. Richard y Thomas, tras bailar con ella algunas piezas, habían invitado a bailar a las hermanas Sheldon, con las que Marian había entablado amistad en las últimas semanas.

Mayse y Elisabeth Sheldon eran dos mellizas bastante diferentes entre sí, tanto en el carácter como en el físico, que habían resultado ser divertidas, sinceras e inteligentes, además de un poco alocadas, con lo que fue inevitable que pronto se hicieran amigas inseparables de Marian, que resultaba un soplo de aire fresco en la encorsetada sociedad londinense.

Todos estaban tan enfrascados en sus conversaciones que no se habían percatado de que la habían dejado allí sola con el sudoroso vizconde de Bellamy, al que Marian detestaba y del que no le estaba resultando fácil escapar. Todo en él le parecía desagradable. No era demasiado mayor, pero el tiempo y, probablemente, la mala vida no lo habían tratado bien. Su piel era demasiado blanca, sin vida, y aparentaba ser también demasiado blanda, como una fruta muy madura. Su pelo había comenzado a ralear, y él se esforzaba en tratar de ocultarlo con un largo mechón pegajoso que recorría su cabeza desde una oreja a otra, como una cortina grasienta. Puede que su ropa de color chillón fuera de la más alta calidad, pero Bellamy se afanaba en contener su prominente barriga en unas prendas un par de tallas más pequeñas de lo que le correspondían, con lo cual, moverse o simplemente respirar se le hacía trabajoso, haciéndolo sudar copiosamente.

Ella no hacía más que dar pequeños pasos intentando alejarse del hombre, que no se daba por aludido, y seguía acercándose sin dejar de lanzarle miradas lascivas al escote de su vestido color esmeralda. Si pudiera comportarse con libertad, hacía rato que Marian hubiera usado su abanico para algo más contundente que darse aire frenéticamente. Dios sabía el enorme esfuerzo que estaba haciendo para no mandarlo a freír espárragos, ante su actitud y sus miradas obscenas.

Bellamy, muy aficionado a los encajes y la ropa ostentosa, no lo era tanto al agua y al jabón, y el ambiente de por sí cargado del salón, mezclado con sus efluvios corporales, estaba haciendo que Marian se sintiera mareada y estuviese a punto de darle una salida bastante indigna a la cena que había tomado. El hombre se inclinó un poco más hacia ella con su boca de sapo y sus labios demasiado húmedos para que reconsiderara concederle un baile, y ella se vio prácticamente acorralada contra la columna que tenía detrás. Estaba a punto de perder la compostura y decirle lo que pensaba a aquel ser grasiento y pestilente, cuando una voz profunda hizo que se le erizara la piel.

—Lo siento, lord Bellamy. Este baile es mío.

3

—Lo siento, lord Bellamy. Si nos disculpa y nos deja un poco de espacio... —El vizconde se volvió indignado hacia lord Hardwick, cuando este le indicó que se apartara con un gesto de desprecio de su elegante mano enguantada, el mismo que hubiera usado para apartar una molesta mosca de su plato.

La dura mirada de Andrew no daba lugar a discusión, y, con una rígida inclinación, el vizconde se marchó, por fin, para gran regocijo de los que lo rodeaban.

—Gracias. Acaba de salvarme la vida —dijo Marian, respirando aliviada sin poder apartar la mirada de los ojos de Andrew que, a la luz de las múltiples velas del salón, brillaban de manera diferente. Estaba impresionante con su impecable traje de gala, que se ajustaba a sus anchos hombros, y la camisa y el pañuelo blancos que hacían que su piel bronceada resaltara. Sus rebeldes rizos oscuros se resistían a mantenerse pulcramente peinados, dándole un aire informal, y era inevitable que acaparara miradas de admiración a su paso.

Andrew, galantemente, cogió su mano y la besó en los nudillos, quemándole la piel con la suave caricia, a pesar de la fina tela de sus guantes. Le tendió el brazo, pero ella estaba tan anonadada por su galantería que no reaccionó. No estaba acostumbrada a que la tratara así.

—Señorita Miller —carraspeó él—. ¿Piensa dejarme con el brazo en alto mucho tiempo? —preguntó burlón con la ceja levantada. Marian sintió cómo una ola de calor subía por su cuerpo y se ruborizaba hasta la raíz del cabello. Azorada, apoyó su mano sobre el fuerte antebrazo de Andrew, dejándose llevar hasta la pista de baile—. Ya veo que está teniendo mucho éxito con sus pretendientes. ¿Todos son tan apetecibles como Bellamy? —preguntó él sarcástico, mientras daban los primeros pasos del vals. Ella lo miró un poco decepcionada.

—Esperaba que la tregua durara un poco más, *milord*, aunque ya veo que no desperdicia la oportunidad de torturarme, ¿verdad? Pero gracias de todas formas. Bailar con Bellamy hubiera sido aún peor que bailar con usted. —Le devolvió el golpe con un mohín—. Ese tipo huele como si llevara algo muerto dentro de sus bolsillos.

Andrew no pudo evitar soltar una carcajada. Bailar con ella le estaba resultando agradable, aunque prefería que volvieran a estar a la gresca. Si se concentraba en su sarcasmo y sus pullas, quizá consiguiera obviar lo bella que estaba esa noche. Su corpiño se ajustaba a su atrevido escote, dejando ver el nacimiento de sus pechos, pechos que subían y bajaban con cada respiración llamando su atención. Se regañó mentalmente. Era un hombre de mundo experimentado y respetuoso, no un sapo baboso como Bellamy que perdía la compostura solo por tener a una mujer deseable delante.

Durante esas semanas, Marian había compartido bastantes bailes con candidatos tan apuestos como Andrew, pero no recordaba haber tenido esa sensación de intimidad como la que sentía ahora en brazos del conde de Hardwick. Notaba su mano apoyada en su espalda, como si fuera una brasa que expandía un calor extraño por todas sus terminaciones nerviosas, y sus brazos alrededor de su cuerpo como una barrera impenetrable para el resto de los mortales. Simplemente, era un baile más, no obstante, sentía algo totalmente diferente y trascendental.

—Debo reconocer que estoy bastante sorprendido —rompió el silencio, intentando ignorar el insano cosquilleo que le estaba despertando tenerla tan cerca—. Esperaba que a estas alturas hubiera sido nombrada el desastre oficial de la temporada. Y mírese, aún no ha prendido fuego a ningún pretendiente, ni ha llenado la ponchera de insectos. Y ni siquiera se ha peleado escandalosamente con ninguna debutante.

—¿Debería sentirme halagada por ese comentario, lord Hardwick? —contestó sarcástica, intentando aparentar que no le dolían sus palabras. A pesar de la poca confianza que tenía en ella, le resultaba hiriente y acababa de destrozar la magia del momento.

Tal y como Andrew pretendía.

—¿Halagada? Solo constato unos hechos, a los que por desgracia estoy bastante acostumbrado. ¡¡Augh!! —Casi pierde el paso cuando Marian le golpeó con toda su fuerza en la espinilla.

—Oh, discúlpeme. Entre las muchas taras de mi carácter también está la torpeza, *milord*. —Los ojos de Marian echaban chispas, a pesar de su inocente sonrisa, mientras Andrew la fulminaba con la mirada.

—La he estado observando. Y no sé si será buena idea engatusar a sus pretendientes con un personaje que ni de lejos se acerca a lo que es en realidad. —Esta vez, Marian intentó pisarle, pero él se anticipó a sus intenciones y apartó el pie. Sin dejar de mirarla a los ojos de manera desafiante, la atrajo hacia su cuerpo para limitar su capacidad de movimientos, y Marian ahogó un gritito de sorpresa—. Esta es la verdadera Marian. La que no duda en pisotear a un hombre a la vista de todos durante un baile.

La insolente, demasiado impetuosa y hasta un poco descarada, Demonio Miller.

—Suélteme, Hardwick —dijo ella con los dientes apretados—. O le juro que se arrepentirá.

Andrew no pretendía ofenderla y ni siquiera él mismo sabía por qué había sido tan brusco, pero odiaba la idea de que los demás pudieran descubrir una Marian madura y deseable, tan alejada de la chiquilla que había sido. Descubrió con sorpresa que estaba furioso. Furioso con Richard por darle tanto cariño, con Thomas por hacerla reír, con Bellamy por devorarla con la vista, y con cualquier hombre de aquella habitación que osara mirarla más de tres segundos seguidos embobado por su seductora belleza.

—Por suerte, *milord,* no todos los caballeros sienten tanto desagrado hacia mí como usted. —No pudo reprimir los deseos de provocarle y demostrarle que no necesitaba su admiración—. Bellamy es solo uno más de la enorme lista de hombres a los que, gracias a mi magnífica actuación, tengo babeando a mis pies. Afortunadamente, usted es demasiado listo para ser uno de ellos. Si me disculpa… Aceptar este baile ha sido un terrible error, y no quisiera entretenerle más de lo necesario. —Marian intentó zafarse de su agarre, necesitaba salir de allí antes de que él notara su debilidad.

Entre ellos nunca cambiaría nada. Bastaba la más mínima chispa para que con dos frases ambos se lanzaran a despedazarse mutuamente. El conde la agarró con más fuerza impidiéndole marcharse.

—No vas a dejarme en ridículo plantándome en mitad del salón, Marian —le dijo al oído.

—O me suelta inmediatamente o prometo montar un escándalo de proporciones bíblicas en mitad de la pista, usted decide.

Sin soltarla de la mano, la condujo a través de las

puertas que daban al jardín, sin importarle que la música siguiera sonando y las parejas de alrededor los miraran sorprendidos por su intempestiva salida. Por suerte, la terraza que comunicaba la mansión con el jardín de estilo francés estaba desierta en ese momento.

Marian se zafó por fin de su agarre con un gesto brusco y se apartó de la puerta, dirigiéndose hacia una zona menos iluminada. Se apoyó de espaldas en la pared y cerró los ojos abrazándose a sí misma, intentando recuperar la compostura, sin comprender aún lo que había pasado. No podía entender por qué permitía que le afectase la opinión de un hombre al que detestaba.

Andrew la observaba, arrepentido y sobrepasado por su propia estupidez. Esa era la razón por la que no podía estar cerca de ella. Marian conseguía destruir todo lo que él era, un hombre correcto, sensato y frío, capaz de controlarse en cualquier situación. No entendía por qué sentía esa necesidad de dejarle siempre tan claro que no la aceptaba como una de los suyos, que jamás la aprobaría, que para él siempre sería esa chiquilla incorregible que se saltaba las reglas a la menor oportunidad.

—Lo siento —dijo con un tono de voz apenas audible.

Marian abrió los ojos y lo miró con desprecio.

—Márchese, lord Hardwick. No necesito sus disculpas, ni su aceptación tampoco.

Andrew se aproximó lentamente hasta quedar frente a ella, demasiado cerca para la cordura de ambos.

—Sé lo que piensa de mí. ¿Por qué me lo restriega por la cara a la menor oportunidad? —Su voz se atoró en su garganta y volvió la cara sintiendo cómo sus ojos ardían con las lágrimas que estaban a punto de derramarse. Pero no permitiría que se derramasen por él. No tenía que justificarse ante ese *lord* pedante y estirado ni por su actitud ni por sus actos.

—No lo sé. Supongo que aún veo en ti a esa cría insoportable que siempre me ha sacado de mis casillas —susurró con semblante serio, aunque ella pudo notar un ligero tono burlón en sus palabras.

—Pues es hora de que abra los ojos. No pienso cambiar solo porque a usted no le guste. Yo al menos estoy madurando, pero usted siempre va a ser el mismo tipo con un palo incrustado en... —Marian se mordió la lengua al ver que él levantaba su aristocrática ceja a modo de advertencia—. Asúmalo. La cría que usted tanto odiaba ahora es una mujer.

—Eso puedo verlo con total claridad —susurró Andrew, más para sí mismo que para ella.

El conde apoyó un dedo en su mentón y le giró la cara para que lo mirara a los ojos. Deslizó sus nudillos con una lentitud desconcertante por su barbilla y su mejilla, y fue bajando por su cuello con una lenta y ardiente caricia. Con la yema de los dedos dibujó el perfil de su hombro, su clavícula y el hueco de la garganta, hipnotizado por la perfección de su piel bajo la suave luz que provenía del salón, notando el pulso acelerado de Marian en cada centímetro que recorría.

Marian sentía una opresión en su pecho que apenas la dejaba respirar, mientras la leve caricia de Andrew despertaba cada fibra de su ser.

Hasta él llegaba su característico olor a violetas, que enervaba sus sentidos y nublaba su razón, haciendo que olvidara que aquello era una insensatez. Sentir su cálido cuerpo tan cerca hizo que comenzara a desprenderse de la prudencia de la que siempre hacía gala. Fue acercándose cada vez más llevado por una fuerza invisible, hasta casi rozar sus entreabiertos y tentadores labios, compartiendo por un segundo el mismo aire. Un carraspeo y el sonido de unos pasos que se acercaban lo hicieron separarse bruscamente de ella, justo cuando estaba a punto de tomar su boca.

— Hardwick… —lo saludó el caballero rubio que tenía delante con actitud poco amigable, y él le correspondió también con un gesto seco—. Señorita Miller…

—Lord Aldrich… —contestó ella con un hilo de voz, sorprendida por su presencia allí. Aldrich era uno de los candidatos predilectos de su tía Margaret y, en las últimas semanas, había mostrado bastante interés en ella, apareciendo como por arte de magia en cada evento al que ambas acudían.

—La he visto salir apresuradamente del salón y he venido para asegurarme de que se encuentra usted bien —dijo, retando a Andrew con la mirada. Lejos de amilanarse, Andrew pareció crecerse aún más.

—No era necesario, Aldrich; mientras esté conmigo, la señorita Miller estará en buenas manos —le respondió, apretando los puños a sus costados mientras se acercaba desafiante.

Robert Foster, conde de Aldrich, era un hombre bastante alto y atlético, pero Andrew le sacaba al menos una cabeza y aprovechó esa ventaja para intentar intimidarle, aunque Aldrich no se dejó achantar. Ambos se conocían desde hacía años; habían sido compañeros en el internado durante la adolescencia y, aunque no había llegado a tener una relación tan estrecha como la que tenía con Thomas, lo consideraba un buen amigo. Sin embargo, eso no significaba que fuera a permitirle que lo intimidara con su actitud.

—No es mi intención cuestionarte, Hardwick, pero quizá sea mejor que vuelvas dentro. Solo. —Andrew no necesitó más explicaciones para entender que su salida airada con Marian podía haber levantado suspicacias.

—Robert, no se preocupe. Solo estaba un poco mareada y lord Hardwick se ofreció a acompañarme —dijo Marian, intentando aliviar la tensión entre ambos, pero la familiaridad con la que trató a Aldrich hizo que Andrew se tensara aún más—. Lord Hardwick me estaba comentando que ya se iba, no quiero entretenerle más, *milord*. Me quedo en buenas manos. Buenas noches.

Andrew apretó la mandíbula con fuerza ante el desplante.

—En tal caso, me retiro. Un placer verla, señorita Miller. Aldrich… —Y con una seca reverencia se marchó, dejando a Marian en la compañía de un hombre que claramente tenía intención de aprovechar su oportunidad, y no pudo evitar sentirse el ser más estúpido y mezquino del mundo.

4

Andrew, atraído por el alboroto, detuvo su caballo al borde del camino, sobre la leve pendiente desde la que se divisaba el lago que atravesaba sus tierras. Había ido a revisar unos cercados que lindaban con la propiedad de los Miller que, para no variar, le tocaría reparar a él, ya que sir Joshua estaría demasiado ocupado en la ciudad, gastándose la herencia de su sobrina en fulanas. Bufó incómodo al comprobar que las risas y gritos femeninos provenían de sus hermanas y de la dichosa Marian Miller, a la que su estancia en Londres para la temporada social no parecía haberla hecho madurar lo más mínimo.

La formalidad que había demostrado en los salones parecía haber sido un espejismo, porque, desde que había retornado al campo, había vuelto a convertirse en la irreverente y alocada joven de siempre. En nada parecía haberle influido el interés que varios candidatos mostraron por cortejarla y que, según había llegado a oídos de Andrew, rechazó sin contemplaciones.

Seguro que había sido idea suya montarse en aquella barca desvencijada para navegar por el lago. Su hermano Richard dormitaba tumbado en la orilla con las manos cruzadas detrás de la cabeza y el sombrero ocultándole la cara del sol, como si no le molestara el escándalo que las tres chicas hacían mientras se salpicaban agua como si fueran niñas pequeñas. Los remos, cómo no, los llevaba Marian.

Andrew dudó si acercarse hasta el lago y advertirles de que, aunque no había mucha profundidad, podía ser peligroso. Además, estaban ya en octubre y las noches solían ser bastante frías, por lo que el agua a esas alturas del año estaría helada. Pero se lo pensó mejor. Siempre le acusaban de ser un aguafiestas incapaz de divertirse, así que sería mejor dejarlas disfrutar de su entretenimiento y volver a casa. En ese momento, Marian levantó la vista y lo vio, cruzándose por un momento sus miradas.

Ninguno dijo nada, ni siquiera un gesto o un saludo. Andrew sintió una sensación cálida y extraña en el estómago al ver su pelo rojizo despeinado por el viento, reflejando la luz del sol. Apenas se habían dirigido la palabra desde el baile de los Dolby, y Andrew prefería que siguiera siendo así. Le dio la vuelta al caballo y emprendió el camino de regreso a casa. En ese momento, una ráfaga de aire cruzó el lago y se llevó volando el sombrero de paja de Crystal, que se giró bruscamente en la barca para intentar recuperarlo. Caroline también quería remar y Marian se había levantado para cederle el sitio. El repentino movimiento de Crystal hizo que la precaria embarcación se balanceara y Marian perdiera el equilibrio y cayera por la borda, golpeándose en la cabeza durante la caída con uno de los remos de madera.

El contacto con el agua helada del lago le cortó el aliento. Quiso luchar, pero su cabeza ardía por el golpe y sus miembros pesaban como si fueran de plomo. Braceó cuanto pudo durante unos segundos interminables, pero su ropa empapada la arrastraba hasta el fondo. No pudo evitar que le comenzara a entrar agua por la nariz y por la garganta, y sus fuerzas comenzaron a flaquear. Se sentía aturdida y la consciencia empezó a abandonarla. El mundo parecía desvanecerse a su alrededor, y poco a poco solo hubo agua y oscuridad.

Apenas se había alejado unos metros, cuando los gritos de sus hermanas hicieron que a Andrew se le congelara la sangre y desvió el caballo para bajar a todo galope por la colina. Caroline gritaba y lloraba desesperada aferrándose al borde de la barca, mientras Crystal se lanzaba con más valor que destreza a rescatar a Marian. Richard se había quitado las botas y ya nadaba para alcanzar a las muchachas, cuando escuchó el chapoteo que produjo Andrew al lanzarse al agua.

—¡Richard, saca a Crystal! —le gritó desesperado.

—Andy, ¡por favor! Tienes que sacarla. ¡Se ha golpeado! —chilló Caroline entrecortadamente entre sollozos.

Tomó aire y se sumergió siguiendo el rastro de las burbujas que ascendían desde el fondo, mientras Richard ponía a Crystal a salvo. Divisó el cuerpo inmóvil de Marian que se hundía cada vez más, y Andrew se sintió invadido por el pánico. La asió de la mano y tiró de ella, pero la ropa empapada y el peso de sus propias botas tiraban de ellos hasta el fondo del lago. Notó que los pulmones le ardían y salió para volver a tomar aire. Se sumergió de nuevo sujetándola esta vez por la cintura y, con la ayuda de Richard, consiguió sacarla a la superficie.

Cuando al fin alcanzaron la orilla, la tendió sobre la hierba y la desesperación lo invadió al notar que no respiraba. Su cara había perdido el color y sus ojos verdes, siempre brillantes, permanecían entreabiertos como si no tuvieran vida. Comenzó a darle palmadas en la cara intentando hacerla reaccionar. Unos hombres a caballo se acercaron veloces por el camino alertados por los gritos. Richard los reconoció como trabajadores de la finca y les dio instrucciones para que fueran a la casa a avisar de lo ocurrido y mandaran llamar al médico con urgencia.

Andrew, que siempre se mantenía frío ante las situaciones más adversas, estaba fuera de sí. Pegó el cuerpo de Marian a su pecho y sacó una navaja que guardaba en su bota. De un tirón rasgó la espalda de su vestido, haciendo que todos los botones saltaran. Tenía que conseguir que entrara aire en sus pulmones y las ceñidas capas de ropa que oprimían su pecho eran un impedimento. Cortó con la navaja las tiras del corsé, aflojando así la presión.

Sus hermanas, abrazada la una a la otra, lo observaban hechas un mar de lágrimas, incapaces de hacer nada que no fuera rezar.

Con la ayuda de Richard la puso de lado y comenzó a presionar su pecho y su espalda, intentando que volviera a respirar, más por intuición que por certeza, pues nunca se habían visto en una situación similar. El cuerpo de Marian al fin se convulsionó, expulsando parte del agua que había tragado, y el aire entró de golpe en sus pulmones. Empezó a boquear desesperadamente, sintiendo como si miles de cristales penetraran en su garganta y en su pecho. Apenas veía con claridad, como si una neblina cubriera sus ojos, solo era capaz de percibir el cuerpo de Andrew que la sostenía, su voz tan cerca de su oído susurrándole que todo iba a estar bien, y su mano firme frotando la piel expuesta de su espalda, dándole calor.

Consiguió fijar la vista, con mucho esfuerzo, en la cara preocupada de Andrew que la miraba con una mezcla de pánico y dulzura en sus ojos azules, mientras se acercaba para escuchar lo que ella intentaba decirle, pero su garganta estaba demasiado castigada para conseguir emitir algún sonido.

Durante el camino hacia la mansión, Marian permaneció la mayor parte del tiempo semiinconsciente. Por suerte, cuando llegaron, tanto su madre como el servicio estaban preparados. El conde subió a Marian en brazos por la escalera hasta el cuarto de invitados, donde ella solía alojarse en sus largas temporadas en Greenwood Hall, y Eleonora tuvo que sacarlo prácticamente a empujones de la habitación para que dejara que el servicio la atendiera. Eleonora nunca lo había visto así de preocupado y tan fuera de control.

El conde esperó en el pasillo, caminando de un lado para otro, pasándose las manos por el pelo y maldiciendo entre dientes mientras el doctor la examinaba. Aunque aceptó una manta para abrigarse que le entregó una doncella, no consintió en ir a cambiar su ropa empapada hasta que el médico hubo salido a decirles como se encontraba Marian.

—Por ahora está estable. —Cabeceó preocupado—. El golpe en la cabeza la aturdió, pero no fue demasiado fuerte, por lo que con total seguridad no le dejará secuelas. Lo que me preocupa es que coja una infección pulmonar. Ya saben que la temperatura del agua es muy fría en esta época del año y no sabemos si ha podido afectar sus pulmones. Les he dejado un remedio para la fiebre. Mañana a primera hora volveré a verla. Solo podemos esperar.

Apretó el hombro del conde de Hardwick en un gesto de comprensión y se marchó.

—Hijo, debes cambiarte o enfermarás tú también. Voy a ver cómo están los chicos. —Eleonora se alejaba por el pasillo cuando se volvió y vio que su hijo se había quedado en el mismo sitio apoyado en la pared, mirando el suelo frente a él—. Andy, sé que estás preocupado, pero seguro que todo va a salir bien. Ella es muy fuerte y testaruda y…

—¿Preocupado? —dijo, levantando la cabeza y dando rienda suelta a su frustración y a los sentimientos encontrados que le invadían. No quería parecer vulnerable, pero era su madre y siempre vería más allá de su coraza—. Estoy furioso, madre. Muy furioso. Esta maldita muchacha descerebrada no… —Se pasó la mano por la cara. De pronto se sentía muy cansado—. Esta es mi casa y, mientras esté aquí, ella es mi responsabilidad. ¿No lo entiendes? Si por una vez en la vida pensara con la cabeza, nada de esto habría pasado. Te juro que, si sale de esta, nadie la librará de los azotes que lleva ganándose desde hace tantos años. —Se fue a su habitación maldiciendo entre dientes, y dio tal portazo que dejó a su madre boquiabierta.

Lady Eleonora se había retirado a descansar después de haber pasado la tarde pendiente de Marian y, después de cenar, Caroline y Richard decidieron quedarse a hacerle un poco de compañía, aunque Marian continuaba sumida en un pesado sueño, motivado en parte por la medicina que le habían administrado para que descansase.

Andrew era incapaz de meterse en la cama, inquieto por saber cómo se encontraba la díscola pelirroja que siempre acababa con su compostura. Pasó por la habitación de su hermana más pequeña, que tan heroicamente se había lanzado al agua a rescatar a su amiga, y comprobó, con alivio, que Crystal dormía plácidamente. La besó en la frente y salió cerrando la puerta sin hacer ruido.

Antes de entrar en la habitación de Marian, se paró unos segundos ante la puerta y suspiró, intentando poner en su lugar las emociones contradictorias experimentadas aquel día. Cuando entró en la estancia tuvo que contener el deseo de estrangular a sus dos hermanos. Richard dormitaba despatarrado en una silla frente a la chimenea y Caroline roncaba suavemente, con la cabeza en un ángulo imposible, sentada en una silla junto a la cama. Maldijo por haber pensado que serían lo bastante responsables como para cuidar de ella y por dejarse convencer de no poner a alguna doncella a cargo de la situación.

Sacudió a Richard sin miramientos hasta que este se despertó desorientado y le indicó que llevara a Caroline a su habitación. Su hermana se quejó entre sueños cuando Richard la levantó de la silla, y salió diciendo palabras inconexas mientras se dejaba arrastrar hasta su cálida y confortable cama.

Una vez solo con Marian, soltó el aire despacio mientras se sentaba en el borde de la cama junto a ella. La habitación estaba tenuemente iluminada por la luz de la chimenea y una única vela sobre la mesilla, y le sobrecogió lo pálida y tranquila que se la veía. Su respiración era muy superficial y, al acercarse un poco más, observó que su frente estaba perlada de pequeñas gotas de sudor. Pasó su mano por la mejilla y se tensó al comprobar que su piel quemaba. Mientras ella se consumía por la fiebre, sus hermanos habían estado durmiendo plácidamente a su lado. En esos momentos ardía en deseos de patearles el trasero.

Había que bajar la temperatura rápidamente; la habitación estaba demasiado caldeada por el abundante fuego que ardía en la chimenea. En dos zancadas, se dirigió a la ventana y la abrió para que el aire fresco entrara. Miró a su alrededor, hasta que encontró un jarro de agua y un cuenco de porcelana en el tocador. Cogió un paño de lino y se dirigió con todo ello hacia la cama.

—Marian, ¿me oyes?

Ella gimió levemente en respuesta. Apartó las sábanas y vio su cuerpo enfundado en un sencillo camisón de lino blanco. Se veía tan hermosa y tan frágil que se le encogió el corazón. Le desató las cintas del canesú y comenzó a mojar el paño en el agua fría para pasárselo por el cuello, el nacimiento de los pechos y los tobillos, en un vano intento de hacer bajar su temperatura. La tela parecía absorber el calor en cuanto entraba en contacto con su cuerpo, pero necesitaba algo más drástico o la situación no mejoraría.

Tiró del cordel que había sobre la cama y el ama de llaves apareció a los pocos minutos.

—¿Señor? —Se acercó a la cama preocupada y extrañada por lo impropio que resultaba ver al señor de la casa a solas en la habitación de una dama y en semejante actitud.

—Está ardiendo de fiebre, señora Cooper. Necesitamos meterla en la bañera. ¡Rápido! ¡Que traigan agua fría!

La señora Cooper salió apresuradamente para volver a los pocos minutos acompañada de dos doncellas con cubos de agua. Mientras ellas llenaban la bañera, Andrew incorporó un poco a Marian y le sacó el camisón por encima de la cabeza, dejándola totalmente desnuda. Le pareció descorazonador ver cómo sus brazos cayeron, faltos de vida. La ansiedad y la preocupación hicieron que ignorara los jadeos escandalizados de las mujeres que lo acompañaban y que no tomara conciencia de la belleza del cuerpo que cargaba en sus brazos.

—Lord Hardwick... —carraspeó la señora Cooper—, quizá debiera usted salir de la habitación. Deje que nosotras nos encarguemos de ella.

Él la fulminó con la mirada, tomando conciencia de la situación, mientras atravesaba la habitación con Marian en brazos.

—No es momento de remilgos, señora. Confío en su discreción —le advirtió secamente.

Marian gimió, estremeciéndose al notar que se sumergía y que el agua helada volvía a rodearla. Intentó revolverse, mas su cuerpo no le respondía. Entre sus párpados entreabiertos se filtraba algo de luz, pero no era consciente de dónde estaba. La envolvía una neblina rojiza que embotaba sus sentidos y hacía que los sonidos llegasen amortiguados a sus oídos, como si todo estuviese muy lejos de ella. Solo escuchaba la voz profunda de Andrew junto a su oído tranquilizándola. Sus manos frescas acariciando su nuca, su frente, aliviando aquella tortura.

Cuando Eleonora entró en la habitación, el duro momento ya había pasado. Las doncellas habían cambiado su camisón y su ropa de cama, y descansaba apaciblemente con la fiebre convertida en un mal recuerdo.

—¿Qué ha pasado? ¿Está bien? —La suave voz de Eleonora les llegó desde la puerta.

—Lo que ha pasado es que su hijo le ha salvado la vida por segunda vez hoy, *milady* —respondió la señora Cooper.

5

Una vez que Marian recuperó la consciencia al día siguiente, el conde de Hardwick pareció esfumarse. Tanto, que ella estuvo casi segura de que las palabras dulces susurradas en su oído y la sensación de sus manos sobre su piel debieron de ser un delirio producto de la fiebre. Ni siquiera se interesó por su estado ni la visitó unos minutos para hacerle compañía. Se sentía frustrada, ya que las doncellas, entre risitas bobaliconas, le habían contado lo caballeroso y preocupado que lord Hardwick se había mostrado durante su convalecencia. Incluso las hermanas Greenwood le habían relatado su actuación heroica, describiéndolo como si fuera un gallardo príncipe azul que acudiera al rescate de su amada. A ella no le cuadraba demasiado con la actitud estirada y tosca que adoptaba en su presencia, pero, aun así, le había salvado la vida y quería agradecérselo.

Marian se encontraba mejor, aunque débil, y el médico le recomendó que no se confiara y guardara reposo durante una semana, hasta que su cuerpo se hubiese recuperado totalmente. Así que todos los Greenwood, a excepción de Andrew, le hacían compañía encantados, compartiendo las largas horas de convalecencia con ella entre partidas de cartas y conversaciones en su habitación.

Marian parecía asfixiarse entre las cuatro paredes de aquella estancia. Pero lady Eleonora había sido tajante y no le permitiría volver a su casa hasta que estuviera totalmente recuperada.

Caroline había subido a cenar con ella, pero se retiró temprano a descansar. Se dirigió a la ventana y la abrió con la necesidad de respirar aire puro, sintiendo cómo la reconfortaba notar en su cara la brisa que traía hasta ella los olores a tierra mojada y a hierba fresca. Aspiró profundamente y, de inmediato, pareció sentirse más llena de vida. Permaneció unos instantes con la frente apoyada en la madera, mirando la oscuridad del jardín con una sensación extraña. El cielo amenazaba lluvia y aquella noche se acostó un tanto intranquila.

Ya de madrugada, los truenos de una tormenta cada vez más cercana llegaban hasta Marian invadiendo sus sentidos a través del sueño, acosándola sin piedad y transportándola a un lugar de su mente que se esforzaba sin éxito en bloquear.

La lluvia helada caía sobre ella implacable, entumeciendo sus miembros, mientras ráfagas de aire helado sacudían su pequeño cuerpo tembloroso. Gimió con desesperación al verse rodeada de una profunda y angustiosa oscuridad. Un grito desgarrador cortó el silencio de la noche y el pánico la impulsó a correr descalza sobre la tierra mojada y fría, escapando sin rumbo de algo desconocido. El sonido de sus propios latidos retumbando en sus oídos era ensordecedor. Un relámpago iluminó el cielo paralizándola y se volvió sobresaltada al sentir una presencia detrás de ella.

Una figura sin rostro, inmóvil y aterradora, que la observaba desde la distancia, levantó lentamente su mano hacia Marian en una llamada silenciosa. Ella miró hacia abajo al percatarse de que estaba hundiéndose en la superficie embarrada. Unas raíces gruesas y espinosas emergieron del fango y se aferraron a sus tobillos hiriéndola, anclándola a la tierra, impidiéndole cualquier posibilidad de huir. Se debatía agónicamente, pero no servía de nada. Quería correr y escapar de allí para que aquella figura fantasmagórica no la alcanzara. Intuía que algo terrible iba a suceder, pero no podía soltarse de su agarre. Intentaba gritar, pero su garganta estaba atenazada por el miedo. Cayó de bruces pensando que el abismo la engulliría. Iba perdiendo sus fuerzas, sintiéndose más y más impotente.

Moriría sola bajo la lluvia incesante y, en sus últimos momentos, sabía que nadie la echaría de menos, nadie lloraría por ella. Solo era una huérfana invisible.

El estruendo de un trueno sobre su cabeza la hizo gritar al fin. Una mano fuerte la agarró por los hombros, arrancándola de aquella dolorosa tortura, llevándola a un lugar seguro, cobijándola junto a la seguridad de su cuerpo cálido. No se atrevía a abrir los ojos. Solo podía aferrarse al pecho que la protegía, con la respiración agitada y los ojos apretados fuertemente. No importaba que él supiera que era débil, ni que al día siguiente la volviera a tratar con prepotencia o desdén. Sin abrir los ojos, ella ya sabía que únicamente podía ser él quien la abrazaba de esa forma, protegiéndola de sus demonios, quien le besaba la coronilla intentando calmar sus miedos mientras le susurraba palabras de consuelo.

Puede que a la luz del día Andrew Greenwood fuera un ogro frío e impasible. Pero, al menos en sus sueños, él siempre sería su tabla de salvación. Lo supo desde aquel día, el peor de su vida, cuando, siendo una niña, vio por primera vez su mirada limpia ofreciéndole consuelo.

Andrew había intentado alejarse de Marian y había evitado, incluso, preguntar por su salud en los últimos días. No le gustaba sentirse observado y le fastidiaba sobremanera ver cómo todos escudriñaban su cara, intentando percibir algún gesto delator cuando hablaban de ella. Si pensaban que iba a mostrar algún tipo de simpatía o cualquier otra cosa por aquella cabeza hueca, mejor que esperaran sentados. Se sentía incómodo en su propia casa y decidió marcharse a Londres cuanto antes.

Allí sus amigos seguro que lo acogerían sin cuestionarlo. Aunque tuviera que aguantar las indirectas y sarcasmos de Thomas, siempre resultaba fácil mandarlo al cuerno sin rencores. No obstante, le sería difícil calmar la inquietud que le rondaba. Le había costado mucho reconocerse a sí mismo que la niña rebelde había desaparecido y que en su lugar había florecido una mujer voluptuosa y terriblemente bella, a la que casi no pudo resistirse cuando la encontró en Londres. Aquel momento de debilidad había sido imperdonable.

Siempre tuvo claro que no debía ceder ante sus ocurrencias ni su encanto, pues temía quedarse prendado de ella como un pelele, y al verla en la fiesta con aquel seductor vestido verde que le sentaba como un guante, supo que aquella suposición era correcta.

La nueva Marian era atrayente y sensual, sin ningún artificio, y su personalidad seguía siendo arrolladora y rebelde. Era capaz de atraer todas las miradas y despertar el deseo de todos los hombres de una habitación sin proponérselo ni percatarse de ello. Su poder radicaba en que no era consciente de su propio encanto.

Andrew, desde que se convirtió en el conde de Hardwick, no se había permitido dejar nada al azar ni a la improvisación, labrándose un futuro para él y para su familia a base de tesón y esfuerzo. Era un hombre joven con necesidades y sangre en las venas, pero también un experto en mantener a raya su carácter pasional, reservando esa faceta para la intimidad del dormitorio. Nunca se dejaba llevar por la frustración o la rabia, desarmando a cualquiera que se le enfrentara a base de calma y seguridad en sí mismo.

Aún no se había lanzado a la búsqueda de una esposa adecuada, pero tenía claro que Marian no cumplía ni de lejos sus estándares, por muy tentadora que le resultara. Desde que estuvo a punto de besarla, no era rara la noche en la que se sorprendía excitado pensando en su esbelto cuello y en la curva de sus pechos, o imaginando lo devastador que podía resultar compartir su cama con una mujer tan salvajemente pasional y entregada como ella. No obstante, por muy tentador que resultara ser su amante, ser su esposo sería un infierno para ambos.

Su condesa ideal debería ser una mujer educada, delicada y tranquila, capaz de mantenerse en un segundo plano y cuidar a sus hijos con entrega. Le bastaba con que fuera una buena anfitriona, una conversadora amena, de buen corazón y con un físico agradable. Aspiraba a encontrar una mujer serena y discreta, que en las reuniones sociales hablara del tiempo en lugar de sumergirse de lleno a lanzar sus opiniones viscerales sobre el libre comercio, los derechos de los trabajadores o cualquier otra cosa polémica que se le pasara por la cabeza. Quería sosiego en su vida matrimonial, y Marian era totalmente imprevisible, como un volcán en erupción. Si intentaba controlarla, ella también sufriría.

Se maldijo a sí mismo por tener la desfachatez de permitirse ese tipo de pensamientos; ella no era una opción, por mucho que la idea le resultase más que tentadora.

Y, a pesar de todo, esa noche le había resultado imposible resistirse a acudir a su habitación, confiando en encontrarla dormida a esa hora de la madrugada. No sabía con certeza si quería asegurarse con sus propios ojos de que estaba bien antes de volver a Londres a la mañana siguiente, o si, simplemente, era algo mucho más egoísta que eso: el deseo de contemplarla. Sin embargo, no quería pensar demasiado en ello.

Se había quedado petrificado al entrar en la habitación y encontrarla en la cama revuelta, debatiéndose en brazos de una terrible pesadilla. Caroline le había explicado que en las noches de tormenta Marian sufría sueños terribles de los que no quería hablar. No era necesario pensar demasiado para llegar a la conclusión de que estaba relacionado con la noche en que murieron sus padres. Su rostro estaba contraído por el sufrimiento y su cuerpo se arqueaba tenso como si quisiera escapar de algo.

Sin pensar en las consecuencias, se acercó a ella y suavemente intentó tranquilizarla, pero ella no respondía. Estaba totalmente sumergida en aquel mundo interno que la torturaba. Marian luchaba contra algo más fuerte que ella, su cara reflejaba desesperación, sus piernas y sus manos se tensaban y se enredaban en las sábanas. Intentaba hablar, gritar, mas solo emitía gemidos entrecortados de desesperación. La abrazó y Marian se aferró a los hombros del conde como si fuera su única salida ante aquel abismo. Él comenzó a pasar su mano con delicadeza por su espalda, por su cabello, intentando estabilizar su respiración, tranquilizándola, susurrándole al oído palabras de aliento.

Finalmente, con un ronco sollozo, rompió a llorar desconsoladamente, y sus lágrimas fueron arrastrando su dolor, como si la limpiaran por dentro, llevándose sus miedos, sus demonios y todo aquello que la atormentaba. Poco a poco, su cuerpo fue quedándose laxo y en su cara volvió a reflejarse la calma. Andrew permaneció allí con la espalda apoyada en el cabecero y Marian dormida profundamente en su regazo, sin atreverse a mover ni un músculo que pudiera romper aquel momento. Notaba el suave aliento de Marian en su pecho. Sus cálidas manos se aferraban a él y sus curvas se amoldaban a sus muslos, calentándole la sangre. Acarició con delicadeza su cabello rojizo, enredando sus mechones ondulados en sus dedos. Se permitió observarla a placer, memorizando sus rasgos iluminados por la tenue luz de la chimenea. Pasó sutilmente, en una caricia casi imperceptible, la yema de sus dedos por su ceja arqueada en una curva perfecta, deslizándolos por su pómulo hasta llegar a su mejilla, justo el lugar donde sabía que aparecía un hoyuelo travieso cuando sonreía. Continuó por su nariz pecosa, respingona e insolente, y se detuvo cuando sus ojos se posaron en su tentadora boca.

Él era un caballero y debería sentirse ruin por permitirse estas libertades estando ella dormida, pero no era lo bastante fuerte. Se dejó llevar por la ternura, inclinándose levemente para darle un suave beso en los labios, tan leve como el roce del ala de una mariposa. Marian suspiró tranquila.

Cuando abrió los ojos, Marian se incorporó buscándolo entre las sombras de su habitación, dudando si ese cúmulo de sensaciones cálidas había sido real o parte del sueño. Se estremeció al sentir su olor alrededor, ese leve aroma tan familiar, impregnando sus manos, el aire, sus sentidos. Notaba aún su presencia tan vívidamente que no podía ser producto de su imaginación.

Las primeras luces del amanecer teñían de rosa y naranja los jirones de nubes que aún quedaban en el cielo tras la noche de tormenta, como si los truenos hubieran sido parte también de un mal sueño. Unas voces de hombre en el exterior de la casa llegaron amortiguadas hasta Marian que, desvelada, miraba el dosel de su cama desde hacía un buen rato. Se levantó con curiosidad y se asomó a la ventana. A través del cristal vio a dos lacayos que cargaban un baúl en el carruaje con el emblema de los Hardwick. Dio un respingo y estuvo a punto de apartarse al ver salir al conde, que se ajustó los guantes mientras le daba las últimas instrucciones al cochero, pero permaneció allí, observándolo embobada.

Como si hubiera notado su presencia, él giró su cabeza y miró directamente a su ventana antes de subirse al carruaje. Sus ojos se encontraron y ambos permanecieron inmóviles durante unos segundos que parecieron eternos. El conde subió al coche, cerrando la puerta tras él, y Marian sintió un extraño vacío en su pecho. Andrew cerró los ojos y apoyó la cabeza en el mullido asiento de su carruaje, dejando escapar un suspiro resignado. No podía permitirse acercarse a ella. Nunca más.

6

Andrew se frotó el puente de la nariz y se reclinó en su sillón de lujosa piel, de su aún más lujosa mansión de Mayfair en Londres. Llevaba ya varias horas sin apartar la vista de los balances y números que su contable le había traído esa mañana, aunque hacía ya bastante rato que pasaba una y otra vez por las mismas líneas sin leer nada. Se sentía agotado.

Colbert, su mayordomo, llamó a la puerta y le trajo una carta en una bandeja de plata.

—¿Quién la ha traído?

—Un muchacho, *milord*. No me dio ningún dato. Pero si la abre, probablemente obtenga la respuesta.

Andrew lo miró levantando una ceja, preguntándose si Colbert era insolente o solo descerebrado, y preguntándose también por qué diablos lo soportaba después de tantos años.

—Gracias, Colbert, si necesito enviar una respuesta, te avisaré.

Hardwick cogió el sobre y hasta su nariz llegó como una bofetada un sofisticado y empalagoso perfume femenino. Cualquier otro día hubiera agradecido una nota con alguna cita clandestina, prometiendo placeres y aventuras, pero últimamente no estaba de humor. Durante los últimos meses todo parecía hastiarle y procuraba mantenerse centrado en el trabajo para no pensar en nada más. Lo que antes le resultaba excitante ya no se lo parecía tanto. Sucumbir a la lujuria en camas ajenas, esquivando maridos ultrajados, o sumergirse en los brazos de alguna experta cortesana habían perdido todo su atractivo. No sentía ninguna emoción más allá de una liberación física. El sexo estaba convirtiéndose en una función biológica, que saciaba con la misma eficiencia que el hambre o el sueño. Quizá debería preocuparse o quizá solo era un síntoma de madurez, o quizá…

Abrió la carta con desgana. Obviamente era de una mujer. Con apenas dos escuetas frases le citaba en su casa a la mayor brevedad, rogándole discreción. Lo sorprendente era la identidad de la señora. Se quedó anonadado al descubrir que la mujer que requería su presencia no era otra que lady Margaret Duncan, la anciana tía de Marian, y dudaba mucho que su intención fuera enredarlo en sus sábanas.

—Lord Hardwick, me alegra que no se haya demorado en complacer con su presencia a esta pobre anciana —dijo lady Margaret, entrando en la sala donde el conde la esperaba, con los andares y la majestuosidad de una reina.

—Lady Duncan, me alegro de verla. No podría seguir llamándome caballero si la hiciera esperar —repuso, haciendo una reverencia y sonriéndole con todo su encanto mientras tomaba su mano para besarla—. Y la verdad es que debo reconocer que estoy intrigado por su petición. No se me ocurre qué asunto desea usted tratar conmigo con tanta urgencia.

Lady Margaret enarcó una ceja y clavó en él sus brillantes ojos verdes, observándolo con detenimiento de arriba abajo; por un momento, a Andrew le pareció que tenían la misma chispa de vida que los de Marian. A pesar de su edad, el paso del tiempo la había tratado bien, y en sus rasgos aún quedaba algo de la belleza que caracterizaba a las mujeres de su familia.

—Tome asiento, Hardwick. Y respire, no tengo ningún interés romántico en usted —le dijo divertida mientras se dirigía hacia una mesita de bebidas. Se volvió para escudriñarlo de nuevo—. Al menos, no para mí.

Andrew no pudo evitar tragar saliva, ya que aquella mujer tenía fama de ser un poco excéntrica y no sabía adónde podía llevar aquello.

Margaret llenó generosamente dos vasos de brandy y le entregó uno a Andrew mientras se sentaba frente a él. Dio un largo sorbo a su copa y saboreó el líquido ambarino, sin quitarle los ojos de encima a su invitado.

—¿Está usted intentando intimidarme, lady Margaret? —preguntó él con una encantadora sonrisa.

Ella soltó una carcajada.

—Podría. Pero no. Solo estaba observando lo condenadamente atractivo que es usted. No me extraña que todas las mujeres se deshagan en halagos sobre sus virtudes. Sobre las evidentes y sobre las que no lo son tanto. No obstante, ese no es el tema por el que le he traído hasta aquí —dijo con un gesto de su mano, haciendo tintinear las muchas pulseras que adornaban su muñeca mientras Andrew se sonrojaba.

—Usted dirá. ¿Cómo puedo ayudarla?

La mujer tomó otro trago lentamente.

—Joshua Miller —dijo Margaret con la misma expresión de repulsión que tendría tras pisar un bicho muerto. A Andrew se le borró instantáneamente su amable sonrisa de la cara—. Bien. Veo por su expresión que tampoco es santo de su devoción. Le diré lo que yo sé, y si en algo aprecia a mi sobrina, espero que me diga todo lo que usted sabe, Hardwick. —Andrew carraspeó incómodo.

Odiaba chismorrear, pero este asunto era mucho más comprometido que un simple cotilleo. Siempre le había indignado el mal trato y el abandono que Marian sufría por parte de su tío, y en más de una ocasión hubiera triturado a ese hombre con sus propias manos. Eso creó una antipatía también hacia el resto de la familia, incluida lady Margaret, ya que la habían abandonado desde que era una niña sin preocuparse lo más mínimo por su bienestar. Margaret lo observaba como si pudiera leer más allá de la expresión impasible de su rostro.

—Sé que ese bastardo se pavonea por todo Londres con un nivel de vida exorbitado. Que malgasta el dinero de mi sobrina en toda clase de vicios, con la indolencia de aquel que no ha debido esforzarse para ganarlo, y que la dote de Marian ha desaparecido. Y sé que todos hemos mirado para otro lado durante muchos años, incluida yo. También tengo conocimiento, a través de mi sobrina, de que su familia es muy importante para ella, y que usted es un hombre íntegro y decente. —La anciana suspiró y se tomó unos segundos antes de continuar, para poder controlar sus emociones—: Quiero acabar con esta situación y repararla en la medida de lo posible. Así que, cuénteme.

Andrew apuró de un trago su brandy. Por una parte, quizá lo que ese desgraciado estuviera haciéndole a Marian no fuera asunto suyo, pero, por otra, la apreciaba y había llegado la hora de intentar remediar la injusticia que se estaba cometiendo con ella.

—De acuerdo. Creo que necesitaremos más de esto, señora —respondió, señalando su vaso vacío.

—Tengo la despensa llena, *milord* —contestó lady Margaret con una amplia sonrisa.

ϒ

Andrew Greenwood se había marchado hacía varias horas y, desde entonces, Margaret seguía sentada en su escritorio, delante de un papel en blanco y una pluma, sin saber muy bien cómo empezar aquella carta. Se frotó la frente con los dedos y suspiró. No era una mujer de andarse con rodeos, así que decidió llamar a cada cosa por su nombre y comenzó a escribir.

«Estimada Gertrude… »

7

Andrew entró en el vestíbulo de la residencia Greenwood y casi fue arrollado por un lacayo que portaba un gran jarrón lleno de lirios blancos, que a duras penas le dejaba ver por dónde pisaba.

La actividad era frenética, ya que no todos los días cumplía diecisiete años la heredera de una de las familias más prestigiosas de la nobleza inglesa. Aquí y allá los criados colocaban grandes jarrones de flores y espectaculares guirnaldas blancas y doradas colgaban de las ventanas y columnas, resultando una combinación encantadora y sofisticada. Con la intención de que todo estuviera radiante y perfecto, la actividad para ultimar los detalles era incesante.

Mientras, Leopold, el mayordomo, daba órdenes a diestro y siniestro, intentando dirigir al servicio, aunque a Andrew le dio la impresión de que nadie le prestaba la más mínima atención.

Su madre, que en ese momento cruzaba el vestíbulo, frenó en seco cuando lo vio allí plantado con el sombrero y los guantes aún en las manos y cubierto del polvo del viaje. Lo abrazó con fuerza, poniéndose de puntillas para darle un sonoro beso en la mejilla.

—Llegas tarde —le dijo mientras continuaba su marcha hasta el salón—. Voy a asegurarme de que la tarima para los músicos está donde debe estar. ¿Y tu equipaje?

—le gritó mientras seguía su camino dejándolo con la palabra en la boca.

—¡Mi carruaje estará al llegar! —contestó, intentando hacerse oír entre el alboroto.

Al contrario que su madre, Andrew pensó que había llegado demasiado pronto, pues aún quedaba por delante todo un día de preparativos y nervios que debería soportar estoicamente.

Sonrió y movió la cabeza, resignado. Buscaría a Richard para hacerle compañía, que, a esas alturas, seguro habría encontrado algún escondite perfecto para sobrellevar un día así.

—¿Cómo puedes estar tan tranquila, Marian? —gritó entre sollozos una Caroline histérica. Más aún de lo normal—. ¡Eres mi mejor amiga, y ni siquiera te preocupa que mi primer baile sea un desastre! Es mi cumpleaños. Todos me mirarán. Y voy a salir ahí fuera hecha un adefesio —dijo entre dramáticos sollozos, arrancándose las horquillas que, primorosamente, la doncella le había colocado en un elaborado recogido, por segunda vez aquella tarde.

Marian, que hojeaba la sección de cotilleos del periódico, tumbada tranquilamente sobre la cama de su amiga, puso los ojos en blanco pidiendo ayuda divina.

—Eh, pero ¿qué te he hecho yo? Estoy dándote apoyo moral —le replicó con sorna. Se levantó y fue hasta el tocador donde su amiga moqueaba, colocándose detrás de su silla para verla a través del espejo. Caroline levantó la mirada hacia ella y sorbió sonoramente.

—Caro, escúchame bien porque luego negaré haber dicho esto, ¿de acuerdo?

Caroline asintió como si fuera una niña pequeña, con los ojos y la nariz enrojecida después de un berrinche.

—Eres guapa, inteligente, graciosa…, un poco dada a

la tragedia, pero nada que no pueda remediarse. Aunque te pusieras un repollo en la cabeza a modo de tocado, estarías bella esta noche. Y seguro que las hermanas Simmons te imitarían al día siguiente —dijo, arrancándole una sonrisa llorosa. Colocó las manos sobre sus hombros y la masajeó suavemente para aliviarle un poco la tensión—. Sé que estás nerviosa, pero todos los que te queremos vamos a estar contigo y no vamos a juzgarte. —Caroline hizo un puchero derramando unas cuantas lágrimas más, pero esta vez de emoción. Tenía los nervios a flor de piel y no podía controlar sus emociones—. Así que suénate la nariz, lávate la cara y deja de una puñetera vez que Sophy haga su trabajo o te patearemos ese trasero cursi que tienes entre las dos.

Caroline rio un poco más serena y se levantó para abrazar a Marian.

—Te quiero, Zanahoria —le dijo, apretándola más fuerte y usando el mote que utilizaban de niñas para fastidiarse—. Qué haría yo sin ti.

—Sé que me quieres, me lo merezco por aguantarte, marimandona —le dijo Marian, y le guiñó un ojo a la doncella, que respiró aliviada esperando que la crisis hubiera pasado.

Ambas eran tan diferentes que se necesitaban la una a la otra para vivir. Marian era enérgica y alocada, pero muy pragmática y directa a la hora de afrontar un problema. Caroline, en cambio, tendía a hacer un drama en cuanto un obstáculo aparecía en su camino, teniendo un berrinche descomunal que desaparecía a la misma velocidad que había surgido en cuanto Marian o alguno de sus hermanos le ponían los pies sobre la tierra.

Su aspiración en la vida era encontrar un hombre maravilloso con el que formar una familia, y vivir un amor tan extraordinario como los de las novelas a las que era tan aficionada. Marian, por el contrario, era bastante escéptica en ese sentido; su desarraigo familiar y todos los sinsabores que le había dado la vida habían hecho que se volviera más independiente. No confiaba en encontrar el amor, aunque sabía que ese sería el único motivo por el que iría gustosa al altar. En su cabeza no tenía cabida la idea de casarse por conveniencia o por algún tipo de arreglo satisfactorio, como ocurría en gran parte de los matrimonios de la gente de su clase.

El destino se lo había quitado todo demasiado pronto y no se atrevía a soñar siquiera con formar una familia. El miedo a la pérdida era mayor que la ilusión y la incertidumbre de conseguirlo. Lo único real y tangible que podía plantearse en un futuro era conseguir librarse de su tutor para vivir como le viniera en gana.

Ya en su habitación, Marian se paseó inquieta de un lado a otro mientras esperaba a que la doncella terminara de arreglar a la homenajeada para empezar con ella.

Por suerte, ella no era exigente en ese sentido y se conformaba con un peinado sencillo. Se miró al espejo observando sus pecas, que se habían intensificado tras varios días soleados dando largos paseos por el campo; su cabello rojizo, demasiado llamativo; sus labios, demasiado carnosos; su figura, redondeada en exceso... Ninguna característica suya encajaba en los estándares de belleza. Pero así era ella y no había nada que pudiera hacer para cambiarlo.

Se puso una mano en el estómago y expulsó el aire en respiraciones largas y pausadas, intentando relajarse. Sonrió para sí misma ante su hipocresía. Era capaz de tranquilizar a Caroline el día de su primer baile, pero no de controlar su intranquilidad ante esa reunión. Asistirían muchos conocidos, sus amigos de toda la vida, gente que la conocía y que ya había coincidido con ella en Londres y otros muchos a los que llevaba años sin ver. Todos la examinarían, intentando discernir si el Demonio Miller había madurado para convertirse en una mujer de provecho o si seguía siendo la muchacha díscola y rebelde de siempre. Pero, sobre todo, era la presencia de Andrew Greenwood la que más la inquietaba.

Pasó la mano con delicadeza sobre el tafetán color crema de su maravilloso vestido de noche, uno de los regalos elegidos por tía Margaret, que estaba estirado en la cama para que no se arrugara. El vestido era tan hermoso que en Londres no había encontrado una ocasión lo suficientemente especial para lucirlo; decidió que el cumpleaños de su mejor amiga lo merecía. El escote con cuello de barco dejaba a la vista sus hombros, estilizando su cuello. Las mangas abullonadas tenían bordados ramilletes de color azul zafiro, con pequeñas cuentas engastadas de ese mismo color, que brillaban a la luz de las velas. La falda amplia caía con elegancia, sin resultar excesiva, y también estaba bordada como las mangas, con ramilletes alrededor de los bajos. El corpiño era sencillo y como único adorno tenía un lazo del mismo tono de azul que los bordados, que lo ceñía a la cintura estilizándola. Su tía Margaret había insistido en prestarle un conjunto impresionante de collar y pendientes de oro blanco con aguamarinas engastadas y, aunque Marian al principio fue reticente por el gran valor de las joyas, tuvo que reconocer que el brillo de las piedras resultaba casi mágico en combinación con su piel y su cabello.

Los suaves golpes de Sophy en la puerta, y la chica entrando con su eterna sonrisa, cargada de tenacillas, horquillas y peines, la devolvieron a la realidad.

—¿Empezamos, señorita?

8

Que Caroline Greenwood iba a ser la sensación de la temporada no era ningún secreto para su familia, pero los numerosos invitados pudieron constatar aquella noche que la joven acapararía todas las miradas, gracias a su belleza y su indudable encanto.

Del brazo de su hermano mayor, saludaba exultante a los invitados, con un brillo especial en la cara que denotaba la ilusión que sentía por aquel momento, pues significaba un punto de inflexión en lo que sería su vida a partir de entonces. Parecía una princesa con su vestido de seda, tonalidad rosa claro con encajes color crema, que resaltaba su cabello oscuro y sus ojos claros, típicos de los Greenwood. El escote de forma cuadrada estaba rematado en la solapa con pequeños capullos de rosas, confeccionados en seda del mismo color que el traje, y coronaban el elaborado y maravilloso tocado que lucía.

Los nervios de aquella tarde desaparecieron por completo, dando paso a una genuina emoción, sobre todo cuando entró al salón, tan magníficamente decorado por Eleonora, lleno de adornos en tonos blancos y dorados. El aroma dulce de las flores y de la cera de las velas la invadió como un bálsamo que templó sus nervios, y Caroline tuvo la serena convicción de que aquella sería una gran noche.

Eleonora estaba radiante y sus ojos brillaban con lágrimas de emoción contenida.

Lord Hardwick, que junto con su hermano Richard era uno de los hombres más atractivos de la reunión, saludaba a los invitados, no con la expresión cortés y comedida de siempre, sino con una sonrisa amplia de sincera alegría. Por un momento, sus ojos se encontraron con los de Marian, que no podía dejar de observarle, y ella sintió que su estómago se encogía con una sensación indefinible. No obstante, él desvió la mirada rápidamente, fingiendo no haberla visto. Andrew charlaba animadamente con varios vecinos, antiguos amigos de su padre, mientras contaban anécdotas de su juventud, pero no podía evitar que sus ojos buscaran todo el tiempo el cabello pelirrojo de Marian entre los invitados.

Cuando la vio nada más entrar en el salón, quedó impresionado por su belleza, y por lo visto no había sido el único, ya que todos los jóvenes se acercaban a ella como las moscas a la miel.

Andrew observó cómo varios muchachos rodeaban a su hermana y a Marian, sonriendo como pasmarotes cada vez que Caroline hablaba. Intentó concentrarse en su propia conversación, pero, unos momentos después, algo llamó su atención. Uno de los jóvenes, el heredero de uno de los terratenientes de la zona, parecía discutir acaloradamente con Marian. Los demás parecían mirar hacia otro lado, no queriendo inmiscuirse en la conversación, excepto Caroline, que, muy cerca de su amiga, no perdía detalle. El chico estaba sonrojado, con los puños apretados a sus costados, y a punto de echar humo por las orejas. La miraba ceñudo, como si estuviera recibiendo una tremenda reprimenda, mientras Marian, con los brazos cruzados, le plantaba cara sin inmutarse.

Richard, que andaba por allí cerca, apareció en ese

momento con sus grandes dotes de diplomacia y su fantástica sonrisa y, dándole una palmada en la espalda al chico, se lo llevó para tomarse una copa con él. Al pasar le guiñó un ojo a Marian, acabando así con el tenso momento. Andrew suspiró, aliviado e indignado a la vez, preguntándose qué demonios habría pasado con esa alocada muchacha en esta ocasión.

Las dos amigas prácticamente no pararon de bailar en toda la noche, así que cuando Caroline le sujetó la mano para arrastrarla hasta la mesa de los refrigerios, Marian vio el cielo abierto de puro alivio. Ambas cogieron unos platitos de porcelana y, mientras comentaban atropelladamente cómo iba su noche, se pertrecharon de tartaletas de fruta, pastelitos de distintos sabores y sendas copas de champán. Buscaron un lugar tranquilo y se sentaron cerca de una de las ventanas más apartadas con el plato en su regazo.

Caroline, excitada, le relataba todos los halagos que había recibido mientras bailaba, a la vez que devoraba una tartaleta de cerezas y crema.

—Por cierto, esta noche estás preciosa, Marian —dijo tras dar un sorbo de champán—. Mmm, debería ponerme celosa. Creo que has bailado con los partidos más apuestos de mi fiesta. ¿Intentas robarme protagonismo? —se burló la morena alegremente.

Marian rio ante la ocurrencia, ya que ella jamás podría alcanzar la belleza, el encanto y la coquetería innatos en Caroline, ni aunque se lo propusiera. Y, desde luego, nada más lejos de su intención.

La pelirroja estaba hambrienta, pues no había comido casi nada con los nervios de aquel día, así que cogió un cremoso pastelillo de crema para devorarlo, mientras en la otra mano sujetaba la copa de champán. La mala suerte quiso que, al estar tan tierno, el bizcocho se desmenuzarse en dos partes. A punto estuvo de caerse sobre la falda de su vestido y, para evitarlo, en un acto reflejo se metió todo el pastel de golpe en la boca.

Caroline se tapó la boca con una mano, intentando aguantar las carcajadas para que nadie mirara hacia donde se encontraban. Marian quiso engullir el dulce, aunque era consciente de que parecía una ardilla recogiendo provisiones para el invierno, con sus mofletes a punto de estallar, lo cual no resultaba demasiado femenino y, mucho menos, encantador. Bien sabía Dios que intentaba ser comedida y discreta, pero ¿por qué ese tipo de cosas siempre le pasaban a ella? Para colmo de males, una enorme sombra oscura se situó a su lado; aunque no quería mirar, no pudo evitarlo mientras intentaba masticar ocultando a medias su boca con su mano enguantada. Caroline, a punto de llorar de la risa, le tendió una servilleta.

Andrew Greenwood, el *summum* de la perfección y la pedantería, la observaba desde arriba con una ceja arqueada y, por un momento, Marian pensó que también iba a estallar en carcajadas ante su evidente apuro. Pero eso sería un reflejo demasiado humano viniendo de él.

—Me alegra ver que las discusiones no le quitan el hambre, señorita Miller —le espetó con sarcasmo, refiriéndose al altercado que había visto de lejos.

Caroline los observaba atentamente, para no perderse ni un ápice de las reacciones de ambos.

Marian tragó con dificultad el resto de pastel y le dio un trago al champán para poder recuperar la compostura.

—Si te refieres a la conversación con ese idiota de Holmes, no ha sido culpa suya, Andy. Ella tenía toda la razón. Él es…

Aunque Andrew no parecía escuchar a su hermana; permanecía de pie con las manos enlazadas a la espalda y su estricta mirada clavada en los ojos verdes de Marian.

—Ya me he disculpado con Caroline por ello. No debí seguirle el juego, hubiese sido mejor ignorarlo, pero ese tipo es totalmente irrespetuoso y…

—¿Os ha faltado el respeto a alguna de las dos? —preguntó Andrew, tensándose visiblemente.

—No —dijo Marian secamente, bajando la mirada e incapaz de soportar el escrutinio.

—Entonces, debo suponer que la discusión ha sido un acto impulsivo más por su parte, como de costumbre.

Sabía que no debía haber entrado al trapo, ya que era la gran noche de su amiga, que podría haberse visto empañada por una discusión innecesaria y se sentía culpable por ello.

—Bien, creo que es hora de que me saques a bailar, hermanito. ¿Marian, te vienes a la pista? Creo que Richard anda por allí y quería bailar contigo —concluyó Carol, que zanjó aquel momento tan incómodo cogiéndose del brazo de su hermano para llevárselo de allí.

—No, gracias —se excusó Marian—. Me siento cansada, me quedaré aquí un rato más.

Una vez en la pista, Caroline le explicó a Andrew que el joven hijo de los Holmes había empezado la discusión provocando a Marian. Intentó ridiculizarla al afirmar lo sorprendido que estaba porque, según él, parecía una señorita refinada. Como ella no contestó al primer desaire, Holmes continuó diciéndole que, a pesar de su lujosa ropa, todos en el pueblo pensaban que por su poco refinamiento acabaría casada, como mucho, con algún jornalero del campo. Marian no se alteró por el comentario, pero sí le hizo saber a Holmes que era muy pretencioso por su parte considerarse superior a alguien solo por méritos heredados de sus antepasados. En nada demostraba su valía como hombre el haber tenido acceso a una fortuna conseguida con el esfuerzo de otros. Sus posibilidades en la vida venían dadas por nacer en un lado u otro de la balanza y, a juzgar por sus modales, no había sabido aprovechar demasiado bien lo que el destino le había deparado.

Andrew no dijo nada, pero sintió cómo una ola de indignación crecía en su interior. Era una suerte para Holmes haber abandonado ya la fiesta, ya que, de lo contrario, tendría que rendir cuentas ante él, aunque tarde o temprano le exigiría una explicación. No obstante, aunque Marian tuviera razón en sus argumentos, una dama no debía entrar en esa clase de altercados. Aquel comportamiento atentaba contra todas las normas del decoro.

Marian era así, visceral e impulsiva, incapaz de volver la cara ante una injusticia o un insulto, incapaz de cerrar la boca, aunque fuera el primer baile de su mejor amiga.

Desde su silla, casi oculta por uno de los grandes jarrones de lirios blancos, Marian observó cómo Andrew sacaba a bailar a una joven alta y delicada. Imaginó que, probablemente, estaría bien posicionada y sería un paradigma de la discreción y el refinamiento, igual que él, ya que el conde no desperdiciaría el tiempo en alguien que no estuviera a su mismo nivel.

Un poco frustrada, pensó que esa hermosa chica sería incapaz de discutir como lo había hecho ella con ese joven insignificante, ni se habría atiborrado de pasteles hasta ser pillada comiendo a dos carrillos. Seguro que comía como un gorrión porque se la veía lánguida y pálida mientras sonreía tímidamente al conde. Resopló al ver cómo los dos se desplazaban por la pista con unos pasos tan correctos que parecía que llevaban toda la vida bailando juntos. Ni un paso más largo que otro, ni un movimiento fuera de lugar, todo perfecto, comedido y tremendamente aburrido.

Harta de compararse con todas las chicas refinadas del baile, decidió que necesitaba tomar el aire e intentar deshacer el nudo que sentía en el estómago. Cogió otra copa de champán sin que nadie la viera y, disimuladamente, abandonó el salón en dirección a los jardines. Pero no fue tan discreta como ella pensaba, ya que los dos varones Greenwood la observaron, cada uno desde una punta del salón, mientras salía por la puerta acristalada.

9

Marian se sentó en la balaustrada del cenador, aspirando por fin el aire puro de la noche. Hasta ella llegaron los aromas dulces de las primeras flores y de las fragantes hojas de los árboles. Se rodeó con los brazos al sentir la fría brisa nocturna y se amonestó a sí misma por no haber pensado en coger el chal para abrigarse, ya que aún estaban a principios de marzo. Pero ella siempre hacía las cosas sin pensar. A pesar de todo, agradeció salir del ambiente demasiado caldeado del salón. A lady Eleonora le daría un ataque si la viera sentada de esa forma tan poco femenina, con los pies colgando y asomando entre los bajos de su primoroso vestido. Dio un nuevo sorbito a su copa, mientras movía las puntas de sus escarpines al son de la música que llegaba amortiguada desde el salón. El ruido de unos pasos decididos resonó en el camino y Marian se mantuvo expectante hasta ver quién se acercaba.

—Maldita sea mi suerte. Salgo buscando una cita clandestina y te encuentro a ti —dijo Richard a sus espaldas con su tono burlón de siempre.

—Lo siento, querido, no encontrarás romanticismo en este rincón del jardín —bromeó ella.

Richard le quitó la copa de las manos y se bebió de un trago lo que le quedaba, dejándola vacía en la mesa de piedra que ocupaba el centro del cenador.

—Richard, siento lo de Holmes —se disculpó ella con sinceridad, pero, con un ademán de su mano, su amigo le quitó importancia al tema.

—Ese tipo siempre va buscando problemas y, si continúa con su arrogancia, te aseguro que los encontrará. Pero no permitamos que un cretino semejante nos amargue la fiesta —dijo, sentándose de un salto junto a ella—. ¿Qué haces aquí? ¿No has encontrado a ningún apasionado admirador en el baile? Déjame pensar... Te has dado por vencida y has venido a buscar algún sapo al que besar por si se convierte en un resplandeciente príncipe azul —dijo, llevándose la mano a su oreja en un gesto cómico, al tiempo que escuchaba el incesante croar de las ranas proveniente de uno de los estanques del jardín.

Ella rio con ganas y le dio una palmada en el hombro.

—Vamos, Richard. Ya no tengo diez años, no me harás besar una rana otra vez. Aún no te he perdonado por ello. —Richard se tapó la cara, divertido, al recordar la broma que les gastó a ella y a su hermana cuando eran niñas. Eran muy pequeñas y no le costó convencerlas de que, si besaban una rana, se convertiría en un apuesto príncipe, y que haciendo lo propio con un ratón, conseguirían un brioso caballo blanco. Por suerte, ningún roedor se dejó atrapar para hacer el experimento—. Además, tanto los príncipes como los besos están sobrevalorados —dijo ella, saltando ágilmente de la balaustrada.

Richard arqueó las cejas sorprendido.

—¿Y tú cómo lo sabes? No creo que tengas experiencia en ninguna de las dos cosas como para afirmar algo así —dijo pinchándola, y la observó, esperando su reacción.

—Un príncipe es solo un hombre. Y hasta ahora ninguno me ha impresionado lo suficiente como para valorarlo en extremo. —Richard se llevó la mano al pecho fingiéndose ofendido.

—¿Y respecto al otro punto?

—¿Qué punto? ¿Seguimos hablando de sapos? —Marian intentó hacerse la despistada para no contestar, aunque sabía perfectamente que Richard le estaba preguntando por el beso. No sabía si sería correcto entrar en ese tipo de revelaciones con él, a pesar de la confianza que tenían, pero era consciente de que Richard era muy concienzudo cuando quería sonsacar información y el comentario le había intrigado.

—Has dicho que los besos están sobrevalorados. Con lo cual deduzco que has recibido al menos uno. Y también deduzco que no te ha impresionado demasiado. Así que, vamos. Cuéntale a tu amigo Richard. —Ella negó con la cabeza y se mordió el labio, azorada—. Marian, solo soy yo. Conozco todos tus secretos más vergonzosos, uno más no importa. Cuéntamelo. —Se paró delante de ella con los brazos cruzados sobre el pecho y se sintió extrañamente inquieto, aunque intentó darle un toque de humor a su tono de voz—. Dime quién ha sido el desalmado que no ha sabido besarte como mereces.

Ella se rio y movió la cabeza. No sabía por qué intentaba resistirse si al final Richard era su debilidad y siempre acababa sacándole la información.

—Está bien, está bien —dijo, levantando las manos en señal de rendición—. No es que estuviera mal. No fue un mal beso, aunque tampoco tengo más para comparar, claro. Y no es que me queje, no me entiendas mal. No es que quiera que me vayan besando por ahí. —Se frotó la frente con los dedos, sintiendo que la vergüenza hacía adquirir a su cara un tono rojo tirando a púrpura. De veras no podía creer que estuviera contándole esto a Richard Greenwood, cuando ni siquiera había podido contárselo con detalle a su mejor amiga—. Fue un beso interesante. No sé, es que... —intentaba encontrar las palabras adecuadas, pero, al fin y al cabo, solo era una chica inexperta que no sabía qué esperar de su primer beso—. Me esperaba otra cosa. En definitiva, no fue un beso desagradable —concluyó, soltando el aire en un profundo suspiro esperando zanjar el tema.

Richard la miraba con un brillo extraño en sus ojos.

—Si lo mejor que una dama pudiera decir para definir mis besos es que «no son desagradables», me haría ermitaño y me escondería en la cueva más oscura que encontrara, para no ser besado nunca más. Aunque ya sé lo que pasa. Quiza quieres aparentar ser muy dura, pero en el fondo eres una romántica. Esperabas fuegos artificiales, mariposas en el estómago y escuchar a tu alrededor una sinfonía de música de arpa, ¿verdad? —preguntó él en tono burlón.

—Eres imposible, no sé por qué te cuento nada si siempre acabas burlándote de todo. Me voy —sentenció, dirigiéndose hasta la entrada del cenador.

Richard le cortó el paso para evitar que se marchara, mientras se reía ante la ofuscación de Marian.

—Lo siento, en serio. Sabes que jamás me reiría de ti. Solo bromeaba para quitar dramatismo al asunto. —Richard la miró con su sonrisa más tierna e inocente y apretó sus pequeñas manos entre las suyas.

Ella se paseó por el cenador, mirando al cielo, donde brillaba una luna casi llena que impedía ver las estrellas, y suspiró un poco melancólica. Richard la siguió.

—Esperaba algo de emoción, algo especial. Supongo que estuvo bien. No sé si me entiendes. Puede que no fuera la persona correcta o puede que yo haya idealizado lo que debe sentirse con un beso. Aunque, la verdad, lo de la música de arpa hubiese sido soberbio.

—Puede ser. ¿Quién fue? ¿Quién te besó? —La pregunta salió de su boca con más brusquedad de lo que él esperaba. Richard, aunque disimulara, estaba en tensión y esperaba que no fuera su hermano el autor de aquel maldito beso. Aunque siempre estuviera bromeando y la mayoría lo considerara un ser superficial, era muy observador e imaginaba que aquella mala relación entre Andrew y Marian podría esconder algo más.

De hecho, desde siempre había notado que tanto el uno como el otro se lanzaban miradas furtivas, bien disimuladas, cuando creían que nadie los veía. Además, no se le escapaba un cierto instinto de posesión que podía entreverse en Andrew cuando hablaba sobre Marian.

Aunque la verdad es que Richard no confiaba demasiado en que su hermano diera rienda suelta alguna vez a lo que sentía por ella, fuera lo que fuese.

—Cariño, puede que no supieras elegir al candidato... De ser así, no es justo que infravalores el poder y el valor de un beso solo por la falta de destreza de ese tipo.

Marian se giró y lo miró sorprendida por su insistencia. Dudó un momento, pero al final decidió sincerarse.

—Está bien, te lo diré. Pero te prometo que, si dices algo, te retorceré las tripas, Richard Greenwood. Fue lord Aldrich, en Londres, durante una fiesta —dijo ella al fin, y Richard soltó el aire como si hubiese esperado algo peor.

—¡Puf! Por un momento temí que fuera Andrew. —Marian se volvió hacia Richard, sorprendida por lo que acababa de decir, y sintió que su estómago se encogía ante aquella deducción. Tras ver la actitud que tenía con ella, estaba segura de que, si había alguien que jamás desearía besarla era Andrew—. Así que Aldrich... —dijo pensativo—. Apuesto y rico. Pero un estirado. Debiste recurrir a mí para tu primer beso. Al fin y al cabo, creo que me lo he ganado por aguantarte durante tantos años.

Marian sonrió, aunque a veces, cuando hablaba con

Richard, no sabía exactamente si hablaba en broma o en serio. Siguió dándole vueltas a un detalle en la cabeza, así que volvió sobre el asunto.

—¿De veras pensaste que me habría besado con Andrew? ¿De dónde sacas eso? —preguntó, intentando disimular la intranquilidad que le producía tan siquiera imaginarlo—. Créeme, si tuviera que elegir a un Greenwood al que besar, no sería el todopoderoso paradigma de la perfección, lord Pedante —sentenció ella con un bufido, al darse cuenta de que aquella conversación estaba volviéndose incómoda.

—Buen criterio, cielo. Sobre todo teniendo en cuenta que yo soy el único Greenwood disponible por los alrededores. Puede que yo no sea un conde, pero tengo porte de príncipe —dijo con un florido ademán burlón mientras se acercaba un poco más a ella—. ¡Quién sabe! Imagínate que nos besamos y se despiertan miles de mariposas en nuestro interior —susurró cerca de su oído con un tono seductor que la estremeció.

—El momento sería casi perfecto, aunque no veo ningún arpa por aquí cerca —añadió ella medio en broma. Si había un hombre guapo, honesto y de buen corazón, capaz de hacer feliz a cualquier mujer, ese era su amigo Richard. Sería una suerte poder enamorarse de él, pero, en el fondo, sabía que jamás lo vería de esa manera, sin embargo… ¿Por qué no intentarlo? ¿Qué podría salir mal?—. ¿Y si me enamoro de ti, Richard? —Él se encogió de hombros, intentando aparentar despreocupación, aunque estaba tenso de anticipación.

—Me arriesgaré. Soy el Greenwood más guapo que puedas encontrar. Y, desde luego, el más simpático. No sería tan malo después de todo. Y tú…, bueno, en el fondo, no estás tan mal. —Le sonrió de manera seductora.

Ambos se quedaron mirándose, acortando la distancia

que los separaba. Parecía tan natural dar un paso más, unir sus labios. Richard acarició su mejilla y la cogió suavemente por el mentón para que lo mirara a los ojos. Se acercó rozando su boca suavemente, sus narices chocaron y ambos arrancaron en una carcajada, pero no se separaron.

—Un poquito de seriedad, Marian —susurró, sonriendo junto a su boca—. Besarme puede cambiar tu vida para siempre —sentenció, besándola suavemente en la punta de la nariz.

Aún sonriendo, pasó sus manos por el pecho de Richard hasta llegar a su cuello y, en ese momento, notó que la actitud de su amigo se volvió más solemne, más seria. Fue como si el aire hubiera cambiado entre ellos cargándose de energía. La abrazó por la cintura, pegándola a su cuerpo, y lentamente se apoderó de su boca. Movió sus labios con suavidad sobre los de ella, deleitándose con cada roce, con cada respiración entrecortada. Marian se sorprendió un poco cuando Richard aumentó su intensidad y la instó a entreabrir los labios para profundizar más aún el beso. La lengua de Richard exploró su boca despacio y no pudo evitar corresponderle, dejarle mordisquear sus labios carnosos, saboreándose mutuamente. El tiempo parecía haberse detenido, como si no existiera nada más alrededor de aquel rincón del jardín. Las fuertes manos masculinas acariciaron su espalda, y Marian le permitió que la pegara más a su cuerpo. Cuando las caricias comenzaron a vagar hacia la parte más baja de su cintura, Marian se tensó volviendo a la realidad y apoyó las manos en el pecho de Richard apartándolo despacio, dando por finalizado el beso.

Se miraron un poco aturdidos y bastante sorprendidos. Sin duda, había mejorado bastante con respecto a su primer beso. Su cuerpo empezaba a despertar con unas sensaciones que ella desconocía. Jamás habría imaginado que Richard pudiera besarla de aquella forma tan íntima.

—No ha estado mal —dijo Richard, carraspeando mientras tiraba de su chaleco y se aseguraba de que estuviera en su sitio—. ¿Verdad? —preguntó algo inseguro al ver que ella no contestaba.

—Ha sido perfecto, Richard Greenwood. Pero eres demasiado valioso como amigo para estropearlo con cualquier otra cosa. —Ella le sonrió con cariño y se puso de puntillas para besarle en la mejilla.

Él se rio y la besó en la coronilla con ternura.

—Te adoro, Marian Miller. Y si necesitas alguna lección práctica sobre cualquier otro asunto relacionado con besos, no olvides que yo soy tu hombre —dijo sin poder reprimir una pequeña carcajada.

Se separaron rápidamente cuando unos pasos en la gravilla les anunciaron que alguien se acercaba. Marian palideció al ver la alta y sombría figura del conde acercarse a ellos con cara de pocos amigos.

—Madre te espera en el salón —dijo con frialdad, mirando a Richard que se volvía en ese momento hacia Marian, ofreciéndole su brazo para acompañarla de vuelta a la fiesta—. ¡Ahora! —tronó la voz de Andrew sin darle otra alternativa a su hermano más que enfilar el camino de vuelta a la casa sin rechistar.

Richard se extrañó de la actitud, tosca y hasta furiosa, de su hermano mayor, y no pudo evitar pensar que tuviera algo que ver con lo que acababa de ocurrir en el cenador. La experiencia le decía que, cuando el conde lo miraba así, más valía obedecer.

Una vez solos, el silencio entre ellos era tan tenso que a Marian comenzaron a temblarle las manos mientras él la fulminaba con la mirada. Estaba tan furioso que podía escuchar su respiración alterada como si fuera un animal salvaje a punto de atacar.

—Vamos, la acompañaré dentro —dijo secamente después de unos momentos interminables, apartando la mirada de ella como si fuera algo extremadamente desagradable de ver. Su tono denotaba lo acostumbrado que estaba a ser obedecido sin rechistar por todos. Excepto por ella, claro.

—No pienso ir con usted a ninguna parte. Estoy bien aquí, gracias. —Se cruzó de brazos y le dio la espalda como si no le importara lo más mínimo su presencia ni que aquella fuera su casa ni que se tratara de un conde poderoso y respetado. Para ella solo era un hombre, y bastante insoportable, además—. Vuelva a la fiesta, *milord*. Sin duda, la diversión se habrá resentido sin su chispeante presencia. No pierda el tiempo conmigo, al fin y al cabo, se debe a sus invitados —contestó sarcástica

—Es probable que no sea tan divertido como usted, ni como Richard. Pero ya le he dicho que la acompañaré hasta la casa. Mi condición de caballero no me permite dejar a una dama sola en mitad de la noche en un jardín —dijo con los dientes apretados, mirándola con intensidad mientras ella ponía los ojos en blanco consiguiendo enojarlo aún más.

—¡No necesito su protección!

—¿Ah, no? Permítame dudarlo. Supongo que, a pesar de que se esfuerza en aparentar lo contrario, recuerda lo que significa mantener la reputación intacta, señorita Miller. Reputación. Honorabilidad. Decencia. ¿Le suenan de algo? Seguro que alguna de sus muchas institutrices tuvo un momento para explicárselo antes de huir despavorida. —Ella abrió los ojos sorprendida ante el insulto que acababa de lanzarle—. Si no le importa su buen nombre, hágalo por el de mi familia.

Marian deseó con todas sus fuerzas abofetearlo ante su actitud prepotente e innecesariamente ofensiva, pero un pensamiento cruzó por su mente. Quizá llevara más tiempo en el jardín del que ella pensaba, quizás hubiera visto cómo Richard y ella se besaban. Marian, a sus ojos, no era digna de emparentar con un Greenwood, y eso podría justificar la forma en que le había hablado a Richard. ¿Pensaba que intentaba atrapar a su hermano en matrimonio? Explicaría su enfado, desde luego. No podía permitir que él creyera que era una oportunista. Aunque, de todas formas, el conde de Hardwick se consideraba bastante superior a ella en todos los sentidos, incluso el moral, por lo que pensaría mal de ella hiciera lo que hiciese. La indignación ante su actitud hizo que la necesidad de alejarse de él se hiciera insoportable; tropezó con su propio vestido al dar un paso atrás para marcharse. Andrew estiró la mano en un acto reflejo y la sujetó por el brazo, evitando que cayera.

—No me toque.

Se soltó de su agarre de un manotazo y salió corriendo hacia la casa, sin saber exactamente cómo calificar la mezcla de sentimientos que se apoderaba de ella. Tenía la sensación de que se acababa de destruir algo que aún ni siquiera existía. No podía permitir que la opinión que Andrew tuviera de ella le afectara.

El conde tuvo que hacer un esfuerzo para no correr tras ella y besarla hasta hacerle perder el sentido, hasta borrar de sus labios los besos de Richard. La había visto salir del salón de baile y ya no pudo concentrarse en nada de lo que pasaba a su alrededor, ni siquiera pudo seguir disimulando que la conversación de la anodina joven con la que bailaba le resultaba soporífera. Había invitado a bailar a la otra chica, de la que ni siquiera recordaba su nombre, solo para llevarle la contraria a su madre, que no paraba de insistir en lo preciosa que estaba Marian, pero sus ojos se dirigían como un imán una y otra vez hacia donde ella estaba. Cuando la vio salir al jardín, se deshizo de su compañera con una pobre excusa, para seguirla sin saber muy bien con qué propósito. Su sorpresa fue mayúscula cuando la encontró coqueteando con Richard. Tuvo que hacer acopio de todo su autocontrol para no aparecer en el cenador y machacar a su hermano con sus puños. Su cabeza le decía que debía marcharse y no espiarlos de aquella manera tan indigna e infantil. Pero sentía como si sus pies estuvieran anclados al suelo y lo único que pudo hacer fue cerrar los ojos mientras se torturaba. Estuvo tentado de abofetearse a sí mismo cuando se enteró de que Aldrich la había besado durante su estancia en Londres, y él, como un imbécil, la había dejado a su merced en el baile de los Dolby, quién sabe si propiciando aquel encuentro. Aunque no podía culparla por buscar en brazos de otros hombres lo que él no le daría jamás.

Marian era el fuego y Andrew el hielo que estaba condenado a apagar su luz.

Estaban destinados a no entenderse, a hacerse infelices mutuamente, y poco podía hacerse para cambiarlo.

10

Joshua Miller intentó aflojarse el cuello de la camisa, que amenazaba con asfixiarle, mientras su madre miraba con ojo crítico los balances falseados que acababa de entregarle.

Gertrude Miller había llegado por sorpresa desde Estados Unidos hacía unos días y, desde entonces, Joshua perdía la compostura a cada pregunta inquisitiva de la mujer que le había dado la vida. Hacía tiempo que la matriarca de los Miller estaba planteándose un cambio de vida. En Norteamérica llevaba una existencia placentera, llena de lujos y sin altibajos, pero, con la edad, se había dado cuenta de que sus amigos, tan ricos como ella, solo eran cáscaras vacías que la acompañaban donde quiera que hubiera buena comida, música y champán. Difícilmente cualquiera de ellos movería un solo dedo para ofrecerle consuelo cuando tuviera un pie en la tumba; por desgracia, a su edad no le quedaba demasiado tiempo hasta que eso sucediera.

Justo en ese momento de incertidumbre, como si se tratara de una señal, recibió una carta proveniente de Londres, remitida por Margaret Duncan, en la que le informaba sobre las dudas que le generaba la gestión de su hijo Joshua sobre la persona y los bienes de su nieta Marian, aludiendo a la información obtenida de, entre otros, el conde de Hardwick, gran amigo de la familia y persona de sobra conocida por su integridad. Gertrude sintió cómo su corazón se encogía y no dudó en poner rumbo hacia Inglaterra inmediatamente y solucionar lo que fuera que estuviese pasando. Se había sumido demasiado tiempo en su propio dolor, mirando para otro lado, dejando apartadas las necesidades y el futuro de aquella niña indefensa. Ahora Marian era una mujer y seguía a expensas de las injusticias que su tío quisiera infligirle. Nunca había confiado demasiado en la inteligencia de su hijo Joshua y, al principio, fue un tanto reticente a que él ejerciera de tutor de Marian y, por ende, administrador de la herencia familiar, aunque siempre creyó en su honorabilidad, por lo que aceptó que Marian se quedara en Inglaterra bajo su cargo. Al fin y al cabo, no había ningún otro familiar cercano dispuesto a asumir aquella responsabilidad, y ella quería alejarse de allí cuanto antes para curar sus propias heridas tras la trágica muerte de su hijo predilecto.

Gertrude había vivido el viaje de regreso con intranquilidad, como si el desastre se cerniera sobre la cabeza de su nieta y ella no pudiera llegar a tiempo de solucionarlo. En el carruaje de camino a Greenfield, observó un paisaje desolador desde la ventanilla. Solo unas pocas parcelas habían sido sembradas y se veían cuidadas, el resto estaban repletas de matorrales y espinos, dando una sensación de total abandono, en contraste con la próspera tierra colindante de Greenwood Hall. El camino serpenteaba hasta la mansión entre baches y vallas desvencijadas, y el jardín reflejaba un pobre intento de mantenerse cuidado. Los setos estaban demasiado altos y las malas hierbas crecían entre ellos, pero, en cambio, varios macizos de rosas y glicinias en todo su esplendor, en la parte más cercana a la casa, indicaban que aún quedaba alguien que se esforzaba en mantenerlos con vida. Ese alguien no era otra que

Marian, que dedicaba el tiempo que le sobraba del resto de tareas a cuidar lo que podía salvar del enorme jardín.

Al entrar al vestíbulo la sensación fue aún más desoladora. No había nadie del servicio para recibirla y, mientras su propio personal recorría la casa en busca de alguien a quien anunciar su llegada, Gertrude paseó la vista alrededor con un nudo en la garganta. Los muebles y el suelo estaban pulcramente limpios, pero las paredes habían perdido su color blanco dando paso a un amarillo mortecino, la balaustrada de madera necesitaba ser pulida y pintada, el mármol del suelo y los escalones habían perdido su brillo y manchas de humedad parduzcas deslucían los techos y las esquinas. Se asomó, caminando despacio, al salón contiguo y ahogó un jadeo tapando su boca con su elegante mano enguantada. Las valiosas obras de arte y los tapices que antaño cubrían las paredes habían desaparecido, y el aparador donde se exhibía la plata y la porcelana, herencia de la familia, estaba vacío. Faltaban algunos muebles, aunque no podría precisar cuáles, y el salón parecía devastado.

El ruido de unos pasos que corrían por el vestíbulo la hizo volverse para ver a su nieta acercarse hacia ella con lágrimas emocionadas en los ojos. A pesar de su ropa sencilla, de su mandil de sirvienta y de la mancha de harina que adornaba su mejilla, Gertrude se asombró de lo extraordinariamente bella que estaba. Se fundieron en un fuerte abrazo y, durante unos instantes, solo pudieron llorar de alegría. Tenían muchas cosas que contarse, pero lo más importante para Marian era que por primera vez en mucho tiempo no estaba sola.

Gertrude había enviado una carta a su hijo para que se personara en Greenfield de inmediato y para su sorpresa, incapaz de llevarle la contraria a su madre, Joshua obedeció.

Decidió esperar al administrador para llegar a una conclusión certera, pero lo que veía le indicaba que Joshua había cometido un saqueo y un desperdicio cruel de toda la herencia de su hermano. Sin contar el total abandono al que había sometido a su sobrina, que, además de estar desatendida, se había visto obligada a tomar el papel de sirvienta para poder vivir de una manera medianamente digna. En los siguientes días, la casa se convirtió en un ir y venir de abogados y contables, de papeles e informes, que dejaban a su paso un reguero oscuro de traición y vergüenza. De no ser porque su madre ejercía una férrea vigilancia sobre él, Joshua se hubiera fugado con las pocas monedas y objetos de valor que aún conservaba. La situación era peor de lo que parecía. Su hijo había dilapidado casi toda la fortuna. Había descuidado las tierras y a los arrendatarios, y se le debían varios meses de sueldo a los jornaleros y al poco personal de servicio que quedaba. Además, los investigadores concluyeron que las deudas de juego de Joshua iban acumulándose sin tregua en los clubes londinenses, en muchos de los cuales le habían vetado el acceso, y en antros de dudosa reputación, hallándose su propia seguridad comprometida. Ante esa situación tan desastrosa, Gertrude Miller tomó las riendas de la situación.

Liquidó las deudas de su hijo, al que le asignó una pequeña pensión mensual con la que poder mantenerse modestamente, a cambio de desaparecer de Londres durante una buena temporada y no volver a inmiscuirse en los asuntos de Marian. Si volvía a aparecer, le quitaría la pensión para siempre, y no le temblaría la mano a la hora de desheredarlo y pedirle explicaciones ante un juez por lo que había sucedido con la herencia de su hermano.

Nombró un nuevo administrador para ejecutar las reformas necesarias y que la finca volviera a ser tan productiva como siempre, y puso varias parcelas a la venta para poder sufragar los gastos de la reforma de la mansión. En pocos meses, el fututo de Greenfield parecía encauzarse de nuevo y Joshua, por el momento, había desaparecido de sus vidas.

Estuvieron tan involucradas en resolver todo este maremágnum de problemas que no habían aparecido por Londres durante la temporada. A Marian ni siquiera se le ocurrió pensar en aquello, pletórica como estaba al ver desaparecer de su vida, por fin, a su tutor. Gertrude se dio cuenta, demasiado tarde, de que había perdido una oportunidad muy valiosa para que Marian encontrara un buen partido, lo cual sería más difícil aun cuando la sombra de los pecadillos de Joshua se extendiera por toda la ciudad, salpicando la reputación de la familia.

Lo único que sentía Marian era no haber podido compartir esos momentos tan especiales con Caroline. Sabía que estaba siendo una de las sensaciones en su primera temporada, como cabía esperar. Varios pretendientes habían mostrado su interés en ella, aunque no se había sentido atraída por ninguno. En sus cartas le contaba con todo detalle los bailes y eventos a los que acudía, y se sintió encantada al saber que había conocido a las mellizas Sheldon y habían hecho muy buenas migas. Se rio de buena gana al conocer las correrías de Richard, que andaba medio enamorado de varias damas a la vez sin saber por cuál decidirse o, lo que era peor, decidiéndose por todas. Andrew, en cambio, seguía siendo el soltero más codiciado de Londres, aunque no mostraba interés por ninguna de las posibles candidatas ni por el matrimonio en general, cosa que tenía a Eleonora terriblemente desquiciada.

Su abuela decidió que ambas merecían un descanso y alejarse de todo aquello por un tiempo. Quería asistir con su nieta a algún baile, ir al teatro o de compras, pasear, e incluso compartir confidencias. Parecía que la tristeza y la desolación vividas impregnaban cada rincón de la mansión de Greenfield, y acordaron marcharse a Bath durante los meses de verano, dando tiempo a que finalizaran las obras y llegara el nuevo mobiliario. En agradecimiento al cuidado de Marian, Gertrude invitó a Margaret a que las acompañara a la casa que había alquilado, y ella aceptó gustosa, deseosa de cambiar de aires y de disfrutar de la cercanía de su sobrina, no sin antes citar al conde de Hardwick, como le había prometido, para ponerle al día de lo acontecido con Joshua.

Al día siguiente, Marian se marcharía con su tía y su abuela hacia Bath. Sin la negra y amenazante sombra de su tutor sobre ella, se sentía, por primera vez en su vida, esperanzada. Puede que un futuro mejor estuviera por llegar.

11

Marian, distraída, tocó las teclas del viejo piano, dejando las últimas notas vibrando en el aire. Su abuela había ido al pueblo con su doncella a comprar algunas cosas para el viaje y ella aprovechó para ir a la esquilmada sala de música, donde solo quedaba su piano. Era su pasión secreta y muy poca gente la había escuchado tocar, aparte de su familia más cercana, que sabía que había heredado ese don de su madre, Anne. Solo el metomentodo de Richard la había sorprendido tocando en una ocasión. Sonrió al recordar cómo su amigo fue a buscarla para pescar y la encontró en la sala, sentada ante el piano. Él la miraba boquiabierto desde la cristalera que daba al jardín trasero mientras ella, abstraída en la música, daba rienda suelta a todo lo que bullía en su interior. Al percatarse de su presencia, dio un salto y se sonrojó como si la hubieran descubierto haciendo algo malo.

A pesar de los muchos elogios sinceros del muchacho, Marian le hizo prometer con un escupitajo en la mano, el juramento que usaban cuando jugaban a piratas, que no le contaría a nadie su habilidad. Para ella era algo muy íntimo, con una apabullante carga emocional, donde en cada nota volcaba algo más que su talento. La música le servía para canalizar todos sus sentimientos y la transportaba a un lugar mejor. Rara vez seguía una partitura, improvisando según su estado de ánimo. Para ella tocar delante de alguien era el equivalente a desnudarse y no estaba dispuesta a hacerlo.

Acarició con nostalgia las amarillentas teclas de marfil y bajó la tapa de madera descolorida. El piano de su madre era lo único que Joshua no le había robado, puede que porque no tenía ningún valor económico o porque aún quedaba en su alma algún vestigio de humanidad.

Solo iba a estar unos meses fuera de Greenfield, pero sentía un extraño peso en el corazón, así que decidió ir a visitar las tumbas de sus padres que siempre le ofrecían un triste sosiego. La tarde era inusualmente cálida y el buen tiempo de las últimas semanas, precedido de las lluvias copiosas, había hecho que gran cantidad de flores adornaran los bordes del camino. De vuelta del cementerio, se paró en la colina desde donde se divisaba Greenwood casi en su totalidad. Le encantaba la vista desde ese lugar y muchas tardes terminaba allí su paseo, sentada bajo un viejo roble. Amparada en su sombra, observaba el contraste mágico de colores que se extendía a sus pies. Los campos, bien cuidados, viraban del color verde brillante al ocre y se fundían con los olmos que delimitaban los cultivos. El bosque de hayas, donde tantas veces se perdían cuando niños, se extendía al este de la propiedad lindando con Greenfield. En la parte delantera de la mansión, un perfecto y cuidado jardín de estilo francés constituía el mayor orgullo de Eleonora. Parterres geométricos delimitados con caminos de gravilla con miles de rosas, de distintas variedades y colores, eran cuidados meticulosamente, y los setos de boj que los bordeaban se recortaban cada semana. Aunque, sin duda, Marian prefería el jardín lateral, mucho más grande y que se extendía en distintos niveles hasta unas pequeñas parcelas de árboles frutales. Su diseño era mucho más anárquico y parecía un bosque en sí mismo, con macizos de flores en cada rincón, árboles centenarios, caminos que serpenteaban hasta desembocar en cenadores y fuentes que parecían susurrar canciones mágicas con el murmullo de sus aguas. Cuando era pequeña le gustaba pensar que el jardín estaba encantado e inventaba historias de hadas y duendes para Caroline y Cristal. Suspiró al pensar en ellas y siguió su camino de vuelta hasta su casa, decidiendo acortar a través del bosque.

Greenfield también había sido así de mágico antes de la llegada de Joshua, pensó con tristeza, pero ahora los campos estaban descuidados y la mansión y los jardines rodeados y absorbidos por la maleza. Le pareció increíble que la acción indiscriminada de una sola persona pudiera tener tanto poder de destrucción. Por suerte, quizás aún estuvieran a tiempo de volver a empezar. Llegó hasta un claro junto al lago y se paró en la orilla para absorber cada uno de los aromas que tanto la reconfortaban. La suave brisa movía las hojas de los tilos, como un susurro sobre su cabeza, y las abejas y libélulas zumbaban incesantes entre los macizos de prímulas y margaritas silvestres. Cerró los ojos levantando la cara hacia el sol, reconfortada por la sensación de los rayos calentando su piel.

—Espero que no tenga intención de tirarse al agua. No estoy dispuesto a arruinar mis botas por usted de nuevo.

Marian se sobresaltó y se giró tan bruscamente que perdió el equilibrio y se tambaleó un poco hacia atrás, a punto de caer al agua. Las manos fuertes de Andrew Greenwood la sujetaron por los brazos evitando que cayera y, de un tirón, la pegó a su cuerpo.

12

El tiempo parecía haberse detenido, como si en ese pequeño rincón del bosque todo fuera tan perfecto que no mereciera su avance.

Marian notó las manos que la sujetaban firmemente, y el calor y la fuerza que emanaba del cuerpo de Andrew mientras se miraban intensamente a los ojos.

—Lord Hardwick, me… me ha asustado —tartamudeó con la boca seca, y se regañó a sí misma por no ser capaz de pronunciar una frase coherente. No se habían vuelto a ver desde la fiesta de Caroline, cuando él la insultó en el cenador sin razón aparente.

Le había dado muchas vueltas a lo ocurrido aquella noche y la única razón posible para aquella reacción del conde era que detestara tanto su carácter que temía que entre ella y Richard pudiera suceder algo. Dudaba que hubiera sido testigo del beso entre ellos, ya que, cuando escucharon sus pasos acercándose al cenador, ya se habían alejado el uno del otro. En el fondo, entendía su rechazo, ya que, dado su carácter estricto y controlador, no podía soportar a alguien como Marian, cuya naturaleza no estaba hecha para obedecer.

Marian lo intentó durante su estancia en Londres, al final siempre se enzarzaba en alguna discusión impropia de una dama, daba su opinión sobre temas de los que las mujeres eran excluidas sistemáticamente o acababa bajándole los humos a algún petimetre con un par de comentarios certeros. Tampoco se debe olvidar su exasperante resolución de tener siempre la última palabra en cualquier discusión. Andrew era incapaz de tolerar algo así. Solo su belleza y la influencia de su tía la libraban de ser completamente una paria social, aunque no las tenía todas consigo.

Debería detestar a Andrew por ser tan odioso y tratarla de manera tan grosera y, sin embargo, no podía dejar de sentir aquella maldita atracción ante la calidez de su cuerpo, ni la sensación de seguridad que le daba estar tan cerca de su ancho pecho.

—Yo pensaba... Pensé que aún estarían en Londres.

—Solo he venido yo. Llegué hace un par de días. Me he adelantado para preparar la casa. Los demás llegarán la próxima semana —dijo, levantando una ceja con una expresión burlona—. ¿Marian...?

—¿Sí? —El sonido de su nombre le resultó tan íntimo que sintió un cosquilleo en la piel, como si un rayo de sol se paseara lánguidamente sobre ella acariciándola.

—Creo que ya puede soltarme —dijo sin apartar los ojos de ella, en un susurro ronco y con un destello burlón en la mirada que hizo que Marian se ruborizara y se le encogiera el estómago. Miró hacia abajo y se sintió estúpida cuando vio sus manos aferradas todavía a la cintura de Andrew.

Iba vestido de manera informal con las mangas de la impoluta camisa blanca remangadas y el chaleco desabrochado. No llevaba corbata, por lo que la piel morena de su cuello quedaba expuesta irresistiblemente y se dejaba entrever el comienzo de su pecho.

Se soltó súbitamente intentando no trastabillar y se alejó unos pasos de Andrew.

—Discúlpeme. Ha sido un acto reflejo. Instinto de supervivencia, supongo.

Andrew asintió con la cabeza y, por su parte, consiguió no exteriorizar el efecto que le había causado su cercanía y el tacto de las pequeñas manos aferradas a su cintura.

—Es una pena que aún no hayan vuelto. Me habría gustado verlos. Mañana me marcho a Bath —comentó, tratando de no mirarlo mientras arrancaba una pequeña espiga del verde tapiz del suelo para tener las manos ocupadas.

—Supongo que con su abuela Gertrude. He oído que ha vuelto de Estados Unidos.

—Sí. Nos acompañará también lady Margaret. Mi abuela ha alquilado una casa durante el verano y quizá se establezca definitivamente allí. —Andrew sintió una sensación extraña en el pecho, era lógico pensar que Gertrude quisiera llevarse a Marian con ella si se establecía definitivamente en Bath. Intentó desechar esa idea—. Quiere que nos alejemos un tiempo de... Las cosas han cambiado un poco en los últimos tiempos por aquí. —Se encogió de hombros, dando unos pasos hacia la rústica valla de madera que delimitaba el camino que conducía a la finca.

—¿En serio? ¿Qué es lo que ha cambiado? —preguntó él justo a su espalda, y ella se volvió sorprendida al notarlo tan cerca.

—No disimule, Hardwick. Seguro que a estas alturas estará al tanto de cada detalle escabroso del asunto de mi tío —dijo, llevándose el pequeño tallo a la boca y jugueteando con él entre los dientes. Andrew siguió su movimiento incapaz de desviar la mirada, devorando sus labios con los ojos. Era insoportable que un gesto tan casual y natural le resultara a la vez tan seductor—. A veces me pregunto cuántos espías tiene para estar siempre informado de las miserias ajenas, *milord*. Debe resultarle muy ameno observar el devenir tortuoso del resto de los mortales, en contraste con su correcta, inmaculada y predeciblemente perfecta vida. —El tono fue desdeñoso y cargado de sarcasmo, y el semblante del conde se ensombreció.

Marian intentaba provocarlo. No le gustaba sentirse cohibida ante él y una conversación correcta o, incluso, amable la obligaba a aceptar facetas del carácter de Andrew para las que no estaba preparada. Prefería mil veces seguir en su zona de confort, el campo de batalla, donde sabía lo que podía esperar de él.

—Lo admito, estoy al tanto de lo ocurrido. —Obviamente, no iba a confesarle que la ilustre lady Duncan lo había citado para ponerle al día de todo el asunto—. La información es poder, no voy a negarlo. Procuro estar bien informado de lo que ocurre a mi alrededor. Y en cuanto a la descripción que ha hecho de mi vida... —Se acercó a ella con una mirada intimidante, pero Marian lo interrumpió, dejándole claro cuánto le influían a ella sus miraditas de conde mandón.

—Entonces, ¿ese es el secreto de su poder, *milord*? ¿Conocer los cotilleos, las debilidades de los que lo rodean? —Marian no entendía por qué la dominaba esa necesidad de enfurecerlo, pero sentía una extraña satisfacción al verlo perder los papeles.

Pensándolo mejor, sí que lo sabía. Desde que la había humillado, tras encontrarla en el cenador con Richard, se había torturado cada noche por no haberle plantado cara como se merecía. Se había sentido herida e intimidada por sus duras palabras y ahora que lo tenía delante, tan perfecto como siempre, los nervios la carcomían por dentro.

—En ese caso procuraré ser discreta y esconder bien mis pecados.

—No necesito espías para enterarme de los asuntos escabrosos de los que tengo cerca, señorita Miller. Sobre todo, cuando se producen delante de mis propias narices. Además, ambos sabemos que la discreción nunca ha sido su fuerte. Sus faltas son tan evidentes, premeditadas y abundantes que solo llamarían más la atención si les pusiera un cascabel y un gran lazo rojo. —Su tono fue más brusco de lo deseado y guardó silencio antes de decir algo que pudiera lamentar, mientras la imagen de Marian en brazos de su hermano bombardeaba su mente.

Marian tiró la espiga, puso los brazos en jarras y lo miró a los ojos, retándolo a que describiera sus pecados o sus faltas. La conversación sobre su viaje a Bath, la querencia de su tío a ahondar en los cajones ajenos o la pulcra visión de los Greenwood sobre la existencia humana, nada tenía que ver con la tensión que se escondía en sus palabras y su actitud. Era algo mucho más visceral y profundo, enquistado entre ellos durante años.

—Bien, supongo entonces que, ante mi deplorable comportamiento y esas previsibles faltas de las que habla, estará agradecido de que me marche. Se librará durante un tiempo de mi presencia y de mi perniciosa influencia sobre los suyos. Como ya me advirtió, la reputación de todos estará a salvo mientras yo esté lejos. Además, no tendrá que esconderse como una vieja chismosa para destapar mis supuestos pecados.

Andrew levantó las cejas con una mirada cargada de cinismo.

—¿Cree que no tengo otra cosa mejor que hacer que preocuparme de las acciones de una muchacha inmadura y caprichosa? ¿Cree que me resulta tan interesante como para dedicarle siquiera un minuto de mi tiempo? ¿Un pensamiento? —Andrew bufó, tratando de convencerse a sí mismo de la verdad de sus palabras—. Al menos reconozca que no es un alma cándida e inocente, y supongo que es consciente de que su actitud irreverente puede afectar a los demás. La duda es si se siente especialmente orgullosa de ello o tiene la decencia de arrepentirse alguna vez de sus estupideces. —Se acercó a ella lentamente con una mirada que Marian nunca le había visto. Una mirada cargada de desafío y de algo más que ella no se atrevía a definir. Sin darse cuenta, había retrocedido hasta quedar acorralada contra la pequeña valla de madera que delimitaba el camino. El cuerpo de él estaba tan cerca que reducía su campo de visión—. No hay necesidad de espiarla, señorita Miller. Se las da de rebelde y aventurera, pero no es más que una chiquilla enfadada con el mundo.

—¡Al menos yo tengo sangre en las venas! Me dedico a vivir como me viene en gana en cada momento y no persigo a los que me rodean para indicarles en qué se están equivocando, según mi estricto y almidonado código moral. Debe de ser agotador ser tan perfecto, lord Hardwick. Debería dejarse llevar alguna vez como si fuera..., como si fuera normal. Quizás averiguara lo que es sentirse vivo de una puñetera vez. —Él soltó una carcajada carente de humor.

—No soy perfecto, Marian. ¡Dios me libre! Pero prefiero calibrar las consecuencias de mis actos, en lugar de lanzarme a satisfacer mis instintos como si fuera un animal —dijo, inclinando su cuerpo hacia ella. Atrapó uno de sus mechones pelirrojos enredándolo entre sus dedos, disfrutando de su suavidad.

Marian tragó saliva al notar el calor y la fuerza que emanaban de su cuerpo, levantó la vista y no pudo evitar mirar la parte de su cuello, que asomaba por la camisa entreabierta, el pequeño hoyuelo de su barbilla, sus labios carnosos y bien delineados. Y notó cómo algunas partes de su cuerpo reaccionaban de una manera intensa. Ni siquiera la había rozado y ya sentía que iba a derretirse.

—Aléjese, conde —le desafió con tono burlón, intentando que no notara su nerviosismo—. Debe de estar infringiendo al menos media docena de sus estrictas normas con esta actitud tan mundana.

Tenía que alejarse de él o, para su eterna vergüenza, quedaría en evidencia ante el todopoderoso conde de Hardwick. Sintió como si Andrew pudiera leer sus pensamientos, como si con mirarla a los ojos fuese capaz de notar la atracción que sentía en ese momento por él. Puso la mano en su pecho para apartarlo y Andrew sintió cómo su contacto le quemaba a través de la tela del chaleco y la camisa. El cuerpo masculino no se movió ni un milímetro. Apoyó las manos en la valla, dejando a Marian encerrada entre sus brazos, y supo que era incapaz de contener la fuerza de las sensaciones que le provocaba su cercanía. Aunque solo fuera esa vez, necesitaba sentirla y dejar que su frescura se filtrara por cada poro de su piel.

—Lo fácil en la vida es dejarse llevar. Eso no tiene ningún mérito, pequeña. Controlar el deseo, las ansias de rozar una piel que te enloquece, de sumergirte en el cálido cuerpo con el que sueñas cada noche, tener tu mayor anhelo al alcance de tu mano y dejar que se vaya, como si fuera agua entre tus dedos. Eso es una carga muy difícil de llevar, así que no me subestimes. —Su voz era un susurro ronco, un torrente de sensualidad pura y masculina junto a su oído.

Su piel se erizó mientras él paseaba la mirada por sus labios, su garganta y la generosa curva de sus pechos de forma tan intensa que casi podía notarlo.

Andrew tomó aire y lo expulsó despacio, intentando calmar los latidos desbocados de su corazón. Se acercó con deliberada lentitud, rozando su cuello suavemente con su nariz mientras aspiraba su olor a violetas, notando cómo se aceleraba su pulso con cada roce. Nerviosa y a punto de claudicar, Marian intentó apartarlo de nuevo apoyando las dos manos sobre su pecho, aunque sin mucha convicción. Él sonrió sin apartar su boca de la delicada piel de su garganta y movió su lengua haciendo un pequeño círculo en un punto sensible. Con un gemido involuntario y las manos aún apoyadas en su pecho, Marian desistió de alejarlo y se aferró a la tela de su chaleco para evitar que se alejara. No importaba si después la juzgaba. Estaba segura de que se arrepentiría, pero había despertado la urgencia de sentirlo cerca. Su piel ardía de anticipación y su respiración era cada vez más agitada. Si no la besaba de una vez, se volvería loca y a punto estaba de suplicarle que lo hiciera.

Por suerte para su dignidad, no fue necesario. Andrew enredó una mano en su cabello y tiró de él con suavidad hacia atrás para obligarla a mirarlo. Por un momento, sus ojos se observaron con intensidad, y Marian quedó fascinada al ver la mirada de Andrew mucho más oscura y profunda de lo habitual. Sus labios firmes comenzaron a acariciar su boca entreabierta, apenas rozándola, una caricia torturadora que iba despertando un anhelo desconocido en Marian amenazaba con desarmarla. Aprisionó sus labios carnosos con los suyos deleitándose con su forma, los mordisqueó suavemente, lamiendo y saboreando cada milímetro de piel. Sus fuertes manos comenzaron un recorrido implacable y ardiente por cada curva de su cuerpo, haciéndola vibrar mientras ella, aturdida, se aferraba a sus hombros.

Marian dejó de ser consciente de todo lo que la rodeaba, concentrada solo en la creciente necesidad que iba apoderándose de su cuerpo. Aquello iba mucho más allá del deseo físico, era un anhelo, una especie de reto, que le impedía pensar y casi hasta respirar. Ahogó un jadeo cuando él la instó a abrir más la boca y comenzó a explorarla con la lengua, insaciable y exigente. Marian, con más intuición que pericia, correspondió a la íntima caricia y Andrew dejó escapar un gemido de su garganta. No importaba que estuvieran junto a un camino a plena luz del día, no importaba que después, con seguridad, ambos se arrepintieran de haber cedido ante sus impulsos más primarios. Solo querían beber el uno del otro, de sus ansias, del deseo más salvaje e incontrolable. En ese momento, las diferencias entre ellos se desvanecieron, dando paso al deseo más carnal y desenfrenado que pudiera existir, imposible de saciar por nadie más.

Andrew se sentía arder por dentro, consumiéndose en su propio fuego, incapaz de pensar con claridad. Había refrenado demasiado tiempo sus impulsos, negándose a sí mismo la atracción que sentía por ella, y ahora era como si hubiera abierto una compuerta imposible de volver a cerrar.

Un estremecimiento la recorrió cuando él comenzó a mordisquear el lóbulo de su oreja. Cada caricia, cada roce de sus labios despertaba una fibra nueva de su ser, que se consumía a fuego lento.

Andrew deslizó la lengua por su cuello, bajando cada vez más hasta llegar al escote ribeteado de encaje de su modesto vestido blanco. Desabotonó los pequeños botones de nácar, adorando con besos húmedos cada porción de piel que quedaba al descubierto.

—Andrew... por favor. —Él no supo si la súplica implicaba que continuara o que parara inmediatamente, así que prefirió optar por la primera opción, siguiendo con su reguero de besos.

Ella sacó de un tirón la nívea camisa de sus pantalones para poder acariciar su espalda, sintiendo cómo los fuertes músculos se tensaban bajo el suave roce de sus manos. Después acarició el pecho, admirada del contorno de sus formas, ansiosa por la necesidad de sentir su calidez en las yemas de sus dedos.

Gimió contra su boca, totalmente desesperado, y la besó de nuevo con más intensidad mientras, con un movimiento cargado de sensualidad, pegaba su erección a la pelvis de Marian.

—Dios mío, Marian. —Su voz se había convertido en un susurro ronco.

Ambos corazones latían desbocados, sus jadeos y murmullos entrecortados se perdían en el claro del bosque, mientras sus manos se recorrían maldiciendo cada centímetro de tela que se interponía entre ellos. La excitación estaba llegando a límites peligrosos y Andrew era consciente de que tenía que parar aquello antes de que se nublara el poco juicio que le quedaba. Pero ni podía ni quería hacerlo. Sabía que, en cuanto aquello terminara, la magia entre ellos se rompería de nuevo y, egoístamente, necesitaba vivir aquel momento un poco más.

Marian no sabría decir en qué momento Andrew había bajado su corpiño hasta dejar sus senos casi al descubierto, pero no pudo contener un gemido cuando el acunó su pecho con la mano, apretándolo con suaves movimientos. Bajó la cabeza y ella enredó sus dedos en sus mechones oscuros para acercarlo más, mientras él lamía y besaba cada centímetro con devoción. Su piel estaba caliente y sensible, clamando por ser acariciada, y su ropa se le antojaba un pesado estorbo. Andrew le separó un poco las piernas, colocando uno de sus muslos entre ellas, y presionó más su erección contra el cuerpo de Marian que, a esas alturas, se fundía por dentro literalmente. Su mano recorrió el vientre masculino y titubeó un poco antes de atreverse a acariciar la potente erección que se marcaba en sus pantalones, reclamando liberarse. Agarró la mano de Marian; ella pensó retirarla, pero, por el contrario, la apretó más sobre su miembro. Con el cuerpo totalmente tenso y preparado, con cada fibra de su ser desesperada por el deseo de continuar, era totalmente consciente de que Marian, al igual que él, estaba perdiendo el control de la situación. El conde consiguió que algo de cordura se filtrara entre la nube de lujuria que aturdía su mente y vislumbró las nefastas consecuencias de lo que estaba a punto de pasar. Maldijo su puñetera mente racional y sensata y, por un instante, deseó parecerse más a la espontánea y vivaz mujer que suspiraba entre sus brazos. Apoyó su frente en la de Marian, e intentó recuperar el ritmo de su respiración sujetándola por las muñecas, para evitar que volviera a tocarlo.

Andrew se había marchado y había vuelto el conde de Hardwick.

Permaneció así unos segundos interminables hasta que ambas respiraciones se acompasaron un poco. La soltó de golpe, dejándola aún aturdida, apoyada en la valla de madera.

Tuvo que alejarse de ella para no arrancarle la ropa y seguir acariciándola sobre la hierba. Le dio la espalda y comenzó a arreglar su vestimenta, metiéndose la camisa dentro de los pantalones con parsimonia, recuperando su habitual porte regio e indiferente. Pero Dios sabía que iba a costarle un esfuerzo sobrehumano ignorar la necesidad que sentía en ese momento de terminar con lo que habían empezado.

Marian, aún totalmente afectada, se abrochó el vestido con las manos temblorosas. Consiguió levantar la vista y observar cómo Andrew, de espaldas a ella, se pasaba las manos por el cabello, intentando, supuso, recuperar la serenidad. Tenía que marcharse de allí. No podría soportar ninguna mirada acusatoria o arrepentida de Andrew que, seguro, la consideraría culpable de haberle hecho perder la compostura de aquella manera. Ninguna dama que se preciara de serlo actuaría tan desvergonzadamente como ella acababa de hacer, y ahí tenía una prueba de que las acusaciones de Andrew contra ella estaban bien fundadas. Quería salir corriendo y refugiarse en su casa para no volver a verlo jamás, pero le temblaban las piernas y se sentía incapaz de mantenerse en pie sin el apoyo de la madera que tenía a sus espaldas. Sus besos habían sido devastadores, sus caricias le habían hecho perder el raciocinio, no obstane, ahora habían vuelto a la cruda realidad. Se sentía febril y vulnerable ante él o, más bien, ante lo que le había hecho sentir. Y lo que era aún peor, no se arrepentía.

La voz de Andrew, que seguía de espaldas a ella y tenso, la sacó del torbellino de sus pensamientos, resonando en sus oídos, alta, clara, y de una frialdad lacerante.

—¿Ha escuchado música de arpas, señorita Miller?

13

La sangre de Marian se heló en sus venas, y toda la burbuja de pasión y ardor en la que estaba sumida se esfumó como por arte de magia. Él había estado allí. Aquella noche estuvo allí todo el tiempo. Esa certeza la impactó como si hubiera recibido un golpe en el estómago, y la conversación que mantuvo con Richard retumbó en sus oídos, frases inconexas, como fragmentos de metralla que taladraban su cerebro. Trató de ordenar sus pensamientos mientras Andrew la miraba con una mezcla de desprecio y algo más, imposible de descifrar.

«*Puede* que esperaras sentir mariposas en el estómago y música de arpa.»

«*Si* tuviera que elegir a un Greenwood al que besar, no sería a Andrew.»

«Todopoderoso paradigma de la perfección, lord Pedante.»

No había dicho nada que fuera más hiriente que lo que ya se habían dicho personalmente, pero Andrew se sentía humillado y herido en su orgullo. Marian lo había menospreciado y ridiculizado delante de su propio hermano. Dijo que jamás lo besaría, como si no fuera lo suficientemente bueno para ella, y Andrew le acababa de demostrar con creces la falsedad de esa afirmación. Se había sentido ofendido y ahora fingió desearla solo para darle una lección, un baño de humildad, restregándole en las narices que la había tenido totalmente a su merced. Marian negó con la cabeza, incrédula. No esperaba que todo fuera de color de rosa ni que aquello supusiera un cambio en su relación con él, pero tampoco esperaba ese jarro de agua fría.

—Puede que Richard sea el más guapo y el más simpático de la familia, qué se le va a hacer, pero le aconsejo que, para según qué cosas, piense mejor a qué Greenwood escoge. —La miró con una expresión prepotente y burlona que la dejó paralizada.

—¿Por eso lo ha hecho? ¿Para humillarme? —Su voz resultó casi inaudible. Se sentía avergonzada y sobre todo muy decepcionada.

Andrew evitó contestar a la pregunta, y se sintió miserable.

Ella se había entregado a sus caricias sin reservas, y lo que había sentido entre sus brazos había sido totalmente real. Saber que él la había besado y traspasado sus defensas por una absurda especie de venganza le resultaba cruel e innecesario. Le dijo a Richard, entre bromas, que nunca besaría a Andrew, pero mentía. Lo sabía entonces y lo había sabido siempre. Para Andrew Greenwood todos los actos tenían sus consecuencias, y estaba haciéndole pagar su reprochable actitud de aquella noche. Ahora quedaba por ver cómo pagaría Andrew lo que acababa de ocurrir entre ellos.

—Buen viaje, señorita Miller —dijo, al enfilar el camino de vuelta hacia Greenwood Hall sin dedicarle ni una mirada, y simulando que todo aquello había sido solo una mala broma, un escarmiento para defender su orgullo de macho herido y una especie de castigo por andar besándose en jardines ajenos.

La verdad era que necesitaba alejarse de ella. Se había permitido traspasar un límite que podría cambiarlo para siempre. Era un hombre con la suficiente experiencia como para disfrutar del placer que un cuerpo femenino podría brindarle, sin necesidad de analizar nada más allá del plano físico. Pero, en cuanto probó los labios de Marian, cayó en un abismo del que, con toda seguridad, no podría salir jamás. Nunca había sentido un anhelo tan potente y abrasador; cada terminación nerviosa de su piel vibraba por poseerla y las manos aún le temblaban por la necesidad de acariciarla y absorber toda su esencia. Había besado, acariciado y casi desnudado a una joven inocente en mitad del campo, a plena luz del día, exponiéndose a ser descubiertos en semejante actitud. El conde de Hardwick no podía permitirse nada semejante. Desde niño había aceptado sin rechistar su responsabilidad como cabeza de familia, asumiendo que su razón y su deber debían prevalecer sobre sus deseos personales. Hasta ahora había cumplido con eso sin demasiado esfuerzo, excepto cuando Marian Miller andaba cerca. Por eso la quería fuera de su vida, quería que lo odiara, que no osase desear ser otra cosa que su enemiga. De él dependía no solo su familia, sino los arrendatarios y los trabajadores de sus fábricas. Tenía que mantener la cabeza fría y la mente alerta para que todo funcionara con la precisión de las piezas de un reloj suizo. Ella despertaba sus deseos de dejarse llevar, de sentirse vivo, de disfrutar sin restricciones de cada momento. Quería ser egoísta por una vez, llevarla lejos, olvidarse del resto del mundo y contagiarse de su vitalidad.

Sin embargo, nunca se permitiría esa concesión.

—¿Por qué me odia tanto? —la pregunta salió de la garganta de Marian con apenas un susurro. Pero Andrew se detuvo, como si sus palabras se hubieran clavado en él con la fuerza de un puñal.

—¿Odio? —soltó una carcajada hueca, carente de humor—. No voy a malgastar mis energías en odiarla. Tengo cosas más interesantes que hacer.

Marian sintió que el frío se instalaba en sus entrañas y el aire oprimía sus pulmones, haciendo que respirara con dificultad. Sintió como si todo a su alrededor se difuminara, como si la algarabía de los pájaros sobre sus cabezas, los macizos de flores y la luz que se reflejaba en el lago se entremezclaran entre sí, desvirtuando sus colores y sus formas. Se odió y se maldijo mil veces por haberse permitido creer que aquello podía ser real, que al fin podría desearla tal como era. Le había demostrado lo que en realidad despertaba en ella y se sentía expuesta y frágil, incapaz de volver a mirarlo. Jamás pensó que además de frío pudiera ser tan cruel.

—No deja de sorprenderme, *milord*. Siempre pienso que ya he visto lo peor de usted y, sin embargo, cada vez es capaz de ir un poco más allá —le espetó, levantando la barbilla y recuperando su actitud altiva.

Andrew dio varios pasos hacia ella, dispuesto a rematar la conversación y, por el bien de ambos, eliminar cualquier posibilidad de que ella se acercara.

—Quizá sea porque usted es especialista en sacar lo peor de la gente, y yo no voy a ser una excepción. —Andrew se preparó para poner punto y final a aquello que no debió haber empezado nunca—. ¿Quiere saber qué es lo que me molesta de usted? Me preocupa que influya en el carácter y el comportamiento de mis hermanas. Odiaría que Richard sucumbiera ante usted y acabara atrapado en sus redes de manera irremediable. Me desagrada tanto todo lo que usted representa... —bufó con desprecio, y la miró con desdén de arriba abajo, acercándose a ella con una actitud cada vez más hiriente y alzando la voz—. Me molesta su insolencia, su falta de compostura, su desfachatez.

Hasta su físico me resulta desagradable, su atuendo, sus excesivas curvas. Simplemente, usted me resulta vulgar.

La bofetada que Marian le propinó resonó entre ambos, y ella misma se espantó ante la fuerza empleada. Aunque no se arrepentía, pues los dos sabían que la merecía. Marian debía volver a casa, pero sus piernas no parecían obedecer a su cerebro y se quedó allí mirándole, mordiéndose el labio mientras intentaba contener las lágrimas. No permitiría que la viera llorar.

Andrew se alejó por el camino a grandes zancadas y odiándose a sí mismo, con la mejilla ardiendo y el corazón destrozado. Maldijo la hora en que se le ocurrió sucumbir al deseo y se maldijo aún más por ser un cobarde.

14

Los primeros días en Bath fueron un tanto caóticos para Marian. Tanto Gertrude como Margaret compitieron en agasajar a la joven y colmarla de vestidos, sombreros y demás complementos propios de una chica de su edad, protagonizando en cada tienda a la que acudían discusiones sin sentido sobre la idoneidad del tafetán, del raso o del encaje, y sobre los colores que la favorecían más. Marian se sentía abrumada con tanta atención y consideraba todo aquello un lujo innecesario, máxime cuando lo único que le apetecía en esos momentos era encerrarse en su habitación y hundir la cabeza bajo la almohada como si fuera un avestruz. Se había empecinado en olvidar todo lo que pasó en el último encuentro con Andrew, pero su existencia se dividía entre los momentos en los que se azoraba recordando el roce de sus manos y su lengua sobre su piel y el momento exacto en el que él la humilló dejándola hundida y descorazonada.

«Controlar el deseo, las ansias de rozar una piel que te enloquece, de sumergirte en el cálido cuerpo con el que sueñas cada noche…»

Las palabras de Hardwick se repetían en su mente como una letanía, provocando que su estómago diera un vuelco cuando las recordaba. A veces, la idea de ser ella ese cuerpo con el que soñaba la invadía de desasosiego, pero, inmediatamente, se recordaba que la consideraba vulgar y que de nada servían esas estúpidas ensoñaciones románticas. La verdad era una: él la despreciaba y eso no cambiaría jamás.

Fuera como fuese andaba despistada y taciturna, sumida en sus propios pensamientos, sin apetito, y con unas marcadas ojeras que denotaban la falta de descanso. Conforme se corría la voz de que estaban en Bath, las invitaciones a cenas, bailes y demás eventos se multiplicaban, ya que ambas señoras gozaban de bastante prestigio social. Margaret, en Londres, era una afamada anfitriona y Gertrude gozaba del glamur que le confería su fortuna y sus maneras exquisitas. Por más que Marian intentara escabullirse, la mayoría de las veces tenía que acompañarlas, debiendo soportar horas de tediosas conversaciones y fingidas sonrisas. Se sentía apagada y fuera de lugar, incapaz de comportarse como realmente le apetecía.

Por suerte, su tía y su abuela iban cada tarde a tomar las aguas y no le insistían en que las acompañara, momento que Marian aprovechaba para dar largos paseos por los prados que rodeaban la casa alquilada de dos plantas. El paisaje era encantador, largas praderas verdes con suaves desniveles, bordeadas de caminos empedrados de roca gris. Aquí y allá había columnas de piedra caliza que simulaban las ruinas de un templo romano, invadidas por macizos de flores moradas, blancas y rosas donde las abejas zumbaban incesantes. Bancos de piedra salpicaban el camino, medio escondidos entre los árboles y los macizos de rosas y margaritas, creando lugares mágicos donde leer o disfrutar de las vistas. Olmos y hayas susurraban con la suave brisa estival que movía sus hojas, y varios sauces llorones acariciaban con sus largas ramas la superficie de los estanques, que reflejaban la luz brillante del sol.

Marian se paró debajo de una estructura metálica con forma de arco y cubierta de hiedra que formaba una cúpula verde sobre el camino. La tarde era calurosa y se quitó el sombrero de paja para que el viento meciera su cabello. Olía a hierba caldeada por el sol y al olor dulzón de las flores. Ojalá su espíritu estuviera más sosegado para poder disfrutar de lo que la rodeaba. Por el rabillo del ojo vio una alta figura que se acercaba por el sendero y salió del refugio de la hiedra, intrigada, para dar unos pasos más hacia el hombre que se adentraba en el jardín. Se colocó la mano sobre los ojos para protegerse del sol que la cegaba, mientras la figura daba largos y elegantes pasos hacia ella. Su corazón saltó de genuina alegría al reconocer la cadencia del andar tranquilo y seguro, y se apresuró a encontrarse con el inesperado visitante.

—¡Aldrich! —Sonrió al llegar hasta él, mientras le cogía las manos de manera afectuosa—. Pero ¿qué demonios...?

Robert se rio mientras le besaba las manos con familiaridad.

—Me llegaron rumores de tu refinamiento, pero sigues hablando como un marinero —la reprendió, riéndose—, y también me llegaron rumores de que te aburrías tremendamente aquí y me decidí a rescatarte de tu hastío.

—Me imagino que habrá sido tía Margaret —dijo Marian, poniendo los ojos en blanco.

—Sí, ella me invitó a pasar unos días con vosotras. Espero que no te moleste esta intromisión.

—¿Molestarme? Estoy tan aburrida que agradecería la visita de mi peor enemigo.

Robert no pudo evitar soltar una carcajada.

—Si esperabas que eso sonara como un cumplido, debo decirte que has olvidado lo poco que te enseñé en Londres sobre refinamiento y buenas maneras.

—Lo sé, soy una alumna pésima.

Ambos rieron y se dirigieron hasta la casa entre bromas, paseando con sus brazos enlazados.

15

Marian debía reconocer que la presencia de Robert contribuyó a que sus días cambiaran de color. Asistir a cenas o bailes ya no era un acto obligado y desagradable. Por el contrario, disfrutaba de cada evento mucho más relajada y desinhibida que antes y, poco a poco, la amistad con lord Aldrich fue fortaleciéndose, recordándole en muchos aspectos a la relación que tenía con Richard. Habían asistido juntos al teatro y cuando la acompañó de vuelta a casa permanecieron horas sentados en la escalinata de entrada, hablando con pasión de sus obras y sus libros preferidos.

Robert era un hombre con un sentido del humor muy fino, con el que podía mantenerse cualquier tema de conversación. Era paciente, comprensivo, maduro y responsable, pero con un carácter mucho más llevadero que el de Andrew. Robert la entendía y la escuchaba, y era capaz de hacerla entrar en razón a base de comprensión y calma si el carácter impetuoso de Marian hacía acto de presencia.

Cuando entraban en una habitación, era inevitable que todos se volvieran a mirarlos, a veces con admiración, a veces con algo de envidia. Los rumores corrían entre sus conocidos, y se comentaba que por fin el Demonio Miller parecía haberse serenado entre los brazos del apuesto conde.

El conde de Aldrich despertaba un ardiente interés allá donde fuese, tanto entre las jóvenes casaderas que suspiraban lánguidamente a su paso, como entre las ya no tan jóvenes, deseosas de acceder a los misteriosos placeres que la seductora mirada de Aldrich prometía. Marian sonreía cuando captaba alguna de aquellas miradas mal disimuladas por parte de alguna fémina, y Robert le devolvía la sonrisa, resignado.

Robert podía tener cara de ángel, con su espeso cabello rubio y sus ojos de color azul claro, aunque su forma de mirar poco tenía de angelical. Parecía poder ver más allá de la capa de fingida cortesía de las personas, poder rebuscar en los senderos más ocultos del alma humana. Era uno de los hombres más atractivos que conocía, pero Marian, a pesar del cariño que le tenía, intensificado además en las últimas semanas, era incapaz de sentir ninguna inclinación romántica hacia él, por más que se esforzara.

Aquella noche habían acudido a una cena informal en casa de unos amigos de su tía, los Arnold, un matrimonio mayor que no perdía la esperanza de casar a su único hijo soltero, para lo cual organizaban fiestas a la carta, donde la presencia femenina doblaba con creces la masculina. Lástima que un ejemplar tan atractivo como Aldrich se hubiera colado entre los presentes, haciendo palidecer los discutibles encantos de sir Neil Arnold.

Para la cena los situaron en pequeñas mesas redondas de unas ocho personas, donde la comida y la bebida se servían de manera abundante. Para su desgracia, Marian había sido colocada justo al lado del anfitrión, cuya lenta y cansina verborrea amenazaba con provocar que se suicidara dentro del cuenco de sopa que tenía delante, mientras el resto de acompañantes, todas jóvenes solteras, soltaban risitas apocadas ante sus comentarios.

Por suerte, a petición de Marian, sentaron a Robert a la misma mesa y se dirigían miradas cómplices de vez en cuando.

—Me gustan las familias largas... —comentó Neil con una lentitud enervante, y con una cadencia que él suponía sofisticada y que a Marian la sacaba de quicio—. Es muy importante para mí este asunto. Mi padre tuvo siete hermanos y mi madre cinco. Mi querida hermana May está preñada de su quinto vástago. Y mis otros dos hermanos tienen uno tres, y el otro cuatro hijos. —Neil miró descaradamente sus pechos y la ligera forma de las caderas que se adivinaba desde su posición, como si estuviera calibrando su fertilidad.

Marian torció el gesto y pensó que solo faltaba revisarle las muelas como si estuviera en una feria comprando una yegua de cría.

A Robert, que no perdía detalle del comportamiento de aquel mequetrefe, se le estaba agotando la paciencia, aunque se tranquilizó al pensar que, al menos para Marian, supondría un consuelo que él estuviera en aquella mesa.

—¿Su familia es larga, señorita Miller? —Marian se quedó muy quieta, con las manos rígidas apretando los cubiertos y una extraña sensación de frío en su espina dorsal. Todos sabían que era huérfana y no tenía hermanos, por lo que el comentario habría resultado cruel si Neil tuviera más luces de las que aparentaba. Marian dedujo que el hombre no daba para más.

—Sir Arnold, creo que la pregunta que acaba usted de hacer es bastante desafortunada. —La voz de Robert sonó cortante desde el otro lado de la mesa mientras le dirigía al hombre una mirada asesina.

Neil no se dio por aludido y siguió mirándola con descaro.

—No es un asunto menor. Existen distintas teorías sobre estos temas, sobre la predisposición fisiológica de algunas mu…

—Sir Arnold… —intentó cortar una de las chicas, incómoda al ver la situación y buscando desesperada otro tema de conversación.

Las otras comensales miraron hacia otro lado, carraspearon incómodas o se metieron grandes cucharadas de sopa en la boca para no tener que participar del tenso momento.

Marian miró a Robert y le sonrió para tranquilizarle. Si ese hombre podía ser grosero y carente de tacto, ¿por qué ella debía comportarse como la perfecta, tímida y refinada rosa inglesa?

—Sir Arnold, en referencia a su pregunta, la respuesta es no. Mi familia es bastante corta. Parece ser que mis abuelos no tenían tanta fe en su calidad genética como para ir sembrando su semilla con tanta algarabía como la suya. Siento no poder ofrecerle garantías sobre mi fecundidad, pero no me gustaría que se llevara a engaños. La anchura de mis caderas no está relacionada con mi capacidad de procrear, sino más bien con mi afición desmedida por el merengue y los pasteles de manzana.

Aldrich sufrió un súbito ataque de tos que a duras penas sirvió para disimular las carcajadas que le provocó la contestación de Marian. Las dulces chicas de la mesa se debatían entre risillas nerviosas contenidas y exclamaciones de escándalo y estupor e, incluso, una de ellas a punto estuvo de atragantarse con el vino. Aunque no se atrevieran a decirlo, algunas admiraron el desparpajo de la pelirroja al cortar, tan eficazmente, un tema de conversación absurdo e impropio.

Neil se limitó a mirarla con una ceja levantada y, acto seguido, como si nada hubiese ocurrido, comenzó una disertación sobre moda y complementos masculinos que hubiera sanado el ataque de insomnio más severo. Era curioso que un hombre que parecía haberse vestido con la luz apagada pretendiera dar clases de estilo. Vestía un traje de un color verde chillón, confeccionado en una tela con un brillo tan extraño que tenía toda la pinta de arder como una antorcha ante la proximidad de una vela. Su chaleco, de gruesas rayas verdes y doradas, recordaba el vientre de algún exótico escarabajo, y Marian estaba segura de que, si lo miraba durante mucho rato, le provocaría dolor de cabeza.

—... por eso no entiendo cómo los hombres siguen vistiendo de manera tan clásica y aburrida. Siempre de negro... —continuó, estirando insoportablemente las sílabas—... es indudable la atracción de las mujeres por hombres que no se avergüenzan de mostrar su buen gusto. La seguridad en uno mismo es... importante... y...

—Y no olvide el tema del instinto de supervivencia... —dijo Marian, dando un buen sorbo a su copa de vino, incapaz de escuchar ni una palabra más

—¿Cómo dice? —preguntó Neil, contrariado por la interrupción.

—Es innegable, sir Arnold, que su indumentaria lo ayudará a sobrevivir. Si usted estuviera en terreno hostil, los depredadores no se atreverían a atacarlo. Debido al color de su vestimenta, lo asociarían con alguna planta venenosa o carnívora. Lo leí en alguna parte. Y si acude a alguna cacería, sería impensable que lo confundieran con un ciervo o un urogallo, sin ir más lejos. No hay posibilidad de error. Si le disparan, tenga por seguro que será a conciencia, señor. —Levantó su copa a modo de brindis y miró a Aldrich con una sonrisa completamente inocente—. ¡Por la supervivencia!

Robert se tapó la boca con la servilleta sin poder contener la risa, mientras el resto de invitadas levantaba su copa tímidamente para acompañar el brindis. La situación era tan surrealista que el propio Neil acabó brindando sin saber muy bien el porqué.

Robert aprovechó el primer momento disponible para sacar a Marian del salón. Cuando llegaron a la terraza enlosada, se cruzó de brazos dispuesto a recriminarle que dejara al hijo del anfitrión en ridículo, pero su mirada, pícara y angelical a la vez, hizo que no pudiera contenerse ni un momento más, y al final ambos acabaran riéndose a carcajadas hasta que les dolió el estómago. Con los ojos llorosos y casi sin aliento, Robert se recuperó lo suficiente para hablar.

—La verdad es que ese idiota se lo merecía.

—¡Gracias a Dios que estabas en la mesa! No es que me hayas ayudado mucho, pero… —le dijo ella para fastidiarlo.

—¿Qué querías que dijera? Lo de los urogallos ha sido insuperable —rio de nuevo—. Eres increíble. ¿Lo sabes?

Robert se acercó más a ella y le puso tras la oreja un rizo rebelde escapado del recogido, acariciando de paso su mejilla. Le gustaba Marian tal como era. Rebelde, inoportuna, contestona, bella, audaz, fuerte y hermosa. Puede que aún no fuera amor, pero quizá con el tiempo…

Robert se inclinó hacia ella y la besó dulcemente, deslizando sus labios en una suave caricia sobre su boca. Marian cerró los ojos e intentó devolverle el beso, mientras imágenes de otro beso salvaje y sensual venían a su memoria. El beso de otros labios muy distintos a los de Aldrich. Abrazó a Robert intentando sentir su cuerpo, su calidez, queriendo olvidar las caricias abrasadoras de Andrew. Pero su cabello oscuro, sus ojos azules y su tacto enloquecedor la perseguían día y noche. Su dura mirada la acosaba en sueños e, incluso ahora, ansiaba sentir su lengua sobre sus pechos, su boca mordisqueándole en el cuello, sus fuertes manos apretando sus curvas.

Se separó de Robert y se alejó unos pasos para poder pensar, pretendiendo ignorar el enorme vacío que sentía. No era a él a quien ella deseaba. Se tapó la boca con su mano temblorosa, intentando negarse a sí misma lo evidente. Algo contra lo que llevaba luchando desde que tenía uso de razón. Estaba total, e irremediablemente, enamorada de Andrew Greenwood.

16

Lady Amanda Howard se paseaba de una punta a otra de la salita, formando un revuelo de faldas cada vez que se giraba, mientras Andrew la observaba desapasionadamente arrellanado en el sillón.

—Me siento traicionada. ¡Cómo se le ocurre, maldito viejo avaro! ¡El diablo se lo lleve!

Andrew se frotó la frente intentando apaciguar el dolor de cabeza que le atenazaba desde que había llegado a la *suite* del hotel donde se habían citado tantas veces para sus aventuras amorosas. Se sorprendió al recibir la nota de Amanda, ya que, aunque se veían desde hacía más de dos años con relativa frecuencia, sus encuentros se habían espaciado cada vez más, buscando Amanda, durante esos intervalos, consuelo en otros brazos más devotos que los suyos.

Ella había enviudado hacía apenas un mes, pero no se molestaba en disimular su indiferencia por la muerte de su anciano esposo. El adinerado barón lord Howard se encaprichó de la joven Amanda, bella y ardiente, en cuanto fue presentada en sociedad, sin importarle que tuviera edad para ser su nieta, y eliminó cualquier tipo de objeción de la joven y su familia a golpe de talonario y costosos regalos. Una vez formalizada la unión, Howard, incapaz de lidiar con el carácter voluble y caprichoso de Amanda, no tuvo más remedio que mirar para otro lado y convertirse en consentidor de sus berrinches y sus escarceos amorosos.

Hubiera sido una situación relativamente llevadera para el matrimonio, una más de tantas uniones de conveniencia entre los de su clase, de no ser por el hijo y heredero de Howard, que se encargaba de mantener a su padre al día de los desmanes de su madrastra, intentando por todos los medios que no menoscabara ni las arcas ni el buen nombre de su familia. La animadversión entre ambos era más que palpable. Amanda estaba segura de que sus consejos y presiones influyeron en el anciano barón para que redujera, considerablemente, la pensión y los bienes que ella heredaría en usufructo tras su muerte.

Amanda vio desesperada cómo su nivel de vida bajaba estrepitosamente tras fallecer su esposo. Para colmo, su hijastro, cinco años mayor que ella, le anunció su intención de buscar esposa, con lo cual, llegado el momento, ella debería encontrar otra residencia y ceder su lugar a la nueva baronesa.

Amanda estaba acostumbrada a la admiración de los demás y, a pesar de su conducta licenciosa, las puertas de cada mansión y de cada salón de baile estaban abiertas para ella. Aunque la verdad era que todas aquellas relaciones eran totalmente superficiales y, llegado el caso, nadie movería un dedo por ella.

Una de las pocas personas que le ofrecía un hombro en el que apoyarse era Andrew. Su relación había empezado como la de cualquier amante, con encuentros furtivos y apasionados. En algunos momentos, ella deseó, sinceramente, convertirse en la condesa de Hardwick una vez el barón falleciera. Aunque se engañaría a sí misma si no reconociera que, además de las múltiples cualidades del joven, el volumen de su cartera tenía mucho que ver en su deseo. Pero Hardwick había perdido el ardor que sentía al principio por ella, y Amanda era consciente de que Andrew no soportaría una esposa con su carácter.

Así las cosas, dejaron de verse, y las pocas veces en que lo hacían se limitaban a una conversación amistosa. Por eso Amanda lo había citado en el hotel, ya que necesitaba desahogarse y hablar con una persona que la tratara con sinceridad y verdadero afecto.

—¿Cómo voy a vivir con esa miseria, Andrew? La rata de su hijo lo ha conseguido, al fin. Me ha relegado a un segundo plano. ¿Qué se supone que debo hacer? ¿Buscar un benefactor? ¿Un amante que pague mi alojamiento y mis vestidos? ¡Es odioso!

Era irónico que aquello la indignara cuando esa, precisamente, fue la razón por la que se convirtió en baronesa. Para conseguir estatus y, sobre todo, dinero.

Andrew la miró, intentando recordar a aquella mujer desinhibida, que lo había incitado hacía tanto tiempo, y hastiado descubrió que no quedaba ni rastro de ella. Seguía siendo bella, eso era indudable, y ella sabía cómo potenciarlo. Cuando lo normal era que las viudas vistieran recatadamente con oscuro crespón, ella lucía espléndida con su vestido de satén negro, con una gran profusión de encajes y fruncidos que destacaban su sensual silueta. El conjunto lo remataba con un sombrero de paño, también negro, adornado con plumas de pavo real, y unos vistosos pendientes de brillantes y amatistas. Algo escandaloso que, sin embargo, nadie le recriminaría a la cara. Estaba exquisitamente ataviada, pero no era capaz de despertarle ni una pizca de admiración. Aunque el problema no era Amanda, el problema era él.

—Amanda, la mensualidad que te han asignado es bastante mayor de lo que muchas familias tienen para subsistir seis meses. Tendrás que intentar no derrochar en exceso, pero podrás vivir holgadamente.

Ella lo miró ofuscada y, al ver que Andrew no mostraba compasión por su situación, decidió cambiar de táctica y se acercó hasta él con un coqueto mohín en sus labios.

—¿Crees que seré capaz? —preguntó con tono dulzón. Le pasó la mano por el pecho, por debajo de la fina tela de la chaqueta. Se pegó a su cuerpo, rozándose descaradamente para intentar seducirle, ronroneando como una gata en celo—. Cariño, nos lo pasábamos tan bien juntos. ¿Qué nos ha pasado?

Andrew la sujetó de la muñeca para apartarla y, dándose cuenta de la brusquedad de su gesto, lo suavizó besándola en los nudillos.

—Amanda, simplemente esperamos cosas distintas de la vida. —Cogió su sombrero y sus guantes y se dirigió hasta la puerta. Se volvió antes de salir para ver que la máscara de mujer seductora había desaparecido, dando paso a una expresión agriada y sin gracia.

—Te aprecio sinceramente y sé que eres fuerte. Creo que serás capaz de adaptarte a tu nueva situación. No obstante, si necesitas algo, ya sabes dónde encontrarme.

Andrew caminó por las calles poco iluminadas pensando en su encuentro con Amanda. Ya no le resultaban atractivos sus forzados ademanes, sus estudiadas expresiones, su personalidad caprichosa y egoísta, su vanidad. Ella se había insinuado, lo había tocado con una clara intención, pero su cuerpo no había reaccionado en absoluto. Es más, había sentido una ligera aversión ante su contacto. Recordó, sorprendido, lo difícil que fue refrenar su deseo unas semanas antes, cuando, sin calibrar las consecuencias, se atrevió a traspasar todos los límites con Marian. Sintió esa punzada de ansiedad que lo invadía cada noche ante el deseo insatisfecho. El recuerdo era tan persistente que sentía aún el hormigueo en sus dedos por la necesidad de tocarla. Notaba cómo ardía por dentro ante el recuerdo del leve temblor del cuerpo femenino bajo sus manos, de sus suaves gemidos incontrolables, sin artificio... Marian era pura y natural, y se entregaba a cada sensación que la vida le brindaba con honestidad. Se había dejado arrastrar por lo que sentía sin pensar en nada más. Y, en cambio, él, un hombre maduro y experimentado, no había sido capaz de digerir aquello. Paró un carruaje de alquiler y decidió dirigirse al club, rezando para que el alcohol adormeciera los instintos de su cuerpo.

17

Andrew ya no tenía más excusas para seguir dándole largas a Eleonora, así que, después de leer el informe que acababa de enviarle Thomas Sheperd desde Londres sobre los asuntos de la fábrica, se sentó junto a ella en la acogedora salita azul de Greenwood Hall, dispuesto a ojear la lista de invitados.

Habían decidido organizar una fiesta campestre que duraría dos semanas, aprovechando la temporada de caza del faisán, con multitud de invitados procedentes de Londres y del condado de Sussex. Al fin y al cabo, Eleonora ya tenía tres hijos en edad casadera y ninguno mostraba demasiado interés en el asunto, así que se decidió a sacar toda su artillería, invitando a familias con candidatos adecuados tanto para Caroline como para sus hermanos.

Andrew, por el contrario, en lugar de ver la reunión como un acto en el que conocer a alguna posible esposa, lo enfocaba como una manera más de agasajar a los más importantes hombres de negocios de Londres, con los que él y su socio contaban para continuar sus inversiones. Sheperd estaba entablando contactos para invertir en una de las empresas que fabricaban maquinaria y piezas para locomotoras, ya que sus perspectivas eran aún más prometedoras que las de la industria textil.

—¿Has convencido a Sheperd para que venga? —preguntó su madre sin levantar la vista del bordado que tenía entre las manos.

—Sí, pero solo vendrá unos días, no podemos ausentarnos los dos durante tanto tiempo de Londres. Los proveedores y los clientes se pondrían nerviosos. Y ya sabes que a él no le gusta demasiado este tipo de reuniones.

Andrew paseó la vista entre la multitud de apellidos, muchos de ellos seguidos por ilustres títulos nobiliarios, y otros tantos emparentados con los Greenwood en mayor o menor grado. Frunció el ceño al ver el nombre de lord Aldrich en la lista.

—¿Aldrich? ¿De quién fue la idea de invitarlo?

—Lady Margaret Duncan estuvo aquí hace unas semanas con Gertrude Miller. Las invité a la fiesta, por supuesto, y me sugirió que incluyera a lord Aldrich entre los invitados. Por lo visto pasó varias semanas con ellas este verano en Bath y se lleva muy bien con Marian.

—Lo sé —fue la escueta respuesta de Andrew—. Todo Londres lo sabe, en realidad.

—Antes erais amigos… —añadió Eleonora, mirando a su hijo de soslayo.

Andrew soltó la lista en la mesilla y cogió su taza de té evitando contestar. No le apetecía justificar la antipatía creciente que sentía hacia el conde.

—Añadiré un par de nombres más a la lista y podrás enviar las invitaciones.

—Mamá, recuerda que Marian se quedará aquí la mayor parte del tiempo —dijo Caroline, que acababa de entrar en la salita. Cogió una galleta del plato que Andrew tenía delante y se sentó en el brazo de la butaca de su madre mientras la devoraba.

—¿Le has preguntado a ella si está de acuerdo, hija? Puede que ahora que su abuela y su tía están en Greenfield prefiera quedarse allí con ellas y trasladarse aquí solo cuando haya un evento.

—Vamos, madre. Lo mejor de los bailes y las cenas es quedarse cotilleando cada detalle en camisón hasta las tantas de la madrugada. Si Marian tiene que volver a casa cada noche con las dos ancianas, apenas podremos estar juntas un rato.

—Sabes que Marian tiene aquí su casa, cariño. Su habitación esta siempre preparada. —Caroline le dio las gracias y la besó en la coronilla cariñosamente.

Andrew se excusó y salió de la sala sin decir una palabra al respecto, y Caroline y su madre se miraron extrañadas.

Hardwick no había visto a Marian desde que tuvieron el encuentro junto al lago y se sentía intranquilo, pues no sabía cómo reaccionarían. A pesar de ser un hombre seguro de sí mismo, y con la templanza suficiente para controlar sus reacciones en cualquier circunstancia, estar a solas con Marian ponía a prueba sus propios límites. Cuanto más claro tenía que debía alejarse de ella, más fuerte era su necesidad de sentirla de nuevo. Esperaba no notar demasiado su presencia en una mansión con tanta gente alrededor, pero algo le decía que si había una cosa imposible para Marian Miller, era pasar desapercibida.

Eleonora disfrutaba como nadie en su papel de anfitriona, y se esmeraba para que tanto el alojamiento como la variedad de las actividades estuvieran a la altura de los invitados. Andrew era también un anfitrión intachable y amable, pero, dado su carácter más frío y retraído, delegaba en su familia la organización de la mayoría de los eventos, entre ellos las jornadas de caza.

Entre las actividades, Eleonora había programado una velada musical en la que, entre otros invitados, su hija Crystal tocaría algunas piezas al piano. Aún no había sido presentada en sociedad, pero, al ser una reunión informal en su propia casa, podría acudir a algunos actos. Crystal era muy voluntariosa y había conseguido tocar de manera aceptable gracias a su tesón y a las muchas horas de práctica. Richard le había sugerido que le pidiera ayuda a Marian para ensayar y, aunque al principio no estaba muy convencida porque nunca la había oído tocar, al final así lo hizo.

Marian se sorprendió por la proposición, pero accedió a ayudar a Crystal, ya que eso no implicaba que ella tuviera que interpretar ninguna pieza en público y, realmente, la muchacha necesitaba un poco de ayuda. Crystal repetía incansable la misma estrofa y fallaba una y otra vez la misma nota. Bufó frustrada y Marian no pudo evitar soltar una carcajada. Se sentó a su lado en la banqueta y deslizó sus finos dedos sobre las teclas, ejecutando la pieza a la perfección.

—Crys, hazme caso. Déjalo un rato y descansa. Vamos a merendar o a dar un paseo y, con toda seguridad, cuando vuelvas, te saldrá a la primera.

La joven negó tozudamente con la cabeza.

—¡Como me llamo Crystal Marie Greenwood juro que no me levantaré de aquí hasta que me salga perfecto!

—Está bien. Pues yo tengo hambre, así que voy a buscar a Caro o a Richard para que me acompañen a comer algo.

Cuando iba por el pasillo, sonrió al escuchar de nuevo cómo su amiga terminaba la estrofa con una nota discordante, acompañada de una florida maldición impropia de una señorita de su edad. La sonrisa se congeló en sus labios al girar en el pasillo y encontrarse de frente con el mismísimo conde de Hardwick que la esperaba, con los brazos cruzados, apoyado en actitud relajada, en la puerta de su despacho.

Desde que Andrew había vuelto de Londres para la

reunión campestre, las pocas veces que habían coincidido en la mansión consiguieron evitarse de manera disimulada y eficaz, en una especie de pacto tácito. Cuando uno de ellos entraba en la habitación, el otro fingía estar extremadamente concentrado en alguna conversación, observando concienzudamente cómo se disolvía el azucarillo dentro del té, o se movían hábilmente por la estancia evitando enfrentarse. Si alguien de la familia lo había notado, se había abstenido de comentarlo.

Pero Andrew era consciente de que los invitados estaban llegando y, en apenas dos días, la mansión sería un hervidero de gente. Decidió que lo más razonable sería proponerle a Marian firmar una especie de tregua para evitar que la tensión entre ellos fuera evidente para todos, especialmente para su familia. Durante toda la tarde estuvo atento a los sonidos que le llegaban de la sala de música para interceptarla y hablar con ella a solas.

—Pase. —Andrew le hizo un gesto con la mano y entró en el despacho sin esperar a que ella le contestara, dando por sentado que le seguiría sin rechistar.

Marian dedujo que ese sería el tono inflexible, despótico y seguro que usaba para mandar a sus empleados o para impresionar a los caballeros con los que hábilmente cerraba prósperos negocios, y estuvo tentada de ignorarlo y continuar su camino para demostrarle que con ella no funcionaba. Pero sabía que estaría alojada bajo su techo durante las próximas semanas y, aunque no le apetecía mirarlo a la cara, con él era más sensato intentar tomar una actitud neutra y pacífica. Entró en silencio con los nervios atenazando su estómago, y se paró en mitad del despacho mientras él cerraba la puerta a su paso. Andrew cruzó la habitación y se colocó delante de ella con las manos en los bolsillos, aparentando una tranquilidad que estaba muy lejos de sentir.

El traje azul oscuro y el pañuelo blanco resaltaban el color de sus ojos y su piel, pulcramente afeitada, que había adquirido un tono dorado desde que había vuelto a Greenwood Hall, gracias a las largas jornadas a caballo por la finca. Marian debía reconocer que estaba más guapo que nunca, y se ruborizó cuando imágenes de su tórrido encuentro y de los labios de Andrew recorriéndola la asaltaron de repente.

—¿Qué quiere, lord Hardwick? —preguntó intranquila y deseosa de salir de aquella habitación cuanto antes.

Si alguien los encontraba allí, sería muy difícil explicar qué hacía ella en el despacho del conde con la puerta cerrada, cuando no era un secreto para nadie que no se soportaban.

Andrew no pudo evitar mirarla de arriba abajo. Estaba encantadora con un traje de color melocotón con pequeños ramilletes de flores bordados y un discreto, pero sugerente, escote que enmarcaba como un molde perfecto su pecho. Recordó vívidamente el tacto y el sabor de esos pechos, y el efecto de los tibios rayos del sol calentando su piel tersa, mientras su lengua los recorría. Carraspeó ante aquel recuerdo tan inoportuno, esperando que su excitación no se marcara insolente en sus pantalones.

—Señorita Miller, iré al grano. Quiero ofrecerle una especie de tregua. Es inevitable que nos encontremos una y otra vez durante los próximos días. Lo mejor para todos sería que nos tratásemos como personas civilizadas y mantengamos las normas mínimas de civismo y cortesía.

—Estoy de acuerdo —dijo ella con las manos entrelazadas y la espalda tremendamente recta por la tensión.

—No es necesario que finjamos una simpatía que no sentimos…

—Por supuesto.

—Un saludo educado, una conversación cortés… —A

Andrew le resultaba tremendamente inusual que ella le diera la razón sin rechistar, y no pudo evitar sonreír con ironía ante el evidente esfuerzo de Marian por mantener una actitud estoica.

—¿Por qué sonríe? No veo dónde está la gracia, *milord*. Sé perfectamente cómo actuar con cortesía y civismo. Y si tengo alguna duda al respecto, me bastaría con imitar a alguna de sus remilgadas invitadas casaderas. Son un ejemplo perfecto de corrección —contestó a la defensiva sin poder evitar ser cortante. Odiaba que la tratara como si estuviera instruyendo a una niña pequeña, con ese tono de suficiencia.

Andrew dio un paso hacia ella.

—Por supuesto —repitió él con sarcasmo, acercándose más de lo necesario. Ella notó su proximidad, el olor de su colonia, la fuerza masculina que emanaba de su cuerpo.

—Si eso es todo... —se giró decididamente, dirigiéndose hacia la puerta.

—Aún no he terminado. —La detuvo con voz cortante.

—Pues yo sí —sentenció Marian, asiendo el tirador de la gruesa puerta. Necesitaba salir de allí. Si quería civismo, lo tendría, pero necesitaba tenerlo lo más lejos posible.

La mano de Andrew se apoyó en la puerta impidiendo que la abriera, y Marian sintió su presencia demasiado próxima a su espalda, tan cerca que, a pesar de no tocarse, su piel lo notaba.

—Quería disculparme con usted. —La voz ronca de Andrew sonó demasiado cerca de su oído y provocó que se le erizara la piel de la nuca. La respiración, cálida y fuerte, mecía los finos mechones pelirrojos, que se habían soltado de su sencilla trenza.

El conde la hizo volverse, pero no se separó ni un milímetro de su cuerpo. Marian, con la espalda apoyada en la puerta, no sabía adónde mirar. El cuello masculino era demasiado tentador, sus ojos azules demasiado inquisitivos, su boca demasiado provocadora. No importaba que su cuerpo la traicionara y se sintiera atraído por el seductor físico del conde. Procuraría no olvidar jamás su prepotencia y su odiosa arrogancia.

Marian, al fin, levantó la vista y se arrepintió de inmediato al ver que el conde miraba su boca con una expresión tan intensa que casi podía sentir su roce sobre ella, y en un acto reflejo se mordió el labio inferior. Andrew tragó saliva.

—Deje que me vaya.

—Señorita Miller, sé que lo que le dije fue desproporcionado. No tenía ningún derecho a hablarle como lo hice. —Marian pestañeó varias veces, intentando asimilar lo que decía a través de la cálida nube de ansiosa necesidad que la estaba envolviendo. No le estaba pidiendo perdón por haberla besado y haber perdido el control, sino por haberla menospreciado.

—Lord Hardwick, no soy una persona rencorosa. Considero que el rencor solo le hace daño al que lo siente. Estoy dispuesta a aceptar la tregua, como usted la llama. —Andrew no pudo evitar aspirar la fragancia que emanaba de su pelo, tan fresca, tan natural, tan turbadora que, por un momento, casi no prestó atención a sus palabras—. No obstante, no pienso perdonarle. —El conde se tensó de manera evidente y entrecerró sus ojos clavándolos en ella, poco acostumbrado a que le llevaran la contraria—. La única razón por la que se está disculpando es porque perdió las formas, pero no por lo que me dijo. Sé que siente cada palabra que pronunció, que le resulto desagradable y que piensa que soy vulgar. Me resultaría más respetable si tuviera la hombría de reconocerlo.

—Marian... —intentó advertirla Andrew antes de que su carácter incendiario le hiciera decir alguna cosa que él no pudiera tolerar.

Lo miraba con insolencia, con su barbilla altiva, sin amilanarse lo más mínimo ante él. Estaban tan cerca que Andrew podía ver con claridad las pequeñas vetas doradas que daban luminosidad a sus ojos verdes y la multitud de pequeñas pecas que surcaban su nariz respingona, y sintió la tentación de seguirlas con la yema de los dedos. Solo un idiota podría considerar su belleza como algo vulgar, más bien todo lo contrario. Su naturalidad y su frescura la hacían irresistiblemente hermosa.

—Llámeme señorita Miller, si no le importa, lord Hardwick. —Andrew se quedó de piedra ante el comentario—. Lo siento, *milord,* pero yo soy así: insolente y deslenguada, y siempre defenderé lo que pienso, aunque a usted o a los de su clase les dé una apoplejía cuando me escuchen. No pienso cambiar por ningún hombre.

Andrew estaba impresionado por semejante demostración de carácter, aunque, viniendo de Marian, no esperaba menos. Colocó la otra mano sobre la superficie de la puerta junto a su cabeza, dejándola atrapada entre sus brazos, pero sin rozarla. Marian ahogó un jadeo sintiéndose intimidada al encontrarse rodeada por los fuertes brazos del conde.

—¿Por ningún hombre? ¿Ni siquiera por Aldrich?

Sus pulmones se pararon durante unos instantes, olvidándose de respirar. Supuso que todo el mundo rumoreaba sobre su amistad con Robert, pero se sorprendió de que Andrew estuviera al tanto de ello y más aún que, siendo tan hermético, se atreviera a preguntarle al respecto.

—Aldrich jamás ha pretendido cambiarme —respondió altiva.

—¿Qué hay entre vosotros? —preguntó Andrew en un tono neutro y frío.

Marian se pegó aún más a la puerta, deseando fundirse con ella. Su respiración se aceleraba por momentos y notaba su piel ruborizada.

—No es de su incumbencia.

Andrew tomó aire y lo soltó muy despacio, apartando sus manos de la puerta, separándose un poco del cuerpo tenso de Marian. Se sentía estúpido por no haber podido controlarse y esperaba ansioso como un colegial que ella le respondiera.

—No es un hombre adecuado para ti —soltó tajante, y Marian apretó los labios como si estuviera a punto de explotar.

—¿Y quién lo es, según su ilustre opinión? ¿Quién merecería la carga de mi presencia, *milord*? Nadie de su familia ni de sus amigos íntimos, ¿verdad? Y ahora Aldrich, tampoco —contestó hirviendo de indignación.

—Aldrich, desde luego, no. Su carácter es muy diferente al tuyo, acabarías apagándote a su lado. Además... —añadió con un brillo perverso en los ojos—... ni siquiera sientes nada cuando te besa.

Marian jadeó indignada y sorprendida, y Andrew sonrió satisfecho por haber conseguido provocarla.

—Eso no es cierto. —La última palabra se convirtió en un susurro ahogado cuando Andrew comenzó a deslizar la yema de sus dedos por los voluptuosos labios de Marian con una lentitud torturadora.

—Sí lo es —dijo, arrastrando las palabras con un tono que subió la temperatura de Marian un par de grados—. Escuché cómo se lo contabas a Richard. ¿Cómo lo definiste? Creo que las palabras exactas fueron...

Marian se estremeció y empujó levemente a Andrew para alejarse de él. Su corazón latía tan desbocado que creyó que sus latidos podrían escucharse a varios metros de distancia.

—Basta, Hardwick. —Su voz sonó más entrecortada de lo que ella hubiera deseado—. Creo que es mejor que lo dejemos aquí. Quédese tranquilo, puede contar con mi cortesía.

—Que así sea —sentenció él, abriendo la puerta para franquearle el paso.

Marian salió del despacho acalorada y con los nervios a flor de piel. Se dirigió al jardín en busca de aire fresco y tuvo que hacer un verdadero esfuerzo para no echar a correr. Sentía aún en los labios el tacto cálido de los dedos del conde y que cualquiera podría notarlo como si la hubiera marcado a fuego.

En la soledad de su despacho, Andrew se pasó las manos por la cara e intentó recomponerse, frustrado y odiándose a sí mismo por haber actuado totalmente al revés de como había previsto. Pretendía una reunión cordial donde exponer una solución lógica, y había acabado tenso, excitado y deseando abrazarla. Para haber conseguido una especie de pacto de no agresión se sentía como si estuviera a punto de comenzar una contienda.

17

Los primeros invitados comenzaron a llegar aquella misma tarde a Greenwood Hall; sobre todo, aristócratas londinenses aficionados a la caza, ávidos de cobrarse las primeras piezas y deseosos de dejar atrás el viciado aire de la ciudad.

La cena fue informal, pues apenas había una docena de invitados aparte de Marian y la familia y, en cuanto terminaron el postre, Caroline cogió del brazo a su amiga decidida a huir y librarse de la tediosa conversación de sobremesa. Eleonora les dio permiso para marcharse, y ambas salieron de la habitación entre risas disimuladas y cuchicheos.

Las mujeres jugaban a las cartas en las pequeñas mesas situadas en el salón, cerca de la chimenea, entre cotilleos y anécdotas. Los hombres, sentados en recios butacones, mantenían una acalorada discusión sobre la raza de caballo más adecuada para cazar y si había que priorizar la fuerza o el aguante del animal para una buena jornada campestre.

Andrew participaba sin mucho énfasis de la conversación, mientras su hermano desplegaba todo su encanto y sus maravillosas sonrisas entre las matronas, al otro lado del salón.

Un par de horas después de la cena, Leopold, el mayordomo, entró en el salón discretamente intentando que el conde notara su presencia sin que los presentes se percataran. A Andrew le bastó un leve gesto del mayordomo para saber que algo requería su atención de manera inmediata y fue hasta él extrañado.

—*Milord.* —El viejo sirviente carraspeó incómodo y Andrew notó que estaba ruborizado—. Hay un asunto que requiere su atención.

El conde lo instó a salir al pasillo para hablar con tranquilidad.

—¿Qué ocurre, Leopold? —El hombre se retorció las manos enguantadas sin saber muy bien cómo enfocar el problema—. Me estás preocupando, vamos, ve al grano.

—Señor, se trata de lady Caroline y la señorita Miller. —Andrew sintió que se le congelaba la sangre en las venas al ver la cara de preocupación del mayordomo, y lo cogió de los huesudos brazos instándole a que se explicara—. No se preocupe, no es grave. Al menos no de la manera que cree. En fin, ellas… están… un poco perjudicadas.

—¿Perjudicadas? ¿Les ha ocurrido algo? ¿Dónde están?

—Están en la fuente de los delfines, *milord.* Están… cómo decirlo. Un lacayo las encontró y vino rápidamente a avisarme. Están un poco… mareadas.

—¿Quieres decir…?

—Borrachas como cubas. Como marineros en día de permiso. Como…

—Ya, Leopold, creo que lo he entendido. No hace falta más literatura. Iré a buscarlas. —Andrew se giró para salir en dirección al jardín, pero la voz de Leopold lo frenó.

—Están bañándose dentro de la fuente, *milord.*

Andrew se pasó la mano por el cabello, maldiciendo como un corsario.

Más tarde se deleitaría pensando qué castigo imponerles a esas dos descerebradas, pero, de momento, la prioridad era llevárselas de allí antes de que alguien las viera y su reputación quedara destrozada sin remedio. Se asomó a la puerta del salón y, disimuladamente, le hizo una señal a Richard para que saliera. Si, como intuía, estaban tan mal como para bañarse en las frías aguas de la fuente, necesitaría toda la artillería para arrastrarlas hasta la casa.

La fuente en cuestión estaba situada en el centro del jardín trasero, donde confluían varios caminos de grava. Estaba rodeada de hierba y, en el centro, había una columna de piedra con un pilón en forma de concha, donde dos delfines de bronce entrelazados vertían agua. Ambos hermanos se dirigían a grandes zancadas hasta allí, mientras Richard hacía comentarios jocosos intentando apaciguar los instintos asesinos de su hermano mayor y el mayordomo los seguía a la velocidad que sus piernas le permitían.

Las risas de las muchachas llegaron hasta sus oídos y Andrew sintió la urgencia de correr hacia allí. Al bajar los escalones que conducían a la fuente se detuvo en seco ante el espectáculo. Richard soltó una breve carcajada, más por nerviosismo que por humor, al ver la imagen que su hermana y su amiga ofrecían: Caroline, sentada dentro de la fuente, ajena al frío de la noche y a la temperatura del agua que la cubría hasta casi la cintura, miraba concienzudamente el contenido de una botella de cristal tallado, mientras la giraba delante de su nariz. Unas enaguas blancas relucían, enganchadas a la cola de uno de los delfines, como si de una bandera se tratara. Marian, mientras tanto, paseaba descalza por el borde de la fuente, con los brazos extendidos como una funambulista, manteniendo un precario equilibrio sobre el pequeño muro de piedra.

Andrew se debatía entre gritarles o estrangularlas directamente y, al contrario que Richard, no conseguía encontrarle ni pizca de gracia a la situación. Si alguien llegaba a descubrirlas en aquel estado, ni siquiera él podría proteger su imagen. Dos chicas solteras, totalmente bebidas y con su ropa hecha un desastre, dentro de una fuente en mitad de la fría noche. Los comentarios malintencionados las perseguirían durante años.

—Mariaaaan, mira quién ha venido —gritó Caroline con voz aguda y pastosa—. Mis dos hermanos varones fre... fe... preferiiidos —dijo, levantando los brazos con una risita hacia Richard que ya se había acercado hasta ella.

—Pero ¡alma de Dios! Vas a pillar una pulmonía, deja que te saque de ahí —le dijo, quitándole la botella que tenía en las manos para observarla. Se la acercó a la nariz y el fuerte olor del licor lo echó para atrás. La botella estaba vacía a excepción de un pequeño poso de líquido de color granate y un puñado de cerezas oscurecidas y arrugadas que se pegaban al fondo del cristal.

—¡Dámela, hermano! ¡La fruta es para mí y para Marian! La señora Mary tiene más en la despensa. Buscra... brus... ca una para ti.

Leopold llegó al lado de Andrew resollando por el esfuerzo.

—Es el licor de cerezas que prepara la cocinera, señor. Ya sabe lo fuerte que es. La botella estaba casi llena. Mañana tendrán un dolor de cabeza importante.

—No sabe la pena que me dan —contestó Andrew, mirando al cielo y rogando para que ni al personal de la casa ni a los invitados se les ocurriera dar un paseo nocturno.

—¿De quién son las enaguas? —preguntó Richard, tirando de la tela blanca que se rasgó al quedar enganchada en la boca de uno de los peces.

—De Caroline —afirmó Andrew sin dudar—. La señorita Miller ha tenido a bien remangarse las faldas para que veamos las suyas —dijo Andrew con sarcasmo. Marian bajó la vista para comprobar con sorpresa, como si ya lo hubiera olvidado, que se había anudado la falda burdamente, quedando la tela a la altura de sus rodillas. Los encajes de su enagua quedaban a la vista al igual que buena parte de sus tobillos.

—No quería mojarme… esta cosa. El vestido —aclaró, dando un tirón poco elegante a la tela.

Decir que el conde estaba furioso era quedarse muy corto. Miraba a Marian con tanta intensidad que cualquier hombre hecho y derecho, en su lugar, se hubiera orinado en los pantalones. Para colmo de males, la muchacha se había desabrochado la parte de arriba del corpiño hasta casi la cintura, dejando al aire el marcado canal entre sus pechos y la tela casi transparente de su camisola.

Leopold, por prudencia, evitaba mirar a las damas y no sabía muy bien qué hacer para ayudar, hasta que el conde le ordenó que se encargara de vigilar que nadie accediera al jardín.

—¿Se puede saber por qué…? —Andrew se pasó las manos por el cabello, deshaciendo su perfecto peinado. Hizo un gesto elocuente con la mano hacia el estado de la ropa de las chicas—. ¡Santo Cristo, habéis perdido la cabeza! Y lo peor es que me vais a hacer enloquecer a mí también. ¿Qué diablos estáis haciendo de esta guisa?

—Es que las cerezas dan muuucho calor —fue la respuesta cargada de lógica de Marian—. Nos ardía el pecho. —Andrew no pudo evitar desviar la mirada hacia su escote en ese momento con un gruñido—. Y las mejillas. Y la garganta… y… Caroline estaba… ¡hip!… sudando. Necesitábamos refrescarnos.

—Marian, ven aquí. Déjame que te ayude a bajar. —Marian intentó esquivar la mano de Andrew que intentaba sujetarla y se tambaleó ligeramente, a punto de caer dentro de la fuente. La sujetó por la cintura y la atrajo hacia él, bajándola hasta dejarla de pie sobre la húmeda hierba.

—Abróchate el vestido —le ordenó el conde secamente. Marian se miró los botones e intentó abotonar el primero, poniéndose un poco bizca en el intento. Aquella simple tarea le pareció demasiado complicada en su estado y notó que se mareaba al mirar hacia abajo, así que se olvidó de lo que estaba haciendo y se concentró en mirar la cara ceñuda de Hardwick con detenimiento, maravillándose de las formas marcadas y bien delineadas de su mandíbula y su barbilla.

Susurró algo para sí que él no llegó a entender del todo, pero captó que las palabras asno, tozudo y guapo estaban incluidas en la frase.

Mientras, Richard seguía bregando con Caroline, intentando que le hiciera algo de caso.

—Cariño, ¿estás bien para levantarte? —preguntó Richard dulcemente a su hermana, cogiéndola de las axilas para sacarla del agua. Ella asintió, pero era obvio que el alcohol estaba haciendo mella y la euforia inicial daba paso a un bajón anímico que casi le impedía mantener los ojos abiertos. Empezó a ponerse mortalmente pálida y sintió cómo unas terribles náuseas la sacudían.

—Richard. No me encuentro bien —dijo entrecortadamente, tiritando de frío.

—Marian, ¿quieres abrocharte el vestido, por favor? —volvió a insistir Andrew, que tenía que hacer un gran esfuerzo para no zarandearla y hacerla entrar en razón.

—Creo que deberías hacerlo tú —le espetó Marian, arrastrando las palabras—. Si se te da la mitad de bien que desabrocharlo, terminaremos en un... zas... o... plas o como se diga. Recuerdo..., pefec... hip!... tamente tus habilidades. —Terminó la frase clavándole un dedo repetidamente en el pecho, mientras se tambaleaba levemente.

Richard, que había conseguido incorporar un poco a Caroline, levantó la cabeza, anonadado ante el comentario. Miró a Andrew con las cejas arqueadas por la sorpresa y no pudo evitar que su hermana se le escurriera de nuevo hasta el agua, con un chapoteo y un quejido ahogado.

—Ya basta, es mejor que vayamos adentro. —Andrew intentó cogerla del brazo, zanjando así la conversación, pero Marian se zafó de un tirón.

—¿Para qué? ¿Quieres otra reunión en tu despacho? ¡¡¡Podemos renegociar la... tregua. Hip!!! Tu pacto resulta muuuuy aburrido. ¡Hip! Cordialidad. ¡Jaaaa! No necesito tu maldita cordialidad. —Marian lo miró con los ojos entrecerrados—. Lo único que necesito para tolerarte es que dejes de ser tan condenadamente guapo. ¡Hip! Solo eso.

Un músculo se marcaba peligrosamente en la mandíbula de Andrew y su boca se había convertido en una fina línea apretada. Pero, desinhibida por el alcohol, ignoró la señal de aviso y decidió seguir provocándole. Se acercó más a su cuerpo, aunque con poca estabilidad, y él la sujetó por los hombros sin esfuerzo para frenarla.

Marian pasó las yemas de sus dedos con suavidad por su ceño fruncido y continuó deslizándolos por sus pómulos, hasta llegar a sus labios, provocando que cada músculo del cuerpo masculino se tensara visiblemente. El conde tragó saliva haciendo acopio de todo su autocontrol, ante el cúmulo de sensaciones encontradas que se agolpaban en su interior.

Richard, que por fin había conseguido sacar a su hermana de la fuente, estaba pasmado con la escena que estaba sucediendo entre aquellos dos que, supuestamente, tanto se odiaban.

Para él, que los conocía tan bien, era cada vez más obvio que tanta animadversión no tenía sentido. Ambos intentaban camuflar una atracción que ninguno estaba dispuesto a reconocer y que con el tiempo parecía intensificarse. Verlos interactuar de esa manera resultaba fascinante. Si no fuera por el apuro del momento, Richard hubiera disfrutado enormemente poniéndolos en evidencia. Estaba claro que Andrew no era tan indiferente, como le gustaba aparentar, ante los encantos de Marian, y parecía que entre ellos había habido algo más. Se moría por saber a qué tregua se refería ella.

Andrew parecía acorralado, incapaz de defenderse de las caricias y los comentarios mordaces de Marian que, sin saberlo, estaba desatando un infierno en el interior del conde. Si no hubiera sido por la mirada furibunda de advertencia que le dirigió su hermano, Richard se habría partido de la risa ante la situación.

—¿Sabes? No deberías poner esa expresión… Tus labios son… normalmente… Tus labios saben a… Como si… Es decir, cuando besas eres… —Marian quería decir muchas cosas sobre lo que la boca de Andrew le provocaba, pero la nube etílica producida por el licor de cerezas hacía que las palabras no consiguieran hilarse en frases coherentes. El conde, en ese momento, hubiese sido completamente feliz si la tierra bajo sus pies lo hubiera engullido sin dejar rastro.

La suave carcajada de Richard y su carraspeo, destinado a disimular, hicieron el resto.

Andrew sintió que se ruborizaba como si fuera un adolescente inmaduro pillado por sus padres en una indiscreción y le tapó la boca a Marian con la mano para evitar que los dejara a ambos más expuestos aún.

—Richard, llévate a Caroline de una maldita vez. Está helada. —Richard sujetó a su hermana fuertemente contra su cuerpo y, susurrándole palabras de ánimo, la condujo hasta la entrada de la cocina donde Leopold los esperaba.

La mano implacable de Hardwick no se separó de la boca de Marian hasta que su hermano se alejó unos metros, a pesar de los intentos de ella por zafarse, que, en su estado de ebriedad, fueron totalmente infructuosos.

—No quiero que digas ni una palabra más, ¿me has entendido? —Ella asintió con vehemencia, lo cual provocó que se mareara un poco, y soltó una risita bobalicona—. ¿Dónde demonios están tus zapatos?

Marian se limitó a encogerse de hombros y se cruzó de brazos como si fuera una niña enfurruñada negándose a contestarle, hasta que él maldijo por lo bajo. Estaba jugando con él, y bien sabía Dios que estaba agotando la última y minúscula gota de paciencia que le quedaba.

—¡Eso sí me lo puedes decir, maldición! —soltó Andrew fuera de sí.

Marian gruñó exasperada.

—¿Siempre va a ser así contigo? Hip. Ahora sí, ahora no… Ahora cállate, ahora contesta. ¡A ver si te aclaras de una puñetera vez, hip y me… hip, y me dices qué es lo que quieres de mí!

Andrew la sujetó por la cintura y acercó su cara a la de ella hasta casi rozarse.

—Si sigues jugando con fuego, vas a acabar quemándote, Marian. Puede que en vez de decirte lo que quiero de ti, lo tome directamente. ¿He sido lo suficientemente claro?

Marian asintió lentamente sin dejar de mirarle los labios y él la soltó como si le quemara en las manos. Decidido a acabar con aquella riña absurda y dando por perdidos los zapatos, se cargó a Demonio Miller al hombro, como si fuera un saco de patatas, ignorando su jadeo indignado y los pequeños puñetazos que le propinó en la espalda.

Leopold se encargaría de buscar el maldito calzado más tarde. Ahora, lo principal era subirla hasta su habitación sin hacer ruido y sin que nadie los descubriera. Iba a ser una ardua tarea, ya que Marian sufría un ataque de hipo y lo acompañaba con pequeños golpes de risa que intentaba disimular, sin éxito, tapándose la boca con la mano.

Leopold, apostado junto a la puerta que comunicaba la cocina con el resto de la casa, le hizo una señal al conde indicándole que el camino hasta la escalera de servicio estaba depejado. El viejo sirviente había visto muchas cosas en sus años de trabajo en la mansión, pero ninguna tan surrealista como la de esa noche. Se quedó mirando cómo el refinado y altivo conde de Hardwick pasaba a su lado cargando a la pelirroja, como si fuera un cavernícola, mientras la joven se afanaba en agarrarse a los faldones de su chaqueta para mantener un poco de estabilidad.

Marian levantó la cabeza al pasar junto al mayordomo y sopló los mechones de pelo rojizo que le caían como una cortina sobre los ojos para verlo mejor. Le dedicó una espléndida sonrisa y le lanzó un beso, a lo que el sirviente correspondió con un guiño mientras intentaba contener la risa.

20

Andrew depositó a Marian con cuidado sobre la cama y fue a cerrar la puerta. Por suerte, Sophy, la doncella de Caroline que atendía también a Marian durante sus visitas, había dejado la chimenea encendida, el camisón extendido sobre una butaca y la cama preparada. Marian se dejó caer hacia atrás sobre el mullido colchón con un ronroneo de felicidad, y Andrew se acercó a avivar un poco más el fuego mientras mascullaba algo ininteligible.

—Marian, tienes que meterte en la cama. —Ella se rio suavemente y se incorporó sobre los codos para mirarlo.

—No tengo sueño, *milord*.

Se arrodilló ante ella y metió las manos bajo sus enaguas para desabrocharle las ligas y bajar las medias mojadas, con una precisión quirúrgica, haciendo un esfuerzo sobrehumano para no rozar la piel de sus muslos. Cuando llegó a los pies, notó que estaban mortalmente fríos y los frotó enérgicamente hasta que sintió que la sangre volvía a calentarlos.

Marian suspiró encantada ante las atenciones que estaba recibiendo, aunque sabía que él lo hacía todo a regañadientes.

—En pie, tienes que ponerte el camisón —le ordenó, cogiéndola de la mano para incorporarla de un tirón.

Marian comenzó a quitarse las pocas horquillas que aún le quedaban en su desastroso peinado y gimió de dolor al tirar de una que estaba especialmente enredada. Andrew se colocó detrás de ella para ayudarla en la tarea. Suavemente deslizó los dedos entre los mechones despeinados y quitó una a una las pequeñas peinetas de plata que, a duras penas, suponían un sostén para el rebelde rizo de Marian. Las horquillas terminaban en una pequeña flor de nácar con un brillante en el centro. Eran un regalo de Eleonora y Andrew recordó que casi siempre las llevaba puestas. Pasó el pulgar sobre la lisa y suave superficie de nácar de una de ellas y, sin pensarlo demasiado, se la guardó en el bolsillo interior de la chaqueta en un movimiento furtivo.

Marian intentaba sin éxito quitarse el vestido, pero las manos se le trababan en los dos únicos botones que permanecían en su lugar. El conde, con unos deseos inmensos de salir de la habitación, decidió realizar él mismo la tarea o no terminarían antes del amanecer. Procurando no mirar su cuerpo que iba quedando expuesto, intentando pensar en otra cosa, le bajó el vestido con movimientos rápidos y hábiles. Después procedió a soltarle el lazo que sujetaba las enaguas y la ayudó a salir de la maraña de tela que tenía a sus pies, dejándola solamente con la fina camisola de lino.

—Como doncella no tiene usted precio, *milord* —dijo en tono burlón con un nuevo hipo.

Andrew le arrojó el virginal camisón blanco y le dio la espalda.

—Ponte el camisón si no quieres que lo haga yo mismo. —El tono de su voz era frío, lástima que no pudiera decir lo mismo de la sangre en ebullición que corría por sus venas, concentrándose en unas partes muy concretas de su cuerpo.

Oyó el susurro de la tela deslizarse por su cuerpo y soltó un suspiro resignado cuando Marian le lanzó la camisola a la cabeza. Cogió la prenda que conservaba el calor de su piel y resistió la tentación de acercársela a la cara para aspirar su aroma.

—Ya puede volverse.

Obedeció girándose muy despacio, temeroso de lo que iba a encontrarse. El deseo lo golpeó, como si hubiera sufrido el impacto de un puño en su estómago. Marian estaba sentada, como si fuera un ser angelical, en el borde de la cama, con su sencillo camisón abrochado hasta el cuello y su melena salvaje acomodada sobre uno de sus hombros. Aun desde la distancia podía percibir el brillo de sus ojos que expresaban más que cualquier palabra. Debajo de la superficie, un demonio vibrante y tentador acechaba para destrozar todas sus defensas.

—¿Está muy enfadado? Bueno, siempre parece estar enfadado conmigo. ¿Lo está más de lo normal?

Andrew se apretó el puente de la nariz intentando calmar sus nervios. Él, que se jactaba de controlarlo siempre todo, se veía sobrepasado por aquella situación. Más allá de lo escandaloso de su pequeña aventura alcohólica, tener que estar a solas con ella en una habitación en penumbra, y haber tenido que desnudarla con sus propias manos, era demasiado para su templanza.

—¿Puedo hacer algo para que me perdone? —Su voz sonaba como la de una niña pequeña que quiere librarse de una merecida reprimenda. Al menos, aunque su voz seguía sonando algo pastosa y lánguida por el efecto de la bebida, parecía tener más control sobre sí misma. Estaba un poco achispada, pero podía percibir que era consciente de lo que estaba haciendo.

—Sí —dijo Andrew muy serio, acercándose hasta ella—. Lo que puedes hacer es meterte en la cama y dormir tranquilamente hasta mañana. Si lo haces, prometo no infligirte un castigo demasiado cruel —le dijo con una media sonrisa.

Marian se puso de rodillas en la cama y apoyó su dedo índice en su barbilla, como si la decisión requiriera de un estudio exhaustivo sobre los pros y los contras.

—Déjeme pensar… mmmm… ¡no! —sentenció—. Creo que no lo haré —añadió con un deje juguetón en la voz—. ¿Qué obtendría yo a cambio? ¿Paz y descanso? Tengo que portarme bien y meterme en la cama como un dulce angelito solo porque a usted le place.

—No. Tienes que meterte en la cama porque es muy tarde, el resto de los invitados ya se habrá retirado a descansar y, además, estás borracha como un marinero —dijo él en un susurro contenido y furioso.

Ella no pudo evitar reírse ante la comparación.

Controlar a Marian Miller, en condiciones normales, era como querer detener un remolino de viento con las manos. En estado de embriaguez y totalmente desinhibida, se antojaba una obra faraónica. Andrew estaba seguro de que se ganaría un par de parcelas en el cielo después de lo que estaba padeciendo esa noche.

—Bien, le propongo un trato. Me meteré en la cama y no le daré más tormento hasta mañana. —Andrew puso los ojos en blanco ante lo acertado de la frase. Probablemente, al día siguiente inventaría cualquier otra fórmula para atormentarlo—. Con una condición.

—Cuál.

—Quiero que me bese. —A él se le desencajó la mandíbula y todos los nervios y tendones de su cuerpo se alertaron.

—Ni hablar.

—Entonces le besaré yo.

—Menos todavía.

—Bien —dijo ella, encogiéndose de hombros e intentando levantarse de la cama con un ligero vaivén que indicaba que su equilibrio aún estaba algo inestable—. En ese caso creo que iré a dar un paseo a ver si encuentro mis zapatos. Son mis preferidos.

Andrew la cogió de los hombros antes de que llegara a la puerta y se sentó en la cama junto a ella, a punto de darse por vencido. Se pasó los dedos en un gesto nervioso entre los desordenados mechones de su cabello oscuro y, cuando la miró a la cara, vio que se mordía el labio con una evidente expresión de satisfacción.

—Estás borracha.

—No tanto.

—No puedo hacerlo. Ya de por sí es indecente que esté en tu habitación a estas horas. Todo esto es un cúmulo de despropósitos y podría…

—Bla, bla bla… —lo cortó ella con un gesto de su mano—. Su cobardía sí que es un despropósito. Solo soy una muchacha inocente que quiere un beso de buenas noches después de una noche difícil. No es mucho pedir y…
—Andrew le cogió la cara para que lo mirase a los ojos.

—Marian, si accediera, me estaría portando como un canalla.

—Ya se ha portado conmigo como un canalla antes. Qué importancia tiene una vez más.

Andrew cerró los ojos y apretó los dientes intentando no acusar el insulto.

—Creo que mis zapatos pueden estar en la biblioteca… —amenazó ella veladamente—. Empezaré a buscarlos por allí.

—Está bien, maldita sea. Solo un beso y te meterás en la cama. No quiero más problemas, prométemelo.

Ella levantó la mano en un juramento solemne, con una sonrisa triunfal.

Empujó a Andrew para que se recostara, y él se dejó hacer para acabar de una vez por todas con aquella insensatez, hasta que su cabeza descansó sobre el colchón. Con movimientos lentos, Marian se subió a horcajadas sobre él y notó cómo dejaba de respirar. El conde siseó, arrepintiéndose de inmediato de haber accedido, al notar el cálido cuerpo femenino sobre el suyo. La forma de los redondeados y turgentes pechos se apretaba sobre su tórax, los fuertes muslos de Marian aprisionaban sus caderas, y su pelvis rozaba su erección, que no había tardado en hacer acto de presencia. Sus cuerpos encajaban a la perfección y Andrew tuvo que aferrar sus manos a las frías sábanas para no ceder a la terrible necesidad de abrazarse a ella, hasta fundirse con su cuerpo. Marian se aproximó a su rostro hasta que sus bocas casi se rozaron, deleitándose con la calidez de su aliento sobre sus labios.

—Hazlo de una jodida vez, Marian. Bésame y acabemos con esto. —La desesperación era palpable en su voz y la tensión de sus músculos.

El sentimiento de anticipación mientras esperaba el contacto era simplemente terrible. Deseaba y rechazaba ese momento a partes iguales. Se sentía como un juguete entre las manos de una muchacha sin experiencia, él que se consideraba un hombre de mundo incorruptible ante las tentaciones.

Andrew decidió mantenerse distante, pensar en otra cosa, no devolverle el beso y permanecer inmóvil hasta que ella terminara con aquella locura, pues aprovecharse de su estado hubiera sido ruin y traicionero.

Los labios de Marian comenzaron a acariciar los suyos con la suavidad de una pluma, con ligeros toques de una sensualidad abrasadora. El aire pareció calentarse en la garganta de Andrew, desplazándose ardientemente hasta los pulmones, que apenas conseguían cumplir con su labor. Andrew rezó para que la dulce tortura acabara y consiguió tomar un poco de resuello cuando ella interrumpió durante unos segundos el contacto. Pero, en lugar de dar el beso por finalizado, aprisionó los labios masculinos entre los suyos con un movimiento tan erótico que él no pudo evitar que un gemido ahogado brotara de su pecho. Casi sin querer, casi sin notarlo, Andrew fue entreabriendo la boca, permitiendo que aquel demonio lo sedujera, incitándola despacio con su lengua, hasta que ella se pegó aún más a él y el beso se convirtió en un intercambio salvaje. Con una mano la cogió por la nuca para retenerla en un beso tan profundo que no le quedó un rincón de su boca por explorar. Como si su cuerpo hubiera perdido cualquier conexión con su civilizado y prudente cerebro, levantó las caderas para rozar su miembro contra el sexo de Marian, haciéndola gemir contra su boca. Su mano comenzó a subir por el muslo femenino arrastrando la suave tela del camisón en su ascenso, hasta llegar a su trasero. Cualquier posibilidad de control había desaparecido, a pesar de que una pequeña voz en su cabeza le indicaba que estaba a punto de precipitarse al vacío, sin posibilidad alguna de retorno.

Acarició la suave y perfecta piel de sus nalgas, aferrándose a la turgente carne para aproximarla más a su cuerpo.

Un ruido suave lo sacó de su burbuja de lujuria, como si le hubieran arrojado un cubo de agua fría, haciéndolo volver de golpe a la realidad. Empujó el cuerpo de Marian con pocas ceremonias hacia el otro lado de la cama, al escuchar de nuevo el suave repiqueteo de unos golpes en la puerta. Se levantó, ajustándose la ropa y alisándose el pelo, y abrió la puerta para descubrir con alivio la cara cansada de Richard al otro lado. Por suerte, había llegado en el momento oportuno.

—¿Todo bien por aquí? —susurró desde el pasillo.

—Sí. Marian ya se ha metido en la cama. Ya me iba. —Se volvió y comprobó aliviado que ella se había tapado con la manta hasta el cuello en un repentino ataque de pudor—. Recuerda que me has prometido no moverte de ahí.

Marian asintió, se acurrucó entre las sábanas y cerró los ojos con fuerza, intentando poner en orden su mente y su cuerpo y, a ser posible, su alma. Hacía rato que el efecto del alcohol había remitido, pues ella había bebido mucho menos que Caroline. Aunque se sentía aún un poco achispada y se mareaba al hacer movimientos bruscos, era totalmente responsable de sus actos y consciente de lo que acababa de pasar.

Andrew salió al pasillo cerrando la puerta tras de sí, e intentando acompasar su respiración para que su hermano, que lo observaba de arriba abajo con una mirada inescrutable, no notara lo evidente.

—Has tardado mucho, ¿no? —indagó Richard perspicaz.

—¿Qué pasa? No me mires así, Richard. Solo estaba intentando calentarle los pies. Los tenía al borde de la congelación. —Como excusa sonó muy pobre y un tanto ridícula, pero la sangre había abandonado su cerebro hacía rato y no se le ocurrió un argumento mejor.

—Pues a juzgar por tus pantalones no es lo único que se ha calentado en esa habitación —contestó sarcástico, siguiéndolo por el corredor.

Andrew ignoró la pulla e intentó cambiar de tema mientras se dirigían a la salita privada de la habitación del conde. A ambos se les había antojado que una copa tampoco les vendría mal después de la nochecita que llevaban.

—Caroline ha vomitado hasta la primera papilla. Suerte que la doncella estaba esperándola para ayudarla a acostarse, si no, no hubiera podido manejarla. Sophy se pasará dentro de un rato para vigilar que Marian esté bien. Aunque parecía que no estaba tan perjudicada como nuestra hermana.

Andrew asintió y se quedó mirando el líquido ambarino de su vaso de cristal tallado, mientras intentaba deshacerse de la sensación cálida que todavía le hormigueaba las manos.

—Malditas cerezas —susurró pensativo. Los hermanos se miraron a los ojos durante unos segundos y, sin poder remediarlo, estallaron en profundas carcajadas recordando lo incontrolable del carácter de esas dos muchachas, hasta que la risa arrastró cualquier sombra de la tensión de la noche.

21

Marian se había despertado temprano, a pesar de que su cuerpo le pedía a gritos acurrucarse en el cálido refugio de su cama y no salir jamás. Había tenido unos sueños extraños y tórridos donde Hardwick era el protagonista y, al despertar, los intentó relegar al rincón más oscuro de su mente. Se dirigió al tocador para descubrir que lucía exactamente igual de mal como se sentía. Tenía los ojos hinchados y unas terribles ojeras, y su tez estaba tan pálida que las pecas aún se marcaban más. La cabeza le dolía horrores, como si el cerebro se hubiera separado de su eje y se desplazara a su antojo en el interior de su cabeza cada vez que ella hacía algún movimiento, por leve que fuese. Su boca estaba rasposa y la lengua como adormecida y con un sabor amargo. Bebió un poco de agua y su estómago, sensible por el alcohol, se rebeló ante la invasión con una terrible arcada que la hizo estremecer. Se sentó frente al espejo intentando contener las ganas de vomitar, que se hicieron aún más fuertes cuando los recuerdos de la última parte de la noche llegaron a su mente, como fogonazos.

—¡Oh, Dios mío! —gimió, tapándose la cara con las manos al recordar cómo se había tumbado con Andrew en la cama y se había subido sobre él para besarlo. Lo había chantajeado para tenerlo a su merced. Había suplicado por sus atenciones y, a esas alturas, él tendría claro como el agua que estaba enamorada como una estúpida.

Seguro que se burlaría de ella por sus pretensiones. Cómo podía atreverse a desearlo siquiera. Encima se había comportado como una fresca, ¡como una gata en celo!

El recuerdo de las fuertes manos masculinas acariciando la piel de sus muslos y su trasero con avidez la hicieron enrojecer primero y palidecer acto seguido. Su cuerpo se estremeció y tuvo que levantarse a buscar la jofaina para vomitar el escaso contenido de su estómago.

—¡Santo Dios! ¡Pero ¡qué he hecho! —Recordó haberle rogado que la besara, recordó cómo lo sedujo poniendo todo su empeño en un beso lascivo, como si fuera una coqueta experta.

A su mente vino la imagen de Andrew bajándole las medias, frotándole los pies y ayudándola a desnudarse. El jardín, el murmullo del agua que resbalaba sobre los delfines. El sabor fuerte y empalagoso del licor y el ardor que provocaba en su garganta. La brisa fría, el suelo húmedo. Los ojos azules que la traspasaban. La voz profunda de Andrew.

«Estás jugando con fuego.»

«Puede que en vez de decirte lo que quiero de ti lo tome directamente.»

A su cabeza acudieron más recuerdos de Richard y Caroline en la fuente, pero no era capaz de hilar las frases sueltas y decidió dejar de torturarse. La sensación era horrible y embarazosa.

—¡Malditas cerezas! —se lamentó.

Cómo se enfrentaría al conde después de eso.

Tendría que marcharse de la mansión, qué diablos, sería mejor que se marchara del país para no volver a verle. No podría soportar el terrible escrutinio ni las miradas censuradoras que la esperaban. Y, lo peor, es que él tendría razón esta vez. Se había portado mal, muy mal, vergonzosamente mal. Sintió ganas de gritar por la ansiedad. ¿Qué pensaría de ella después de su actitud? La había pillado besando a Richard en un jardín y la había escuchado confesar que había besado a Aldrich. Por no hablar de que se había entregado a las caricias de Andrew de manera descarada y desinhibida junto al lago, sin poder evitarlo. Por si eso no fuera suficiente, le había rogado que la besara en la intimidad de su dormitorio, alentándolo a que se tomara las libertades que quisiera. Y lo peor de todo es que ella lo había disfrutado.

Algo en ella no debía de funcionar bien, ya que su actitud con Andrew no era propia de una señorita. Puede que la gente tuviera razón y hubiera una pequeña parte de demonio en ella. Había arruinado su imagen ante el conde para siempre, después de eso. Pensaría que era una criatura carente de moral y de decencia. Tendría suerte si volvía a permitir que se acercara a sus hermanas.

Después de darse un baño, lavarse los dientes al menos tres veces y ponerse un vestido cómodo, se peinó de manera sencilla con el cabello suelto y solo un par de horquillas que sujetaban los rebeldes mechones, apartándolos de la cara.

Sophy le indicó que Caroline la esperaba en su sala privada para desayunar y se dirigió hasta allí, tomando una gran bocanada de aire antes de salir de su habitación, como si un destino terrorífico estuviera detrás de esa puerta. Al entrar en la salita descubrió con una insana satisfacción que su amiga parecía estar aún en peor estado que ella. Se encontraba repantingada en su silla con la cabeza echada hacia atrás y un paño húmedo sobre los ojos. Marian soltó una pequeña risita ante la estampa que presentaba y, como castigo por su maldad, recibió un agudo pinchazo en las sienes y unas curiosas lucecitas blancas bailaron ante sus ojos, recordándole que ella también se había excedido bastante la noche anterior. Caroline se destapó un ojo para verla y con un gruñido poco femenino volvió a tapárselo.

—Recuérdame que no vuelva a beber ese condenado licor. Tu idea fue pésima, Marian.

—La idea fue tuya, querida. Recuerda que estabas frustrada porque los hombres se divierten más que nosotras y decidiste cometer una pequeña transgresión.

—Tu idea de hacerme caso fue la que desencadenó este infierno. Me siento como si un rebaño de cabras me hubiera pasado por encima y hubieran dejado caer sobre mi boca sus exc…

—Vale, vale, no necesito que seas tan gráfica. —Marian miró con aprensión la bandeja cargada de fuentes de comida que habían dispuesto en un carrito junto a la mesa. El olor de las viandas hizo que se le revolviera de nuevo el estómago.

—Sophy dice que debemos comer algo. Pero me siento incapaz.

Unos enérgicos golpes en la puerta hicieron que se quitara el paño húmedo para ver quién se atrevía a molestarla en esas circunstancias y, antes de que le diera permiso para entrar, la puerta se abrió.

El flamante conde de Hardwick apareció en el umbral tan elegante, refinado y vital como siempre, con una sonrisa de medio lado y una mirada sardónica.

Marian sintió una oleada de calor en todo el cuerpo al recordar el bochornoso espectáculo de la noche anterior ante el hombre más intransigente, estricto y condenadamente atractivo de Inglaterra. Para colmo, el maldito estaba tan pulcramente afeitado, peinado y perfumado que hacía que, en contraste, ella se sintiera aún más como una piltrafa humana.

Andrew las miró a las dos con los ojos entrecerrados y cerró la puerta dando un sonoro portazo. Ambas se encogieron ante el molesto ruido, al sentir que sus cabezas parecían querer huir de sus cuerpos, con un gemido lastimero, y él sonrió con satisfacción.

—Bien —dijo con suficiencia mientras se sentaba a la mesa—. Os felicito. Ya sabéis qué se siente al tener una espantosa resaca. Supongo que estaréis muy orgullosas de la experiencia.

Marian resistió la tentación de poner los ojos en blanco porque intuía que eso le provocaría un dolor de cabeza más agudo. Allí estaba, lord Pedante, preparado y dispuesto a echarles el sermón de sus vidas e ilustrarlas sobre las muchas posibilidades apocalípticas de las que se habían librado gracias a su intervención, humana y divina a partes iguales.

Al menos, mientras hubiera testigos, las críticas se ceñirían al tema de andar borrachas y a medio vestir por los jardines. Procuraría evitar un encuentro a solas, porque no se veía capaz de asumir su lamentable y libidinoso comportamiento posterior. Pero Andrew no tenía tiempo ni ganas de sermones esa mañana, aunque sí de darles una pequeña lección y fastidiarlas un poco. Las miró con la aristocrática e impertinente ceja levantada y Marian, por primera vez en la vida, se sintió demasiado intimidada como para decir ni una palabra. Sentía como si los engranajes de su cerebro se hubieran atascado y se movieran más despacio de lo normal, lo que representaba una desventaja notable ante el agudo carácter de Andrew. Miró sus manos de dedos largos y bronceados entrelazadas sobre el mantel, y deseó sentirlas sobre ella abrazándola posesivamente. Cabeceó para apartar la imagen de su mente; quizá fuera también producto de la resaca. Cerezas... malditas fueran.

—Hermano, no es necesario que hagas leña quemada. —Marian soltó una pequeña carcajada y se sonrojó cuando notó la mirada de Andrew sobre ella. A Caroline no se le deban bien los refranes y siempre los mezclaba entre sí, y más aún en semejantes condiciones.

—Comed. Se os calmará el estómago. Le he pedido a Jack que os prepare un remedio para el malestar. Os lo subirán cuando hayáis desayunado.

Jack tenía el título oficial de ayuda de cámara del conde, pero, en realidad, Andrew jamás había permitido que realizara esa función, ya que consideraba que, el día que no pudiera vestirse o afeitarse solo, preferiría pegarse un tiro. Era una especie de guardaespaldas y «hombre para todo» que lo acompañaba la mayor parte del tiempo, sobre todo cuando estaba en Londres. Nadie sabía dónde había encontrado a Jack, pero parecía tenerle una lealtad inquebrantable y le resultaba muy útil, ya que se movía como nadie tanto por los bajos fondos de la ciudad como por ambientes algo más distinguidos. Su físico rudo, su cara marcada por la viruela y sus enormes y bastas manos imponían, y Marian no se lo imaginaba en la cocina con un delantal, preparando dócilmente una infusión que aliviara los males de dos damas borrachuzas.

—No me tomaré nada que haya preparado ese tipo ni muerta, seguro que habrá usado orines de...

—Maldita sea, Caroline. Esta mañana te has levantado de lo más escatológica —se quejó Marian, sirviéndose un poco de agua.

—Deja el agua. Bebe un poco de té y cómete unas tostadas —ordenó Andrew con su habitual tono despótico e intransigente, mientras se levantaba para servírselas él mismo.

Le colocó el plato delante, y le advirtió con su actitud que no admitiría un no por respuesta. Marian empujó el plato y lo retó con la mirada. Caroline, consciente de que, si Andrew se empeñaba en que tenían que comer, acabarían haciéndolo, cogió resignada una tostada y empezó a darle pequeños mordisquitos, probando la capacidad de su cuerpo para tolerar el alimento.

—Come —repitió a la pelirroja, que estaba empezando a indignarse por la insistencia.

No quería darle el gusto de verla luchar contra las náuseas. El muy patán deseaba darles un escarmiento por la travesura y encima estar en primera fila para disfrutar de las consecuencias. Ante su negativa a tocar el plato, decidió fastidiarla un poco más. Empujó el carrito sin dejar de mirarla situándolo justo al lado de su silla, y Marian resistió la tentación de huir ante la cercanía de la comida.

—¿No te apetecen unas tostadas? Bueno, puede que prefieras algo más contundente. Vamos a ver qué hay por aquí. —Andrew destapó una bandeja con parsimonia, permitiendo que el aroma de los jugosos riñones al vino llegara hasta ella.

En cualquier otro momento le hubiera parecido delicioso y le hubiera despertado el apetito, pero el olor grasiento y dulzón provocó un extraño amago en su estómago. Marian aguantó la respiración y, por puro orgullo, se mantuvo impasible. Andrew se dirigió a otra bandeja y la destapó, pero la volvió a cerrar, como si su contenido no fuera lo suficientemente impactante para los sentidos de Marian. Caroline lo observaba preguntándose si uno de los hombres más poderosos del país no tendría nada mejor que hacer que estar torturando a su pobre amiga. La tercera fuente le produjo una gran alegría, al descubrir que contenía nada más y nada menos que una generosa ración de arenques.

—Oh, sí —susurró en un tono maquiavélico con una sonrisa pérfida y vengativa.

Encontraba una extraña satisfacción en hacerle pasar un mal rato a Marian cuando se empeñaba en desobedecerle. Se tomaría esa pequeña venganza, ya que por su culpa había pasado una de las peores noches de su vida. Había sido incapaz de descansar a causa de la lujuria provocada por el flexible cuerpo de Marian deslizándose sobre el suyo, lujuria que no pudo aplacar ni siquiera dándose placer a sí mismo, cosa a la que no recurría desde hacía años.

—Seguro que esto te sentará de maravilla.

El penetrante olor del pescado llegó hasta las fosas nasales de Marian, provocando que sus entrañas se contrajeran y el sabor amargo de la bilis subiera hasta su garganta. Se levantó de un salto y se tapó la boca con las manos, alejándose del carro. Andrew tapó la bandeja y la miró con una fingida expresión de inocencia.

—¿Tostadas, mejor?

—Tostadas —mascullo, mientras respiraba profundamente intentando que todos sus órganos volvieran a su sitio. Se sentó y sujetó el cuchillo de untar como si fuera una espada espartana a punto de ser usada para algún sangriento fin.

—Os acompañaré si no os importa.

—Usa mi taza. Yo solo quiero pan y agua. Suena a castigo bíblico —bromeó Caroline, que había recuperado un poco el color.

—Justo y merecido. —Hardwick se sirvió el té y una ración de jamón acompañada con huevos revueltos. Prefirió no insistir con los arenques.

Viendo que Marian se limitaba a cambiar de posición la comida de su plato sin llevársela a la boca decidió mortificarla de nuevo. Añadió un terrón de azúcar a su taza de té y, al removerlo, chocó intencionadamente la cucharilla de plata contra la superficie de porcelana mucho más tiempo del necesario, provocando un agudo tintineo en sus sensibilizados oídos que hizo que ambas mujeres gruñeran y gimieran de exasperación. El ruido tenía el efecto de millones de cristalitos perforando su tímpano e incrustándose en su cerebro. Marian, con mirada furibunda, le dio un gran bocado a su tostada y Andrew asintió satisfecho.

Si la resaca de Caroline no estuviera causándole tantos estragos, le hubiera hecho mucha gracia la inverosímil escena de su mortalmente serio y contenido hermano mayor fastidiando deliberadamente a Marian.

La puerta volvió a abrirse y Richard, luciendo su habitual sonrisa encantadora e igual de acicalado y perfecto que su hermano, entró en la habitación.

—¿Cómo están mis borrachinas favoritas?

—El que faltaba —gruñó Caroline, sabiendo que lo siguiente sería una cascada de burlas y chanzas a su costa durante lo que quedaba de mañana.

—¿Así tratas a tu salvador? Desagradecida. —Le guiñó un ojo a Marian y ella intentó sin mucho éxito devolverle una sonrisa—. No os preocupéis, en un par de horas estaréis mejor. ¿Qué tenéis por aquí? Me muero de hambre.

Marian se tapó la cara con la servilleta al ver que iba directo a destapar la bandeja de los arenques y escuchó amortiguada la risa sardónica de Andrew.

—Os dejo, tengo cosas que hacer. —El conde se levantó y se ajustó los puños de la camisa dando breves tironcitos—. Cuando hayáis comido, descansad un rato. Hoy llegan la mayoría de los invitados. Tus amigas las Sheldon y los Pryce han confirmado su llegada para esta tarde. Ah —lanzó una mirada indescifrable a Marian—, y lord Aldrich también.

Richard se repantingó en la silla, observando el intercambio de miradas mientras su hermano se dirigía hacia la puerta.

—Por cierto, Marian, ¿cómo están tus pies hoy? —preguntó Richard con malicia. Marian lo miró sin entender, intentando atar algún cabo suelto de la noche anterior—. Mi hermano me manifestó anoche su honda preocupación por tu estado.

Andrew se quedó paralizado unos segundos, temiendo que Richard lo avergonzara ante las chicas comentando la absurda excusa que había empleado, y le lanzó una mirada asesina antes de salir maldiciendo entre dientes, a lo que Richard contestó con una sonora carcajada.

22

El brebaje amargo y de color indefinible preparado por Jack, en contra de lo previsto, resultó ser bastante eficaz y, para la hora del té, las dos amigas estaban sonrientes y lozanas saludando a los recién llegados. Las hermanas Sheldon acapararon la mayoría de las miradas con su cabello rubio y su chispeante belleza. Su padre era bastante estricto y controlador, y una visita a la mansión durante dos semanas, con tantas actividades diferentes, supondría una bendición para ellas. Su progenitor estaría demasiado ocupado como para ejercer la férrea vigilancia que tenía por costumbre.

Caroline y sus hermanos recibieron con gran alegría a su primo Charles Owen y a su esposa, Mel, una pareja encantadora muy emocionada ante la próxima llegada de su primer hijo. La incipiente barriga de Mel ya empezaba a ser más que evidente, a pesar de la ropa holgada, y Charles llevaba a su mujer prácticamente entre algodones, pendiente de cualquier deseo o necesidad de su esposa.

Eleonora se había esforzado en confeccionar una lista de invitados donde no faltaran candidatos aceptables y bien posicionados, y jóvenes y hermosas herederas. Andrew se mantuvo impávido ante el desfile de debutantes sonrojadas que le dedicaban saludos afectados y sonrisitas nerviosas, y no pudo evitar comentarle a Richard con sorna que aquello parecía un bufé matrimonial donde ellos eran, sin duda, el plato principal.

Andrew cruzó el recibidor para saludar con un fuerte abrazo a un hombre alto y corpulento que acababa de entrar. Anthony Pryce, vizconde de Valmont, uno de sus mejores amigos desde el colegio, y su mujer, Helena, venían acompañados por sus dos hijos, encantadoramente traviesos, y de Evie, la hermana de Anthony. Los lacayos traían tal cantidad de baúles y bolsos que Andrew les preguntó, entre bromas, si pensaban establecerse en Greenwood de manera definitiva.

—Cuando tengas hijos y quieras viajar con ellos, lo entenderás —replicó Helena, golpeándole el brazo con cariño.

El resto de la tarde fue un hervidero de invitados que arribaban a la mansión, y lacayos y doncellas frenéticas conduciéndolos a sus habitaciones y portando sus equipajes.

Aldrich llegó una hora antes de la cena, acompañado de Margaret y Gertrude. Había decidido pasar primero por Greenfield, pensando que Marian estaría allí, para disfrutar un rato de su compañía a solas, pero tuvo que conformarse con la de las dos ancianas y acompañarlas en su carruaje en el corto trayecto entre las fincas. Andrew, sutilmente, lo despachó con un breve y tirante saludo, dejando que su hermano Richard se encargara de las cortesías, y le tendió un brazo a cada anciana para acompañarlas a una de las salitas, derrochando todo su encanto con ellas.

La cena se sirvió en mesas largas en el gran salón principal y los Greenwood se distribuyeron entre los invitados de manera estratégica para que nadie se sintiera desatendido. Como siempre, Eleonora había hecho una distribución magnífica de los asientos, teniendo en cuenta las filias y fobias de cada quien, y las posibles enemistades, para que todo discurriera de forma perfecta y distendida.

Sabiendo esto, Andrew, que presidía la mesa, no supo qué pensar cuando vio que Robert Foster, conde de Aldrich, estaba sentado bastante cerca de su posición, justo al lado de la señorita Miller. Le lanzó una mirada inquisitiva, pero la matriarca de los Greenwood se limitó a meterse un gran trozo de venado en la boca y hacerse la despistada.

Ambos hablaban distendidamente y era imposible no percatarse de lo enfrascados que estaban el uno en el otro. Robert apenas miraba su plato, totalmente perdido en cada gesto y cada sonrisa de Marian, y Andrew pensó con maldad lo bien que se sentiría metiendo su rubia cabeza en el cuenco de la sopa.

Cuando la cena finalizara, Andrew no podría asegurar si el vino fue de su agrado, si las patatas estaban lo suficientemente tiernas o si el venado estaba salado, ya que no les estaba prestando la más mínima atención. Podían haberle servido un trozo de cuero hervido y no lo habría notado. Toda su concentración estaba puesta en intentar captar lo que Robert hablaba con la pelirroja, tarea que el desagradable y agudo tono de voz de lady Talbot, sentada a su derecha, le dificultaba bastante. Engullía la comida con bocados pequeños, casi sin apetito, sin prestar atención a lo que se metía en la boca y fingía con corteses asentimientos de cabeza que la conversación de los comensales situados a su lado le resultaba interesante.

Marian se inclinó hacia Aldrich, exponiendo un poco más su esbelto y perfecto cuello cuando él se acercó para susurrarle algo al oído. Su cabello, en un recogido sencillo, pero elegante, descansaba sobre uno de sus hombros, y las suaves ondas cobrizas rozaban el fino encaje que enmarcaba su escote. Andrew intentó apaciguar sus instintos con un poco más de vino, pero la tarea se le antojaba colosal. Ella se tapó la boca con la servilleta ocultando una suave carcajada ante un comentario de Aldrich, y Andrew los miró entrecerrando los ojos durante unos segundos. El gesto apenas duró un instante, pero Margaret y Eleonora lo captaron enseguida y se intercambiaron una significativa mirada.

Robert le pidió a la joven que le acercara una salsera y ella estiró el brazo hacia el recipiente de porcelana situado en el centro de la mesa. Sin perder detalle, Andrew percibió cómo la mirada de Aldrich recorrió con disimulo el cuerpo flexible de Marian, que, con el movimiento, se marcó bajo la fina tela de su corpiño.

—Tenemos lacayos para este tipo de cosas. —La voz cortante de Andrew hizo que Marian se parara en seco y se ruborizara ante las miradas atentas de los que estaban sentados en esa parte de la mesa. Respiró algo más tranquila al ver que la amonestación no iba dirigida a ella, sino a Robert, al que miraba con cara de desafío por haberla hecho levantarse.

—No importa, lord Hardwick —murmuró ella. Aldrich le dio las gracias en silencio con una sonrisa, alcanzando la pequeña salsera, y le devolvió una mirada fulminante a Andrew, retándolo a continuar.

—Usted ocúpese de disfrutar de la cena, señorita Miller, y los sirvientes se encargarán de hacer su trabajo —sentenció el anfitrión, tratando de dulcificar el reproche con una sonrisa forzada.

Aldrich se tensó visiblemente en su asiento y abrió la boca para soltar un comentario mordaz, pero lord Travers, un hombre bonachón y prudente, rompió el tenso momento preguntando si las carnes que se estaban sirviendo procedían de su coto de caza. Las conversaciones, como por arte de magia, volvieron a fluir con normalidad en la mesa, como si no hubiera habido ninguna interrupción.

Andrew esquivó con éxito a la pareja durante el resto de la noche, lo cual fue bastante sencillo, ya que conversar con la horda de invitados no le dio ni un respiro. Estaba furioso consigo mismo por semejante descortesía en la mesa delante del resto de invitados. Más le valía hacer uso de la templanza y la contención que le caracterizaba de ahora en adelante, si quería evitar ser el foco de rumores indeseados.

Los hombres más madrugadores, acompañados de lord Hardwick, organizaron un paseo a caballo para conocer la finca, y otro grupo más tranquilo, aprovechando la buena mañana, se dirigió al lago a pescar.

Algunas mujeres paseaban por los jardines, mientras otras organizaron un improvisado paseo al pueblo en carruaje descubierto, al que se apuntaron Gertrude, Eleonora, Margaret y la joven Crystal.

Marian miró con ternura cómo Mel, sentada a su lado en la amplia mesa de la terraza, se acariciaba la barriga, probablemente sin ser consciente del gesto. Su marido, a regañadientes, había accedido a ir a pescar y la había dejado que disfrutara de la alborotada compañía femenina de su prima Caroline, las mellizas Sheldon y Marian.

La temperatura era inusualmente cálida para octubre, y era un verdadero placer disfrutar del delicioso desayuno y de una buena conversación bajo el sol.

—No digáis que no lo habéis notado. Creo que esa harpía de Lucy Talbot le ha echado el ojo al conde de Hardwick. Y no la culpo, la verdad —dijo Elisabeth Sheldon, abanicándose con la mano teatralmente—. Oh, Caroline, tu hermano es el hombre más carismático y hermoso que he contemplado.

—Creo que tú y Lucy no sois las únicas en echarle el ojo a Andrew. Su mera presencia hace que las mujeres desfallezcan y mueran de amor sin que tenga que mover un dedo —dijo Caroline con una sonrisa orgullosa.

—Pero yo soy la única mujer por la que intercederías ante él, ¿verdad? —le preguntó con un gracioso mohín—. Sería fabuloso que fuéramos hermanas. ¿No te parece? Dime que lo harás, por favor, por favor.

Marian sintió que el té se le revolvía en el estómago ante los comentarios de Elisabeth, exactamente el mismo efecto que provocaron los arenques el día anterior, aunque el motivo era radicalmente distinto.

—Elisabeth, no seas tan patética, por favor, no es necesario que utilices esos ardides para conseguir un hombre. —Su hermana Maysie la bajó rápidamente de su nube con tono burlón—. Basta con que papá abra su chequera para conseguirlo. Aunque dudo de que con Hardwick surta efecto. ¡Auugh! —se quejó cuando su melliza la pellizcó en el brazo.

Todas se rieron al ver la cara ceñuda de Elisabeth. Marian las miró, fijándose detenidamente en sus facciones. Ambas eran rubias y con unos hermosos ojos azules. Sus rasgos, observándolos por separado, eran casi iguales, aunque al mirar todo el conjunto no podían ser más diferentes. La expresión de Elisabeth era, a primera vista, más dulce que la de su hermana por sus rasgos algo más redondeados, pero, cuando hablabas con ella, percibías que dicha dulzura era solo una máscara minuciosamente fabricada y que en sus ojos subyacían una picardía y un coqueteo innato. Maysie aparentaba una mayor seriedad, y normalmente sus ojos, más almendrados que los de Elisabeth, mostraban una expresión de hastío, como si la vida no pudiera ya sorprenderla. Sin embargo, contaba con un sentido del humor muy peculiar, que rayaba a veces el cinismo, y una sinceridad apabullante, lo que hacía que Marian sintiera una mayor predilección por ella, resultándole mucho más divertida su presencia que la de su hermana.

Caroline rio ante las pequeñas pullas de las mellizas.

—Lo siento, Elisabeth, pero nadie es capaz de gobernar los deseos ni las decisiones de mi hermano.

Marian permanecía en silencio no queriendo entrar en la conversación sobre el carácter de Andrew.

—Y qué tal Richard. —Levantó las cejas provocativamente, mirando a Marian—. Os he visto hablar varias veces, se nota que entre vosotros hay mucha complicidad. Y hacéis muy buena pareja.

—Richard es el hombre más encantador que conozco, es mi mejor amigo. No podríamos…

—¿Desde cuándo los hombres y las mujeres necesitan ser amigos, querida? ¿Qué utilidad tiene ese tipo de relación? —insistió. Mel soltó una carcajada divertida y puntualizó que ella había conseguido que su marido se convirtiera en su mejor amigo y le resultaba adorable poder confiarle cualquier cosa. Todas sintieron un poquito de envidia ante su mirada ensoñadora—. Entonces, si Richard es tan encantador, quizá podríamos emparejarlo con Maysie. —La susodicha abrió la boca escandalizada—. Aunque, a decir verdad, ella últimamente prefiere a los rubios de ojos claros, déjame pensar. ¿Conocéis alguno?

Todas conocían lo suficiente a Elisabeth como para saber que el comentario no era casual. Maysie se ruborizó y miró a su hermana con indignación.

Se escucharon cascos de caballos entrando al patio y las jóvenes avistaron a varios jinetes que volvían de su paseo. Aparte de algunos hombres de mayor edad, el joven hijo de los Talbot y Aldrich se bajaron de sus monturas con soltura mientras charlaban. Aldrich levantó la vista hacia la terraza, como si hubiese sentido sobre él el peso de los cinco pares de ojos femeninos que lo escrutaban, y cuando se encontró con la mirada de Marian, la saludó con una deslumbrante sonrisa.

—Ay, caramba, —se rio Elisabeth—, las hay muy pero que muy afortunadas.

—Yo pensaba que las jornadas de caza se desarrollarían en los confines del bosque, pero creo que las batidas más sangrientas tendrán lugar en el salón de baile —bufó Maysie entre las risas espontáneas de sus acompañantes.

23

Marian resopló mirando el boceto hecho a carboncillo, al que había dedicado toda la tarde, y lo dobló antes de que nadie pudiera verlo, a diferencia de las Sheldon que estaban terminando unas más que aceptables acuarelas. Ella no poseía ningún talento para el dibujo y la pintura, y se aburría mortalmente cuando tenía un papel delante, cosa que sus institutrices intentaron corregir durante toda su niñez. Era una cualidad exquisita en una dama dibujar bucólicos paisajes en tonos pastel o, en su defecto, realizar delicados bordados como hacían Caroline, Evie Pryce y Mel. Miró a su alrededor hastiada. En el resto del salón, bellamente iluminado por la luz de la tarde, diversos grupos de jóvenes inclinaban sus delicadas cabezas sobre estas actividades o sobre algún libro de poemas. Pero, a Marian, todo aquello la aburría terriblemente; prefería los denominados «pasatiempos masculinos». Disfrutaba con todo lo que implicara un esfuerzo físico, como una buena caminata o una briosa carrera a caballo. Incluso ir de pesca sería mejor que estar allí enclaustrada, desperdiciando los agradables rayos del sol.

Casi muere de envidia esa mañana, al ver que los chicos habían organizado una pequeña competición de tiro con arco, donde ellas solo pudieron asistir para aplaudir de forma bobalicona e inflar el ego de los varones. El trofeo para el ganador, que resultó ser Richard, era un abrecartas de carey con una pequeña filigrana de plata. El joven, de manera solemne, se había acercado hasta donde estaban las chicas, atrayendo todas las miradas sobre su persona, cosa que, por otra parte, le encantaba. Entre los jadeos de sorpresa de las demás muchachas, le había entregado el trofeo a Marian, guiñándole un ojo con complicidad. Ella no pudo evitar reírse, sintiéndose halagada, cuando él se acercó para decirle al oído que solo había ganado porque ella no había participado, cosa que, con toda probabilidad, era cierta.

Marian se puso de puntillas y lo besó en la mejilla de manera impulsiva. Estaba harta de andar conteniéndose para no decir, no hacer, no mirar..., todo era juzgado con lupa. Y si Aldrich o Hardwick, que los observaban malhumorados, se atragantaban con su propia bilis, peor para ellos.

Se marchó de la sala con una vaga excusa que todas ignoraron, enfrascadas en su propia conversación, y se dirigió a dar un paseo por el jardín trasero. Salió por la puerta de la cocina, guiñando un ojo a una de las cocineras después de robarle una galleta, y enfiló uno de los caminos de grava que se perdían entre los árboles. El aire había cambiado, señal de que el atardecer se acercaba, y se oía el canto de los pájaros aproximándose a sus nidos. Marian se pasó las manos por los brazos y se arrepintió de no haber cogido un chal. En esa zona del jardín, la vegetación era más espesa y una capa de hiedra unía los troncos de los árboles que bordeaban el camino, formando una especie de cortina vegetal. Un suave murmullo y un gritito histérico le llegaron desde detrás de los matorrales y Marian se asomó con cautela. Observó unos instantes antes de hacer notar su presencia. Los dos hijos de los Pryce, Grace y Victor, susurraban bastante apurados arrodillados en el suelo, en el refugio que formaba la vegetación, sobre quién de los dos debería enfrentarse a la infame bola de pelo gris que bufaba, amenazadora, junto al tronco del árbol.

Marian reconoció al desagradable animal de inmediato y no le gustó ni un pelo la situación. Se trataba de Pelusa, el antipático, irascible y medio demente gato de la cocinera. Marian sabía que el animal la odiaba y el sentimiento era mutuo. Ella prefería, con diferencia, los perros y los caballos, mucho más nobles y predecibles a su entender. El bicho, como solían llamarlo, era interesado y traicionero. En ocasiones se comportaba con total docilidad y zalamería, restregándose y poniéndose panza arriba para que los más incautos se acercaran a acariciarlo o a darle algo de comer. De pronto, cuando estabas convencido de que era adorable, sin venir a cuento, se rebelaba, maullaba, daba zarpazos, arañaba y bufaba como si estuviera poseído por el mismo demonio.

Marian se puso de rodillas sigilosamente y se coló entre la hiedra, colocándose entre los niños intentando no sobresaltarlos. El animal le dedicó un sonido de ultratumba a modo de advertencia, más parecido a las puertas del infierno abriéndose que a un maullido. Tocó suavemente a los niños en el hombro y con mucha suavidad les indicó que salieran muy despacio, intentando no provocar la ira de Pelusa. Si el animal decidía atacar a los pobres niños, tendría que luchar cuerpo a cuerpo con él y no le apetecía acabar llena de arañazos y mordiscos.

Victor, con solo seis años, era el mayor. La miró con los enormes ojos castaños muy abiertos y humedecidos por la desesperación.

—Vámonos, Victor. Le diremos a papá que venga. —La niña, a pesar de ser un año menor, se veía más resuelta que él.

—No podemos irnos sin el collar. Mamá nos pelará el trasero con la zapatilla. Vete tú si quieres. —El niño negó con vehemencia.

—¿Qué collar? ¿Qué os ha pasado? Quizá yo pueda... —Pelusa, en un movimiento inesperado, saltó por encima del seto mientras bufaba, y se encaramó al tronco del árbol pasando ágilmente de rama en rama hasta que se perdió de vista.

Marian, que se había echado sobre los hermanos de manera instintiva para protegerlos del posible ataque, respiró al ver que el animal por fin se había marchado.

—¡Oh, Dios mío! Tenemos que alcanzarlo —dijo Victor sin poder evitar hacer un puchero consternado. Su hermana se acercó y le dio una palmadita resignada en el hombro consolándolo, como si el destino de Victor fuera acabar sus días en la Torre de Londres tras la huida del animal.

—¿Por qué queréis atraparlo? Dios sabe que ese bichejo estaría mejor donde no haya rastro de civilización.

Los niños le contestaban con evasivas, pero era evidente que creían estar metidos en un serio problema. Después de unos minutos intentando ganarse su confianza, los niños confesaron el problema en el que estaban metidos. El gato se había mostrado tan dócil y cariñoso que, después de jugar con él durante un buen rato, habían decidido que sería buena idea acicalarlo un poco. Habían subido a hurtadillas a la habitación de sus padres y habían cogido un par de cintas de raso de Helena, su madre. Cuando ya estaban dispuestos a volver al jardín, Victor pasó junto al joyero abierto de su madre y pensó que Pelusa se vería majestuoso con su camafeo al cuello. Así pues, el dulce animal se dejó poner y quitar las cintas en el rabo y las patas durante un buen rato, pero cuando le anudaron la cinta de terciopelo negro al cuello con el camafeo, decidió que era hora de marcharse con el trofeo y les plantó cara a los pequeños.

—Está bien, no os preocupéis. Yo buscaré a ese maldito bicho sarnoso y... —Marian se interrumpió al ver que la niña abría la boca escandalizada por su lenguaje.

—Vamos. Volved a la casa, es tarde y os estarán buscando. Yo haré todo lo posible para recuperar el colgante, ¿de acuerdo?

—Denos su palabra —dijo la niña ceñuda y decidida, escupiéndose en la mano y tendiéndosela para sellar el acuerdo. Marian le devolvió el gesto y se limpió la mano disimuladamente en su falda acto seguido. No pudo evitar sonreír porque, cuando era niña, ella también solía recurrir al juramento pirata.

Victor pareció volver a respirar al traspasarle a ella la responsabilidad. Antes de salir por el hueco entre los arbustos, se volvió y le dedicó una deslumbrante sonrisa desdentada que le llegó al alma.

—Gracias, señorita Demonio.

Marian se quedó boquiabierta y luego soltó una carcajada. Por lo visto aquellos dos pequeños eran de armas tomar y, seguramente, habrían escuchado alguna conversación donde no se la dejaba en muy buen lugar.

Dio una vuelta por los jardines intentando localizar, sin resultado, al condenado gato y rezó para que la señora Pryce no echara en falta la joya esa noche. También rezó para que ningún enemigo de lo ajeno alcanzara al animal antes que ella y decidiera quedarse el colgante, y para que el nudo fuera lo suficientemente fuerte como para aguantar atado al cuello del minino mientras deambulaba de árbol en árbol. Existían muchas posibilidades y ninguna buena...

24

—¿Lo encontraste querida? —preguntó Evie a su cuñada Helena que, en un acto reflejo, se acarició el collar de perlas que llevaba al cuello.

—¿El camafeo? No. Decidí usar este. Juraría que lo había traído, pero no sé. Puede que me lo dejara en el otro joyero. Espero no haberlo perdido, fue el regalo de tu hermano por mi cumpleaños —recordó con una ligera tristeza en la mirada.

Marian, sentada cerca de Evie, casi se atraganta al escuchar el comentario. Lo prudente hubiera sido hablar en privado con la señora Pryce, haberle contado lo ocurrido, y entre todos intentar buscar al infernal animal; no obstante, les había dado su palabra a los hermanos. Ella, por propia experiencia, sabía lo que era esperar en tensión a que los mayores descubrieran que habías hecho una travesura y recordó el pánico que sentía en esas ocasiones cuando escuchaba los pasos de su tío Joshua por el pasillo, acercándose dispuesto a castigarla. Por suerte, sabía que los Pryce, aunque estrictos, serían benevolentes con sus hijos. Lo sensato sería avisarles, más que nada porque intuía que al final el asunto acabaría salpicándole a ella. Pero ¿desde cuándo ella actuaba con sensatez?

Después de la cena, se escabulló hasta los jardines para echar un vistazo por si había suerte y encontraba el gato ladrón. Agradeció el aire frío en sus mejillas acaloradas. Pero no solo salió en busca del camafeo, necesitaba estar un rato a solas y alejarse del bullicio formado por todas esas personas acicaladas e hipócritas, que deambulaban por la casa y con las que ella no encajaría jamás. A veces miraba a su alrededor y se sentía como si fuera una rústica y espartana silla de madera, sin lacar, en una habitación rodeada de bellos muebles Luis XV barrocos, brillantes y hermosos.

Elisabeth Sheldon encajaba, totalmente, con la definición de uno de esos muebles perfectos, de suaves curvas, intrincados adornos y tonos blancos y dorados. Incómodos, poco prácticos, pero, sin duda, bonitos de ver. A su pesar, estaba empezando a esquivarla y a sentir una tremenda antipatía por ella. La joven se pasaba el día alardeando de todos los comentarios galantes que le hacía Andrew, de la manera en que le rozaba la mano al acompañarla a la mesa, de los paseos a solas, de las miradas intensas. Se comportaba como la perfecta flor delicada por la que hay que velar y a la que hay que tratar con reverencia y adoración, fingiéndose débil, necesitando ayuda para saltar una piedrecita del camino y sufriendo pequeños vahídos durante las abarrotadas reuniones para que el conde tuviera que acompañarla a lugares menos concurridos hasta que se recuperara. Sus técnicas de seducción eran tan evidentes y empalagosas que hasta su propia melliza ponía los ojos en blanco cuando veía algunas de sus maniobras.

Además, Marian se sentía un tanto agobiada por las atenciones de Robert, que, a pesar de haberse visto continuamente rechazado, no cejaba en su empeño de conquistarla, aunque de manera sutil y contenida.

Marian se había retirado a su habitación tras su infructuosa búsqueda y se había puesto su gastado y cómodo camisón. Soltar su cabello y despojarse de las horquillas era una auténtica liberación. Se echó un chal de lana por los hombros y se acercó a la ventana que daba al jardín, iluminado ahora por la luna. Sintiéndose agotada, suspiró y pegó la frente a la fría superficie, dejando una efímera mancha de vaho en el cristal. Decidió meterse en la cama y dejar que al menos su cuerpo descansase, cuando un súbito movimiento entre los matorrales atrajo su atención, alertando todos sus sentidos.

—¡Pelusa!... serás malnac...

Sin pensárselo dos veces se colocó unas zapatillas de lana y bajó como alma que lleva el diablo por la escalera de servicio, sin percatarse siquiera de la estampa que ofrecía en camisón y con el rojo cabello ondeando tras ella como una llama. Marian se acercó despacio, susurrando dulces palabras, hasta el banco de piedra donde Pelusa yacía recostado, rascándose el cuello enérgicamente con una de sus patas. Respiró aliviada al ver el destello blanco del camafeo sobre su pelaje oscuro y comprobar que, al menos, no estaba todo perdido. El animal cambió de posición y la miró fijamente con sus ojos amarillos, emitiendo un ruido gutural bastante amenazador.

—Escúchame, precioso. Ambos sabemos que eres un maldito gato desagradable y traicionero. —Marian avanzaba con gestos delicados y un tono suave y meloso hacia él, que no dejaba de observarla—. Si por mí fuera, te mandaría a América en el primer barco que saliera. O a China. —Pelusa no se movió del sitio, aparentemente tranquilo—. Eso es, bonito. Tranquilo. Eres un incordio, pero todo un machote. De hecho, has fecundado a todas las gatas de la zona. —Marian sonrió triunfal al ver que el gato parecía estar relajado ante su avance—. Por eso no te queda bien un colgante tan femenino como ese, arruinarías tu reputación. —Ya casi lo tenía—. Será mejor que me lo devuelvas...

Pelusa se levantó y se estiró con parsimonia y, justo cuando la mano tensa de Marian estaba a punto de rozarle, el animal saltó del banco y se alejó unos metros, sentándose plácidamente a observarla.

Marian repitió la operación arrastrándose de rodillas sobre la húmeda hierba y, otra vez, cuando estaba a punto de alcanzar al gato, se alejó. Al tercer intento, Pelusa se situó en un rincón entre un murete de piedra y un macizo de tupida madreselva, y Marian, con los nervios desquiciados a esas alturas, creyendo que lo tenía acorralado, en un movimiento rápido corrió hacia él intentando darle caza. Sus manos rozaron el pelaje, pero la bola gris consiguió zafarse bufando. El animal se paró a poca distancia observándola amenazador. Cambiándose las tornas, se lanzó hacia ella, y la hizo salir corriendo en dirección contraria entre maldiciones e improperios, acordándose de todos los ancestros de Pelusa. El gato se paró en el claro y ambos se miraron, retándose a atacar primero. Marian, enfrascada en la batalla, saltó hacia él, pero en un rápido movimiento la esquivó y se perdió con un maullido fantasmal entre los tupidos matorrales. Marian permaneció allí sentada, vencida por el impío animal, y gimió frustrada, pensando cómo les diría a los pequeños que había fracasado en la misión. Un brillo blanco, bajo los matorrales por donde había huido el felino, le llamó la atención. Se acercó a gatas y metió las manos entre los tallos, sin importarle arañarse, hasta alcanzar el objeto. Estuvo a punto de llorar de la alegría al ver el camafeo entre sus dedos. Al menos, la refriega había servido para que el lazo se soltase y el colgante cayera. No podía creer en su buena suerte. Recuperando el resuello, caminó despacio hasta la cocina para volver al interior. Por suerte parecía estar intacto. Limpió el colgante con la tela de su manga, y le quitó las pequeñas hebras secas y los pelos de gato que se habían pegado al terciopelo.

En la fuente del patio se lavó las manos, llenas de verdín y tierra, y empujó la robusta puerta para entrar, pero no se movió ni un milímetro. Forcejeó con la manivela desesperada. Nada. El frío se asentó en su columna vertebral al entender que alguien había cerrado la puerta por dentro sin percatarse de que ella estaba en el jardín. Se acercó a las ventanas de la parte inferior empujándolas suavemente, pero todas estaban perfectamente cerradas. No podía llamar y entrar por la puerta principal permitiendo que alguien la viera en ese estado. Su camisón estaba manchado de hierba y tierra y bastante arrugado, y su cabello parecía un nido de cigüeñas. Una ráfaga de aire frío movió la tela pegándola a su cuerpo y se dio cuenta de que ni siquiera se había preocupado de llevar un chal. Las opciones eran claras: moría por congelación a las puertas de la mansión o destrozaba su reputación para siempre jamás, arrastrando de paso la de los Greenwood.

25

Andrew se quitó el chaleco y la camisa, y los dejó caer descuidadamente sobre la silla de su dormitorio; giró sus hombros intentando aliviar su tensión. Había agradecido enormemente que la mayoría de los invitados se hubieran retirado temprano, agotados como él tras la jornada de actividades al aire libre, y solo unos cuantos decidieron quedarse fumando y charlando en la biblioteca. Apuró su copa de whisky y se dirigió a la salita contigua a su habitación para servirse otra, agradeciendo la sensación de la fría y suave madera del suelo en sus cansados pies descalzos. No había encendido ninguna vela y, en la chimenea, los rescoldos que quedaban no eran suficientes para disipar la oscuridad. Lo prefería así, las sombras solo interrumpidas por los retazos de claridad que la luna proyectaba a través de las ventanas. Se frotó el puente de la nariz intentando reprimir el dolor de cabeza que empezaba a surgir detrás de sus ojos, y aun a sabiendas de que el alcohol no le serviría de alivio, lo necesitaba para adormecerse e intentar alejar los pensamientos oscuros que lo acuciaban últimamente. Esos pensamientos tenían unos labios seductores, una piel pecosa y una melena del color del fuego. Debería hacerle caso a su madre y buscar entre las numerosas candidatas una joven con la que cumplir su deber, desposarse y tener herederos fuertes y sanos. Una chica bonita y tranquila, de comportamiento intachable, que supiera ocupar su lugar como condesa. Una chica que no se pareciera en nada a Marian Miller, eso era más que evidente.

Por mucho que odiara reconocerlo, la atracción puramente física que sentía por ella era innegable y, desde que había probado sus labios, su cuerpo clamaba por tenerla cerca. Pero tenía claro que una unión entre ellos, con una visión tan distinta de la vida, sería totalmente desastrosa, y debía luchar contra sus instintos y permitir que la razón mandara en su porvenir, como había sido siempre. El deber por encima del placer, la obligación por encima del deseo.

Andrew se sentía acorralado en su propia casa, como si en la competición silenciosa por encontrar marido, él fuera el principal trofeo. Las conversaciones con las chicas le resultaban asfixiantes, sosas y carentes de sustancia. Ellas se sentían intimidadas por su presencia, y la mayoría se acercaban azuzadas por sus madres, en pos de la conquista del soltero de oro.

Las miradas esperanzadas de Eleonora cuando lo veía charlando con alguna chica de su agrado estaban empezando a resultarle cargantes y molestas. Pero lo más irritante era la insistente presencia de Lucy Talbot y Elisabeth Sheldon a su alrededor, cual pegajosas sombras. Ambas poseían todas las virtudes que cualquier hombre de su posición, en su sano juicio, pudiera desear. Eran educadas, refinadas, de familia y reputación intachable, con dotes generosas y un carácter sosegado.

La pequeña de los Talbot tenía menos conversación que un nabo, aunque tenía la facilidad de ponerse en su camino, en el momento justo, para que él se viera obligado a acompañarla a la mesa, invitarla a pasear de su brazo o sacarla a bailar mientras lo miraba con ojos de cordero degollado. Elisabeth, en cambio, hablaba por los codos, siempre intentando ponerlo celoso refiriéndose a sus múltiples admiradores o hablando de sí misma y de sus muchas cualidades. Pero lo más irritante para Andrew era su terrible manía de fingir ser una señorita en apuros a la que él tenía que salvar. Jamás había conocido a nadie que sufriera tantos desvanecimientos, vahídos y acaloramientos como ella en un solo día. Su futuro esposo debería invertir una fortuna en sales. Lo peor, sin duda, era verse obligado a acompañarla en sus paseos por la terraza o los jardines, en los que la joven utilizaba cualquier artimaña para forzar un roce o un beso, que Andrew estaba muy lejos de desear.

A ojos de todos, las jóvenes estaban haciendo grandes progresos en la caza del conde, aunque para él, la posibilidad de emparejarse con cualquiera de ellas le resultaba imposible e insoportable.

Se asomó a la ventana de su habitación y observó cómo la luna creaba caprichosas sombras entre los macizos de flores y los árboles, formando figuras alargadas que se perdían en la maleza. El whisky, unido al vino que había tomado en la cena, estaba empezando a hacer efecto, sosegando sus nervios y provocándole una agradable calidez en su interior. De repente, un movimiento rápido, de algo pequeño y oscuro, entre los arbustos del jardín llamó su atención. Entrecerró los ojos escudriñando las sombras, pero las ramas de los árboles y la hiedra que crecía entre ellos dificultaban la labor. El objeto volvió a aparecer y una sombra blanca y vaporosa cruzó veloz entre la maleza, de izquierda a derecha. Andrew miró la copa en su mano contando cuántas había tomado esa noche y la dejó con un golpe seco sobre la cómoda a su lado. Volvió a mirar con detenimiento y la figura blanca volvió a cruzar, esta vez de derecha a izquierda. Se hizo invisible durante unos instantes y volvió a aparecer, haciéndose más pequeña, como si se arrastrara a ras del suelo. El ente desapareció y Andrew fue hasta la ventana de la salita contigua para intentar divisarla desde allí, pero ya no se veía nada más que la inmóvil vegetación.

Sin duda, la luz de la luna se había filtrado entre las sombras, recreándose en las ramas de los árboles y las enredaderas jugándole una mala pasada a su imaginación. Estuvo tentado de bajar a investigar, pero esa noche, hasta donde él sabía, todos los invitados estaban en la casa.

Se quedó tranquilo, ya que dos de sus hombres hacían la ronda nocturna por la finca, y Leopold ya se habría asegurado de que todas las puertas y ventanas estuvieran cerradas como cada noche. Además, ningún ladrón en su sano juicio asaltaría una casa una noche bajo la claridad de la luna y vestido de blanco. Necesitaba descansar, no había duda. Se dirigía a oscuras hacia su cama a través de la habitación, cuando un ruido desde el exterior le hizo detenerse, un roce contra la madera, una rama partiéndose… Después de todo, puede que sí hubiera un intruso en la propiedad.

26

Marian se asomó furtivamente para echar un vistazo a la ventana de la biblioteca, donde un grupo amplio de hombres conversaba y reía cerca de la chimenea, mientras bebían y fumaban. Pudo reconocer entre ellos la figura alta y rubia de Thomas Sheperd, el socio de Andrew, que había llegado a Greenwood Hall esa tarde. No consiguió distinguir al conde entre las cabezas morenas que daban la espalda a la ventana, pero estaba segura de que Andrew, como buen anfitrión, estaría con ellos compartiendo la velada. Volvió sobre sus pasos y miró con resignación el alto roble que crecía junto a la casa, con su ancho tronco y sus vigorosas ramas, intentando dilucidar cuál sería la ruta más segura para ascender hasta las ventanas del piso superior. Hacía años que no escalaba un árbol, pero no le quedaba otra opción. Por desgracia, la única rama viable daba a las habitaciones del conde, concretamente a la salita que comunicaba con su dormitorio.

Debía darse prisa, rezar para que la ventana no tuviera el pestillo echado y hacerlo todo lo más silenciosamente posible, antes de que Hardwick dejara la biblioteca. La fina suela de las zapatillas no era el calzado más idóneo para encaramarse a un árbol, pero aparte de dos resbalones leves, cuando tomó confianza, subió a la misma velocidad que lo hubiera hecho Pelusa. Afianzó bien los pies sobre la rama y estiró el cuerpo todo lo que pudo para alcanzar la madera con seguridad. Zarandeó un poco la ventana y luego dio un golpe seco en el centro. Su sonrisa y su alivio fueron enormes al ceder la madera, y agradeció para sí las valiosas lecciones de Richard durante su infancia en las que le mostró cómo colarse por cualquier recoveco de la mansión. La ventana se abrió con un ligero chirrido y Marian se impulsó hacia arriba, pasando una pierna sobre el alféizar. Antes de darle tiempo de subir la otra pierna, unas manos fuertes la sujetaron de los brazos, inmovilizándola y lanzándola contra el suelo. El impacto, apenas amortiguado por la mullida alfombra, y el peso de un enorme cuerpo que la aplastaba le cortaron la respiración e impidieron cualquier posibilidad de gritar pidiendo ayuda.

Andrew se dio cuenta demasiado tarde de que el cuerpo que apretaba no era el de un vulgar ladrón, sino el de una mujer, con ropa ligera y una larga melena suelta, y no pudo evitar caer con su peso sobre ella. Tras una sarta de improperios y maldiciones, apartó el pelo de la pecosa cara para asegurarse que ella estaba bien, sabiendo que no podía ser otra persona, aun antes siquiera de distinguir el color de su cabello, que la irresponsable Demonio Miller.

—¡Por todos los infiernos, mujer! ¿Qué diablos? ¿Qué...? ¿Estás bien? —Sus manos recorrieron rápidamente la cabeza y las extremidades de Marian para asegurarse de que no estaba herida, y ella intentó incorporarse, cosa que con él enterrado entre sus piernas resultaba bastante complicado.

—¿Qué demonios hace aquí? —preguntó Marian, intentando recuperar el resuello.

—¡Es mi habitación! La pregunta es qué demonios haces tú aquí... Estás loca. Maldición. Podías haberte matado.

—Hardwick… ¿Podríamos discutirlo en otra posición? —Marian quería empujarle, pero se lo pensó mejor al ver su pecho desnudo. Sintió la pierna del conde firmemente anclada entre las suyas. La tela de los pantalones rozaba la piel de sus muslos, lo cual fue un alivio, ya que se cercioró de que al menos los llevaba puestos.

—De eso nada. No pienso moverme de aquí hasta que me des una explicación coherente. —Su tono de voz era apenas un susurro amenazador con su nariz casi rozando la de Marian.

A regañadientes, y dado que la posición era casi más peligrosa para sí mismo que para ella, se levantó y la ayudó a incorporarse.

—Salí a tomar el aire, la puerta se cerró y esta fue la mejor forma que encontré de entrar. No podía hacerlo por otro sitio arriesgándome a encontrarme con alguien. Y usted debería estar en la biblioteca y no haberse enterado. Fin de la historia.

Marian se dirigió rápidamente a la puerta que comunicaba la salita privada con el pasillo con el fin de escapar cuanto antes, creyendo que sería mejor no darle tiempo a reaccionar ni seguir indagando sobre el asunto, pero estaba cerrada a cal y canto.

—Nunca se usa. Por eso está cerrada. —Andrew la miraba en la penumbra, con los brazos cruzados. La única salida era la puerta que comunicaba la sala con el dormitorio y de ahí al pasillo, pero el conde, con su enorme envergadura, estaba en medio dificultándole el paso.

—¡En nombre de Dios!, puedes explicarme… —Tragó aire como si quisiera mantener a todos sus demonios bajo llave—. Obviando el temerario hecho de que hayas subido por un árbol resbaladizo, casi a oscuras, corriendo el riesgo de matarte, hayas entrado en la habitación de un hombre soltero en mitad de la noche, con apenas un camisón transparente y lleno de… cosas… —señaló con la mano los lamparones de verdín y tierra sobre la tela—… ¿qué hacías a estas horas con esa pinta en el jardín?

—No era esta la habitación a la que quería ir, era la única a la que podía acceder desde abajo. —Andrew se tensó. Si tenía una cita clandestina en su propia casa con Aldrich, lo mataría con sus propias manos.

—¿Habías quedado con alguien? —La voz fue tan cortante como un témpano de hielo.

—¿Qué insinúa? ¡¡Por supuesto que no!! —Marian se indignó ante la sugerencia—. Será mejor que me vaya ahora. Mañana podremos hablar con más tranquilidad y contestaré a todas sus preguntas —mintió, con la intención de eludir el interrogatorio.

Andrew la conocía lo bastante bien para saber que era una treta para irse de allí sin darle ninguna explicación, y tenía razón. Lo único que Marian deseaba era marcharse, esconderse y evitar su presencia todo lo posible hasta que hubieran pasado unos días y él se concentrara en otra cosa. Ella se iría de rositas, Helena recuperaría su joya y los críos no recibirían ningún castigo. Todos contentos.

Disimuladamente, comenzó a dar pequeños pasos hacia la puerta que estaba a las espaldas de Andrew. Sus ojos ya se habían acostumbrado a la penumbra, y la claridad que entraba por la ventana marcaba los contornos de la atractiva figura masculina, lo cual estaba poniéndola más nerviosa aún.

—No es decoroso estar aquí…

Cuando creyó que podía alcanzar la puerta sin ser interceptada, con una actitud infantil echó a correr. El conde, con dos zancadas, intentó cortarle el paso, pero ella se escabulló. Alcanzó la puerta de la habitación, dispuesta a abrirla, en el mismo momento en que Andrew la rodeó con un brazo y le tapó la boca con la otra mano.

Dos hombres se acercaban por el pasillo, sus pasos amortiguados por la alfombra, mientras conversaban distraídamente en tono bajo. Los invitados se retiraban a sus habitaciones para descansar. Las voces pasaron frente a la puerta cerrada de la habitación del conde y fueron alejándose, poco a poco, hasta extinguirse el murmullo al final del corredor y escucharse el sonido de puertas al cerrarse. Andrew relajó el agarre y le dio la vuelta para mirarla a la cara.

—¿Te das cuenta de lo que hubieras provocado si llegan a verte salir despavorida de mi habitación con semejante aspecto? Mañana a estas horas estaríamos celebrando nuestro banquete nupcial.

Marian asintió lentamente, consciente de que su impulsividad podría haberles acarreado un problema de dimensiones épicas. Él la soltó, poco a poco, sin apartarse de la puerta. Un clic la informó de que Andrew acababa de cerrar con llave, y balanceó la pequeña pieza metálica delante de sus ojos para que no tuviera ninguna duda de que estaba a su merced, guardándola acto seguido en el bolsillo de sus pantalones. Se separó de ella con parsimonia y se cubrió con una bata, en pos de mantener un poco de decoro, aunque, en realidad, lo que le apetecía era pasearse desnudo y escandalizarla hasta que aprendiera la lección. Bueno, para ser sinceros, lo que su cuerpo le pedía a gritos desaforados era enseñarle otro tipo de lección más ardiente, pero se contendría por su propia salud mental.

Encendió una vela y se dirigió hasta la salita haciéndole un gesto a Marian para que lo siguiera, ya que conversar en el dormitorio con la visión de la amplia e incitadora cama junto a ellos no era cómodo ni apropiado para ninguno de los dos. Marian sabía que no tenía otra opción; si ella era testaruda, Andrew era tenaz, así que lo siguió hasta la sala dispuesta a confesar. Andrew se sentó en el sofá que presidía la estancia, junto a una mesita baja que contenía varios libros, y Marian lo hizo en una silla junto a él.

—Bien. Cuéntame... —Su tono burlón no camuflaba del todo la ira que contenía—. No omitas ningún detalle escabroso para que pueda decidir si me conformo con darte unos azotes, dejarte un mes sin postre o requisarte tu muñeca favorita.

Marian suspiró resignada e ignoró la pulla.

Soltó el colgante, que se había anudado en la muñeca para evitar que se le cayera en el ascenso, lo colocó sobre la mesa y le contó todos los detalles atropelladamente, incluyendo una descripción bastante épica de su batalla con Pelusa.

Andrew, sin ser consciente de ello, fue relajando su postura en el sofá, probablemente porque lo que había desencadenado aquella situación era algo bastante inocente y no una cita amorosa clandestina. Era el tipo de lío en el que Marian siempre se había metido desde niña, quizá con buena intención, quizá solo por testarudez, pero, al final, acababa haciendo lo contrario de lo que cualquiera hubiera hecho y desencadenando algún desastre. Y pensar que había creído ver un espectro en el jardín mientras era Marian quien vagaba detrás de un gato arisco.

Ella lo contaba todo con los ojos muy abiertos, sin guardarse ninguna emoción para sí, con aire triunfal por haber conseguido su propósito. Andrew apretaba los labios intentando aguantar una carcajada al imaginarse la lucha encarnizada con la bola de pelo gris, y se pasó la mano por la cara intentando contenerse.

Marian lo miró con el ceño fruncido.

—¿No estará...? Andrew Stuart Greenwood, ¡no se atreva a reírse! —Se levantó indignada y Andrew no pudo aguantar más la risa.

Sus carcajadas eran profundas y contagiosas, y a Marian le produjeron un extraño calor en las entrañas, aparte del airado sonrojo en su cara. Hacía años que no lo escuchaba reír de esa manera desenfadada, parecía más joven, menos solemne.

—Vamos, no te enfades. Es que, por tu forma de describirlo, si no conociera al gato, pensaría que has librado una cruenta batalla con un tigre de Bengala.

Marian se cruzó de brazos fingiéndose indignada, aunque también estaba a punto de reír.

—Ahora que ya sabe mi terrible pecado, me marcho. Mañana entregaré el camafeo a los niños y… —Marian se levantó para alcanzar la joya, pero la fuerte mano de Andrew la sujetó por la muñeca.

—No tan rápido, pequeña. —La mirada de Andrew se había vuelto intensa y peligrosa, como si cualquier rastro de buen humor hubiera pasado de repente. Tiró de ella y la sentó junto a él en el sofá.

—Todos los actos tienen consecuencias. —Le abrió la mano y deslizó los dedos sobre la palma de Marian para quitarle el camafeo y volvió a dejarlo sobre la mesa—. Yo hablaré mañana con Anthony y le devolveré el colgante. Le contaré lo que ha pasado, aunque omitiré los detalles de tu bélico encuentro con el gato y… esta parte. Creo que esta parte también la obviaré. —Aún la sostenía por la muñeca; una corriente de calor nacía desde ese punto exacto y se extendía por todas las terminaciones nerviosas de Marian, como si fuera fuego líquido.

La miraba a los ojos con una expresión distinta, hambrienta. Sus dedos comenzaron a trazar círculos, tan sutiles, sobre la piel de la muñeca de Marian, que se sintió tentada a mirar para comprobar si solo serían producto de su imaginación.

—No puedes decírselo. Castigará a los niños y ellos

están muy arrepentidos. —Su voz salió entrecortada, afectada por su proximidad y su suave contacto.

—Lo convenceré para que no sea duro con ellos. Pero, imagínate si el collar no hubiese aparecido, o si hubieran acusado a algún criado de la desaparición o… que Pelusa te hubiera herido mortalmente. —El deje burlón la hizo sonreír, y Andrew con la otra mano apartó un mechón rojizo rebelde de su cara metiéndoselo detrás de la oreja—. Aunque te honra, deberías estar más preocupada por tu castigo que por el de los niños. Pienso ser inflexible. —Marian se tensó y tiró de su mano liberándola.

—No es necesario, creo que he aprendido la lección, *milord,* si me permite… —Marian intentó levantarse, pero Andrew no se lo permitió. Necesitaba escapar de allí y ahora sí que era algo imperativo.

La atmósfera había cambiado entre ellos, se volvió extraña, como el aire justo antes de estallar una tormenta. El tono de Andrew era susurrante, erótico y sugerente, y el hecho de que su bata no estuviera cerrada del todo, dejando a la vista su piel bronceada y el vello oscuro de su pecho, tampoco ayudaba mucho a apaciguar el creciente nerviosismo de Marian.

—Has entrado en la guarida del león por tu propio pie. Has invadido mi espacio más personal. No te creo tan ingenua para pensar que eso no tiene un precio.

27

Sentirla tan cerca en ese espacio tan privado, con la fina capa de ropa que dejaba tan poco a la imaginación, estaba arrasando con el férreo control que siempre tenía sobre sí mismo. Había acariciado su muñeca en un acto inconsciente, en lo que había pretendido ser solo un acto inofensivo. Pero sentir sus latidos, ver cómo sus labios se entreabrían por la sorpresa, provocó una reacción de deseo desmesurada para un hombre tan experimentado como él.

—¿Qué precio?

—Tendrás que pagar una prenda, es lo justo.

Marian enarcó una ceja.

—No tengo nada —tragó saliva bastante nerviosa ante la intimidad que los envolvía, hablando en un susurro.

Andrew se inclinó un poco más hacia ella, haciendo que casi tuviera que recostarse en el sofá, mientras recorría su cuerpo de arriba abajo con descaro.

—Entonces tendrás que «hacer» algo. —A estas alturas, el corazón de Marian bombeaba desbocado y pensó que sus latidos podrían oírse desde cualquier parte de la casa—. Tú me pediste un beso la otra noche. Creo que lo justo es que yo obtenga el mismo pago.

Durante unos segundos, Marian solo fue capaz de mirarlo esperando que se riera y le dijera que estaba bromeando, pero aquello no ocurrió. Paseó sus ojos por el musculoso pecho, a la vista en la bata entreabierta, por la ancha columna de su cuello, y por su fuerte mandíbula, deteniéndose en sus labios anchos y sensuales. Jamás le había apetecido tanto cumplir un castigo.

La respiración de Andrew se detuvo unos segundos cuando los dedos de Marian se deslizaron con sutileza, como si fuera la caricia de una pluma, sobre su boca. Con una lentitud desesperante y cautivadora se acercó hasta casi rozar sus labios, aspirando por un momento los dos el mismo aire, percibiendo el calor de su aliento en su mejilla, en su barbilla, torturándolo con la anticipación de sentirla. Cuando por fin sus bocas se unieron, el calor del contacto pareció quemarles la sangre a ambos. Su roce era febril e incontrolable. Andrew sabía que ella no tenía mucha experiencia, pero su sensualidad era innata y lo excitaba hasta el límite de la locura. Su mano se deslizó por su nuca, entre su melena desordenada, y le inclinó la cabeza para tener mejor acceso a sus labios. La exploró a placer, con sus bocas entreabiertas, invadiendo cada recoveco con su lengua, arrancándole gemidos, algunos de sorpresa, otros de desesperación.

Querían entregarse tantas cosas a través de ese beso que la sensación era apabullante.

No podía besarla de manera controlada ni acariciarla con movimientos expertos. Toda la gama de estudiadas caricias que aplicaba con sus sofisticadas amantes le parecía una falsa y absurda coreografía que no le hacía sentir nada. En aquella habitación solo había pasión pura y honestidad.

Andrew se separó de ella unos centímetros para observarla, mientras sujetaba su cara con las manos y hacía suaves círculos con los pulgares en sus mejillas. Los labios de Marian estaban hinchados, húmedos y enrojecidos, y Andrew nunca había visto nada más erótico que eso en toda su vida. Sus respiraciones entrecortadas y el calor que desprendían sus cuerpos llenaban la habitación. El conde sabía que ese era el momento de finalizar el beso.

En lugar de eso, deslizó su lengua en movimientos lentos por su boca entreabierta, incitándola, hasta que ella jadeó y se entregó de nuevo a su beso. Andrew susurró su nombre con los labios sobre los suyos y la recostó sobre los cojines. Sus besos iniciaron su viaje a través de su cuerpo, mientras su mano experta soltaba las cintas del canesú dejando expuesta la piel entre sus pechos. Se detuvo en la fina superficie de su cuello y deslizó la lengua acariciante, arrastrando sus dientes por las zonas más sensibles, arrancándole escalofríos de placer.

Marian se olvidó del pudor, de los prejuicios y de todo lo demás, deseosa de absorber cada pulsión, cada nueva sensación que él le proporcionaba. Aún le costaba poder casar la imagen del conde de Hardwick, irreprochable, mesurado y frío, que evitaba en todo lo posible cruzar más de dos palabras con ella, con el Andrew que la besaba apasionadamente sin apenas control sobre sus instintos. Marian deslizó su mano por el vello que cubría su pecho, por sus contornos musculosos, por sus pezones duros tan diferentes a los suyos. Sentía arder las palmas de sus manos, como si absorbieran el calor que él desprendía. Desabrochó el cinturón de la bata y se atrevió a deslizar la suave prenda por los hombros de Andrew para tener pleno acceso a su cuerpo. Él de un tirón se la terminó de quitar y la arrojó al suelo. Marian deslizó con suavidad las yemas de los dedos por los costados, por los abultados músculos de su abdomen, hasta llegar a la cinturilla del pantalón, y notó cómo se le entrecortaba la respiración para expulsar lentamente el aire en un siseo contenido.

Andrew acarició el cuerpo femenino que temblaba bajo el suyo, maldiciendo la leve capa de ropa que se interponía entre ellos. Lamió el canal entre sus pechos mientras los acunaba con sus manos, provocando un gemido de placer en Marian que hizo que su erección se hiciera más evidente, y separó la tela que la cubría dejándola expuesta hasta el ombligo. En respuesta, ella enredó sus pequeñas manos en los mechones oscuros y despeinados y, desvergonzadamente, acercó la cabeza de él a sus pechos, exigiéndole más.

Soltó un pequeño gritito cuando Andrew mordisqueó un pezón y tiró un poco de él, riéndose, contra su piel. Le siguió un dulce jadeo cuando con ternura pasó la lengua a su alrededor para calmar la sensación. Volvió a besarla intensamente en los labios mientras deslizaba las manos por su cuerpo, remangándole el camisón, acariciando sus piernas, subiendo implacable hasta sus muslos, mientras los jadeos de uno terminaban donde comenzaban los del otro.

Marian llevó las manos hasta el cierre del pantalón e, intentando controlar su temblor, lo desabrochó. Deslizó los dedos dentro de la tela recorriendo la cintura, llegando hasta los músculos tensos de la espalda y se atrevió a bajar hasta llegar al bien definido trasero de Andrew. Sintió cómo los duros músculos se tensaron bajo su tacto, y cómo las caderas masculinas se adelantaron rozando la dura erección contra la cadera de Marian.

Sus nombres salían de sus labios entre jadeos, rogando por un mayor contacto, intentando saciar esa ardiente necesidad. Marian sentía que su sexo latía, vivo como nunca, humedecido y caliente, con una especie de dolor, e intuía que solo las caricias de ese hombre lo calmarían. Se arqueó, intentando buscar algún alivio, contra el cuerpo duro de él, que apenas podía contener el deseo, que como una marea lo mecía a la deriva.

Entendiendo su necesidad, Andrew deslizó sus dedos

entre los muslos de ella, mientras la incitaba a que su cuerpo se abriera para él. Acarició su carne cálida, rozando la entrada resbaladiza de su cuerpo, estimulando el abultamiento donde parecían concentrarse todas las terminaciones placenteras de su universo.

Marian sentía que su cuerpo no le pertenecía, que flotaba en una especie de nube, donde su piel ardía y su cuerpo se tensaba y temblaba al ritmo de las caricias del hombre que la tocaba. Bajó los pantalones por las estrechas y firmes caderas de Andrew y su miembro se liberó duro y ardiente, apoyado sobre su muslo.

Un poco insegura, al principio, acarició su erección, asombrada por su tacto. Sus dedos se deslizaron por la tersa superficie y la sensación hizo que su propia piel se sintiera distinta.

—Dios mío, Marian, vas a volverme loco —susurró Andrew con la cabeza enterrada en su pecho para contener en lo posible su excitación. Marian rodeó su miembro con los dedos y él jadeó tensando todo el cuerpo—. Oh, sí, así. —Sus palabras se ahogaron cuando ella comenzó una titubeante caricia y él no pudo evitar empujar con sus caderas para conseguir un mayor contacto. Marian imitó su movimiento con una cadencia que lo enloquecía, cada vez más segura de lo que hacía.

Andrew siguió acariciándola e introdujo un dedo en su interior, provocando un intenso jadeo de Marian ante la invasión, sintiendo cómo sus cálidas y estrechas paredes lo acogían y se cerraban en torno a él. La ansiedad y el placer que sentía estaba fuera de todo control, solo deseaba que ella descubriera el placer, que gritara su nombre, tomarla hasta saciarse del todo, y derramarse en su interior sin importarle las consecuencias.

La pregunta salió de sus labios casi sin que su cerebro se percatara.

—Marian, alguien alguna vez... ¿te ha tocado de esta manera? —El cuerpo de Marian se crispó un poco, pero un hábil movimiento de sus dedos la hizo gemir de nuevo.

—No... —jadeó ella cuando continuó con su juego—. Nadie. Solo tú, Andrew... Solo tú.

De todos modos, su opinión sobre ella, o sobre lo que estaba ocurriendo, no iba a cambiar dijera ella lo que dijese. La deseaba como no recordaba haber deseado nada ni a nadie jamás, y lo que sentía era tan fuerte como para que ese tipo de cosas no influyeran en nada. Pero un absurdo e ilógico sentimiento primitivo lo inundó: una especie de satisfacción al saber que él era el primero en tocarla, el primero en enseñarle los secretos de su cuerpo, del placer. No pudo evitar sentir una extraña y cálida emoción en su pecho y la besó con fuerza, casi con rabia. Él era el primero y se sentía pletórico... Y despreciable.

Se levantó tan rápido del sofá que casi tropieza con la mesita. El placer sublime y apabullante lo había consumido olvidándose de razonar, hasta el punto de estar dispuesto a desvirgarla allí mismo, en el sofá de su dormitorio.

«Solo tú, Andrew», las palabras resonaban en su cabeza.

¿Cómo había perdido el control sobre sus actos de esa manera? Ella se merecía algo más, mucho más. Un matrimonio con un hombre decente capaz de adorarla y comprenderla como él jamás podría hacerlo. Su destino como conde de Hardwick no incluía el amor visceral, ni las pasiones incontrolables. Le lanzó la bata y le ordenó que se la pusiera mientras él luchaba por abrocharse los pantalones.

Ella, igual de desconcertada que él, tomando conciencia de lo que había estado a punto de suceder, obedeció en silencio, y, anudándose con fuerza el cinturón de la bata, se dirigió con toda la rapidez que sus piernas temblorosas le permitían hasta la salida.

Andrew sacó la llave de su bolsillo y la adelantó para abrir la puerta.

La respiración de ambos era agitada, y sus cuerpos aún estaban demasiado sensibilizados. Antes de abrir, Andrew tomó una gran bocanada de aire y la cogió de los hombros obligándola a mirarlo. Cuando ella levantó la vista, él pudo verla hacer un tremendo e infructuoso esfuerzo por contener el llanto, que comenzaba a deslizarse por sus sonrojadas mejillas. Deseó beberse esas lágrimas a besos, abrazarla con ternura y decirle que todo estaba bien, extender su cuerpo y su cabello en las frías sábanas de su cama y hacerle el amor hasta el amanecer.

En cambio, optó por fabricarse una máscara de fría indiferencia y un tono de voz práctico y razonable, que no casaba con el ardor de sus ojos y el temblor de sus manos.

—Marian… —Buscó en su cerebro cómo expresarlo sin herirla, pero dejando claro que su postura era inamovible—. Escúchame bien. Esto no debería haber pasado. Que quede claro que no volverá a repetirse jamás.

Marian levantó los hombros para librarse de su agarre y él la soltó cerrando sus manos en puños en sus costados. Su piel seguía necesitando su contacto.

—¿Por qué me habla como si fuera yo quien se ha empeñado en seducirle, *milord*? —Su tono fue tan frío y su expresión tan cínica que Andrew se sorprendió. Ya no había rastro de lágrimas en sus ojos, solo decepción y puede que un poco de dolor.

—No importa quién haya seducido a quién, lo importante es que ninguno de los dos parecía muy dispuesto a parar esta sinrazón. No puedo permitirme ese tipo de conducta, no contigo.

—No conmigo, claro —repitió ella con sarcasmo—. Supongo que nunca he sido lo suficientemente buena para usted. Este es solo uno más de los muchos aspectos en los que le resultaría insatisfactoria. Gracias a Dios que su majestuosa capacidad de control se ha impuesto a la sinrazón, como usted lo llama. —Marian era consciente de que los argumentos del conde iban en otra dirección muy distinta, pero necesitaba provocarle, demostrarle con rabia que no le haría daño su rechazo.

Andrew la abrazó con fuerza y la presionó con su cuerpo contra la pared junto a la puerta, deslizando sus caderas contra las de ella, encajando su aún patente erección contra su sexo.

—¿Crees en serio que me resultas insatisfactoria? Quizá no me he expresado bien y, aun a riesgo de resultar soez, voy a hablar con toda claridad. —Sus labios rozaban la mandíbula y la oreja de Marian al hablar, y su corazón latía de nuevo a toda velocidad—. Ahora mismo te arrancaría con los dientes toda la jodida ropa que llevas, te tumbaría en mi cama, en la alfombra o sobre la madera del suelo y te follaría como el salvaje en el que me convierto cuando te toco. Pero no es eso lo que te mereces. Esto es peligroso y una maldita locura. La gente como yo no desvirga jóvenes damas inocentes sin atenerse a las consecuencias. Un matrimonio entre nosotros sería un desastre. Yo no puedo ofrecerte lo que necesitas. Y tú no eres… —La soltó antes de sucumbir y volver a besarla—. Dejémoslo en que no somos apropiados el uno para el otro. Y ambos lo sabemos.

—¿De dónde saca que yo querría casarme con usted? No he hecho esto para que me comprometa, ni aspiro ni deseo una propuesta así, yo… —No sabía qué más argumentar porque, en el fondo, sabía que él tenía razón. Si hubieran seguido, si hubieran hecho el amor o si, simplemente, fueran descubiertos a solas en su habitación, el honor de los Hardwick le hubiera obligado a pedirle matrimonio. Jamás aceptaría una propuesta hecha a la fuerza, en la que él se hubiera visto obligado a pedir su mano por un momento de debilidad. Seguramente, ella se habría negado a aceptarlo y después de entregarse a él, ¿cómo podría hacer frente a sus sentimientos? Fuera cual fuese la decisión sería insoportable.

—Estamos de acuerdo. No nos merecemos un matrimonio turbulento e infeliz, Marian. —Giró la llave en la cerradura y antes de dejarla salir añadió en tono implacable—: Por el bien ambos, se acabaron los besos, los encuentros en camisón y cualquier otra cosa que pudiera llevarnos…

—Lo sé —le cortó ella, haciendo uso del poco orgullo que le quedaba intacto—. Le deseo una larga vida llena de comedimiento, mesura y prudencia, *milord.* Y ojalá encuentre la felicidad en ella. Buenas noches.

28

Al día siguiente, Marian se despertó con unas ojeras violáceas enmarcando sus ojos y un terrible dolor de cabeza por la falta de sueño, y deseó con todas sus fuerzas que el conde hubiera dormido igual de mal que ella.

Cuando se encontraron en el comedor del desayuno, intentó no mirarlo, pero fue inevitable y pudo comprobar que no tenía mucho mejor aspecto que ella.

Andrew levantó la vista justo cuando Marian entró en la estancia, como si su cuerpo la presintiera antes siquiera de verla. Tenía ojeras, mas no creía que hubiera pasado la noche infernal que había sufrido él. Su cuerpo, insatisfecho y tenso, no lo dejaba descansar, y, cada vez que intentaba cerrar los ojos, las imágenes de sus pechos desnudos, su piel salpicada de pecas y sus labios entreabiertos lo bombardeaban provocándole una continua erección que rayaba casi el dolor. Sus manos hormigueaban en una queja muda, ansiando volver a sentir su tacto hasta saciarse, y su olor a violetas, a piel caliente y a sexo lo rodeaba.

Los invitados se habían organizado para realizar distintas actividades, y ella agradeció en silencio cuando Andrew salió del comedor acompañado de Sheperd, Aldrich y otros hombres para montar a caballo hasta el pueblo. Las chicas organizaron rápidamente un pícnic junto al lago y ella, con disimulo, se escabulló. Necesitaba estar a solas para calmar sus demonios, y si no fuera porque debería responder a las suspicaces preguntas de Gertrude y Margaret, hubiera recogido sus cosas y se hubiera marchado a casa.

Cogió un buen libro, un poco de comida en una pequeña cesta y se dirigió en soledad, como tantas veces había hecho desde que era niña, a la colina donde estaban las mejores vistas de la propiedad.

Al volver a la mansión se encontró con Caroline, que la esperaba ansiosa.

—¿Dónde has estado? Llevo buscándote toda la tarde —dijo, cogiéndola del brazo para llevarla a su habitación—. Se te ha pegado el sol. Mañana tus pecas se habrán triplicado. —Se rio para fastidiarla.

Marian se miró al espejo y arrugó la nariz al ver que unas ligeras manchas rojas provocadas por el sol teñían sus pómulos y la punta de la nariz, lo que hacía que sus ojos se vieran aún más verdes.

—¿Vas a cambiarte de ropa? No, así estás bien. —Marian sonrió ante la capacidad de Caroline de mantener una conversación ella sola, sin darle a la otra persona tiempo a contestar—. Péinate un poco y vámonos, las chicas están esperándonos para dar un paseo por el jardín. Algunos de los muchachos también estarán allí.

Marian resopló sonoramente.

—¿Es obligatorio? —preguntó, echando mano del cepillo y colocándose bien las horquillas.

—Sí. Y una cosa más. —La actitud de Caroline se volvió más confidencial, como si estuviera a punto de revelar un gran secreto—: Si alguien pregunta, esta tarde he estado dando un paseo contigo… y ayer también. ¿De acuerdo?

Marian levantó las cejas, intrigada. Ahora que lo

pensaba, últimamente Caroline se escabullía con bastante frecuencia con la excusa de ir a la iglesia o visitar a alguna vecina.

—Solo si me dices qué te traes entre manos.

—Oh, vamos, solo estaba en la iglesia. —Se rio pícaramente.

—Y desde cuándo tu fe ha aumentado tan repentinamente, si antes había que arrastrarte los domingos para ir a misa.

—Desde que el hijo del reverendo se ha convertido en un joven atractivo y romántico —dijo con un exagerado suspiro y una mirada soñadora.

La expresión de sorpresa de Marian fue mayúscula, ya que, por lo que recordaba, el joven Coleman no casaba demasiado con los gustos de Caroline, pero así era el amor, quién era ella para juzgarlo.

—No puedo creerlo, Caro. ¿En serio? Es demasiado, demasiado... Es insulso y no tiene tema de conversación y su cultura deja mucho que desear. Aparte de los salmos y la Biblia, él no... Bueno, no sé. Me cuesta imaginarte con alguien como él.

—Marian, nadie es perfecto. Pero es romántico a su manera. Complaciente, atento y muy respetuoso. Ni siquiera se ha atrevido a cogerme de la mano todavía.

—Muy atento, sí. Y soso.

Cogerse de la mano. Marian se sonrojó al tomar conciencia de las libertades y los niveles de intimidad que había alcanzado con Andrew. Unos meses atrás, a ella le hubiera parecido maravilloso que le rozara la mano y en cambio, ahora, todo le parecía poco. No pudo evitar que las tórridas imágenes de Andrew recorriéndola con la lengua aparecieran ante ella, y una leve pulsión se despertó entre sus muslos.

Marian y Caroline bajaron hasta el jardín cogidas del

brazo cuchicheando y hasta ellas llegó, filtrándose entre los árboles, la inconfundible y cargante risita de Elisabeth Sheldon. Caroline gimió teatralmente y ambas rieron.

—Y pensar que hasta hace unos días me resultaba encantadora. Si acaba siendo mi cuñada, te juro que emigraré a Estados Unidos.

A Marian se le congeló la sonrisa en la cara y fue incapaz de fabricar otra para disimular, como si los músculos de su rostro se hubieran congelado.

—¿Crees que tiene posibilidades?

—No sé qué pensar. Andrew me tiene desconcertada. Elisabeth hace todo lo posible por dejarle clara su postura y los Sheldon están presionando para que su hija sea la futura condesa. Por lo visto, a mi madre no le desagrada la idea, ya que su reputación y su educación son intachables, y se ha unido a ellos para convencer a mi hermano. Si no la deseara como esposa, mi hermano ya hubiera puesto tierra de por medio y, sin embargo, la acompaña a todas partes como si se hubiera resignado, como si se dejara llevar por la marea. Y Elisabeth me dijo el otro día que él la besó durante un paseo. —Miró a Marian, intentando calibrar su reacción—. Solo espero que por una vez en su vida se olvide de los convencionalismos y piense en su felicidad.

Marian tragó saliva sabiendo que Caroline la observaba muy de cerca, intentando impedir que aflorara la rabia y el dolor que aquello le provocaba. Imaginarse los labios de Andrew sobre otra mujer era devastador.

El grupo había decidido continuar su paseo hasta llegar a un claro cubierto de hierba, donde empezaban los frutales, deteniéndose junto a una pequeña fuente rodeada de rústicos bancos de piedra. Richard y lord Aldrich se acercaron a saludarles afables, mientras que Sheperd continuó donde estaba, charlando con varios hombres y limitándose a dedicarles una inclinación de cabeza. Marian le sonrió. Le caía bien Thomas, y en el fondo le recordaba un poco a ella. No había tenido unos comienzos fáciles en la vida, pero se había forjado su propio destino a fuerza de tesón y trabajo duro. Con un talento innato para los negocios, se convirtió, junto con Hardwick, en uno de los hombres con un futuro más prometedor de Inglaterra. Renegaba de los encorsetamientos sociales, de las veladas llenas de hipocresía y estúpidos formalismos arcaicos. Nada le espantaba más que un salón lleno de jóvenes casaderas y matronas ávidas de riqueza y posición, considerándolas buitres sedientos de carroña. El cariño y la lealtad que sentía por Richard y, sobre todo, por Andrew habían quedado demostrados en incontables ocasiones, y por eso, además, había accedido a venir desde Londres a terreno hostil, como él lo llamaba.

Entre risas bobaliconas las jóvenes decidieron jugar a algo entretenido y, puesto que estaban en un huerto, se decantaron por jugar al juego de la manzana. Cada mujer debería elegir un hombre como pareja y debía llevar una manzana hasta la meta, sin tocarla ni con las manos ni con la boca. Los participantes se colocaban uno frente al otro, con las manos a la espalda, y sujetaban la manzana apretando sus frentes y avanzando lo más acompasados posible para que esta no cayera al suelo. Uno de los chicos se ofreció a controlar el tiempo que tardaba cada pareja en completar el recorrido y vigilar que nadie hiciera trampa. Era el típico juego pícaro que deleitaba a Elisabeth Sheldon, ya que, en cuanto la manzana empezaba a resbalarse de su lugar, los jóvenes comenzaban a acercarse en posturas imposibles para que la fruta no acabara en el suelo.

Marian pensaba elegir a Richard, pero Elisabeth se le adelantó. Ya que Andrew no estaba, al menos coquetearía con uno de los hermanos Greenwood. Por ello escogió a Robert con una sonrisa, como era de esperar. Caroline se fue directa hacia Sheperd, que había albergado la esperanza de pasar desapercibido y no verse en la tesitura de participar en un juego infantil, y con una reverencia teatral y pomposa se dirigió a escoger su manzana. Lanzó una mirada resignada de hombre condenado al patíbulo al pasar junto a Marian y ella le sonrió cómplice.

—Tranquilo, señor Sheperd, un poco de cándido entretenimiento no le dolerá.

—No estoy tan seguro de poder absorber tanta diversión. —Su sarcasmo llegó hasta los oídos de Caroline, que lo miró ceñuda mientras se colocaban en posición.

—No se haga el interesante, señor Sheperd. Prefería a lord Aldrich, pero ya estaba cogido.

El chico del reloj dio la orden de salida y comenzó la carrera, entre vítores y carcajadas.

A pesar de la diferencia de estatura entre ambos, y de que Thomas tuvo que ir en una posición bastante incómoda, consiguieron completar la mitad del recorrido, hasta que la manzana, rodando por la mejilla de Caroline, cayó al suelo.

Elisabeth y Richard los superaron llegando casi hasta la fuente, mientras Evie Pryce y Talbot apenas consiguieron avanzar unos pasos, presos de un ataque de risa.

—¡Caramba, creo que estamos perdiéndonos algo interesante! —La cantarina y alegre voz de Mel, que venía del brazo del conde de Hardwick, los hizo girarse hasta los escalones de piedra. Caroline se acercó para besarla en la mejilla y preguntarle por su salud, ya que los últimos días se había sentido indispuesta por su embarazo.

—Estoy mucho mejor, las náuseas han remitido. Y ya que mi marido se encuentra tratando la venta de unos caballos con algunos invitados, decidí abusar de la hospitalidad de mi primo y pedirle que me acompañara a dar un paseo.

Andrew sonrió amable aunque, cuando Elisabeth se acercó zalamera hasta él para saludarle, Marian percibió que su sonrisa no se reflejaba en su mirada.

—Vamos, seguid con el juego, no queremos interrumpir.

Otras dos parejas jugaron con desigual suerte y llegó el turno de Marian y Aldrich.

Se miraron y, al colocar la manzana, no pudieron evitar reírse con complicidad, aunque Marian notaba la rabia del conde llegando en oleadas cálidas hacia ellos. Andrew apretó la mandíbula con fuerza intentando mantener la expresión de su cara impasible, pero Thomas, que se había colocado junto a él cuando llegó, le dirigió una mirada sardónica, como si le leyera el pensamiento. Le resultaba inconcebible que Andrew se negara a reconocerse a sí mismo que los sentimientos que albergaba por Marian iban más allá que una simple atracción pasajera. No obstante, sabía que su testarudez y su afán por hacer siempre lo socialmente correcto lo cegaban.

—Se acoplan bastante bien —le susurró Sheperd con doble intención, ganándose una mirada furibunda que hubiera hecho temblar a cualquier hombre hecho y derecho.

Marian sentía la mirada reprobatoria de Andrew sobre su espalda como si fuera un puñal, tan intensamente que hubiera jurado que notaba su contacto. Avanzaron lentamente y la manzana se deslizó por la sien de Marian, a pesar de la presión de Robert, y acabó alojada en el hueco de su cuello mientras su compañero la sujetaba con la barbilla. Los presentes se rieron y los vitorearon para que no perdieran el ritmo. Menos Andrew, que, inconscientemente, apretó los puños sintiendo que le hervía la sangre al ver cómo la cara de Aldrich estaba casi enterrada en el cabello de Marian y su pecho se apoyaba descaradamente en el hombro femenino. Sintió un ramalazo de celos insoportable al desear ser él quien absorbiera en esos momentos la calidez de su cuerpo, la caricia hormigueante de su cabello y su aroma a violetas.

Marian se alejó lo suficiente para que la manzana cayera, incapaz de aguantar más la tensión que le provocaba sentirse observada, y Robert, demostrando unos extraordinarios reflejos, atrapó la fruta antes de que llegara al suelo.

Ella le sonrió y se disculpó, y Robert, con una encantadora sonrisa, limpió la fruta en su manga y le dio un mordisco.

—Alguien debería haberle explicado a lord Aldrich que no hay que comerse la fruta antes de llegar a la meta. —La voz prepotente de Andrew cortó el aire que lo separaba de la pareja.

El comentario, con un doble sentido más que evidente, hizo que a Thomas casi se le desencajara la mandíbula y que Richard, siempre dispuesto a aliviar las tensiones con una réplica mordaz, se quedara sin palabras. Por suerte, la mayoría seguían enfrascados en el juego y no le prestaron atención.

Marian lo miró furiosa por la desafortunada insinuación, máxime después de lo que había pasado entre ellos la noche anterior, pero él la ignoró. Era humillante.

Aldrich, lejos de amedrentarse, soltó una risa sarcástica.

—Conozco y respeto las reglas, Hardwick, aunque me inclino a pensar que quizá seas tú quien necesite un recordatorio al respecto. La duda es si conseguirás llegar a la meta.

Andrew, como un gallo de corral, se tensó con una mueca de asco en su cara, dispuesto a arrancarle toda su hermosa dentadura de un puñetazo. Lo hubiera hecho gustoso de no ser por la firme mano de Mel apretando su antebrazo, devolviéndole la cordura al instante.

—Andrew, querido. ¿Podrías acompañarme a la casa? Me siento cansada. —Su mirada encerraba una súplica para que se calmara y surtió efecto. Hardwick le tenía mucho afecto a su prima por su carácter afable y tranquilo, y no sería él quien la disgustara en su estado.

Richard le dio una palmadita en el hombro a lord Aldrich y le invitó a que le acompañara a tomarse una copa. El resto de los invitados siguió a lo suyo, ajenos a la tirante situación, y Marian decidió retirarse hasta que las ganas de cometer un asesinato se le pasaran.

Nadie se percató de que Caroline y Thomas no los seguían.

—Señor Sheperd, ¿podría acompañarme?

Thomas la miró extrañado por la petición, pero no quiso ser descortés y la siguió a través del camino de hierba que se perdía entre los frutales.

Caminaron en silencio durante un rato, entre los árboles que ya estaban perdiendo sus últimas hojas de color ocre. El sol estaba bajando y la luz ambarina arrancaba reflejos caoba al pelo de Caroline, que caminaba decidida y en silencio, unos pasos por delante de Thomas.

Partículas de polvo y pequeños insectos navegaban a través de los rayos oblicuos del sol y la maleza crujía a su paso. Thomas se paró y miró alrededor, percatándose de que, desde donde estaban, no se veía la casa, oculta por los distintos niveles de vegetación. Caroline se detuvo al ver que él ya no la seguía y se volvió a mirarlo. Realmente entendía que las mujeres de Londres sucumbieran a sus encantos, aunque no fuera su tipo. Era alto y delgado, sus brazos y su espalda bien musculados, por lo poco que se intuía bajo su impecable y elegante vestimenta. Tenía un andar grácil y seguro, felino, y se movía por el mundo como si estuviera encantado de ser quien era. Su cabello rubio y sus ojos azules deberían haber dulcificado sus rasgos afilados y sus pómulos marcados, pero su mirada pícara y astuta dejaba entrever que había poca dulzura en su carácter. Era sarcástico, insolente y poseía un sentido del humor muy peculiar que rayaba el cinismo, y siempre miraba a los demás, sobre todo a las mujeres, como si estuviera en posesión de un secreto que solo él conocía, una promesa de algo oculto y oscuro que resultaba muy atrayente.

—Lady Caroline, ambos sabemos que no es recomendable que esté en mi compañía a solas. ¿Por qué me ha arrastrado campo a través? ¿Qué quiere de mí que no pueda decirme en cualquier otro sitio? —preguntó sin andarse con rodeos. No le apetecía demasiado estar a solas, en mitad de ninguna parte, con una delicada flor en edad de comprometerse. Mucho menos si se trataba de Caroline Greenwood. Si surgiera un malentendido entre ellos, sus hermanos, primero, lo matarían y, después, le pedirían una explicación.

—Quiero que me bese. —La respuesta directa y tajante lo dejó desconcertado y aturdido a partes iguales.

—Es una broma, ¿verdad? —Su cara de estupor era un poema, mientras miraba alrededor temiendo que alguien pudiera sorprenderles.

—No lo es. He pensado que no le importaría. Necesito que alguien me bese y usted, dada su experiencia, es el candidato perfecto.

Thomas se pasó las manos por la cara, sin poder creerse el lío en el que estaba metiéndose. Según su experiencia, las jovencitas bellas y delicadas no eran inofensivas ni mucho menos. Tenían el extraño poder de manipular y complicar la vida a los incautos y serviles hombres que se atrevían a confiar en ellas, en especial si eran tan testarudas y bellas como Caroline Greenwood.

—Y en nombre de Cristo, ¿por qué razón «necesita» usted que alguien la bese tan desesperadamente como para arrastrarme a un lugar lleno de bichos, estiércol y plantas venenosas y pedírmelo tan sutilmente? Seguro que hay docenas de jóvenes en el pueblo que cumplirían sus deseos, desfallecidos de amor, sintiéndose honrados hasta la médula por su elección.

—Prefiero que sea usted —fue su escueta respuesta.

—¿Por qué? Yo no soy un hombre decente, le aconsejo que, cuando me vea, se aleje varios kilómetros de mí. Podría destrozar su reputación y su futuro sin despeinarme.

—Pero no lo hará. No se lo permitiré. Solo necesito que me bese y podrá continuar con su agradable estancia, persiguiendo viudas y esposas aburridas de su matrimonio.

—Ni hablar. Marchémonos de aquí. Vamos, usted primero. —Se apartó del camino para que ella iniciara la marcha de regreso, aunque ella no se movió.

Caroline suspiró impaciente como si la conversación la aburriera. Daba la impresión de que estaba ansiosa por cumplir el trámite, conseguir el beso y marcharse. ¿Acaso era una apuesta?

—Explíqueme a qué viene esta chaladura, *milady*, y puede que sea generoso y no le comente nada a sus hermanos.

Caroline sonrió sin inmutarse, sabiendo que no sería capaz de decir nada.

—Está bien, se lo contaré, pero si me promete que guardará el secreto. El caso es que estoy enamorada. No ponga esa cara de espanto, por amor de Dios, no estoy enamorada de usted. —El suspiro de alivio de Thomas fue audible en varios kilómetros a la redonda—. Tampoco es necesario que muestre tanto alivio, no tengo la peste.

—Al grano.

—Mi pretendiente, por así decirlo, es un hombre cabal, amable, generoso, sincero, respetuoso…

—Aburrido… —añadió Thomas con el mismo tono enamorado que estaba usando ella—. Sus hermanos no me han comentado nada de que tenga ningún pretendiente.

—Aún no lo saben. Él es muy prudente.

—Claro, cómo no. ¿Y dónde entro yo en todo esto? ¿Por qué no le pide a semejante dechado de virtudes que baje de su pedestal y la bese como Dios manda? Si es tan generoso, podría considerarlo como su buena obra de la semana.

Caroline sintió unos deseos casi incontrolables de mandarlo a freír espárragos, pero se contuvo hasta conseguir su objetivo.

—Nunca me han besado. Quiero saber lo que se siente. Quiero estar segura cuando él me bese de que es el hombre perfecto para mí. Pero si no tengo con quién comparar, nunca sabré si mi decisión es la correcta y he elegido al hombre adecuado. Solo es un beso, señor Sheperd, no será tan horrible para usted.

Thomas se acercó hasta que el espacio entre ellos fue casi inexistente. Deslizó el dorso de sus dedos por sus mejillas en una caricia sutil, que la hizo estremecerse. Sus ojos se veían suplicantes, a la espera de sus lecciones, y relucían con un brillo especial, azul verdoso a la luz cálida del atardecer. Nunca se había dado cuenta de que fuera tan bella.

—Caroline, cada beso es especial y diferente. Desperdiciar tu primer beso con un hombre que no te ama es un sacrilegio. Puede que mis besos hagan que te estremezcas de placer, puede que sea un portento de la sensualidad capaz de enloquecer a cualquier mujer y que mi estudiada técnica sea envidiada en los cinco continentes. —Caroline no pudo evitar soltar una pequeña carcajada nerviosa al ver la sonrisa burlona de Thomas—. Pero, hazme caso: besar por amor es lo más maravilloso del universo, es una comunión de dos almas perdidas que se encuentran por fin, materializadas en un cuerpo que te atrae sin remedio. Y aunque tu amado jamás me supere en técnica, sabrás que eres especial para él en cuanto te bese.

Ella se asombró al sentirse extrañamente acalorada por sus palabras, incapaz de apartar sus ojos de sus labios finos, pero bien definidos. Sheperd le sonrió, se separó de ella y le pellizcó la nariz de forma cariñosa.

—Y ahora, pequeña imprudente, larguémonos de aquí.

El discurso había sido maravilloso y Caroline estaba obnubilada escuchando su arrebatadora definición, hasta que le tocó la nariz como si estuviera convenciendo a una niña pequeña de que no podía repetir el postre. No la estaba tomando en serio.

Thomas se metió las manos en los bolsillos y se volvió para desandar el camino, esperando que ella tuviera el buen juicio de seguirlo.

La voz tranquila y segura de Caroline hizo que se parara en seco.

—Si no lo haces, le diré a Andrew que intentaste seducirme. —Thomas se volvió con una expresión dura e incrédula en el rostro, negando lentamente con la cabeza—. No te quepa duda de que me creerá, siempre se me ha dado bien fingir un ataque de nervios para conseguir lo que quiero. —Caroline compuso una sonrisa maléfica y acto seguido su rostro se encogió con una expresión de profundo dolor—. «Ha sido horrible, hermano. ¡Fue tan lascivo! Me propuso cosas que yo no sabía que existían…» —Fingió un llanto desolador y lleno de hipos entrecortados que le heló la sangre a Thomas para, acto seguido, sonreírle más fresca que una lechuga.

Era una maldita manipuladora con un rostro angelical. Y muy buena actriz, no cabía duda.

Ella no sería capaz de hacer nada tan deshonesto, pero eso Thomas no lo sabía, y era su último cartucho para conseguir su propósito de aprender a besar con alguien tan experimentado. Y surtió efecto. Thomas, maldiciendo por lo bajo, en solo dos zancadas, la alcanzó y la sujetó por el cabello, mientras la agarraba con la otra mano por el trasero, pegándola a su cuerpo con descaro. Caroline dio un pequeño grito asustada por haber tensado demasiado la cuerda y haber agotado la paciencia de un hombre tan peligroso y experimentado como Sheperd.

—¿Quieres que te enseñe lo que es la lascivia? Tú ganas, maldita arpía.

Thomas tomó su boca de manera implacable, casi despiadada, en un beso duro e intenso. Sin duda, el «hipotético futuro beso» de su novio le parecería una balada angelical comparada con aquello. Thomas era tan brusco que, al principio, la presión le hizo daño en sus tiernos e inexpertos labios, pero se sorprendió, sintiéndose fascinada por la sensación tan íntima de ser besada de esa manera. Sus labios experimentados abrieron su boca y la saborearon sin descanso, lamiendo cada recoveco hasta que ella se dejó llevar aturdida, y le correspondió con suaves movimientos de su lengua. Sheperd emitió algo parecido a un gruñido cuando ella deslizó sus dedos por su cuello para aproximarlo más a su cuerpo, y las manos masculinas comenzaron a vagar por sus nalgas, levantándola del suelo y apretándola contra el abultamiento de su erección. Ninguno de los dos sabría decir en qué momento el beso perdió la furia y la crudeza desbocada del principio, para convertirse en un intercambio sensual y adictivo, lento y pasional, que ninguno estaba dispuesto a interrumpir.

Caroline se sentía acalorada, con la piel ardiendo y las piernas perdiendo estabilidad por momentos, ajena a lo que los rodeaba. Thomas la apoyó contra la corteza lisa de un árbol sin dejar de besarla, incapaz de detenerse, recorriendo la curva de sus caderas y sus costados, con sutiles y hábiles movimientos. Las manos de Caroline se perdieron debajo de la tela de su chaleco, ansiosa de sentir la tibieza de la piel de su espalda a través de su camisa. La lengua de Thomas se deslizó con suaves movimientos sobre sus labios, en un baile erótico que continuó bajando por su barbilla y su garganta, trazando suaves círculos en las zonas más sensibles. Su boca entreabierta se paseó sobre su escote y de un tirón bajó su corpiño.

Jadeó sorprendida, ya que no sabía en qué momento Thomas había desabrochado los corchetes de su espalda. Aturdida, pero sin mucho convencimiento, comenzó a negar con la cabeza mientras él besaba la suave y blanca piel de sus pechos, por encima de su camisola. Casi gritó cuando atrapó uno de sus pezones y humedeció la tela que lo cubría con su boca para luego soplar de una manera tan erótica que Caroline se sonrojó hasta límites inconcebibles. Aquello no estaba bien, aquello estaba rematadamente mal. Caroline le apartó la cabeza y su aliento entrecortado apenas le permitió pedirle que se detuviera.

Con un brutal sentimiento de culpa la ayudó a recomponer su ropa, mientras ella, sorprendida por lo que acababa de experimentar, apenas era capaz de levantar la mirada del suelo. Se sentía como un maldito canalla, la había asustado, había sobrepasado cualquier límite de la decencia y la moralidad. Ni siquiera había recibido un beso antes, y él, en un estúpido alarde de hombría ante su chantaje, la había tratado peor que a cualquiera de sus experimentadas amantes, con un beso agresivo y cargado de lujuria.

Caroline respiró recuperando un poco la compostura y miró con aplomo a Thomas, que rezó para que su inexperiencia le hiciera ignorar el abultado volumen que se marcaba en sus pantalones. Le resultaba bastante violento sentirse así de excitado en presencia de una dama inocente, aunque, por su culpa, parte de aquella candidez se hubiera esfumado en cuestión de minutos.

—¿Estás bien?

—Sí, perfectamente. Gracias por su instructiva clase, señor Sheperd. —Dicho esto, enfiló el camino de vuelta a la mansión como si fuera la reina de Inglaterra regresando de un pícnic y no acabara de dejar a un libertino excitado y atolondrado en mitad del campo.

Si no fuera por el terrible cargo de conciencia que sentía por haber estado a punto de seducir a la hermana de sus dos mejores amigos, Thomas se hubiera reído con ganas de la situación.

Marian movía el tenedor en su plato de manera distraída. El pastel de caza relleno de faisán, aunque no era de sus favoritos, estaba exquisito, según todos los comensales. Pero el motivo de su falta de apetito era el peliagudo tema de conversación de los hombres que se sentaban a su mesa.

Durante las comidas, y más en presencia de los delicados oídos de las féminas, no era muy habitual que se trataran esos asuntos tan espinosos, pero al ser una cena informal se relajaban un poco las normas. Pero solo para los hombres, obviamente. Ellas tenían restringidos los temas de conversación al arte, la música o cualquier cosa superficial que no hiciera a sus cerebros pensar más de la cuenta. Lord Talbot, sentado frente a Marian, movía sus redondos carrillos coloreados por el vino y la opípara comida, opinando sobre las últimas revueltas de los trabajadores de las fábricas de Bristol que exigían mejoras laborales. Le parecía una aberración que pidieran un horario digno, un sueldo suficiente para vivir y unas condiciones de trabajo seguras. Los hombres sentados a su alrededor asentían con vehemencia ante sus afirmaciones, apuntando algunos datos sobre los últimos altercados en los que varios obreros habían fallecido. Según ellos, esos desagradecidos mordían la mano que les daba de comer.

Marian sentía bullir su sangre con cada injusta afirmación. Uno de los hombres, bajando un poco la voz para que desde la otra mesa no los oyeran, afirmó que las clases altas tenían a los enemigos entre los suyos, ya que muchos empresarios estaban mejorando las condiciones de trabajo y subiendo los salarios a unos niveles que hacían que, para el resto, mantener una fábrica fuera insostenible. Todos murmuraron y bufaron indignados. A Marian no se le escapó que se referían a Andrew y a Sheperd, ya que ellos intentaban llevar sus negocios de manera fructífera, pero sin pisotear los derechos de los trabajadores.

—Esa gentuza, siempre serán unos desagradecidos. Da igual lo que les pagues, siempre intentarán agarrarte por el pescuezo y exprimirte. —Talbot movió su gran bigote con un resoplido—. A los arrendatarios de mi finca siempre les trato bien. Incluso mi dulce Lucy les llevó una cesta en Navidad con algunos dulces y mantas. Este año parecía un ángel con su capa blanca y su cesta, ¿verdad, pequeña? —Lucy, sentada junto a Marian, suspiró y la miró con una sonrisa resignada mientras los hombres sonreían y murmuraban encantados ante la idílica imagen—. Y, aun así, a los pocos días, esos desgraciados siguieron presionando para sacarme hasta los ojos, pidiendo que reformara sus casas. Si eres bueno, te creen débil. Las clases bajas siempre serán así.

—Quizá sus arrendatarios consideren más útil tener un techo sin goteras, bajo el que criar a sus hijos, que una aparición angelical por Navidad.

La voz clara y segura de Marian se hizo oír en toda la mesa, provocando que los murmullos de los hombres se apagaran y que lord Talbot se quedara con el trozo de faisán a medio camino entre el plato y su mostacho.

—Bajo mi modesta opinión, dar un mendrugo de pan y una manta áspera puede aliviar bien o mal las penurias de un día, pero si se les proporciona la calidad de vida necesaria, podrán vivir con dignidad de su trabajo sin necesidad de mendigar ni exigir su generosidad —continuó Marian, intentando controlar la voz.

Talbot soltó el tenedor y su plato de porcelana chirrió, mientras la miraba como si de repente tuviera tres ojos en vez de dos.

—Usted no sabe nada, niña. No se meta en conversaciones de hombres —bufó, y se volvió hacia los demás, ignorándola deliberadamente—. Esa clase de gente necesita mano dura para no desmadrarse, si no los controláramos, esto sería la anarquía, ¡el desastre! —La voz de Talbot sonó demasiado alta y atrajo la atención de Hardwick, que presidía la otra mesa.

Andrew intuyó que algo no iba bien, conocía esa expresión testaruda de Marian, con los ojos fijos y la barbilla altiva, y esperaba que no se hubiera metido en ningún aprieto. Gertrude, sentada a unos asientos de distancia de Talbot, carraspeó llamando la atención de su nieta y le indicó con su expresión que dejara el tema.

Marian asintió casi imperceptiblemente para tranquilizarla. Lord Talbot cabeceó y la miró como si ella fuera insignificante y continuó hablando para el resto de la mesa, que súbitamente había enmudecido, salvo por alguna tosecilla nerviosa.

—Deberían estar agradecidos por dejarlos trabajar en nuestras tierras y en nuestros negocios, comiendo gracias a lo que por nacimiento nos pertenece. Por sí solos, no serían capaces de comer ni aunque el pan les golpeara la cara.

—Aristóteles dijo: «Es evidente que algunos hombres son, por naturaleza, libres y, otros, esclavos, y, para estos, la esclavitud es adecuada y conveniente». La justificación ideológica para ello era que las cualidades inferiores de los esclavos les hacían «aptos» para la esclavitud. Y además procuraban convencerlos de que era irrefutable, cosa terriblemente absurda y sin ninguna base, además de injusta. Me gustaría pensar que hemos avanzado un poco en ese aspecto durante los últimos siglos, *milord*. —Marian no se amilanó ante la actitud altiva del hombre.

Los ojos de lord Talbot parecían salírsele de las órbitas, su calva se había puesto igual de roja que su cara y su barbilla temblaba de pura indignación.

—¿Cómo se atreve?

Por suerte, los lacayos acudieron a retirar los platos y los caballeros iniciaron una conversación sobre la pesca de la anguila, intentando que la sangre no llegara al río. La tensión podía cortarse con un cuchillo, y Marian era consciente de que no debía haber entrado en la discusión y, mucho menos, haber dejado en evidencia a uno de los pares más influyentes del reino delante del resto de los invitados. Lucy Talbot la sorprendió posando su mano sobre su brazo de manera amigable transmitiéndole tranquilidad.

—Hace tiempo que descubrí que no merece la pena discutir con él ni con ninguno de los de su círculo. Jamás nos escucharán y solo conseguiremos gastar energía. —Un lacayo colocó un fabuloso postre cubierto de crema y frutas escarchadas en sus platos—. No permita que le fastidie la comida.

Marian le sonrió sorprendida y cogió su cuchara para dar cuenta del postre, intentando ignorar los cuchicheos disimulados y las miradas de censura que se clavaban en ella desde cualquier parte de la mesa.

Por suerte, Lucy no se separó de ella durante el resto de la noche, demostrándole al resto que el incidente no había tenido importancia. Marian no imaginaba que la chica, aparentemente tan falta de carácter, desafiara así a su padre posicionándose, claramente, a ojos de los que habían presenciado el altercado de parte de Marian.

—Te noto un poco tenso. —Andrew le pasó una copa de brandy a Thomas mientras obsevaba el salón donde los invitados conversaban animadamente, y sin apartar la vista del grupo donde lord Talbot hablaba airadamente, gesticulando con un puro en la mano—. ¿Estás cómodo en tu alojamiento? Si necesitas algo solo tienes que decirlo.

Thomas se había alojado en la casa de invitados, junto con otros solteros que preferían la privacidad de la «casita», donde podían trasnochar, jugar a las cartas o beber con mayor tranquilidad.

La casita, como la familia la llamaba, era un edificio de piedra gris de una sola planta situada a medio camino entre el lago y la mansión principal, con seis habitaciones y una cocina. El encanto principal era un salón con una gran chimenea de piedra blanca y las paredes revestidas de paneles de madera y tapices, además de una gran mesa rústica con doce sillas. Las paredes estaban cubiertas de estanterías con numerosos libros. La casa estaba bien surtida de licores y bebidas para los invitados que decidían alojarse allí. El salón era grande y, sin embargo, resultaba muy acogedor.

Thomas miró de soslayo a Caroline que charlaba animadamente con un grupo al otro lado de la habitación, ajena totalmente a su presencia.

—Es perfecto. En realidad no podría estar más cómodo. —Le sonrió y le dio una palmada en el brazo—. La «casita», como tú la llamas, es mucho más cómoda que mi casa de Londres, maldición.

—Mientes, tu casa de Londres es lo más absurdamente lujoso que he visto jamás. ¿En serio no hay nada que te preocupe?

—Estoy bien. Es tanto tul, seda de color pastel y tocados de plumas. Me dan escalofríos. Estoy empezando a pensar que soy alérgico.

Thomas y él comenzaron a pasear por el salón y Andrew, mientras su amigo continuó su marcha para conversar con unos conocidos, se acercó disimuladamente hasta Talbot para enterarse de por qué hablaba tan acaloradamente.

—Oh, miren, está aquí el anfitrión. A ver qué piensa lord Hardwick —dijo uno de los hombres provocando que Talbot, que estaba de espaldas, diera un respingo.

—¿Qué asunto les preocupa, señores?

—*Milord,* no quería hacerlo partícipe de tan desagradable episodio. —Los cachetes de Talbot se tiñeron de rojo. De todos era sabido que la señorita Miller había pasado más tiempo en Greenwood Hall que en su propia casa, y temía que el conde le tuviera cierto aprecio. Aunque por lo que comentaban en los corrillos, la relación entre ellos era bastante tirante.

—Preferiría que me confiara cuál ha sido el problema, lord Talbot. Quizás haya algo que yo pueda hacer.

—Dudo que haya algo que ni usted ni nadie pueda hacer con esa... —Talbot pareció morderse la lengua para retener un insulto. Andrew permaneció impasible a la espera de que Talbot hablara—. ¡La señorita Miller ha tenido la desfachatez de compararme con un esclavista! ¡A mí!

—Bueno, la señorita Miller no ha dicho eso exactamente, Talbot. —Uno de los hombres carraspeó y, con un hilo de voz, hizo una vaga defensa de la joven.

El aludido se volvió como si fuera un perro de presa al que le hubieran tirado del rabo, a punto de echar espuma por la boca.

Andrew se tensó instantáneamente al comprobar que sus sospechas eran ciertas y Marian había provocado alguna de las suyas.

—Disculpe mi atrevimiento, Hardwick. Entiendo que por la situación tan trágica que la joven vivió con sus padres, Dios sabrá por qué se los llevó tan pronto, su familia y usted se hayan visto moralmente obligados a aceptar a esa mujer en su casa, por lástima. —Andrew permanecía impasible con la mirada gélida y nadie parecía ser consciente de la peligrosa tensión de su cuello y el músculo que latía intermitentemente en su mandíbula. Que alguien pensara que su familia la había acogido por pena lo indignaba y lo enfurecía. Las señales de peligro eran bastante claras, pero Talbot, tan enfrascado en su discurso, las ignoraba.

»Su desfachatez no conoce límites, su indecencia es intolerable, me ha insultado como si tuviera que justificarme por mi caridad. ¡A mí, un par del reino! Habla de igualdad y de derechos, cuando no sabe ni hacer la «o» con un canuto. —Conociendo a Marian, Andrew ya se había hecho una idea sobre lo que podía haber versado la conversación. Talbot, al ver que Andrew no abría la boca, confundió su silencio con aprobación cuando era todo lo contrario, y subió el tono de las acusaciones, atrayendo la atención de los caballeros que conversaban a su alrededor—. Sus ideas son revolucionarias, qué digo… ¡Es una reaccionaria! Sus invitados no deberían mezclarse con semejante clase de gente. Su sola presencia me ofende y me resulta tan molesta como una urticaria —concluyó con la respiración agitada.

Andrew dio un paso hacia delante, sin ser consciente de la multitud de ojos que lo miraban esperando su reacción. Si Talbot fuera más joven, lo hubiera cogido de la solapa y lo hubiera estampado contra la pared más cercana. Sentía su sangre encolerizada bullir en sus oídos, pero consiguió que la expresión de su cara continuara siendo una máscara de fría piedra. Su sonrisa carente de humor fue como una grieta en un lago helado.

—Me hago cargo de su desazón, lord Talbot. Como buen anfitrión, mi obligación y mi deseo es que la gente que alojo en mi casa se sienta tan cómoda como en la suya propia. Nada más lejos de mi intención que mantener bajo mi techo situaciones tensas que puedan empañar la estancia del resto de los invitados. Sería imperdonable por mi parte que me mantuviera ajeno a cualquier conflicto. —Talbot enganchó los pulgares en los bolsillos de su chaleco e hinchó el pecho con orgullo, creyéndose vencedor de la batalla—. Por eso, *milord,* dada su manifiesta incomodidad, no le guardaré ningún rencor si, ante la imposibilidad de tolerar la presencia de la señorita Miller, usted decide abandonar mi casa antes de que terminen los festejos. Puedo tener su marcha preparada mañana a primera hora.

Talbot palideció y se quedó sin resuello, mientras los murmullos se extendían a su alrededor como si se tratase de una ola. Andrew no varió su expresión un ápice, desafiando a Talbot. Su cuerpo rígido y a la defensiva era un témpano de hielo y la expresión de su cara insondable.

Más tarde, en la soledad de su dormitorio, se maldeciría mil veces a sí mismo por semejante desafío, por haber ofendido y echado de su casa a uno de los hombres más influyentes de Inglaterra. Pero, aquí y ahora, lo único que le importaba era la náusea y el frío que había provocado en sus entrañas el insulto hacia Marian y su necesidad incontenible de defenderla. Alguien apoyó una mano sobre su hombro y sobre el de Talbot, que parecía que iba a colapsar en cualquier momento, incapaz de reaccionar de manera digna ante lo que acababa de escuchar.

—Andrew. —La voz tranquila de Aldrich lo hizo volver a la realidad. Robert andaba cerca y escuchar el nombre de Marian lo había hecho acercarse al grupo. Al ver la mirada agresiva del conde, que él tan bien conocía, decidió intervenir—. Estoy seguro de que lord Talbot se ha equivocado al elegir las palabras. Alguien de su categoría no caería conscientemente en semejante insulto hacia una muchacha de buena familia y a la que tanto los Greenwood como mi propia familia tenemos en gran estima. —El hombre tragó saliva, pensando en la humillación que supondría ser expulsado de la casa y tener que marcharse por la puerta de atrás con el rabo entre las piernas. Sería la comidilla de todas las reuniones y el hazmerreír de Londres.

»Estoy seguro, Talbot, de que, como caballero que es, asumirá su error con hombría y pedirá perdón al anfitrión y a la señorita Miller. —Lord Aldrich miró a Andrew y este le agradeció su mediación con la mirada y una ligera inclinación de la cabeza.

Talbot se disculpó de manera escueta, terriblemente avergonzado, pues todos los caballeros de alrededor lo miraban, y se aferró a la baza que Aldrich le había proporcionado aludiendo a un terrible error a la hora de elegir las palabras.

A Andrew aquello no le convenció demasiado, ya que no le valía de nada que todo se quedara en un problema léxico, pero prefirió no seguir ahondando en la polémica y aceptó la mano que Talbot, tembloroso de la rabia, le tendió. Estrechó la mano de Aldrich en agradecimiento por haber apagado aquel incendio, firmando una tregua momentánea, y preguntándose cuándo sería la próxima batalla entre ellos.

30

A los cinco minutos del incidente, todo habitante de Greenwood Hall, incluyendo el servicio, estaba al tanto del pintoresco gesto de lord Hardwick hacia el Demonio Miller. Su posicionamiento a favor de la muchacha, y su osadía y aplomo parándole los pies a lord Talbot, lo convirtieron en un héroe para unos y en un posible tonto enamorado para otros. La última en enterarse, como siempre en estos casos, fue la aludida. Marian había saltado de la cama cuando Carol entró en tromba en la habitación para interrogarla y compartir con ella todos los jugosos detalles. Se pasaba el cepillo por el cabello con tanto brío que Caroline pensaba que se quedaría calva.

—No puedo creer que tuvieras los arrestos para decirle eso a esa momia anticuada. ¡Bien por ti! —Se rio Caroline tumbada en la cama, apoyada sobre sus codos y observando los gestos nerviosos de su amiga.

Marian se tapó los ojos con las palmas de las manos y gruñó.

—No me lo recuerdes. Sé que debí callarme, pero ya sabes cómo soy. Dios mío, estaba preparada para una reprimenda, pero no para esto.

—Bueno, creo que esto es infinitamente más interesante. —Caro la miró, levantando las cejas con aire travieso.

Marian se puso un vestido de día de color malva y se sujetó el cabello de manera sencilla con dos horquillas. Se alisó la tela de la falda con manos nerviosas, como si así pudiera deshacerse de su ansiedad.

—¿Interesante? Cómo se le ocurre echar a lord Talbot, soy yo la que debería irse. Dios mío, ahora seré la comidilla de toda esa gente. Gracias a Dios que quedan pocos días para que esto termine. —Marian gimió frustrada solo de pensar en ser el centro de atención, le estaba bien empleado por bocazas—. ¡En qué demonios estaba pensando Andrew!

—No sé, dímelo tú. —Caro se sentó en la cama y la miró con una sonrisa socarrona. Marian se sonrojó y se dedicó a recoger su ropa de cama y a colocar y descolocar de manera repetitiva los objetos de su tocador—. Marian, ¿tú y Andrew...?

Marian cerró los ojos con fuerza y soltó el cepillo que había cogido por enésima vez.

—Andrew y yo nada, Caro.

—¿Seguro? Siempre he pensado que entre vosotros había una relación extraña, una antipatía fuera de lugar, pero últimamente parecéis vibrar cuando estáis juntos. Y que mi hermano, siempre tan prudente, haya perdido los papeles de esa forma... —Marian la detuvo, levantando la mano.

—No saques las cosas de contexto. No entiendo por qué ha actuado así, pero te juro que lo voy a averiguar ahora mismo.

Marian salió como una exhalación de su habitación, y Caroline movió la cabeza sonriendo. Ojalá que sus sospechas sobre esos dos testarudos fueran ciertas.

Andrew se había reunido con su mano derecha Jack, para tratar algunos asuntos sobre unos antiguos trabajadores que estaban causando problemas en la fábrica. Con la crispación social de los últimos meses, tanto Andrew como Thomas intentaban estar bien informados, ya que entre los trabajadores a veces se infiltraban personas problemáticas que aprovechaban las revueltas para sus propios intereses delictivos.

El airado golpe en la puerta les hizo levantar la vista de los papeles. La puerta se abrió de golpe y la beligerante melena pelirroja apareció ante ellos, antes de que Andrew tuviera tiempo de darle permiso para entrar. Esperaba encontrarlo solo, pero, a pesar de la presencia del otro hombre, Marian no se amilanó.

—Buenos días, señor Jack. —Marian avanzó dos pasos sin esperar a ser invitada y Jack le hizo una pequeña reverencia a modo de saludo, sonriendo ante el descaro de la chica.

—Buenos días a usted también, señorita Miller. —El saludo sarcástico y burlón de Andrew la hizo mirarlo con los ojos entrecerrados—. Pero pase, por favor, no se quede en el pasillo. Que el hecho de estar reunido en MI despacho, con la puerta CERRADA, no le impida entrar aquí si eso es lo que le apetece.

—Necesito tratar un tema con usted. —Ignoró su sarcasmo, plantándose delante de su mesa.

—Pues miraré mi agenda de actividades y veré cuándo puedo hacerle un hueco. —Marian puso los ojos en blanco y resopló.

—Le sugiero que entre «coquetear con las hijas casaderas de mis invitados» y «echar a nobles de alcurnia de mi propiedad» puede que disponga de cinco minutos libres para mí.

Jack, sentado de manera informal sobre el lateral de la mesa, no pudo evitar soltar una carcajada.

—Vete. —La escueta y seca orden hizo que Jack saltara como un resorte y abandonara la habitación con sus habituales andares de fanfarrón, no sin antes guiñarle un ojo a la pelirroja.

Le resultaba tremendamente divertido ver cómo aquella mujer era capaz de desestabilizar a su jefe, sin importarle un bledo su título ni su autoridad ni su imponente presencia.

Cuando Jack salió y cerró la puerta, Andrew colocó de manera desesperadamente lenta sus informes correctamente ordenados, un papel sobre otro, con deliberada parsimonia, y los guardó en un cajón mientras Marian lo miraba mordiéndose la lengua para no meterle prisa.

—Creí que habíamos acordado que no habría más encuentros.

—Esto es distinto. No estoy en camisón. Ni pienso besarle. —Él levantó la cabeza de lo que estaba haciendo e instintivamente le miró los labios.

Andrew se levantó y rodeó la mesa colocándose frente a Marian, más cerca de lo necesario, intentando amedrentarla con su estatura.

—Supongo que el motivo de su visita es el incidente de ayer con Talbot. —Marian asintió—. Bien, acepto sus disculpas. ¿Algo más?

—¡Sí! Mucho más. ¿En qué demonios estaba pensando para actuar de esa manera con lord Talbot? ¿Sabe en qué posición me ha dejado con respecto al resto de invitados?

—¿Insinúas que la culpa es mía? ¡¿Acaso has pensado en qué posición me dejabas tú a mí discutiendo con uno de los pares más importantes del reino en mi mesa?! —alzó la voz, indignado.

—Yo no discutí con él, ¡me limité a expresar mi opinión! —contestó con el mismo tono elevado.

—¡Una opinión que nadie te pidió! Estoy informado de la conversación, no te molestes en contármela de nuevo —la cortó al ver que se disponía a rebatirle—. ¿Te pidió perdón?

—Sí, anoche. Pero hasta esta mañana yo no sabía por qué lo había hecho. El pobre hombre se acercó a disculparse vehementemente. Su reverencia fue tan profunda y sentida que pensé que iba a limpiar el suelo con su mostacho.

Andrew no pudo evitar que se le escapara una risa.

Marian se sintió azorada por el gesto tan poco habitual, sin poder evitar que su mirada se clavase en el pequeño hoyuelo que se le formaba en la mejilla izquierda cuando reía. Desvió la mirada y pasó los dedos por el filo liso de la mesa, marcando su contorno, intentando no mostrarse afectada por su cercanía. Andrew siguió el movimiento errático de sus dedos y por un momento perdió el hilo de sus pensamientos.

Marian suspiró y lo miró a los ojos.

—No soy una damisela en apuros a la que tenga la obligación de proteger —continuó con un tono más sosegado—. Soy responsable de mis opiniones y las expresaré cuando me parezca oportuno. No quiero cargar con la responsabilidad de que ni usted ni nadie cometan una insensatez por mi causa. Con su actitud de ayer podría haberse ganado un enemigo bastante influyente. Y lo peor es que ahora seré el centro de cada conversación, de cada crítica. «El pobre conde de Hardwick se ha visto obligado a defender al Demonio Miller ante su actitud insolente.» Y todo por una simple e inocente opinión.

—Comparar la disertación de Talbot con el esclavismo, aunque fuera veladamente, no tiene nada de inocente.

—Pero...

—Pero ¡nada! ¿Crees que a esos carcamales les importa un bledo tu opinión? Solo les importa la que más convenga a sus intereses. ¿Piensas que por un segundo se plantearon escuchar tu comentario, por lógico y sensato que resultara? Perdiste el tiempo y la compostura y no puedes volver a permitir que eso suceda. Me colocaste en una situación comprometida, puesto que soy el responsable de lo que pase bajo mi techo.

Marian iba encendiéndose por momentos y Andrew podía notarlo en el brillo volcánico de sus ojos y en sus labios, que se apretaban queriendo contener el torrente de palabras que se agolpaba en su garganta.

—No es justo —musitó, conteniendo su ira.

—La vida, por norma general, no lo es. ¿Acaso piensas que yo no me encuentro en situaciones así a diario? Gente mediocre con opiniones mediocres, personas ruines con ínfulas de superioridad, imbéciles deseosos de destacar. He aprendido que exponerte a ser vilipendiado por salirte siempre con la tuya puede no ser tan buena idea como tú crees.

—Lo siento, pero yo no sé fingir.

—No se trata de fingir, se trata de autocontrol, mesura y disciplina. Deberías intentar practicarlo, nos causarías menos problemas a todos. Sería una auténtica bendición.

Marian abrió la boca indignada.

—Si espera que me convierta en un ser frío e insensible como usted, puede esperar sentado. Me gusta pensar que tengo sangre en las venas, y que mis respuestas viscerales se deben básicamente a que estoy viva.

—Frío e insensible. ¿Eso te parezco?

Andrew se acercó más a ella haciéndola retroceder hasta que la pesada mesa de escritorio le impidió continuar. Aunque el despacho era enorme, para ella su espacio vital se redujo a la envergadura del cuerpo del conde que le impedía moverse, a pesar de que no la rozaba siquiera.

—Te contaré un secreto. Yo también soy humano. Y estoy vivo. Y siento con intensidad, quizá demasiada. —Andrew hablaba muy lentamente, bajando el tono progresivamente como si de verdad estuviera haciéndola partícipe de algo muy privado—. También, igual que tú, aspiro a salirme siempre con la mía, a llevar la razón y, por encima de todo, a cumplir todos y cada uno de mis deseos, por inconfesables y blasfemos que resulten. Pero la diferencia entre tú y yo es que yo soy fuerte y no permito que mis pulsiones más bajas me dominen. Procuro dejarlas guardadas bajo llave, Marian.

Ella tragó saliva sin dejar de mirar los labios de Andrew.

—¿Quieres decir que has creado una coraza para ocultar lo que verdaderamente sientes y piensas? ¿Lo que eres? ¿Crees que dominar y apagar esa parte de ti te hará más feliz?

Cuando discutían, Marian se olvidaba de cualquier formalismo y pasaba a tutearlo sin ningún miramiento.

La pregunta lo dejó descolocado por unos instantes. Era demasiado profunda, demasiado importante, demasiado vital para contestarla a la ligera. La respuesta podía ser una declaración abrumadora y brutal para la que él aún no se había preparado.

—¿Crees que no dominarla lo haría? ¿Hacer lo que quiero en cada momento? ¿Tener una respuesta impetuosa ante cada situación?

Andrew la sorprendió sujetándola por las muñecas. En un movimiento rápido la giró y la colocó de espaldas a él, con las palmas de las manos apoyadas sobre la lisa superficie de madera oscura. Su única respuesta fue un jadeo ahogado.

—Hardwick, por favor…

—No, Marian. Voy a demostrarte que yo también estoy vivo. Voy a relatarte lo que pasaría si abriera la puerta a mis deseos, si levantara las barreras que contienen mis demonios. Shhh… No te muevas.

Las manos grandes y bronceadas de Andrew se apoyaron junto a las de Marian, muy cerca, pero sin llegar al contacto, una a cada lado de su cuerpo. Ella notaba la superficie dura del borde de la mesa clavada en la parte delantera de sus muslos y el cuerpo de Andrew cerniéndose sobre ella, convirtiéndose en una cárcel de la que no se veía con fuerzas de escapar. Notaba la profunda respiración de él pegada a su nuca, sus fuertes piernas niveladas con las suyas. Si pretendía torturarla, había elegido un método muy eficaz.

Él no la tocaba, ninguna parte de su cuerpo rozaba el cuerpo femenino, pero su calor y su fuerza eran sobrecogedores y mucho más potentes que cualquier caricia. La boca de Andrew se acercó a su oído, con una voz susurrante y ronca, que provocó, para su vergüenza, que su entrepierna se humedeciera casi al instante.

—¿Sabes lo primero que haría? Te subiría estas absurdas capas y capas de tela de tu falda hasta la cintura, hasta que la piel suave y tersa de tu trasero quedara al descubierto. Te daría un par de azotes por desafiarme…

—Si haces eso, te mato. —Andrew soltó una carcajada ronca que a Marian le resultó terriblemente erótica.

—Que sean cuatro, entonces. No te haría daño, pequeño demonio. Solo un cosquilleo que aliviaría inmediatamente pasando mi lengua por toda tu redondez, acariciándote con mis manos y mi boca. —Andrew presionó una de sus rodillas entre los muslos de Marian haciendo que abriera las piernas. Aunque su ropa no se había movido de su sitio, sintió como si realmente el aire frío de la habitación la acariciara en sus muslos y su entrepierna—.

Así, muy bien. Te abriría para mí. Hasta que tu sexo estuviera excitado, húmedo por el deseo, palpitante, rogándome por una caricia.

Marian sentía su sangre agolparse en los oídos, su respiración agitada y desacompasada. Jamás pensó que pudiera ser tan vulnerable, que pudiera llegar a desearlo de manera tan frenética, tan devastadora, solo por unas pocas palabras.

—Me pondría de rodillas para lamer tu sexo a conciencia. Pasaría mi lengua entre tus rizos, chuparía cada pliegue hinchado por el deseo, cada rincón, saborearía tu esencia y entraría con mi lengua dentro de ti, sin descanso, hasta que notara los espasmos de placer sacudiéndote hasta el alma.

Marian intentó incorporarse empujando la superficie de la mesa con las manos, no obstante, la fuerte barrera del pecho de Andrew se lo impidió, lo que fue aún peor. Su cabeza no entendía del todo lo que él le relataba, pero lo que no dejaba lugar a dudas era que todo su ser estaba febril. Cada centímetro de piel exigía una caricia que la calmara, y la ansiedad hacía que el aire se atascara en su garganta. Lo único que podía hacer era permanecer entre la cárcel de sus brazos, rogando para que se apiadara de ella.

—Después volvería a ponerme de pie detrás de ti, como ahora. Te penetraría con mis dedos, primero uno, luego dos, hasta que tus calientes y apretadas paredes se dilataran y me acogieran. Deslizaría mi verga contra tus nalgas, rozándola contra ellas, para que notaras cuánto me excita darte placer, porque no dudes, Marian, que me excita hacerlo.

Ella se tensó ante el lenguaje vulgar, un movimiento casi imperceptible que, a pesar de toda la ropa que se interponía entre ellos, Andrew notó. No pudo evitar sonreír con un poco de maldad, al fin y al cabo, su intención era escandalizarla.

—Suéltame, por favor. —El sollozo hubiera sido lastimero si no hubiese estado tan cargado de excitación, y el pulso de Andrew se disparó todavía más.

—Aún no. —Ella gimió cuando, sin poder contenerse más, la lengua de Andrew se deslizó por el contorno de su oreja, para después enterrar la cara en su cuello y aspirar su olor—. ¿Intuyes lo que viene después, mi amor? —Marian se mordió el labio, aquellas simples palabras habían hecho algo más que excitar su cuerpo. El estómago le dio un vuelco y su corazón se exprimió con el anhelo de algo inalcanzable.

»Te reclinaría un poco más, hasta que tu mejilla y tus pechos se aplastaran sobre la dura madera de mi escritorio. —Andrew presionó con suavidad, pero sin vacilar, la espalda de Marian hasta que ella adoptó esa posición—. Extendería tu cabello y enredaría mis manos en él. Así, en mis largas noches en soledad, trabajando sobre esta mesa, tu recuerdo sería mi compañía. Podría pasar las palmas de mis manos sobre la fría madera y sentir la huella de tu cuerpo. A continuación, separaría más tus piernas para observarte a placer y, entonces, te follaría. Una y otra vez, hasta que tuvieras un orgasmo tras otro, hasta que dijeras mi nombre mil veces entre jadeos, hasta que me reclamaras como tuyo. Hasta correrme dentro de ti, exhausto y satisfecho, sin importarme un cuerno lo que pasase con el resto del mundo. —Durante unos instantes se hizo el silencio, solo interrumpido por sus agitadas respiraciones. Andrew se apartó lo justo para que Marian se diera la vuelta—. El mundo sería un lugar caótico si no existiera el dominio de uno mismo. ¿No te parece?

Ella, en un gesto instintivo, acercó su cara para besarle y él dio un paso atrás evitando el contacto. Si la dejaba tocarlo, sería incapaz de contenerse y acabaría con una demostración práctica del asunto.

—Contrólate, Marian. —Su voz intentaba ser fría, aunque un temblor casi imperceptible indicaba que su famoso autocontrol no era un acto que, de tan interiorizado, surgiera de manera espontánea como él quería hacerle creer, sino más bien un esfuerzo titánico. Sus ojos se veían oscuros y brillantes y su boca estaba apretada en una línea tensa.

¿Control? Maldita sea, a ella le estorbaba la ropa que llevaba y quería tirar de ella hasta reventar las costuras y que le demostrara todas aquellas cosas obscenas que le acababa de describir. Y él pretendía hablarle de control.

—¿También emplea esa férrea disciplina cuando pasea con Elisabeth Sheldon bajo la luz de la luna? —Marian deseó haberse mordido la lengua y no haber tenido ese estúpido alarde de celos, fundados o no. Quizá, después de todo, le vendría bien controlarse. Andrew enarcó las cejas, sorprendido. En esos momentos de aturdimiento y deseo apabullante, tuvo que hacer un esfuerzo para encontrar en su mente una cara a la que asociar ese fastidioso nombre—. No se haga el loco, sé que la besó. Y no es que me importe…

Esa chica consentida les había ido con el cuento a todas sus amigas y quién sabe si, incluso, a su madre. Después de muchos devaneos e intentos fallidos, en los que Andrew capeó la situación con el mayor tacto posible, durante uno de los paseos, la chica, con su delicadeza habitual, había sufrido un traspié. Otro más. Andrew la había sujetado levemente por la cintura para evitar que, con su teatrillo, la chica se hiciera daño y ella aprovechó para echarle los brazos al cuello y posar su boca sobre la suya. Le había devuelto el beso, aunque sin mucho afán, ya que no deseaba a esa mujer ni con un solo átomo de su cuerpo.

—Si no fuera un caballero, podría recordarte que tú hiciste lo mismo con tu querido amigo Robert.

Marian puso los brazos en jarras dispuesta a defenderse cuando unos golpes suaves llamaron a la puerta.

—Adelante. —Andrew procedió a sentarse antes de que esta se abriera y apareciera la cara de Jack—. Puedes pasar, Jack, la señorita ya se iba.

Marian lo miró con los ojos entrecerrados por la forma tan sutil de echarla.

—Señorita Miller, una cosa más. —Marian se volvió antes de llegar a la salida—. Por si no se ha fijado, la forma de actuar de Jack es el procedimiento correcto. Llamar. Esperar. Entrar. Si quiere, puedo dejarle un papel para que lo apunte.

La mirada sarcástica y burlona de Andrew le hubiera resultado terriblemente atractiva si la chanza no hubiera ido dirigida a ella.

—Lo recordaré, gracias —imitó su tono y realizó una reverencia tan teatral y exagerada que, a pesar del discreto corte de su vestido, les ofreció una generosa vista de su escote—. Tan instructivo como siempre, *milord*.

—Ha sido un placer.

—No lo dudo —sentenció Marian mientras cerraba la puerta.

—¡Demonio! Esa maldita manía suya de decir siempre la última palabra me saca de quicio. —Miró a Jack como si acabara de descubrir que estaba allí—. ¿Y a ti qué te pasa? ¿A qué viene tanta prisa? Sabes que no me gusta que me molesten cuando estoy reunido. —Andrew abrió el cajón y volvió a sacar los informes que tenían entre manos.

—Bueno, ya sabes que yo no soy un remilgado, pero, después de lo que pasó anoche, no sería muy conveniente que os descubrieran hablando a solas en tu despacho, a no ser que…

—Las noticias vuelan.

—Mientras desayunaba en la cocina, las criadas no hablaban de otra cosa. Eres algo así como un príncipe heroico.

—Tienes razón, debería haber sido más cauto. No ha sido adecuado hablar aquí —le cortó, y, reclinándose en su sillón, se pasó las manos por el pelo.

—Sí. Además de por vuestra reputación, estaba preocupado por la integridad física de alguien.

Andrew resopló.

—Créeme, si alguien estaba en peligro en esta habitación era yo, ella me atacaría sin piedad solo por llevarle la contraria.

—Me he expresado mal, me refería a ti, es obvio que para ella no eres más peligroso que un tierno corderito.

Solo su gran habilidad hizo que Jack, entre estruendosas carcajadas, esquivara el grueso libro que el conde de Hardwick le lanzó a la cabeza.

31

La cena ligera se había servido antes de la hora habitual para que todo el mundo pudiera disfrutar de la velada musical. En el gran salón se habían dispuesto las sillas frente a una tarima de madera donde varios instrumentos, incluido un piano, esperaban ser usados. Los niños, a los que se les había permitido la asistencia, pululaban por medio de las sillas entre risas, ante la atenta y censuradora mirada de las señoras más mayores que, entre susurros, lamentaban su incómoda presencia. Aunque bien sabía Dios que, en cuanto la música empezara, los niños con toda seguridad asistirían atentos al espectáculo mientras que ellas continuarían con su cháchara en busca de fallos en la partitura, en el atuendo de alguna de las invitadas o cualquier otra cosa que se les ocurriera.

Los invitados paseaban por el salón bebiendo licor o charlando tranquilamente. Andrew conversaba con unos y con otros, pero su estado distaba mucho de la tranquilidad. Sheldon, harto de esperar a que se decidiera a cortejar a su hija y viendo que la fiesta campestre estaba próxima a finalizar, había decidido pasar a la acción. Solicitó a Andrew una cita a la mañana siguiente, según palabras textuales para «tratar asuntos que, sin duda, serán fructíferos y provechosos para ambos bandos». Como si se tratara de una guerra. Aunque el conde de Hardwick se sentía exactamente así, como si fuera el abanderado de una contienda de la que no quería formar parte. Los Sheldon estaban usando toda su artillería para conseguir el objetivo de ver a su hija convertida en condesa y habían encontrado en Eleonora una inesperada aliada.

La señora Sheldon había conseguido que Eleonora viera a Elisabeth como la candidata perfecta, y le había dado a su hijo una charla esa misma tarde al respecto. Andrew había escuchado pacientemente los argumentos racionales y detallados de su progenitora, sin poner ninguna objeción, sintiendo como si unas manos invisibles se cernieran sobre su cuello, apretando cada vez más fuerte, hasta dejarlo sin aire. Era cierto. Todo. Elisabeth era bonita, su nivel cultural era aceptable, era amable y tenía grandes dotes como conversadora. Su capacidad para ejercer de anfitriona o llevar una casa estaba más que garantizada, pues había sido educada para ello, y se desenvolvía en las reuniones sociales con elegancia, encanto y discreción. Su familia estaba bien posicionada, su dote era más que generosa, y la joven estaba ilusionada y ansiosa por desempeñar el papel de condesa. Tenía todo lo que él deseaba en una esposa, solo que no era la esposa que él deseaba. Ni siquiera se atrevía a dar forma a los pensamientos que bombardeaban su cabeza.

Eleonora sabía por experiencia que algunos matrimonios, aunque no empezaran con una pasión desbordante, podían acabar siendo uniones felices y estables. Cuando James y ella se casaron apenas se conocían y, si bien su unión nunca fue demasiado pasional, llegaron a amarse y respetarse convirtiéndose en una pareja inseparable, y siempre se apoyaron el uno en el otro. Miró a Andrew, que conversaba en el otro extremo de la habitación, y sonrió con nostalgia al recordar cuánto se parecía su padre en todos los aspectos, tanto físicos como de carácter. Aunque, en el fondo, Eleonora sabía que Andrew, a diferencia de su difunto esposo, poseía una parte emocional y pasional que se encargaba de mantener a buen recaudo a base de tesón y comedimiento, tal y como le enseñaron desde que heredó el título.

Marian entró en el salón, acompañada de Caroline y Crystal, que apretaba sus manos nerviosas. Andrew le guiñó un ojo a su hermana pequeña y ella le sonrió. Su vestido color azul cielo, a juego con sus ojos, sin la profusión de encajes, volantes y lazos infantiles que solía llevar, la hacía parecer más madura, más mujer, y su hermano sintió un pequeño pinchazo de nostalgia. Parecía que aún resonaban en los pasillos sus risas y sus carreras alocadas y, sin embargo, sus hermanas habían madurado y dentro de poco no lo necesitarían.

Su mirada se cruzó con la de Marian y aún desde lejos pudo ver su sonrojo. Estaba deslumbrante con su cabello rebelde recogido en un moño bajo, que destacaba su esbelto cuello y la suave curva de sus hombros, expuestos por el escote de su vestido. El color crema de la tela contrastaba con el rojo fulgurante de su cabello, y los miles de hilos dorados del delicado bordado la hacían brillar como si fuera un hada. Andrew perdió el hilo de la conversación y dio tragos a su copa para evitar intervenir.

Grace y Victor, los niños de los Pryce, se escaparon de la vigilancia de su tía Evie y su madre para abalanzarse sobre Marian y abrazarse a sus faldas. Desde que los ayudó en su aprieto con el collar perdido, se había convertido en una especie de heroína para ellos y, siempre que podían, se acercaban a contarle sus travesuras del día. Por mediación del conde, el castigo por su diablura no había sido muy severo y desde entonces la adoraban. Marian los besó en la mejilla antes de que su madre los arrastrara de nuevo hasta sus asientos, pues la velada estaba a punto de empezar, y no pudo evitar reír al ver que ambos se marchaban a regañadientes. Hasta los oídos de Andrew llegó, a través del murmullo de las conversaciones y de las voces de los invitados, la alegre y cantarina risa de Marian apagando cualquier otro sonido. Ella se merecía ser feliz, tener un hombre a su lado que alentara su alegría y sus genuinas ganas de vivir. Que cada mañana le diera un motivo para ser optimista y compartiera sus locas ocurrencias, que avivara la luz que desprendía su sonrisa. Andrew sabía que él nunca podría ser ese hombre, él jamás la hacía reír.

Marian se volvió en su asiento y saludó a su abuela Gertrude, sentada junto a varias de sus amigas, a cuál más enjoyada y emperifollada para la ocasión. Tía Margaret, en cambio, había monopolizado a Richard y se paseaba por el salón aferrada a su brazo, mientras él parecía encantado, ya que no paraba de reír. Marian levantó una ceja ante la visión de la extraña pareja que, de vez en cuando, la miraba, lo cual le hizo pensar que tramaban algo. Y viniendo de aquellos dos, no podía ser nada bueno.

Crystal abriría la actuación al piano y tocaría tres temas. Maysie Sheldon interpretaría un par de piezas con la flauta, acompañada de la melodiosa voz de su hermana Elisabeth, y, para finalizar, Mel tocaría de nuevo el piano.

Marian efectivamente no se equivocaba y la maquiavélica mente de Margaret Duncan urdía un plan a toda velocidad.

—¿La has oído tocar alguna vez, muchacho? —preguntó la anciana, desviando los ojos de su sobrina.

—Sí, una vez la pillé con las manos en la masa, pero me juró que me destriparía si le decía a alguien que era una virtuosa al piano. Y Marian siempre cumple sus amenazas, *milady*.

—Sandeces, Richard. Creo que debería tocar. Primero porque esa chica Sheldon canta tan afectada como una gallina clueca, segundo porque quiero que todos estos patanes se caigan sobre sus culos almidonados de la impresión, y tercero... —Lanzó una mirada de soslayo hacia donde se encontraba el conde de Hardwick, que a Richard no le pasó desapercibida—. Bueno, el tercero me lo guardo para mí. Tú solo sígueme la corriente.

—Querida Señora Owen, qué alegría me ha dado descubrir que será usted quien nos deleite con su talento al piano —dijo Margaret sin soltarse del brazo de Richard.

—Muchas gracias, lady Duncan —contestó Mel un tanto nerviosa, ya que no solía tocar con tanto público. La vista de águila de Margaret se fijó de inmediato en cómo la muchacha se estrujaba las manos y bajaba la vista azorada.

—Más aún cuando hasta ayer mismo se sentía usted indispuesta, ¿me equivoco?

—Es cierto, he tenido algunas náuseas, pero ya me encuentro mejor. Gracias. —Se acarició la abultada barriga en un acto reflejo.

—Es usted muy valiente, yo no me atrevería. Me daría miedo que mi cena acabara sobre las teclas del piano con toda esa gente mirando. No me haga caso, querida, no quiero ponerla nerviosa. Aún está un poco pálida y con este ambiente tan cargado..., pero seguro que en cuanto empiece a tocar se le pasa.

Richard la miró con los ojos muy abiertos, sorprendido ante la falta de escrúpulos de la mujer.

—Mel, querida, no te preocupes. Seguro que lo vas a hacer maravillosamente —la tranquilizó Richard.

Mel intentó sonreír, pero solo le salió una mueca tensa. La verdad era que Margaret lo único que había hecho, con su certera frase, era exponer con palabras lo que le llevaba rondando por la cabeza durante todo el día. Le había confirmado a Eleonora que haría el esfuerzo de tocar, pero, en las últimas semanas, el embarazo le estaba poniendo el cuerpo del revés y, además del cansancio y los altibajos en su carácter, las náuseas habían vuelto con intensidad. Para ser honestos, lo único que le apetecía era quitarse los malditos zapatos y tumbarse en la cama con un buen libro y un vaso de leche caliente.

—Lady Margaret, quizá no haya sido muy adecuado decirle eso a mi prima. Está especialmente sensible —le reprochó Richard, mientras acompañaba a la mujer hasta su asiento.

La anciana levantó su aristocrática ceja y lo miró unos segundos.

—Hijo, lo único que he hecho es interpretar las señales. Salta a la vista que no quiere tocar. Solo lo hace por compromiso y va a ser un suplicio para ella. Un suplicio innecesario. Además, pensaba que tendría que urdir algún plan, pero me ha resultado tan fácil que no lo he disfrutado. —Chasqueó la lengua—. Es broma, muchacho. Ni siquiera yo soy tan cruel.

Eleonora anunció que el concierto iba a comenzar y la mayoría de los invitados se sentaron. Richard se acomodó con su hermano y Sheperd, que junto con algunos hombres habían preferido quedarse de pie en uno de los laterales del salón, cerca de la tarima.

Crystal comenzó a tocar y ejecutó sus piezas a la perfección, con un leve titubeo al principio, aunque probablemente Marian fue la única en percibirlo. Cuando terminó, se levantó e hizo una reverencia agradeciendo los aplausos del público con una sonrisa radiante de satisfacción. Se acercó a abrazar a su madre, que, sentada en la primera fila, se limpiaba con disimulo las lágrimas de emoción que jugaban a escaparse de sus ojos.

Las Sheldon se dirigieron hacia el atril donde descansaban las partituras, Maysie con la misma algarabía que los condenados camino de la horca, y Elisabeth con el andar grácil y coqueto de quien disfruta enormemente de ser el centro de atención. Marian no pudo evitar sonreír a Maysie ante su actitud resignada y le guiñó un ojo con complicidad, sacándole una sonrisa a la melliza. Elisabeth miró a su alrededor con satisfacción y le dedicó una tímida sonrisa a Andrew que no pasó desapercibida para los más cercanos.

Él no le correspondió.

Aún faltaban unos minutos para el final de la interminable actuación de las Sheldon, cuando el marido de Mel se acercó hasta Eleonora para decirle algo al oído. Ella asintió y se quedó rígida, perdiendo súbitamente el color. Al acabar las Sheldon, se anunció un pequeño descanso y Eleonora salió disparada hacia el pasillo, arrastrando a sus hijas con ella. Mel había decidido de manera egoísta y, por una vez en su vida, pensó solo en ella. En estos momentos se encontraba en su habitación con una enorme sonrisa de satisfacción en su redonda cara, quitándose los zapatos con la ayuda de su atento marido y pensando en alguna manera más provechosa y relajante de pasar la noche que en compañía de un libro. Lo sentía mucho por Eleonora, pero, realmente, no tenía ningún deseo de tocar delante de toda aquella gente, la mayoría desconocidos para ella, y la breve conversación con lady Margaret le dio la excusa perfecta para escurrir el bulto.

En el salón, Margaret se había percatado de que algo ocurría y le hizo un casi imperceptible gesto a Richard para que saliera a ver qué pasaba. Su madre se movía de un lado a otro del pasillo frotándose la frente, intentando encontrar una solución, antes de que los invitados se impacientaran. Crystal ya había tocado las únicas canciones que había practicado, Caroline era una negada para la música y no se le ocurría nadie más a quien recurrir.

—Pídeselo a Marian. —Las tres cabezas morenas se volvieron a mirar a Richard como si les hubiera hablado en arameo.

—Ella no lo hará —espetó Crystal, apoyándose relajadamente en la pared—. Ni siquiera ha tocado conmigo mientras practicábamos.

Eleonora suspiró intentando templar sus nervios.

—Habrá que intentarlo. —Aunque no lo dijo muy convencida, ya que no sabía si, en caso de aceptar, la actuación de Marian estaría al nivel que se esperaba. Había ayudado a Crystal con sus ensayos y la mejora fue notable, pero nunca la había oído tocar. Se asomó discretamente a la puerta del salón y con un gesto de la mano la llamó.

—¿Ha ocurrido algo? —preguntó Marian preocupada al ver a casi todos los Greenwood reunidos y expectantes en el pasillo.

—Tenemos una crisis.

—Y solo tú la puedes solucionar.

—No puedes negarte.

Marian los miró sintiendo que una gota de sudor frío recorría su espalda, intentando que su boca emitiera algún sonido. Eleonora le explicó atropelladamente la situación, interrumpida constantemente por Caroline. Miró a Richard buscando el apoyo que siempre encontraba en él, pero su gesto inquieto le indicaba que esta vez no estaba de su parte.

—Marian, ¿qué puedes perder? —Su voz profunda y llena de ternura le resultó reconfortante—. Eres talentosa. No. Eres brillante. Sabes que no te lo pediríamos si hubiera otra opción. Y tampoco es como si actuaras en el Covent Garden, cielo.

Richard le sujetó las manos entre las suyas al ver que le temblaban, mientras ella negaba compulsivamente con la cabeza.

—Lo siento. No, no puedo hacerlo. Yo nunca…

—Al fin y al cabo, aquí solo hay un puñado de aristócratas barrigones y sus esposas. Y puedo garantizarte que la mitad están sordos como tapias —continuó bromeando para aliviar la tensión—. Marian, piénsatelo, pero si no te apetece, nadie va a obligarte. Mi madre saldrá e informará de que se cancela el resto de la velada. —Richard la abrazó y la besó en la coronilla mientras Eleonora los observaba con dulzura. Si eso hacía sufrir a Marian, ella no tenía ningún derecho a pedirle que lo hiciera, y no lo haría.

La velada era muy importante para Eleonora, y Marian lo sabía, al igual que sabía que era lo más parecido a una madre que tendría jamás. Había enjugado sus lágrimas de niña, curado sus rodillas cuando se caía, le había dado cariño y comprensión sin pedirle nunca nada. Se lo debía, le debía mucho más que esto, y tocar un par de piezas al piano no alcanzaba, ni de lejos, para devolverle todo el agradecimiento que sentía por aquella mujer.

—Espera, Eleonora —la interrumpió cuando esta estaba a punto de volver al salón para anunciar el final de la velada—. Lo haré. Dame solo unos segundos.

Eleonora se volvió y se lo agradeció besándola en la frente con ternura. Aquello era una prueba de fuego para Marian. Compartir con el mundo algo tan vital y tan íntimo para ella suponía abrir una puerta hacia sus sentimientos que no estaba segura de poder volver a cerrar, y estaba aterrorizada. Era como desnudarse, literalmente, en un salón lleno de desconocidos dispuestos a juzgarte.

Richard volvió a su posición junto a su hermano y asintió mirando a lady Duncan, que sonrió con aire inocente mientras ponía en orden sus numerosas pulseras. Andrew lo miró inquisitivo, pero la pregunta que iba a hacerle se atoró en su garganta cuando vio que todas las mujeres de su familia entraban en fila muy sonrientes, seguidas de Marian, que ocupó la banqueta frente al piano. Eleonora anunció que por un ligero malestar la señora Owen había declinado la invitación para formar parte de la velada y que, muy amablemente, la señorita Miller la sustituiría.

—¿De qué va todo esto? —preguntó inquieto Andrew a su hermano. Hasta donde él sabía, Marian era un torbellino y dudaba que tuviera la suficiente paciencia para mantenerse sentada el tiempo necesario como para arrancarle dos notas seguidas a un instrumento. Estaba bastante cerca de su posición y pudo ver su palidez y el temblor de sus manos.

Sus hombros, ligeramente encorvados, evidenciaban su incomodidad, y la conocía bastante como para saber que preferiría estar en cualquier parte antes que allí, expuesta ante lo más encorsetado de la alta sociedad. Sintió unos deseos incontenibles e irracionales de ir hasta ella, cogerla de la mano y arrastrarla lejos de todo lo que la incomodaba, de la gente que la juzgaría si lo hacía mal, de las miradas maliciosas que la jauría empezaba a lanzarle desde sus cómodos asientos.

—Prepárate para quedarte con la boca abierta, hermanito —fue la única respuesta de Richard, que lo miró con la expresión de burlona suficiencia que usaba siempre que sabía algo que los demás desconocían.

Marian miró a Eleonora y, con un gesto, le indicó que no había ninguna partitura sobre el piano. La anfitriona, moviendo los labios, le dijo que improvisara y le dedicó una tensa sonrisa más parecida a una mueca que a un gesto tranquilizador.

—¡Ánimo, Marian! —fue el grito entusiasta de la pequeña Grace Pryce, secundada por los impetuosos aplausos de su hermano, que provocaron carcajadas divertidas de los invitados, un intenso sonrojo en su madre y un efecto calmante sobre los tensos nervios de Marian, que sonrió agradecida.

Tomó aire y acarició las teclas de marfil con las yemas de los dedos, y la música, como siempre ocurría, llegó hasta ella transformándola, sanando su interior, como un bálsamo, como una tabla de salvación. La suave melodía se extendió a su alrededor y el mundo pareció esfumarse más allá de los muros de aquella habitación. Todos los presentes estaban totalmente abstraídos, atrapados por el mágico sonido que Marian arrancaba al piano. Ella ya no estaba en aquella casa. Caminaba por la arena dorada de alguna playa desconocida, con el cabello suelto agitado por la brisa marina, la luz brillante colándose entre sus rizos rojos, sus pies descalzos jugando con la espuma del mar. Pequeñas nubes blancas, como de algodón, recorrían velozmente el cielo azul movidas por el viento.

La melodía, al principio lenta, sobrecogedora y emotiva, crecía en intensidad. Los dedos de Marian se deslizaban sobre el teclado como si hubieran sido creados solo para eso, como si cada tecla, cada cuerda que se tensaba y vibraba emitiendo un sonido mágico, fuera una prolongación de su propio cuerpo, de sus propios deseos, de sus propios anhelos. Instrumento y piel fundidos en un todo. Podía sentir los rayos del sol caldeando su piel y un cuerpo masculino que se acercaba a su espalda, la abrazaba con ternura y la protegía. Era él, siempre era él. Levantó la vista y encontró esos ojos azules de su reiterado sueño que la atravesaban desde el otro extremo de la habitación. Y el resto del mundo desapareció para los dos.

Andrew sentía una opresión en el pecho que le impedía respirar. Conforme la música se intensificaba, todo su cuerpo se encendía con algo que no tenía nada que ver con el deseo físico. Aquello no se trataba de música, de una melodía bien interpretada ni del evidente virtuosismo de la pianista. Marian había dado rienda suelta a un torrente de sentimientos que iban a estrellarse directamente contra su pecho. Daba igual que estuvieran rodeados de personas, inexplicablemente Andrew sabía que tocaba solo para él. La melodía llegó a su momento álgido y Hardwick sintió cómo su piel hormigueaba con una calidez desconocida. Durante unos segundos, la última nota permaneció vibrando en el aire mientras sus miradas seguían conectadas, como si a su alrededor la gente, la mansión y hasta el resto del mundo se hubieran fundido en una amalgama de colores difusos.

Marian bajó la mirada y continuó tocando con una cadencia lenta, llena de ternura y pasión contenida, que provocó una nueva oleada de sentimientos confusos en él, que, apenas a unos metros de ella, pudo ver el brillo de una lágrima deslizándose por su sonrojada mejilla. Aquello no era una simple canción, era una declaración de amor. Andrew sintió que algo dentro de él se resquebrajaba. Llevaba años caminando sobre un lago helado y aquella melodía vibrante estaba provocando que la superficie bajo sus pies se agrietara y rompiera peligrosamente, amenazando con engullirlo. Su respiración se volvió inestable y agitada, su estómago se contrajo atenazado por una extraña sensación y sus ojos ardían, como si las lágrimas quisieran escapar de ellos. Dio un paso atrás totalmente desarmado, incapaz, por primera vez en su vida, de componer una máscara de fría indiferencia y control. Necesitaba salir de allí con urgencia.

La canción terminó y los invitados, sobrecogidos, comenzaron a aplaudir levantándose de sus asientos, momento que Andrew aprovechó para salir a toda velocidad del salón. Richard y Thomas, sentados junto a él, se miraron extrañados ante su apresurada salida, pero ninguno intentó seguirlo.

Recorrió los desiertos pasillos a grandes zancadas, aguantando las ganas de echar a correr. Subió los escalones de la majestuosa escalera de mármol de dos en dos, sin parar ni a coger aliento, hasta que alcanzó el cálido refugio de su habitación. Una vez allí, cerró la puerta y apoyó la espalda contra la firme superficie de roble, enterrando los dedos en su pelo, y resbalando por la madera hasta acabar sentado en el suelo. Nunca había perdido la compostura ni el dominio de sí mismo, pero en estos momentos estaba realmente superado y, aunque le costara reconocerlo, también asustado.

Jamás permitiría que algo así volviera a repetirse. Si esa mujer era capaz de destruir sus defensas de esa manera, la única opción posible era construir un muro aún más alto que los separara. Su título, sus responsabilidades y su familia habían sido y serían siempre su prioridad y no permitiría que nadie ni nada lo apartaran de su camino. Él no había nacido para dejarse arrastrar por las pasiones. Buscaría la manera de poner distancia entre ellos y, si eso implicaba casarse con una mujer totalmente opuesta a ella, lo haría. Tenía muchas cosas sobre las que pensar, muchas decisiones trascendentales que tomar. No obstante, eso sería mañana. Esa noche tendría que lidiar con el descubrimiento de algo que se había jurado que nunca se permitiría: amaba a Marian Miller con cada fibra de su ser y debía hacer todo lo posible para acabar con ese sentimiento.

32

Las nubes se movían perezosas sobre las colinas, dejando que los primeros rayos del pálido sol otoñal se filtraran entre ellas, despertando a la vida cada porción de tierra y vegetación que tocaban. Andrew, cansado de dar vueltas en la cama, llevaba horas levantado y bajó decidido a realizar algún ejercicio físico que eliminara un poco la ansiedad que atenazaba sus nervios. Su decisión era clara. No podía casarse con Elisabeth Sheldon. Necesitaba tiempo para asimilar todo lo que sentía y una decisión precipitada, llevado por las circunstancias y las presiones, solo provocaría dolor. Su madre tendría que aceptarlo y los Sheldon también.

El éxito de su vida residía en ejercer siempre un férreo control sobre sí mismo y sobre todo lo que le rodeaba y, en esta ocasión, no sería diferente. No permitiría que nadie decidiera su futuro por él, aunque si algo le había quedado claro era que quizás había llegado el momento de buscar una esposa. Una lo suficientemente atrayente para quitarle de la cabeza sus absurdos y febriles deseos de adolescente exaltado.

La mañana era fría, pero, aun así, su camisa entreabierta estaba empapada por el sudor y se tensaba cada vez que dejaba caer con toda su fuerza el hacha sobre el tronco de madera. Cogió otro leño y lo colocó sobre el tocón y, con un golpe certero, lo partió limpiamente provocando una lluvia de astillas a su alrededor. El montón de leña iba creciendo a gran velocidad y seguro que el servicio agradecería esa ayuda extra.

—¿Tiene lacayos para que le alcancen una salsera y no tiene a nadie para cortar la leña? —La voz burlona de Aldrich lo detuvo con el hacha en alto. Apoyó la herramienta sobre el tocón y se limpió el sudor con la manga.

—Necesitaba algo de ejercicio. Ya sabes, la vida de noble ocioso no va conmigo.

—Lo sé, conmigo tampoco.

—Pues debe haber otra hacha por ahí.

—Solo tú le ofrecerías un arma a tu enemigo. —Andrew se rio.

—No te considero mi enemigo. —Robert se encogió de hombros, no creyendo en absoluto su afirmación. Giró su sombrero entre sus manos y se acercó un par de pasos más hasta él—. ¿Dónde vas tan temprano, Aldrich? ¿Ocurre algo?

—Vuelvo a Londres. Ya he hablado con Richard, despídeme de tu madre y de tus hermanas. Han sido encantadoras conmigo. Aunque no tanto como tú, claro —concluyó sarcástico.

—¿No te quedas al baile de despedida? La mayoría de los invitados comenzarán a marcharse a partir de mañana.

—Me ha rechazado. —La escueta respuesta sonó como un disparo.

Andrew sintió que la sangre se le congelaba. No podía ser. No ahora.

—No entiendo… —Pero sí que entendía, su instinto estaba alerta y lo entendía todo perfectamente.

Según todos los cotilleos, se esperaba que lord Aldrich conquistara por fin el corazón de Marian y la llevara al altar. Él, egoístamente, intentó convencerla de que Robert no era el hombre adecuado, pero sabía que difícilmente encontraría a un hombre mejor. Era honesto, leal, bien parecido y su título tenía tanta enjundia como el suyo. Y, además, el aprecio entre ellos era evidente. Robert y ella se entendían bien y, probablemente, su matrimonio no sería un campo de batalla constante. Durante la larga noche pasada, se torturó imaginando a Marian con otro hombre y, por qué no, como la nueva condesa de Aldrich, cogida del brazo de Robert con actitud enamorada. Sin duda, eso acabaría de un plumazo con toda su lucha interior y tendría una motivación tangible para alejarse de ella.

Sin embargo, el destino parecía no querer ponérselo fácil.

—Marian ha rechazado mi petición de matrimonio.

—¿Y piensas rendirte tan fácilmente? No puedo creer que no vuelvas a intertarlo.

A pesar de su desánimo, Robert no pudo evitar reírse ante la cara de pánico mal disimulado de Hardwick.

—Creí que saltarías de alegría ante la noticia.

Andrew le dio la espalda y colocó las manos en las caderas, dando pequeños golpecitos con la puntera de su bota a uno de los troncos. Si Marian permanecía soltera y a su alcance, la tentación y el peligro para su salud mental permanecería ahí, y cada fibra de su cuerpo le indicaba que cada vez le costaría más ponerse freno a sí mismo.

—No sé qué te ha llevado a sacar esa conclusión, pero...

—Hardwick, no sé qué hay entre vosotros, y he intentado entenderlo, créeme. —Andrew se volvió de nuevo hacia él dispuesto a negar la mayor—. Te conozco, y a ella también. Habría que ser muy ciego o muy imbécil para no percibir la intensa conexión que hay entre vosotros. Y no soy ninguna de las dos cosas.

—Le tengo aprecio, la conozco desde hace años. Toda mi familia la aprecia. —La excusa sonó tan pobre que ni él mismo se la creyó.

—La aprecias. Suena tan cálido como si estuvieras describiendo la relación que tienes con tu yegua o el sentimiento que te despierta tu mejor par de botas. No tienes que intentar convencerme. Sabía contra qué luchaba y, aun así, pensé que conseguirla bien merecía el esfuerzo.

—Entre nosotros no hay nada, Aldrich. Somos demasiado diferentes y no podemos cruzar más de una frase sin que vuelen cuchillos. No es la clase de mujer que yo podría tener a mi lado y, desde luego, yo no soy la clase de hombre que la haría feliz. Deberías seguir luchando por ella si es lo que deseas.

—¿Luchar? —Soltó una amarga carcajada—. Jamás vencería y, si lo hiciera, ¿qué tipo de felicidad conseguiríamos? —Miró a Andrew, intentando meterse en su cabeza—. ¿Por qué te cuesta tanto admitirlo? Es más que evidente. No puedes apartar los ojos de Marian y tu instinto de protección hacia ella es indiscutible. Por no hablar de tu mirada asesina cuando algún hombre se le acerca. Ah, y no olvidemos los amables comentarios que me has dedicado por mostrar interés en ella.

—No voy a negar que me resulta atractiva, pero no ocurrirá nada entre nosotros. Somos incompatibles. Y no seré un obstáculo en la felicidad de Marian.

—¡Demonios! ¡Eres tan terco como una mula vieja, Andrew! —Aldrich se colocó el sombrero y los guantes—. La quiero, puede que no sea un amor romántico, pero sí siento un gran cariño por ella. Solo quiero advertirte de que hagas lo correcto porque, si le haces daño, te juro por Dios que responderás ante mí. —La advertencia fue hecha en un tono calmado y frío, y Andrew no lo dudó en absoluto.

Le hizo una leve inclinación de cabeza a modo de despedida. Debería estar furioso porque acababan de amenazarle en su propia casa y, sin embargo, lo único que sentía por aquel antiguo amigo era respeto. Intentó recordar por qué se habían distanciado, pero no lo consiguió.

Lord Aldrich le correspondió al tosco saludo y enfiló el camino de piedra hacia su carruaje, deseoso de marcharse y volver cuanto antes a casa.

Cuando unas horas más tarde Andrew se sentó a su escritorio, con su traje azul oscuro perfectamente ajustado a su musculosa figura, sus botas lustrosas y brillantes y su peinado perfecto, al menos en su aspecto exterior, parecía un hombre distinto al que salió de la cama esa mañana. Había conseguido serenar su ánimo y volver a convertir su cara en la máscara de rectitud y frialdad habitual.

Jack le informó de que Sheldon llevaba más de una hora dando vueltas como un águila, esperando a ser convocado en su despacho.

El conde de Hardwick, el intimidante hombre de negocios, solía tener la sartén por el mango. Siempre decidía cómo, cuándo y dónde, y jamás accedía a una reunión sin el convencimiento de que todo saldría como él había planeado.

—Hazlo pasar.

33

El conde de Hardwick examinaba detenidamente al hombre sentado delante de su sólida mesa. Con los codos apoyados sobre el escritorio y las yemas de sus dedos unidas, prolongó el silencio durante unos segundos que a su interlocutor le resultaron interminables. Era una maniobra de intimidación que, aunque sencilla, siempre le daba unos resultados excelentes, a lo que también ayudaba su físico imponente.

Sheldon, a pesar de que la mañana era bastante fría, sudaba bajo su apretada levita y, si no hubiera parecido un signo de debilidad, hubiese pasado sus dedos por el cuello de su camisa, para aliviar la incómoda presión que sentía en la flácida piel de su garganta. El hombre carraspeó nervioso.

—Supongo que intuye el asunto que me ha traído hasta aquí, lord Hardwick. —Sheldon no pudo aguantar más e inició él mismo la conversación.

—Intuyo que quiere hablar de negocios.

—Exactamente. No soy un hombre que se ande por las ramas. Sobre todo, en lo referente a los negocios. Como ya habrá llegado a sus oídos, estoy interesado en formar una alianza que resulte provechosa para ambas familias. Y estoy dispuesto a entregarle lo más valioso que poseo: a mi hija. —La última frase hubiera resultado conmovedora si no hubiese tratado a su heredera como a un valor más de esa transacción—. No puede negar que mi Elisabeth es encantadora, posee todo lo que puede desear en una esposa. —«Solo que no es la esposa que deseo»—. Su madre y yo la hemos educado con esmero, preparándola para el papel que debe desempeñar. Y por lo que la muchacha comenta, usted no se ha mostrado indiferente con ella. —La sonrisa de satisfacción de Sheldon, al creerlo comiendo de su mano, le irritaba hasta la náusea. Su bigote de morsa tembló ligeramente al ver que el conde no le devolvía la sonrisa y, al contrario, su mirada se oscurecía.

Su voz profunda y sosegada hizo que su invitado abandonara su postura relajada en el asiento y se sentara con la espalda recta como un colegial en el despacho del director.

—Lamento que mi actitud educada y correcta haya llevado a su hija y a usted a formarse una idea equivocada sobre mis intenciones. —La expresión en la cara del conde era imperturbable y serena—. Mi obligación como anfitrión y como caballero es tratar a las damas con cortesía y amabilidad. A todas las damas. Sus hijas y su esposa no han sido una excepción. —Sheldon se ruborizó tanto que las marcadas venas de su gruesa nariz adquirieron un color púrpura. Abrió la boca intentando decir algo que cambiara la situación, pero los sonidos no acudieron y solo logró boquear como un pez.

»Comprendo que en su afán por asegurar el futuro de sus hijas haya visto una salida perfecta en una unión entre nosotros, pero le garantizo que ese enlace sería una idea nefasta.

—Discúlpeme, pero cuando se lo sugerí, quizá no me expresé con claridad. —El hombre parecía tan confuso que Andrew sintió un poco de pena—. Su madre nos aseguró que usted meditaría sobre esa posibilidad, ella estaba de acuerdo en todo este asunto de la boda.

—Mi madre, al igual que ustedes, tiene una opinión totalmente respetable sobre el asunto. No obstante, su opinión es solo eso, una opinión. La decisión sobre mi futuro solo me corresponde a mí. Sus hijas son maravillosas, no me malinterprete, pero soy un hombre de negocios y prefiero no mezclarlos con nada más, señor Sheldon, ni con el placer ni con ninguna otra cosa parecida. —Sheldon sacó un pañuelo y se secó la frente—. Lo que tenía en mente con esta reunión era algo bien distinto. Como ya sabrá, mi socio y yo estamos ampliando nuestras inversiones y vamos a construir una nueva fábrica en Bristol. Además, queremos invertir en otro tipo de negocios, aunque aún estamos en la fase embrionaria del proyecto.

Sheldon ante todo se preciaba de saber aprovechar cada oportunidad que la vida le ponía delante, así que, aunque sus planes de emparentar con la nobleza a corto plazo se hubieran desvanecido, atraparía con las dos manos la posibilidad de un trato provechoso con uno de los pares más influyentes de Londres.

—Bien, *milord,* entienda mi breve desconcierto ante sus intenciones, pero una vez aclaradas soy todo oídos y, por supuesto, valoraré su proposición como se merece.

—Como ya sabrá, Parsons & Horns disponen de varios barcos, tipo clíper, de muy buena calidad, y sus primeras incursiones en el Índico, transportando té y otras mercancías, han sido todo un éxito. Su proyecto es muy ambicioso. Tienen los barcos, tienen los contactos y tienen la oportunidad. Solo necesitan la financiación adecuada. Y ahí, querido amigo, entraría usted.

Sheldon se recostó en su silla, relajándose por primera vez desde su entrada en el despacho de Hardwick. Andrew notó el gesto y se relajó también. No le interesaba tener a Sheldon como enemigo. En algunos círculos no era bien visto, ya que su fortuna era relativamente reciente y la hipocresía reinante hacía que los aristócratas de rancio abolengo despreciaran y envidiaran su dinero a partes iguales. Pero él no era tan estúpido y sabía que el dinero significaba poder. Y él ambicionaba ambas cosas.

—Debo suponer que usted sacará alguna tajada de todo esto.

Andrew sonrió cínicamente.

—No me interesa enemistarme con usted. No puedo permitir que este desafortunado e inocente malentendido enturbie una relación que, usted mismo, ha calificado de fructífera, y esta es mi manera de compensarle mínimamente por ello. Le pondré en contacto con Parsons y le recomendaré para su propuesta. Usted, como hombre experimentado, sabrá sacarle partido a este negocio, no me cabe duda. Y a cambio, yo tendré a un buen amigo al que acudir si en algún momento necesito adentrarme en el comercio marítimo por el Índico.

—Brillante. —Por primera vez desde que lo conocía, Andrew pudo ver una sonrisa sincera en Sheldon, una sonrisa cínica y llena de avaricia.

Sheldon era, ante todo, un hombre de negocios y sabía que podría encontrar un yerno adecuado con facilidad. Al fin y al cabo, los nobles sedientos de dote no escaseaban precisamente, y a él lo único que le interesaba era una conexión con la nobleza que le abriera las puertas que aún le mantenían cerradas en los círculos más exclusivos.

Se estrecharon las manos como gesto de buena voluntad, y la única petición de Andrew fue la discreción.

—Preferiría que lo que hemos hablado quedara entre nosotros. Lo referente al negocio y lo referente a Elisabeth. No me gustaría que esto afectara negativamente las últimas horas de su hija en Greenwood Hall.

—Tiene razón. Hablaré con mis hijas y con la señora

Sheldon cuando lleguemos a Londres. En confianza, Hardwick, mi esposa las ha consentido demasiado, y no estoy de humor para ningún berrinche.

Hardwick le palmeó la espalda mientras le acompañaba hasta la puerta en una actitud amigable. Suspiró. Después de todo no había salido tan mal.

Caroline y Marian se pasaron la mayor parte de la cena cuchicheando, aprovechando que, por fin, Eleonora las había colocado juntas. Estaban en la mesa principal, presidida por Andrew, que charlaba animadamente con Sheperd sentado a su derecha. La risa chirriante de Elisabeth les llegó desde la mesa contigua y, maliciosamente, Marian se alegró de ser ella y no las Sheldon la que estuviera sentada en la mesa principal.

—¡Dios santo! —Caroline puso los ojos en blanco—. ¿Recuerdas el libro que me prestaste sobre la fauna y la flora del continente africano? Leí algo sobre un animal que emitía un sonido similar a una risa estridente e insoportable.

Marian sonrió.

—La hiena.

—Exacto. Nunca he visto ninguna, pero me imagino que el sonido será algo parecido al que emite Elisabeth Sheldon durante su ritual de cortejo. —Marian intentó aguantarse la risa.

—Cuando viaje a África, prometo hacer un exhaustivo estudio al respecto, Caro. —Esta sofocó una carcajada—. Puede que le pida a Elisabeth que me acompañe para poder documentar mejor las similitudes. Aunque para que esté en su hábitat y la risa surja de manera espontánea, tendré que proveerme de un nutrido grupo de jóvenes casaderos. Va a salirme carísimo.

Esta vez ninguna pudo reprimir las carcajadas, atrayendo las miradas de los comensales más cercanos.

Era la última noche y todo se había preparado con especial esmero para dejar un buen recuerdo entre los invitados. La cena, compuesta por multitud de entrantes y manjares de todo tipo, como faisanes, perdices estofadas, cordero, etcétera, se acompañó con los mejores vinos de las bodegas del conde.

—¿Sabías que Aldrich se marchó esta mañana? Qué pregunta más absurda, claro que lo sabías. Y seguro que sabes la razón, vamos, dímelo. —Marian examinó concienzudamente el contenido de su plato como si pensara hacerle la autopsia a la pobre perdiz que contenía, evitando mirar a su amiga a la cara.

—Supongo que tendría cosas que hacer. —Se encogió de hombros de manera poco convincente.

—Mientes fatal. Cuéntamelo todo. ¿Sabes si ha discutido con Andrew? —preguntó percibiendo su sonrojo, mientras clavaba en ella sus inquisitivos ojos azules—. No es eso, ¿verdad?

—Se me declaró y le rechacé —confesó en un susurro audible solo por Caroline, que tuvo que esforzarse para tragar el contenido de su boca y no regar al invitado sentando frente a ella.

—¿Que hizo qué…?

—Que me pidió matrimonio. Y baja la voz, maldita sea —susurró sonrojada hasta las orejas.

—¿Cuándo pensabas decírmelo, maldita arpía? —Marian se abanicó con la mano, tremendamente sofocada. Le costaba horrores hablar de ese tema—. Llevas todo el día pegada a mí como si fueras una mosca en el rabo de una vaca y no has encontrado un hueco para contármelo.

Marian abrió mucho los ojos ante la desafortunada comparación y ambas no pudieron evitar prorrumpir en un ataque de risa más escandaloso aun que el anterior. Se taparon la boca con las manos mientras los ojos les lagrimeaban, hasta que Marian sintió la intensa mirada azul del conde desde el otro extremo de la mesa.

—Y esa es la razón por la que no las dejamos sentarse juntas —bromeó Andrew con su socio que se había girado al ver a algunos invitados mirar en aquella dirección. Ambos rieron, aunque más comedidamente.

Marian le dio un codazo a Caroline y, poco a poco, recobraron la compostura. Caro miró a su hermano con un gesto de disculpa, y este movió la cabeza y le sonrió con menos censura de la esperada. Sus ojos se desviaron hacia Thomas, que la miraba con una ceja levantada y su habitual expresión insolente, y no pudo evitar sonreír. Lo había evitado hábilmente desde el día del beso, pero no podía dejar de admirarlo desde la distancia, como si una fuerza invisible la atrajera hacia él. Volvió su atención hacia Marian, que se vio obligada a contarle, con todo lujo de detalles, la declaración de amor de Aldrich. Aunque no supo concretarle el motivo por el que había rechazado su proposición, su amiga sacó sus propias conclusiones, que guardó a buen recaudo.

Ella también sacó sus propias conclusiones de lo que observaba durante la noche y no se le escapó que, mientras bailaba con ella, Thomas Sheperd no perdía detalle de los elegantes movimientos de Caroline en brazos de su hermano Richard. Y no lo culpaba, ya que la joven Greenwood estaba espectacularmente hermosa con su vestido blanco lleno de volantes de tul y perlas engastadas, que le daban un aspecto etéreo y mágico.

Marian conversaba animadamente con Helena y Anthony Pryce, que le contaban anécdotas sobre sus hijos y le hicieron prometer que acompañaría a los Greenwood cuando los visitaran en su propiedad de Devonshire. Ella aceptó encantada, aunque dudaba que aquello llegara a materializarse algún día.

Andrew acababa de bailar con la tímida Evie y la acompañó hasta donde se encontraba su familia. Su expresión se tensó levemente al ver junto a los Pryce la melena rojiza que lo desvelaba cada noche. Estaba deslumbrante con un vestido azul cielo, con bordados en hilo de plata que la hacían verse sofisticada y delicada. Llevaba el cabello recogido, cayendo en una cascada de rizos sobre uno de sus hombros, y el pronunciado escote en forma de corazón dejaba a la vista más cantidad de piel de la que Andrew se veía capaz de soportar. El perfil de su cuello y de sus hombros era, simplemente, perfecto y tentador. La piel de su espalda contrastaba con el brillo que la multitud de velas le arrancaba a la rica tela de su vestido, e imaginó lo fascinante que sería pasar sus dedos por cada centímetro expuesto, allí mismo, a la vista de todos. El color rojizo de su melena resaltaba con las horquillas de plata y las pequeñas flores de nácar entrelazadas entre sus rizos, y recordó que dentro del bolsillo interior de su frac guardaba una de ellas, acompañándolo como una especie de talismán.

Evie hizo una reverencia hacia el conde antes de saludar afectuosamente a Marian y se alegró enormemente cuando Helena le contó que había prometido visitarlos.

—Su turno, señorita Miller. —Andrew le tendió la mano mientras la miraba intensamente a los ojos, retándola a rechazarlo. Ella levantó la mano para aceptar, pero, en el último momento, bajó la mirada y titubeó un poco.

Sin darle tiempo a negarse, él aferró su mano enguantada y la colocó sobre su antebrazo dirigiéndose con ella hacia la pista. A Anthony Pryce no le pasó desapercibido el gesto y sonrió cuando su mujer y su hermana comentaron la hermosa pareja que formaban.

Los compases del vals comenzaron y Marian se relajó

un poco, dejándose llevar tras los primeros pasos, con la vista clavada en la corbata perfectamente anudada del conde. Era un bailarín excelente y parecía hacerla flotar y olvidar las decenas de ojos que los observaban.

—¿Por qué lo has rechazado?

Marian levantó la vista sorprendida por la pregunta, a punto de perder el paso, pero Andrew aumentó la presión de su mano en la espalda acercándola más a su cuerpo, evitando que perdiera el ritmo.

—¿En serio vamos a hablar de mis perspectivas matrimoniales? —preguntó perpleja.

—No debí influirte negativamente. En realidad, creo que Robert es un buen hombre y te haría muy feliz. —Debería estar indignada por la intromisión en su vida privada y su afán de controlarlo todo, pero lo único que podía sentir era angustia y tristeza.

—Debería estar más preocupado por su propia vida sentimental, *milord*. Elisabeth debe de estar ansiosa por anunciar el compromiso. —Su reunión con Sheldon era un secreto a voces y todos en la mansión especulaban al respecto, dando por sentado que el compromiso sería inminente.

Ignoró la pulla y solamente suspiró acercándola un poco más a él, tanto que podía notar el calor que desprendía, tanto que sus piernas y sus pechos estaban a punto de rozarse. Marian apenas podía pensar con claridad. Quería gritar, decirle que todo aquello estaba escapándosele de las manos, que no era capaz de hacer frente a aquella terrible necesidad de estar cerca de él.

—Sabes que tú y yo no encajaríamos, Marian —le susurró como si pudiera leerle el pensamiento. Andrew necesitaba aferrarse a ese argumento desesperadamente para convencerse a sí mismo de que lo más sensato era echarla a los brazos de otro hombre.

Ella asintió intentando contener las lágrimas, mientras un frío lacerante se asentaba en sus entrañas.

—Será una buena esposa, será tu condesa perfecta. —La rabia había desaparecido, solo quedaba resignación y el convencimiento de que aquel era el camino correcto para ambos.

No intentó sacarla de su error. Mientras pensara que su destino estaba escrito, alejarse sería más fácil.

La palma que Andrew apoyaba en su espalda comenzó a moverse lentamente, llevada por una fuerza invisible, trazando suaves círculos que la quemaban a través de la fina muselina del vestido. Su necesidad de acariciarla era tan fuerte que olvidó su sensatez, y no le importó estar en un salón repleto de gente. Ansiaba y necesitaba compartir ese instante, aunque solo fuera esa última vez. Marian no podía apartar la mirada de sus ojos azules, tan intensos que parecían querer expresarle algo que ella no llegaba a comprender. El conde apretó ligeramente su mano entre la suya, y los pequeños dedos de Marian iniciaron una tentadora caricia sobre la mano masculina. Cobijados entre la multitud de bailarines que danzaban a su alrededor ajenos a la intimidad que compartían, por un momento resultó fácil sentirse invisibles. Sus movimientos eran tan suaves que resultaban casi imperceptibles para los demás, mientras seguían girando al son de la música.

Las yemas de sus dedos se deslizaron sutilmente sobre el dorso de la mano enguantada de Andrew, y él le correspondió, sorprendido de que una caricia tan inocente fuera capaz de calentar su sangre hasta el punto de asumir semejante riesgo en mitad de la pista. Apoyaron una palma contra otra, la pequeña mano de Marian casi engullida por la de Andrew, y, con un movimiento natural lleno de dulzura, sus dedos se entrelazaron. Sus cuerpos quedaron reducidos a aquella porción de piel que los mantenía en contacto incluso a través de la tela de sus guantes. Ambos habían decidido tácitamente que no existía ninguna posibilidad de un final feliz para ellos, sin luchar, pensando en que eso sería lo más conveniente para el otro. Sus corazones latían igual de fuerte, sus respiraciones estaban igual de agitadas y el mismo deseo los consumía con intensidad. Y, sin embargo, tanto uno como otro, insistían en convencerse de su incompatibilidad. Lo que ninguno alcanzaba a entender era que el verdadero elemento común en ambos era el miedo, un miedo atroz y descarnado que los bloqueaba impidiéndoles dar un paso hacia delante.

Marian había sufrido demasiado. Sabía lo que era perder a alguien a quien amas y no se arriesgaría a comprobar si su corazón podía resistir otra pérdida. Andrew no se sentía capaz de hacerla feliz y sentía pánico a verse arrastrado por unos sentimientos que escapasen a su control y provocaran el sufrimiento de los dos.

Presentían que aquel baile sería el último, un punto y final a aquella sinrazón de sentimientos incontrolables, nacidos entre ellos, a pesar de su resistencia. Aquel baile sabía a despedida.

La música terminó y los bailarines comenzaron a dispersarse. Andrew sintió que sus brazos se agarrotaban alrededor de Marian, intentando mantenerla en su lugar. Ella dio un paso atrás, dos, sin dejar de mirarlo a los ojos, y deslizó sus finos dedos por la palma de su mano muy despacio, prolongando el contacto en una caricia lenta valedera para toda una eternidad. Cuando su mano se alejó, Andrew cerró los puños intentando conservar la sensación, pero se sintió vacío y mezquino. Marian se alejó, perdiéndose entre los invitados, que le abrieron paso y lo cerraron tras ella, como si nunca hubiera estado allí.

34

—¿Has sabido algo más de lord Aldrich? —preguntó Caroline, agachándose para recoger una piedrecita redonda y lisa. La frotó entre sus dedos y, tras apuntar concienzudamente, la lanzó con un giro de muñeca y rebotó sobre el agua.

—Sí. Me escribe cada semana. —Marian lanzó su piedra, consiguiendo que botara cuatro veces sobre la superficie cristalina. Levantó el puño en señal de triunfo.

—Maldición. ¿Cómo lo haces? Le diré a Richard que me enseñe. ¿Y cuenta algo interesante? —Volvió sobre el tema anterior.

—Lo normal, supongo.

—¿Se ha vuelto a declarar?

—No, y espero que no lo haga. Lo aprecio mucho, en serio. Es un buen amigo, pero no hay posibilidad de que pase nada entre nosotros.

—Tarde o temprano tendrás que casarte, Marian, no puedes quedarte sola para siempre. Robert es guapo, joven, solvente y una buena persona. Y bebe los vientos por ti. Además tiene todos los dientes, que también es un valor a tener en cuenta.

Marian se rio, pero la expresión de su cara no demostraba excesiva alegría.

—No necesito casarme. Ya no tengo que rendir cuentas ante ningún odioso tutor, solo ante mi abuela, que parece entender mi decisión. Cuando cumpla veinticinco años, recibiré una suma considerable de mi familia materna. Me convertiré en una mujer excéntrica y adinerada, me vestiré de manera estrafalaria, fumaré en pipa y viajaré por tooodo el mundo. Y consentiré a tus futuros hijos con regalos y dulces para convertirme en su tía favorita. No necesito a ningún hombre para eso.

Caroline soltó una carcajada siguiéndole la broma, pero no la creyó.

—¿Estás segura? No tienes por qué tirar la toalla. Si Aldrich no es el adecuado, puede que aparezca otra persona. Solo tienes que estar abierta a encontrarlo. A no ser..., a no ser que el motivo para rechazar a Robert sea que tu corazón ya pertenezca a alguien más.

Marian se sonrojó y se concentró en mover las piedrecitas del suelo con la puntera de su bota.

—No sé de dónde sacas esa conclusión tan absurda.

—Te conozco y tengo ojos en la cara. —La insinuación era bastante clara.

—Caroline, yo no soy como tú. Yo no aspiro a tener una familia perfecta. No quiero depender de nadie. No quiero hacerlo —sentenció, agachándose para coger otra piedrecita, y se volvió hacia el lago para darle la espalda a su amiga—. No estoy hecha para obedecer y acatar las directrices de un esposo, ni creo que haya muchos hombres que toleraran mi carácter inquieto. Y, sobre todo, no estoy hecha para... —La emoción bloqueó las palabras en su garganta. Tragó saliva intentando recomponerse. Caroline se acercó a ella y la cogió del brazo con ternura. Era muy difícil para Marian abrirse en ese aspecto, y sabía que el dolor de su alma era mucho más intenso de lo que podía expresar con palabras.

»Los únicos momentos de verdadera felicidad en mi

vida son los vividos con mis padres. Lo perdí todo de un plumazo. Eran mi soporte, y deberían haber estado conmigo para cuidarme y verme crecer. A esa edad ni siquiera podía imaginar que pudiera pasar algo tan terrible. Creo que depender de la existencia de otra persona para ser feliz es un error. No sería una buena esposa, y tú me conoces mejor que nadie y sabes que es así. —Caro negó con la cabeza, pero no la interrumpió—. No puedo permitirme enamorarme. Además, ¿qué pasaría si no fuera capaz de cumplir con sus expectativas? No quiero levantarme cada día con el temor a perder a esa persona, con la incertidumbre de que algo terrible pueda suceder o con el miedo de que no me ame como yo lo amo. Todo es muy complicado.

—Marian, en el fondo todos tenemos ese miedo. Pero no puedes dejar de vivir y privarte de la posibilidad de ser feliz solo por el temor a un futuro desastre que ni siquiera sabes si va a suceder. Nadie tiene asegurada la felicidad para siempre, aunque mi intención es aferrarme a ella con uñas y dientes. Y tú deberías hacer lo mismo, te mereces ser amada.

Marian le dedicó una sonrisa triste.

—De todas formas, él no… —Se mordió la lengua para no desvelar demasiado sobre sus sentimientos.

—Puede que ÉL también esté asustado y muy inseguro. —Caro la escrutaba, calibrando si debía presionarla más para que ella se abriera por completo—. Pero estoy segura de que, al final, hará lo correcto. Eso espero.

Marian no pudo evitar soltar un bufido poco femenino y prefirió no indagar si Caro conocía o sospechaba la identidad de ese «ÉL». Pues claro que Andrew haría lo correcto, no le cabía la menor duda. Puede que en estos momentos estuviera escogiendo a la perfecta damisela serena y aburrida que completara su vida, lo acompañara cogida de su brazo sin levantar la mirada y sirviera de recipiente para engendrar a sus hermosos y fuertes herederos. Aunque la verdad era que en este punto se encontraba un poco desconcertada. Ya hacía más de un mes que Andrew había vuelto a Londres y cada día esperaba con nerviosismo que Caro le anunciara el fututo enlace del conde de Hardwick con Elisabeth Sheldon. Pero aquella noticia no llegaba nunca.

Aparte de un provechoso trato para el patriarca, parecía que la familia había abandonado la propiedad sin conseguir su objetivo prioritario, que no era otro que un anillo de compromiso en el primoroso dedo de Elisabeth.

—Y hablando de atrapar la felicidad, ¿qué tal te va con tu enamorado? Hace días que no me cuentas nada de ese portento de la creación llamado John Coleman.

Caroline esquivó la mirada de su amiga; sentirse interrogada no era tan divertido como formular las preguntas.

—Todo sigue perfecto. —Sonrió, pero no fue una sonrisa alegre. Más bien fue una sonrisa tensa, el tipo de sonrisa que uno usa cuando quiere aparentar que todo es maravilloso aunque no lo sea. ¿O sí?

El hijo del reverendo seguía portándose igual que el primer día en que se conocieron. Igual de amable, igual de caballeroso… Igual de plano. En él no había una pizca de vitalidad, ni de pasión, al menos, por el momento. A Caroline le sedujo la idea de un amor secreto y prohibido fraguado a las espaldas de su familia. La idea de corretear por los campos con un joven sencillo y alegre, intentando robarse un beso, era realmente romántica, una historia digna de una gran novela de amor, de esas que tanto le gustaban. John ni siquiera había intentado besarla y ella estaba ansiosa por que sucediera y poder quitarse de la cabeza el tórrido beso de Thomas Sheperd.

Su expresión decepcionada distaba mucho de la de una persona que vive una relación perfecta, y Marian lo notó al instante.

—¿Estás segura de lo que sientes por él? ¿Y de que te corresponde como te mereces?

—Sí, estoy segura. —En su voz se traslucía un mar de dudas, ni una gota de seguridad—. Es solo que su actitud a veces me confunde. Me ha dicho que me admira y que no ha conocido jamás a una mujer como yo. Que sería muy afortunado si pudiera pasar su vida conmigo.

—Creo que deberías hablar con tu familia. Deberías contárselo a Andrew, él es un hombre de mundo y, seguramente, podrá darte un punto de vista que nosotras jamás tendremos. Además, sabes que odia los secretos, y si John se presenta a pedir tu mano así sin más, pillándolo desprevenido, no me gustaría estar en tu lugar.

—Deberías ser más concreta, Marian. Andrew odia que los demás tengan secretos, pero bien que se encarga de guardar los suyos bajo llave. —Marian intentó no sonrojarse. Sus encuentros con ella eran parte de los secretos que guardaba celosamente. Caroline suspiró—. En el fondo, John es un romántico. ¿Sabes que es muy aficionado a la cría de palomas?

—Apasionante. Es todo un aventurero.

—Incluso me ha dicho que está trabajando en una nueva variedad y le pondrá mi nombre. —Volvió a suspirar—. Esos bichos ni siquiera cantan. Solo sirven para reproducirse y soltar sus excrementos por ahí, pero supongo que debo sentirme halagada.

Marian se subió el cuello de su capa para ocultar su risa. Caroline les tenía pavor a los pájaros y agasajarla poniéndole su nombre a uno de ellos era más que irónico.

—Yo me sentiría halagada, y le buscaría el lado práctico. Podrías amaestrarlas y conseguir que lancen sus excrementos como si fueran proyectiles. —Caroline soltó una sonora carcajada—. ¡Maravilloso!, mi primera víctima sería el rancio de lord Talbot. Sobre su calva brillante y grasienta…

Ambas se rieron con ganas y, mientras se ajustaban sus capas para protegerse del viento helado de noviembre, volvieron a sus casas elaborando una minuciosa lista de víctimas a las que atacar con sus palomas adiestradas.

Andrew se asomó a la ventana de su oficina y se aflojó un poco el nudo de la corbata. La niebla densa que se cernía sobre Londres, desde hacía más de una semana, combinaba a la perfección con su estado de ánimo, y le daba al cielo del atardecer un color plomizo y sucio que le provocaba sensación de ahogo.

Thomas entró sin llamar y dejó varios documentos sobre la mesa para que los firmara.

—¿Seguro que podrás arreglártelas? Será solo una semana.

—Por supuesto, no eres imprescindible, pedante. —El calificativo le recordó a Marian, y la imaginó con el ceño fruncido mientras le llamaba «Lord Pedante»—. ¿Por qué has decidido irte tan pronto? Pensaba que no volverías hasta Navidad y falta casi un mes. ¿Ocurre algo?

—No, pero tengo algunas cosas que poner en orden. —Thomas sonrió cínicamente, imaginaba a qué tipo de cosas se refería. Puede que para la mayoría de la gente su atípico baile con Marian Miller hubiera pasado desapercibido. Pero él, con su maldita costumbre de analizar y observar cada gesto, percibió la tensión, la intimidad y el deseo palpable que había entre ellos, como si estuvieran rodeados por un campo magnético que nadie más podía traspasar. Su comportamiento errático de las últimas semanas, su mal humor constante y su repentina decisión de volver al campo eran pruebas de su tormento.

Por primera vez desde que se estableció en Londres, hacía varios años, Andrew se levantaba a diario con una añoranza que casi le dolía. Su cuerpo necesitaba el aire frío y limpio de Greenwood Hall en sus pulmones, el viento gélido cortándole la piel de la cara mientras cabalgaba, el cielo, los pájaros. Y su mente, su traicionera mente, vagaba cada día por esos lugares tan conocidos buscando el destello de una melena pelirroja entre los árboles y los campos.

Sus intentos para olvidarse de la dueña de esa cabellera que lo atormentaba estaban resultando totalmente infructuosos. Salía cada noche intentando abotargar su cerebro con alcohol. Intentaba sumergirse en los placeres de otros cuerpos para olvidarla, con el frustrante resultado de una simple liberación física que solo conseguía hacerlo sentir sucio y usado. Ante la sorpresa de Thomas, asistió incluso a un par de veladas con la esperanza de encontrar alguna joven dama respetable que despertara su interés matrimonial, pero todas resultaban demasiado simples y anodinas. Alejarse del problema únicamente lo agudizaba más. El problema no era Marian, el problema era su propia tozudez que le impelía a rechazar unos sentimientos que se aferraban a él con una fuerza contra la que era incapaz de luchar. La solución pasaba por volver hasta ella y ponerle nombre de una maldita vez a aquello que los separaba y los atraía a partes iguales de manera irremediable.

—Suerte. Y valor… Creo que vas a necesitarlo. —Thomas recogió los papeles y le dio una palmada en el hombro a modo de despedida.

35

Marian entró a la mansión de los Greenwood por la puerta de las cocinas como era su costumbre. Le entregó sus guantes y su capa a una de las criadas con una sonrisa y, tras preguntar dónde se encontraba Caroline, se dirigió hasta la sala que le indicaron, frotándose las manos para hacerlas entrar en calor. Cruzó el vestíbulo y se quedó paralizada al ver que una alta figura bajaba la escalera.

Andrew Greenwood, con un traje de montar color gris oscuro, botas altas, los guantes de piel apretados en una mano y sus andares elegantes, suponía un verdadero espectáculo de la naturaleza. Bajó los últimos peldaños con una lentitud estudiada, mirándola fijamente y haciéndola sentir, sin pretenderlo, muy pequeñita.

El viento, como siempre, la había despeinado y estaba segura de que la gélida temperatura había conseguido que se le sonrojara la nariz. Su sencillo vestido de paño de color granate, aunque favorecedor, distaba mucho del elegante y perfecto atuendo del conde.

—Yo, discúlpeme, no sabía que estaba usted en Greenwood Hall, *mi…, milord.* —Odió la inseguridad de su voz y se enfureció consigo misma por su falta de control.

—¿Acaso no hubieras venido de haberlo sabido? —Dio un paso más hacia ella y, por un momento, pensó que ella retrocedería. Sus manos vencieron la tentación de atrapar uno de sus rebeldes mechones y enredarlo entre sus dedos. Estaba preciosa, tan natural como siempre, sin artificios. Solo ella. Solo Marian.

—Voy a buscar a Caroline, me estará esperando. —Y eludiendo su pregunta salió disparada hacia la salita azul con los nervios mordisqueando su estómago.

Andrew se quedó allí parado mientras ella se perdía por el pasillo, pensando que como primera toma de contacto había sido un verdadero desastre.

A última hora de la tarde, un muchacho llevó una carta a Greenwood Hall. En el austero sobre podía leerse, con una letra tosca y sin gracia, el nombre de la señorita Caroline Greenwood.

Y se desencadenó el caos. Caroline, al principio ilusionada al reconocer la letra de la misiva, palideció conforme sus ojos paseaban por los renglones ligeramente torcidos. Se quedó paralizada. Sus manos temblorosas se volvieron flácidas y dejaron caer el papel, que voló hasta la alfombra en un suave vaivén, mientras una gruesa lágrima rodaba por su pálida mejilla.

Marian la sujetó por los brazos y la zarandeó un poco para sacarla de su estupor, intentando que le contara qué le ocurría. Frustrada, recogió la carta del suelo para averiguar lo que había perturbado tanto a su amiga, y no pudo evitar quedarse perpleja ante el giro de los acontecimientos: John Coleman, con un par de frases certeras, terminaba de un plumazo con lo que fuera que había entre ellos, anunciándole, además, la buena nueva de sus futuras nupcias con una prima segunda elegida con esmero por su padre.

Caroline siempre conseguía lo que quería de una

forma u otra, no estaba acostumbrada a que se le negara algo, mucho menos el amor. Y, aunque en los últimos tiempos sentía que su pasión adolescente se desinflaba por momentos, el sentirse traicionada hacía que magnificara unos sentimientos que, en realidad, no eran ni tan fuertes ni tan puros.

Marian siempre tuvo la esperanza de que Caroline perdiera el interés por el joven, con el que dudaba que pudiera llegar a ser feliz, pero ser abandonada y, encima, a través de una fría y desabrida carta, era humillante y doloroso.

Su amiga intentaba consolarla, tratando de hacerla entrar en razón, sin embargo, sentirse traicionada por primera vez en la vida no era fácil de digerir, y la fría decepción dio paso a la desesperación. Sus llantos alertaron a Eleonora y a Crystal, que bordaban en otra habitación. Entre hipos y sollozos, Eleonora consiguió entender, totalmente alucinada, que su hija llevaba meses en una relación clandestina con un chico al que apenas le ponía cara y ella no había notado absolutamente nada. Mandó a Crystal a su habitación para interrogar a su hija mayor con libertad y, a regañadientes, la pequeña fierecilla se fue, quejándose de ser siempre la última en enterarse de todo lo interesante.

Ante la imposibilidad de sacarle más de dos palabras seguidas, decidió dirigirse a la cocina y pedir que le prepararan una infusión relajante con un poco de licor. Y de paso tomarse otra ella.

—¡¡Tú tenías razón, tú tenías razón… ¡¡Debí pensarlo mejor!! ¡¡Es horrible!! —Se sonó la nariz sonoramente—. Tú me dijiste que hablara con Andrew. Si lo hubiera hecho, seguro que me habría advertido que ese tipo es un rastrero y un patán.

—Caroline, no te atormentes, puede que haya sido mejor así.

—La culpa es mía. —Acompañó la afirmación con una nueva tanda de sollozos mientras se dejaba caer en el sillón. Marian se puso en cuclillas a su lado, sujetándole una mano entre las suyas. Algo pareció cruzarse por su mente, y su expresión dolida viró de repente a una furiosa—. ¡La culpa es de ese maldito Thomas Sheperd! —Marian abrió los ojos como platos—. Si él no me hubiera... No debí fiarme de él.

—¿Qué demonios tiene que ver Sheperd con esto, Caro?

—El muy canalla, le pedí que me enseñara a besar. —Un gemido lastimero la interrumpió y se tapó la cara con las manos. Marian, que permanecía agachada junto a ella, acabó con sus posaderas en el suelo de la impresión—. ¡Y me enseñó mal! Su beso fue tórrido y desvergonzado, y... apasionante.

—¿Y? Sigo sin entender nada.

—Lo asusté. —Marian seguía sin hilar nada de lo que decía. Caro bufó frustrada ante la cara perpleja de su amiga—. John me besó. Y su beso fue todo lo contrario al de Sheperd. —Una nueva tanda de sollozos acongojados salió de su pecho—. Yo intenté la técnica que Thomas me enseñó. —Recordó, abochornada, cómo empezó a mover su lengua tímidamente sobre los labios de John, intentando mejorar el horrible beso que estaba recibiendo—. John se espantó y me dio una charla sobre la moralidad y los votos. Seguro que pensó que era una perdida.

Marian no sabía si reír a carcajadas o compadecer a su amiga por el bochorno de la situación, pero solo podía agradecer al cielo que aquel absurdo enamoramiento hubiera finalizado. Caro se merecía sentir todas esas cosas que Sheperd le había mostrado, las mismas cosas que Andrew le había enseñado a ella. Besos apasionados y vibrantes que hacían palpitar la sangre.

Caroline se reclinó dramáticamente en el sofá y lloró amargamente mientras su madre regresaba al salón para intentar que se bebiera la infusión, convenientemente aderezada con un buen chorro de brandy.

Andrew desmontó su caballo entregándole las riendas al mozo de cuadra que lo esperaba en el patio con un farol encendido. El aire frío le trajo el olor a lluvia y a tierra húmeda, y las primeras gotas comenzaron a salpicar el paño de su abrigo. Miró ceñudo al cielo, oscurecido prematuramente por negros nubarrones. Había visitado a varios de los arrendatarios y después había dado un largo paseo a caballo por sus tierras, disfrutando de la sensación de libertad. Se sentía cansado, pero notaba que gran parte de su desazón se había disipado.

Por el momento.

Al entrar en casa, el mayordomo lo recibió con cara de circunstancias, más serio de lo habitual.

—¿Dónde están todos, Leopold? —preguntó, entregándole el sombrero y el abrigo.

—Las damas están en la sala azul, *milord*. Recuerde que el señor Richard se fue a casa de sus primos esta mañana. Volverá en un par de días.

Andrew hizo un gesto con la mano, era cierto que Richard se lo había dicho la noche antes, pero lo había olvidado. Aprovecharía la visita a los Owen para adquirir un par de caballos con los que mejorar sus cuadras.

La puerta de la sala estaba abierta, y hasta Andrew llegaron sollozos, llantos y conversaciones confusas mientras avanzaba por el pasillo. Sintió un nudo en el estómago y se quedó petrificado sin poder reaccionar cuando llegó a la puerta. Su hermana estaba deshecha en llanto en el sofá y su madre, sentada junto a ella, intentaba que se bebiera el contenido de la taza que tenía entre las manos. Marian, de rodillas frente a ella, intentaba hacerla entrar en razón.

—¿Qué ha pasado, madre? —Se acercó angustiado hasta ellas, que lo miraron como si hubieran visto una aparición.

Su madre se levantó y lo cogió del brazo.

—Ven, hijo. Hablemos en otro lugar. —Prefería plantearle el problema de forma sosegada y ofrecerle una versión edulcorada sobre el berrinche de Caroline, o temía que la cabeza del tal Coleman acabara separada de su cuerpo antes del amanecer.

—No. Dime qué ocurre, madre. Ahora. —Se acercó a su hermana con la preocupación tensando sus músculos y se arrodilló junto a Marian, cogiendo entre sus manos la cara de Caroline.

—Cariño, qué pasa. Dímelo, yo te ayudaré. No llores, por favor. —Entre sollozos entrecortados, su hermana intentó a medias explicarle lo sucedido, pero la tercera taza de infusión mezclada con licor, en la que el brandy era el ingrediente más abundante, provocó que se le trabara la lengua y los pensamientos se amontonaron en su mente sin orden ni concierto.

—Él..., John. Se ha prometido. Me ha abandonado. —Estalló en un llanto todavía más fuerte y Andrew, exasperado, sin tener ni idea de quién era el tal John, le arrebató la carta que estrujaba entre las manos convulsivamente contra su corazón para intentar arrojar algo de luz sobre el asunto—. Marian, tú me dijiste..., tú me dijiste...

Andrew pasó los ojos por los renglones de manera frenética, sintiéndose golpeado por la idea de que su hermana pudiera haber estado expuesta a un desaprensivo sin que él hubiera podido evitarlo.

—¿John Coleman? ¿El hijo del reverendo? —Su mandíbula se descolgó por la sorpresa—. ¿Qué demonios hacías mezclada con ese, ese...? Madre, ¿tú lo sabías? —Eleonora bajó la cabeza y negó con un gesto consternado.

Caroline no tenía ganas de seguir dando explicaciones, adormecida por el licor y agotada de tanto llorar, y apoyó su cabeza en el hombro de su madre, que decidió que era el momento perfecto para llevarla a la cama. La ayudó a levantarse y le pasó un brazo por la cintura para guiarla hasta su habitación. Marian fue a sujetarla del otro brazo y pasó junto a Andrew sin mirarlo, notando la ira contenida que tensaba su cuerpo.

—No tan rápido. —La voz furibunda de Andrew las detuvo de golpe, provocando que la inestable Caroline se inclinara un poco hacia delante. Marian recordó el efecto tan nefasto que les provocó el licor de cerezas y se compadeció de su amiga. A la mañana siguiente, aparte del dolor provocado por su corazón roto, tendría un considerable dolor de cabeza—. Señorita Miller, puedo suponer que usted era conocedora de todo esto. —Su mirada era gélida y ella sintió que la piel de la cara y el cuello enrojecían.

—Sí, por supuesto.

—Por supuesto —repitió él con sarcasmo. No era demasiado racional culpar a Marian de lo ocurrido, pero las palabras de Caroline abatida por el llanto le taladraban los oídos: «Marian, tú me dijiste...». ¿Acaso ella había alentado a su hermana para que se entregara a aquella relación secreta? ¿Acaso era tan imprudente y descerebrada como para apoyar a Caroline en eso? Sabía que Marian adoraba a su hermana, jamás haría nada que la perjudicara, aunque puede que, con su rebeldía habitual, la hubiera incitado y animado a romper las reglas—. Madre, lleva a Caroline arriba, si necesitas ayuda llama a alguien del servicio. —Su mirada furiosa no se apartó de Marian ni un momento—. La señorita Miller y yo vamos a hablar detenidamente.

—Hijo, espera a que acueste a tu hermana y todos hablaremos con calma. Marian no tiene nada que ver con esto.

Eleonora conocía lo suficiente a su hijo como para entender que consideraba a Marian cómplice de aquella situación, y no era justo que ella pagara las consecuencias de una relación que se le había escapado de las manos a su hija.

Ambos se miraban tan intensamente que ni siquiera se molestaron en prestar atención a lo que les dijo Eleonora, que salió intentando caminar lo más estable posible con Caroline agarrada a su cintura y cerró la puerta al salir.

Marian sintió el corazón golpeándole en el pecho con fuerza e, incapaz de sostener su mirada, soltó el aire, frustrada, y optó por una retirada digna antes de perder la compostura.

—Será mejor que me vaya —dijo Marian, dirigiéndose hacia la puerta hasta que Andrew la sujetó del brazo para impedírselo.

—Puedo pensar de ti cualquier cosa excepto que seas una cobarde, así que no vas a irte a ninguna parte hasta que hayamos hablado. Estabas al tanto de esto y no has hecho nada para impedirlo. Te exijo que me digas todo lo que sabes. Si ese malnacido le ha tocado un solo pelo, lo mataré con mis propias manos —dijo, acercándola a su cuerpo de un tirón.

Ella se soltó y se encaró a él.

—¿Me exiges? ¿Tú a mí? —Si el momento hubiera sido menos tenso, a Andrew le hubiera hecho gracia constatar cómo cuando discutían Marian pasaba a tutearlo—. No soy uno de tus lacayos ni de tus trabajadores y lo siento, pero tiemblo cuando me miras con el ceño fruncido. Si te digo lo que sé, será porque yo quiero hacerlo y porque me preocupa el bienestar de mi amiga. No por tus absurdas ínfulas de grandeza. Me importa un bledo que seas conde, duque o el mismísimo rey.

—¿Ínfulas de grandeza? ¿Piensas que en estos momentos estoy comportándome como un maldito conde? Lo único que me preocupa es el bienestar de mi hermana. No puedo creer que haya estado expuesta a la deshonra y a saber qué cosas más, y tú no hayas tenido la sensatez de quitarle sus absurdas aspiraciones románticas de la cabeza. Tú tienes más influencia sobre Caroline que ninguno de nosotros. —Sabía que era una insensatez culparla, mas estaba furioso y asustado por lo que podía haber pasado.

—No tiene sentido hablar contigo cuando directamente me acusas y me juzgas como si yo fuera la culpable de esto. Hablas como si yo hubiera actuado de celestina o los hubiera empujado a quererse.

—¡Quererse! —La carcajada de Andrew sonó hueca y cruel—. Vamos, Marian. Te conozco lo suficiente. No creo que los empujaras a estar juntos con argumentos fundados en el amor y en el romanticismo. Pero seguro que la animaste a romper las reglas, a desafiar lo establecido, las normas sociales que consideras tan absurdas y los convencionalismos de la alta sociedad. Un amor transgresor con un joven sin posición, ni nombre, ni una triste moneda en su bolsillo. Y por lo que creo recordar, su sesera está igual de vacía. Puede que esa sea la relación perfecta para ti, pero no para Caroline.

Andrew se arrepintió inmediatamente del insulto. No obstante, una vez dichas las palabras, no podían borrarse.

Ella entrecerró los ojos como si en lugar de una frase hubiera recibido un golpe en el estómago, y Andrew notó cómo apretaba la mandíbula y elevaba la barbilla.

Se acercó hacia ella para disculparse, pero ella retrocedió.

—Conoces muy poco a Caroline si crees que mis consejos o los de cualquiera pueden cambiar su opinión de un plumazo. —Su voz era fría y cortante—. Yo nunca he estado de acuerdo con esa relación, pero no soy quién para juzgarla ni mucho menos para traicionarla. Coleman es un patán, y no creo que Caroline haya corrido ningún peligro a su lado. Es un hombre honorable.

—Te recuerdo que los hombres honorables también tienen instintos, Marian. —Se acercó inclinándose hacia ella, consiguiendo que su piel se erizara ante la cercanía de su cuerpo, ese cuerpo que, aunque le pesara, la atraía irremediablemente—. Los hombres honorables pueden sentirse dominados por el deseo y tomarse libertades con las damas de bien, incluso en mitad del campo. —La referencia a su primer encuentro hizo que ella ahogara un jadeo indignado—. Y que se dejen llevar cuando se encuentran con el cuerpo tentador de una mujer hermosa a solas en una habitación, aunque no tengan ninguna intención de casarse con ella. —Andrew se sentía tan frustrado que no podía contener lo que salía de su boca, y cada frase resultaba más hiriente que la anterior—. Ese hombre no está a la altura de Caroline.

Marian sentía la sangre hervir en su interior, preguntándose qué diablos no funcionaba en su cabeza para estar enamorada de una persona tan insensible y despreciable.

—¿Acaso hay alguien en la faz de la tierra a la altura de los Greenwood, según tu criterio? Tu estándar es tan alto que, para el resto de los mortales, resulta inalcanzable. Ni siquiera Elisabeth Sheldon, *summum* de la excelencia, es digna de merecer tu atención. Cómo osa el joven John aspirar a emparentarse con alguien tan ilustre como el conde de Hardwick. Es inconcebible. —Su tono rozaba el cinismo y Andrew no estaba de humor para soportarlo.

—No estamos hablando de lo que yo busco para mí, hablamos de lo que Caroline necesita. —Marian bufó, burlándose de él—. Mi criterio para buscar esposa, desde luego, no es asunto tuyo.

—¿Buscar esposa? ¡Ja! No buscas esposa, buscas una deidad, una santa que aumente aún más tu aura de respetabilidad y perfección. —Marian perdió la capacidad de controlar su enfado. Estaba cansada de que siempre acabara insultándola con sus pullas y desprecios—. Eres un pedante, un cretino, un egocéntrico y un déspota.

—Marian, controla tu lengua o…

—¿O qué? ¿Vas a echarme de tu propiedad? Ya es hora de que lo hagas porque si no, tarde o temprano, te patearé tu pomposo trasero. Estoy harta de ti, harta de no saber quién eres verdaderamente. El intransigente conde de Hardwick, al que no le tiembla el pulso a la hora de menospreciarme, o Andrew, el que hace que yo… —Las palabras se atascaron en su garganta ante la intensa mirada de Andrew. No podía expresar en voz alta lo que le hacía sentir—. Te contaré un secreto que, sin duda, te facilitará el trabajo. Jamás vas a encontrar una esposa que te agrade porque estás tan enamorado de ti mismo y de lo que representas que no eres capaz de ver delante de tus propias narices.

—Será mejor que te vayas antes de que diga algo de lo que me arrepienta. —Sus labios se habían convertido en una fina línea. Marian abrió la boca, pero se arrancaría la lengua antes de disculparse, y la opción que le quedaba era mandarle al cuerno, así que la volvió a cerrar. La furia estaba a punto de desatarse en el interior de Andrew, consciente de que continuar con la discusión en esos instantes sería un error—. Márchate.

Por primera vez en su vida Marian salió de la habitación sin tener la última palabra en una discusión.

Andrew se dirigió al aparador y se sirvió una generosa copa de brandy que se acabó en dos tragos. El líquido áspero le produjo una cálida sensación que se extendió desde su estómago hasta sus nervios y apaciguó un poco su estado. Cuando se serenó, salió de la salita cruzando el vestíbulo camino de la habitación de su hermana. Ya no había rastro de Marian y un extraño vacío se alojó en su interior.

Leopold miraba por la cristalera de la puerta principal hacia el exterior mientras se estrujaba las manos con preocupación.

—¿Qué ocurre? —preguntó el conde secamente.

—Verá, *milord*. La señorita Miller se ha ido y... Señor, está diluviando. Se acerca una tormenta. Ya sabe lo que ella sufre con... —carraspeó incómodo. Solo era el mayordomo y no debía inmiscuirse en los problemas de los amos. Los sirvientes de toda la vida conocían perfectamente la triste historia de Marian, aunque no era decoroso que hablaran de ello. Pero no había podido evitar escuchar los gritos y el viejo sirviente vio la desolación en los ojos de Marian cuando se marchó.

—El trayecto es corto. —Intentó convencerse a sí mismo de que no sufriría ningún percance, aunque todos sus instintos le impelían a salir corriendo tras ella, besarla hasta robarle el aliento y rogarle que le perdonara—. Avísame cuando vuelva el cochero —dijo, dándose la vuelta para ir a buscar a su madre. Aún le quedaban muchas dudas que resolver esa noche.

—¡*Milord!* —gritó antes de que el conde pisara el primer escalón—, ella se ha ido a pie. Ni siquiera ha aceptado un paraguas. Parecía muy disgustada.

Andrew comenzó a maldecir entre dientes, sintiendo un frío cortante que lo partía por la mitad, y pidió con urgencia que trajeran su caballo. Esa noche Demonio Miller no se escaparía de recibir un merecido castigo por su insensatez y él iba a estar más que dispuesto a ser quien se lo diera.

36

Andrew sentía la furia en la sangre; el único sentimiento capaz de superarla era la preocupación que tenía en ese momento. Entrecerró los ojos, intentando adivinar entre la intensa lluvia qué parte del camino era más segura, y maldijo en todos los idiomas que conocía la insensatez de Marian y, más aún, la suya propia por no haber calibrado las consecuencias. Un relámpago lejano iluminó la noche durante unos segundos y pudo vislumbrar unos metros del camino que se abría ante él. La distancia entre su casa y Greenfield no era demasiado larga atrochando por el camino del bosque, pero cuando llovía, se volvía un barrizal, y los pequeños torrentes que bajaban de las colinas lo convertían en una senda intransitable llena de raíces y ramas caídas arrastradas por la escorrentía.

El bosque estaba tan oscuro que apenas veía unos palmos por delante de su montura, y solo la luz de la tormenta, que se aproximaba velozmente arrastrada por el viento, le impedía cabalgar prácticamente a ciegas. Un dolor intenso se afincó en su pecho al pensar en Marian atravesando el bosque sola en esas condiciones, aterrorizada por los truenos cada vez más cercanos. Si le ocurría algo, jamás se lo perdonaría. Espoleó un poco más al caballo deseoso de encontrarla cuanto antes. No podía haber avanzado demasiado. Al doblar un recodo, un nuevo relámpago, esta vez cercano, partió el cielo nocturno iluminando una figura que trató de apartarse del camino, asustada.

Marian se quedó paralizada al ver al caballo encabritarse por encima de ella, alterado por su inesperada presencia. Se tapó la cabeza con los brazos y no pudo evitar un grito que puso los pelos de punta a Andrew. Él consiguió dominar al animal y bajó de un salto con el corazón desbocado. Sujetó a Marian por los brazos con desesperación, examinándola para averiguar si había sufrido algún daño. Empapada y sin dejar de temblar intentó, sin éxito, soltarse de su agarre. Un rayo cruzó el cielo iluminándolos y Marian se encogió sobre sí misma, anticipando el sonido hueco que vendría después. Angustiado, sintió el pánico de Marian en su propio cuerpo y la abrazó con fuerza.

—Marian, escúchame, debemos ponernos a cubierto. —Cogió su cara entre las manos—. El camino está en muy malas condiciones. Es arriesgado ir a caballo con el suelo tan resbaladizo, con el peso de los dos podría hacerse daño o podríamos acabar en el suelo. —Ella asintió. La cogió de la mano intentado decidir qué dirección tomar.

Estaban más cerca de Greenwood Hall que de la casa de Marian, lo más sensato sería volver sobre sus pasos. De repente, una idea cruzó su mente, un impulso egoísta e irracional muy impropio en él. Algo totalmente incorrecto, temerario: la casa de invitados de los Greenwood, «la casita», como todos la llamaban, estaba a pocos minutos de allí. Lo suficientemente cerca para justificar ante sí mismo lo que acababa de decidir. Con Marian sujeta firmemente de su mano y las riendas del caballo en la otra, enfiló el camino hacia el desvío que llevaba hasta la casa.

Se negó a pensar con serenidad, a valorar las consecuencias que, en el fondo, sabía que ocurrirían, a comportarse con la rigidez y el raciocinio inherentes a su persona. Solo quería protegerla, hacerle entender que no sentía las barbaridades que le había dicho momentos antes, abrazarla y calmar sus miedos, apaciguar los demonios que sabía que, de un momento a otro, acudirían a atormentarla. Egoístamente quería ser él, solo él quien la arropara y serenara su espíritu.

Marian, cobijada bajo su capa empapada, levantó la vista al encontrarse delante de la puerta del edificio de piedra gris. En medio de la oscuridad resultaba tétrica y se asemejaba al armazón de un barco abandonado, con todas sus ventanas cerradas como ojos oscuros y amenazantes.

—Espera aquí. —Andrew se obligó a soltar su mano para llevar el caballo a la pequeña caballeriza situada en un lateral de la casa, y volvió corriendo al lado de Marian, que permanecía encogida debajo de uno de los aleros.

Pasó las manos sobre el marco de la puerta buscando el saliente de un escondite secreto, donde Richard y él solían guardar una llave, pero no daba con él. Sus dedos estaban entumecidos por el frío y la humedad, y tuvo que desistir. Se dirigió a la carrera hacia uno de los laterales y, con una piedra, golpeó el cristal de una de las ventanas que daba a la pequeña cocina. En menos de un minuto había allanado su propia casa para abrir la puerta desde dentro.

Marian se sorprendió al verlo aparecer en la puerta principal con una vela encendida, como el perfecto anfitrión, a pesar de que su abrigo y su pelo chorreaban agua sin cesar. La instó a pasar y ella esperó en el gran salón junto a una de las ventanas, observando la oscuridad de la noche mientras él deambulaba por la casa.

Entró en la primera habitación del pasillo y comprobó que todo estaba en orden y había mantas suficientes para los dos. No era demasiado grande, por lo que no tardaría mucho en caldearse, tenía unos pocos muebles y una cama pequeña, aunque acogedora. El desasosiego lo invadió al fijar su vista en un mueble en concreto, pero lo apartó rápidamente de su mente. Fue hasta la cocina, volvió cargado con más leña y encendió la chimenea. Cuando regresó al salón, Marian seguía en el mismo sitio, frente a la ventana, abrazándose a sí misma y temblando visiblemente, rodeada por un pequeño charco de agua de lluvia que escurría de su ropa.

—Marian. —Ella se sobresaltó y salió de su ensimismamiento, aunque no se giró a mirarle.—. Marian, ven aquí. Tienes que quitarte esa ropa empapada. He encendido la chimenea en la habitación.

Ella miró a su alrededor como si acabara de tomar conciencia de dónde estaba, y sus ojos se clavaron en la enorme chimenea vacía y fría del salón.

—Esta habitación es demasiado grande, tardaríamos horas en conseguir caldearla.

Lo siguió hasta el cuarto como un autómata y se acercó hacia la chimenea con pasos entumecidos.

Él no le quitaba la vista de encima mientras se desprendía de sus botas empapadas y de la levita. Por suerte, su gruesa capa había evitado que se calara hasta los huesos, pero Marian estaba hecha un verdadero desastre. El bajo de su falda estaba empapado y manchado de barro, y su capa de lana, aunque se había llevado la peor parte, no había conseguido protegerla del todo. El cabello se le había soltado por completo y las hebras mojadas goteaban sobre su espalda y sobre la alfombra. Las manos le temblaban tanto que era incapaz, ni tan siquiera, de desabrocharse el nudo de la capa.

Andrew fue hasta ella y le desabrochó la prenda dejándola sobre la mesa y, tras sentarla en una silla junto al fuego, se arrodilló para quitarle las botas mientras Marian, exhausta, se dejaba ayudar. Cogió una de las toallas que había sacado del armario, se colocó de pie detrás de ella para secarle el pelo con suavidad, masajeando el cuero cabelludo con relajantes movimientos circulares. El único sonido que interrumpía la quietud y el silencio dentro de la habitación era el chisporroteo de las llamas que lamían los troncos de la chimenea. Marian cerró los ojos y echó la cabeza hacia atrás, dejándose arrastrar por la reconfortante sensación y, de repente, su cerebro reaccionó y fue consciente de los dedos de Andrew masajeando su nuca, de su respiración cálida y tranquila, de su magnética presencia llenando la habitación. No podía permitirse volver a caer ante su lado más amable, aquello resultaba casi tierno, aunque, con toda seguridad, no era real. Alargó la mano y de un tirón le quitó la toalla de las manos para secarse ella misma.

Andrew suspiró audiblemente.

El vestido granate se cerraba a la espalda, y aprovechó que Marian se había inclinado hacia delante, intentando desenredarse el cabello, para comenzar a desabrocharle los pequeños botones de nácar. Ella se levantó de un salto encarándolo.

—No te atrevas. —Le señaló con un dedo tembloroso pretendiendo resultar amenazador, efecto que quedó eclipsado por el castañeteo de sus dientes—. No me pongas las manos encima.

—Dejemos los comportamientos rencorosos e infantiles para cuando salgamos de aquí. Ahora la prioridad es quitarte esa ropa empapada antes de que cojas una pulmonía.

Se acercó muy despacio hasta ella, como si se acercara a un animalillo asustado, mientras Marian intentó alejarse, hasta chocar contra la mesa a su espalda. No quería que volviera a tocarla porque era consciente de que no tenía la fuerza de voluntad para rechazarlo. Y se odiaba a sí misma por ello.

—Date la vuelta. Por favor. —Marian odió que utilizara ese tono de voz con ella. Ese susurro ronco excitaba todas sus terminaciones nerviosas y despertaba en ella anhelos inconfesables.

Comprendió que era inútil empecinarse en permanecer mojada, ya que estaba empezando a encontrarse muy mal. El frío le estaba entumeciendo los miembros y no podía plantarle cara si parecía un gatito empapado y tembloroso.

Se dio la vuelta, dándole acceso a la larga ristra de minúsculos botones, y permaneció con la espalda tensa mientras él soltaba cada pequeña pieza y separaba la tela mojada de su piel. Cuando hubo terminado, el vestido cayó a sus pies por el peso de la humedad. Se estremeció al notar el aliento cálido de Andrew en la nuca, y cada fibra de su ser deseó ser acariciada por sus manos firmes.

Andrew observaba la curva de su cuello, sus hombros, su espalda, y tuvo que cerrar las manos ante la tentación de acariciarla y recorrer con los dedos la forma de su columna, cada pedazo de piel, cada pequeña y deliciosa peca. Su mente se negaba a darle forma al pensamiento que su parte racional se esforzaba por sacar a la superficie. No deberían estar allí. Él sabía que era un error que, posiblemente, pagarían muy caro.

En lugar de llevarla de vuelta a la protección de su hogar, donde su integridad física y su virtud estarían a salvo, la había arrastrado a través del bosque hasta una casa solitaria, aferrándose a la necesidad de estar junto a ella. Esto era diferente a los encuentros furtivos y pasionales que habían tenido, donde ellos eran los únicos testigos de sus transgresiones. Puede que Marian aún no hubiera calibrado las consecuencias, pero él tenía muy claro lo que pasaría al día siguiente cuando se descubriese que habían pasado la noche juntos, pero había sido incapaz de actuar con la sensatez que se esperaba de él. Una situación comprometida exigía una reparación inmediata. Ambos tendrían que hacer lo correcto por respeto a la honorabilidad de sus respectivas familias.

Tenía la certeza de que Marian también se hallaba sumida en un mar de dudas, completamente absorbida por lo que sentía, pero incapaz de derribar la barrera imaginaria que los separaba. Sus encuentros, sus miradas, su entrega... no podían significar otra cosa. Ella sentía lo mismo que él. Era absurdo seguir luchando contra eso, alternando un momento de sumisión con otro de lucha, y no encontraba la manera de hacer frente a todo aquello sin quedar expuesto y vulnerable. Sin que ambos lo hicieran, en realidad.

Soltó el aire lentamente observando a Marian vestida solo con la camisola que, por suerte, no se había mojado demasiado y con el calor de la chimenea no tardaría en secarse.

Andrew extendió la ropa de ambos en una de las sillas para que se secara y sacó una manta del armario para que ella se tapara. Se quedó petrificado cuando se volvió y vio a Marian sentada junto a la chimenea, levantando el bajo de encaje de su camisola con la intención de desprenderse de sus medias mojadas. Marian debió notar la intensa mirada sobre ella porque levantó la cara hacia él, sin parar de arrastrar la fina seda por su piel.

El calor del fuego estaba empezando a calentarle los músculos y había dejado de temblar.

Le dirigió una mirada desafiante y Andrew tragó saliva mientras todo su calor corporal empezaba a concentrarse en un punto muy concreto de su cuerpo.

—No es necesario que finjas azorarte. Has demostrado con creces que resistirte a mí no te supone ningún problema, así que no me mires como si estuviera planeando matarte.

Solo que sí lo estaba matando.

El mero hecho de estar a solas con ella era una tortura lenta y dolorosa, un calor líquido e hiriente que se transmitía por sus tendones, sus nervios y sus venas, amenazando con calcinarlo. Andrew bajó la mirada, decidido a no dejarse arrastrar. No todavía.

Consciente de que la camisola dejaba bastante poco a la imaginación, Marian se puso de pie con la intención de provocar su ira y enfurecerlo con su descaro. Aunque lo que estaba provocando era algo muy distinto y puede que más peligroso.

Andrew estrujaba la recia manta entre las manos, mientras observaba la embriagadora visión que tenía delante. La camisola, de por sí reveladora, resultaba totalmente transparente al trasluz del fuego que ardía detrás de ella. Marian, sin dejar de mirarlo a los ojos, llegó hasta él y le arrebató la manta de las manos para cubrirse.

—Marian. Siento haber sido tan brusco antes. Yo... no tengo ningún derecho a tratarte así, y a veces me comporto como un imbécil.

—Por fin algo en lo que estamos de acuerdo. Pero no se moleste, no necesito disculpas. Lo único que necesito es olvidarme de todo lo que haya pasado entre nosotros. Volver a ser el hermético lord Hardwick y la insufrible señorita Miller. Tratarnos con indiferencia o, mejor aún, no tratarnos. Al menos eso me recordará mi lugar respecto a... —Un trueno demasiado fuerte, demasiado cercano, resonó en la quietud del bosque, y Marian se interrumpió, encorvándose ligeramente, como si después del desagradable sonido su cuerpo se preparara para recibir un terrible impacto.

Se acercó un paso hasta ella al notar su temor, pero Marian lo detuvo con un movimiento de la mano. Andrew sintió algo que no estaba acostumbrado a sentir, la negación de un deseo. Estaba desolado, lo que quería estaba muy cerca, pero era tan difícil de atrapar como un jirón de niebla entre las manos.

—Entiende que he perdido los nervios al ver a Caroline en ese estado. No debí culparte ni debí hablarte así. —Se pasó las manos por el pelo, intentando expresar lo que sentía sin exponerse demasiado. No era consciente de que hablar a medias, sentir a medias ya no era una opción—. He sido injusto y mezquino de mil formas distintas en los últimos meses, y tú no tienes la culpa. No he sabido digerir todo esto y he pagado contigo mi frustración.

—Hoy Caroline es la excusa, ¿y qué vendrá después? En el fondo creo que siempre has tenido razón, somos diferentes, incompatibles, y no deberíamos estar cerca el uno del otro. Hay mil razones por las que deberíamos evitarnos, tú lo has sabido desde siempre.

—¿Y has escogido este momento para comenzar a hacerme caso? ¿Desde cuándo crees que mi opinión es algo incontestable? —No en ese momento, cuando él estaba desesperado por acogerla entre sus brazos y besarla para no tener que describir con palabras lo que lo consumía.

—Desde que he comprendido que no me compensa entregarme a ti, recibir tus besos como si fueran una limosna, si después el precio a pagar es tan alto.

Andrew sintió la desolación alojarse en sus entrañas, y la desconocida sensación provocó que se estremeciera como si estuviera cubierto de escarcha.

—Marian… —No sabía cómo continuar. Qué podía decir si su maldito orgullo no le permitía suplicarle una oportunidad, si bloqueaba su capacidad de razonar, de hablar con coherencia—… Yo no sé cómo explicarte lo que siento.

Marian cerró fuertemente los ojos y negó con la cabeza, interrumpiendo su discurso. Si ni ella misma podía explicarse lo que sentía, cómo iba a tener capacidad para cargar con los sentimientos tortuosos de otra persona.

—No deberíamos estar aquí. —La voz de Marian sonaba quebrada por los nervios y por algo más, puede que por el miedo. Los relámpagos eran cada vez más continuos y los truenos menos espaciados. La ansiedad se adueñaba de ella, entumeciendo sus músculos, provocando una corriente helada que comenzaba en la nuca y se extendía por toda la columna vertebral—. Deberíamos volver a casa.

Andrew sabía que tenía razón, no deberían estar allí y él era el único responsable.

—Descansa un poco, hasta que no pare la tormenta no podremos salir de aquí.

—Por favor, déjame sola.

Obedeció sin rechistar.

Necesitaba aire, permanecer en esa habitación un minuto más junto a ella acabaría derrumbando sus defensas, y no podía soportar la presión que sentía en el pecho. Salió de la habitación agradeciendo el frío y la oscuridad que lo recibieron al llegar al gran salón. Iluminado por los continuos relámpagos, se sirvió una copa y se quedó allí, en la misma ventana que había ocupado Marian minutos antes, observando la oscuridad que se cernía sobre la casa y, más aún, sobre su futuro.

37

Andrew no sabría decir cuánto tiempo permaneció plantado frente a la ventana, sumido en la vorágine de sus propios pensamientos, aletargando la desazón de su ánimo con alcohol.

Un trueno desgarró el silencio de la noche, como si el mismísimo infierno hubiera estallado encima de sus cabezas. El viento azotó la casa con más fuerza y los cristales vibraron en sus marcos. El ruido lo sacó de su espiral de autocompasión y dejó el vaso con un golpe seco en la mesa. Tenía que ver cómo se encontraba Marian y no pensaba dejarla sola en esos momentos, por mucho que se lo pidiera.

Su respiración era cada vez más rápida, más superficial y el aire entraba en sus contraídos pulmones causándole un dolor insoportable. El trueno resonó en su cabeza provocándole un estremecimiento, y se tapó los oídos con sus pequeñas manos cerrando los ojos con fuerza. Imágenes fugaces, sonidos desconcertantes llegaban hasta ella mientras un velo negro de sufrimiento y desesperación lo cubría todo.

Los caballos gemían lastimeramente con un sonido espeluznante que helaba la sangre. Pequeños fogonazos de luz. Madera crujiendo alrededor, y el frío y la humedad que lo invadía todo.

Un pequeño destello seguido de un ruido ensordecedor y la cara de su madre iluminada durante unos instantes, pálida y contraída por el dolor.

Y el terror. El pavor más absoluto y devastador paralizando todo su mundo.

Andrew maldijo con todas sus fuerzas al entrar en la habitación y encontrar a Marian acurrucada en un rincón con los ojos cerrados y una expresión de pánico que le heló la sangre. En dos zancadas llegó hasta ella para cogerla en brazos e intentar rescatarla de aquella pesadilla. Marian gimió y trató de defenderse, impidiéndole que la tocara sin ser consciente de dónde ni con quién estaba, sumida en su propio infierno.

Andrew se arrodilló a su lado, hablándole suavemente para hacerla volver en sí.

—Marian, cariño, escúchame. —Le acarició suavemente los brazos y ella dio un respingo, pero no lo apartó, lo que supuso un pequeño avance—. Estoy aquí contigo. No dejaré que te pase nada. —Marian se acurrucó un poco más, tapándose la cara con los brazos, entre sollozos—. Déjame que te ayude, por favor, cielo. Mírame. —Pero Marian no podía mirarle, apenas podía respirar. Andrew sentía el corazón detenerse con cada gemido de desesperación de ella, y hubiera dado todo lo que tenía por verla libre de esa tortura para siempre. Su voz era apenas un susurro, con los labios apoyados sobre su cabello, junto a su oído. No pudo evitar abrazarla con suavidad contra su pecho, mientras deslizaba las manos con ternura y devoción por la piel desnuda de su espalda y de sus brazos, bajo la manta.

»No voy a alejarme de ti. Eres una guerrera. —Depositó un beso dulce sobre su cabello—. Mi pequeña guerrera pelirroja. Mi Demonio Miller. Tú puedes superar esto, y yo te ayudaré. Yo estaré contigo siempre.

Marian comenzó a acompasar la respiración después de unos minutos interminables, aferrada al firme cuerpo de Andrew, escuchando el latido rítmico y relajante de su corazón, dejándose llevar por el sonido hipnótico de su voz, como si fuera un faro que la orientara hasta una tranquila orilla.

Cuando se despertó, la tormenta ya había pasado y solo se escuchaba el repiqueteo de algunas gotas de lluvia dispersas cayendo sobre el tejado y las hojas de los árboles, rompiendo la quietud de la noche. Al principio, le costó reconocer dónde se encontraba, pero todo le vino a la mente de golpe al notar un fuerte y cálido cuerpo pegado a su espalda y un brazo protector que la rodeaba por la cintura, al abrigo de una confortable manta.

No sabía qué hora era, pero supuso, por las brasas en la chimenea, que debía llevar varias horas durmiendo. Las nubes se habían dispersado y la luna iluminaba tenuemente la estancia, dándole a todo un aspecto irreal. Apenas recordaba cómo había llegado a la cama, y lo único que su cabeza se esforzaba en recordarle de manera persistente era la voz dulce y tierna de Andrew Greenwood junto a su oído, susurrándole, acariciándola: «Mi pequeña guerrera pelirroja», «yo estaré contigo siempre», y aquello, ciertamente, resultaba mucho más pavoroso que la tormenta.

Ojalá pudiera creer en sus palabras y ojalá esa fuera la verdadera cara del conde de Hardwick, pero estaba demasiado débil para seguir soportando una de cal y otra de arena. Todos sus instintos pedían a gritos que se amoldara al contundente cuerpo de Andrew Greenwood, a la seguridad que le proporcionaba, a la placentera sensación de su brazo rodeándola, a su suave aliento moviéndole el pelo con cada bocanada de aire. Pero su minúscula parte racional le preguntaba a gritos qué demonios estaba haciendo en esa tesitura, a solas en una casa en mitad de la nada, metida en una cama, semidesnuda, con el conde de Hardwick enloquecedoramente pegado a su cuerpo. La palabra «deshonra» se quedaba corta para describir la escena.

Una pequeña aunque insistente señal de alerta se encendió en su cerebro. Si alguien se enteraba de que habían estado a solas, su reputación estaría arruinada de por vida, salpicando además la prístina honorabilidad de los Greenwood. Puede que aún no fuera tarde. Quizá su abuela Gertrude hubiera dado por supuesto que, con la tormenta, la decisión más razonable era quedarse a pasar la noche con Caroline, y puede que, por alguna carambola del destino, Eleonora pensara que había llegado sana y salva a Greenfield antes de que la tormenta estallara con toda su fuerza, y nadie se percatara de que, en realidad, había pasado la noche allí.

De todas formas, tenía que intentarlo o las consecuencias... Dios mío, ni siquiera quería pararse a pensar en las consecuencias. Se escabulliría de la cama y llegaría a su casa, colándose sin que nadie se diera cuenta. Por la mañana inventaría alguna excusa o solucionaría los problemas según fueran presentándose. Lo primordial era llegar a casa cuanto antes, al menos debía intentarlo o aquella situación tendría consecuencias nefastas. Consecuencias a las que ni siquiera quería poner nombre.

Intentó liberarse del abrazo de Andrew sin despertarlo. Él se había dejado llevar por el cansancio y acabó sucumbiendo a un sueño inquieto y poco profundo, preocupado como estaba por la mujer que descansaba entre sus brazos. En cuanto ella se movió intentando liberarse de su brazo, se despertó.

—¿Te encuentras bien? —El susurro junto a su oído le resultó reconfortante y excitante a partes iguales. Marian aguantó el aire sin darse cuenta, como si hubiera sido sorprendida haciendo una travesura. Su voz era tan profunda y tan cálida que pareció que se derretía por dentro, tentándola a sucumbir al deseo de acurrucarse contra él y dejarse consolar sin importarle nada más.

Andrew se incorporó sobre un codo y, cogiéndola de la barbilla, la obligó a mirarlo para asegurarse de que lo peor ya había pasado. Casi quiso llorar de alivio al comprobar que cualquier expresión de sufrimiento había desaparecido de su cara.

—Debo marcharme —dijo ella, intentando incorporarse. Él la obligó a tumbarse de nuevo apoyando una mano con suavidad sobre su hombro, mientras negaba con la cabeza—. Por favor, Andrew deja que me vaya, sabes lo que pasará si nos descubren aquí.

—No me has contestado. ¿Te encuentras mejor?

—Sí, gracias por ayudarme. Siento que hayas tenido que presenciarlo.

—No seas tonta, ojalá pudiera hacer más. —Andrew frunció el ceño y deslizó el dorso de la mano por la curva perfecta de su mejilla. Marian se sorprendió ante la dulzura del gesto, y a su mente llegaron recuerdos confusos de una noche similar, envuelta en sus brazos, en la casa de los Greenwood—. Lo único que siento es no poder hacer nada para evitarte ese tormento. Si estuviera en mi mano…

Marian podría perderse durante horas, años, en aquellos ojos claros, enturbiados por la penumbra y el cansancio, y por algo más oscuro y profundo que ella no lograba comprender aún. Tragó saliva y desvió la mirada antes de que la última de sus débiles defensas cayera fulminada ante la tentación de rogarle un beso.

—Ya ha dejado de llover, deja que me marche. —Su tono sonó mucho más inseguro de lo que ella hubiera deseado.

—Por supuesto, que descortés por mi parte impedirte que te marches en mitad de la noche, a través de un bosque, rodeada por la más absoluta oscuridad, con los caminos embarrados y convertidos en una trampa mortal. —Su tono era burlón y, a la vez, dulce—. ¿Alguna temeridad más?

A Marian se le antojaba que la verdadera temeridad era mantenerse en esa cama con sus cuerpos tan próximos. Intentó levantarse, pero él se lo impidió, apretando de nuevo el brazo en su cintura y provocando que ella bufara de exasperación.

—Andrew Stuart Greenwood, compórtate como un caballero y déjame volver a la comodidad y protección de mi cama. —Él se rio—. O estás ciego o eres tonto de remate. O eres un irresponsable, o todo a la vez. ¿Acaso no ves lo que pasaría si descubren que estamos aquí? —Marian intentaba eludir la palabra «matrimonio», y estaba segura de que, si la pronunciaba, huiría despavorido a través del bosque. ¡Qué equivocada estaba!

Él levantó la ceja fingiéndose insultado.

—Precisamente porque soy un caballero y miro por nuestra comodidad, no dejaré que salgas de esta cama. Tus pobres pies no soportarían otra caminata a través de los caminos embarrados y mi caballo, tampoco. Y si piensas que te llevaré en brazos hasta Greenfield, es que Caroline te ha dejado alguna de esas edulcoradas y espantosas novelas suyas.

Marian intentó zafarse, provocando que sus cuerpos se rozaran durante el forcejeo en una cama en la que a duras penas cabían los dos. No tenía ni pizca de ganas de abandonar aquella casa ni la cálida habitación ni los brazos del conde, y una parte de ella, que crecía con cada roce, deseaba que no la dejara salir de allí. Pero su testarudez no le permitía rendirse, admitir que era una locura dejar la casa en plena madrugada y que, además, no deseaba hacerlo. Deseaba seguir con su lucha de voluntades y a la vez ansiaba rendirse de una maldita vez al deseo tan enloquecedor que aquello le provocaba.

—Deja que me marche, o... —Andrew la miró retándola—... o te patearé tu maldito trasero aristocrático.

Intentó empujarlo, pero la mole de su cuerpo ni se inmutó y, cogiéndola de las muñecas, se las inmovilizó por encima de su cabeza. Ella gruñó con frustración y maldijo por lo bajo. Su carcajada sonó tan masculina y a la vez tan juvenil que le calentó hasta la última gota de su sangre. Cuando reía parecía mucho más joven, sin ese rictus tenso que hacía que se le marcase más la mandíbula y se ensombreciera su mirada.

—¿Va a obligarme a atarla, señorita Miller? —preguntó muy cerca de su boca con un deje burlón. Marian intentó liberarse, aunque, honestamente, sin esforzarse demasiado, y solo consiguió acabar tendida boca arriba con el cuerpo de Andrew prácticamente sobre ella, y en esa posición, al forcejear, solo conseguía que sus pechos rozaran el amplio pecho de él.

El aire pareció cambiar, como si una corriente invisible los conectara y, durante unos instantes, permanecieron inmóviles, midiéndose, calibrando si sus fuerzas les permitirían separarse o si ya era demasiado tarde.

Andrew se movió un poco más contra ella, haciéndola más consciente de la rodilla masculina apretada entre sus muslos. La respiración de Marian se volvió entrecortada ante el calor que irradiaba el cuerpo duro y musculoso contra el suyo, y casi se queda sin aire al notar la erección de él presionando contra su cadera. Andrew mantenía la mirada fija en sus labios entreabiertos, resistiendo la tentación abrasadora de besarla, consciente de que, si daba ese paso, su control se desmoronaría.

No obstante, solo era un hombre, un hombre que se había contenido durante demasiado tiempo. Como si su cuerpo actuara ajeno a su mente, no pudo evitar rozarla con sus labios entreabiertos sobre su barbilla, sobre sus mejillas, deslizándose hasta su mandíbula en un recorrido lento hasta quedarse de nuevo a pocos milímetros de su boca. El cuerpo de Marian cedió antes de que ella pudiera frenar la multitud de sensaciones que la apremiaban, y se arqueó contra él exigiendo ser acariciada. Andrew reprimió un jadeo y se colocó entre las piernas de Marian, rozando su miembro contra la entrepierna femenina. La camisola de Marian se había arremolinado en su cintura durante el amago de forcejeo, y lo único que los separaba era la fina tela que ni de lejos era una barrera digna de tener en cuenta para poder contener el torrente de excitación de ambos.

Marian sabía que no debía ceder, que después se arrepentiría, que debía continuar adelante con su decisión de alejarse de él, pero no encontraba las fuerzas para hacerlo. Un hormigueo caliente se extendía debajo de su piel, un fuego que nacía en los lugares en los que sus cuerpos se tocaban, que le urgía a deshacerse de cualquier prejuicio y satisfacer los anhelos de su cuerpo. Sin poder soportar más la deliciosa tortura, Marian deslizó sus labios sobre la boca cálida y firme de Andrew, presionando, lamiendo con una lentitud enloquecedora, y él ya no pudo contenerse ni un segundo más.

38

Andrew se entregó al beso, a ella, de manera pasional, casi furiosa, sin guardarse nada, dejándose arrastrar por el deseo tanto tiempo contenido. Marian se estremeció, rindiéndose al contacto ya familiar de su boca, a su sabor, al olor de su piel. Su cuerpo reconoció su tacto al instante, reaccionando de manera desmesurada. Parecía que nada sería suficiente para calmar la necesidad de tocarse, la ansiedad ardiente que los abrasaba. Andrew soltó sus muñecas y deslizó sus manos bajando por sus brazos hasta llegar a sus pechos. El gemido de Marian fue amortiguado por su boca, que no cejaba en su empeño de robarle hasta el último aliento. La escasa ropa entre ellos resultaba un obstáculo insoportable e indeseado. Sus cuerpos ansiaban el roce, la piel contra la piel, como si el calor que desprendían pudiera fundirlos y convertirlos en un solo ser. Marian tironeó de los botones de la camisa sin dejar de besarlo. Él acudió en su ayuda y se separó solo el tiempo justo para sacarse la prenda por la cabeza, lanzándola al suelo de manera descuidada. Marian abrió los ojos deleitándose con el escultural y torneado cuerpo de Andrew, deslizando sus manos, con una repentina timidez sobre el bello oscuro que lo cubría. Él contuvo el aire cuando continuó su exploración con una suave caricia hacia su abdomen, entreteniéndose con cada relieve, cada superficie plana y dura tan diferentes de su propio cuerpo.

Marian quería aprenderse cada rincón de su anatomía, perderse en él, memorizar su sabor salado y guardarlo como un tesoro al que recurrir en las noches solitarias que seguro le esperaban. Pasó su lengua inexperta por sus labios, por el hoyuelo de su barbilla, por la fuerte columna de su cuello, mientras él le susurraba palabras entrecortadas al oído.

Las manos del conde subieron por sus bien torneadas piernas arrastrando a su paso la camisola de lino, deleitándose en cada centímetro de piel que quedaba expuesta al frío de la noche, al ardor de su mirada.

—¡Dios mío, Marian!, eres tan hermosa que me duele mirarte. —Y era cierto en sentido literal. Su piel clara y sus curvas contundentes eran, simplemente, perfectas, y su pecho se contraía con una emoción extraña mientras la observaba, como si su corazón y su alma no estuvieran preparados para asimilar tanta belleza.

La camisola corrió la misma suerte que la camisa y la ropa interior, y acabó como un fantasma inerte y arrugado sobre la alfombra.

Andrew se arrodilló entre sus piernas y acarició con sus largos dedos su vientre, trazando pequeños círculos alrededor de su ombligo, percibiendo cómo ella se contraía por el placer de su contacto y susurraba su nombre, rogándole que no se detuviera. Sustituyó sus dedos expertos por su lengua y fue trazando un camino húmedo hasta sus pechos, apresando los pezones con suavidad entre sus labios, excitándose con sus gemidos, tironeando suavemente con sus dientes hasta que ella se arqueó contra su boca enredando los dedos entre sus oscuros mechones, para aproximarlo aun más. Andrew se acercó hasta su boca, rozándola apenas, tentándola, pero sin concederle el beso que ella tanto deseaba. Sonrió con picardía y ella se arqueó contra él para torturarlo como él la estaba torturando a ella.

—Dime qué deseas, Marian. —Le rozó, apenas un toque de su lengua sobre sus labios, provocando un gemido frustrado de ella—. Dímelo.

Marian se decidió a pagarle con la misma moneda y deslizó los labios por su cuello hasta llegar al lóbulo de su oreja, que mordisqueó provocándole un estremecimiento de placer. Le resultaba una tarea imposible expresar con palabras el anhelo y la ansiedad de su cuerpo, ni siquiera sabía qué era lo que necesitaba, ni lo que ansiaba alcanzar, solo sabía que cada nueva caricia, cada nuevo roce le provocaba una sensación más potente e incontrolable que la anterior.

Andrew la besó de nuevo intensamente, mientras presionaba su pelvis contra ella provocándole una nueva oleada de calor.

—Quiero todo, todo lo que me puedas dar.

Las palabras, apenas un susurro en la quietud de la habitación, golpearon a Andrew en lo más profundo de su ser, desestabilizándolo por completo. Probablemente ella no fuera consciente del impacto que tuvieron, del significado de ese «todo», de lo trascendental de esa petición que podía cambiar una vida, marcar un destino.

Andrew estaba dispuesto a dárselo, a darle todo el placer, todas las sensaciones. Su cuerpo y su alma. Su nombre. Todo lo que él era.

Parpadeó librando la última batalla consigo mismo, con su conciencia, sabiendo que estaba perdida de antemano. Se sorprendió al notar el leve temblor de sus manos al recorrer de nuevo con devoción las piernas, las caderas, los muslos de Marian, sin apartar la vista de sus ojos.

Ella contuvo un jadeo cuando sus dedos separaron sus muslos dejándola expuesta ante él, y aunque no era la primera vez que la tocaba, su pudor se presentó en el momento más inoportuno, instándola a ocultarse, a pesar de que lo deseaba más que nada en el mundo.

—No, no te ocultes de mí. —El susurro le puso la piel de gallina mientras Andrew recorría con su lengua el contorno de su oreja—. Quiero verte. Conocer cada rincón mientras te acaricio. —Marian tembló y se mordió el labio, conteniendo un gemido cuando él acarició su intimidad. Sus dedos avanzaron entre su vello acariciando cada centímetro de piel caliente, notando cómo crecía su humedad.

»Eres tan preciosa, Marian. —La voz de Andrew era un susurro ronco, arrastrado por el deseo—. Tan pasional, tan inocente. Tanto que estoy empezando a perder la cordura.

Continuó acariciándola con suaves movimientos, tentándola, presionando en el punto justo, haciendo que su respiración se convirtiera en una cadena de jadeos tan eróticos que amenazaban con romper el poco dominio de sí mismo que le quedaba. Marian no intentaba seducirlo, no pretendía ser excitante, pero todo su cuerpo, sus movimientos, su inocente y descuidada sensualidad estaban destinados a volverlo loco de deseo.

Ella comenzó a acariciarlo pasando sus dedos intensamente por sus brazos, por su espalda y su torso; sus músculos tensionados se sentían como si estuvieran hechos de acero. Expulsó el aire en un siseo cuando ella desabotonó sus pantalones con una lentitud deliberada, encontrando su miembro más que preparado. Dudó insegura, ya que, al fin y al cabo, no tenía experiencia. No sabía cómo continuar ni adónde la llevaría toda esta sinfonía de sensaciones. Andrew intuyó sus dudas y, tras besarla con dulzura, se deshizo de sus pantalones en un movimiento lento, como si no quisiera asustarla.

Marian no pudo evitar que sus ojos mostraran la sorpresa que le produjo observar con detenimiento su cuerpo totalmente desnudo, pues, aunque lo había acariciado fugazmente, no se había atrevido a mirarlo tan abiertamente como ahora. Agradeció la penumbra del cuarto rogando para que Andrew no hubiera notado su súbito ataque de pánico, pero él la besó con ternura, riéndose contra su boca.

—Tranquila. —La palabra, tan simple y directa, pareció obrar magia sobre sus alterados nervios y se dejó recostar de nuevo sobre la almohada.

Cogió su pequeña mano y la besó en los nudillos uno a uno mientras la miraba a los ojos. Pasó la lengua por cada pequeño abultamiento de sus dedos, le dio la vuelta a su mano, abriéndola, para depositar un sensual beso sobre su palma y, muy despacio, la acercó hacia su miembro, instándola a acariciarlo. Contuvo el aliento ante el cálido contacto y cerró los ojos con fuerza cuando ella comenzó a tocarlo, deslizando sus dedos sobre toda su longitud, haciendo que su erección se hinchara todavía más. Se dejó arrastrar por la pasión, sin reservas, intentando saciar su sed de ella. Pero, mientras seguía acariciándolo, todos sus instintos le decían que no se saciaría jamás, siempre querría más.

Y Marian también quería más. Le había pedido todo y no quería conformarse con menos. Quería sentirse deseada por él, unida a él por completo, aunque solo fuera una vez, sin importarle que al amanecer volviera el hombre frío y déspota. Pero esa noche solo estaba Andrew. Solo estaban ellos dos, y pagaría el precio, gustosa, con tal de aprovechar cada segundo de pasión a su lado.

—Marian... —La tomó de las mejillas como si hubiera podido leer su mente y la besó dulcemente, sobrepasado por la intensidad de sus sentimientos—. Yo, yo no voy a tomarte. No voy a hacerte el amor. Al menos no aquí ni ahora. —Ella parpadeó con asombro, totalmente descolocada, preguntándose qué había hecho mal. Andrew jamás pensó que contenerse requeriría de un esfuerzo tan doloroso, pero utilizaría hasta el último gramo de decencia que le quedaba para hacer las cosas como Marian se merecía. Lo haría bien. La convertiría en su esposa. Y después la secuestraría en su dormitorio durante días—. Déjame hacer las cosas bien. Mereces algo mejor que deshonrarte de esta manera.

—Debiste dejarme marchar. —Marian, acostumbrada a sus desaires, intentó incorporarse malinterpretando sus palabras, pero él volvió a tumbarla y la besó tan intensamente que le hizo perder la noción del tiempo.

Cuando se separó de ella, ambos jadeaban y sus cuerpos bullían de nuevo.

—Eso no quiere decir que no vaya a enseñarte lo que es el placer. —Sus palabras provocaron un calor intenso en todo su cuerpo—. Acaríciame, Marian, te necesito sobre mí, alrededor de mí, quiero sentirte. Te deseo más de lo que soy capaz de expresar.

Marian obedeció acariciándole de nuevo, susurrando su nombre, rogándole que continuara entre jadeos mientras él recorría su cuerpo con la lengua y las manos. Marian enredó sus piernas en las caderas de Andrew pegándolo a las suyas, provocando que su erección se rozara peligrosamente con su húmeda entrada. Él soltó una carcajada traviesa.

—No tan rápido, pequeña. Si seguimos así, terminaré antes de empezar y no quiero decepcionarte —dijo, mordisqueándola en el hombro.

Ella, por su inexperiencia, no entendió muy bien el

significado de sus palabras, pero se sentía pletórica y poderosa. La deseaba, pensaba que era hermosa y había abandonado al fin su fachada de granito, aunque solo fuera por unas horas. Marian acarició su espalda notando cómo cada músculo se tensaba bajo su tacto, y continuó bajando hasta sus nalgas apretándolo contra ella, notando que la respiración de él se hacía cada vez más dificultosa y sus besos más hambrientos.

Andrew besaba su boca con una intensidad desesperante, deseando besar el camino que en ese momento seguían sus dedos y absorber todo su sabor, su íntima esencia. Pero ella era inexperta y no quería avasallarla la primera noche, ya habría tiempo de experimentar.

Acarició su sexo queriendo llevarla al mismo punto febril en el que él se encontraba, disfrutando del ardor que aquello le provocaba. Su cuerpo fue abriéndose para él con cada toque, perdida en esa parte de sí misma que acababa de descubrir. Enterró su cara en el cuello de Andrew sin poder controlar sus propios gemidos. Él tocó un punto de placer donde parecían concentrarse todas las sensaciones de su cuerpo, y clavó los dedos en sus hombros asombrada de lo que estaba sintiendo, más fuerte y más intenso que cualquier cosa que hubiera experimentado jamás.

Andrew jugaba a hacerle el amor con sus dedos, con movimientos lentos y rítmicos, mientras apretaba la palma de la mano contra el abultamiento que tanto placer le provocaba. Maldijo entre dientes ante la necesidad torturadora de su cuerpo que clamaba por ser satisfecha. Notó las paredes del sexo de Marian aún tan estrechas, tan calientes, tan húmedas mientras su cuerpo se arqueaba flexible y acogedor urgiéndole a darle más, a darle todo. Tuvo que hacer acopio de toda su fuerza de voluntad para no desdecirse y tomarla allí mismo.

Las caricias de ambos se volvieron cada vez más exigentes, más compenetradas, los gemidos más impacientes. Sus caderas se movían, acompasándose con los movimientos del otro, como si sus cuerpos estuviesen fundidos para siempre. Ninguno de los dos era ya capaz de pensar, solo podían dejarse llevar por ese fuego que los arrastraba.

Marian era incapaz de controlar su respiración ni los movimientos de su propio cuerpo, mientras Andrew continuaba con aquel asalto ardiente, y sus caderas se arquearon contra su mano, intentando alcanzar un mayor contacto. Su cuerpo clamaba por llegar a algún punto desconocido y liberador, intuyendo que toda aquella energía tendría que conducirla a algo más. Como si todo el placer del mundo se concentrara en ese punto de su ser, su cuerpo se tensó y su interior convulsionó provocándole un éxtasis que jamás hubiera imaginado que existiera. Andrew, incapaz de contenerse más, se dejó llevar por el más intenso de los placeres, con un gemido ahogado y la cara enterrada entre su pelo. Sus corazones, poco a poco, volvieron a latir con normalidad y sus respiraciones a serenarse, mientras Andrew depositaba pequeños besos sobre su cuello.

Ambos se olvidaron por un momento de todo lo que les rodeaba, de tormentas, deberes y consecuencias, sorprendidos y saciados a partes iguales, por la intensa dicha que al fin se habían permitido sentir.

39

Marian entrelazó los dedos con los de Andrew, mirando extasiada el contraste entre la piel de ambos, su tamaño y su fuerza. Le parecía mentira encontrarse en esa situación tan íntima, acurrucada contra su cuerpo desnudo, con su cara apoyada en el pecho del hombre que admiraba y deseaba desde que tenía uso de razón, el hombre inaccesible e intransigente, tan inalcanzable para ella, que ahora deslizaba con parsimonia su otra mano por la parte baja de su espalda y sus caderas, aproximándola más a él. Levantó la mirada hacia su cara y abrió la boca para hacerle la pregunta que desde hacía rato le rondaba por la cabeza, aunque tuvo que cerrarla incapaz de verbalizar sus pensamientos.

Él sonrió y la besó en la coronilla.

—¿Qué te ocurre? —Ella sonrió contra su pecho.

—Es que… —Sintió que se ruborizaba y que el calor recorría toda su piel—. Olvídalo. No es nada.

—Ahora has conseguido intrigarme más. Dime qué se te ha cruzado por esa temible y retorcida mente tuya que ha provocado que te sonrojes.

Ella frotó la mejilla contra su hombro, melosa como un gatito, provocando una reacción cálida en la entrepierna de Andrew. Cambió con rapidez de postura y la tendió sobre su espalda colocándose de nuevo entre sus piernas, asombrado de lo maravillosamente que se amoldaban sus cuerpos.

—Dímelo o prometo torturarte hasta que amanezca —gruñó, mordiendo su labio inferior.

—Me preguntaba si esto, lo que hemos hecho... —Marian se tapó los ojos azorada—. ¡Dios mío!, no puedo creer que vaya a preguntarle algo tan íntimo e inapropiado al altivo e inaccesible conde de Hardwick.

Andrew enarcó las cejas, fingiéndose indignado.

—¿Y no te parece... —lamió uno de sus pezones, consiguiendo que se endureciera casi al instante—... mucho más inapropiado... —lo mordisqueó, provocando un intenso jadeo que ella no pudo contener—... tener al altivo conde de Hardwick entre tus piernas haciéndote este tipo de cosas? —Besó el pecho ansiosamente mientras lo acunaba con su mano. Marian se rio nerviosa y se mordió el labio, sintiéndose excitada de nuevo—. Dímelo. —Le ordenó, dedicándole toda su atención al otro pecho.

—Lo que acaba de pasar. Cuando me has tocado ha sido... ¿Siempre acaba así? Así de... —Andrew levantó la cabeza y la miró divertido, intrigado por saber qué adjetivo usaría. Marian levantó su mano y retiró con un gesto tierno los mechones oscuros que le caían por la frente, dándole el aspecto de un joven travieso, tan distinto del aristócrata imperturbable al que estaba acostumbrada. Era hermoso en cualquiera de sus formas, con todas sus aristas, sus luces y sus sombras, en su seriedad y en su actitud más desinhibida. Aunque no era para ella. Ese pensamiento ensombreció su euforia un instante—. Así de intenso, así de vibrante, así de arrollador —continuó.

Andrew se rio y el eco de su risa resonó en el pecho de Marian.

—Intentaré que lo sea. —Marian frunció el ceño y él adivinó sus pensamientos—. ¿Me estás reclamando porque en las anteriores ocasiones no te hice disfrutar lo suficiente? —A ella se le escapó una risa nerviosa y su sonrojo le demostró que estaba en lo cierto. Podría ser intrépida, insolente y rebelde, pero su dulzura y su inocencia lo desarmaban—. No podía mostrarte todos mis encantos desde el principio o no hubiera conseguido que te marcharas de mi cama.

—¿Y ahora? ¿Por qué me lo has mostrado?

«Porque ya no quiero que salgas de mi cama jamás, porque sabía que si sucumbía, no sería capaz de continuar sin ti.»

—Porque soy un hombre tremendamente generoso. —La queja de Marian fue ahogada por un beso intenso y posesivo, que los llevó de nuevo a arder bajo el fuego de sus manos y sus caricias desesperadas.

El día amaneció frío, pero con un cielo azul brillante, sin rastro de las nubes que tan furiosamente habían descargado durante la noche. Andrew se levantó sin despertar a Marian y, después de arroparla y darle un ligero beso, salió sigilosamente de la habitación. Abandonó la casa para ver cómo se encontraba su caballo, que, por suerte, había permanecido bien resguardado de la lluvia. Ya era hora de volver a Greenwood Hall y afrontar lo que fuera que el destino les tuviera preparado.

Enfiló el camino de gravilla que unía el exterior con la entrada principal para volver junto a Marian. El sonido de unas voces masculinas, amortiguadas por la arboleda, le llegó desde el camino que conducía hasta la casa. Andrew se tensó, pues no esperaba que apareciera nadie tan pronto. Había previsto tener unos momentos de tranquilidad para hablar con Marian y prepararla para lo que se avecinaba. Y por qué no, para hacerle una petición de matrimonio decente, aunque el sitio no fuera el más idóneo, antes de verse arrollados por el previsible escándalo que estaba a punto de engullirlos. Dos hombres aparecieron por la vereda y su expresión de alivio fue patente cuando divisaron al conde sano y salvo. Uno de ellos se volvió y emitió un agudo y largo silbido dirigido a otra persona que se encontraba a cierta distancia, y a quien Andrew no pudo divisar.

—¡Está aquí! —gritó alguien a lo lejos.

Los hombres se acercaron un poco más hasta la casa y Andrew los reconoció como el capataz de la finca y uno de sus ayudantes. El conde los saludó con una tensa inclinación de cabeza.

—*¡¡Milord!!* Gracias a Dios que está bien. Disculpe el atrevimiento —dijo el hombre de más edad, quitándose la gorra de lana y rascándose la calva con nerviosismo—, ¿la señorita...?

—Sí. Está aquí. Y se encuentra bien —cortó Andrew con su tono aristocrático más severo, ese que no admitía discusión ni cuestionamientos. El hombre se veía genuinamente preocupado y soltó el aire visiblemente aliviado. Andrew se arrepintió de haber resultado demasiado brusco y se obligó a dar una breve explicación—. Los caminos estaban intransitables y hubiera sido peligroso continuar. Volveremos a Greenwood inmediatamente. Gracias. —Se dio la vuelta para entrar en la casa, dando por finalizada la breve conversación y los hombres se volvieron por donde habían venido.

Marian se había despertado al oír las voces y subió la manta hasta su barbilla cuando él entró en el cuarto con el semblante serio. El gesto de pudor resultó ridículo hasta para ella, después de lo que había pasado la noche anterior, después de haber recorrido cada centímetro de su piel y haber memorizado cada parte de su cuerpo, pero no pudo evitarlo. Él abrió la boca para decir algo, no obstante, antes de que pudiera articular palabra unos pasos airados resonaron en el pasillo, y la voz alterada de Eleonora los dejó petrificados al aparecer en el umbral de la puerta con los brazos en jarras.

—¡Cielo santo!, ¡gracias a Dios! —Su grito resonó en la estancia mientras se daba golpecitos con su elegante mano sobre el pecho—. Casi me vuelvo loca de la preocupación, no sé cómo habéis podido ser tan irresponsables.

Andrew suspiró, se cruzó de brazos con actitud relajada y se apoyó en la pared junto a la puerta. Conocedor de la tendencia al dramatismo de su madre, sabía que los siguientes minutos consistirían en un relato pormenorizado de todos los posibles finales trágicos que habían pasado por su mente. Y, efectivamente, así fue, llenando el pequeño espacio con su cháchara nerviosa.

Andrew miró de soslayo a Marian, cuya cara se había vuelto de un tono tan rojo como su cabello.

Eleonora tomó aire y se paró en seco. Miró a su alrededor en silencio observando cada detalle de la habitación. El vestido de Marian yacía arrugado y sucio sobre una silla, junto a sus medias, y sobre la mesa descansaban el chaleco y el pañuelo de Andrew, lo que indicaba que con toda seguridad habían compartido la habitación y también la única cama. Sus ojos se posaron en Marian, que intentaba tapar su desnudez con la manta, y con ojo crítico observó su cabello desordenado cayendo en una cascada de bucles, su cara sonrojada, sus labios un poco hinchados y su mirada brillante. Todo la delataba. Volvió la vista a su hijo, tratando de analizar sus pensamientos. La tensión de sus hombros y la expresión avinagrada de los últimos meses había desaparecido, y la miraba con entereza, a pesar de que la situación de haber sido pillados en esas circunstancias acabaría con la templanza de cualquiera.

Eleonora suspiró y lo miró a los ojos.

—Parece que la situación está bastante clara —sentenció.

Andrew asintió con la cabeza manteniendo la calma, aunque por dentro la expectación tensaba cada músculo y cada nervio de su anatomía.

—Supongo que piensas asumir…

—Asumo la responsabilidad, madre —la cortó, deseando terminar con el exhaustivo examen para poder tener unos minutos a solas con Marian.

Marian abrió la boca al entender a lo que se estaban refiriendo. La alusión velada a las consecuencias irreversibles de aquella noche, decidiendo como si ella no estuviera presente, le había congelado la sangre. Responsabilidad. Matrimonio. Saltó de la cama olvidando por completo que solo llevaba una camisola totalmente reveladora, sin importarle que eso en sí ya suponía un empujón hacia el abismo que se abría bajo sus pies, intentando tomar las riendas de una decisión que se le escapaba de las manos, la decisión sobre su futuro.

—Un momento, no estaréis insinuando… —Le daba miedo pronunciar la palabra, convertirla en algo tangible y definitivo. Un sudor frío recorrió su espalda. Aquello no podía estar pasando.

Durante la noche, la idea de una consecuencia así había bombardeado su mente, pero la desechó, creyendo ingenuamente que podría tener algún poder sobre su destino, que al llegar la luz del día podrían esquivar la sombra del escándalo que se cernía sobre ellos.

Andrew cerró los ojos y apoyó la cabeza contra la pared tomando aire, en parte, para controlar sus nervios, en parte, para apartar la vista de la extraordinaria visión que suponía su presumiblemente «futura esposa» plantada en mitad de la habitación. Estaba increíblemente erótica con el cabello desordenado y la cara ruborizada. El tirante de la camisola había resbalado de su hombro, dejando a la vista una buena porción de escote, en el cual los pezones se marcaban descaradamente. Andrew pensó que, si no se tapaba pronto, moriría por combustión espontánea allí mismo, delante de su madre. No podía creer que sus pensamientos, siempre tan racionales y centrados, tomaran esos derroteros; a ese extremo de rendición había llegado.

Marian temblaba como una hoja y negaba con la cabeza, totalmente superada por la situación.

—Marian, cariño. —Eleonora se acercó a ella y sujetó sus manos entre las suyas—. La situación es muy delicada. Tu reputación exige una reparación.

Andrew parecía haberse fundido con la pared, bloqueado ante la actitud de Marian. No esperaba que saltara de alegría, pero su cara era una máscara que revelaba su desolación.

—¡¡No hay nada que reparar!! No ha pasado nada entre nosotros, ni siquiera me ha tocado —mintió desesperada. No podían obligarlo a casarse con ella, él la odiaría para siempre—. Lo único que hizo fue rescatarme de la tormenta. ¿Acaso duda de la caballerosidad de su hijo?

—En absoluto, mi niña. Por eso sé que hará lo correcto.

—Andrew, *milord* —se corrigió—, tú no quieres hacer esto. Yo, yo no soy la condesa que tú necesitas. Jamás podría serlo y siempre has tenido razón. Acabaremos destrozándonos. —Las lágrimas amenazaban con derramarse y se mordió el labio con ansiedad—. No quiero ser tu condesa. No quiero compartir mi vida contigo —dijo, intentando que él reaccionara sin importarle que Eleonora estuviese presente.

Puede que fuera el hombre de sus sueños, sabía que lo amaba y, después de esa noche, jamás podría desear a nadie más, pero el miedo a la incertidumbre y al dolor la paralizaba, impidiéndole pensar con claridad. No podría soportar levantarse cada mañana con miedo a ser juzgada, tanto por Andrew como por el resto de la sociedad. Sabía que no podría estar a su altura, que lo defraudaría, y ella no estaba preparada para perder a nadie más. Prefería vivir con la duda de cómo podría haber sido a tener su sueño al alcance de su mano y ver cómo se hacía añicos ante sus ojos.

Andrew se tensó, la frase le impactó como si le hubieran golpeado en el estómago. Vio cómo las lágrimas comenzaban a resbalar por las mejillas pecosas de Marian y sintió el frío instalándose en sus entrañas. La reputación de una dama se resentía por mucho menos de lo que había pasado entre ellos, y él la había colocado en esa tesitura sin darle ninguna otra opción, confiando en que ella aceptaría, que lo ocurrido probaba con creces que entre ellos podía haber algo más, mucho más. Se había equivocado y ahora tendría que aceptar las consecuencias, cargar con un matrimonio que ella no estaba dispuesta a aceptar.

—Andrew… —Su voz sonaba rota y suplicante

—Los actos tienen consecuencias. —Ahora él también lo sabía. Ambos pagarían por ellas. Su voz sonó cortante y fría, un tono que ella conocía muy bien.

—Ninguno de los dos quiere esto…

—Eso debería haberlo pensado mejor antes de huir llevada por su insensatez en mitad de la noche, señorita Miller. Un matrimonio decente no es lo peor que podría pasarle.

Había asumido interiormente que la convertiría en su esposa y lo único que le impidió hacerla suya por completo fue el deseo de realizar las cosas correctamente, de respetarla y adorarla como se merecía. Después de esa noche, casarse con ella era su deber y el conde de Hardwick siempre cumplía con su obligación. Era la excusa perfecta para obtener por fin lo que anhelaba, sin claudicar ni admitir que lo que sentía era más fuerte que él. No se le había pasado por la imaginación que la rebelde y guerrera Marian Miller no se conformaría con eso, a pesar de que ya le había demostrado que aceptaba de buen grado sus caricias y que la intensidad de sus sentimientos era equiparable a la suya.

—Andy, el carruaje está en el camino principal. Por favor, que venga a recogernos. Y que alguien avise a la señora Miller de que su nieta está bien —dijo Eleonora, abrazando a Marian para sentarla en la cama e intentar razonar con ella.

Él salió de la habitación sin decir ni una palabra, deseando desaparecer cuanto antes de allí.

Sus palabras resonaron en la mente de Marian: «Debería haberlo pensado antes». Él la culparía siempre por haber provocado eso. Su imprudencia e impulsividad los había colocado en aquella situación irreversible. No podía deshonrar a su familia ni a los Greenwood. Sabía que, por mucho que pataleara y se negara con todas sus fuerzas, se convertiría en la condesa de Hardwick. No había vuelta atrás y estaba aterrorizada.

La condesa de Hardwick, la esposa de Andrew.

Las palabras retumbaban en su cabeza.

Sería su esposa.

Y serían infelices para siempre.

40

La última luz de la tarde se filtraba entre las ramas de los desnudos árboles, colándose por las vidrieras de la sala de música de la mansión Greenfield, derramándose sobre el suelo de madera en una miríada de colores chillones. Marian acarició las teclas color marfil, apretando algunas al azar, con su cuerpo inclinado hacia el piano como si fuera un árbol que lucha contra el viento desde hace mucho. Ni siquiera la música, su eterno consuelo, apaciguaba ahora su desazón. Se levantó de la banqueta y se asomó a los ventanales que daban al jardín, donde las últimas hojas caídas de los árboles, llevadas por el viento, formaban remolinos sobre el camino de tierra.

Al moverse volvió a sentir el peso de la cajita de madera que llevaba en el bolsillo de su falda desde el día anterior. Sacó la caja, de un tamaño aproximado a la palma de su mano, la giró durante unos instantes, y las incrustaciones de nácar y fina plata brillaron con la luz anaranjada de la última hora de la tarde. La abrió por enésima vez y deslizó la yema de sus dedos sobre las delicadas joyas. Los pendientes, una pequeña roseta de platino delicadamente engarzada, resplandecían por las decenas de brillantes engastados; en el centro destacaba una esmeralda del mismo tono que sus ojos.

Le hubiese gustado pensar que Andrew había elegido

ese regalo en particular por ese motivo, y quizá, si hubiera venido él mismo a entregárselo, se hubiera esforzado en creerlo. Pero en lugar de eso, el muy asno, le había mandado la delicada cajita, que en sí ya era una joya, a través de su hermana Caroline. que, aunque incómoda, intentó justificar lo ilógico de la situación.

El conde de Hardwick había partido hacia Londres la misma mañana en que fueron encontrados en flagrante delito en la casita, hacía ya dos semanas, con el fin de conseguir una licencia especial y organizar su casa en la ciudad, donde el flamante matrimonio se establecería en un principio. Unos años atrás, Andrew había adquirido una lujosa mansión de dos plantas en Mayfair, con la finalidad de que Hardwick House, la casa de Londres heredada junto con el título y que había pertenecido a su familia durante generaciones, siguiera siendo ocupada por ellos y así gozar de mayor independencia.

Había decidido, unilateralmente, que, de momento, lo mejor para ambos sería establecerse en la ciudad; primero, porque necesitaba recuperar su estabilidad y centrarse en el trabajo y, segundo y no menos importante, porque al menos allí no tendrían docenas de ojos observando cada uno de sus movimientos ni tendrían que escuchar estoicamente las decenas de consejos que todos se afanaban en darles. Necesitaban intimidad para adaptarse el uno al otro, y cuando todo funcionara entre ellos, podrían ponerse de acuerdo y decidir dónde pasarían la mayor parte del tiempo.

Andrew había regresado a Greenwood Hall el día anterior acompañado por Thomas Sheperd, a quien había elegido como padrino del enlace. Pero, en lugar de ir en busca de su novia para tranquilizarla ante las inminentes nupcias y el cambio drástico que sufriría su vida, había mandado a Caroline como mensajera. No lo había hecho por cobardía ni porque no estuviera ansioso por verla, sino porque, después de las palabras que Marian le había dirigido, pensó que a ella podría disgustarle su presencia.

Marian se volvió hacia la puerta al escuchar el eco de unos pasos enérgicos que se acercaban por el pasillo. Al ver la alta figura masculina, enfundada en un traje oscuro, pararse en el umbral, se tensó por un momento, pero al reconocer la honesta sonrisa de Richard que ya cruzaba la estancia hacia ella, su respiración volvió a reanudarse. Se acercó y le dio un abrazo, y ese gesto tan espontáneo y cariñoso hizo que las emociones que Marian intentaba mantener a raya se desbordaran, sintiéndose invadida por una melancolía dolorosa. Sus ojos ardían por las lágrimas que querían derramarse y apretó los párpados para contenerlas.

Se sentaron en un sofá frente a la chimenea y, durante largo rato, Richard derivó la conversación hacia temas triviales, bromeando con su encanto habitual hasta que el rictus tenso de Marian pareció suavizarse. Solía producir ese efecto en ella. Por muy honda que fuera su desolación, Richard Greenwood siempre encontraba la cura con unas pocas frases ingeniosas y su actitud honesta.

Él tomó aire, como si necesitara coger fuerzas, y Marian lo miró a los ojos, adivinando un ligero destello de preocupación en su mirada.

—Marian, no sé cómo decirte esto. —El tema era peliagudo, no obstante, se veía en la obligación de plantearlo—. Yo, en serio, quiero ser optimista en cuanto a vuestra unión. Mi hermano puede ser un patán arrogante, pero sé que, una vez que estés bajo su protección, Andrew hará todo lo posible para que no te falte de nada, para hacerte feliz. Estoy seguro de que si ponéis de vuestra parte vuestro matrimonio puede ser…

—Un infierno —atajó Marian en apenas un susurro.

Richard sonrió con tristeza.

—Creo que él siente algo por ti. —Marian cabeceó nerviosa, deseando abandonar la conversación—. Aun así, no tienes por qué hacerlo.

Marian levantó la cabeza de golpe asombrada por sus inesperadas palabras.

—Tu reputación debe ser reparada y debes casarte. Pero si… —Richard tragó saliva. Aquello era muy difícil y corría el riesgo de que su hermano lo asesinara por lo que estaba a punto de decir—… si no quieres casarte con él, si realmente estás segura de que ambos seréis infelices, yo ocuparé su lugar. Cásate conmigo, Marian. Te ofrezco mi nombre y mi protección.

Sus ojos verdes se abrieron como platos y, por un momento, pensó que aquello era una broma sin ninguna gracia. Clavó su mirada en Richard y pudo ver una emoción que nunca antes había visto en él. Miedo. Miedo a las consecuencias, miedo a que ella aceptara y tuviera que enfrentarse a su hermano, miedo a sentenciar su futuro. Pero, aun así, ofrecía todo lo que tenía para que ella y Andrew no se sintieran obligados a dar el paso. Para que no se condenaran a atarse para siempre.

Durante esos últimos días, la mente de Marian parecía estar en ebullición, y no podía dejar de visualizar, una y otra vez, imágenes de Andrew, de aquella noche, de sus besos, de su risa. La incertidumbre la embargaba a cada momento, impidiéndole comer o conciliar el sueño. Le costaba asumir que el hombre que creía inalcanzable fuera a convertirse en su esposo. Compartiría su casa, su vida, su cama; sería la madre de sus hijos. Aunque resultara aterrador, sabía que debía afrontarlo, pues la suerte estaba echada. Se había dejado llevar demasiadas veces, había probado sus besos adictivos, pensando que podría controlar la situación. Atesorar esos recuerdos y seguir con su solitaria vida sin complicaciones ni dudas. Mas la situación acabó engulléndola. Había jugado con fuego y había caído, literalmente, en las brasas y, ahora, todos sus miedos e inseguridades se materializaban en una ceremonia que se llevaría a cabo en unas cuantas horas.

Pero no se echaría atrás. No condenaría a Richard. Él se merecía encontrar su propio camino, su propia felicidad, y ella no le privaría de ello solo por cobardía. Además, ella no lo amaba.

Marian apretó sus manos con las suyas y depositó un casto beso en su mejilla.

—¿Tan mal crees que nos irá juntos para sacrificar tu futura felicidad por nosotros? —Richard negó con la cabeza, no quería pensarlo, no soportaría que dos de las personas a las que más quería en el mundo se destrozaran. Todos estaban preocupados, pues habían sido testigos muchas veces de su vehemente relación, y temían que no pudieran canalizar sus sentimientos. Richard había tomado esa decisión de forma impetuosa, intentando ofrecerle una salida, y ahora que había pronunciado las palabras, se sentía un poco ridículo—. Te mereces algo mejor que condenarte por los pecados ajenos. Pero gracias, creo que no podría tener un hermano mejor.

—Prométeme que tendrás paciencia con él, pequeño demonio. El corazón de Andrew es mucho más grande que su testarudez, que ya es decir. No soportaría vuestra infelicidad, así pues, confío en que pongáis de vuestra parte. Debía decírtelo y darte una segunda opción. No obstante, ha sonado horrible, la verdad.

Ambos rieron, aunque Marian no pudo evitar que algunas lágrimas furtivas se deslizaran por sus mejillas. Tan solo faltaban unas horas para que este hombre generoso y apuesto la acompañara de su brazo hasta el altar para afrontar su nueva vida.

ϒ

En la biblioteca de Greenwood Hall, la luz de la chimenea arrancaba brillos dorados a la pequeña peineta de plata y nácar que el conde de Hardwick sostenía entre sus dedos como un talismán. La sujetó entre el pulgar y el índice, rozando su lisa superficie, imaginando cuántas veces estuvo enredada en la suavidad del cabello de Marian sujetando sus imposibles rizos.

—Eres la viva imagen de un novio ansioso y feliz por recorrer el pasillo de la vicaría.

Andrew cerró el puño para ocultar la horquilla y dio un sorbo largo a la copa de whisky que sostenía lánguidamente en la otra mano, sin volverse hacia su hermano, que acababa de entrar en la habitación.

Richard se acercó y se apoyó en la repisa de la chimenea.

—Supongo que la dichosa novia estará casi tan feliz como yo ante la inminente ceremonia.

Richard se encogió de hombros ante el sarcasmo.

—Solo está un poco nerviosa. Pero la verdad es que formáis una curiosa estampa. Nunca he visto a nadie a quien le horrorice tanto conseguir lo que lleva años anhelando, hermano.

Andrew levantó la cabeza y lo miró con una ceja levantada.

—¿Anhelando? Solo somos víctimas de las circunstancias.

—Circunstancias que, sobre todo tú, propiciaste. Era tan fácil como devolverla a casa sana y salva. No soy imbécil, Andrew, lleváis mucho tiempo jugando al gato y al ratón. Y al final ha pasado lo que tenía que pasar. Aunque no sabría decir quién es el felino en esta ecuación. —Andrew no pudo evitar que una fugaz imagen del gato gris de la cocinera, ataviado con un lujoso camafeo, se cruzara por su mente y sonrió.

—Tomé la decisión equivocada, resulta que no soy infalible —se defendió irónico.

—Deberías haber probado con la opción clásica. Unas flores, un par de halagos, una poesía, rodilla en tierra... El tipo de cosas que hacen los caballeros. Solo un idiota, obcecado como tú, no vería que está enamorada de ti. No hacía falta recurrir al secuestro.

Andrew, incrédulo, se frotó la frente. Si Richard hubiera visto la cara de susto de Marian al verse acorralada por Eleonora y el matrimonio, no hablaría de enamoramiento. Solo esperaba que pudieran reconducir aquel extraño comienzo.

—Con Marian las cosas nunca son tan fáciles. Y no fue un maldito secuestro, idiota. Y si has venido a torturarme, te aconsejo que te largues.

—No me necesitas para eso, hermano, te torturas bastante bien tu solito. Thomas nos espera abajo para ir a la taberna de la vieja Molly. No creerás que vamos a dejar que desperdicies tu última noche de soltero compadeciéndote de ti mismo en ese sofá. Mueve el culo, no hay nada que no pueda curar la cerveza de Molly.

Marian apoyó su mano temblorosa sobre el antebrazo de Richard, que se la estrechó con una mirada dulce y alentadora, cuando se pararon ante la puerta de la pequeña capilla. Se detuvo unos instantes, dejando que la nerviosa novia tomara un poco de aire.

Los escasos invitados, solo los Greenwood y la tía y la abuela de Marian, ya se encontraban en el interior, protegidos del frío aire matinal. El matrimonio se celebraría a una hora inusualmente temprana con la finalidad de que la pareja partiera hacia Londres después del desayuno nupcial, y el conde ya había provisto al reverendo de una jugosa propina para que la ceremonia se abreviara todo lo posible. Mientras, las pertenencias de ambos ya habrían salido en un carruaje en dirección a la ciudad.

Si no fuera porque la expresión pétrea de su cara indicaba una estudiada indiferencia, cualquiera hubiera pensado que era un novio terriblemente enamorado, ansioso de iniciar su nueva vida junto a su esposa cuanto antes. Andrew, de pie junto al altar, se pasó los dedos por la sien, donde un intenso dolor lo martilleaba, cortesía de la caliente y aguada cerveza de la vieja Molly. Lanzó una mirada de soslayo a su padrino y se sintió muy satisfecho al ver que Thomas se apretaba el puente de la nariz con los dedos, intentando aliviar la punzante molestia. Sentía un sádico consuelo al saber que al menos había alguien que se encontraba peor que él.

—Estás preciosa, Marian. —La sonrisa y la paciencia de Richard eran de un valor incalculable—. ¿Preparada?

Marian se alisó la vaporosa falda de seda, de color rosa empolvado, por enésima vez. Tía Margaret, en cuanto fue informada del enlace, se encargó de enviar a una de las costureras más afamadas de Londres derechita a Greenfield con varios vestidos idóneos para la ocasión.

Ella, por lo general, solía llevar prendas más sencillas, pero tuvo que rendirse ante los delicados fruncidos del corpiño que realzaban su figura, los pequeños lazos que adornaban las mangas, y el fino y delicado encaje que remataba la creación. En palabras de la modista: el vestido perfecto para una condesa.

Marian tomó aire y asintió. Un lacayo abrió la puerta de madera para franquearles el paso y enfiló el pasillo de la capilla con paso firme y tranquilo, a pesar del temblor que sacudía sus cimientos. Apenas fue consciente de los bancos de madera, ni de la sonrisa radiante y alegre de Crystal agarrada del brazo de su madre; de Caroline, que, emocionada, no podía parar de llorar; ni de su propia abuela, que aceptaba un pañuelo de Margaret Duncan y se sonaba la nariz con poca elegancia. Parecía que todo a su alrededor se hubiera difuminado en tonos grises. Lo único que podía captar su atención era la alta e imperturbable figura de Andrew junto al altar. Como si fuera una señal divina, un haz de luz procedente de las pequeñas ventanas superiores se derramaba sobre él, sobre su impecable peinado oscuro, su impoluta camisa blanca y su traje azul perfectamente entallado. No le cabía ninguna duda: no había un novio más apuesto en toda Inglaterra.

Richard la besó afectuosamente en los nudillos y le guiñó un ojo con disimulo antes de cederle su mano a Andrew. Al tocarle, sintió como si una descarga se extendiera por su brazo hasta el mismo centro de su ser, con el simple roce de sus manos enguantadas. Durante unos segundos, sus miradas se enlazaron como si no hubiera nadie más a su alrededor, como si todo se hubiera desvanecido. Un brillo extraño e intenso apareció en los ojos del novio y desapareció tan rápido como había venido cuando se volvió hacia el reverendo para indicarle con un gesto de la cabeza que iniciara la ceremonia. Olvidó el dolor de cabeza, la inconfesable incertidumbre al pensar que Marian podría haberse arrepentido en el último segundo, olvidó que estaba ante un altar, y se olvidó hasta de seguir respirando. Cuando la vio avanzar por el pasillo del brazo de Richard, con su delicado vestido rosa, su cabello recogido en un sencillo moño bajo, del que inevitablemente se escapaban finas hebras rojizas, y sus mejillas sonrojadas por el frío y los nervios, se sintió morir ante la necesidad de avanzar hacia ella, cogerla en brazos y apretarla contra su cuerpo para susurrarle que todo iba a salir bien. A partir de ahí fue incapaz de concentrarse en otra cosa que no fuera ella, el subir y bajar de su pecho bajo el encaje color crema de su recatado escote, el ligero temblor de su mano bajo la suya, transmitiéndole calor. Se obsesionó con la minúscula porción de piel expuesta entre la larga y ajustada manga de su vestido y el comienzo de sus guantes blancos, y si no hubieran estado en un lugar sagrado, quizá no hubiera soportado la tentación de recorrerla con la lengua.

Las esmeraldas de sus pendientes brillaban bajo la luz de la mañana que se filtraba por las ventanas, pero jamás podrían rivalizar con el profundo e inquieto verde de sus ojos.

Pronunciaron sus votos, Andrew con su voz profunda y segura. Hasta su mente llegaban las palabras inconexas como si pertenecieran a otra persona, a otra vida.

«... te tomo a ti, Marian.»

«... en la salud y en la enfermedad...»

«... para honrarte... Hasta que la muerte nos separe.»

Marian repitió las palabras del reverendo y solo levantó la vista hacia Andrew cuando llegó a la parte de la obediencia. Hubiera jurado percibir una leve sonrisa en los labios del novio, aunque, al instante, estaba de nuevo serio y concentrado. Si la conocía bien, sabía que esa parte en concreto debería ser negociada arduamente.

El conde de Hardwick colocó un sencillo anillo de oro en el dedo de su nueva esposa. El reverendo les dio la bendición y, con un gesto de la mano, dio permiso a Andrew para besar a la novia. Levantó su barbilla con los dedos y apenas rozó su boca en una caricia llena de ternura que duró apenas unos segundos, pero que se grabó a fuego en sus labios.

Solo entonces Marian fue consciente de la enormidad de lo que acababa de suceder.

Ahora era su esposa. Era suya.

Se había convertido en la condesa de Hardwick.

41

Marian relamió la cuchara, con una mezcla extraña de avidez y enfado, terminando su segunda porción de tarta nupcial. Miró a su flamante esposo, retándolo con la mirada a hacer alguna observación sobre su repentina afición por los dulces. Se sirvió otra porción, dejándola caer sobre su plato con un gesto brusco. Andrew carraspeó y le dio un trago a su copa de champán, intentando ignorar el movimiento de su lengua sobre el cubierto.

—Nos esperan varias horas montados en un carruaje sobre un camino lleno de baches, ¿crees que es buena idea tomarte también esa porción? No sé si tu estómago estará preparado para eso.

Una ceja pelirroja se levantó insolente y volvió a cargar la cuchara con una cremosa porción de pastel.

—No se me ocurre un destino mejor para esta tarta tan entrañable que acabar esparcida sobre tus brillantes botas, *milord*. —Su tono rezumaba cinismo.

—Estoy seguro de que la cocinera se ha esforzado especialmente para tan noble fin. —Marian notaba bullir todo su cuerpo, como si hubieran mezclado en un crisol la frustración, el enfado, el miedo, los nervios y un sinfín de emociones más, logrando una poción explosiva a punto de estallar—. Come cuanto quieras, pero, si empiezas a encontrarte mal, no digas que no te avisé. Aunque me gustaría saber a qué viene esa desmedida... —Sus ojos se clavaron en su boca mientras ella capturaba con su lengua una pequeña gota de chocolate que se había quedado sobre la comisura de sus labios.

—Te refrescaré la memoria. En una ocasión me dijiste que mis curvas te parecían excesivas y... ¿vulgares? Siento que no te gusten. Solo pretendo potenciarlas porque a mí, personalmente, me encantan. —Andrew se acercó hasta quedar muy cerca de su oído y ella se interrumpió, olvidando lo que iba a decir a continuación. Él recordaba perfectamente ese momento, acababa de besarla por primera vez junto al lago y había pretendido herirla y alejarla de él.

—Pensé que ya habíamos superado esa fase. Pero, si en nuestros últimos encuentros te ha parecido que no apreciaba convenientemente tus curvas, permíteme sacarte de tu error, lady Hardwick. —Marian sintió que la tarta se rebelaba en su estómago ante la voz seductora de Andrew y ante la mención de su nuevo título—. Procuraré que la próxima vez no albergues ninguna duda sobre cuánto me gustan.

La próxima vez. Habría una próxima vez. Cientos de próximas veces.

Marian retiró el plato, empujándolo con la punta de los dedos, incapaz de tomar ni una pizca más, y Andrew recuperó su compostura habitual, como si no hubiera insinuado nada, como si el aroma a violetas de su mujer no invadiera cada uno de sus sentidos, como si el volumen de sus pantalones no aumentase terriblemente ante su cercanía.

Apenas un par de horas después, Marian tuvo que reconocer que la advertencia de Andrew se había cumplido a rajatabla, y la difícil digestión del dichoso pastel se unía a la desazón y a la claustrofobia que empezaba a apoderarse de ella al encontrarse encerrada en un espacio tan reducido con la imponente presencia de Andrew sentado frente a ella.

Desde que subieron al carruaje, ninguno de los dos se había dirigido la palabra. Marian fingió leer un pequeño libro, regalo de Caroline, la cual se había recuperado perfectamente de su ruptura amorosa, en parte, por la ilusión de ver a su hermano y a su mejor amiga frente al altar. Andrew había mirado largo rato por la ventanilla y al final optó por cerrar los ojos y hacerse el dormido, intentando aliviar un poco la tensión entre ellos.

El carruaje osciló violentamente ante un profundo bache y Marian estuvo a punto de caer sobre Andrew, que, con unos reflejos felinos, ya la había sujetado por los brazos para evitar que se dañara. Durante unos instantes, con sus rostros muy cerca, sus ojos se conectaron. Marian se reclinó de nuevo en el asiento, y Andrew recogió el libro que había caído al suelo y se lo entregó, rozando sus dedos de forma casual. Ella aferró el libro contra su pecho, como si quisiera extraer de las páginas impresas el coraje que le faltaba en ese momento. El conde la observó largo rato, intentando encontrar algo que decir, algo que la tranquilizara, pero se limitó a soltar el aire y a volver a apoyar la cabeza en el respaldo. Parecían dos desconocidos atrapados en un lugar donde ninguno deseaba estar.

Se maldijo a sí misma por ser incapaz de controlar su cuerpo. Solo se había acercado a ella, solo había rozado levemente sus dedos y había conseguido remover hasta el centro de su ser. No podía permitirse ceder de esa manera, no podía permitir que él la dominara, convertirse en una sombra bajo el ala protectora de su marido.

Su marido.

Aquella palabra era enorme y aterradora, y todo lo

que implicaba más aún. Sabía que lo que sentía por él era demasiado fuerte para controlarlo, y prueba de ello era que, cada vez que la tocaba, ansiaba más de él, todo de él. Pero Andrew no era un hombre fácil, sino todo lo contrario. Y ella estaba segura de que él no le entregaría el «todo» que ella ansiaba. ¿Cómo podría vivir desesperada por una caricia más, luchando por ser lo que él esperaba de una condesa, temiendo cada día decepcionarle o avergonzarle? ¿Cuánto tiempo pasaría antes de que saliera su carácter impetuoso, antes de que Andrew se cansara de intentar moldearla y la enviara al campo o a cualquier otro lugar lejos de su lado? Sería como vivir con la espada de Damocles eternamente sobre su cabeza, con la amenaza de ser desterrada en cualquier momento. No podría soportarlo, no podía dejar que él traspasara su coraza y se adentrara aún más en su corazón o sería su fin. Aquello no debía haber pasado jamás, ella no debería llevar ese anillo en el dedo ni dirigirse hacia su nuevo hogar en un carruaje donde la presencia de Andrew le resultaba aplastante. Abrió los ojos, que ni siquiera había notado que mantenía cerrados con fuerza, y se encontró con la inquisitiva mirada azul de Andrew fija en ella. Abrió la boca y las palabras salieron, empujadas por la ansiedad y la inquietud, sin que ella pudiera impedirlo.

—Esto es un error. —La cara de Andrew se ensombreció al instante y giró la cabeza para mirar por la ventana sin ver nada—. Andrew, por favor, aún podemos remediarlo. Podemos…

—Creo que es un poco tarde para lamentaciones. —Su voz fue tan fría que la temperatura del carruaje pareció descender varios grados.

—¿Tarde? ¿Cómo te atreves ni siquiera a pronunciar esa palabra? ¿Acaso me has dado alguna opción de dar mi opinión antes?

—¿Tu opinión? Las circunstancias no daban lugar a dialogar amigablemente mientras tomábamos el té. —Una sensación fría iba extendiéndose por su pecho y la ira y la frustración iban transformando su estado de ánimo. Sobre todo, porque ella tenía razón. Él no le había dado ninguna opción, solo la de aceptar y acatar.

—Déjate de sarcasmos. Has impuesto tu voluntad sin pensar en que también es mi vida.

—¿Te has parado a pensar qué hubiera sido de tu vida si no me hubiera casado contigo, si no te hubiera protegido con mi título y mi nombre? ¿Te has parado a pensar qué hubiera sido de la mía? —Él sí lo había pensado durante noches y noches, intentando aceptar la posibilidad de una vida sin Marian. Y la perspectiva era desoladora.

—¡Oh, Dios mío! Debería besar el suelo por donde pisa su ilustrísima, para agradecer su generosa oferta. Solo que esa oferta era totalmente indeseada.

—Indeseada, sí. —La risa de Andrew resultó casi tétrica en el interior del carruaje, que cada vez se sentía más pequeño—. Tienes una forma muy curiosa de demostrar que no me deseas a tu lado.

—Eres un ser mezquino y un prepotente. ¿Qué te hace pensar que no deseaba a otro hombre más que a ti? —La mirada de Andrew había virado del frío lacerante a un fuego furioso, capaz de transformar en cenizas a cualquiera. A cualquiera que no tuviera los arrestos de Marian.

—¿Deseabas casarte con otro? —escupió las palabras, inclinándose hacia ella con su cuerpo en tensión.

—¿Por qué no me lo preguntaste antes? ¿Crees que ahora tiene sentido que te conteste? —le provocó, consciente de que aquello no podía acabar bien.

—Dímelo, Marian. —Un músculo de su mandíbula temblaba por la tensión—. Has rechazado todas las proposiciones que has recibido. ¿Deseabas casarte con otro hombre? —Marian apretó sus labios en una fina línea, rehusando contestar—. ¿Acaso deseabas replantearte la propuesta del imbécil de Aldrich?

—Deja a Robert fuera de esto. Él no es ningún imbécil.

—Robert... Es enternecedor que lo defiendas —repitió, rezumando sarcasmo—. Por supuesto, cómo no lo pensé antes. Lo rechazaste para ponérselo un poco difícil, para hacerte la interesante, pero resultó que tu Robert es un pusilánime, ¡sin cojones para luchar por lo que desea!

—¡No lo insultes! Él es mucho más hombre de lo que tu conseguirás serlo jamás. —Marian hubiera deseado no haber dicho esas palabras, hubiera deseado borrarlas o, en su defecto, saltar del coche en marcha ante la expresión de estupefacción y decepción de su marido.

Su mandíbula casi llegó al suelo ante el insulto y sintió como si su sangre hubiera abandonado sus miembros.

—Dime qué deseas y lo tendrás. —Su voz era un cuchillo que destrozaba el dominio de Marian, el poco que aún le quedaba. Lo único que en esos momentos tenía en cantidades ingentes era el miedo, miedo a sufrir, miedo a entregarse y a no recibir nada a cambio.

—Creo que es un error que consumemos el matrimonio. Deberíamos esperar para... —Las palabras pasaban a duras penas por su garganta, estranguladas por la tensión y el dolor.

—¿Para conseguir la anulación? —Su voz sonó plana, controlada.

Marian no quería nada tan definitivo, nada tan concluyente. Solo quería un poco de tiempo para digerir y asimilar su nueva situación, para calmar sus miedos y su inseguridad. Y, sin embargo, se encontró moviendo la cabeza, afirmando que eso era lo que deseaba.

Sintió como algo se rompía en su pecho, y tuvo la ligera sospecha de que se trataba de su corazón.

Andrew tragó saliva y compuso su cara más imperturbable, más dura, la inflexible expresión que lo había llevado hasta donde estaba, que lo había convertido en lo que era.

—De todas las cosas absurdas e inconscientes que has hecho a lo largo de tu vida, Marian Miller, esta es la más incomprensible. —Marian se sintió morir cuando empleó con ella su apellido de soltera, como si la decisión fuera inexorable, como si de nuevo su vida se hubiera sentenciado sin que ella hubiera sido capaz de controlarla—. Espero que hasta que eso ocurra entiendas que no podrás exigirme nada, serás una invitada en mi casa y acatarás mis normas. La anulación se llevará a cabo cuando yo, y solo yo, lo decida. Hasta que ese día llegue, puedes respirar tranquila, no voy a rogarte para que me permitas entrar en tu cama. Si eso es lo que deseas, eso es lo que obtendrás. —Aunque le costara la misma vida. Había menoscabado su orgullo, lo había ofendido y, peor aún, lo había herido como nunca nadie lo había hecho. Pero Andrew no le suplicaría, ni le mostraría hasta dónde le dolía su desprecio.

Marian sentía cada músculo de su cuerpo entumecido por el largo trayecto. Apenas se había movido en el mullido asiento, como si así pudiera fundirse con la tapicería, intentando hacerse invisible o desaparecer directamente. No sabía si sus piernas le responderían para apearse del coche, pero dudaba que su iracundo acompañante se dignara a ofrecerle su mano si al bajar llegara a hincar sus blancos dientes en el empedrado.

El carruaje se adentró en las calles más lujosas y mejor iluminadas de la ciudad, dejando atrás los edificios de ladrillo, oscuros y apiñados. La neblina se arremolinaba con un resplandor anaranjado debajo de los faroles que iluminaban las impecables mansiones de Mayfair y sus aceras, desiertas a esas horas. El carruaje disminuyó su velocidad y cambió su dirección para adentrarse en el camino que llevaba un edificio de nueva construcción. La fachada blanca e impresionante destacaba por su majestuosidad y sencillez entre las mansiones que la rodeaban.

El vehículo se detuvo con un vaivén y Marian notó su estómago encogerse de anticipación. Andrew alargó su mano y abrió la portezuela, bajando con un ágil salto antes de que el lacayo se acercara a ayudarles. Sin mirar atrás ni decirle una sola palabra a Marian, se encaminó a grandes zancadas hasta la puerta abierta, donde ya esperaba, solícito y estirado, un mayordomo con cara de sueño. Tras dirigirle unas breves palabras al sirviente, el conde se perdió en el interior de la mansión.

El confundido lacayo la ayudó a bajar y a subir la escalinata de la casa, donde el aún más confundido mayordomo le hizo una reverencia y la ayudó a desprenderse de su capa.

—*Milady*, mi nombre es… —Un sonoro portazo en el piso de arriba, procedente de la habitación del conde, interrumpió al hombre que miró hacia lo alto de la escalera, intentando disimular su estupor. Carraspeó y continuó hablando con actitud neutra, como si fuera lo más normal del mundo que el conde de Hardwick dejara abandonada a su recién estrenada esposa en la escalinata de entrada, en mitad de la noche—… Colbert. Le mandaré a la doncella. Supongo que querrá un baño y algo de cenar, condesa.

—Eso sería perfecto, señor Colbert. Gracias. ¿Podría indicarme…?

—Oh, sí. La doncella la acompañará a sus habitaciones, lady Hardwick.

Marian subió despacio la escalera hacia sus habitaciones, notando cómo cada músculo de su cuerpo se quejaba por el cansancio, y un intenso dolor en sus sienes martilleaba ferozmente. Recordó la mirada intensa de Andrew esa misma mañana, en la capilla iluminada por los primeros rayos de sol, y le pareció que habían transcurrido mil años desde que había pronunciado sus votos, desde que le había jurado amor y respeto hasta la eternidad.

42

Una carcajada escandalosa y zafia, y el ruido de una botella al romperse sacó de su ensimismamiento etílico al hombre encorvado que ocupaba una de las mesas más oscuras de la cochambrosa taberna. Miró sus manos temblorosas y sus uñas sucias, y maldijo en silencio su maldita mala suerte. Hacía una semana que lo habían echado a golpes del último antro de juego, de cuestionable reputación, debido a su incapacidad para pagar sus deudas y a la más que fundada sospecha de que hacía trampas. Al recordarlo, se frotó las costillas aún doloridas por los golpes, aunque la parte más lastimada era el orgullo. El poco que aún le quedaba.

Joshua Miller había visto como su otrora acomodada vida se convertía en una sombra de lo que fue. Veía como cada día su radio de acción disminuía, como una vela consumiéndose, cuyo círculo de luz se reduce minuto a minuto. Primero, habían sido los grandes clubes, quienes le negaron el crédito y la entrada hacía casi mil años. Después, los garitos frecuentados por gente con los bolsillos llenos, a pesar de su falta de estatus, de los que tuvo que desaparecer tras varias amenazas y una nariz rota. Una vez desterrado de ellos, debió conformarse con las timbas de las sucias posadas, como en la que se encontraba ahora, o en los bares de puerto. Y todo esto tratando de sortear a los peligrosos prestamistas a quienes no podría pagar ni aunque viviera dos vidas.

Hubiera sido más inteligente coger el poco dinero de la miserable asignación de la matriarca de los Miller y alejarse de Londres y de los ambientes viciados por el juego y la perdición. Pero tenía el presentimiento de que la diosa fortuna estaba a punto de tocarlo con su varita mágica. Sus dedos hormigueaban con cada carta, su sangre bombeaba frenética y bulliciosa por sus venas con el sonido de los dados en el cubilete y cada partida, cada juego, lo llenaba de vida con la certeza de que la siguiente apuesta traería la ansiada victoria. Solo que esa victoria nunca llegaba. Si ganaba alguna vez, usaba esas ganancias para duplicar y triplicar la apuesta hasta que se quedaba sin nada. Al final, acababa con las manos vacías y el cuerpo lleno de moratones, arrastrándose por algún mugriento callejón.

La moza de la taberna, una mujer huesuda, de piel cetrina y cabello grasiento, le acercó una jarra de cerveza y un trozo de empanada de carne sobre un papel de periódico, dejándolos caer en la sucia mesa con pocas ceremonias. No se movió ni un ápice hasta que Joshua sacó unas pocas monedas y le saldó la cuenta.

Dio un trago a la bebida caliente y su estómago le devolvió un regusto ácido, quejándose por la falta de alimento. Joshua se acercó la empanada y, aunque se veía seca y demasiado hecha, le resultó apetecible, pues no había comido nada desde el día anterior. Miró la mesa grasienta, con manchas parduzcas en las zonas donde los clientes solían apoyarse, y después miró a su alrededor. El suelo estaba pringoso y el serrín esparcido para atrapar la suciedad no ayudaba demasiado. Todo olía a agua estancada, a sudor rancio y a orín.

Apuró la cerveza caliente y amarga de un trago, ignorando la queja de sus tripas, y envolvió toscamente la comida en el papel de periódico, con unas repentinas ansias de salir de allí y volver a la quietud de su precaria habitación. Cruzó como un fantasma las calles mal iluminadas, con las solapas de su abrigo levantadas y los hombros encogidos por el frío. Esquivó los charcos y el fango, las montañas de inmundicia y las ratas. Unos borrachos se peleaban en un callejón mientras una fulana los azuzaba gritando obscenidades y soltando sonoras risotadas.

Joshua frenó un poco ante la escena y la mujer se volvió hacia él:

—¿Tú también quieres luchar por mí, guapo? ¡Ven aquí! Tengo amor para todos. —Se rio zafiamente mientras se acariciaba los enormes pechos de manera lasciva.

Apuró el paso hasta llegar a la desvencijada puerta de la pensión, la única que podía permitirse, creyéndose a salvo de todo menos de lo verdaderamente peligroso: él mismo. Tras entrar en su helada y húmeda habitación, encendió una vela y se sentó en la cochambrosa mesa dispuesto a cumplir con la ceremonia de la cena. Desdobló con calma la hoja de periódico, venerando el trozo de empanada como si fuera un manjar. Mantendría los modales, aunque fuera allí en la intimidad de su ruinosa habitación, en memoria del hombre que un día fue.

Sacó su petaca del bolsillo del abrigo y se sirvió un poco de whisky en un vaso. Dio un pequeño mordisco a la comida, que se le transformó en una bola seca difícil de tragar. La hoja de periódico era su improvisado mantel y, a pesar de estar ensombrecida por oscuras manchas de grasa, Joshua la alisó metódicamente con la palma de su mano mientras leía un artículo sobre el estado de las obras para la próxima gran exposición universal, que comenzaría en mayo. Giró la hoja para continuar leyendo, pero su vista fue atraída por un pequeño anuncio en el centro de la hoja rodeado por una elaborada filigrana.

En él se anunciaba el feliz enlace entre el conde de Hardwick y la señorita Marian Miller, apenas una semana antes. Joshua se sacudió en una carcajada hueca y fantasmal que resonó en el cuarto vacío.

—Vaya, vaya. La pequeña zorra ha sabido atrapar el gran trofeo. Digna hija de su madre...

Joshua arrugó el papel y lo lanzó al suelo maldiciendo a las dos personas a las que creía responsables de su actual situación. Se paseó por la habitación rabioso y frustrado, golpeando los escasos muebles con los ojos desorbitados. Al principio, había culpado a su sobrina de ser la causante de su declive, creyendo que ella se había puesto en contacto con Gertrude para hablarle de su situación. Se arrepintió un millón de veces de no haber sido más duro con la muchacha. Debería haberse deshecho de ella cuando tuvo ocasión, y ahora él, y solo él, sería el heredero de la fortuna de Gertrude Miller. En cuanto al conde, su madre le había confesado en una discusión que fue él quien dio la voz de alarma, haciendo que ella precipitara su vuelta a Inglaterra, para salvar a Marian de las dudosas habilidades financieras de su tutor.

Joshua nunca había sido fuerte de carácter. Su hermano Victor había sido el listo, el honesto, el afortunado, el perfecto, y Joshua siempre había ido a remolque, sin poder evitar que lo comparasen con él, comparaciones en las que, por supuesto, siempre salía perdiendo.

Siendo apenas unos críos, fue Joshua el primero en echarle el ojo a Anne, pero, antes de que reuniera el valor para presentarse, su hermano ya la había encandilado, robándole una vez más la posibilidad de ser feliz. Su hermano había conseguido con el paso de los años tener riqueza, estatus y una familia perfecta y, lo que era aún peor, el favor de su madre. Todo lo que Joshua anhelaba, en definitiva. Harto de sentirse humillado, se cansó de esperar que la vida le devolviera lo que le pertenecía. Sin pensarlo demasiado decidió actuar, ser valiente por una vez.

Había recibido la nota de su hermano diciendo que llegarían de Londres esa noche y, sin pensar demasiado en lo que hacía, cogió su caballo. Permaneció horas oculto entre los árboles, bajo la lluvia incesante, justo al borde de la parte más peligrosa del camino, junto a un desnivel, esperando que su trampa hiciera efecto. Cuando escuchó el ruido de los caballos acercarse, sus piernas estaban tan entumecidas por el frío que fue incapaz de moverse de su lugar hasta mucho tiempo después.

Varios troncos, dispuestos a través de la carretera embarrada, fueron suficientes para que el vehículo se desestabilizara tratando de esquivarlos y se precipitara por el pequeño terraplén. Su plan era tan simple que podía ser un éxito o un fracaso absoluto, pero no tendría que mancharse las manos. Tras unos minutos interminables, reunió el valor suficiente para acercarse al carruaje volcado, en el que los caballos agonizantes no dejaban de emitir sonidos escalofriantes. Sorteó el cuerpo sin vida del cochero sin mirarlo, no era capaz de hacerlo. Desde el interior del carruaje no llegaba ningún sonido. Se acercó con sigilo a la ventanilla rota y esperó paralizado por el pánico hasta que un relámpago iluminó la noche. Su hermano yacía muerto en una postura imposible y, en el otro asiento, Anne abrazaba a su hija. Ninguna de las dos se movía. Un nuevo relámpago cortó el cielo y Joshua se sobresaltó al ver que Anne había abierto los ojos y lo miraba con la cara contraída de dolor. En su afán por alejarse, se cayó al suelo de espaldas y se arrastró varios metros hasta que consiguió reunir fuerzas para ponerse de pie y huir despavorido de allí. Esa mirada suplicante y acusadora le perseguía desde entonces, pero había aprendido a vivir con ello.

Si hubiera sido más compasivo, se habría apiadado de esa mujer bonita y sencilla que una vez deseó y, si hubiese sido más valiente, habría acabado el trabajo eliminando a Marian de su vida en ese mismo momento sin levantar sospechas. Pero no era ni una cosa ni la otra y, al fin al cabo, que la cría hubiese sobrevivido fue un filón que supo aprovechar bien.

Pero todo esto era un gran secreto que la mente enferma de Joshua jamás había revelado y que se llevaría a la tumba con él.

—Esos dos malditos perros hijos de puta. Estaban confabulando contra mí, querían quedarse con lo que me pertenece. Pero juro por Dios que esto no va a quedarse así.

Comenzó a hacer cábalas, intentando descubrir un complot contra él que solo existía en su imaginación, pero que, poco a poco, iba convirtiéndose en un combustible potente y peligroso que alimentaba su incipiente locura.

43

Desde que se había convertido en una mujer casada, hacía ya casi tres semanas, su tía Margaret Duncan había sido, prácticamente, la única compañía de Marian, ya que el conde de Hardwick parecía haberse desvanecido en el aire. Lo escuchaba llegar a altas horas de la noche, al otro lado de la puerta que comunicaba sus habitaciones. Se convirtió en una experta en identificar cada uno de sus movimientos, el crujir de su ropa al caer sobre la silla, el ruido de las tablas de madera bajo sus pies descalzos, el sonido del agua cuando entraba en la bañera y, finalmente, su cuerpo deslizándose entre las suaves sábanas.

En su mente lo veía desnudándose con movimientos masculinos y ágiles, su cuerpo tan musculoso y tan duro sumergiéndose en el agua caliente. Lo imaginaba tan vívidamente que, algunas noches, la tentación de mirar por el ojo de la cerradura la obligaba a levantarse en medio de la oscuridad y cruzar sigilosamente la habitación para acabar apoyada en la puerta. Solo el miedo a ser descubierta la hacía abandonar la idea.

Pocos días después de su boda, el secretario personal de su marido la había visitado para informarle de la asignación que, como nueva condesa, recibiría; si necesitaba algo más, bastaba con notificárselo a él y sus necesidades serían atendidas. Así de fácil.

Philips, tras presentarse, expuso de manera profesional y neutra unas cantidades tan exorbitantes que Marian no pudo evitar abrir los ojos como platos, preguntándose para qué demonios iba a necesitar ella tanto dinero en una casa en la que todas sus necesidades estaban cubiertas.

Al día siguiente recibió otra visita igual de sorprendente: madame Claire, la mejor modista de la ciudad, acudió a su casa personalmente, acompañada de dos de sus pupilas, para tomarle medidas y enseñarle docenas de muestras de telas, a cada cual más exquisita, avasallándola con bocetos, botones y cintas de colores. Marian no estaba demasiado interesada en la moda y no veía necesario semejante despliegue de lujos, pero la mujer insistió en que una condesa debía vestir como tal, y si su marido estaba dispuesto a ofrecérselo, quién era ella para quejarse.

La mujer se ofuscaba ante la patente falta de interés de Marian, y su estudiado acento francés se iba desvaneciendo poco a poco, llevada por la frustración. Marian sonrió con disimulo mientras la modista le medía las caderas, imaginando que, si la enfadaba un poco más, al final, sacaría un cerrado acento escocés. Le parecía absurdo que una mujer capaz de realizar con un par de trozos de tela una exquisita obra de arte debiera mentir sobre sus orígenes para poder labrarse un futuro y un prestigio, otra incongruencia más de esa encorsetada sociedad.

Marian entrelazó su brazo con el de su tía Margaret para ayudarla a bajar los escalones de piedra gastada del orfanato de Santa Clara. Tía Margaret la había invitado a acompañarla hasta la parroquia donde ella realizaba algunas obras de caridad. Aceptó eufórica y ansiosa por hacer algo útil para ayudar a los demás por primera vez en su vida. Más aún ahora que disponía de una suma considerable de dinero en sus manos para gastarla en lo que creyera conveniente.

—Creo que lo primordial es la caldera, tía Margaret. Creí que en cualquier momento unos pingüinos saldrían de debajo de las camas de los niños. Y su ropa. Salta a la vista que no es suficientemente abrigada para ellos. Empezaré por ahí.

Margaret sonrió con calma.

—Tranquila, muchacha. Yo era igual que tú, pero con el tiempo aprendí que no puedes arreglar el mundo en dos días y que no puedes salvarlos a todos. Tienes que estar preparada para eso.

Marian la miró, frunciendo el ceño.

—Lo sé, pero tengo muchas buenas ideas. Y al menos intentaré hacer todo lo que esté en mi mano para ayudar a esos niños.

—Bueno, ya que mencionaste la ropa, madame Claire no soporta la impuntualidad.

—Con la fortuna que le va a sacar a mi marido creo que me he ganado el derecho de que me espere cinco minutos.

—Diablos, estás empezando a hablar como una condesa —se carcajeó Margaret.

La nueva condesa de Hardwick llevaba casi dos horas resistiendo estoicamente sobre la plataforma, mientras madame Claire la miraba con ojo crítico, recogía frunces y dobladillos, y la apuñalaba disimuladamente con sus afilados alfileres cada vez que relajaba su postura. Al fin, sonrió satisfecha y formó un gracioso mohín con sus labios.

—Será usted la sensación, condesa. No habrá nadie

capaz de hacerle sombra. Ni dentro ni fuera de su dormitorio. —Marian enrojeció de golpe y abrió la boca para protestar, pero volvió a cerrarla incapaz de encontrar algo lógico que decir—. Ante su total falta de interés por la moda me he permitido elegir por usted su ajuar.

—No será necesario, tengo de todo. —Agachó la cabeza avergonzada. Había visto, expuestos en uno de los percheros del probador, algunos de los indecentes camisones que creaban, destinados más a incitar actividades lujuriosas que a conciliar un sueño cómodo y confortable. Gastar el dinero en unas prendas así era un derroche innecesario, ya que la única persona que los vería sería su doncella.

—Su esposo fue bastante claro en su encargo, *milady*. Ropa de día, ropa de noche y ropa de cama. Todo lo que una recién casada pudiera necesitar. —Marian no sabía dónde mirar y agradeció que una de las empleadas la embutiera en ese momento en su sencillo vestido de paseo, y se demoró todo lo posible antes de sacar su cabeza a la superficie intentando controlar su bochorno. Prefería no ahondar en el tema, pero sentía mucha curiosidad por saber cuándo había hecho Andrew el encargo. Veía difícil que lo hubiera hecho antes de la boda. Y hacerlo después, sabiendo que él no iba a disfrutar de... A no ser que... Marian movió la cabeza y, pretendiendo apartar de su mente esos pensamientos, decidió centrarse en otra cosa.

—Madame Claire, quería hacerle otro tipo de encargo. Si usted no realiza ese tipo de trabajos, al menos confío en que pueda aconsejarme a alguien que pueda llevarlo a cabo. —La costurera la miró intrigada y le pidió a la chica que recogía las telas y los utensilios que las dejara a solas—. Necesito algo totalmente distinto a lo que está acostumbrada a confeccionar. Quiero ropa para varios niños. Doce en total, por ahora. Se trata de ocho niñas y cuatro niños. Ropa cómoda y abrigada, y los abrigos correspondientes. Aunque no quiero que sean colores tristes y apagados. Había pensado en paño o terciopelo. Y con botones brillantes. Ellos adoran los botones brillantes. —Una enorme sonrisa iluminó la cara de la pelirroja mientras hablaba atropelladamente—. Y los complementos correspondientes, claro. Botas, gorras, guantes. —Marian se paró de golpe al ver la cara perpleja de la mujer, sintiendo que había hablado demasiado rápido y la había apabullado. Suspiró a la espera de una negativa. Seguro que había dicho algo inapropiado para una condesa—. Lo siento, supongo que la he ofendido.

—¿Puedo preguntar para quién son esos trajes? —Marian no sabía si la mujer era consciente de que había olvidado prácticamente su magníficamente interpretado acento francés.

—Para los huérfanos de Santa Clara. —Marian sintió la mirada oscura de la modista escrutándola. Madame Claire estaba perpleja ante una mujer que mostraba un total fastidio a la hora de probarse los tafetanes y las sedas más exquisitas para sí misma, pero se emocionaba decidiendo el tipo de tela más adecuada para unos huérfanos, a los que probablemente ni siquiera conocía.

—Creo que tengo algo que podría encajar con lo que usted busca en el almacén, *milady*.

La mujer se perdió en el pasillo y Marian salió del probador para estirar un poco las piernas. En el corredor había otros dos habitáculos con espesas cortinas de color borgoña donde, presumiblemente, otras clientas se probaban sus encargos. Marian se acercó a una pequeña estantería donde se exponían recargados tocados hechos con plumas y flores de tela. Hasta ella llegó, amortiguada por la cortina, una chirriante carcajada y una voz que pretendía hablar en un discreto susurro, sin conseguirlo.

—La verdad es que no es tan horrible, me esperaba algo peor. Si no, a cuento de qué la iba a tener tan escondida.

—Puede que sea porque es chabacana y algo vulgar. He oído que se ha criado como una salvaje y, por mucho que quiera, Hardwick no va a domarla así como así. —Marian se quedó paralizada en el sitio. Gente que no la conocía hablaba de ella, y aunque no quería escuchar ni una palabra más, era incapaz de alejarse.

La voz aguda y desagradable volvió a reír y continuó con el vil ataque.

—Sigo sin entender por qué la ha elegido a ella. Con ese cabello tan espantoso, tan llamativo y tan ordinario. Lo que está claro es que la baronesa no va a quedarse de brazos cruzados, y menos ahora que sabe que su competencia es tan insignificante. Se merendará a la muchacha en un santiamén.

—Más bien se merendará al conde, querida. —Las dos rieron por su ingeniosa respuesta—. He oído que él ha asistido a varias cenas desde su boda, sin su condesa. Y que me aspen si es casualidad, pero Amanda Howard estaba en esos eventos. Todos dicen que, con toda seguridad, han retomado su relación y vuelven a ser amantes. Esa arpía ni siquiera ha esperado a que se enfríe el cadáver de su marido para meter en su cama a Hardwick —bufó con desdén—. Y no la culpo, la verdad, si yo tuviera a mano semejante espécimen… —De nuevo estallaron en desagradables carcajadas.

Sus peores temores se hacían realidad. Aún no había aparecido en público y ya suponía una vergüenza para su marido por no estar a la altura. Y encima él había tardado menos de un mes en refugiarse en los brazos de otra mujer. A Marian se le congeló la sangre en las venas. Volvió sobre sus pasos hacia el probador que había ocupado y, a los pocos segundos, escuchó los pasos de madame Claire que avanzaba por el pasillo con varios rollos de tela. Marian se concentró en la tarea, intentando aguantar las lágrimas que amenazaban con escaparse de sus ojos, hasta que la modista posó la mano sobre su antebrazo.

—Le daré un consejo: ignórelas. Trate de ser feliz y olvídese de esos malditos buitres. Londres está lleno de gente así. Pero solo hace falta mirarla a los ojos una vez para saber por qué su marido la ha elegido a usted. No deje que ellos la cambien. Y ahora olvide que le he dicho esto y dígame qué color prefiere, *milady*.

Marian acababa de decidir que cada libra que cobraba madame Claire estaba bien empleada. Había recibido esa misma mañana una cantidad ingente de camisones, batas a juego, delicadas zapatillas de satén bordado y calzones, todo adornado con finos encajes, lazos y adornos de un gusto impecable y unos colores que ella jamás hubiera imaginado que podían usarse en la ropa de cama. Además, también habían llegado tres vestidos de noche, tres de paseo, dos capas y sus correspondientes complementos. Pero lo que más ilusión le hizo fue un gran sobre marrón que contenía los bocetos de los trajes de los niños del orfanato. Le había contestado inmediatamente, dándole el visto bueno para que se confeccionaran cuanto antes.

Se miró en el espejo de su habitación y se sorprendió ante el reflejo que le devolvía. La suave gasa de color rosa pálido caía sobre su cuerpo, marcando cada curva, y se mecía con cada movimiento como si fuera un halo mágico. El canesú de encaje, cerrado con unos pequeños botones de madreperla, dejaba que la forma de sus pechos y la sombra oscura de las areolas se transparentara y se ajustaba marcando sus contornos.

La bata de terciopelo, del mismo color, caía sobre su cuerpo con calidez y, a pesar de ser más recia, seguía siendo igual de sensual que el camisón. Marian estiró los brazos jugando con las mangas cortas de tipo japonés, sintiéndose más femenina que nunca. Se sentó en el sillón de piel junto a la chimenea y desechó el aburrido libro sobre filosofía que había cogido hacía dos días de la biblioteca. Se calzó unas zapatillas y decidió ir a buscar algo más interesante que leer. Bajó la escalera de la mansión, silenciosa a esas horas, alumbrando con una solitaria vela el camino hacia la biblioteca. La puerta del despacho de Andrew estaba entreabierta y no pudo evitar la tentación de adentrarse en los dominios del ilustre conde de Hardwick.

La habitación olía endemoniadamente bien, a madera, a limpio y, sobre todo, a Andrew. Marian miró a su alrededor y se paseó deslizando sus dedos sobre la superficie de la mesa, sobre los paneles de roble que recubrían las paredes y por la repisa de la chimenea. Un intenso sentimiento de añoranza la sacudió al reconocer el paisaje plasmado en el hermoso óleo que colgaba sobre el hogar. Era una vista de Greenwood Hall desde las colinas que la rodeaban, y la impresionó la viveza y el realismo de los vibrantes colores. El lienzo lo firmaba un tal T. S. Volvió a la mesa y no pudo evitar acariciar la suave piel del sillón, donde, con seguridad, Andrew habría pasado tantas horas antes de su llegada.

Sus ojos se fijaron en un libro de pastas color granate con elaboradas letras doradas que descansaba en un lateral de la mesa. Era un ejemplar sobre Derecho y le llamó la atención que se viera muy gastado por el uso, como si lo consultara con mucha frecuencia.

Marian, picada por la curiosidad, decidió sentarse un rato en uno de los sillones y leer las páginas que Andrew tantas veces había releído, y pasar sus manos buscando las huellas imaginarias de sus dedos. Sujetó el libro contra su pecho para sortear la mesa y dirigirse al sofá, pero otro objeto llamó poderosamente su atención: una bandejita de plata situada en una de las esquinas de la mesa con la correspondencia pendiente de ser revisada, donde uno de los sobres destacaba sobre todos los demás por su llamativo color lavanda. Marian lo sostuvo entre sus dedos y no pudo evitar acercárselo a la nariz, percibiendo los dulzones e intensos matices de un perfume femenino. Cerró los ojos dolida ante el descaro. La amante de su esposo le enviaba cartas a su propia casa sin importarle que ella viviera bajo su techo.

—Creí que ya te había advertido sobre los peligros de invadir la guarida del león.

Marian dio un respingo y estuvo a punto de gritar de la impresión que le provocó la profunda voz de Andrew en el umbral de la puerta.

Sin querer, dejó caer la carta perfumada, que con una floritura acabó sobre la alfombra.

—Yo, er, estaba buscando algo para leer. —Marian notó el calor acumularse en sus mejillas; primero, por haber sido descubierta *in fraganti* mientras cotilleaba y, segundo, por el poco elegante recordatorio de su marido. La primera vez que, según él, había invadido su guarida, acabó prácticamente desnuda entre sus brazos con el camisón abierto hasta la cintura y temblando de placer.

—Dos puertas más allá hay una habitación llamada biblioteca donde podrás encontrar unos cuantos cientos de libros. —Andrew se agachó y recogió la carta del suelo, reconociendo inmediatamente el sobre y la caligrafía de Amanda, y la soltó de forma descuidada sobre la bandeja.

—Me apetecía leer este —se empecinó Marian, incapaz de dar su brazo a torcer y reconocer que había entrado en su despacho llevada por la curiosidad. Andrew miró el libro y enarcó una aristocrática ceja al reconocer el tratado sobre legislación.

—El apartado sobre «Anulación matrimonial» está en el capítulo cuatro.

Marian ahogó un jadeo, indignada, aunque no sabía si tenía derecho a estarlo, y dejó el libro sobre la mesa con un golpe seco.

—Discúlpeme, *milord*. No debí entrar aquí ni pretender leer uno de tus libros, ni mucho menos tocar las cartas perfumadas que te envía tu amante. —Marian pasó por su lado con la fuerza de un huracán envuelto en gasa rosada, con ese sutil aroma a flores que lo volvía loco, y Andrew se encontró sujetándola de la muñeca para que no abandonara la habitación.

—¿Celos, esposa? ¿Crees que puedes permitirte sentir algo semejante? Te dije que no tendrías derecho a exigir nada y te encuentro husmeando entre mis cosas, cotilleando mi correspondencia y olfateando el rastro de otras mujeres. —Su boca se torció en una media sonrisa—. ¿Qué pretendes metiéndote en mi despacho medio desnuda? ¿Torturarme un poco más? ¿Quieres volverme loco o acaso pretendes burlarte de mí?

No pensaba dejarse intimidar, así que levantó su insolente nariz hacia su marido plantándole cara, sin saber qué pregunta responder primero.

—Lo primero, es que no estoy medio desnuda. —Andrew la recorrió con su intensa mirada, parándose en la zona de su torso—. Y, lo segundo, es que no me importa lo más mínimo lo que hagas, pero al menos podrías ser más discreto.

—Mientes. —Su voz fue apenas un susurro que se clavó en Marian, provocándole un ardiente cosquilleo.

Andrew sujetó entre sus dedos un bucle rebelde y lo deslizó detrás de su oreja.

—No me toques. —Sentía su boca seca y todo su espacio vital estaba invadido por el ancho cuerpo de su marido.

—¿Que no te toque? —Andrew soltó una carcajada sarcástica—. No te confundas, no he olvidado tu petición y pienso acatarla. Tendrás que suplicarme si quieres que algún día te invite a mi cama, querida.

Marian abrió los ojos como platos por tamaña arrogancia.

—Ni en tus mejores sueños, querido. —Enfatizó la última palabra como él había hecho—. ¿Acaso te crees un exquisito manjar para suplicar por tus atenciones?

—Eso dicen por ahí. —Marian entrecerró los ojos ante su suficiencia y socarrona sonrisa. Lo cierto es que ella también había escuchado las habladurías sobre él y sus capacidades amatorias. Además, podía dar fe de que sus breves encuentros con él habían resultado memorables. Pero moriría antes de reconocerlo.

Decidida a borrarle esa sonrisa de la cara se acercó un poco más a su cuerpo. Tanto que, si Andrew bajaba la mirada, obtendría una vertiginosa vista de sus pechos, tanto que el halo de calor que desprendía el cuerpo masculino resultaba demasiado embriagador. Deslizó la yema de su dedo índice muy despacio sobre la hilera de botones de la pulcra camisa blanca del conde, ejecutando una leve presión. Bajó por el contorno de su pecho y por su abdomen y continuó descendiendo un poco más, con una lentitud perturbadora. Cuando llegó a la parte delantera de sus pantalones, deslizó sus dedos sobre la dura longitud que palpitaba tras la tela y extendió la mano sobre su erección, para apretarla en una intensa caricia que arrancó un jadeo ahogado de la garganta de Andrew. Puede que fuera inexperta, pero sabía lo suficiente sobre anatomía masculina, sobre la de Andrew para ser exactos, como para saber que ese estado se debía a ella, a su liviano camisón y a su insignificante caricia.

—Vaya, parece que no me haría falta suplicar demasiado para ponerte a mis pies.

La respuesta furiosa y pasional de Andrew no se hizo esperar. Llevaba demasiado tiempo controlando sus instintos, esforzándose en mantenerse frío y comedido, como para tolerar que una chiquilla jugara con su cordura. La agarró por las muñecas y se las sujetó detrás de la espalda, presionándola contra su cuerpo, con su calor, envolviéndola, y con sus ojos a punto de convertirla en ceniza.

—No juegues conmigo, Marian. El papel de mujer experimentada te queda demasiado grande.

Y sin poder evitarlo, sin que ninguno de los dos pudiera luchar contra la fuerza de la naturaleza, se fundieron en un beso salvaje y casi violento, en un intercambio de pasión, en un roce frenético de lenguas y labios que los dominó por completo. Marian se encontró forcejeando desesperada por liberar sus manos, pero en contra de lo que Andrew esperaba, por el deseo de aferrarse a él, de apretarlo más contra su cuerpo y fundirse en sus caricias.

El beso cesó de repente y ambos se miraron sin resuello, sin que ninguno supiera quién de los dos lo había interrumpido. Andrew dio varios pasos hacia atrás, retirándose de ella como si quemara, y Marian, con los labios enrojecidos por la pasión, lo miró estupefacta, superada por su propia reacción. Se marchó del despacho sin decir ni una palabra y no pudo evitar echar a correr por la escalera hasta llegar a su habitación, asustada de la magnitud de lo que sentía. No quería que ocurriera de aquella manera, no así. Era consciente de que no podría resistir la fuerza de lo que sentía por él indefinidamente, pero si se entregaba a su marido, no quería que fuera llevados por su testarudez, por su rivalidad ni por un arrebato de soberbia.

Andrew, a su vez, se paseó por su despacho como un león enjaulado, enterrando las manos en los oscuros mechones de su cabello, asumiendo que no tardaría demasiado en ser él quien se arrastrara hasta su esposa, suplicándole un hueco en su cama y en su corazón.

44

El día de Navidad, Marian se levantó especialmente ilusionada. Andrew la esperaba en el vestíbulo para acompañarla al orfanato y entregar algunos regalos a los niños. Después de eso, acudirían a comer a casa de los Pryce. El conde la observó mientras entregaba a las monjas que se encargaban de cuidarlos varias cestas con comida y dulces de Navidad. Los niños la rodearon ansiosos, esperando sus paquetes con los ojos brillantes de ilusión y luego desenvolvieron sus regalos rasgando los papeles y lanzándolos por los aires entre gritos de júbilo. Todos menos uno, que parecía mayor que los demás, un chico rubio y desgarbado que observaba apoyado en la pared del fondo, como si todo aquello no fuera con él. Marian se agachó y una de las niñas se abrazó a su cuello y le dio un sonoro beso en la mejilla. La pequeña giró hacia el niño del fondo y sostuvo su muñeca de trapo en alto para que la viera.

—¡Mira, Ralph! —El niño sonrió a la niña con su dentadura torcida, y Andrew vio claramente el parecido entre ellos. Debían de ser hermanos y, probablemente, la pequeña sería el único motivo por el que Ralph permanecía en aquel lugar donde, claramente, no quería estar.

Marian se acercó hacia él para entregarle un paquete y Ralph se sonrojó, visiblemente azorado, sin saber si abrirlo o no. La pequeña se acercó corriendo hasta ellos, instándolo a que se diera prisa, y los ojos del muchacho se iluminaron cuando ante él apareció una gorra de paño de rayas grises. Bajó la cabeza y musitó un inaudible «Gracias», estrujando la prenda entre sus manos temblorosas.

Marian de buena gana se hubiera quedado a pasar el día con ellos a pesar del cariño que les tenía a los Pryce, disfrutando de la alegría sincera y pura de aquellos seres inocentes con los que la vida había sido tan injusta.

La casa de los Pryce estaba encantadoramente adornada con lazos y guirnaldas rojas, y decenas de ramitas de muérdago que Hardwick se encargó de localizar y esquivar con gran maestría. Lo que menos necesitaba era tener que besar a su esposa en público, y quedar en evidencia como un adolescente calenturiento delante de su familia y de uno de los hombres que mejor lo conocía.

Anthony Pryce no era amante de las reuniones numerosas, así que a la mesa solo estaban, aparte de su mujer, su madre y su hermana Evie, un matrimonio joven amigo de la familia y lord y lady Hardwick. El ambiente era distendido y Marian no podía evitar quedarse embobada viendo a Andrew sonreír y mostrarse tan encantador con todo el mundo.

Todos rieron recordando la anécdota del camafeo, y el anfitrión los deleitó con otras travesuras de sus hijos que, por lo visto, eran de armas tomar. Andrew se rio alabando la inventiva y la imaginación de los dos niños y su amigo lo miró con las cejas levantadas.

—Es muy divertido cuando son los hijos de otros los que cometen las fechorías, pero dentro de poco estarás rodeado de pequeños críos pelirrojos que te torturarán con sus ocurrencias, y cualquier rastro de calma desaparecerá de tu vida. —Levantó su copa con una sonrisa burlona—. Y por lo que he oído, si heredan el carácter impulsivo de su madre…

—¡Anthony! —Su esposa le dio una patada por debajo de la mesa ante el osado comentario, mientras Marian enrojecía.

—Querida, estamos en familia. —Anthony miró a Marian con la cara más angelical que pudo y le guiñó un ojo a modo de disculpa, a lo que ella respondió con una sonrisa.

Andrew tomó un gran sorbo de vino intentando contener la risa.

—Si resultan ser tan traviesos como mi esposa, te juro que abandonaré el país. —Miró a Marian por encima de la copa con una expresión burlona, calibrando su reacción—. A nado.

Todos rieron de buena gana, incluida Marian, que no podía creer lo que acababa de escuchar ni que pudieran estar juntos en una misma habitación en un tono tan distendido hablando sobre sus futuros hijos.

—Creo que mi esposo exagera un poco, en realidad, no son ciertas todas las cosas que se me atribuyen.

Andrew abrió los ojos como platos fingiéndose indignado.

—¿Que exagero? Me obligaste a deshacerme de todos mis trajes por la ocurrencia de meter aquellos sapos en mi armario. Cada vez que recuerdo todas aquellas babas y ese olor indescriptible… —Andrew fingió estremecerse de asco mientras Marian se tapaba la cara con la servilleta—. O cuando «liberaste» a todas las gallinas del corral porque, según tú, debían aprender a volar. Creo que aún debe quedar alguna perdida por el bosque. O cuando provocaste una lluvia de harina sobre una de las amigas más remilgadas de mi madre.

Todos los presentes los miraban encantados, divertidos ante el sonrojo de la condesa.

—Eso fue un fallo de estrategia. En realidad, el blanco eras tú, pero ella entró antes en la habitación.

—Sí, el blanco siempre solía ser yo. Y aún me pregunto por qué.

—Ibas siempre tan perfectamente peinado que me ponías de los nervios. —La respuesta franca y descarada hizo que todos, incluyendo Andrew, estallaran en carcajadas.

—¿Y el día que destrozaste mi colección de soldados de plomo? Esa es la única travesura que me ha costado perdonarte.

—Dios mío, Hardwick, más vale que no le cuentes todas estas anécdotas a tus hijos o potenciarás peligrosamente su imaginación. Y, sobre todo y más importante, más te vale que no se las cuentes a los míos.

La jornada fue encantadora, y ambos se comportaron como el perfecto matrimonio de recién casados bien avenidos. Él, atento y amable. Ella, comedida y afable. Pero, en cuanto se montaron en el carruaje de vuelta a su hogar, la frialdad y la indiferencia se instalaron entre ellos. Marian observó al conde, recostado en su asiento, mirar por la ventanilla, con las larguísimas piernas estiradas delante de él, como si viajara solo en el carruaje. Había sido una interpretación impecable del matrimonio perfecto y el esposo pluscuamperfecto. Delante de todos había escenificado su papel escrupulosamente, derrochando encanto, siendo complaciente, considerado e, incluso bromista, tanto que ella había llegado a pensar que aquella complicidad entre ellos era real.

Pero en cuanto la puerta del carruaje se cerró, todo volvió a una fría incomodidad.

ϒ

Unas horas después, Marian, ensimismada, se cepillaba el cabello delante de su tocador, rememorando las palabras y las sonrisas de Andrew durante la comida. Su mirada era brillante cuando relató el incidente de los soldaditos de plomo, y Marian esperaba que nadie hubiera notado que su propia sonrisa perdió intensidad en ese momento. Recordaba aquel día como si fuera ayer y no lo culpaba por no haberla perdonado. Ella tenía doce años y Andrew era ya todo un hombre de diecinueve. El conde había pasado toda la mañana reunido con el administrador y con unos hombres muy serios que Marian no había visto nunca. Cuando los caballeros se marcharon, acudió a la biblioteca inventando una excusa para poder hablar un rato con él, pero el conde estaba demasiado ocupado con sus problemas para dedicarle ni siquiera unos minutos. Marian sintió que las lágrimas pugnaban por salir de sus ojos de niña, mientras Andrew le gritaba exasperado que ya era un hombre adulto, con asuntos más urgentes que dedicarse a entretener a una chiquilla metomentodo.

Era su príncipe azul, el que la había rescatado de su dolor aquel día en el columpio, y ahora la echaba de manera cruel de su lado como si ella no valiera nada. Salió furiosa de la biblioteca y, de pronto, se acordó de los pequeños soldaditos de plomo que Andrew conservaba, perfectamente alineados sobre una de las repisas de su despacho. Los hombres no jugaban con soldaditos, ¿no? Al principio pensó en esconderlos o tirarlos al lago, pero al pasar junto a los establos vio que los mozos habían encendido un fuego para marcar algunos de los caballos. Buscó una olla vieja y puso los muñecos esmaltados al fuego esperando ver el resultado. Hacían un ruido extraño al calentarse, como si los soldados estuvieran gritando de verdad ante la injusticia a la que estaban siendo sometidos, mientras Marian, hipnotizada, mantenía los ojos fijos en las llamas que lamían el metal.

Levantó la vista al ver a Andrew acercarse a grandes zancadas con cara de pocos amigos y dio varios pasos atrás cuando él le gritó que se apartara del fuego, preocupado por su seguridad. Cuando Andrew vio lo que estaba haciendo, palideció incrédulo. Apartó la olla del fuego, pero ya era tarde, y su querido ejército había comenzando a derretirse, deformándose y adoptando figuras tétricas y fantasmagóricas.

Marian jamás había olvidado su cara de decepción, la fría desolación de sus ojos en ese momento. Más tarde, Richard le contó que aquellos soldados eran muy importantes para su hermano, pues eran un regalo de su padre que le traía alguna nueva adquisición cuando volvía de sus viajes a la ciudad. Poco a poco habían ampliado la colección, y esos soldados eran el símbolo de la complicidad y el cariño que Andrew siempre había tenido con su progenitor, algo irreemplazable. Y ella se lo había robado. Jamás permitió que Marian le pidiera perdón por aquello.

Marian dejó el cepillo sobre el tocador y se dirigió al armario para sacar un pequeño cofre de madera. Deslizó la mano sobre la superficie tallada con motivos de flores y pájaros exóticos, que conocía mejor que las líneas de su propia mano. Apartó un pequeño pañuelo de gasa azul y revisó el contenido, como tantas otras noches antes de dormir. Sus pequeños tesoros. Deslizó entre sus dedos cada pieza, venerándola. El colgante en forma de cruz con rubíes de su madre, lo único que pudo salvar de las zarpas de tío Joshua, la pipa de fumar de su padre, una pequeña piedra, blanca y perfecta en su redondez, que había encontrado en el lago siendo niña y algunas semillas de los árboles que rodeaban sus tierras. También conservaba varias cartas amarillentas por el tiempo y lazos de terciopelo de colores brillantes que había usado en alguna ocasión especial.

Sacó un pequeño objeto envuelto en papel de seda y lo sostuvo en su mano, cerrándola en un puño como si quisiera extraer fuerza de él. Se colocó un echarpe de lana sobre el camisón blanco, sin permitirse pensarlo demasiado, y se fue directa a la puerta que separaba su habitación de la de su marido.

Andrew, sentado en el asiento de la ventana de su habitación, se tomaba una copa de brandy mientras observaba la oscuridad de la noche. Los recuerdos del día lo mantenían en vela. Las imágenes de Marian con su vestido de terciopelo gris perla, sonriendo ilusionada a los niños de Santa Clara, como si el verdadero regalo fuera poder estar allí compartiendo ese momento. La conocía desde hacía tantos años que pensaba que lo sabía todo de ella y, sin embargo, cada nuevo detalle, cada nuevo descubrimiento perforaba un poco más la débil coraza que se había fabricado desde su boda. Se moría por derribar las barreras que existían entre ellos y con gusto hubiera claudicado; se hubiera tragado su orgullo, con tal de poder tumbarse junto a ella y cobijarla contra su cuerpo. Su deseo era mucho más fuerte que algo meramente físico y, aunque era consciente de que lo prohibido siempre suponía un acicate, sabía que había mucho más. A menudo se sorprendía acercándose a la puerta que separaba sus habitaciones, deslizando su mano por la fría superficie, como si así pudiera notarla más cerca. Hubiera perdonado sus dudas, al fin y al cabo, lógicas en una doncella ante la cercanía de su noche de bodas, le hubiera dado todo el tiempo del mundo, le habría entregado todo lo que tenía y todo lo que era, la habría convencido para que se quedara a su lado. La habría amado sin mesura.

Pero después de que lo insultara comparándolo con Aldrich y admitiera la posibilidad de desear un matrimonio con otro hombre, no podía olvidarse sin más. Al fin y al cabo, no le había dado la opción de decidir si quería casarse con él, así que le daría la oportunidad de conseguir la anulación si eso era lo que deseaba. Respetaría su decisión y dejaría que fuera ella quien marcara las pautas de ahora en adelante. Unos suaves golpes en la puerta lo hicieron salir de la vorágine de sus pensamientos, y durante unos segundos se quedó paralizado, dudando si sus oídos lo engañaban.

—Adelante.

Marian entró decidida y se plantó delante de él con un revuelo de la fina tela ribeteada de volantes de su camisón. Andrew rogó a los cielos que el chal que llevaba sobre los hombros, y que parecía estar a punto de resbalar, permaneciera en su lugar. La miró con una ceja arqueada aparentando indiferencia.

—Yo venía porque... —Marian no sabía qué decir y, simplemente, abrió su pequeña mano delante de Andrew mostrando una pequeña figura de plomo desgastada por el tiempo, un soldado en posición de firme con su minúscula bayoneta al hombro y trazas de esmalte blanco y rojo, restos de lo que debió ser un elegante uniforme.

La cara de Andrew era indescriptible y ella no sabía si iba a llorar, a gritarle o a reír... o todas las cosas a la vez. Con dedos temblorosos, cogió el pequeño muñeco, rozando levemente la palma de Marian, y lo acarició notando que había atrapado el calor de la mano de su esposa. Tragó saliva ante la emoción de recuperar un recuerdo que creía perdido desde hacía tanto tiempo.

—Intenté dártelo antes, quería pedirte perdón, pero no me hablabas. Pasó mucho tiempo hasta que volviste a dirigirme la palabra. —Marian se estrujaba las manos sintiéndose culpable, como si acabara de echar los muñecos al fuego en ese instante—. Yo no sabía que eran tan importantes para ti. No sabes cuánto me arrepentí.

Andrew movió la cabeza intentando digerir el nudo de sensaciones que tenía en el estómago. Era como volver a sentir la emoción de ver a su padre sacar el pequeño envoltorio del bolsillo de su abrigo, revivir cómo se tumbaba con Richard sobre la alfombra colocando los pequeños cañones, los hombres a caballo y los soldados de infantería para escenificar una batalla.

—¿Es demasiado tarde para pedirte perdón? —La voz de Marian era apenas un susurro.

Él levantó la vista y tardó unos segundos en contestar.

—Nunca es demasiado tarde para eso.

Marian musitó un rápido «lo siento» mientras se giraba y se marchaba velozmente al refugio de su habitación.

El humo de los cigarros de los pocos hombres que quedaban en la sala de juegos y la luz tenue estaban irritando los ojos de Andrew, que se esforzaba en mantenerlos abiertos, a pesar de las altas horas de la madrugada y de las muchas noches que llevaba sin descansar como Dios manda. No estaba concentrado en el juego porque no le interesaba ni lo más mínimo lo que ocurría en la mesa, tan solo deseaba que se hiciera lo suficientemente tarde como para no encontrarse con la luz de la habitación de su mujer filtrándose por debajo de la puerta, como un faro tentador que lo llamaba.

Llevaba dos semanas sin verla y no sabría decir en qué momento el remedio se había vuelto peor que la enfermedad; su ausencia empezaba a hacerse más difícil de soportar que su presencia. Andrew lanzó una carta al azar sobre el tapete verde, Thomas, sentado a su lado bufó, y su contrincante aulló encantado levantándose, un poco tambaleante por el alcohol, para recoger sus abundantes ganancias.

—Caramba, Hardwick, había oído que estaba volviéndose generoso en exceso con sus posesiones, pero no creí que fuera a ser el beneficiario de tanta bondad —se jactó el hombrecillo, acercándose y asqueándolo con su aliento agrio de borracho.

Durante toda la partida, había soltado comentarios incongruentes y pullas que Andrew achacó a sus ansias de desconcentrarle para ganar la partida, pero esta vez notó como Thomas se tensaba ante el comentario y eso le hizo ponerse a la defensiva.

—No se vanaglorie tanto, Milton. Es solo un juego. Puede que la próxima vez sea yo el que lo desplume. —El hombre consideró la voz dura de Andrew una advertencia, pero el alcohol hizo que menospreciara el peligro.

—Cierto, *milord*. Yo solo he conseguido algo de dinero. —Se encogió de hombros y continuó metiéndose las ganancias en sus bolsillos—. Hay otros hombres que tienen mucha más suerte con lo que se apropian —dijo con una sonrisa lasciva—. Sobre todo, porque ella debe de ser del tipo ardiente.

Thomas se levantó de golpe, intentando evitar que el hombre siguiera y provocara una situación peligrosa. Miró a su alrededor y observó cómo, discretamente, los otros dos hombres que los acompañaban salían de la sala, no queriendo ser testigos de un enfrentamiento que tuviera por protagonista a uno de los lores más importantes de Londres. El movimiento del conde de Hardwick fue tan rápido que ni siquiera Thomas, que lo conocía bien, lo vio venir. En un santiamén había agarrado al tipo por el cuello para inmovilizarlo con fuerza contra la mesa. Los vasos de licor se estrellaron contra el suelo enmoquetado, derramando el líquido sobre los pantalones de Sheperd, que maldijo sonoramente mientras intentaba sujetar a la mole de músculos furiosos en la que se había convertido su amigo.

—No me gusta nada lo que estás insinuando, maldito gusano, así que larga lo que tengas que decir o te arrancaré la tráquea con mis manos.

El hombre tosió intentando recuperar la respiración, mientras trataba de sujetar a Andrew por las muñecas. El conde lo lanzó contra el suelo y, a pesar de todo, Milton se rio entrecortadamente, triunfante al saber que lo diría, lo humillaría.

—Habla, bastardo —le ordenó Hardwick con los dientes apretados.

—Andrew, está borracho y estamos cansados. Vámonos, no merece la pena. —El conde lo fulminó con la mirada, intuyendo que su amigo estaba callándose una información importante.

—Qué quiere que le diga, conde. Mientras usted pierde tan alegremente cada noche sus monedas para beneficio de los demás, otro abona su terreno. —Se levantó con esfuerzo, tambaleándose hacia atrás.

Thomas se interpuso en el camino de Andrew, intentando que no entrara al trapo, pero parar a un hombre de su envergadura y su fuerza era como parar a un toro bravo. Miró a Milton como si en lugar de palabras le hubiera lanzado puñaladas y apartó a su amigo como si fuese una pluma. Agarró de las solapas al hombre y lo estampó contra la pared, levantándolo varios centímetros del suelo.

—¡Qué coño estás diciendo, desgraciado! Te mataré por esto.

—Yo solo soy el mensajero, Hardwick. —El miedo, por fin, brilló en los ojos del hombre al notar la furia ciega que emanaba de Andrew—. Debería premiarme por abrirle los ojos. Pague su furia con Aldrich, que es el que le calienta la cama a su mujer y se pasea con ella por…

El puñetazo en el estómago sonó como un golpe seco y lo dejó sin aire y doblado sobre sí mismo. Se agarró de la solapa de la chaqueta del conde, intentando incorporarse, y eso le valió un nuevo golpe que lo dejó medio inconsciente y con la nariz rota. Andrew, fuera de sí, agarró al tipo como si fuese un saco de harina y lo lanzó contra la mesa, provocando que se destrozara en una lluvia de madera y astillas.

Dos empleados entraron alertados por el estruendo. No sin esfuerzo, consiguieron frenar el impulso asesino de Andrew, y sacaron al herido casi a rastras por una de las puertas traseras del club, evitando las miradas indiscretas.

—Thomas, te exijo que me digas lo que sabes inmediatamente. —Thomas cabeceó intentando encontrar una manera sutil de contarle a su amigo lo que había llegado a sus oídos

—Creo que todo es más inocente de lo que parece. Simplemente, en las últimas semanas tu esposa ha sido vista paseando con lord Aldrich en sitios públicos. En el Royal Museum. Y en alguna cena. —Andrew se pasó la mano dolorida por el cabello y cerró los ojos con fuerza—. Antes de que pongas el grito en el cielo, te recuerdo que tú has acudido a distintos eventos sin ella y has alternado con lady Amanda Howard, tu antigua amante, y eso no implica que estés acostándote con ella.

—Eso es diferente.

—¿Por qué? Todo el mundo piensa que seguís siendo amantes y que no sacas a tu mujer de casa para disfrutar con libertad de Amanda.

—¿Cuándo pensabas decírmelo?

—Estaba esperando verte más centrado, Andrew. Admite que no estás comportándote con normalidad. Aparte de la comida en casa de los Pryce, no te has dejado ver con tu esposa ni una sola vez en público. ¿Creías que eso no iba a despertar habladurías? Cuéntame lo que ocurre, al menos hará que te sientas mejor.

Andrew se tomó unos momentos para serenarse y le contó lo mejor que pudo la situación, pasando por alto los detalles más escabrosos sobre sus pasiones contenidas, sabiendo que Thomas no lo juzgaría.

—No es solo el maldito asunto de la consumación del matrimonio, me siento como si la hubiera secuestrado o la hubiese arrastrado al altar contra su voluntad, apuntándole con un arma a la cabeza. En el fondo creo que eso es lo que ella siente. Es una tortura pensar que Marian podía haber deseado compartir su vida con otra persona y yo se lo he negado —concluyó mientras apuraba su vaso.

—Resumiendo. Quieres decir que estás desesperado por llevarte a tu propia esposa a la cama y que llevas absteniéndote desde… ¿desde cuándo? ¿Tres meses?

Andrew abrió y cerró el puño dolorido por los golpes, intentando ganar algo de tiempo. Como si no hubiese contado cada hora y cada minuto en los que la había deseado febrilmente. Obviamente, el problema no era abstenerse durante ese tiempo, el problema era que ella lo estaba volviendo loco sabiendo que estaba tan cerca y, a la vez, era tan inalcanzable.

—Cuatro. Y medio.

—No me extraña que estés tan jodidamente insoportable, amigo.

Andrew lo miró con una ceja levantada, sorprendido por la simplicidad de su conclusión. Al final ambos se miraron y no pudieron evitar acabar en contagiosas carcajadas.

45

El estado de ánimo de Andrew, después de la pelea en el club, había pasado por varias fases. En la primera, un intenso dolor se había alojado en su pecho, como si una puñalada fría lo atravesara y lo llevase directamente al segundo estado de ánimo, la decepción. Una vez analizada la conversación con Thomas había llegado a la conclusión de que quizá todo fuera un malentendido. También podría ser que Marian diera pábulo a los rumores sobre su inexistente relación con Amanda, al fin y al cabo, había encontrado su carta en su despacho y se lo había recriminado. Y puede que, empujada por eso, hubiera decidido retomar lo que fuera que había entre Aldrich y ella. Algo que seguro que el muy cretino aprovecharía sin dudar.

Lo cual le empujaba inexorablemente a otro estado de ánimo. Furia. Una furia que le quemaba las entrañas y le hacía imaginarse torturando al hombre de mil maneras distintas, a cuál de todas más imaginativa. No estaba dispuesto a que ni su reputación ni la de Marian acabaran por el fango ni a dejarse vencer tan rápido. Comenzaría a adelantar posiciones, eso sí, a su manera.

Marian no creía que ella fuera la más adecuada para ayudar a Margaret Duncan a la hora de patrocinar a Martha, la hermana de lord Aldrich en su primera temporada, pero la muchacha le caía bien y, como disponía de bastante tiempo libre, aceptó encantada acudir a varios eventos con ellas y, por añadidura, con la compañía de Robert.

Andrew seguía esquivándola la mayor parte del día y pasaba el menor tiempo posible en casa, así que agradecía esas distracciones. Al menos así podía entretenerse y evitar, aunque solo fuera un rato, los funestos pensamientos sobre el conde de Hardwick entregándose al placer en brazos de su amante. Lo que Marian no se esperaba era que su esposo, a pesar de no aparecer por casa en todo el día, comenzara a presentarse como por arte de magia donde quiera que ella iba.

El primer lugar donde apareció fue en una de las cenas de tía Margaret. Había invitado apenas a una veintena de personas, entre las que se encontraban algunas matronas tremendamente ricas a las que era conveniente agasajar de cara a sus planes en el hospicio. Además de Robert y Martha, Margaret nunca dejaba nada al azar, y había añadido a la lista de invitados a un par de aristócratas que, a pesar de superar la treintena, resultaban partidos interesantes para la joven. Los invitados se preparaban para entrar al comedor cuando las puertas se abrieron para dejar entrar al majestuoso conde de Hardwick, con su porte perfecto y una media sonrisa en su cara, más atractivo de lo que cualquier mortal merecía ser. Inmediatamente localizó a su esposa entre los invitados y clavó sobre ella su intensa mirada. Marian se quedó paralizada por la sorpresa y por el efecto que le causó ver a su marido allí plantado, como si todos los demás fueran meros actores secundarios y él el protagonista de la velada. Margaret sonrió encantada ante la sorpresiva visita y ordenó al servicio que colocara un cubierto para él junto a su esposa.

Retiró la silla caballerosamente para que Marian se sentara y aprovechó para inclinarse sobre su oído y susurrarle lo hermosa que estaba. Marian dio un respingo y lo miró ceñuda sin entender nada. Aquello no podía ser otra cosa que una nueva escenificación para demostrar que eran el matrimonio perfecto.

—¿Qué demonios haces aquí? —susurró con una falsa sonrisa, acercándose a Andrew para que nadie más lo oyera.

—No es habitual que se invite a una dama casada en solitario a ningún evento. Por lo que entiendo que, a pesar de que haya tenido que enterarme por el mayordomo, yo estaba incluido en esa invitación. Lo contrario sería realmente impropio. —La miró con una sonrisa angelical—. Además, Margaret me adora, ya lo sabes. Me apetecía visitarla.

Marian fue incapaz de concentrarse en las conversaciones que fluían a su alrededor, totalmente absorbida por la presencia de su marido. No podía dejar de observar sus manos, sus muslos, tan cerca de sus faldas, y su magnetismo tan animal la mantenía con los nervios a flor de piel. Ya en el carruaje, no pudo evitar interrogarle de nuevo ante su presencia en la cena.

—¿Por qué has venido? Dudo que no tuvieras ningún plan mejor para pasar la noche. —Su tono neutro no pudo camuflar la pulla que llevaba implícita.

Andrew suspiró y la miró fijamente antes de contestar.

—No se me ocurre ningún plan mejor para empezar la velada que intentar acallar los rumores sobre las supuestas atenciones que mi esposa recibe de otro hombre.

—¿Qué? Cómo te atreves a insinuar algo semejante cuando tú…

—Yo no insinúo nada, querida. Pero todo Londres

está la mar de entretenido con tus idas y venidas por toda la ciudad con el bueno de Aldrich. —Su boca se había convertido en una fina línea y, aunque pretendiera aparentar indiferencia, sus ojos brillaban con algo bastante parecido a la ira.

La expresión de sorpresa de Marian le hubiera resultado graciosa de no ser porque el tema no tenía ni pizca de humor.

—No pensarás que yo... —La frase se quedó atascada en sus labios cuando el carruaje paró en la puerta de la mansión.

La cara de Andrew era una dura máscara de piedra, impasible, con los brazos cruzados sobre el pecho mientras la puerta se abría y el lacayo ayudaba a la condesa a apearse. Por supuesto, la muy ingenua creyó que ambos volvían a casa, pero él lo había dejado claro. La cena había sido solo el comienzo de la velada y el conde ahora volvería a sus entretenimientos habituales mientras ella, la obediente esposa, se quedaría en su habitación sin poder dormir, consumida por el peso de las palabras que acababa de escuchar.

El segundo encuentro «fortuito» la sorprendió aún más. Había decidido ir de compras a solas con Martha, aprovechando que Robert había acudido a una de las sesiones del Parlamento, y, al salir de la segunda tienda de sombreros, su marido apareció paseando por la acera de forma casual con una sonrisa tan inocente que a todas luces era falsa. Marian no tuvo más remedio que aceptar su escolta durante el resto de la tarde, y aunque hubiera disfrutado torturándole arrastrándolo a tiendas de telas y complementos, las únicas compras que les quedaban por realizar eran en la librería.

A su pesar tuvo que reconocer que Andrew era una compañía excelente, siempre atento y divertido. Sus conocimientos sobre literatura eran realmente impresionantes y las entretuvo con innumerables anécdotas y datos sobre los autores, primeras ediciones y personajes. La tarde hubiera sido bastante distendida de no ser porque, cada vez que la rozaba de forma casual o posaba la mano en su cintura, despertaba en ella un ardor inconfesable.

El tercer encuentro no tardó en llegar. Robert conducía una calesa a través de Hyde Park mientras Martha y Marian se tapaban las piernas con una gruesa manta de piel. Marian se frotó las manos enguantadas intentando entrar en calor.

—¿Alguien podría recordarme qué diablos hemos venido a hacer aquí, aparte de congelarnos el trasero? —Robert soltó una carcajada y Martha jadeó ante el comentario, espantada por semejante lenguaje. Marian se encogió de hombros—. Ya te dije que no soy una buena carabina para ti. Tendremos suerte si, para cuando acabe la temporada, no estás maldiciendo como un marinero, hablando con la boca llena y fumando puros.

—¿Fumas puros? —Marian no pudo evitar reír al ver la cara espantada de la chica y asintió orgullosa.

—Y bebo whisky, pero solo escocés —sentenció con una floritura de la mano, como si fuera lo más habitual del mundo.

Martha frunció el ceño al percibir que estaba burlándose de ella.

—Pues dado que sois unos aburridos y no habéis querido conseguir patines adecuados para los tres, venimos solamente a mirar cómo los demás se divierten deslizándose sobre la superficie helada del Serpentine.

—No soy aburrido, hermana, pero prefiero mantener mi orgullo y mis huesos de una pieza.

El lago artificial bullía de actividad con multitud de niños y parejas que patinaban, con mayor o menor estilo, sobre el hielo, y madres que vigilaban a sus retoños desde la orilla, mientras aprovechaban para cotillear.

Se bajaron de la calesa y enfilaron el camino entre las risas y los chillidos alegres de los niños que subían del lago. Como si hubiera percibido su presencia, Marian giró la cabeza hacia un imponente jinete, sobre una montura oscura igual de imponente, que se acercaba hacia el lago por el mismo camino por donde ellos acababan de llegar.

—No puede ser. —Sus pies se negaron a seguir avanzando cuando reconoció al conde de Hardwick, bajándose de su caballo con sus elegantes e impecables movimientos.

Ató la montura en uno de los postes habilitados para tal fin y se ajustó el chaleco y las mangas de la camisa, antes de emprender el camino con sus largos pasos, exudando masculinidad y seguridad, hacia su anonadada esposa. Hizo una perfecta reverencia a lady Martha, dirigiéndole una aún más perfecta sonrisa que hizo sonrojar a la joven.

—Un placer verla de nuevo, lady Martha. Aldrich…

—Hardwick, qué sorpresa verte por aquí. La condesa no me dijo que nos acompañarías esta mañana. —Robert contestó a su saludo, aunque era palpable la tensión existente entre ellos.

—Para ella también es una sorpresa. —Se volvió hacia Marian y depositó un beso, que duró más de lo necesario, en sus nudillos sin dejar de mirarla a los ojos con una expresión a caballo entre la ironía y algo mucho menos inocente—. Pero aquí estoy, dispuesto a disfrutar de un agradable y frío paseo.

Ofreció el brazo a su esposa y siguieron por el camino a los hermanos, que avanzaban charlando animadamente. Marian redujo progresivamente la velocidad para tomar distancia con ellos y poder así fulminar con la mirada a su marido. Andrew la miró de reojo con una sonrisa divertida.

—No sé qué es lo que encuentras tan divertido, Andrew. Estoy segura de que un hombre de negocios, con un título tan importante como el tuyo, tendrá cientos de responsabilidades que atender. ¿De veras no tienes nada mejor que hacer que seguirme?

—A decir verdad, tú eres una de esas responsabilidades. Y he de reconocer que desbaratar los planes de seducción de Aldrich es más entretenido que revisar los balances con Philips.

Marian no pudo evitar soltar una carcajada ante semejante estupidez. Entre Robert y ella solo existía una amistad sincera y se comportaba con ella con respeto y caballerosidad.

—Me alegra ver que te divierte tanto la situación. Yo en cambio no le encuentro la gracia a ser considerado un cornudo.

—Sabes perfectamente que no hay nada entre Robert y yo.

—¿Lo sé? —Ella frenó en seco para enfrentarlo ante una insinuación tan insultante.

El repentino giro hizo que los botines de Marian se deslizaran sobre la nieve derretida, desestabilizándose a punto de caer. Andrew la sujetó por la cintura, evitando que acabara en el suelo, y aprovechó la situación a su favor, manteniéndola sujeta contra él. Marian apoyó las manos sobre sus bíceps en un acto reflejo para no perder el equilibrio, percibiendo la fuerza y la tensión de cada músculo de su impresionante cuerpo. El conde sabía que todos los ojos estaban puestos sobre ellos.

—Este sería un momento perfecto para que un matrimonio enamorado se besara. —Marian no tuvo tiempo para entender sus palabras, ya que se inclinó sobre ella y la besó en la boca, un beso breve que le dejó una sensación ardiente en los labios.

Apenas capaz de asimilar lo que acababa de ocurrir, observó cómo su marido miraba a varias damas, perplejas ante la escena. Les dirigió una deslumbrante sonrisa pícara y se tocó el ala del sombrero a modo de disculpa. Ellas lanzaron pequeñas risitas obnubiladas por el encantador conde de Hardwick y el jugoso cotilleo que acababa de proporcionarles. Marian maldijo entre dientes, aunque Andrew solo llegó a entender las palabras «patán», «cretino» y otra demasiado fuerte como para pensar que su dulce esposa pudiera dedicársela a él.

—¿Te sientes satisfecho? Supongo que estarás contento de haber marcado tu territorio delante de tan nutrido grupo de cotillas.

—¿Te ha resultado desagradable que te bese? —Marian se irritó más aún por el efecto que tenía sobre ella ese maldito tono tan sensual, su manera de arrastrar las palabras y las implícitas promesas de algo oculto.

—Al contrario. Estoy agradecida de que no te hayas comportado como un mastín, levantando la pata y orinando sobre mí para demostrar que soy tuya.

Andrew no pudo evitar soltar una carcajada y Aldrich se volvió para mirarlos de soslayo.

—Si eso sirviera para alejar a ese imbécil de ti, lo haría encantado. —Intentó ignorar el jadeo indignado de Marian.

Lo que fue más difícil de ignorar fue el cosquilleo que le produjeron las palabras «soy tuya», al imaginarlas susurradas entre los pliegues de sus sábanas.

Y

Anthony Pryce ojeó el comedor del club buscando compañía, hasta que encontró al conde de Hardwick y a su socio cenando en una de las mesas del fondo.

—Vaya, Hardwick, ¿a ti también te han echado de casa? —Se sentó a su mesa y le hizo una seña al camarero para que le trajera una bebida—. No me mires así, hombre, me refiero al baile de máscaras. Helena siempre me echa de casa para prepararse.

—Lo que me extraña es que no te eche más a menudo. Es una santa. Pero explícate porque no tengo ni idea de a qué te refieres. —Andrew soltó los cubiertos para prestarle toda su atención con creciente curiosidad.

—Eso, ilústranos —añadió Thomas.

—Esta noche es el baile de máscaras anual en casa de los Benedick. Mi esposa cada año me pide, o más bien me exige, que me marche para que no vea su disfraz. Vamos a la fiesta cada uno por su lado y, luego, lo más emocionante de la velada es descubrirla entre la multitud. Y darle caza, por supuesto. —Movió las cejas de manera bastante elocuente—. Helena me dijo que iría a la velada en compañía de tu esposa. —Sacó su reloj de bolsillo para comprobar la hora—. Supongo que a estas horas ya estarán de camino a la fiesta.

En los labios de Andrew se formó lentamente una sonrisa lobuna. Darle caza a su esposa era justo la distracción que necesitaba aquella noche después de dos días rememorando el breve contacto de sus labios en el Serpentine.

—Amigo, no tendrás un antifaz de sobra, ¿verdad? —Anthony se rio a carcajadas, y si le extrañó que Andrew no tuviera ni idea de los planes de su mujer para esa noche, no hizo ningún comentario al respecto.

—Tengo una docena. Te apuntas, ¿Sheperd?

El rubio levantó las manos y negó vehementemente.

—Lo siento, pero ir a la caza de esposas, aunque sean ajenas, no me seduce demasiado. Tengo planes para esta noche con una hermosa mujer que me espera bien dispuesta, sin necesidad de perseguirla.

—Que suerte la tuya —repuso Andrew con tono sarcástico.

Marian asomó la cabeza por la ventanilla y un súbito nerviosismo la invadió al ver la multitud de carruajes que ocupaban la calle, esperando su turno para llegar hasta la puerta de los Benedick. Volvió a tirar del escotado corpiño y a colocar sus atributos en su sitio ante la divertida mirada de Helena.

—No te rías. No sé cómo me dejé convencer por ti y por madame Claire para ponerme esta ordinariez de traje.

—No es una ordinariez. Vas vestida de diosa, aunque nadie sea capaz de recordar su maldito nombre. —Se rio Helena mientras se acomodaba la peluca negra y el antifaz que estaban empezando a darle calor.

—Anfitrite, diosa griega del mar y esposa de Poseidón.

—Ese ya me suena más. —Marian puso los ojos en blanco.

—Sí, claro, obviamente, estaba supeditada al poder de su marido. Eclipsada por su protagonismo, limitada a ser un bello adorno junto a su esposo mientras paseaban en su carro tirado por caballos de mar —suspiró resignada—. En cambio, tu disfraz de Cleopatra es simplemente magnífico, Helena. ¡Y decente!

—El tuyo también es decente. No se te ve nada que no se viera con un vestido de noche normal.

—Maldita sea, Helena, ¡¡no llevo ropa interior!! Madame Claire insistió en que las enaguas estropearían el efecto de la caída de la tela y me siento, me siento como una perdida.

Helena intentó aguantar la risa, pero al final ambas acabaron a carcajadas.

—Bueno, a no ser que tengas pensado levantarte las faldas, cosa que dudo bastante, nadie debería percatarse de ese pequeño detalle. Así que ponte el antifaz y prepárate para disfrutar de la noche, querida.

46

Andrew aceptó la copa de champán que le tendía su amigo, mientras ojeaba desde lo alto de la escalera la colorida multitud que bailaba en el gran salón.

—Pryce, este antifaz es un asco. Se me reconoce perfectamente. —Anthony lo examinó con detenimiento. El antifaz le cubría hasta los pómulos, pero sus marcados rasgos quedaban apenas disimulados.

—Le sacas dos cabezas a la mayoría de los aristócratas de la fiesta, tienes el tórax de un boxeador y los brazos de un estibador del puerto. Demonios, se te reconocería a kilómetros aunque llevaras un saco puesto en la cabeza.

—Exageras. Y bien, ¿has divisado a tu presa?

Anthony sonrió.

—Aun no. Voy a bajar a la pista a echar un vistazo. —Levantó su copa hacia él a modo de brindis—. Que tengas una buena caza, Hardwick.

Andrew paseó de nuevo la vista, fijándose con más detalle, a la búsqueda de una melena pelirroja que destacara entre el resto.

Una pareja pasó a su lado y chocó con él entre risas escandalosas, desinhibidos por el alcohol y el anonimato. La necesidad de encontrar a Marian se hizo más acuciante ante el cariz demasiado distendido que estaba tomando la fiesta. Era inevitable que algunos personajes, protegidos por sus disfraces, se tomaran más libertades de las debidas. Se paseó a lo largo de la balaustrada para observar el otro ángulo del salón con más claridad, y su atención se fijó en una pareja que bailaba cerca de las puertas del jardín.

La mujer llevaba una máscara que le ocultaba la mayor parte del rostro, y llevaba el pelo recogido y oculto por una redecilla cubierta de perlas, por lo que no se distinguía demasiado bien el color, pero la inclinación de su cabeza mientras escuchaba a su acompañante y toda su postura corporal le indicaban que era Marian. Su cuerpo hormigueó de anticipación al reconocerla al instante. Bajó la escalera intentando no perderla de vista, siguiendo el revuelo de su vaporoso vestido azul entre los bailarines. Cruzó el salón mientras esquivaba a un hombre con chilaba, dos hadas y otros tantos caballeros con su traje de gala, tan solo ocultos por un antifaz tipo dominó como el suyo. Se colocó discretamente junto a una columna desde donde poder observar con mayor claridad a su esposa sin ser visto. Andrew notó que su cuerpo se tensaba por los celos al ver como un desconocido posaba su mano en la cintura de Marian, mientras bailaban y la hacía reír con algún comentario ingenioso. Un extraño y primitivo instinto de posesión comenzó a invadirlo al tiempo que memorizaba cada centímetro del revelador atuendo de su mujer.

El vestido era provocativo, pero sin dejar de resultar elegante. El escote en forma de corazón era más atrevido de lo recomendable para su salud mental, y sus hombros y brazos quedaban expuestos casi en su totalidad. Las mangas estaban formadas por varias hileras de perlas que resbalaban seductoramente desde sus hombros y la falda caía sobre sus caderas sin ningún artificio, resaltando su exquisita redondez, en una cascada de vaporosos volantes en tonos azules. Una tiara adornada con conchas de mar, estrellas y perlas la coronaba mientras los tirabuzones pelirrojos refulgían debajo de una redecilla de hilo de plata y perlas engarzadas. La máscara plateada la ocultaba hasta las mejillas, pero su sonrisa era inconfundible.

Estaba majestuosa. Fascinante. Bella. No hacía falta pensar mucho para adivinar que era una diosa, una diosa provocativa e irreverente que acabaría arrastrándolo a sus pies.

Marian necesitaba un poco de aire, ya que no había parado de bailar en toda la noche, y en cuanto terminó el vals, se escabulló hasta la terraza a través de una de las puertas acristaladas. Se alejó un poco de la zona más iluminada para no llamar la atención ni atraer compañía indeseada. La brisa era fría y se frotó los brazos desnudos intentando calmar un escalofrío, aunque, al menos allí, el aire era limpio y estimulante.

—Ahora mismo estoy realmente arrepentido de no haber traído mi disfraz de Neptuno. —Marian cerró los ojos y se volvió despacio hacia la voz de su marido a su espalda. A él le divirtió la evidente tensión de su cuerpo al saberse atrapada.

Andrew estaba apoyado con porte relajado en la barandilla de piedra a tan solo unos metros y, a pesar del antifaz, podía distinguirse su inquietante mirada.

¿La habría reconocido? Llevaba el cabello casi oculto, su vestido era mucho más atrevido de lo que la antigua Marian Miller habría usado jamás, y su cara estaba escondida, en gran medida, por su antifaz.

Se limitó a sonreír y negar con la cabeza.

—¿No? No me diga que me ha fallado el instinto y esta bella dama no es la diosa del mar, la esposa de Neptuno. Disculpe, no recuerdo bien el nombre.

Marian no podía mantener la boca cerrada demasiado

tiempo y menos si podía corregir al sabelotodo de su esposo. ¿Y si disimulaba su voz? ¿Haría el ridículo? Pero si él no la había reconocido, puede que tuviera la ocasión de burlarse de él. Bien valía la pena intentarlo.

—Más o menos. Neptuno era el dios del mar en la mitología romana. —Su voz sonó más ronca de lo habitual y con una cadencia diferente. Intentó adoptar el acento norteamericano que a las institutrices de su infancia tanto les costó corregir. Andrew estuvo a punto de sonreír, pero tenía que reconocer que, si no la conociera tan bien, el acento lo hubiera engañado—. Anfitrite, diosa griega del mar, y esposa de Poseidón.

Él asintió con la cabeza apreciativamente.

—¿Y qué hace la hermosa diosa de los mares en un jardín inglés, tan lejos de sus dominios?

Marian se encogió de hombros y se alejó un poco más hacia la oscuridad al ver que Andrew daba dos pasos hacia ella.

—Me aburría allí sola.

Andrew titubeó un poco ante su respuesta, pero sonrió y dio un paso más.

—¿Sola? ¿Y qué puede estar haciendo Poseidón más importante que atender a su bella esposa? —El ceño de Marian se frunció debajo de su máscara.

—No lo sé. Supongo que debe de andar por ahí, retozando con las nereidas y las ninfas de las profundidades. —Ni el acento ni el tono distendido pudieron ocultar la pulla implícita en sus palabras.

Andrew paseó sus ojos por todo su cuerpo, deteniéndose en la pálida piel de los hombros, el provocativo escote, su cintura marcada por el corpiño y la locura que suponía que sus caderas y sus piernas se insinuaran de aquella manera tan descarada bajo sus faldas.

—Permítame decirle que su esposo es un imbécil.

—No seré yo quien le contradiga. —Marian se rio y bajó la cabeza.

Él se acercó a su cuerpo hasta que la distancia entre ellos fue tan pequeña que podían sentir la respiración acelerada del otro. Deslizó el dorso de sus dedos por la fina piel de su cuello, dejando un rastro caliente a su paso.

Marian tragó saliva ante la súbita punzada de deseo y, también, ante la incertidumbre. Su inocencia no le permitía ver lo que era más que evidente y siguió haciendo cábalas. Si realmente no la había reconocido y estaba intentando seducirla pensando que era otra persona, dedicaría el resto de su existencia a hacerle la vida imposible.

—Si yo estuviera casado con una diosa de semejante belleza, no podría separarme de ella, ni de día ni de noche. La colmaría de cariño y atenciones, le declararía mi amor con cada aliento y cada beso. Veneraría cada rincón de su cuerpo y de su alma. —Marian sintió que no podía respirar y que los deseos de cometer un asesinato iban apoderándose de ella. Cómo se atrevía a decirle algo como aquello cuando la dejaba sola día y noche. Lástima que fuera Poseidón el que llevara un tridente y no ella—. Si usted fuera mi esposa, no podría resistir la tentación de olvidarme de todo lo que alguna vez consideré correcto y le haría el amor aquí mismo, entre las sombras del balcón. —Andrew sonrió con malicia cuando ella, sorprendida, dio un paso atrás ahogando un jadeo.

—Por suerte, no lo soy. Y usted, usted es demasiado atrevido, caballero. Déjeme sola, por favor. —No podía soportar la intensidad de su mirada, ni sus palabras ardientes, ni la incertidumbre de saber si la había reconocido o no.

Se apartó de él y bajó los escalones que conducían al jardín, rezando para que no la siguiera. Avanzó apenas unos metros, por un camino empedrado, cubierto de enredaderas y hiedra, que bordeaba la casa hasta llegar a una zona donde la tenue iluminación daba paso a la oscuridad. Apoyó la mano en la fría pared, intentando serenar los latidos de su corazón.

La fuerte mano de Andrew la sujetó por la cintura y la giró hasta apresarla con la fuerza de su cuerpo contra el muro de piedra. Antes de que Marian pudiera reaccionar, apretó su boca en un beso devastador, devorando sus labios, explorando cada rincón con su lengua mientras pegaba su cuerpo contra el de ella con desesperación.

Marian se aferró a sus hombros intentando acercarse más a él, devolviéndole el beso con la misma ferocidad, y las mismas ansias. Ni siquiera se planteó rechazarlo, resistirse a él; lo que sentía era tan fuerte que ya no encontraba las fuerzas para seguir luchando.

Andrew no podía ni quería seguir engañándose. La amaba, la deseaba hasta la locura, y necesitaba que aquella absurda situación acabara de una vez.

Las manos de Marian se deslizaron debajo del chaleco de brocado de Andrew, intentando atrapar la tibia calidez que traspasaba la camisa blanca. Él gimió sin dejar de besarla, y la sujetó por el trasero para acercarla y fundirse con sus caderas.

Hasta ellos llegaban las voces amortiguadas de los invitados y los compases de un vals a tan solo unos metros y Andrew, maldiciendo entre dientes, sujetó a su esposa de la mano para alejarla del mundo y arrastrarla hasta un banco de piedra, unos metros más allá.

La luz de la luna creciente iluminaba el jardín, dando un aspecto fantasmagórico a setos y árboles, aún desnudos.

Debería portarse como un esposo intachable, como el conde respetable y sensato que era, y sacar a su mujer de allí, llevarla a casa y hacerle olvidar toda esa estupidez de la anulación. En cambio, era incapaz de hacer un movimiento en esa dirección. Se dejó arrastrar por sus impulsos, algo tan impropio en él, y volvió a besarla con pasión. La sentó en el banco de piedra y se arrodilló delante de ella, quedando sus cabezas casi a la misma altura. Andrew se quitó los guantes muy despacio y se los guardó en la chaqueta, mientras Marian mantenía la vista anclada en cada uno de sus movimientos.

—Yo… creo que no deberíamos estar aquí.

—Pues a mí no se me ocurre ningún otro sitio donde me apeteciera estar en este momento. —Deslizó sus dedos por el borde de la máscara plateada, rozando de paso la mejilla de Marian—. Un jardín bajo la luz de la luna, y una bella diosa con los labios más dulces que he probado jamás.

Andrew metió las manos debajo de su falda y acarició con suavidad sus tobillos. Comenzó a subir las capas de gasa con movimientos lentos, dejando expuesta la piel de sus piernas, cubierta solo por la suave seda de sus medias. Le resultaba imposible apartar sus manos de ella, incapaz de resistirse a prolongar todo lo que pudiera aquel momento. Marian abrió la boca para quejarse, sabía que debía detenerlo, pero él la silenció con un nuevo beso diferente a todos los demás, un beso lento y sensual, que la aturdió haciendo que perdiera la conciencia de lo que la rodeaba.

El conde continuó subiendo la falda hasta llegar a sus rodillas, encantado de no encontrarse con mil capas de enaguas y calzones. Saber que solo la separaba de él una liviana barrera de fina tela hacía que se excitara hasta un punto muy cercano al dolor. Interrumpió el beso y la miró en la penumbra. Deslizó sus manos por sus muslos, con una lentitud enloquecedora, hasta que la falda quedó arremolinada en las caderas de Marian, dejándola expuesta ante sus ojos.

El aire helado, en contraste con su piel ardiente, le provocó un estremecimiento. Marian ya no escuchaba la música ni veía las sombras del jardín, solo era consciente del sonido de su propia sangre rugiendo en sus oídos y de los poderosos dedos de su marido apretando la carne de sus muslos.

Andrew se inclinó y comenzó a depositar suaves besos en la parte interna de sus rodillas, subiendo un poco más con cada roce. Sintió cómo las piernas femeninas se tensaron al notar la lengua trazando sugerentes círculos en la piel tersa, y en ese momento ella pareció tomar conciencia de que la cabeza de Andrew estaba, peligrosa e indecentemente, cerca de su intimidad y dio un respingo, intentando apartarse.

—¡Andrew! ¡Por favor, para! —susurró desesperada.

Andrew levantó la cabeza y ella pudo ver en la semioscuridad el brillo de sus perfectos dientes blancos en una sonrisa perversa.

—Perdone, señora. ¿Nos conocemos? —Su tono era burlón y para Marian fue obvio que la había reconocido desde el principio. Odió ser tan ingenua. Le golpeó en el hombro cuando él continuó su enloquecedor recorrido intentando detenerlo.

—Por favor. No… —Su súplica se ahogó en un jadeo cuando él le abrió un poco más las piernas. Con total claridad sintió que reía con la boca apoyada sobre su muslo tras darle un pequeño mordisco.

—Déjame que te pruebe, mi diosa. Por favor, no me detengas, Marian. —Ya no había risa en su voz. Solo una súplica desesperada. No esperó a que le concediera permiso y deslizó su lengua con lentitud alrededor del sexo de su mujer.

Ella se olvidó de respirar y contrajo todos sus músculos ante la íntima y desbordante sensación, mientras él saboreaba cada porción de piel, cada pliegue de su carne hinchada, deslizando los labios por su sexo. Se detuvo en la zona donde se concentraba el nudo de placer y lo rozó con suaves movimientos circulares de su lengua, hasta que ella no pudo contener más sus gemidos, hasta que no pudo hacer otra cosa que exigirle más, dejándose transportar a un mundo de sensaciones que la sorprendía con cada roce.

Ver a su marido con la cabeza enterrada entre sus muslos, arriesgándose a ser descubiertos en una actitud tan lujuriosa, le provocaba una sensación de peligro que la excitaba todavía más.

Andrew se deleitó brindándole todo el placer del que fue capaz, deslizando sus dedos en su interior, paseando su lengua y sus labios por la cálida entrada de su cuerpo, hasta llevarla al límite.

Las fuerzas comenzaban a abandonarla y se sintió superada por las sensaciones que la recorrían. Creía que su cuerpo no aguantaría ni un segundo más esa dicha tan intensa e intentó retirarse sintiéndose desfallecer, pero Andrew la sujetó por las caderas, instándola a que se abriera aún más para él. Se arqueó hacia su boca buscando la liberación, enterrando los dedos en su cabello para aferrarse a él, sintiendo que era lo único que la conectaba a la realidad. Su interior convulsionó transportándola a través de un placer indescriptible, como si el universo se hubiese detenido durante unos segundos interminables y todo alrededor hubiera desaparecido.

Andrew continuó besándola con dulzura, acompañándola en su regreso a la realidad, hasta que su respiración se volvió estable de nuevo y su cuerpo se relajó. Le dio un último beso en la rodilla con ternura y le volvió a acomodar las faldas.

—Recuérdame que hable seriamente con tu modista —bromeó, intentando olvidar el agudo dolor que se aferraba a su entrepierna por la necesidad insatisfecha, mientras se ponía en pie—. Con sus honorarios, estaría bien que añadiera un par de capas más de tela a sus creaciones o no responderé de mis actos cuando te tenga cerca nunca más.

Marian apenas tenía capacidad para hablar en esos momentos, impresionada por el placer tan increíble que acababa de experimentar. Arregló un poco su ropa y se quitó el antifaz, intentando conseguir más aire mientras recuperaba la compostura. La intimidad que acababan de compartir la había dejado descolocada y trataba de asimilar que lo que acababa de vivir, con toda seguridad, sería pecado mortal en la mayoría de las religiones conocidas, y puede que en las desconocidas también.

—Esto es una locura —musitó.

Andrew le hizo un gesto para que guardara silencio. Una pareja cruzaba el jardín haciéndose arrumacos en dirección al baile, a varios metros de ellos, sin percatarse de su presencia.

Marian se tapó la boca con las manos súbitamente consciente del riesgo que acababan de correr.

—Dios mío, y si nos hubieran visto.

—No creo que ellos vengan de leer la Biblia, cariño.

—Se supone que tú eres el más sensato de los dos. Por Dios, ¿cómo hemos llegado a esto? —La nube erótica en la que había flotado hasta hacía unos minutos se había desvanecido por completo y ahora la invadía el arrepentimiento.

—¿Qué puede pasar? No pueden obligarnos a casarnos otra vez. —Andrew se encogió de hombros, pero su postura no tenía nada de relajada.

—No puedo creerlo. Siempre estás echándome en cara que tu reputación es intachable, y que yo soy demasiado alocada. Y me has... me has... —Marian comenzó a pasearse nerviosa delante de él, incapaz de expresar con palabras los pensamientos que bombardeaban su cabeza. Lejos de estar preocupada por un posible escándalo, la realidad era que la había sobrecogido su incapacidad de negarse a sus caricias. Su necesidad de él era terrorífica y eso suponía una desventaja para ella. Pero no podía revelar algo así, ni siquiera a sí misma—. ¿Has perdido el juicio, Andrew?

—Puede ser. Desde que me he casado contigo, creo que estoy volviéndome loco. Produces ese extraño efecto en mí. —Andrew se puso a la defensiva, no deseaba tratar ese tema allí. Quería serenarse y hablar con ella con calma, aunque fuera una vez en la vida. Exponerse y desnudarse, hablar con el corazón en la mano, de igual a igual—. Marian, deberíamos... —De repente, irónicamente, el lugar no le parecía lo bastante íntimo para mantener una conversación privada, a pesar de la escena que acababan de protagonizar.

—Entonces yo tenía razón. Ambos la teníamos. Perdemos el norte de una forma u otra cuando estamos cerca. Cuanto más lejos estemos el uno del otro, mejor para los dos. —Estaba aturdida y sobrepasada por la situación. Se sentía tan vulnerable ante él que sentía que el miedo la atenazaba.

—Marian, ya basta de estupideces. Tenemos que hablar.

—No, Andrew. Quiero marcharme.

—Está bien. Iré a buscar el carruaje y nos iremos.

—¡No! —La voz sonó más brusca de lo que ella hubiera deseado—. He venido sin ti y me marcharé sin ti. —Andrew se tensó de manera tan visible que parecía haber crecido varios centímetros. La sujetó del brazo y la obligó a mirarle.

—Marian, no seas testaruda. Irte así no va a servirte de

nada. No voy a permitir que sigamos dándole largas a esta situación irracional. Estamos haciéndonos daño. Debemos hablar y, por todos los demonios, vas a escucharme.

Ella le plantó cara demostrándole que su indignación iba a la zaga de la suya.

—Has tenido meses para hablar conmigo. Y, en cambio, has estado ausente sin importarte que quizá yo sí tuviera algo que decirte. Pero ¡nunca estabas! —Marian se volvió y se abrazó a sí misma como si necesitara darse fuerza—. Ahora ya no me apetece hablar.

—Está bien —razonó, entendiendo que no era buena idea presionarla más en ese momento—. Pero te doy de plazo hasta mañana. Hablaremos y solucionaremos esta absurda situación de una maldita vez.

Marian volvió a colocarse el antifaz y, tras coger aire, enfiló el camino de regreso al salón con las piernas aún temblándole, sorprendida de que la sostuvieran.

Observando cómo la tentadora figura de su esposa desaparecía de su vista, Andrew, frustrado y furioso, se pasó las manos por el cabello. Lo único que había conseguido con ese alarde de temeridad y lujuria fue acabar la noche ardiendo como un adolescente y solo, necesitando con desesperación saciarse de ella. Su esposa estaba aún más distante de él, si es que eso era posible. Sentirse querido por Marian era solo un sueño al que no se atrevía a dar forma en su mente, ya que no ser correspondido lo lanzaría directo al abismo más oscuro. Bufó exasperado, deseando destruir algo con sus propias manos, deseando gritar para librarse de la frustración.

Y así fue como Andrew Greenwood descubrió que ir de caza no siempre te libraba de ser tú el cazado.

47

La condesa de Hardwick descubrió esa mañana que era una cobarde. Y una maldita chismosa.

Había escuchado la voz amortiguada de Andrew hablando con el mayordomo, y no pudo evitar pegar la oreja a la puerta de madera que separaba sus habitaciones para oír, en lo posible, la conversación. Estaban en el otro extremo del cuarto, así pues, tuvo que aguzar el oído para descubrir lo que su marido estaba diciendo.

—... que Philips me traiga aquí los documentos. Hoy trabajaré en mi despacho. —Marian ahogó un sollozo infantil. Quería que un lacayo mandara venir a su secretario. Pensaba quedarse en casa, y dudaba que lo hubiera invadido de repente un sentimiento hogareño. Le había asegurado que hoy hablarían y no podía ser casualidad que decidiera no acudir a la fábrica—. Que lleven el desayuno a mi despacho.

El mayordomo salió de la habitación y cerró la puerta tras él. Marian escuchaba los movimientos de Andrew sobre el suelo de madera y sintió la terrible necesidad de atisbar por el ojo de la cerradura. El espectáculo que ofrecía era digno de un dios, daba igual si era griego o romano. Andrew con solo los pantalones a medio abrochar, insinuando un rastro de vello que bajaba por su abdomen hasta perderse en el interior de la prenda.

Se pasó un paño por la cara quitándose los restos del jabón de afeitar, y Marian recordó su olor fresco, a limpio, y aspiró fuerte en un acto reflejo, como si a esa distancia pudiera percibir su aroma. Se le secó la boca a la vez que otras partes de su cuerpo, irónicamente, se humedecían al observar a su marido ponerse la camisa, con sus músculos tensándose con cada movimiento, hasta quedar cubiertos por la blanca tela. Marian recordó de golpe el efecto de sus caricias y su lengua sobre su intimidad y notó cómo su sangre se inflamaba con la necesidad de sentirlo de nuevo. Casi se cae sobre sus posaderas al escuchar los suaves golpes de su doncella en la puerta de su habitación. Se incorporó de golpe y se apartó de un salto de la puerta antes de que la muchacha entrara y la encontrara en una situación tan vergonzosa e infantil y, por qué no decirlo, desesperada.

La doncella canturreaba mientras le recogía el cabello en un moño sencillo.

—Lady Hardwick, el conde quiere verla en su despacho cuando haya desayunado. —Marian resopló en un gesto poco adecuado para una condesa, pero Lory ya estaba acostumbrada a lo poco convencional que era su señora. Maldijo por lo bajo lo obstinado que era, comparándolo con toda suerte de animales de granja, y Lory se mordió el labio para no reír. Qué detalle que Andrew le diera la oportunidad de coger fuerzas antes de tener esa maldita conversación. Se sentía totalmente perdida al respecto y no sabía cómo afrontaría lo que él tuviera que decirle, por lo tanto, necesitaba demorar lo máximo posible ese momento.

Días atrás, cuando Andrew la ignoraba deliberadamente, pensaba que al final él mismo acabaría ofreciéndole la anulación. Otros días, creía que la mandaría a alguna casa perdida en el campo donde poder olvidarse de su existencia, y, otros…, otros le demostraba a qué sabía el deseo.

Después de sentir la pasión con la que la besaba, le costaba mucho pensar que él no deseara ese matrimonio. Una punzada de dolor se afincó en su pecho al tratar de imaginar si con otras mujeres se entregaría con la misma intensidad. Puede que lo que ella creía especial fuera su manera habitual de comportarse en esos menesteres.

—Lory, habría forma… —Marian se frotó la frente con los dedos, pensando en la mejor manera de plantearlo—. Si yo quisiera salir de casa…

—Puede bajar por la escalera de servicio y escabullirse por la puerta de la cocina. Le diré al cochero que la espere en la salida lateral y su esposo no se enterará de que ha salido hasta que ya se haya marchado.

Marian sonrió ante la naturalidad y la franqueza con la que la muchacha afrontaba los problemas y les buscaba una rápida solución.

Si no hubiera estado tan concentrada en la tarea de salir sin ser interceptada por Andrew, se hubiera avergonzado de comportarse de manera tan mezquina y cobarde. En lugar de eso, sentía una extraña y perversa emoción al imaginarse la cara de Andrew al descubrir que lo había dejado plantado y que no pensaba achantarse solo porque a él le hubiera apetecido dedicarle unos minutos de su cotizadísimo tiempo.

Dedicó gran parte de la mañana a preparar las habitaciones para tres nuevos niños que habían trasladado a Santa Clara desde un albergue, en el que las condiciones eran bastante mediocres. Después de eso, ayudó a una de las hermanas a dar clase a los niños más mayores que al principio eran bastante reticentes, pero, poco a poco, ponían más concentración en las lecciones, aunque solo fuera porque después les esperaba la recompensa de un dulce.

Tras pasar la mañana entretenida con los niños y con una lista de tareas pendientes en el bolsillo de su falda, decidió volver a casa, olvidada, por el momento, la desazón que le provocaba enfrentarse a Andrew.

Salió por la puerta que daba al callejón sumida en sus propios pensamientos. Levantó la vista y vio el coche con el emblema de los Hardwick esperándola en la calle principal, y John, el cochero, apoyado descuidadamente en un poste con la cabeza enterrada en el abrigo para protegerse del frío. Apuró el paso con largas zancadas para no hacer esperar más al pobre hombre. Faltaban unos metros hasta el final del callejón, cuando una mano fuerte la atrapó del antebrazo desde atrás y la empujó contra la pared de ladrillo, con un fuerte golpe. Marian quiso gritar, pero el duro impacto la dejó sin aire y provocó que en su campo de visión aparecieran pequeñas motitas blancas y brillantes.

Marian empezó a salir del aturdimiento al encontrarse frente a frente con unos ojos que conocía demasiado bien, unos ojos fríos y vacíos de toda expresión, los ojos de Joshua Miller. Notó una molestia punzante en su costado y bajó la vista, quedándose paralizada al ver el destello de la hoja de una navaja peligrosamente cerca de su cuerpo. Su tío soltó una carcajada descarnada al ver el miedo en su cara, y hasta Marian llegó un olor nauseabundo a alcohol rancio y a sudor agrio.

—¿Qué haces aquí? Deja que me vaya o…

Joshua apretó una mano helada sobre la garganta de Marian, golpeando su cabeza contra la pared y dificultándole la respiración.

—No estás en posición de mandar, sobrina. —Deslizó la mano por su cuello de una manera tan sucia que Marian pensó que vomitaría sobre él, pero, al menos, el movimiento le permitió coger más aire—. Tienes buen aspecto. Pareces una dama. ¿Quién iba a decirme que acabarías atrapando el gran trofeo? ¿Cómo lo hiciste?

Joshua paseó el filo de la navaja delante de su cara y lo

deslizó por su cuello con deliberada lentitud. Quería intimidarla, demostrarle quién tenía el poder en ese momento, y lo estaba consiguiendo. Marian tragó saliva completamente impactada por lo que estaba sucediendo.

El hombre que tenía delante ya no era el mismo que ella había conocido. Siempre había sido un ser vil y rastrero, pero, ahora, algo distinto brillaba en su mirada torva: la ira, la demencia y la maldad más despiadada. El peligro era real, y ella no era tan tonta como para dudar de que, fuera lo que fuese lo que lo había traído hasta allí, mataría para conseguirlo.

—La pequeña zorrita, siempre despeinada correteando por ahí. Cómo lo hiciste, cuéntaselo al tío Joshua. —Su mirada lasciva le revolvió las tripas y deseó con todas sus ganas patearle en la entrepierna hasta que se arrodillara aullando—. Seguro que te colaste en su cama, y el muy noble conde de Hardwick se vio obligado a cumplir con su deber. O quizá lo engatusaste haciéndote la inocente, como hizo la putita de tu madre con mi hermano.

Marian se rebeló y levantó la mano para golpearlo, pero la navaja destelló delante de su cara de nuevo. Se quedó inmóvil mientras su tío deslizaba el arma por su pecho, marcando su contorno, hasta llegar a su estómago.

—Maldito cerdo cabrón.

—Controla esa lengua, condesa, o tus tripas acabarán adornando el suelo del callejón —amenazó, pronunciando su título con evidente asco.

—¿Qué demonios quieres de mí?

—¡Quiero lo que me pertenece! Tú estás rodeada de opulencia y lujos, y yo de ratas e inmundicia. ¡Quiero mi dinero!, ¡quiero la tierra, las casas!, ¡quiero la herencia de los Miller porque por derecho es mía! —Los ojos del hombre parecían salirse de sus órbitas.

Marian miró de refilón en un acto reflejo la salida del

callejón del que solo la separaban unos pasos. John no se veía por ninguna parte.

—Yo no puedo darte eso. Si necesitas dinero, te daré lo que pueda. No llevo mucho, pero… —Joshua se metió la navaja en el bolsillo sabiendo, por el miedo que reflejaban sus ojos, que Marian no iba a hacer ninguna tontería.

Le arrancó el bolsito de la mano y lo abrió para saquear su contenido. No era mucho, pero, aun así, lo cogió con avidez. El brillo del brazalete de oro que llevaba en su muñeca lo atrajo, como si fuera una urraca. Marian cerró instintivamente su mano en un puño, rezando para que no reparara en que llevaba el anillo de boda bajo sus guantes. De repente, se dio cuenta de que ese sencillo aro de oro era lo más valioso que tenía en el mundo.

Clavó sus dedos sobre la fina muñeca de Marian para acercar su brazo a su cara y observar bien la joya. Era un brazalete de oro labrado con brillantes incrustados que su abuela Gertrude le había regalado el día de su boda. Una joya familiar que había acompañado a la anciana durante toda la vida.

—Vaya, vaya. También has engatusado a mi madre, ¿no? A todos menos a mí, que puedo ver la escoria que eres desde lejos. —Marian forcejeó para soltarse, pero solo consiguió que su tío le retorciera la mano, provocándole un intenso dolor. Con un tirón le quitó la joya y, tras observarla unos segundos, la guardó en el bolsillo de su chaqueta.

—No me mires así. Esta pulsera es parte de mi herencia, emperezaré por aquí. Hasta que pueda recuperar todo lo demás.

—Greenfield ya no está a tu alcance. Yo lo heredé y, por lo tanto, ahora pertenece a mi esposo. Ahora es parte de Greenwood Hall. —Marian sonrió con satisfacción al ver la mirada desconcertada de Joshua

—No me importa una mierda ese estercolero. Pero no

pienso compartir el dinero de la vieja ni sus posesiones en Estados Unidos ni la casita que acaba de adquirir en Bath. Y voy a hacer todo lo que esté en mi mano para que no me estorbes. Ni tú ni tu magnífico conde. ¡Todo! Pero, por ahora, vas a darme lo que te pida. Quiero la vida que merezco. ¿Me has entendido?

Marian levantó la barbilla, sabía que no debía provocarlo, pero la asqueaba tanto lo que estaba escuchando que su rebeldía comenzó a aflorar en el momento más inoportuno.

—No obtendrás nada de mí, cerdo miserable. —Joshua levantó la mano y la abofeteó con fuerza. Marian apretó los ojos negándose a llorar a pesar del intenso dolor que le ardía en la cara y el pitido en su oído.

—Escúchame, zorra. No estás en posición de negociar. Si no me obedeces, tendrás que comenzar a encargar tu ropa de viuda antes de lo que piensas.

Marian soltó una carcajada agria y llena de sarcasmo.

—¿Crees, en serio, que eres rival para el conde de Hardwick? Entonces es que definitivamente has perdido el juicio. —Marian ignoró la advertencia que suponía la peligrosa mirada que Joshua le clavó y la tensión que atenazaba su cuerpo—. Andrew sería capaz de destrozarte en segundos con los ojos vendados y un brazo atado a la espalda. Y tú lo único que podrías hacer sería mendigar clemencia mientras te orinas en los pantalones.

La mueca feroz del hombre le torció la boca, convirtiéndolo en una especie de gárgola amenazadora. En un rápido movimiento, sujetó a Marian por el cuello con tanta presión que el aire dejó de llegar a sus pulmones. Los ojos despiadados de su tío no parecían humanos, se habían convertido en dos piedras que reflejaban locura, avaricia y asco. Marian no podía dejar de mirarlos mientras comenzaba a sentirse aturdida por la falta de aire.

—¡¡Suéltala, hijo de perra!! —La voz infantil resonó en el callejón, y Joshua, involuntariamente, aflojó el agarre sobre la garganta de su sobrina.

Apenas había comenzado a girarse hacia el dueño de esa voz, cuando un golpe seco en su espalda lo hizo tambalearse. El cuerpecillo desgarbado y flacucho de Ralph temblaba como una hoja, mientras sostenía en alto la vara con la que había asestado el golpe, sujetándola como si fuera una espada.

El hombre pareció encorvarse amenazador y a Marian le recordó un animal a punto de atacar a su presa. La determinación en los ojos de Ralph indicaba que no iba a huir, a pesar del peligro. Marian se abalanzó hacia su tío para impedirle atacar al niño, pero aún estaba mareada y él la empujó, arrojándola al suelo sin mucho esfuerzo. Abrió la boca para gritar, y su voz sonó como un gemido ahogado. John, John, tenía que avisarle, él debía escucharla. Volvió a intentarlo justo en el momento en que Joshua acorralaba al chico contra la pared. El grito sonó descarnado entre los muros de ladrillo que los rodeaban.

La corpulenta figura del cochero apareció en la entrada del callejón y Joshua, como la rata rastrera y cobarde que era, consciente de su inferioridad, echó a correr hacia el extremo opuesto. Cruzó hasta la calle contigua con el cochero pisándole los talones y con la suerte de su parte, ya que un carruaje cruzó la calle haciendo que John tuviera que parar en seco, dándole tiempo a Joshua de perderse entre las callejuelas.

Marian se sentía fuera de su propio cuerpo, con una vorágine de pensamientos funestos en su cabeza y una sensación de desolación en su interior. Apenas fue consciente de bajar del carruaje ni de haber subido la escalinata de la mansión, ni de la cara de estupor de Coldbert cuando la vio aparecer desaliñada y con expresión ausente frente a la puerta. El mayordomo alcanzó a sujetarla antes de que tropezara con el último escalón.

Marian se tomó la infusión que su doncella le trajo, a fin de templar sus nervios, sentada en el sofá de la salita. Había intentado convencer a John de que no le contara nada a Andrew para no alarmarle, pero la lealtad por su señor iba más allá del miedo a perder su trabajo e, incluso, su integridad física, ya que nadie sabía cómo podía reaccionar lord Hardwick cuando se enterase de lo sucedido.

En esos momentos estaría contándole lo que había ocurrido, y a Marian ya no le importaba la ligera molestia que aún persistía en la mejilla abofeteada ni la quemazón en el codo producida por la caída ni el leve entumecimiento de los músculos del cuello. Ni siquiera la pérdida del brazalete de su abuela al que le tenía tanto cariño. Lo único que le carcomía las entrañas era la amenaza de su tío de hacer daño a Andrew.

En una pelea limpia Joshua tendría las de perder, pero su tío jamás jugaba limpio. El conde de Hardwick era un hombre de honor, un hombre recto que defendía lo suyo y, en cuanto se enterara del asalto, removería cada rincón de la ciudad hasta dar con su tío.

El miedo de que Joshua pudiera hacerle daño la paralizaba. Tenía que pensar cómo afrontar la situación.

Unos pasos rápidos, casi a la carrera, se acercaron por el pasillo y Andrew abrió con tanta fuerza la puerta que casi la arranca de la jamba.

—Cielo santo, ¿estás bien? —Marian ni siquiera pudo contestar, Andrew ya la había cogido en brazos y se había sentado con ella en su regazo, examinándola concienzudamente en busca de algún daño visible con una desesperación palpable.

Maldijo con furia al ver la rojez de su cara, aún ardiente por el bofetón recibido.

Marian se sintió sobrecogida al ver la preocupación reflejada en su rostro y no pudo evitar que una gruesa lágrima rodara por su mejilla.

—No llores. —Andrew la besó en la coronilla mientras la acunaba contra su pecho—. Ya ha pasado todo. No permitiré que te ocurra nada.

Marian no sabría decir cuánto tiempo estuvieron así, ella acurrucada contra él, en un silencio reconfortante, mientras Andrew le prodigaba suaves caricias en la espalda y sobre las magulladuras de la muñeca, donde Joshua había clavado sus sucios dedos.

—¿Marian?

—¿Si?

—Tienes que contarme todo lo que puedas. Dime todo lo que recuerdes de ese hombre.

Andrew notó como el cuerpo suave de su mujer se tensaba instantáneamente, no con miedo, sino alerta, y la sensación no le gustó en absoluto. La separó un poco de él para observar su cara. Toda su expresión corporal le indicaba que ella no quería hablar del tema.

Marian hizo un relato breve, edulcorado y sin rastro de dramatismo del incidente. El ladrón la había sorprendido por la espalda, le había robado el dinero que llevaba y le exigió que le diera sus joyas. Marian se negó y él la abofeteó llevado por la furia hasta que el valiente Ralph le golpeó por la espalda y ella pudo pedir ayuda a John, el cochero. Obvió el detalle de que le había robado el brazalete, pues a esas horas, probablemente, Joshua ya lo habría empeñado y sería un detalle fácil de rastrear para un hombre tan tenaz y poderoso como su marido.

Marian sabía que su tío era un cobarde y rezaba con

todas sus fuerzas para que no encontrara el valor de enfrentarla y, mucho menos, atacar a Andrew.

Poco a poco se convenció de que el ataque había sido fruto de un arrebato llevado por la necesidad, necesitaba creerlo. Si le volvía a pedir dinero, buscaría la forma de negociar con él o darle una suma que saciara su avaricia. Lo que Marian, en su inocencia, desconocía es que los hombres como Joshua nunca tienen suficiente, y que eso solo alentaría más a la bestia que llevaba en su interior. Obstinada como era, pensó que podría lidiar con el problema ella sola, como siempre había hecho con Joshua.

—Cómo era ese hombre.

—Un hombre normal, no recuerdo demasiado bien. No tenía ningún rasgo significativo.

—Has estado a solo un palmo de su cara. ¿No recuerdas nada? ¿Su ropa? ¿Dijo algo que te llamara la atención?

Marian negó con la cabeza y notó que quien se tensaba ahora era Andrew. Los brazos que le ofrecían consuelo perdieron su calor y aflojaron su abrazo, convirtiéndose de pronto en un armazón de hierro frío que se limitaba a rodearla.

Andrew sabía que mentía. Había esquivado su mirada y él la conocía demasiado como para ignorar que estaba ocultando algo importante. Y aún no llegaba a discernir el qué.

Una sensación desagradable y amarga se instaló en su estómago. Ella no confiaba en él y estaba ocultando algo.

—¿Estás segura? —Marian se apartó el pelo de la cara y asintió con la cabeza gacha, entrelazando sus manos sobre su regazo.

El conde se levantó con brusquedad y la dejó en el sofá, su expresión se había transformado y la temperatura entre ellos había llegado al punto de congelación. Marian sabía que algo iba mal, muy mal.

—Voy a ver qué puedo averiguar. Quédate aquí e intenta descansar. —Se detuvo cuando Marian, en un acto reflejo, le cogió la mano intentando retenerle.

—Andrew, por favor, no merece la pena, solo han sido unas monedas. —Él la miró sin entender qué le ocultaba con tanto ahínco—. Te necesito aquí. Por favor, quédate conmigo. —Su voz fue apenas un susurro que se apagó cuando Andrew se soltó de su agarre con suavidad.

—Volveré en cuanto pueda. Descansa.

Marian sintió que el desasosiego se apoderaba de ella. Y, más profundamente, la decepción. Se sentía tremendamente sola, como siempre desde que tenía uso de razón. Ella jamás le había pedido nada. Era la primera vez pedía que no la dejara sola y él había ignorado su petición. No quería un ángel vengador que diera caza a su atacante, necesitaba al Andrew que la consolaba y le prestaba su hombro y su reconfortante calor.

Cuando Hardwick desmontó de su caballo, en la puerta del orfanato, Jack ya había hecho la mayor parte del trabajo y procedió a informarle de todo. Había preguntado por los alrededores y, salvo una vaga descripción de un tendero de la zona, nadie pareció haber visto nada significativo. También había interrogado al valeroso muchacho que salvó a la condesa.

El chico que había golpeado al ladrón le explicó a Jack una versión que, en los datos fundamentales coincidía con la de Marian, pero que, en otros muchos detalles, difería claramente del escueto incidente contado por su mujer. Según el muchacho, el hombre había estado bastante rato discutiendo con Marian, tanto que a él le dio tiempo de ir hasta las cocinas y hacerse con uno de los palos de desatascar la chimenea, para usarlo como arma.

Ralph era un superviviente de las calles, su instinto estaba muy desarrollado a fuerza de tener que buscarse la vida y huir en más ocasiones de las que cualquiera pudiera soportar. Eso le hacía ser astuto y observador y percibía detalles que a cualquiera le hubieran pasado desapercibidos. El ladrón no era un hombre de las calles. Su ropa y sus zapatos eran de buena calidad, aunque estaban arrugados y deslucidos por el tiempo, y sus ademanes y su forma de hablar denotaban a alguien de clase alta.

La información que le dio Jack cayó sobre el sombrío ánimo de Andrew como una losa.

Entró a la habitación donde el pequeño esperaba y, en cuanto lo vio, reconoció al niño que había visto la mañana de Navidad con Marian, sentado detrás de una enorme mesa. El chico se puso de pie educadamente, estrujando la gorra que le había regalado su mujer entre las manos, único gesto que denotaba su nerviosismo. Andrew le hizo un gesto para que se sentara.

—¿Sabes quién soy? —Ralph asintió con la cabeza—. Bien, Jack me ha contado lo que le has dicho. Necesito que hagas un pequeño esfuerzo más, Ralph. Sé que eres un chico listo. Necesito que me expliques lo que oíste y todo lo que viste. Cualquier detalle puede ser importante. ¿Me ayudarás? —Ralph pareció calibrar sus palabras durante unos segundos, y Andrew pensó, por un momento, que no iba a contestar.

—No escuché todo —dijo al fin precavido—. El hombre hablaba sobre una herencia. Dijo que el brazalete que le quitó era parte de ella. Él le apretaba muy fuerte el cuello. Tuve miedo.

Andrew se tensó y apretó los puños. Marian le había dicho que solo le había quitado unas monedas y que había sido un ataque sin importancia. No había mencionado que le robara nada más ni que su vida hubiera corrido peligro. Le había mentido deliberadamente.

—¿Recuerdas cómo era?

—Tenía el cabello parecido a la condesa. Un poco más oscuro. Y más sucio. —El niño sorbió por la nariz sonoramente y miró al techo intentando recordar algo más, como si los pensamientos revolotearan por encima de su cabeza y quisiera atraparlos. Su cara se iluminó un instante—. ¡Ah! ¡Llevaba un anillo! En el dedo pequeño, parecido al suyo. —Andrew en un acto reflejo miró el sello de los Hardwick que brillaba en su dedo meñique—. Pero el suyo era rojo, como si fuera de cristal.

El recuerdo vago de unas manos desagradables con un anillo y un enorme rubí cruzaron su mente, pero su cerebro se bloqueó haciéndole imposible asignarles un cuerpo y una cara. La sospecha comenzaba a asentarse en su estómago como el fango que se deposita en el fondo de un lago.

—Ralph, has sido muy valiente. Quiero agradecerte que le hayas salvado la vida a mi esposa.

—Ella es buena. No es como esas mujeres mayores que huelen raro. Ellas vienen, pero no hacen nada. No les gustamos. Pero lady Marian nos ayuda de verdad.

Andrew, a pesar de su preocupación, no pudo evitar sonreír ante la franqueza y la honestidad de ese chiquillo, capaz de plantarle cara a un hombre armado que le doblaba el tamaño por defender a Marian.

Se puso en pie y el niño, por un momento, pareció intimidarse por su altura.

—Estoy en deuda contigo, Ralph. —Le tendió la mano y Ralph pareció titubear unos instantes sin saber qué hacer. Al final se la estrechó con más seguridad de la que el conde hubiera esperado.

Antes de llegar a la puerta la voz del muchacho lo detuvo.

—Señor —Andrew se volvió y lo vio allí plantado con los puños apretados, respirando muy fuerte y con el cuerpo tenso como un guerrero antes de la batalla—, por favor. No deje que me separen de mi hermana.

Andrew le hizo una inclinación de cabeza.

—Tienes mi palabra. —Y con esa frase Andrew le regaló algo con lo que el chico jamás se había permitido soñar: esperanza.

48

Andrew salió del orfanato con Jack a la zaga, intentando seguir el ritmo de sus enormes zancadas. Su ánimo era sombrío, y nadie en su sano juicio se hubiera acercado a él al ver la furibunda expresión de su cara. Trató de recordar el brazalete. No solía prestar atención a esas cosas, pero Marian lo había llevado puesto desde el día de la boda, cuando Gertrude se lo regaló. Recordó la fina muñeca de Marian con la brillante pulsera. Era una joya llamativa y de gran valor que no pasaría desapercibida a la hora de intentar revenderla.

—Quiero hombres recorriendo todas las casas de empeño de la ciudad, todos los antros de juego de mala muerte, burdeles y cualquier otro sitio donde pueda apostarse. Ya has oído la descripción del tipo. El brazalete es una joya llamativa y cara. Es de oro con una especie de dibujos grabados y brillantes engastados. No le resultará fácil colocarla, pero lo intentará, y ante una joya así se correrá la voz. —Jack asintió y le hizo una seña a uno de los hombres, que lo esperaba junto a los caballos, para que se acercara—. Haz lo que tengas que hacer para encontrarlo. —Andrew le clavó una mirada sombría que no admitía replica—. También quiero que vigiles a mi mujer. Quiero que la protejas y me informes de cada paso que dé. —Jack lo miró con una ceja levantada, pero no estaba en su naturaleza cuestionar lo que su jefe ordenaba y, mucho menos, si el asunto era concerniente a su esposa. El tono del conde era autoritario e inflexible—. Una cosa más: que localicen a Joshua Miller.

—La última noticia que tengo es que abandonó la ciudad porque debía una suma considerable a gente peligrosa. —Jack asintió compartiendo las sospechas del conde.

—Motivo de más para jugársela y conseguir liquidez amenazando a Marian. No quiero descartar ninguna posibilidad ni dejar de investigar ningún frente. La descripción encaja con él y, por lo que ha dicho ese crío, es más que probable que así sea.

—Pero su esposa ha dicho que no conocía al ladrón.

La respuesta de Hardwick fue apenas un gruñido y Jack se giró para montarse en su caballo, consciente de que no era muy buena idea ahondar en el tema.

Andrew azuzó a su montura y se dirigió hacia el puerto para hacer sus propias averiguaciones en las tabernas y clubes. A veces, un poco de su carisma aristocrático era capaz de abrir puertas y desatar lenguas, y cuando eso no era suficiente una generosa propina obraba el milagro.

Marian intentó leer un poco para distraerse, pero le resultaba imposible concentrarse. Había visto pasar cada hora en el reloj de la chimenea, mientras la luz de la tarde se iba apagando, hasta que la oscuridad de la noche cayó sobre Londres. Cada vez que escuchaba acercarse los cascos de un caballo, se tensaba esperando escuchar abrirse la puerta de la mansión, ansiosa por ver al fin a Andrew aparecer. Se sentía tan vulnerable, tan frágil, que el único lugar donde sabía que se sentiría a salvo era en los brazos de su marido.

Pero él no estaba.

No había conseguido comer ni un bocado en todo el día y apenas podía controlar el temblor de sus manos. Se recostó en su cama y aceptó tomar una infusión relajante que le ofreció Lory e, inmediatamente, comenzó a sentir un intenso sopor, por lo que dedujo que le habrían añadido unas gotas de láudano para que descansara. Se dejó arrastrar por los brazos de Morfeo, a un sueño turbio y vacío, que no pudo librarla de la sensación de desconsuelo que la envolvía.

Entre la nube de oscuridad notó una mano cálida que la acariciaba dulcemente, anclándola a la realidad, y la voz ronca y profunda de Andrew cerca de su oído. No podía entender lo que le decía, pero su tono era tranquilizador.

Andrew se acercó a la cama de Marian para asegurarse de que estaba bien y deslizó con ternura la mano por su cabello. El cuerpo de ella se tensó, a pesar de que estaba sumida en un sueño profundo.

—Tranquila, amor. —Se sentó a su lado largo rato, hasta que ella pareció relajarse de nuevo, observando sus rasgos, su pecho que subía despacio con cada respiración, su pelo extendido a su alrededor.

»¿Qué me ocultas, Marian? —susurró junto a su oído, y la besó en la mejilla. Se levantó para marcharse y la voz de Marian, apenas un susurro, lo detuvo en seco.

—No me dejes. Quédate conmigo. —Ella aún dormía. La súplica apenas audible se clavó en su alma, mucho más dolorosa que cualquier agravio.

Se fue a su habitación preguntándose si siempre sería así entre ellos, siempre una duda interponiéndose, siempre un obstáculo, real o imaginario, que les impediría abrirse el uno al otro.

Había pasado el día recorriendo las tabernas donde los aristócratas caídos en desgracia solían acudir, tras perder su buen nombre y, más importante aún, su fortuna.

Jack y sus hombres a esas horas se habrían pateado los peores antros, y no porque Andrew no se muriera de ganas de acompañarlos y atrapar al desgraciado que había atacado a Marian con sus propias manos, sino porque, según Jack, disimular su presencia en ese ambiente sería como querer camuflar un purasangre entre asnos.

La información que consiguió era confusa, pero algo había quedado claro. Joshua había ignorado las advertencias de su madre y había seguido jugando y apostando convulsivamente y con poca astucia. Había empeñado una cantidad exorbitante y la había perdido. Pidió dinero a prestamistas poco recomendables y trampeaba con unos y con otros para conseguir unos días más de plazo y unas pocas libras más que jugarse. La espiral de autodestrucción giraba cada vez a más velocidad, y toda su vida amenazaba con estallar por los aires.

Nadie sabía dónde se alojaba, pues lo habían echado de todas las pensiones medianamente respetables por no abonar los honorarios. Lo único que se sabía de él era que, últimamente, se le había visto en compañía de un exconvicto que luchaba en combates de boxeo ilegales, casi siempre amañados, y que, por lo que suponían, hacía las labores de guardaespaldas de Joshua. Ambos resultaban una pareja peculiar y peligrosa, y no solían aparecer dos días seguidos en el mismo local.

La sospecha, cada vez más certera, de que el asaltante fuera Joshua Miller le provocaba un desasosiego incontrolable, más aún al pensar que culparía a Marian de su caída en desgracia frente a la matriarca de los Miller. Pero, en caso de ser ciertas sus sospechas, cientos de preguntas se agolpaban en su mente y le resultaba imposible entender por qué Marian le ocultaba algo tan importante. No podía ser tan insensata como para ignorar el peligro que suponía un hombre como Joshua en esas circunstancias. ¿Acaso quería ayudarle? Al fin y al cabo, ella había soportado estoicamente los abusos de su tío durante años sin quejarse ni una sola vez.

Le desconcertaba que hubiera algo turbio en todo aquel asunto que se le escapaba, aunque era consciente de que podría ser su propio cerebro el que viera sombras donde no las había. Solo tenía una cosa clara, y lo estaba destrozando por dentro, y era la falta de confianza que ella le demostraba y que amenazaba con abrir un abismo insondable entre ellos.

Tal y como Andrew había sospechado, el brazalete era un objeto demasiado vistoso y caro, y pocas casas de empeño se arriesgarían a adquirirlo. Al menos, la búsqueda no había resultado totalmente infructuosa y Jack había conseguido un dato valioso. Un aristócrata estaba comprando joyas de dudosa procedencia y obras de arte. Si daba con él, quizá podría dar también con Miller.

Andrew no había pasado por casa en todo el día, intentando centrarse en lo que tenía entre manos y así evitar hacer frente a los sentimientos encontrados que Marian le despertaba en ese momento. Por un lado, deseaba abrazarla, protegerla y convertirla en su esposa en todos los sentidos de una maldita vez. Por el otro, el único pecado que no podía soportar era la mentira, y ella lo estaba engañando.

Había acudido al club acompañado de Sheperd, que poseía una especie de sexto sentido para juzgar a la gente, con la intención de indagar y conseguir algo de información sobre el aristócrata en cuestión.

Andrew dio un lento sorbo a su copa mientras miraba a su alrededor, intentando calibrar a cada hombre, cada movimiento inusual. Un lacayo le trajo una nota y Thomas observó cómo la cara de su amigo se transformaba con toda una sinfonía de sentimientos distintos: sorpresa, incredulidad y, después, furia.

—Larguémonos, Thomas. Cambio de planes.

Marian estaba al borde del colapso. A cada paso que daba, un lacayo o una criada le preguntaba adónde iba y si necesitaba algo. En cualquier otro momento, se hubiera armado de paciencia, pero se sentía ansiosa y los nervios estaban haciendo mella en su estado de ánimo. A media tarde un lacayo le trajo una nota y sonrió al leer la letra pulcra y ordenada de lady Martha. La joven le recordaba la hora a la que pasarían a recogerla para acudir al teatro. Marian había olvidado que era jueves y que su tía Margaret la había invitado, junto con los Aldrich, a asistir a su palco.

Sintió cierto alivio al comprender que el incidente del callejón no había trascendido, ya que Martha no mencionaba nada al respecto, y se sentó en la mesita para escribir una nota de disculpa, indicándole que no acudiría. Apenas había escrito las primeras líneas, cuando Marian dejó la pluma suspendida sobre el papel absorta en sus pensamientos. Una gota de tinta negra cayó solitaria profanando el blanco del papel, sacándola del trance. Una punzada de rebeldía estalló en su interior encendiendo su sangre. Arrugó el papel, cogió una nueva hoja y comenzó a escribir con trazos rápidos confirmándole a Martha la cita.

Compartir una velada con Robert y Martha siempre era agradable, ellos no la juzgaban y la aceptaban tal y como era, sin artificios. Una buena conversación y algo de distracción la ayudarían a sentirse mejor y a evadirse, aunque solo fuera por unas horas. Al fin y al cabo, a su esposo parecía no importarle lo más mínimo cómo se encontraba, ya que la había dejado sola a pesar de que ella lo necesitaba. La había abandonado en aquella jaula de oro, como cada día desde su boda. No se quedaría allí una noche más esperando a que él se dignara a aparecer. Se dirigió a su habitación, con el paso firme y decidido de una condesa, y llamó a su doncella para que la ayudara a vestirse para la ocasión.

—*Milady*, ¿está segura que es buena idea? El conde... No creo que vea con buenos ojos que salga usted con ese delincuente ahí fuera.

—Lory, hay cientos de delincuentes ahí fuera. Probablemente, ese tipo no me conocía y ya se habrá olvidado de mí —mintió convincentemente—. Fui una víctima al azar y con seguridad no seré la única. Fue solo mala suerte que sucediera y estoy a salvo.

Marian lo creía en serio. Al menos por el momento. Su tío a estas alturas habría conseguido una buena suma por la joya y eso lo mantendría ocupado por un tiempo. Y tampoco podía vivir encerrada el resto de su vida solo porque él la hubiese amenazado, quizá no volviera a acordarse de ella, igual que había hecho hasta entonces. Miró su imagen en el espejo. Estaba pálida y las marcas violáceas bajo los ojos reflejaban la falta de sueño y la intranquilidad, que ni siquiera el esmero de la doncella al aplicarle polvos de arroz pudo disimular. Su boca se había convertido en una línea apretada y su espalda estaba tensa. Sus manos temblaban ligeramente y cada pequeño ruido fortuito la hacía dar un respingo. Quizá, y solo quizá, no fuera buena idea acudir al teatro esa noche. Pero se negaba a quedarse encerrada en su mazmorra como una débil y abandonada esposa, como una frágil flor de invernadero. Debía reponerse y mirar hacia delante como siempre había hecho.

Observó con detenimiento su vestimenta. El hermoso

vestido de color azul real era por sí mismo una obra de arte, con un evocador escote en forma de «v» y una falda vaporosa que caía sobre su cuerpo con gracia. Marian decidió no usar apenas joyas, solo unos sencillos pendientes de brillantes y un broche de marfil en el centro del escote. Lory colocó la última horquilla sobre el recogido y la miró concienzudamente, satisfecha con su trabajo. Marian le sonrió y se pasó las manos por el estómago en un acto reflejo, intentando contener los nervios que amenazaban con provocarle náuseas.

Unos golpes sonaron en la puerta y un lacayo le informó que el carruaje de los Aldrich la esperaba.

El carruaje de los Hardwick disminuyó la velocidad al aproximarse a la entrada del teatro. En ese momento, Andrew se dio cuenta de que aún apretaba arrugada la carta en el interior de su puño. La nota era escueta y en ella su mayordomo le informaba de que su esposa acudiría al teatro acompañada por lord Aldrich. Andrew se bajó con un gesto ágil del vehículo. Se acercó con pasos lentos hacia la entrada y se tiró de las mangas de la camisa, para que quedaran perfectamente alineadas con la chaqueta, en un gesto que pretendía aparentar serenidad.

—Hardwick, ¿en serio crees que esto es una buena idea? Exactamente, ¿qué pretendes hacer? —Thomas no estaba nada de acuerdo con su presencia allí y no podía ocultar su desasosiego.

—Pretendo ver una obra desde mi palco en compañía de mi mejor amigo —contestó sin mirarle, escudriñando al público que accedía al teatro y comenzaba a abarrotar el vestíbulo.

Thomas negó con la cabeza, despacio. No era necesario ser un genio para intuir que aquello no iba a terminar bien. El matrimonio tenía varios frentes abiertos y la paciencia de Andrew empezaba a agotarse. Su eterna capa de férrea indiferencia y templanza comenzaba a resquebrajarse, y Thomas no sabía si, una vez que se desmoronara, Andrew sería capaz de controlar el fuego que escondía detrás. Sabía que Andrew estaba sobrepasado por todas las habladurías que recorrían Londres sobre las cálidas atenciones que Aldrich le prodigaba a su mujer, aunque el rumor fuera falso. A pesar de que intentara aparentar que no le importaban lo más mínimo, lo conocía bien y sabía que los celos lo carcomían. A eso había que sumar que su mujer se había negado a compartir el lecho conyugal, haciendo imposible deshacerse de la sombra de una posible anulación, y que cada conversación entre ellos acababa en una batalla campal, lo cual le convertía en un volcán a punto de estallar.

Desde que Marian había sido atacada, su humor, como no podía ser de otra manera, era sombrío y taciturno, y podía notar cómo una ira líquida subyacía por debajo de su piel, a punto de brotar en el momento más inesperado. Saber que su esposa podía estar en peligro y era incapaz de confiar en él lo torturaba, pero sospechar que hubiera algún propósito oculto detrás lo destrozaba. Él tampoco podía permitirse confiar en ella y acabar destruido hasta sus cimientos.

Para rematar todo y empeorarlo más aún, la condesa había decidido acudir a un evento rodeada de la flor y nata de Londres sin su esposo, en compañía del hombre con quien los chismosos la relacionaban, sin ni siquiera comunicárselo, y obviando el peligro de que su atacante estuviera en la calle con total impunidad.

Definitivamente, aquello no podía acabar bien.

—Déjame que hable con ella, Hardwick. Con tacto. Sé que me escuchará. La convenceré de su insensatez y podréis aclarar todo este maremágnum de malentendidos en la intimidad de vuestro hogar.

—Tu preocupación es conmovedora. Pero preferiría que no me cuestionaras. —Andrew se volvió hacia él con una mirada gélida.

—Como quieras, solo pretendo que no montes un escándalo. —Thomas levantó las manos a modo de rendición.

El conde de Hardwick se quedó inmóvil y a Sheperd le recordó a un halcón a punto de abalanzarse sobre su presa. Siguió la dirección de su mirada y divisó a Marian subiendo la escalera que conducía a los palcos. El vestíbulo estaba atestado de gente en esos momentos y ellos aún estaban cerca de la entrada, por lo que Andrew no movió ni un dedo para intentar alcanzarla, limitándose a observarla desde la distancia que los separaba.

Marian volvió la cara hacia lord Aldrich, que, en ese momento, le susurró algo al oído, arrancándole una de esas sonrisas cálidas que hacía tanto tiempo no le regalaba a su propio marido. Robert posó una de sus manos en la espalda de ella, a la altura de la cintura, con un gesto que denotaba la confianza existente entre ellos, y un músculo comenzó a temblar en la tensa mandíbula de Andrew, que apretó los puños a los costados intentando reprimir el impulso de saltar por encima de la gente y aplastarlo con sus propias manos. El sonido de las conversaciones a su alrededor se convirtió en murmullo ininteligible mezclado con el ruido de su propia sangre rugiendo en sus oídos. Su campo de visión se redujo a esos pocos centímetros de tela donde los dedos de Aldrich se apoyaban inocentemente, a aquella porción de cuello que ella inclinaba hacia él, a aquella sonrisa que debería ser solo suya.

Los sentimientos borboteaban en su interior chocando entre ellos, reduciendo a cenizas todo lo que había sido una vez, un hombre sensato y controlado, firme y seguro de sí mismo. La decepción, la angustia, la necesidad, los celos, todo se mezcló entre sí hasta que uno destacó sobre el resto, la ira. No fue consciente de la mujer que se había acercado hasta ellos y que saludaba a Thomas hasta notar un leve contacto, y bajó la mirada hacia su antebrazo para descubrir una elegante mano femenina apoyada allí. Levantó la cabeza y descubrió la seductora expresión de lady Amanda Howard, su antigua amante, esperando a que le contestara a algo que él no había escuchado.

—Querido lord Hardwick. —Sonrió de manera seductora, con esa expresión sugerente que ella creía irresistible y que hacía tiempo que a Andrew le resultaba excesiva y ridícula—. No esperaba esta agradable sorpresa, hace tanto que no se prodiga en estos círculos. Creí que no volvería a sentir el placer de su presencia. —La manera en la que enfatizó la palabra «placer» provocó una sensación desagradable en su estómago.

—Lady Amanda. —Su reverencia fue rígida y breve.

Volvió a dirigir la mirada hacia la escalera, y maldijo en silencio al ver que Marian ya había desaparecido de su vista. Una idea cruzó por su mente, una idea absurda a la que normalmente no le hubiera prestado atención.

—Lady Amanda, ¿ha venido acompañada? —Amanda pareció relamerse al sentirse dueña de toda la atención del conde.

—Bueno, a decir verdad, voy al palco de mi difunto esposo. Mi hijastro y su prometida estarán allí —dijo con una expresión de hastío. El cerebro de Andrew pensaba con rapidez, aunque, a decir verdad, no razonaba en absoluto. Amanda odiaba a su hijastro casi tanto como odiaba el teatro, y solo acudía a su palco para ver y ser vista, y poder seguir codeándose con la alta sociedad. Como la mayoría de los que estaban allí.

Las palabras salieron de los labios de Andrew antes de que le diera tiempo a procesarlas, llevado por unas absurdas ansias de hacer daño, como un animal herido que se revuelve y muerde a cualquiera que se le acerque.

—¿Me haría el honor de acompañarme a mi palco? Creo que tiene mejores vistas que el del barón, y para el señor Sheperd y para mí será un honor que nos acompañe.

Los ojos de Amanda se abrieron de golpe, mostrando lo sumamente complacida que se hallaba por su sorpresiva petición, la cual aceptó rápidamente.

—Espero que sepas qué demonios estás haciendo, amigo. —Thomas lo sujetó del brazo y lo apartó un poco para que nadie los oyera.

—Perfectamente.

49

Lady Margaret sabía que algo inquietaba a su sobrina, pues, aunque Marian intentaba sonreír, era evidente que la sonrisa no se reflejaba en sus ojos y apenas escuchaba la conversación a su alrededor.

Tomaron sus posiciones en el palco y Margaret, sentada junto a ella, apretó su mano y le preguntó con la mirada qué ocurría. Marian respiró profundamente y musitó un «Estoy bien» poco convincente. Martha, al otro lado de Margaret, sonreía emocionada, ya que solo había acudido un par de veces a una representación, pero su emoción no lograba contagiar a sus compañeros de palco.

Aldrich le comentaba algunos detalles de la obra, intentando distraerla de aquello que la preocupaba, pero Marian apenas conseguía prestar atención a nada de lo que decía. Casi de forma obsesiva paseaba la vista por el patio de butacas, examinando al bullicioso público que se dirigía a sus asientos, y escudriñaba cada rincón oscuro buscando alguna figura amenazante, a pesar de que ella misma intentaba convencerse de lo absurdo de su nerviosismo. Era prácticamente imposible que Joshua hubiera accedido al teatro y, siendo tan cobarde, jamás se acercaría a ella en un lugar atestado de gente. Para colmo, no conseguía deshacerse de la desagradable sensación que le provocaba estar desafiando a Andrew de aquella manera.

Robert interrumpió de golpe la conversación y Marian levantó la vista y lo miró extrañada. Su cara, de repente, se había ensombrecido y miraba fijamente a uno de los palcos de enfrente. Marian siguió la dirección de su mirada y sintió que el aire abandonaba sus pulmones de golpe, provocándole un intenso dolor. Más allá de lo físico, sintió que le dolía el alma. La imponente figura alta y sombría de Andrew Greenwood tomó posesión de su palco, no sin antes ayudar caballerosamente a la mujer que le acompañaba a tomar asiento. Marian no la había visto nunca, pero le bastó cruzar su mirada con ella para saber que era la baronesa, la amante de su marido. Su vestido era majestuoso y, a pesar de la distancia que los separaba, pudo apreciar la elegancia y la sensualidad que irradiaba.

Los cotilleos y las malas lenguas tenían razón, ni en un millón de años Marian sería rival para ella. La mujer la miró con sus inquietantes ojos y sus ademanes excesivos, y le dedicó una sonrisa tan cargada de maldad que Marian pensó que en cualquier momento aparecería entre sus labios una lengua bífida y ondulante. Amanda se sentía triunfadora, exultante, estaba usurpando su lugar, sentada en el asiento que le correspondía a ella a la vista de todo Londres, junto al apuesto y codiciado conde de Hardwick.

Andrew se sentó en su asiento sin apartar los ojos de su esposa, clavando su intimidante mirada en ella, desafiándola a apartar la vista.

Desafío. De eso se trataba toda aquella locura. Ella lo había desafiado de nuevo citándose con el conde de Aldrich, y Andrew le demostraba que no le importaba lo más mínimo luciendo a su extraordinariamente bella amante delante de todos.

Su cara era frío mármol, pero, aun desde la distancia, Marian pudo percibir las llamaradas de furia que despedían sus ojos. Por un breve instante, Marian cruzó la mirada con Thomas, obligado a ser un mero observador pasivo de aquella descabellada situación. Él le dirigió una leve inclinación de cabeza, una especie de disculpa casi imperceptible, y se removió incómodo en su asiento.

—No puedo creer lo que está haciéndote, Marian. No voy a permitir que te humille. —La voz de Robert era apenas un susurro cortante y furioso.

—Yo estoy en el teatro acompañada por un hombre que no es mi marido, Robert. Supongo que estamos en paz.

Robert se volvió hacia ella indignado.

—Estás en un palco que pertenece a tu tía, y mi hermana y yo somos sus invitados. Él ha metido a esa mujer en el palco de su familia, ocupando un lugar que te pertenece. No es lo mismo. Y se te olvida el pequeño detalle de que nosotros no somos amantes, Marian. —Ella tragó saliva.

—Ellos sí lo son, ¿verdad?

—No lo sé. Lo fueron —contestó Robert con franqueza.

Marian notó cómo la gente comenzaba a dirigir sus impertinentes miradas hacia los palcos y a juntar las cabezas murmurando. El escándalo era tan apetecible que, con toda seguridad, nadie quería que empezara la obra para poder seguir observándolos.

Marian no podía creer que el sereno y prudente conde de Hardwick tirara por la borda años de disciplina y mesura, destrozando su sacrosanta reputación en una sola noche. En eso se había convertido. En eso se había transformado por su culpa, ella era la causa de que él se expusiera de esa manera y no pudo evitar que su conciencia le recordara que permitir esa boda había sido un terrible error. Soltó el aire, aliviada, cuando sonó el aviso del inicio de la obra y las luces bajaron de intensidad.

El conde de Hardwick y su condesa serían los protagonistas de la velada, cada uno por su lado, y después de esta noche, a nadie le quedaría ninguna duda de que su matrimonio era un completo desastre y una absurda farsa.

Marian miraba hacia el escenario, con el estómago comprimido al borde de la náusea, y los ojos nublados por las lágrimas que pugnaban por salir. Sentía la mirada de Andrew sobre ella, casi como si su roce fuera físico, pero, cuando reunió valor para afrontarlo, él volvió la cara hacia su acompañante brindándole toda su atención.

Amanda estaba inclinada sobre él, con sus exuberantes pechos apoyados en su brazo, rozándose descaradamente, tentándole mientras él le susurraba algo muy cerca del oído. Marian sintió que el aire apenas llegaba a sus pulmones y no se sintió con fuerzas para seguir soportando aquella situación. No tenía sentido seguir guardando las apariencias cuando todo a su alrededor se desmoronaba. Se aferró con dedos temblorosos al brazo de lord Aldrich.

—Sácame de aquí, por favor —rogó con un hilo de voz, y Robert, como si hubiera accionado un resorte, se levantó y la sujetó del brazo para llevársela del palco.

Marian lo siguió a través de los pasillos en penumbra, sin apenas ser consciente de dónde ponía los pies. Necesitaba salir de allí, estar sola, alejada de toda esa gente vacía y, sobre todo, lejos de Andrew. La había humillado, exponiéndola al escarnio público, pavoneándose con su amante a la vista de todos. Si tenía alguna duda sobre su matrimonio, acababa de disiparse. Quedarse junto a él solo les traería dolor a ambos.

Mientras tanto, en su palco, lady Amanda Howard estaba muy equivocada sobre las intenciones de Hardwick, y la segunda vez que rozó de manera insinuante su brazo, él se encargó de dejarle muy clarito que sus absurdos trucos no le darían ningún resultado. No tenía intención, mucho menos deseo, de serle infiel a su esposa, ni con ella ni con nadie, y que estuviera esta noche en su palco era un hecho puntual que no le daba carta blanca para tomarse libertades con él. Al principio ella ahogó un jadeo indignado, pero pronto se recuperó y siguió sonriendo, fingiendo que su vanidad aún seguía intacta. No quería defraudar a las docenas de ojos que la examinaban mostrándose afligida.

Las palabras de Hardwick, con una intensidad apenas contenida, resultaron muy reveladoras. ¡Dios santo, él la amaba! ¡Estaba enamorado de su mujer! Y seguro que no se equivocaba al pensar que su invitación a acompañarle era una absurda pantomima para despertar sus celos. Amanda miró al palco de enfrente, de donde Andrew era incapaz de apartar la vista, y entendió que la verdadera actuación estaba ocurriendo a su lado, y no en el escenario, y que ella era la protagonista involuntaria. Estaba claro que el conde no quería su compañía; probablemente, tampoco en aquel lugar. Y, sin embargo, allí estaba, aunque su atención y todos sus sentidos estaban totalmente alerta, concentrados sobre aquella muchacha pelirroja y normalita. A pesar de todo, sintió un malicioso regocijo al contribuir a causarle un daño evidente y deliberado a la nueva condesa y la observó con detenimiento, intentando averiguar qué era lo que a él le atraía tanto de su joven esposa.

Andrew maldijo entre dientes al ver con toda claridad, a pesar de la penumbra, cómo Marian le susurraba algo al oído a Aldrich para, acto seguido, salir del palco cogidos del brazo, y la poca contención que le quedaba estalló en pedazos. La capacidad de razonar lo había abandonado y se levantó de su asiento para ir tras ellos con una furia que estaba empezando a escaparse de su control. Con un movimiento brusco, se deshizo de la mano de Thomas que intentó sujetarlo de la muñeca.

—Andrew, por favor.

—Thomas, no te metas. Esta es mi guerra. —Sheperd agradeció que la oscuridad del palco ocultara la salida intempestiva de su amigo, y contuvo como pudo los deseos de ir tras él para evitar que la cosa llegara a mayores.

Pero Andrew tenía razón y debía librar sus batallas solo.

Hardwick salió del palco con tanto ímpetu que hubiera arrasado con cualquier cosa que se hubiera interpuesto entre él y su objetivo. Bajó los escalones casi de dos en dos, cegado por la ira, y fue un milagro que no se matara en el trayecto. El único pensamiento que ocupaba su mente era alcanzar a su esposa y arrancarla de los brazos del hombre que parecía poner todo su empeño en darle su apoyo y su compañía, y Dios sabe qué más. Como debería de estar haciendo él.

Toda aquella locura se le había ido de las manos, quiso jugar con las mismas armas que ella, demostrarle cuánto escocía verse humillado delante de la sociedad y, aunque le doliera reconocerlo, había querido que se sintiera igual de herida que él. Quizá, y solo quizá, jugar esa baza con la presencia de Amanda había sido demasiado.

Aldrich se detuvo en el vestíbulo del teatro, antes de llegar a la vista de los guardias de la entrada, y apretó las manos de Marian entre las suyas, frunciendo el ceño al notar que temblaban.

—Marian, ¿qué está pasando entre vosotros? —Ella negó con la cabeza, intentando encontrar una respuesta coherente que consiguiera resumir todo lo ocurrido. Todo estaba mal. Ese era el problema. Todo se había fraguado sobre medias verdades, sobre miedos y sentimientos que no se atrevían a reconocer—. ¿Te ha hecho daño? Dímelo, Marian. Yo puedo ayudarte.

—Él jamás me haría daño. —Al menos no conscientemente, no de la manera indigna que Robert creía.

—Entonces, ¿qué ocurre? No mereces vivir así. Te mereces ser feliz. Cuéntamelo e intentaré ayudarte. —Su tono era tan convincente y protector, tan dulce, que Marian se maldijo a sí misma por no haber sido capaz de amarle. Sería tan fácil, tan tentador, engañarse y creer que podría ser feliz lejos de Andrew. Resultaba irónico que tampoco pudiera serlo a su lado, a pesar de amarlo con desesperación.

—Yo... no podría alejarme de él. —Robert soltó el aire resignado—. Lo siento, no quiero inmiscuirte en esto. Ayúdame a encontrar un coche de alquiler y volveré a casa. No quiero arruinaros la velada.

—Nada de eso. Te acompañaré a casa en mi carruaje y luego volveré a por mi hermana. No pienso abandonarte. Estaré a tu lado siempre que lo necesites. —Robert acarició su mejilla, al ver el inmenso dolor que reflejaban sus ojos, comprendiendo que, aunque ella no tuviera el valor de expresarlo con palabras, estaba enamorada de su marido hasta la médula.

—Quítale las manos de encima a mi mujer, hijo de puta. —La grave voz del conde de Hardwick sonó como un trueno en el vestíbulo desierto, y Marian estuvo a punto de gritar de la impresión.

Se giró hacia él, palideciendo de repente y con un nudo en la garganta que le impedía articular palabra. Su alta figura, enfundada en un impecable traje negro, parecía ocupar todo el espacio disponible y el aire cambió a su alrededor. Podía percibir a varios metros de distancia la energía latente que contenía cada fibra de su anatomía, preparada y alerta para la batalla. Resultaba tan intimidante como hermoso, y Marian pensó, en su absurda nube de enamoramiento, que los ángeles caídos debían de tener su mismo aspecto.

Aldrich, de manera instintiva, se colocó delante de ella, y Andrew apretó las mandíbulas con una expresión de asco. No necesitaba que nadie protegiera a Marian de él, preferiría morir mil veces antes de causarle algún daño. Pero, en cuanto a Aldrich, disfrutaría de lo lindo demostrándole por dónde podía meterse su maldita caballerosidad y su afán protector.

—Hardwick, deberías calmarte. No es lo que piensas. Y no voy a permitir…

—¿Quién te crees que eres para permitirme nada? —Su tono era lento y calmado, pero destilaba odio en cada sílaba—. Tuviste tu oportunidad, Aldrich. Y te rendiste sin luchar por ella. Ahora ella me pertenece. —Marian ahogó un jadeo indignado. Cómo se atrevía a hablar de ella como si fuera una simple posesión más—. Ahora estás de más en esta ecuación. Si vuelves a tocarla, te arrancaré la cabeza con mis propias manos, y sabes que no suelo hablar en vano. —Andrew parecía un animal salvaje defendiendo su territorio, y cada músculo de su cuerpo se había tensado rezumando una furia que a duras penas podía contener, haciéndole parecer más corpulento y amenazante.

—Yo tampoco hablo en vano y te advertí claramente que, si le hacías daño, responderías ante mí. No has hecho otra cosa que hacerla sufrir, maldito imbécil. Deberías dejarla en paz. El papel de marido te queda bastante grande.

El puñetazo de Andrew fue rápido y contundente, alcanzando a Robert cerca del ojo y lanzándolo tambaleante varios metros atrás.

—¿Que me queda grande? ¿Acaso eres tú mi digno sustituto?

—¡¡Andrew, basta!! —El grito de Marian no consiguió arrancarlo de la nube turbia en la que estaba inmerso ni del ansia de venganza que embotaba su cerebro, y ni siquiera se molestó en mirarla.

Robert se tocó el pómulo entumecido en busca de sangre y soltó una carcajada sarcástica.

—¿Eso es lo que temes? El magnífico e insuperable conde de Hardwick no es capaz de mantener a su esposa a su lado. Eres patético, y cuando ella reúna el valor para dejarte… —Miró a Marian y dejó la frase a medias por respeto a ella.

Andrew volvió a abalanzarse sobre él con una especie de gruñido animal y, aunque Robert esquivó el primer golpe, pronto se vio superado por la fuerza bruta y la mayor envergadura de su adversario. Aldrich soltó un derechazo directo a las costillas de Andrew, que se dobló con un gemido, y aprovechó esa pequeña ventaja para lanzarse sobre él acabando los dos por los suelos. Marian, desesperada, solo podía rogarles para que se detuvieran, pero ellos no la escuchaban.

Después de encajar una lluvia de golpes y devolver otros cuantos, Robert se colocó a horcajadas sobre el pecho de Andrew y presionó con el antebrazo sobre su garganta inmovilizándolo contra el frío mármol del suelo. Hardwick empezó a perder el resuello y, aprovechó que Aldrich aflojó su agarre, para empujarle y deshacerse de él.

Ambos se miraron jadeantes, intentando recuperar las fuerzas, Aldrich con un ojo que se hinchaba por momentos y con el labio partido, y Andrew con una ceja sangrando y frotándose las doloridas costillas. Pero las ansias de pelea del conde de Hardwick parecían no tener fin. Se incorporó y se acercó hasta su adversario agarrándolo de las solapas para ponerlo en pie, dispuesto a terminar lo empezado. Marian no pudo seguir manteniéndose pasiva ante la situación, como una damisela asustada, y sujetó a su marido por el antebrazo, golpeándole con sus pequeños puños, rogándole desesperada, consiguiendo, al fin, que saliera del trance en el que parecía estar inmerso.

—Suéltalo, por el amor de Dios. Andrew, ¡ya basta! —La miró con una expresión extraña, como si no recordara que estaba allí observando la bochornosa escena—. Eres un animal. ¿Es que quieres matarlo?

Los pasos rápidos de los empleados del teatro, que acudieron alertados por el ruido, resonaron a su espalda, y se apresuraron a separarlos y a ayudar a Aldrich, que se limpiaba la sangre con un pañuelo. Marian miró a Robert tapándose la boca con las manos e hizo el intento de acercarse a él para ver su estado, pero él la detuvo con un movimiento de su mano. Sentía náuseas y estaba aturdido por los golpes, y lo último que necesitaba era aceptar su lástima.

—¡Qué enternecedor!, ¿vas a llorar por él? —Marian miró a su esposo con los ojos entrecerrados, sin poder creer hasta dónde llegaba su cinismo. Andrew la sujetó por la muñeca con un fuerte tirón, con la intención de sacarla de allí antes de que apareciera más gente—. Debería acabar con su miserable e indigna vida. —Ella forcejeó para soltarse, pero él se mantuvo firme y la hizo avanzar casi a rastras hasta el exterior. Lo miró con una expresión cargada de dolor y rabia.

—¿Cómo te atreves a hablar de dignidad? ¿Cómo puedes ser tan cínico? Tú, el paradigma de la perfección, la rectitud y la honestidad. Tú, siempre tan correcto y ordenado, te presentas aquí como si nada y dejas que ocupe mi lugar la zorra de tu amante.

Andrew soltó una amarga carcajada y bendijo el frío aire de la noche que refrescó su carne golpeada, aunque no tuvo ningún efecto sobre su maltrecha dignidad.

—Mi amante. Y eso lo dice mi abnegada esposa, la misma que me miente en mis narices, que desafía todo lo que yo le digo y me humilla en público. La misma que se disponía a pasar la velada delante de media ciudad con el hombre con el que… —Andrew ni siquiera podía pronunciar esa palabra. Dolía demasiado.

—Yo no te he engañado. —La decepción y la congoja reducían su voz apenas a un susurro. Desistió de defenderse. Se sentía sin fuerzas para hacerlo y tampoco sabía si merecía la pena tomarse la molestia. Como siempre, él pensaría lo peor de ella.

—¿Acaso no es lo mismo que ocultar la verdad? Ya no creo en ti, Marian. ¿De veras vas a intentar convencerme de que no hay nada entre vosotros? —Ella se llevó la mano a su boca, intentando controlar el temblor de sus labios ante tal acusación. Andrew sentía un abismo oscuro en sus entrañas y lo único que se le ocurría era seguir ahondando en él, seguir torturándose en una espiral de autodestrucción y lástima por sí mismo—. Has venido con él, has abandonado el palco cogida de su brazo. ¿Qué conclusión crees que ha sacado todo el mundo? Supongo que estarás orgullosa de haberle demostrado a todos que tenían razón pensando lo peor de ti.

Y ahí estaba lo que ella siempre había temido. Su decepción. Verse expuesta, ser juzgada y acabar haciendo justo lo que los demás esperaban que hiciera, ponerse en evidencia y demostrarles que no estaba a la altura de una condesa. Una ráfaga de viento helado sacudió el cuerpo de Marian, filtrándose entre su ropa, solo comparable a la sensación de fría desolación que acababa de afianzarse en su pecho.

Andrew respiraba de manera agitada y la miraba con tal intensidad que ella pensaba que podría ver a través de su cuerpo.

—Supongo que tienes razón. Siempre la tienes. Lo mejor será que desaparezca de tu vida. —Marian se sorprendió de que su voz sonara tan fría y controlada, y deseó poder retener esas palabras, pero, una vez dichas, se asentaron sobre ellos como una pesada losa.

Él sintió que algo dentro de su alma se desvanecía, como si el eje de su propia existencia se hubiese desplazado irreversiblemente, como si se hubiera convertido en un guiñapo sin control sobre su propio ser. No podía permitir que eso ocurriera. Ella no desaparecería dejándolo solo, así como así, después de haber desbaratado todos los nudos que lo anclaban a su fría y anodina realidad. El conde volvió a sujetarla del brazo para conducirla hasta el carruaje de los Hardwick, ansioso por abandonar aquel lugar cuanto antes. El trayecto hasta la mansión era de apenas unas calles, pero se le antojó que duraba horas, días. Andrew no la miró en ningún momento durante el viaje. Ni tampoco cuando esperó a que bajara del carruaje ni cuando entraron al interior de lo que se suponía que debía ser su cálido hogar.

Solo se permitió mirarla cuando ella comenzó a alejarse de él, viéndola sujetar sus faldas y subir con lentitud la escalera con la misma dignidad que una reina, con la espalda tan tensa que parecía a punto de quebrarse. Se dirigió a su despacho a grandes zancadas y se sirvió una copa de brandy que se bebió de un trago. Los confines de su universo se habían reducido hasta el punto de que el aire a su alrededor no le resultaba suficiente. Se deshizo de la chaqueta y del pañuelo y los lanzó sobre una silla, como si su simple contacto fuera un peso insoportable en sus articulaciones. Miró sus puños magullados, y se pasó la mano por la contusión que con toda probabilidad estaría tornándose violácea en sus costillas. Se sirvió otro trago, pero ni todo el licor del mundo podía anestesiar el dolor amargo que sentía en su pecho y le martilleaba las sienes.

«Lo mejor será que desaparezca de tu vida.»

Andrew emitió un gruñido animal y lanzó el vaso de cristal tallado contra la pared, haciéndolo añicos, disfrutando perversamente de su destrucción. Si Marian pensaba que con esa simple frase había marcado sus destinos, estaba muy equivocada.

Salió del despacho con una clara determinación y subió los escalones de dos en dos. No iba a franquearle el camino para que se marchara sin más, como si él no existiera, como si no hubiera habido nada entre ellos, como si lo que sentían al tocarse fuera solo un espejismo. No. Él no iba a desaparecer de su vida, así como así. Si quería alejarse de él, tendría que darle una explicación mucho más contundente que esa.

Andrew Greenwood hasta ese día siempre había conseguido lo que quería, y llevaba demasiado tiempo conteniéndose ante lo que más deseaba en el mundo.

50

La puerta de la habitación de Marian se abrió bruscamente y la doncella dio un respingo al ver aparecer la figura del conde de Hardwick, intimidante y furiosa.

Marian, sentada frente a su tocador, lo miró a través del espejo y se limpió las lágrimas que se derramaban por su rostro con un gesto furioso. Aborrecía que él la hubiera descubierto en ese momento de debilidad.

—Puedes retirarte, la condesa no te necesitará más esta noche. —La orden fue contundente e irrebatible.

Lory pareció hacerse más pequeña ante la dura mirada del conde y dejó las horquillas que acababa de quitarle a Marian sobre el mueble, antes de salir en silencio de la habitación cerrando la puerta tras de sí.

Marian tragó saliva ante el significado implícito de esas palabras. Se levantó del taburete con su roja melena ondeando tras ella y la rabia instalada en sus facciones, sin dejarse intimidar por él, midiéndose como si fuera la más digna adversaria.

Andrew cerró los puños contra sus costados, ignorando el deseo de enredar sus dedos en su cabello y atraerla hacia él.

—¿Qué hace aquí, *milord*? Creo que ya ha quedado todo bastante claro entre nosotros.

Andrew apretó la mandíbula ante el intencionado formalismo y dio un paso lento hacia ella, quedándose sus cuerpos a solo unos centímetros.

Marian resistió el impulso de retroceder al notar el magnetismo tan brutal que él irradiaba.

—¿Eso crees? —Andrew guardó silencio unos instantes con la duda carcomiéndole las entrañas. La pregunta que lo torturaba pugnaba por escaparse de su lengua, aunque fuese absurda e irracional, a pesar de que le aterrorizaba que la respuesta no fuera la que él deseaba. Pero llegados a este punto tenía que escucharlo de su boca o no podría volver a mirar a su mujer a la cara—. ¿Te has entregado a él?

Marian abrió la boca y ahogó un jadeo de indignación. Cuadró los hombros y pareció crecerse en su irritación.

—Si fuera así, ¿me concederías la anulación? —Su voz temblaba ligeramente y rezó para que él no lo hubiera percibido. Andrew sintió el impacto de su pregunta, mucho más doloroso que los golpes de Aldrich.

—No. —Por un momento Marian pensó que no podría disimular el alivio que sintió y se despreció a sí misma por no ser capaz de odiarlo. Se dio la vuelta incapaz de enfrentar su mirada por más tiempo.

Su necesidad de estar cerca de él a pesar del dolor era enfermiza.

Andrew la sujetó de los hombros y la obligó a girarse hacia él.

—Puedes ir arrancándote esa absurda idea de la cabeza. No voy a concederte la anulación. Jamás. Todo lo contrario, lady Hardwick. La decisión está tomada y voy a hacer lo que debería haber hecho el primer día de nuestro matrimonio. —Marian se retorció para librarse de su agarre, del calor insoportable que sus dedos le transmitían a través de la tela del vestido.

—¡Suéltame! No te atreverás a obligarme. —Por supuesto que no pensaba obligarla, jamás se le ocurriría deshonrar a una mujer de esa forma y, mucho menos, a la única a la que había sido capaz de amar. Aquello solo era una lucha de voluntades, de igual a igual, y la única duda era quién se doblegaría primero.

—La experiencia me dice que no será necesario llegar a esos términos contigo, querida. —Su sonrisa era cínica, sin pizca de humor, y a Marian le recordó a un depredador hambriento. Ella sabía que era cierto y que no podría resistirse si él la tocaba.

Todas sus terminaciones nerviosas clamaban por ser atendidas, cada pequeña porción de su piel le dolía por el anhelado contacto al tenerlo tan cerca.

Pero no quería ceder.

Su mente le gritaba que su esposo solo se merecía su desdén y su rechazo, pero su cuerpo traicionero vibraba ante su proximidad. Y su alma haría bien en no escuchar las exigencias de su cuerpo.

La intuición le decía que él padecía el mismo mal. Podía notar en su forma de mirarla que un sentimiento más poderoso que la rabia dominaba sus acciones. El deseo. Podía verlo en sus ojos, que se quedaban fijos, como hipnotizados, mirando su boca, en la tensión de sus músculos que intentaban contenerse y en el ligero temblor de sus dedos. Él la deseaba de una manera tan poderosa que era casi tangible y eso la enardecía aún más, y la ponía terriblemente furiosa.

Sintió la necesidad de abofetearlo, de humillarlo, herirlo, dejarlo allí plantado, y marcharse para no volver jamás.

—¿Crees que caería rendida ante ti? ¿Cómo te atreves, maldito arrogante? No tienes ningún derecho a... —Marian se dio cuenta de la absurdidad que iba a decir.

Sí lo tenía, era su esposo y, por lo tanto, ella le pertenecía desde el mismo momento en que juró sus votos en el altar.

—Te equivocas, esposa. —La forma en la que pronunció la última palabra le provocó un escalofrío—. Lo tengo. Según la ley, soy tu dueño y puedo hacer lo que se me antoje. He sido paciente, te he dado todo el tiempo del mundo para que cambiaras de idea. Has tenido la oportunidad de hablar. He achacado tu comportamiento a los nervios de una joven esposa inexperta. En definitiva, he sido un completo imbécil al darte tu espacio mientras tú te reías de mí.

—Me has dado todo el tiempo del mundo, qué amabilidad la tuya. ¿Y puedes decirme, esposo, en qué empleabas ese tiempo que tan altruistamente me brindabas? ¡Supongo que lady Amanda habrá sabido agradecerte bien ese despliegue de generosidad! Quizá, ni siquiera sea la única con la que hayas compartido las noches. Lo que tú llamas, tan poéticamente, darme tiempo, yo lo llamo abandono. Me has dejado en este enorme mausoleo, sin nadie a quien acudir, para actuar como te ha venido en gana. Como si yo no formara parte de tu vida. Hasta esta noche solo te has acercado a mí para guardar las apariencias y acallar los rumores. ¿Tienes idea de lo sola que me he sentido? —Marian temblaba como una hoja, intentando guardarse para sí misma cuánto le dolía expresar con palabras aquello que la había herido, intentando controlar las lágrimas, simulando un desprecio que estaba muy lejos de sentir.

—¿Sola? No me hagas reír. Por lo visto te las has arreglado muy bien para buscar compañía. Justamente tú no eres la más indicada para quejarte de mi actitud, teniendo en cuenta que le has regalado a otro los favores que por derecho me pertenecen. Pero eso se acabó. Estoy cansado de actuar como el apocado esposo que espera su turno pacientemente —sentenció rabioso.

Antes de que Marian fuera capaz de asimilar sus palabras, Andrew la agarró por la nuca y la atrajo hasta su cuerpo, con un beso primitivo, casi violento, un beso que pretendía marcarla a fuego y provocar su rendición.

Marian sintió toda la fuerza de su propio deseo golpeándola y, en lugar de miedo, notó la misma ansiedad salvaje que él, la necesidad de imponerse, de doblegarlo a su voluntad, de arrodillarlo a sus pies. No pudo evitar corresponder al saqueo de su lengua, ni al apasionado movimiento de sus labios, ni al gemido de deseo, probablemente involuntario, que se escapó de la garganta masculina.

Interrumpió el beso y lo empujó con violencia, con la respiración entrecortada.

—Si vuelves a tocarme, te juro que lo lamentarás. Mañana me marcharé y no volverás a saber nada más de mí.

—¿Te atreves a amenazarme? —Su risa sarcástica resonó en el cuarto—. ¿Cómo piensas hacerlo, Marian? ¿Crees que tu valeroso lord Aldrich vendrá en su corcel blanco a rescatarte de tu mazmorra? Espero que venga enfundado en una brillante y recia armadura, porque si vuelve a acercarse a ti, te juro por Dios que va a necesitarla.

—Debe de ser reconfortante tener siempre a alguien a quien culpar por todo lo que pasa a tu alrededor. ¡Deja a Aldrich al margen de una maldita vez! Él no tiene nada que ver con esto.

Andrew se acercó a ella de nuevo hasta que sus cuerpos casi se rozaron, siendo muy conscientes de la respiración agitada del otro, del calor furioso que los conectaba. Tomó una gran bocanada de aire para intentar mantener la compostura, y comprendió su error demasiado tarde cuando la fragancia tan familiar y tan embriagadora invadió sus sentidos. Violetas y el aroma de su piel caldeada, olor a sol, a mujer.

—Entonces, dame una jodida razón. Dime por qué, Marian. —La sujetó de los brazos de nuevo, llevado por la frustración, consumido por la incongruencia en la que se había convertido su vida. Marian abrió la boca para contestar, pero las palabras se habían atascado en lo más hondo de su pecho—. Sé que me deseas. Sé que siempre te has entregado a mis caricias sin reservas, sin pensar en las consecuencias, sin censuras. —Marian sintió las lágrimas resbalando por su cara sin control, y la desolación abriéndose paso hasta su corazón, horadándolo, destrozándolo por dentro, haciendo que la última barrera que la protegía de ella misma se derrumbara—. Dime la verdad. Dime cuál es la razón por la que no quieres ser mi esposa. Por qué me has vetado en tu cama. Por qué no quisiste consumar el matrimonio, por qué no quieres entregarte a mí, ¡maldita sea!

—No puedo. —Su voz apenas fue un susurro. Andrew la soltó como si de pronto ella quemara entre sus manos y la miró con una expresión que ella jamás creyó que vería en él. La de un hombre vencido, decepcionado y resignado.

—¿Tanto me desprecias?

—Yo… —Marian luchó contra ella misma, contra el peso de sus sentimientos y sus inseguridades. Su corazón se rebeló y un sollozo desgarrador salió de su garganta sin que ella pudiera contener el torrente de desesperación ni un segundo más—. No puedo porque te amo demasiado. —La confesión desgarrada sonó en el repentino silencio de la habitación como si un trueno hubiera roto la quietud de la noche para extinguirse un segundo después.

Marian se llevó la mano a la boca y se mordió los nudillos notando, de repente, que el nudo de su estómago se deshacía, la tensión de sus tendones y sus nervios se disolvía, y su cuerpo parecía a punto de no sostenerla más. Se sentía agotada, como si hubiera llevado el peso del mundo sobre sus espaldas demasiado tiempo y, ahora que se había desprendido de él, no supiera cómo continuar su camino.

Andrew se había quedado petrificado, tanto que no sabría discernir si la sangre aún continuaba corriendo por sus venas o se había licuado por completo. Las palabras de Marian lo habían aturdido. Había sentido con total nitidez cómo la capa de hielo que se había esmerado en construir alrededor de su corazón se resquebrajaba y se deshacía como un cristal en millones de trocitos imposibles de reconstruir. La sensación era tan extraña como aterradora y durante unos segundos no pudo reaccionar. Levantó una mano temblorosa y deslizó las yemas de los dedos por las mejillas de Marian, borrando el rastro de lágrimas.

—No me toques, por favor. —Marian dio un paso atrás, con tono vacilante, intentando alejarse de la devastadora necesidad de dejarse consolar, de entregarse a la dulzura de esa caricia. De sentirse amada por él—. No puedo permitirme el lujo de necesitarte. No soportaría levantarme cada mañana con la certeza de que no soy suficiente para ti, de que acabaré decepcionándote o cometiendo los fallos que todos esperan que cometa. No podría soportar entregarte mi alma y que tú, tú no seas capaz de…

Andrew apenas lograba asimilar el impacto que le habían causado sus palabras. Estaba preparado para afrontar su odio, pero no su amor.

—¿Que yo no sea capaz de qué?

—De amarme.

—Marian, ¿cómo puedes pensar algo así? Yo... —Estaba tan aturdido y, por qué no decirlo, tan extasiado que su cerebro se negaba a funcionar para hilar una frase coherente.

Ella se secó las lágrimas de la cara con un gesto brusco. Al contrario que él, una vez abierto su corazón las palabras fluían hirientes y sinceras.

—Soy todo lo contrario a lo que has aspirado siempre. No soy una joven tímida y discreta que pueda llevar tu apellido con dignidad y elegancia. Y ahora sé que nunca seré una mujer atractiva y seductora como la baronesa, capaz de darte lo que necesitas. No encajo en ninguno de los aspectos de tu vida. Nunca podré ser como ninguna de esas mujeres a las que admiras.

Andrew cogió su cara entre las manos, y Marian se sorprendió al notar que sus ojos se veían brillantes, como si las lágrimas estuvieran a punto de aparecer.

—Pero es que yo no quiero a ninguna de ellas. Si quisiera una joven apocada, hubiera conquistado a una de entre las docenas de debutantes que atestaban cada baile al que he acudido en los últimos años. Y si deseara a alguien como Amanda, bueno, puedes estar segura de que no despierta en mí otro deseo que no sea el de huir de su lado. —Andrew la miró con una expresión cargada de algo bastante parecido a la devoción, puede que incluso al amor, aunque Marian se negó a etiquetarla. Trazó círculos con sus pulgares en las mejillas de Marian mientras hablaba con tanta dulzura que ella fue relajando sus músculos, venciendo su cuerpo hasta apoyarse en el suyo sin darse cuenta.

»No quiero que seas otra mujer y me sentiría defraudado si intentaras parecerte a alguna de ellas. Quiero que seas tú. Como siempre has sido. Un demonio tozudo e irreverente. Impulsiva, irritante y pasional, la guerrera que me saca de mis casillas y que..., Dios, Marian, estoy desesperado por besarte.

Marian no podía dejar de mirar sus labios mientras le hablaba, y sus manos, por decisión propia, se colaron dentro del chaleco de su marido notando la tibieza de su piel bajo el lino de su camisa, aferrándose a la tela como si estuviera a la deriva. Quería hacerle mil preguntas, pero Andrew se lo impidió atrapando su boca con desesperación, en un beso ardiente que los dejó jadeantes.

—Andrew, por favor —susurró con voz entrecortada mientras él, privado de su boca, le mordisqueaba el cuello—, quédate conmigo, no vuelvas a marcharte. No puedo soportarlo.

Andrew levantó la cabeza un instante para clavar su vista en ella, y Marian se perdió en sus profundidades del color del zafiro.

—No voy a marcharme de tu lado. No hay nadie más, Marian. Nunca lo ha habido. Ni Amanda ni ninguna otra. Cuando te besé la primera vez, Dios sabe que intenté borrar tu huella, alejarme de ti por el bien de los dos, aunque para ello tuviera que herirte como un miserable. Debía olvidarte a cualquier precio. Pero todo ha sido inútil. Desde que nos comprometimos, no ha habido nadie más, sería absurdo buscar lo que anhelo de ti en otras personas porque eres única. —Marian quería expresar mil sentimientos, pero el nudo de sensaciones le había robado la capacida de hablar—. Irritantemente única, quiero decir. —Sonrió intentando provocarla.

Andrew enredó las manos en su cabello, disfrutando de su suavidad, y acortó la distancia que lo separaba hasta su boca. Su beso no fue dulce, más bien desesperado, pero Marian sintió que cualquier atisbo de rencor o resistencia desaparecía, que aquel roce pasional le transmitía todo lo que las palabras no llegaban a explicar.

Las manos de su esposo se deslizaban por su espalda soltando los botones del vestido azul, con sorprendente eficacia, a pesar de la urgencia de sus movimientos, mientras susurraba su nombre contra sus labios. Después le siguió el corsé y las delicadas enaguas ribeteadas de encaje, acabando arremolinadas a sus pies como una flor multicolor.

La besó con desesperación, con avidez, explorando su boca, lamiendo sus labios, doblegado por la intensidad con la que ella correspondía a cada envite de su lengua. Marian se estremeció al sentir el roce de su boca y sus dientes en el cuello y en la suave piel de su escote, y se asió a sus hombros intentando absorber todo el calor que él le brindaba, aferrándose a su cuerpo como si fuera lo único que la anclara a la tierra en esos momentos.

Andrew interrumpió el beso para deleitarse contemplando su cuerpo, solo vestido por las delicadas medias, y apenas pudo contener la sensación de miedo que lo recorría. Estaba tan cerca, la necesitaba tanto que temía que todo fuera solo un espejismo.

—Dímelo otra vez. Dilo, por favor. —Su susurro ronco sonó como una plegaria desgarrada y Marian, aturdida por el deseo y el placer, tardó unos segundos en asimilar su ruego. Enterró sus largos dedos en su cabello tirando de su cabeza hacia atrás, obligándola a mirarlo y apoyó la frente sobre la suya, susurrando su nombre, diciéndole lo hermosa que era y cuánto la deseaba.

Marian le desabrochó la camisa y arrastró la tela sobre sus hombros, deslizando sus palmas a su paso por sus fuertes músculos, provocando un reguero de fuego invisible. Acercó su cara hasta el pecho masculino mientras él aguantaba la respiración sin darse cuenta. Depositó un beso suave y ardiente sobre su corazón, demorándose en lo que pareció una eternidad, memorizando sus fuertes latidos, su tacto y su olor. Andrew apretó los ojos con fuerza mientras ella deslizaba las yemas de sus dedos por su torso, jugando con el suave vello que lo cubría, bajando por su vientre, por los músculos tensos de su espalda. Mimó el hematoma que comenzaba a destacar sobre sus costillas, mientras él contenía un suave gruñido de dolor. Se lo merecía.

—Mírame. —Andrew obedeció la orden apenas susurrada y se encontró con los brillantes ojos verdes que lo perseguían en sus sueños—. Te amo.

Aquellas simples palabras, que tanto anhelaba escuchar, hicieron que su contención se esfumara por completo y su deseo descarnado se impusiera a todo lo demás. La besó como si necesitara su aliento para seguir respirando, con el temor y la certeza de que ya siempre sería así. Apretó el cuerpo de Marian contra el suyo y acortó en dos zancadas la distancia que lo separaba de la cama para depositarla sobre el colchón, y se quedó sobrecogido por la belleza de su cuerpo desnudo sobre las blancas sabanas de lino.

—Ni en mil años encontraría las palabras para explicar lo bella que me resulta esta imagen. —Su sonrisa perversa se acentuó cuando Marian se sonrojó de la cabeza a los pies.

—Entonces deberás buscar otra forma para explicármelo sin palabras, *milord*. —Se rio ella sin poder evitar el nerviosismo que le provocaba ver a Andrew desprenderse de la poca ropa que le quedaba puesta. En un acto reflejo, se alejó hasta el otro extremo de la enorme cama.

—¿Alguna sugerencia, *milady*? —Andrew se arrodilló junto a ella y Marian dio un pequeño grito cuando él la sujetó del tobillo y de un tirón la acercó hasta él—. No más huidas, ¿de acuerdo?

—No más huidas. —Marian jadeó mientras él deslizaba los dedos por sus piernas hasta alcanzar el espacio que buscaba, bajo el borde de sus medias.

Acarició la suave piel de sus muslos, aliviando la leve marca roja que le habían dejado sobre su carne. La seda se deslizó por sus piernas acompañada de unos tiernos besos y de sus dedos, que trazaban un enloquecedor camino a su paso, hasta volver a su fino tobillo.

Se tumbó junto a ella y sus manos exploraron cada centímetro de su cuerpo, deleitándose en la redonda forma de sus caderas, en la fina piel que rodeaba su ombligo subiendo hasta llegar a sus pechos. Andrew buscó de nuevo su boca con desesperación y ella enredó una mano en su cabello, necesitándole más cerca, necesitando saciarse de maneras que ella ni siquiera podía comprender.

Deslizó su mano por el marcado contorno de su cuerpo hasta llegar a la dura erección que se apretaba contra ella, esta vez, sin timidez. Sus caricias enloquecedoras arrancaron un gruñido casi animal en Andrew, que tuvo que apartarle la mano incapaz de controlar mucho más la necesidad de tomarla y hacerla suya como un salvaje. Marian emitió un gemido de protesta y él no pudo evitar soltar una risa entrecortada y alivió su queja prodigándole un surtido de perversas caricias. Acarició sus firmes pechos con devoción, las suaves puntas de sus pezones endurecidos con su pulgar, calmando las sensaciones con el roce de su lengua, mordiéndolos con suavidad, interminablemente, hasta que ella se arqueó contra su boca jadeando casi sin aliento.

Andrew se situó entre sus muslos separándola, abriéndola para él sin un solo gramo de aire que se interpusiera entre ellos. Tuvo que recordarse que era su primera vez para no dejarse arrastrar por la calidez que lo tentaba a tomarla sin contemplaciones. El pensamiento lo sobrecogió, ella lo amaba y ahora sería suya. Para siempre.

Deslizó su mano entre sus piernas, notando la tentadora humedad que lo recibía, acariciando sus suaves y enrojecidos pliegues, demorándose en el punto donde ella sentía más placer, provocando que se arqueara contra su mano. Ella estaba preparada para él, y él estaba desesperado por hundirse en ella, por compartir todo ese mundo de placeres, por demostrarle que su existencia tendría sentido solo por llegar a ese momento.

Marian se tensó ligeramente cuando notó la presión del miembro de Andrew rozándose con suavidad contra su sexo, a pesar del placer tan sublime y la necesidad que le provocaba.

La besó de nuevo transmitiéndole todo lo que no se atrevía a decir, todos esos sentimientos que no se veía capaz de expresar con palabras y notó, con alivio, que ella se relajaba y comenzaba a mover de nuevo su cuerpo contra el suyo, apremiándolo a hacerla suya. Le fascinaba su pasión, la forma de entregarse a lo que quería descubrir, de desinhibirse ante sus caricias absorbiendo cada nueva sensación que él pudiera entregarle.

Marian jadeó aguantando la respiración, tragándose un pequeño grito de dolor cuando él estuvo al fin dentro de ella, jadeante y desesperado. Deslizó sus manos por sus caderas, por sus pechos, mientras la besaba con dulzura, y salió de ella para volver a penetrarla con suavidad. Marian notó una leve molestia, una sensación extraña de plenitud casi dolorosa, que, casi sin darse cuenta, fue sustituida por algo muy distinto, un placer que no tenía nada que ver con lo que había experimentado antes.

Andrew la miró a los ojos como si pudiera llegar al último rincón de su alma, como si aquello fuera más que una simple unión de cuerpos y piel. Y es que, en realidad, era más, mucho más: era a la vez una rendición y una conquista mutua.

Por instinto y por la tensión de los músculos de su espalda, percibió que Andrew se estaba conteniendo.

Cada fibra de su ser le apremiaba a penetrarla más fuerte, más rápido, pero tenía que pensar en ella, y solo en ella.

—¿Te duele, amor? —Su voz era un ronco susurro contra los labios de Marian. Ella negó con la cabeza.

—Andrew, esto es…

—¿Fantástico? ¿Increíble?

—Mágico. —Arqueó sus caderas hacia él para acogerlo, ante la necesidad de sentir más, de sentirlo todo, movida por el deseo de poseer y entregarse al mismo tiempo.

El movimiento lo hizo jadear e, instintivamente, su cuerpo tomó el control aumentando el ritmo y adaptándose a lo que ella le exigía, a lo que ella le pedía sin palabras. Los dulces jadeos de su esposa lo volvían loco y no se le ocurrió que existiera en el mundo un afrodisíaco más potente que ese. Marian dejó que la transportara a un mundo de perdición del que no quería volver, con sus provocativas palabras susurradas al oído, pidiéndole que lo acariciara, haciendo que ella se atreviera a exigir lo que necesitaba. Sus cuerpos se convirtieron en uno solo, su piel se fundía con la de ella, sus caderas se arqueaban para recibirle con total entrega cada vez que él se hundía más profundamente en su interior. Sintió que ella se tensaba alrededor de su miembro, temblando de éxtasis, y se aferraba con sus dedos, con sus uñas a su espalda para aceptar el placer que acababa de brindarle.

Andrew se tensó con un gemido y se quedó inmóvil en su interior dejándose arrastrar por un intenso orgasmo que pareció alejarlo de la tierra, robándole las fuerzas, más potente de lo que jamás había soñado sentir.

No sin esfuerzo, él se retiró de ella para no aplastarla con su peso. La atrajo hacia su cuerpo acoplándola perfectamente a él, sin dejar de acariciar con ternura su brillante piel, incapaz de soportar la pérdida de su contacto.

Marian le acarició perezosamente el pecho, mientras ambos recuperaban el ritmo de sus respiraciones en un cómodo e íntimo silencio, y le pareció que toda su vida había estado incompleta hasta ese momento de impresionante comunión entre sus cuerpos y sus almas.

51

Marian apenas había conseguido cerrar los ojos en toda la noche. Cada vez que el sueño parecía vencerla, Andrew se movía o la apretaba más contra su cuerpo o deslizaba la mano por su piel, recordándole la intensidad de lo ocurrido.

El cielo estaba ya empezando a perder la negrura, tiñéndose de un color plomizo, el color indefinible que precede al amanecer. Se apoyó sobre su codo y observó el perfecto perfil de su marido, su potente mandíbula, propia de un gladiador, su barbilla con su atractivo hoyuelo y sus sugerentes y adictivos labios. Levantó los dedos muy despacio vencida por la tentación de marcar su contorno, pero, antes de llegar a su objetivo; la boca de Andrew se torció en una media sonrisa y ella escondió la mano como si la hubieran pillado en flagrante delito.

—¿Tienes idea de lo difícil que es dormir con un demonio observándote durante toda la noche? —En un rápido movimiento se giró y se colocó sobre su cuerpo, encajándose a la perfección entre sus muslos desnudos. Marian jadeó al notar el miembro caliente y preparado de Andrew pegado a su carne y no pudo evitar que su cuerpo respondiera vergonzosamente rápido ante su cercanía. En la penumbra pudo ver la sonrisa burlona y complacida de Andrew, igual que él pudo ver su sonrojo.

—Hablas como si fuera un íncubo. —Él se rio, y su carcajada grave y natural le produjo un cosquilleo en un lugar sospechosamente cercano al corazón.

—Puede que incluso peor. Amenazas todo el tiempo con robar mi paz mental. Sobre todo, durante las noches.

—No podía dormir.

—Lo sé, no has parado de moverte. Si no te quedaste lo suficientemente relajada, es que quizá no hice bien mi trabajo.

Ella enarcó la ceja como si le diera la razón.

—Quizá tengas que practicar más.

—¿Tú crees? Estás hiriendo mi orgullo masculino.

—Pero solo conmigo, por supuesto.

—Por supuesto, solo contigo.

Marian sonrió y no se privó de lo que había deseado.

Dirigió sus dedos hacia la boca de Andrew deslizándolos por sus labios. La caricia disparó una corriente de excitación hacia su miembro, endureciéndolo aún más. Entreabrió los labios y Marian gimió, sin poder evitarlo, cuando lamió con la punta de la lengua sus yemas para luego mordisquearlas y chuparlas con suavidad. Aquello era tan simple y, a la vez, tan erótico que no pudo evitar arquear sus caderas contra él, frotando su cuerpo desnudo exigiendo más. Andrew gruñó y enterró la cara en su cuello.

—No me tortures, por favor. Anoche no fui demasiado delicado, más bien fui un poco brusco. Creo que aún es pronto para… —El jadeo que le arrancó un nuevo movimiento de las caderas de su esposa le cortó hasta el habla—. Marian, por Dios.

—No fuiste brusco, fuiste perfecto. Estoy bien, y seguro que puedes hacer que esté aún mejor. —Andrew la miró arqueando una ceja, encantado y sorprendido. Volvió a negarse e intentó separarse de ella, pero Marian, con una carcajada, enredó sus suaves piernas alrededor de sus caderas atrapándolo.

El contacto era tan arrebatador, tan insoportable, ella estaba tan húmeda y él tan desesperado que no encontró ninguna razón poderosa para negarse a darle lo que ambos anhelaban. La besó con intensidad, arrancándole suaves gemidos mientras la acariciaba con ansia. Sus manos estaban en todas partes y su boca siempre rindiendo honores donde ella más lo necesitaba, como si pudiera leer su cuerpo y entenderlo mejor que ella misma. La penetró con fuerza, sin poder contenerse, y ella jadeó sorprendida. No hubo dolor, solo una leve molestia, que se fue tan rápido como había aparecido, sustituida por un placer y una plenitud tan intensos que parecían arrancarla de su propio cuerpo. Ella no podía dejar de corresponder abriéndose a él, arqueándose a su encuentro, hasta que ambos estallaron de placer.

La luz del amanecer teñía el cuerpo de Marian de un color dorado, casi mágico, mientras Andrew deslizaba sus dedos con suavidad sobre su piel, uniendo las pequeñas pecas oscuras entre sí, como si estuviera marcando pequeñas constelaciones de estrellas.

—Casiopea —susurró cerca de su ingle, provocándole un cosquilleo y marcando las cinco pecas con el filo de su lengua. Marian levantó la mirada somnolienta hacia él, tapando un inoportuno bostezo con la palma de la mano—. Vaya, así que ahora sí te vas a dormir, ya que has conseguido que yo me desvele, maldita egoísta.

—Si sabías que esto era lo que necesitaba para curar mi insomnio, deberías haberlo hecho anoche, esposo insensible. —Andrew no pudo evitar soltar una carcajada mientras la acurrucaba contra su cuerpo, tratando de no darle importancia al confortable cosquilleo que la palabra «esposo» había causado en él.

ϒ

Marian se incorporó en la cama sobresaltada cuando Lory abrió la puerta a media mañana, encontrándola desnuda y con su cabello rojo convertido en un nido de águilas, águilas desordenadas para más señas. La doncella la miró escrutándola y sonrió, haciendo que Marian se sonrojara profusamente.

—Bien, me quedo más tranquila.

Marian la miró con una ceja levantada, intentando apartarse de la cara la maraña pelirroja.

—¿Por qué? ¿Qué quieres decir?

—A juzgar por el aparente buen humor del conde esta mañana y de su aspecto, parece que la noche acabó mejor de lo que yo hubiera predicho, y eso que yo soy bastante optimista.

—Eres una descarada, Lory. No deberías decirme cosas que me abochornan. Si existen manuales para aprender a ser la perfecta dama aristocrática, debe de haber alguno para las perfectas doncellas discretas y dóciles —dijo en tono burlón, levantándose de la cama y haciendo una pequeña mueca de dolor ante la tirantez que notó en sus lugares más íntimos.

—No me gusta leer. Y no ponga esa cara, las molestias después de la primera noche son normales. —Obviamente a Lory, su doncella desde el primer día, no se le había escapado el detalle de que no habían compartido el lecho durante meses. De pronto, la doncella puso cara de espanto al recordar la manera tan brusca en que él había entrado a la habitación—. Señora, ¿la trató bien? —preguntó alarmada.

Marian sonrió enternecida por su preocupación.

—Mejor que bien. Fue… maravilloso. —La doncella suspiró aliviada—. ¿Y él? El conde. ¿Dices que tenía buen humor? —Marian, expectante, se mordió el labio.

—Me llamó para pedirme que la dejara descansar. Había desaparecido esa actitud avinagrada que tenía desde que se casaron. Como si continuamente estuviera oliendo algo podrido. Y no le culpo. Los hombres no son como nosotras, necesitan descargar sus bayonetas o se les acu... —La doncella se tapó la boca con la mano ante la cara espantada de su señora. Marian le daba tanta confianza y era tan humilde que a veces olvidaba que era la condesa en lugar de una chiquilla que estaba aprendiendo a ser mujer—. Y además iba silbando. Como si se hubiera quitado un graaaan peso de encima. —Ambas rieron con ganas ante la picardía de la mujer.

Como siempre, Lory solía guardarse la información importante para el final, con infinita paciencia, y la soltaba en el momento oportuno. Esperó a que su señora estuviera lista y acicalada para informarle de que había ciertos asuntos que requerían su atención abajo y que Colbert estaba al borde del colapso.

Marian siguió el sonido de las voces masculinas hasta llegar a uno de los salones que daba al jardín, y tuvo que frenar en seco para no chocar con varios hombres vestidos con ropa de trabajo que portaban maderas, cuerdas y varios utensilios, y que le hicieron una tosca reverencia al pasar a su lado. Entró al salón y casi se queda petrificada al ver a un desconocido alineando milimétricamente una banqueta delante del pianoforte más hermoso que había visto jamás.

—Oh, usted debe ser lady Hardwick. —El hombre la saludó con una pomposa reverencia que provocó que los aún más pomposos encajes de su camisa revolotearan. Se presentó como un tal señor Finnes, dando por sentado que ella era conocedora de su fama, no en vano era el mayor experto en pianos de todo Londres, de toda Inglaterra y puede que del mundo civilizado. Solo que ella no había comprado un piano en toda su vida y no tenía la menor idea de quién era ese señor.

También debía de ser experto en decir el mayor número de palabras por minuto y Marian, sorprendida y avasallada por la situación, no era capaz de procesar todo lo que le contó sobre transportes en barco, Alemania, retrasos y unas cuantas quejas referentes al precario estado de las calles adoquinadas del centro de la ciudad.

—... de ahí el desafortunado retraso que ha sufrido, lord Hardwick fue categórico e insistió en que usted es una virtuosa del instrumento en cuestión, y que no aceptaría para su estimada esposa nada que no fuera lo mejor. —Le dirigió una mirada que pretendía estar cargada de misterio—. Y lo mejor a veces cuesta, *milady*.

Una vez sola en el gran salón, Marian deslizó los dedos por la lustrosa madera de color claro, por sus teclas de marfil perfectamente afinadas. El nudo en su estómago se apretó cuando se fijó en el delicado dibujo que adornaba los laterales del piano. Un ramillete de violetas delicadamente pintado, tan realista que invitaba a acercarse para aspirar su olor. Su flor preferida, su perfume, no podía ser casualidad.

El señor Finnes le había dicho que el piano debería haber estado allí hacía un mes y eso implicaba que había sido encargado mucho antes. Había elegido el mejor piano posible para ella, el regalo perfecto, había tenido presente su mayor deseo, aunque ella jamás se lo hubiera pedido, a pesar de que prácticamente no hablaban, y eso era terriblemente tierno.

Unos pasos a la carrera por el pasillo la sacaron de su ensoñación y abrió la boca sorprendida cuando vio aparecer por la puerta de la sala a su salvador, Ralph, persiguiendo a su hermana Sally. La pequeña rubia se enganchó a sus faldas y Marian la cogió en brazos para besarla. Su hermano retorcía la gorra en las manos y se disculpó por no haber podido controlar a la niña, que intentaba contarle a Marian mil cosas a la vez mientras jugaba con su pelo.

Colbert llegó jadeante hasta la puerta y se disculpó mientras miraba ceñudo a los muchachos.

—¿Qué hacéis aquí, pequeños? Creía que la mañana no podía ir mejor, pero esto es insuperable —dijo Marian, ignorando que Colbert ponía los ojos en blanco. Su percepción de la mañana difería bastante de la de su señora.

—El conde nos ha dicho que podemos quedarnos. —Marian miró perpleja al mayordomo ante la rápida respuesta de Ralph.

—¡La cocinera ha horneado galletas! —Los niños salieron corriendo de nuevo en busca de su premio de vuelta a la cocina—. ¿El conde no la ha informado de ello, *milady*?

—No. Hemos estado ocupados. —Marian se sonrojó—. Hablando de otras cosas.

—Ayer, a última hora de la tarde, el señor Jack los trajo a casa, usted ya se había marchado. Lord Hardwick quiere que se críen aquí, que reciban una educación y se formen para ser gente de provecho. Ya están instalados en una de las habitaciones de abajo, y el ama de llaves está haciéndose cargo de todo. El conde nos dijo que usted tomaría las decisiones sobre ellos. —El tono era lineal y su rostro imperturbable, así que Marian no sabía si estaba contento o frustrado con el asunto.

Ella no podía cerrar la boca del asombro. Parecía que todos los planetas y constelaciones se habían alineado para demostrarle lo fabuloso que podía llegar a ser su esposo.

«Casiopea», el recuerdo de su voz susurrante la estremeció.

—Que preparen el carruaje. Voy a salir.

Marian arrugó la nariz al bajar del carruaje y percibir los potentes, y no precisamente agradables, olores del puerto de Londres. Miró a su alrededor intentando captar toda la frenética actividad que bullía en cualquier rincón en el que posaba sus ojos.

En todas partes había hombres cargando cajas, trasiego de carros desde los barcos, caballeros y otros que no lo eran tanto, que dedicaban miradas sorprendidas y, a veces, no demasiado galantes a la dama de cabello rojo y vestido verde claro que destacaba entre toda aquella amalgama de tonos grises, como una delicada flor entre el estiércol.

Se paró delante del edificio de dos plantas de ladrillo rojo, de aspecto mucho más lujoso y nuevo que los demás. «Sheperd & Greenwood» resaltaba en letras doradas sobre un cartel con el fondo negro.

Jack le hizo una señal para que entrara, deseoso de que dejara de ser el centro de atención en aquel lugar donde claramente no debería estar.

Había decidido ir en busca de su esposo y había pedido el carruaje, sin extrañarle hasta ese momento la aparición de Jack de la nada subiéndose en el vehículo para acompañarla. Qué demonios haría Jack en su casa, en lugar de estar haciendo lo que sea que hiciera en compañía de su marido, era una incógnita, pero en ese momento ver a Andrew era su prioridad.

La presencia amable de Philips, su secretario, la sacó de sus pensamientos y le pidió que lo siguiera, sin mostrar sorpresa, como si fuera lo más normal del mundo que ella se presentara en aquella porción del mundo tan puramente masculina.

Sheperd y Andrew estaban reunidos con unos propietarios para formalizar la compra de unos terrenos en Bristol para la nueva fábrica, y fue conducida al piso de arriba por una brillante escalera de madera, hasta la oficina de su esposo, para que esperara allí. Solo entonces, al verse sola en aquella enorme oficina tan masculina, se sintió fuera de lugar, y sintió un pequeño pellizco de nerviosismo en el estómago.

Quizá había sido demasiado impulsiva, pero recibir el regalo del piano y encontrarse con Ralph y su hermana en la misma mañana, después de la maravillosa noche vivida, era como una bofetada de realidad que le demostraba que Andrew era el hombre más perfecto que jamás había conocido. A pesar de su intransigencia, su testarudez y su seriedad de cara a los demás, sus virtudes eran mucho más importantes que sus defectos. Cosa que sospechaba desde que tenía uso de razón.

Necesitaba darle las gracias y era demasiado impaciente como para esperar todo el día, si es que volvía esa noche a casa. Torció el gesto al pensar que eso pudiera repetirse. Miró a su alrededor e inhaló el tentador aroma de la habitación, tan diferente del que había al otro lado de los gruesos muros. Olía a cera de muebles, a papel, a madera y al perfume de Andrew. La decoración era muy masculina, potenciada por la madera oscura de los muebles y los paneles de las paredes, el paño verde oscuro de las cortinas y la tapicería de los sillones. A Marian le sorprendió lo mucho que se parecía al despacho de la mansión.

Dos objetos le llamaron poderosamente la atención. El primero, una réplica de una máquina de hilar de pequeñas dimensiones, situada en uno de los extremos de la habitación. Marian se acercó y deslizó sus dedos por una brillante chapa metálica fijada en una de los maderas, con el nombre «SPINNING MULE. 1780». Marian había leído algo al respecto hacía tiempo, empujada por el deseo de conocer el mundo en el que se movía Andrew. Sabía que era una hiladora manual, precursora de la «Mule Jenny» que se usaba en la actualidad, más moderna y propulsada a vapor. Andrew debía amar realmente su trabajo, no verlo simplemente como una fuente de ingresos, para tener una réplica de una de las máquinas dentro de su oficina tan pulcra y ordenada. Le encantaría conocer esa parte de él. Todas y cada una de las partes de él.

El otro objeto que le llamó la atención fue el cuadro que presidía la pared que había detrás de su escritorio. Era un paisaje de un atardecer en el lago que cruzaba Greenwood con la mansión emergiendo entre los árboles, con un impactante cielo en colores violetas, rojos y naranjas. Volvió a sentir la dolorosa sensación de nostalgia que la invadía cada vez que pensaba en el campo. Solo necesitó ver los trazos limpios e intensos para reconocer que el artista era el mismo que había pintado el cuadro que Andrew tenía en su despacho de la mansión. De nuevo las iniciales T. S.

Se acercó al enorme escritorio y acarició varias pequeñas muestras de telas de colores vibrantes y arabescos exquisitos, y sintió un intenso deseo de formar parte de esto, del mundo de Andrew. Se imaginó a su marido concentrado, acariciando los pequeños retales, inspeccionando que la calidad, la suavidad y el tono fueran perfectos.

La puerta se abrió de golpe y la cara perpleja de Andrew apareció en el umbral cerrando tras de sí.

—¿Ha ocurrido algo? —Andrew se acercó hasta ella y le cogió las manos con la preocupación en los ojos—. ¿Estás bien?

Ella asintió sonrojándose al recordar el pecaminoso camino que habían recorrido esas manos hacía tan solo unas horas, impresionada por lo extremadamente hermoso que se veía Andrew con su levita color vino.

Marian se puso de puntillas sin mediar palabra y, colgándose de su cuello, le plantó un intenso beso que lo dejó sin aliento y consiguió endurecerlo casi de inmediato. Andrew sabía que, a pesar de lo excitante de la situación, no era muy sensato estar devorando la boca de su mujer como un salvaje, levantándola de las nalgas para pegarla más a él, con su socio y varios de los hombres más poderosos de Bristol esperándolo al otro lado del pasillo. Pero le dio exactamente igual.

Casi sin aliento, Marian consiguió interrumpir el beso y musitarle un tierno «gracias» contra su boca.

—Sé que soy realmente bueno en esto, pero nunca imaginé que cruzarían la ciudad hasta un sitio tan poco recomendable para una dama solo para agradecérmelo.

—Es el piano más hermoso que he visto en mi vida —soltó sin poder contener más su euforia e ignorando su sarcasmo. Andrew se quedó parado, repentinamente descolocado.

—No pensarás que el piano es por lo de anoche. Yo... Debería haber llegado hace casi un mes. Es solo casualidad que lo hayan llevado esta mañana. —Marian lo besó de nuevo, sonriendo ante su azoramiento—. Era tu regalo de bodas.

—Lo sé. Ni siquiera el todopoderoso conde de Hardwick podría conseguir un piano así en mitad de la madrugada.

Andrew la cogió en brazos y se sentó con ella sobre el regazo en el sillón de su escritorio, incapaz de quitarle las manos de encima.

—Sobre todo, porque esta madrugada estaba entre los muslos de la todopoderosa condesa de Hardwick bastante entretenido. —Ella rio nerviosa mientras él mordisqueaba su cuello.

—Habrá sido una señal de que todo va a ir bien. —Andrew emitió un sonido parecido a un gruñido, dándole la razón mientras seguía su recorrido de besos húmedos por el borde del recatado escote de su vestido de día—. Y lo de los niños, ha sido increíble.

Andrew rio ante el agudo chillido que profirió Marian al sentir sus manos subir por los muslos hasta llegar a su entrepierna.

—¿Ralph y Sally? Se merecen tener una oportunidad. Pero no es el momento de hablar de ellos, ¿no te parece? —Sus manos continuaron su avance debajo de sus faldas, acariciándola mientras Marian notaba su erección pegada a su trasero, imposible de disimular a pesar de las capas de ropa.

Jadeó sin poder evitarlo y lo besó mordisqueándole sus labios firmes y sugerentes, meciéndose contra él. Andrew calibró seriamente la idea de tenderla sobre su mesa y... La puerta de su oficina se abrió, y el conde se levantó del sillón soltando una maldición, tan rápido y tan avergonzado por la interrupción que ni siquiera tomó conciencia de que su esposa seguía en su regazo. Marian aterrizó sobre sus posaderas en el duro suelo con un pequeño grito de sorpresa, con sus faldas convertidas en un revoltijo de capas de lino y muselina. Thomas Sheperd, con la mano aún en el picaporte, miraba pasmado a la pareja, intentando aguantar las carcajadas ante la cara de estupefacción de su amigo, que ni siquiera atinaba a levantar a su esposa del suelo.

Cualquier dama en esas inusuales circunstancias hubiera reaccionado con llanto, vergüenza, enfado o todo a la vez. Pero la suya no era cualquier mujer, así que sufrió un ataque de risa incontrolable.

—Lady Hardwick… —Marian asomó la cabeza sonriente por el borde del escritorio para divisar a Thomas, mientras Andrew se daba tirones de la levita intentando disimular lo indisimulable—… ¿necesita que la rescate?

—Esta maldita manía tuya de no llamar a las puertas tiene que acabarse —sentenció furioso el conde, levantando al fin a Marian del suelo, que se frotaba el dolorido trasero en un gesto muy poco aristocrático.

—En fin, lamento profundamente la interrupción. Aunque creo que no tanto como vosotros. Si habéis terminado con la entrevista, solo falta tu firma. —Thomas se apoyó en la puerta con una sonrisa sarcástica.

—Acompañaré a Marian primero. Dame unos minutos.

Marian salió primero del despacho guiñándole un ojo a Thomas al salir, quien no perdió la oportunidad de soltarle una pulla a su amigo al pasar a su lado.

—Por lo que veo, la noche terminó bastante mejor de lo que me has contado. —Andrew se sonrojó, a su edad, y le dio un amistoso puñetazo en el brazo intentando poner cara de pocos amigos.

Al menos, en el aspecto primordial, la noche había acabado muy bien, perfectamente bien y sumamente satisfactoria, pero aún quedaban muchos fuegos que apagar, y el principal era el tema de la seguridad de Marian y del paradero de Joshua Miller. Y por encima de todo eso, averiguar por qué su esposa seguía mintiéndole en ese sentido. Hasta que Marian no se sincerara, no podría confiar plenamente en ella y una sombra seguiría cerniéndose sobre ellos.

Marian miraba por la ventana del carruaje de vuelta a casa con una sonrisa en los labios, aún sensibles por los ardientes besos de Andrew. El carruaje redujo la velocidad al doblar una esquina y se inclinó bruscamente hacia un lateral con un crujido seco. Marian gritó al verse lanzada bruscamente hacia un lado para acabar después en el suelo del vehículo, peligrosamente inclinado. El pánico la paralizó, incapaz siquiera de gritar para pedir ayuda. Los ecos de un pasado muy doloroso se manifestaron horrorizándola. La cara de Jack apareció por la portezuela y, tras comprobar que estaba bien, le ordenó que no se moviera de allí.

Después de revisar los alrededores para asegurarse de que no había peligro, Jack y el cochero se agacharon sobre la rueda destrozada que había provocado que el carruaje casi volcara. Por suerte, la escasa velocidad y la providencia impidieron tan nefasto final.

El cochero señaló con los ojos como platos la parte donde el eje de la rueda se había quebrado. La marca de la rotura era recta y perfecta. Alguien había saboteado el carruaje.

52

Marian se miró las puntas de sus zapatillas, que asomaban bajo la falda de su arrugado vestido verde por enésima vez, mientras esperaba en la salita del té a ser convocada por el todopoderoso Hardwick. Su marido llevaba reunido con un agente de policía y con Jack casi una hora en su despacho. La preocupación por el accidente se había transformado en una ira ciega que amenazaba con acabar con todos los empleados de la mansión en la calle o triturados por las furiosas manos del conde, desde los mozos de cuadra, por no haber notado la presencia de un extraño en las cuadras, hasta Jack, por haber cometido la temeridad de llevar a la señora a los muelles. Marian intentó defenderlo, pero la mirada de Andrew no admitía réplica.

Y, por supuesto, con ella también estaba furioso, con ella más que con nadie.

Todos habían sido interrogados, pero nadie parecía haber visto nada extraño.

El mayordomo apareció, al fin, y la condujo al despacho, donde la esperaban su marido con gesto ceñudo y un policía. Ambos se pusieron de pie cuando ella entró, y el policía se ganó la dura mirada de Andrew al entretenerse más de lo debido apreciando el seductor cuerpo de su esposa.

Tomó asiento en una silla frente al escritorio, quedando frente a frente con el hombre que se presentó como señor Donnelly. Andrew, que los observaba desde el otro lado de la mesa, mantenía los codos apoyados en los reposabrazos de su silla y las yemas de los dedos unidas formando un triángulo perfecto, en una postura que pretendía manifestar relajación, pero que a Marian le ponía los pelos de punta.

—Lady Hardwick, lord Hardwick me ha informado de que sufrió usted un desafortunado asalto. Me gustaría que me contara lo que pasó y que hiciera un pequeño esfuerzo para intentar recordar algo más. No sabemos si puede estar relacionado con el incidente de hoy, pero cualquier cosa que pueda recordar del atacante…

—No recuerdo nada. —La respuesta demasiado rápida de Marian hizo que el hombre parpadeara, aunque recuperó la compostura rápidamente y le pareció que Andrew maldecía algo entre dientes.

—Lo que dije es todo lo que sé. Era un hombre normal y corriente. Llevaba el cabello oculto. —A Andrew no se le escapó que uno de los rasgos más identificativos de Joshua era el pelo rojizo—. Y yo estaba muy nerviosa para fijarme en nada.

El policía siguió con las mismas preguntas una y otra vez, sobre el botín, sobre el asaltante, sobre su altura, y Marian continuó dando las mismas respuestas vagas que ya había dado hasta que Andrew, a punto de explotar, cortó la conversación emplazando al agente a volver en el momento que hubieran averiguado algo más.

Una vez solos, Marian sintió una opresión en el pecho que la intensa mirada de Andrew no ayudaba a disipar. Se levantó para marcharse de allí como una maldita cobarde, algo que nunca había sido.

—Marian. —Su nombre sonó duro, como si fuera una acusación. Andrew se levantó y fue hasta ella para quedar separados tan solo unos centímetros. Odiaba esa situación, despreciaba la mentira, pero el miedo que sintió al enterarse de lo ocurrido, el miedo que aún sentía por ella, por su bienestar, miedo de perderla, le impedía ser todo lo duro que debería ser. No pudo evitar acariciar su mejilla con suavidad.

Ella cerró los ojos como si esa caricia fuera la cura para todos sus males e inclinó el rostro hacia la palma de su mano para no perderse ni un gramo de su calor. Andrew sintió que ella lo dominaba, con su ingenuidad, con su testarudez, con su entrega. Y ahora, en ese momento, con su fingida fragilidad. Porque si había algo de lo que Marian carecía era de fragilidad. Se sintió como un auténtico pelele en manos de una mujer que había conseguido ponerlo a sus pies, y la sensación no era demasiado halagüeña.

Marian se asomó a una de las ventanas que daba al jardín trasero y observó la niebla mortecina que se negaba a abandonar las aceras, dándoles a las calles y a las farolas un aspecto fantasmal, que cubría con un velo lúgubre la fría mañana. Tan lúgubre como su estado de ánimo. Suspiró y se deslizó en un acto inconsciente los dedos por la suave piel de su pecho, justo en el borde ribeteado de su vestido, rememorando los besos y las caricias de Andrew de la noche anterior, de cada una de las noches desde la última semana.

Andrew había vuelto a su comportamiento hermético y la miraba como si quisiera leerle la mente, y Marian sospechaba que se debía a que no creía su versión del robo. Había cenado con ella cada noche, pero después se marchaba sin decir ni una palabra. Marian se quedaba dormida con el convencimiento de que él no volvería, pero cada noche él se metía en su cama furtivamente, acariciándola y poseyéndola de mil maneras diferentes con una entrega completa, como si no existiera nada más importante que eso, como si el universo no existiera fuera de las cálidas mantas de su cama. Pero Marian amanecía sola cada mañana, él se marchaba tras hacer el amor, tan silencioso que a veces ella dudaba si el encuentro había sido real o solo un sueño.

Marian sabía que debía decirle la verdad sobre su tío, más aún después del sabotaje del carruaje, ya que ese acto inútil y sin sentido demostraba que Joshua estaba más demente de lo que parecía. Pero le aterrorizaba que Andrew sufriera algún daño y confiaba en poder resolver la situación por su cuenta.

Sonrió al ver como la pequeña Sally, riendo satisfecha, echaba pequeños pedacitos de pan a los pájaros que sobrevolaban el patio. Iba a retirarse de la ventana cuando observó por el rabillo del ojo que la niña se movía hacia la verja que daba a la calle trasera. Las ramas de los árboles le impedían tener una buena visión de lo que hacía allí parada, y se dirigió a la ventana contigua para tener una mejor visibilidad. Ahogó un jadeo y bajó la escalera a toda velocidad con el corazón amenazando escaparse de su boca. La pequeña se volvió hacia ella al escucharla correr por el camino de grava y le enseñó con una sonrisa de oreja a oreja una onza de chocolate.

—Sally, cariño, dame eso. Hay chocolate en la despensa, dile a la cocinera que te dé un poco. Vamos. —Marian le quitó bruscamente el dulce de las manos y lo arrojó con furia a la calle a través de la verja.

—Pero, me lo ha dado el señor —dijo la niña, señalando al hombre que la observaba con una sonrisa maquiavélica desde el otro lado de verja y, haciendo un puchero, se marchó obediente, aunque malhumorada.

Marian miró a su alrededor para asegurarse de que nadie la observaba y se acercó a la cancela sin poder creer que su tío hubiera cometido la temeridad de acercarse a la mansión de lord Hardwick.

—¿Qué demonios haces aquí? Deberías dar gracias de que no dé la voz de alarma para que te den tu merecido.

—Mi dulce sobrina, siempre tan generosa. Yo que tú no lo haría. Solo he venido a preocuparme por tu salud, he oído lo de tu carruaje. Y me rompes el corazón si piensas que envenenaría a una pobre criatura inocente. —Su voz cínica le produjo una sensación desagradable en el estómago. Ella misma había sido una pobre criatura inocente y él nunca había dudado en robarle y dejarla abandonada a su suerte.

Marian entrecerró los ojos y apretó los puños furiosa y se giró con intención de volver al interior de la casa. Su voz la detuvo.

—Solo fue un pequeño recado, un aviso, para que sepas que no voy de farol. —Alargó su mano a través de los barrotes de la verja y atrapó uno de sus rizos. Marian dio un paso atrás de inmediato y se volvió para asegurarse de que no había nadie que pudiera verlos.

—Ya te dije que no puedo darte lo que pides.

—Palabras y más palabras. Me gustan más los hechos y ya te he demostrado que soy un hombre de acción, por así decirlo. Tengo más medios de los que piensas, más contactos de los que crees. Podría chasquear los dedos y tu querido conde acabaría destripado en un callejón. Pero hay algo que me gusta más que los hechos, sobrina. ¿Lo adivinas? El dinero.

—Ya te di lo que tenía. No tengo más a mi disposición.

—Pues búscalo, maldita zorra. Tengo un negocio entre manos y necesito efectivo.

—¡¡Ja!! —lo cortó ella—. ¿Ahora a perder hasta los dientes en las mesas de juego se le llama negocio? No voy a financiar tus vicios.

—Mil libras. Tienes dos días para conseguirlo o Hardwick sufrirá un desgraciado accidente, puede que mientras vuelve de sus correrías nocturnas o puede que de camino a su oficina. Nunca me atraparán, zorrita. Es la ventaja de acostumbrarse a vivir entre la mierda, no te importa ocultarte debajo de ella para sobrevivir el tiempo que sea necesario.

Marian apenas podía respirar.

—No puedo conseguir esa cantidad.

—Pues róbala. Tienes dos días.

Estaba tan impactada que apenas se dio cuenta de que su tío se había alejado calle abajo, convirtiéndose en una mancha oscura y difuminada entre la espesa niebla de la mañana, y se aferró a los barrotes de hierro intentando no desplomarse hasta el suelo.

Marian vació el contenido de la pequeña caja de ónix sobre la cama y contó las monedas que había en su interior. Después buscó el joyero que guardaba en el fondo del armario y lo abrió. Se pasó las manos temblorosas por el cabello y se mordió la uña del pulgar, pensando en cómo conseguir el dinero. Miró el collar de aguamarinas, regalo de su tía Margaret, calibrando cuánto podría obtener por él, sin permitirse sentir ni una pizca de remordimiento por ello. El fin era más importante que unas simples piedras brillantes.

Había mandado llamar a Philips para solicitarle la asignación del mes siguiente, así como una suma extra lo suficientemente grande para sus fines, pero no excesiva, para no levantar sospechas. Ensayó su cara más angelical y el hombre creyó al pie de la letra que quería el dinero para hacerle un regalo a su esposo, en agradecimiento por el detalle del piano, haciéndole jurar que mantendría el secreto.

Ahora quedaba el escabroso detalle de llegar hasta una casa de empeños, lo suficientemente respetable como para aceptar una pieza como esa, y darle un precio decente. Marian no era tonta y había notado que dos hombres deambulaban por el exterior de la casa durante el día, y que Jack pasaba más tiempo en la mansión de lo normal. Andrew la estaba vigilando y eso la puso terriblemente furiosa.

Debió recurrir a toda su persuasión para convencer a Lory de que la ayudara, aunque, si la doncella hubiese sabido cuál era el destino al que su señora quería llegar, Dios sabe que nunca hubiera accedido a colocarse su ropa para suplantarla.

Marian había recibido una nota breve y sin firma, citándola en la iglesia de Santa Clara después de la misa de la tarde. El tiempo apremiaba y tenía que vender las joyas cuanto antes. Se asomó a la ventana para ver cómo Lory, cubierta con su capa, salía de la casa por la puerta principal e iniciaba su camino hacia el orfanato a pie, a paso relajado. Una vez allí, esperaría hasta que ella fuera a buscarla, cuando todo estuviera hecho.

Inmediatamente, los dos hombres apostados cada uno en una esquina de la calle, se hicieron una señal tocándose el ala del sombrero. Uno de ellos comenzó a caminar discretamente en la misma dirección que había tomado su doncella mientras el otro entraba a la casa. A los pocos minutos tanto él como Jack salieron en sus caballos tomando direcciones diferentes. Ella dedujo que querrían vigilar todas las opciones posibles o, quizás, alertar a Andrew de su salida.

Marian soltó el aire que había retenido durante lo que le parecieron unos minutos interminables y salió de la casa oculta con la tosca capa de Lory, apretando contra su cuerpo las joyas, que guardaba en un bolsillo oculto, con el camino totalmente despejado.

Las campanas de la iglesia de Santa Clara resonaron graves y solemnes dando la hora, y Marian, con los nervios a flor de piel, dio un respingo. Llevaba media hora sentada en el último banco del templo, con el bolso fuertemente aferrado sobre su regazo, tensándose como las cuerdas de un violín cada vez que la gran puerta de madera se abría a sus espaldas. Sus piernas estaban entumeciéndose y la espalda le dolía por la rigidez de su postura. La madera crujió de nuevo con un chirrido de sus goznes y unos pasos retumbaron perturbando la paz del recinto. Una figura oscura se sentó a su lado en el banco desgastado y Marian tragó saliva al reconocer sin necesidad de mirarlo a Joshua Miller. Le pasó directamente un saquito de terciopelo negro, y Joshua calibró su peso sin abrirlo.

—¿Está todo?

—Solo he conseguido seiscientas libras. Lo suficiente para que cojas un barco y desaparezcas de aquí.

Joshua la agarró por la muñeca clavándole sus sucias uñas, acercándola a él, para hablarle al oído con un susurro furioso.

—Parece que no has entendido de qué va esto, niña. Yo soy el que da las órdenes aquí. Tomaré esto como un acto de buena fe por tu parte, pero te aseguro que no hemos terminado. Recurre a la vieja Gertrude y convéncela para que me dé lo que me pertenece y puede que me sienta lo bastante condescendiente como para no enviaros al otro barrio a ti y a tu marido.

Marian permaneció en el banco con los ojos cerrados paralizada por el miedo hasta que el ruido de la puerta le indicó que se había marchado. En ese momento fue consciente de que aquello no terminaría nunca. La situación se le estaba escapando de las manos y no le iba a quedar más remedio que empezar a contar la verdad, pero ahora le surgía un problema aún mayor: cómo reaccionaría Andrew cuando se enterara de todo esto y supiera que ella le había mentido.

Marian se había quitado uno de sus delicados guantes de raso y lo retorcía convulsivamente, haciendo pequeños nudos en la tela que debería estar cubriendo sus dedos. El ambiente en el interior del carruaje le resultaba opresivo y no tenía nada que ver con la temperatura de la fría noche primaveral, sino con la presencia, imposible de obviar, de su marido increíblemente atractivo con su traje de gala.

Andrew se había sentado frente a ella en lugar de sentarse a su lado para no arrugar la falda de su vestido de noche, pero mirar sus dedos desnudos juguetear con el pedazo de raso, cada vez más arrugado, y sus pechos subir y bajar cada vez que ella suspiraba ansiosa estaba resultando una tortura.

Marian no acostumbraba a vestir de ese color, un rojo escarlata vibrante que resaltaba la tonalidad cremosa de su piel, con su corte sencillo y su generoso escote donde se adivinaba el nacimiento de sus pechos y que dejaba a la vista una porción bastante considerable de sus hombros.

Como única joya llevaba los pendientes que él le había regalado para su boda, y un sencillo moño bajo que resaltaba sus pómulos y su cuello, cuello que Andrew se moría por besar. Estaba bella, exuberante, arrebatadora, excitante, deseable…, tanto que, con cada movimiento, a Andrew se le antojaba que era una llama en la que estaba deseando consumirse.

Marian notaba los ojos de Andrew clavados en ella y su pie, por decisión propia, comenzó a dar pequeños golpecitos en el suelo del carruaje. Andrew se inclinó hacia ella y apoyó la mano en su rodilla, deteniendo el movimiento. Lo miró al fin y parpadeó como si estuviera sorprendida de encontrarlo allí.

—Marian, no debes estar nerviosa. Ya has estado antes en Dolby House. Además, mi familia estará en la fiesta.

—No estoy nerviosa —respondió cortante, y él levantó una ceja, sorprendido por su exabrupto, volviendo a reclinarse en el asiento.

Mentía, por supuesto. Era una de las veladas más importantes de la temporada y la primera vez que acudirían juntos a un evento. Serían el centro de todas las miradas, más aún después del incidente del teatro.

—En ese caso, ¿puede saberse qué te ocurre?

—¿A mí? Nada. Es solo que me sorprende que me hables fuera de la cama. Parece que fuera de allí no tengo demasiado interés para ti.

Andrew exhaló el aire despacio y, por un momento, Marian pensó que no iba a responderle. Quizá no debería haber sido tan brusca, pero era la verdad y ella no estaba dispuesta a guardarse su opinión.

El conde barajó unos instantes si enzarzarse en una discusión y explicarle con todo lujo de detalles que cada noche salía intentando buscar las respuestas que ella se negaba a darle, como un sabueso tratando de encontrar al tipo con el que Joshua había hecho negocios y así dar con su paradero de una maldita vez. Podría tratar de hacerle entender lo frustrante e hiriente que le resultaba su mentira o exigirle que le explicara el misterioso episodio de su doncella haciéndose pasar por ella, que fue casi inmediatamente descubierto por sus hombres, mientras ella estaba haciendo Dios sabe qué en Dios sabe dónde. También podría contarle que cada noche intentaba mantenerse alejado de ella, pero que anhelaba cada suspiro de placer, cada gemido ardiente que escapaba de su boca cuando él la acariciaba, y que lo necesitaba como el mismo aire de sus pulmones para seguir viviendo.

O también podía arrancarle esos mismos suspiros de pasión en el interior del carruaje para demostrarle que no necesitaban para nada su cama.

Volvió a inclinarse hacia ella y levantó su mentón con suavidad.

—Cariño, te pido disculpas si te has sentido desatendida en algún aspecto. Cuando resuelva lo que tengo entre manos, hablaremos largo y tendido, puedo asegurarlo. Aunque nunca he tenido la impresión de que te desagradara mi presencia en tu cama. Corrígeme si estoy en un error. —Su tono sarcástico le puso los nervios de punta y ella se apartó cuando él intentó besarla en los labios.

—No es el momento para eso. Estamos llegando a Dolby House.

Andrew la agarró de la nuca evitando que pudiera retirarse, besándola con intensidad, y ella, tras unos segundos de resistencia, se vio sujetándose de las solapas de su chaqué y respondiéndole al beso con ansias, hasta que él decidió que ya había sido suficiente.

Cómo odiaba reaccionar así ante él.

—Y ahora, querida, sonríe y deslumbremos a esos lobos.

53

El baile de los Dolby, año tras año, era uno de los eventos más importantes de la temporada, y eso implicaba que todos los que se consideraban alguien en la sociedad estarían allí, absolutamente todos.

Marian se paró junto a Caroline al llegar a la escalera que conducía al salón de baile, y suspiró intentando deshacer el nudo que tenía en el estómago. A sus pies se extendía una marea de vestidos multicolor que giraban al compás de la música, observados por corrillos de gente donde las cabezas se unían continuamente para juzgar sin piedad al prójimo. Marian lo odiaba, pero debían estar allí, no solo para apoyar a Caroline en su segunda temporada, sino para demostrarles a todos que los condes de Hardwick eran un matrimonio consolidado y digno. A ella no le importaba lo más mínimo lo que pensaran, pero Andrew, aparte de un importante par del reino, era un hombre de negocios y le convenía mantener sus buenas relaciones con la gente más influyente.

Caroline enlazó el brazo con el de su cuñada y le sonrió cariñosa.

—Bueno, tampoco es tan terrible, ¿no? La comida es buena, la música alegre, y la compañía inmejorable. —Marian no pudo evitar sonreírle.

—No sabes cuánto te he echado de menos. —Marian

apretó su brazo con complicidad—. No olvides decirle a Richard que no le perdono que se haya quedado en el campo apaciblemente, mientras yo sufro las bondades de la temporada londinense. Maldito cobarde.

Caroline soltó una risa cantarina.

—Bajemos a la pista, me apetece maltratar los pies de algún caballero apuesto. ¿A ti no?

A Marian lo único que le apetecía era desaparecer.

La condesa de Hardwick sonreía mientras daba pequeños sorbitos a su copa de champán, fingiendo atender, interesada, la conversación que las damas que la acompañaban mantenían, incluida su suegra, mientras Caroline pletórica bailaba una pieza tras otra encandilando a todos a su alrededor.

Hacía rato que había dejado de estirar el cuello buscando a Andrew. Su vista debía haberle jugado una mala pasada, ya que juraría que lo había visto salir del salón acompañado nada menos que del conde de Aldrich.

—Lady Hardwick. —Una voz chillona a su espalda la sobresaltó y Marian abrió mucho los ojos al encontrarse a lord Bellamy, con su aspecto insalubre habitual, haciéndole una pomposa reverencia. Su cabello seguía igual de grasiento y la cortinilla de pelo que pretendía disimular su calvicie se sostenía de manera precaria sobre su cabeza. Pero, al menos, parecía que el olor no era tan desagradablemente potente como en la anterior ocasión que se encontraron, en ese mismo baile, hacía ya un año.

El hombre se esforzó sobremanera en mantener una conversación amena y le hizo un relato pormenorizado y soporífero de todas las actividades que había realizado desde que llegó a Londres hacía unas semanas, incluyendo acudir a misa con su madre y otros asuntos igual de apasionantes. A Marian ya le dolían las mejillas por el esfuerzo de mantener una sonrisa forzada y recordó cómo la ocasión anterior el apuesto Andrew Greenwood había acudido a su rescate, librándola de la desagradable presencia de ese hombre que seguía acercándose más de lo necesario. Como si lo hubiera convocado, notó la fuerte mano de su marido deslizándose por su cintura atrayéndola hacia su cuerpo de manera posesiva.

Saludó cortésmente a lord Bellamy e intercambiaron la típica conversación educada y sin sustancia.

—Lord Bellamy, tiene buen aspecto. ¿Ha perdido peso? —El hombre hinchó su pecho orgulloso ante la mentira de Andrew, y Marian temió que uno de los botones de su camisa volara disparado y le saltara un ojo a alguien.

—Sí, *milord*. Es usted muy observador. Estoy buscando esposa y quiero tener un aspecto saludable para cuando llegue el momento.

Marian sintió una profunda pena por la muchacha que tuviera que compartir el lecho con el vizconde y miró a su marido rogándole que la sacara de allí.

—Querida, no has bailado ni una sola pieza aún. —Marian creyó que le ofrecía una salida a la sofocante conversación.

—Es cierto, estoy ansiosa por bailar, *milord*. —En la cara de Andrew se dibujó una media sonrisa burlona con una pequeña pizca de maldad.

—En ese caso, seguro que lord Bellamy estará encantado de acompañarte. Espero no ponerle en un compromiso, claro está. —El hombre pareció crecer, hinchado de nuevo de orgullo como si fuera un pavo real ante la petición, y sonrió lleno de gozo. De seguir así, los botones no aguantarían hasta el final de la velada.

—Por supuesto, *milord*. Será un placer, y perdone mi imperdonable descuido por no ofrecerme yo mismo. *Milady* —dijo solemne, tendiéndole el brazo a una Marian que jamás en la vida había sentido unos deseos tan irrefrenables de asesinar a alguien. Concretamente, a su esposo.

Andrew le sonrió y enarcó una ceja burlona mientras levantaba su copa hacia ella en un brindis silencioso.

—Me las pagarás —leyó en los labios de su mujer, que se dirigía con la espalda rígida hacia la pista.

Marian estaba furiosa. Salió del salón de baile intentando encontrar a Andrew para decirle por dónde podía meterse su extravagante sentido del humor. El baile con Bellamy había sido una verdadera tortura y aún sentía sus manos demasiado calientes y sus labios demasiado húmedos cerca de ella y, sobre todo, sus miradas demasiado obscenas sobre su escote. Se había acercado a ella tanto para bailar que olía su aroma como si se le hubiera impregnado en la ropa.

Al llegar al baile, Andrew se había mostrado solícito y atento con ella, de cara a la galería por supuesto, y cuando estuvo seguro de que ya los habían observado lo suficiente y habían acallado a la multitud, desapareció dejándola en compañía de Caroline y, lo que era peor, de Bellamy.

Llegó a la sala donde se servían los aperitivos, bandejas variadas de canapés y pastelitos dispuestas en opulentas mesas que la gente degustaba distribuida en corrillos.

Estaba a punto de salir de la sala cuando, al fondo, un tocado de plumas bastante llamativo captó su atención. Lady Amanda Howard, tan seductora como siempre, sonreía a Andrew, que no levantaba la vista de la enorme joya que adornaba su escote o, más probablemente, de lo que había un poco más abajo. Marian creyó que iba a desmayarse en ese instante, de repente hacía demasiado calor, las conversaciones resultaban estridentes y la luz de las velas demasiado intensa. Iba a salir de allí cuando fue consciente de la presencia de alguien más conversando con la pareja y su mandíbula se descolgó hasta el suelo. Robert Foster, el conde de Aldrich, dialogaba con su marido como si tal cosa, como si unos días antes no hubieran estado dispuestos a matarse a golpes. Su vista no le había fallado.

Amanda dirigió su estudiada mirada hacia la entrada del salón, y Marian se giró inmediatamente, intentando evitar ser descubierta observándolos. Su giro fue tan brusco e inesperado que no se dio cuenta de la presencia de un cuerpo corpulento a sus espaldas y chocó con él con violencia. El hombre, que en ese momento estaba degustando con fruición un suculento canapé relleno de pavo, no pudo evitar que la comida se fuera directa a su gaznate y desesperado intentó que el pedazo de carne se desatorara, sin éxito. Marian se tapó la boca horrorizada al descubrir la identidad del caballero. El poblado bigote de lord Talbot temblaba sobre su boca, que, desesperada, intentaba tomar aire como un pez boqueando fuera del agua. Las exclamaciones de horror y sorpresa se incrementaban a medida que el rostro del hombre se tornaba violáceo mientras se llevaba las manos a su propio cuello con urgencia.

Nadie hacía nada, salvo observar la escena con espanto.

Marian, sin pensárselo dos veces, cerró su mano en un puño y golpeó al hombre en la espalda una, dos, tres veces, hasta que el trozo de carne salió despedido de su garganta como un proyectil, permitiendo que Talbot respirara al fin. Marian y las docenas de ojos que los rodeaban observaron con estupor cómo el traicionero trozo de canapé volaba hasta aterrizar en el protuberante y, quizá, demasiado generoso escote de lady Dolby para quedarse allí, reposando insolente en su canalillo, como si fuera un jilguero en las ramas de un almendro. Por supuesto que la escena no era tan bucólica y Marian pensó que no se le ocurría un momento mejor para que la tierra se abriera y algún demonio la arrastrara hasta el averno.

Desde luego que, si pensaba salir de aquella sala sin ser vista, había fracasado estrepitosamente, igual que había fracasado en su intención de hacer un lavado de imagen delante de las buenas gentes de la alta sociedad.

Alguien acercó una silla hasta un Talbot jadeante que estaba empezando a recuperar el color y que, con un esfuerzo sobrehumano, la señaló con su dedo tembloroso. Marian cerró los ojos como si así los murmullos y las expresiones de horror a su alrededor fueran a desaparecer. Cuando sintió unos dedos aferrarse a su brazo, no necesitó mirar para saber que era la mano de su marido que lo había visto todo. Abrió los ojos y no vio rencor ni vergüenza en ellos, sino algo parecido a la lástima. Y se odió por ello.

—Es una suerte que lady Hardwick haya reaccionado tan presta y tan eficazmente, lord Talbot. De no ser por ella, podía haber acabado muy mal. —La voz firme de Aldrich atrajo todas las miradas, incluyendo la de lady Dolby, que aún se frotaba el escote con una servilleta.

—Es cierto, se ha comportado como una verdadera heroína —apostilló lady Amanda ante la atónita mirada de Marian, que no entendía por qué esa mujer le echaba una mano en esas circunstancias.

Murmullos de aprobación surgieron entre la pequeña multitud congregada a su alrededor.

Talbot, aún con un hilo de voz, soltó un graznido abriendo mucho los ojos y volvió a señalarla con su dedo acusatorio, sin duda, para culparla por el empujón que provocó el atragantamiento.

—Ya tendrá tiempo de darle las gracias a mi esposa cuando se encuentre mejor, Talbot. Ahora debe recuperarse del susto.

Dicho esto, Andrew salió de la sala arrastrando a su mujer con el mayor disimulo que pudo hasta el carruaje. Ya habían dado suficiente carnaza a los buitres por una noche, y él aún tenía muchos asuntos que resolver.

Que lord Aldrich había estado encaprichado de Marian era un hecho, como también lo era que estaba dispuesto a hacer lo que estuviera en su mano para garantizar su bienestar y su seguridad. Cuando recibió su nota en el salón de Dolby House, Andrew estuvo tentado de mandarlo al infierno, pero, por suerte para todos, se comportó como el hombre frío y cabal que solía ser y fue a su encuentro. Robert estaba al tanto, gracias a Sheperd, de que estaban intentando localizar a un aristócrata de nefasta reputación que alimentaba sus arcas apostando o vendiendo joyas de dudosa procedencia y que Hardwick se estaba volviendo loco sin poder dar con él. Tiró de algunos hilos y la suerte se posicionó de su lado. Daba la casualidad de que uno de sus primos, al que le había prestado dinero en alguna ocasión, solía acudir a esas partidas y alguna vez le habían ofrecido joyas como pago.

El aristócrata que organizaba esas timbas era un tal lord Burton, un sinvergüenza, que tuvo la suerte de heredar un título tras la muerte de un pariente lejano y se había encargado de dilapidar hasta la última moneda de su herencia. Por mediación de su primo, Aldrich consiguió localizarle y organizar una partida de cartas donde las apuestas serían escandalosamente altas y donde solo acudirían unos pocos jugadores. Para sorpresa de Andrew, Robert había descubierto también que Amanda era una asidua de esas reuniones.

Aldrich y Hardwick la localizaron para contar con algo más de información. Al principio, se mostró un tanto reticente, pero, al fin y al cabo, Andrew siempre se había comportado con ella de manera honorable y le había tendido su mano cuando lo había necesitado. Eso era una verdad irrefutable, estaba en deuda con él. Les contó todo lo que recordaba de la casa, de la forma en que el tipo trucaba las partidas y de cómo consiguió pagarle con la misma moneda y conseguir el magnífico collar que llevaba puesto.

Tras dejar a una compungida Marian en casa, Andrew se marchó con Aldrich y Jack a la casa de Burton. Dieron dos golpes con la aldaba de la puerta y un mayordomo, casi anciano, abrió una rendija observándolos desconfiado. Al ver a tres hombres de esa envergadura, intentó volver a cerrarla, pero Aldrich fue más rápido y metió la bota para evitar que lo hiciera. El mayordomo era un tipo encorvado y gris, y su librea de un color más que cuestionable no ayudaba demasiado a mejorar su aspecto ni disimulaba sus pintas de haber pasado buena parte de su vida en la cárcel.

—¿Dónde está su jefe?

El hombre señaló una habitación al final del pasillo desde donde les llegaban risotadas y voces masculinas.

Andrew pensaba que el asunto sería bastante más farragoso de lo que al final resultó. Abrió la puerta de un empellón y entró en la estancia seguido de sus acompañantes, provocando que los jugadores se quedaran mirándolos estupefactos.

—¿Quién diablos es Burton? —En un alarde de «valentía», tres dedos acusadores señalaron a un tipo que había adquirido una tonalidad macilenta.

Burton le tenía bastante aprecio a su pescuezo, al igual que los tres individuos que esperaban para jugar su partida y que casi se orinan del susto al verlos aparecer sin contemplaciones en la sala donde hacía unos minutos fumaban y bebían alegremente.

Andrew no tenía intención de perder el tiempo y llevaba demasiados días acumulando miedo y frustración en su interior, así que agarró a Burton del cuello y lo estampó contra la pared levantándolo varios centímetros del suelo. El resto huyó empujándose entre sí, intentando llegar los primeros a la puerta con tanta prisa que ni siquiera recogieron las apuestas acumuladas sobre el tapete verde de la mesa.

El hombre no había nacido para sufrir los estragos de la vida, ni la ira de un hombre más fuerte y con mayor motivación que él, y decidió cantar como una soprano.

Confesó que solía comprar objetos sin preguntar su procedencia y que Joshua Miller, de vez en cuando, le traía joyas o relojes ganados en alguna timba, baratijas de poca importancia. Hasta el día que le trajo un brazalete de oro y brillantes de gran valor.

Andrew no sabía si debía sentir alivio o sentirse totalmente defraudado al tener por fin la prueba que necesitaba para enfrentar a Marian y aclararlo todo de una vez. No tenían la dirección de Miller, pero sí la del garito donde podrían localizarlo con toda seguridad. Hardwick no necesitó usar mucha persuasión para que le devolviera el brazalete robado a su esposa, y que, por suerte, no había conseguido vender aún. Burton, a cambio, tenía un par de horas de cortesía para desaparecer antes de que llegara la policía a buscarlo.

El resto de la noche fue igual de intenso.

El garito estaba en una de las zonas más peligrosas de Londres, cerca de los muelles, y en menos de una hora se encontraban en la puerta del local con los nervios en tensión. Sin más dilación, Jack dio la orden a dos de sus hombres para que se posicionaran en los sitios estratégicos, intentando bloquear las posibles vías de escape de Joshua, y Aldrich fue con ellos.

El físico rudo de Jack, a pesar de su ropa cara, podía pasar más desapercibido en los bajos fondos de Londres, pero la presencia de Aldrich y Hardwick solo podía significar una cosa: problemas.

Jack y Andrew se adentraron en el sórdido garito y el ensordecedor ruido de risas, gritos y vasos chocando pareció reducirse a la mitad, atrayendo la atención de decenas de ojos. El olor a humanidad, a orines y a sudor revolvió el estómago de Andrew, que, con la pistola preparada en el bolsillo de su abrigo, buscaba entre los borrachos y las prostitutas la asquerosa presencia de su tío político.

Las rameras se paseaban por el local con sus ropajes extravagantes haciendo algo más que insinuar, acercando sus generosos pechos obscenamente a los clientes con más posibles. En las mesas los jugadores les dirigían miradas poco halagüeñas.

Joshua, concentrado en lo que pasaba sobre su mesa, soltó una risotada y recogió sus ganancias, pensando que por fin esa noche estaba en racha. John Pyne, el corpulento hombre que le hacía las veces de socio, ayudante y perro guardián, se acercó hasta él y se agachó para decirle al oído que era hora de levantar el vuelo. John era un pobre diablo de brazos descomunales y cerebro blando que nunca había sabido muy bien qué hacer con su vida hasta que conoció a Miller, quien le prometió riqueza a cambio de protección y lealtad.

—¿Quiere que los detenga? —preguntó, golpeando un puño contra la palma de su mano de manera instintiva.

—Larguémonos de aquí. Otra vez será. —Miller no

quería arriesgarse a acabar con el pescuezo entre las fuertes manos del furioso conde de Hardwick y, mucho menos, terminar con los huesos en el calabozo.

Andrew detectó el movimiento de los dos hombres que intentaban salir por la puerta de atrás, identificando de inmediato el cuerpo alto y espigado de Joshua. Cruzó el local sorteando como pudo las zancadillas y los empellones de los presentes, que, aunque probablemente no dudarían en matar a Miller si llegara la ocasión, detestaban con ahínco a cualquiera de los de su clase. Cuando salieron al pestilente callejón, escucharon los pasos a la carrera de Joshua y su socio huyendo a lo lejos. La voz de uno de los hombres de Jack les alertó del lugar por donde habían huido. Se distribuyeron para cortarles el paso, pero las callejuelas eran una auténtica ratonera y ellos estaban en desventaja.

Hardwick había visto una sombra salir de la oscuridad y adentrarse en un callejón y se dirigió hasta allí. Cuando llegó al final, se percató de que era un callejón sin salida, pero ya era demasiado tarde. El impacto de una gruesa vara en la espalda le dejó sin aliento y, aturdido, chocó contra una de las mugrientas paredes. Intentó girarse, pero el corpulento John le asestó un golpe en el costado que pareció ablandarle la carne e hizo que clavara una rodilla en el suelo. John no era demasiado listo, de haberlo sido hubiera rematado al conde en ese instante, en lugar de apoyar sus puños en las caderas y soltar una carcajada bobalicona que se atascó en su garganta cuando Andrew le asestó un derechazo que hubiera tumbado a cualquier hijo de vecino. Pero a un hombre tan acostumbrado a encajar los golpes solo le provocó aturdimiento, y Andrew tuvo que propinarle un puñetazo tras otro con todas sus fuerzas. John se revolvió dándole con el puño en la cara que, por suerte, no le alcanzó de lleno, y le abrazó por las rodillas lanzándolo contra el suelo. Su pistola se escapó de su bolsillo, arrastrándose con un ruido metálico sobre los gastados adoquines. El impacto lo dejó mareado y con un intenso pitido en los oídos, y no pudo evitar que John alcanzara el arma, y le apuntara con una actitud triunfal.

—Esta no es tu guerra, amigo. —La voz de Aldrich sonaba demasiado educada, demasiado elegante, fuera de lugar en aquel sórdido callejón—. ¿Crees que Miller te defenderá cuando la soga de la horca esté alrededor de tu cuello? Suelta el arma, vamos. —El hombre se giró y retrocedió dos pasos para tenerlos a los dos a la vista, moviéndose en un amplio semicírculo sin dejar de apuntarles. Parpadeó indeciso y el arma tembló en sus manos. Andrew intentó levantarse apoyándose en la pared—. Lo queremos a él, no a ti. Venga, dame la pistola.

El hombre comenzó a moverse hacia la salida del callejón muy despacio, sin quitar la vista de Aldrich, que, instintivamente, se movía en sentido contrario con los brazos extendidos para no alterarle. John no era muy listo, pero tampoco era demasiado tonto. Su inteligencia llegaba a entender que no era lo mismo darle una paliza a un tipo remilgado que matar a dos caballeros de clase alta, lo cual implicaba un boleto directo al patíbulo. Esa noche, al menos, no firmaría su sentencia de muerte, mientras Joshua con toda seguridad habría puesto su pellejo a cubierto. Salió del callejón y echó a correr perdiéndose en la oscuridad.

Aldrich intentó seguirle con Andrew renqueante detrás de él, pero, al doblar una esquina, unas cajas que estaban apiladas contra una pared cayeron sobre él haciéndolo tropezar. Levantó la vista para ver cómo la fulana que las había lanzado huía y se escondía en un tenebroso portal. Estaban en territorio enemigo y todos se volverían contra ellos al ver a uno de los suyos amenazado. Lo mejor era largarse de allí o no salvarían el pellejo.

Encontraron a Jack y a sus hombres pateando cada centímetro de la orilla del río, mientras escudriñaban la superficie del agua intentando ver algún movimiento o algún indicio de que Joshua estaba allí. Lo habían perseguido hasta llegar a uno de los puentes y uno de los chicos había forcejeado con él, intentando impedir que lo hiriera con su navaja. Joshua se había golpeado en la cabeza al caer y había acabado hundiéndose en el río.

Tras una hora de búsqueda se dieron por vencidos. Todo indicaba que el frío Támesis se había tragado a Joshua Miller.

54

Marian se despertó con una sensación extraña y desagradable, como si hubiera sufrido una espantosa pesadilla que no conseguía recordar y cuyos tentáculos la atrapaban incluso después de abrir los ojos. Apoyó el antebrazo sobre sus párpados, para bloquear la luz del día que se filtraba por las cortinas entreabiertas, y gimió al acordarse del bochornoso espectáculo protagonizado con lord Talbot. ¿Por qué demonios esas cosas solo le pasaban a ella? ¿Por qué las jóvenes modositas de buena reputación no tropezaban con nobles furibundos provocándoles atragantamientos? Se preguntó también si alguna vez conseguiría no avergonzar a su marido. Extendió la mano por la fría sábana a su costado. Andrew no había acudido a su cama esa noche. La incertidumbre y el desasosiego la invadieron.

El espectáculo de lord Talbot era lo de menos, lo verdaderamente acuciante era solucionar todo el tema de su tío, contarle los hechos a su marido y asumir las consecuencias de haberle ocultado la verdad, fueran las que fuesen. Nunca había sido una cobarde. Se estiró perezosamente antes de poner los pies en el suelo y un destello sobre su cama llamó su atención. Sobre el blanco y pulcro almohadón de lino, a pocos centímetros de donde unos momentos antes descansaba su cabeza, reposaba, brillante y acusador, el brazalete de oro y brillantes regalo de su abuela. Miró a su alrededor durante unos instantes confundida y asustada, temerosa de que Joshua hubiera entrado en su dormitorio. Tras unos segundos, en los que su corazón amenazó con salirse de su pecho, comprendió lo absurdo de su deducción, máxime cuando su tío parecía una sanguijuela sedienta de dinero y riqueza, y jamás se hubiera desprendido de un objeto de semejante valor.

El alma se le cayó a los pies y sintió como si el frágil castillo de naipes en el que había estado viviendo se desmoronara inexorablemente. Andrew había descubierto que le había ocultado el robo del brazalete, que le había mentido respecto a la identidad del ladrón o, de lo contrario, no hubiera sido capaz de encontrar la joya. Bajó la escalera corriendo, en ropa de cama y con el cabello suelto llameando a sus espaldas, demasiado ansiosa por encontrar a su marido como para entretenerse en adecentar su aspecto. Aún era temprano, por lo que solo se encontró con una de las criadas que ahogó un gritito, sorprendida al verla pasar como un rayo con su fino camisón ondeando tras ella.

—¿Mi esposo?

—En su despacho, *milady* —contestó la compungida sirvienta, y abrió la boca para añadir algo más, pero Marian ya bajaba descalza y al trote los últimos escalones de la majestuosa escalera de mármol.

Llegó a la puerta y se aferró al tirador con brío, pero, en el último momento, decidió que una entrada impetuosa no era lo más recomendable para calmar las aguas. Apoyó la frente en la madera durante unos segundos, como si quisiera extraer las fuerzas que le faltaban, notando los potentes latidos de su corazón en su pecho, y llamó a la puerta.

—Adelante. —La voz potente y masculina de Andrew sonó amortiguada y Marian, antes de entrar, tomó dos bocanadas de aire como si fuera a zambullirse en el fondo del mar.

Para su sorpresa Andrew, vestido de manera informal, sin chaqueta ni corbata y con una expresión de cansancio en el rostro, no estaba solo.

Robert Foster, conde de Aldrich, se puso de pie como si tuviera un resorte cuando la vio entrar. Su mandíbula amenazó con llegar a la alfombra mientras rebuscaba en su sesera cuál era el protocolo que se debía seguir cuando uno se veía en la tesitura de darle los buenos días a una condesa ataviada con un más que liviano camisón. Mejor dicho, una condesa ataviada con un liviano camisón y en presencia de su sorprendido marido. Se limitó a carraspear y a intentar una solemne reverencia que resultó un tanto ridícula en aquellas circunstancias.

—Buenos días, lady Hardwick —saludó con un formalismo totalmente innecesario.

Marian, igual de impactada que él por su presencia, ni siquiera fue capaz de contestarle, ya que su marido se levantó con brusquedad, arrastrando la silla hacia atrás a punto de volcarla. Cogió su chaqueta que reposaba en el respaldo y a grandes zancadas llegó hasta su mujer para cubrirla con ella, maldiciendo entre dientes. Lo único que necesitaba para empezar peor el día era que su esposa diera semejante espectáculo ante el hombre que hasta hace poco babeaba por ella.

—Yo…, no sabía que tenías compañía —se excusó con voz queda, quedándose paralizada al ver un feo corte sobre el pómulo izquierdo de su marido. Bajó la vista hacia las manos que le sujetaban la chaqueta sobre sus hombros y observó los nudillos magullados. Además, no se le había escapado que su cara se había encogido durante una milésima de segundo al levantar los brazos para cubrirla, con un momentáneo gesto de dolor.

—Vuelve a tu habitación, Marian. Hablaremos más tarde.

—No. Quiero hablar ahora. Quiero saber qué diablos está pasando aquí.

—Quizá, y solo quizá, sea más conveniente hablar sobre el asunto cuando no estés desnuda en mitad de mi despacho delante de una visita. —Los ojos de Andrew eran de un frío tono azul, pero en esos momentos se asemejaban a dos volcanes a punto de entrar en erupción.

—¿Una visita? Las visitas no se presentan en casa al amanecer. —Miró a Aldrich con cara de disculpa—. No te lo tomes a mal, Robert. Es solo que… Y no te consiento que digas que estoy desnuda.

—Creo que será mejor que me vaya, Hardwick, si hay alguna novedad estaremos en contacto.

Andrew miró a Aldrich y le agradeció con la mirada su diplomacia. Estaba demasiado superado por los acontecimientos como para mantener una guerra dialéctica con Marian con él como testigo.

Robert salió cerrando la puerta despacio y Marian, de pronto, se sintió muy pequeña en aquel enorme despacho bajo la mirada, extrañamente intensa, de Andrew. Levantó insegura la mano hacia la cara de su esposo, donde su bronceada piel estaba oscurecida por una sombra entre verdosa y violácea. Andrew dio un paso atrás eludiendo su contacto y ella acusó ese vacío cerrando la mano instintivamente.

—Andrew, ¿qué te ha pasado? ¿Qué ocurre con Aldrich? Ayer te vi hablando con él y… —Andrew le dio la espalda y colocó las manos en sus caderas, dejando caer la cabeza hacia delante, como si no tuviera fuerzas para afrontar cada una de las repuestas. Marian tragó saliva para formular la pregunta más comprometida de todas—. El brazalete, ¿dónde lo has encontrado?

—¿Te parece que estás en posición de ser tú la que me acribille a preguntas? —Se giró hacia ella y sus ojos se fijaron en el brazalete que, de nuevo, adornaba su muñeca. La cogió del brazo y se lo elevó para plantarle la joya delante de la cara, de forma acusatoria.

—Dime, amor, ¿por qué no empezamos por preguntas sencillas? ¿Por qué me mentiste? ¿Por qué me dijiste que solo te habían robado unas monedas? ¿Por qué tu relato es tan alejado de la realidad?

—Yo no quería que tú lo buscaras. No quería que te inmiscuyeras en esto.

—Soy tu marido, maldita sea. Te golpearon y te apuntaron con una navaja en un callejón. ¿Pretendes que me mantenga al margen? ¿Qué tipo de hombre crees que soy?

—Precisamente, el tipo de hombre que pondría en riesgo su propia seguridad con tal de encontrar a quien me asaltó.

—¿Y creías que mintiéndome ibas a conseguir que me quedara de brazos cruzados? —Andrew paseó como un tigre enjaulado sobre la alfombra, mientras Marian apoyaba las manos en el escritorio cuando sus piernas se negaron a sostenerla.

—Solo contéstame a una cosa. ¿Pensabas decirme en algún momento que el asaltante era tu tío?

Marian asintió mientras una lágrima solitaria resbalaba por su mejilla.

—No lo entiendes. Él me dijo que, si no lo ayudaba, iba a... —Su garganta se cerró ante la enormidad de las palabras. Solo pronunciarlas ya era demasiado doloroso. Andrew la sujetó por los brazos y la obligó a mirarlo.

Necesitaba saberlo, necesitaba que sus labios dijeran la verdad, que confiara en él.

—¿Qué, Marian? ¿Qué era tan importante como para que me mintieras?

—Me dijo que te mataría. —Andrew se petrificó. Ella se había arriesgado, se había puesto en peligro a sí misma porque lo habían amenazado a él—. Está obsesionado con las tierras y el dinero de mi abuela. Cree que yo podría conseguir que le entregara su parte. Pensé que con algo de dinero podría apaciguarlo, pero no fue así. Él ya no es el mismo, siempre ha sido un ser rastrero y ruin, pero ahora está demente, Andrew. Me juró que, si no obtenía lo que quería, acabaría contigo. No puedo, no puedo arriesgarme. —Marian se llevó las manos temblorosas a los labios incapaz de seguir.

Andrew la miró con una mezcla extraña de sentimientos. Estaba devastado al pensar que había estado en contacto con ese bastardo de Joshua, que se había expuesto al peligro y, sin embargo, si él hubiera estado en su situación, si hubiera podido ahorrarle una amenaza, hubiese hecho lo mismo. La hubiera protegido con su propia vida de ser necesario. La opresión en su pecho apenas le permitía respirar con normalidad. Él debía ser quien la protegiera, quería ser el pilar en el que Marian se apoyara, pero ella lo había mantenido al margen, arriesgándose a que todo aquello hubiera acabado de la peor manera posible.

—Marian. —Cogió el rostro de su mujer entre sus manos y toda la furia se deshizo en mil pedazos al ver la preocupación en sus hermosos ojos verdes—. ¿No entiendes que él jamás se hubiera detenido? —Marian parpadeó sin comprender—. Debiste decírmelo para acabar con esa sinrazón, para extirpar el problema de raíz, por macabro que te resulte escucharlo. Te has expuesto al peligro de manera innecesaria e inconsciente. ¿Tienes idea de cómo me he sentido al saber que no confías en mí?

—Esto no se trata de confianza. —Marian se deshizo de su agarre y le dio la espalda. Andrew bufó frustrado, intentando hacerla entrar en razón.

—Entiéndelo de una vez. ¿Sabes por qué su mente enferma pretendía matarme a mí primero? Solo porque así tu no hubieras tenido ningún heredero. Ni marido ni hijos. Después de desaparecer tú, él sería el único heredero de los Miller. ¿Acaso no lo ves? Te ha estado utilizando para obtener calderilla, para acercarse más a tu mundo, para estar más cerca de su objetivo, ¡y una vez que yo hubiera muerto, él ya no tendría ningún obstáculo para deshacerse de ti también! —Andrew había levantado la voz casi sin darse cuenta, dejándose llevar por el intenso dolor que sentía.

—¿Crees que me importaría lo más mínimo seguir en este mundo si tú no estuvieras en él? ¿Acaso crees que querría seguir viviendo sin ti?

—¿Y acaso eres tan obtusa como para no entender que yo tampoco querría si fuera al revés? Si te hubiera pasado algo, no me lo perdonaría jamás. Te necesito tanto. Dios mío, ni siquiera reconozco en qué me he convertido desde que nos casamos. —Andrew se pasó las manos por el cabello, desordenándolo—. Haces que quiera darle la vuelta a mi vida, a lo que soy. Lo único que deseo es quitarme la máscara, esconder a ese tipo estricto y estirado que pasa por la vida de puntillas. —Andrew acortó la distancia que los separaba y la abrazó con fuerza contra su pecho—. Quiero escucharte tocar el piano durante horas, quiero reírme con tus ocurrencias, quiero hacerte el amor en los jardines, y en mi despacho, en el carruaje, en un millón de sitios diferentes. Haces que quiera ser solo Andrew, solo el hombre. Yo no sabría qué hacer sin ti.

Marian estaba sobrecogida por sus sentidas palabras, y un cálido hormigueo caldeaba su pecho.

—Creo que entonces tenemos un problema. Me parece que estoy enamorada también de lord Hardwick, mejor dicho, de lord Pedante y de su ilustre prepotencia, de su rictus estirado, de su heroico comedimiento, de su rectitud. —Andrew soltó una carcajada a pesar de que nunca había escuchado nada que lo conmoviera tanto como eso y depositó un tierno beso en sus labios—. No puedo perderte a ti también, le daría todo lo que me pidiera si con eso...

—Shhhh, pequeña, no vas a perderme. No te librarás de mí tan fácilmente, mi guerrera cabezota y descerebrada. No va a pasar nada de eso.

Marian se acurrucó contra su pecho y exhaló el aire como si con ese suspiro dejara escapar toda la negrura que empañaba su futuro, como si hubiera descargado el peso que llevaba cargando sobre sus hombros durante demasiado tiempo, como si juntos el miedo desapareciera.

—Estoy asustada, él...

—Anoche encontramos a Joshua y a su socio. El socio ha escapado, pero Joshua, durante el forcejeo, acabó tragado por el Támesis. Mis hombres y los de Aldrich están recorriendo cada rincón para encontrar el cuerpo. El tipo que lo acompañaba, por lo visto, se pasó por su apartamento después de nuestro encuentro y recogió sus cosas. Así que suponemos que no volverá a aparecer por aquí.

—¿Joshua ha muerto? —No pudo evitar que una sensación de pesar irracional la invadiera, sobre todo, al pensar en darle la desagradable noticia a su abuela Gertrude. Perder un hijo, por desequilibrado y malvado que fuera, no era fácil de asumir.

Andrew asintió y la besó en la coronilla.

—Entonces, ¿no ha sido Aldrich el que te ha pegado? —Andrew bufó.

—Qué más quisiera él.

—Entonces, ¿todo esto ha terminado? —Andrew apoyó su mano, rodeando su mandíbula, y la besó con toda la dulzura de la que fue capaz, pegando su cuerpo al de ella y reconfortándose con su tibieza.

—No, amor. No ha terminado. —Marian levantó la vista para ver la expresión maquiavélica de su esposo—. Ahora queda el escabroso asunto de darte tu merecido.

—¿Cómo dices? —Ella jadeó indignada y sorprendida cuando él le dio una sonora palmada en el trasero—. Si vuelves a hacer eso te voy a…

—Para ti, «como dices, *milord*». Ya te advertí que tarde o temprano te daría esos azotes que tanto mereces. Deberías estar agradecida de que hoy me haya levantado bastante magnánimo y no seré demasiado severo en el castigo. Además, acabas de decir que te gusta el *lord* estricto y prepotente.

Andrew la condujo hasta el escritorio y la besó tan intensamente, explorando su boca con tanta vehemencia que cuando se separó de sus labios, ella jadeaba como si hubiera subido una montaña.

—Date la vuelta, pequeño demonio. —La voz ronca y sensual estremeció hasta la última fibra de su ser y le obedeció gustosa—. ¿Recuerdas lo que te dije que te haría sobre mi escritorio si llegaba a perder el control? —Ella asintió—. Pues bien, cariño. Aquí hay un escritorio. Estás tú, estoy yo, pero, por más que me esfuerzo, no encuentro ni una pizca de control por ninguna parte.

Colocó las palmas de Marian extendidas sobre la superficie de la mesa y se puso a su espalda. Levantó con extrema lentitud la fina gasa del camisón, deleitándose con cada porción de piel que quedaba al descubierto, hasta que las nalgas voluptuosas y perfectas de su esposa quedaron a la vista. Marian tragó saliva sintiendo cómo su cuerpo esperaba expectante su toque. Andrew pasó la palma de la mano por su redondez y le dio una palmada, provocando que ella diera un respingo.

Se agachó sobre ella y le habló muy cerca del oído con apenas un susurro.

—¿Te he hecho daño, amor? —Marian negó con la cabeza, con la boca seca y las palabras atascadas en su garganta. Era cierto, apenas había despertado un cosquilleo, pero la sensación de estar expuesta y a su merced era inquietante y, a la vez, la enardecía.

Volvió a deslizar la palma de la mano y a darle otra palmada, esta vez un poco más fuerte, pero el respingo de Marian no se debió a eso, sino a que se agachó y comenzó a deslizar su legua por toda la piel de sus nalgas, tal y como le había descrito aquella vez sobre su escritorio en Greenwood Hall.

—Abre las piernas. —La orden seca y su tono ronco le indicó que estaba tan excitado como ella y que estaba haciendo todo un esfuerzo para controlarse.

Deslizó los dedos por la entrada de su sexo, resbaladiza y cálida, que clamaba por ser saciada. Marian no pudo evitar empujar las caderas hacia atrás en busca de su contacto, pero él se rio, con un sonido tan sensual que le puso la piel de gallina, y se separó de ella lo justo para que notara el frío de su ausencia.

—No seas impaciente, amor.

—Andrew, por favor —Marian gimió al notar que él se arrodillaba y le separaba aún más las piernas. Estaba a su disposición, expuesta, vulnerable, entregada, y más excitada de lo que su cuerpo podía soportar.

Gimió cuando él se inclinó sobre su sexo y comenzó a pasear su lengua por cada porción de piel, mientras la penetraba con los dedos. Apretó las manos sobre la mesa, intentando controlar el torrente de sensaciones que avasallaban su cuerpo, incapaz de retener sus jadeos. Andrew se incorporó y se quitó la camisa y ella tembló al notar el vello de su pecho rozando su espalda, sin poder evitar recostarse contra él.

—¿Recuerdas lo que iba ahora? —Andrew le besó el cuello y acarició sus pechos por encima de la tela del camisón. Marian se sonrojó, no se sentía preparada para verbalizar lo que él había prometido hacerle, lo que ella deseaba tan febrilmente. Percibió cómo se desabrochaba el pantalón y rozaba su erección contra su cuerpo—. ¿Quieres que pare, Marian?

—Si paras, te mato. —La risa de Andrew se coló de nuevo en sus nervios, en su carne, enardeciéndola más aún, sintiendo que todo su cuerpo estaba en carne viva temblando y ardiendo por el deseo.

—Pues dime qué viene ahora.

—Mis…, mis pechos, querías que me reclinara y que… —jadeó cuando él se apretó más contra su trasero—… que descansaran sobre tu mesa.

—Buena memoria. —Andrew, de un tirón, desgarró el camisón dejando sus pechos endurecidos y expuestos al frío aire de la habitación. Empujó su espalda con suavidad hasta que sus pezones estuvieron en contacto con la dura superficie de madera, en una sensación de placentero dolor. Paseó las manos por sus hombros, bajó por su espalda y volvió a deslizarlas por su trasero, saboreando cada parte de ella. Necesitaba aprenderse cada milímetro de piel que entraba en contacto con la yema de sus dedos, como si su vida dependiera de esa suavidad que ella le regalaba.

»¿Qué quieres Marian? Dime lo que deseas. —Su voz era más excitante incluso que las caricias que volvía a dedicarle a su intimidad—. Tu cuerpo me tienta hasta la locura.

—Quiero sentirte dentro de mí. Ahora. —Marian jamás pensó que rogaría por que la penetrara, que sería capaz de suplicar para que le diera placer, pero se sentía al borde del abismo, y la ansiedad y el ardor de su cuerpo amenazaban con consumirla, y si él no lo hacía pronto, ella también enloquecería.

—Buena chica.

Andrew obedeció entrando en ella con fuerza, sintiendo que todo lo que sentía, todo lo que era se concentraba en ese instante. Se inclinó sobre el cuerpo de Marian, mientras salía y entraba de su interior, y enlazó sus manos con las de ella. El placer era tan profundo, tan intenso, que se sentía superado por su magnitud. Salió de ella provocando un gemido de decepción de su esposa. Necesitaba besarla, necesitaba mirarla a los ojos cuando llegara al orgasmo, porque aquello no era solo una simple liberación física para ninguno de los dos. Era una comunión de sus almas, era una entrega absoluta. Le dio la vuelta y la sentó sobre su escritorio. Se besaron con intensidad, como si estuvieran en un desierto y sus labios fueran el único oasis posible, como si sus bocas fueran lo único que los anclara a la vida. Andrew volvió a entrar en ella, pero no se movió. Enredó sus manos en su cabello, esa melena que lo volvía loco, que lo desesperaba, y tiró hacia atrás hasta que los ojos de ella se clavaron en los suyos

—Te necesito tanto, necesito que me ames —susurró Andrew contra su boca.

—Claro que te amo. Te amo, con desesperación —dijo Marian, devolviéndole el beso y arqueándose contra él. No importaba que Andrew no pronunciara las palabras, se sentía amada y deseada por él con la misma intensidad.

Sus cuerpos se acompasaron, moviéndose como si fueran parte el uno del otro, como si fueran dos gotas de agua meciéndose en la misma ola, hasta que un placer devastador los engulló fundiendo sus cuerpos, hasta que no quedó ni un resquicio de dolor, ni dudas, ni resentimiento entre ellos.

Hasta que la pureza de lo que sentían convirtió sus dos almas en una sola.

55

James Andrew Greenwood nació en una noche tan desapacible que el cielo amenazaba con desplomarse sobre los prósperos campos de Greenwood Hall. El doctor intentó tranquilizar al nervioso futuro padre diciendo que, según la leyenda, los grandes conquistadores nacían siempre en noches tempestuosas, pues en el cielo se resistían a dejar bajar hasta la tierra a las almas tan valerosas. Andrew pensó que se lo había inventado sobre la marcha para que no le volviera a preguntar cómo estaba Marian. No dudaba que su mujer había superado muchas cosas y que era la persona más fuerte que había conocido jamás, pero cada vez que un rayo iluminaba el cielo, él sentía que su estómago se encogía al pensar en cómo podía estar ella soportándolo sola, sin él.

La pareja se había trasladado a Greenfield en los últimos meses del embarazo y establecieron allí su residencia campestre, cediendo Greenwood Hall a la familia de Andrew.

El conde, que no podía desatender sus negocios durante demasiado tiempo, se había visto obligado a viajar a Londres la última semana y, cuando llegó a la mansión esa mañana, se encontró con que el bebé parecía ser igual de impaciente que su madre y había decidido hacer acto de presencia un par de semanas antes de lo esperado. Desde entonces, apenas lo habían dejado entrar a la habitación de su esposa unos minutos, ya que, según no se sabe qué norma no escrita, los hombres no debían estar presentes en esos delicados momentos.

No se había despegado ni un minuto de la puerta de la habitación, al igual que su hermano Richard, que, aunque intentara disimularlo, también vivía el momento con inquietud. No entendía cómo la abuela Gertrude, su madre y sus hermanas esperaban tan tranquilamente bebiendo té en la salita contigua, cuando él estaba a punto de arrancar la puerta de los goznes cada vez que sentía un lamento en el interior del cuarto.

Su fiel doncella le dedicó a Marian una sonrisa de aliento y le pasó un paño por la frente para refrescarla y quitarle las pequeñas gotas de sudor, pero ya estaba empezando a acusar el cansancio. Había comenzado a sentirse mal por la mañana, y a lo largo de la tarde las contracciones y el dolor se hicieron cada vez más intensos, hasta el punto de que Marian no fue consciente ni siquiera de que había anochecido.

Las ráfagas de viento hacían temblar los cristales de los ventanales, mientras el agua caía sin compasión concentrada sobre aquel pequeño rincón del mundo.

En la cocina, el servicio esperaba en silencio, sobrecogido por la fuerza de la naturaleza, sin poder olvidar otra fatídica noche en la que los cielos se abrieron con igual potencia, la noche en la que el matrimonio Miller falleció.

Un relámpago iluminó la estancia.

Marian apretó sus labios y cerró los ojos con fuerza, esperando la inevitable explosión del trueno, y no pudo contener el grito de dolor cuando una contracción mucho más fuerte que las demás pareció partirla por dentro.

—Ánimo condesa, ya casi está aquí.

La tormenta estaba en su punto álgido y cada trueno retumbaba, pareciendo que el techo de la mansión se fuera a abrir en dos, como una cáscara hueca. Las contracciones sacudían el cuerpo de Marian como sincronizadas con las fuerzas de la naturaleza, y Marian fue consciente de que su hijo ya estaba preparado para salir al mundo. Una nueva contracción apretó sus entrañas y no pudo contener un gemido desgarrado.

Andrew no pudo soportarlo más y abrió la puerta de golpe, dirigiéndose hasta la cabecera de la cama. Apartó sin ceremonias a la doncella y ocupó su lugar tomando la mano de Marian.

Una nueva contracción la sacudió y apretó con todas sus fuerzas la mano de su esposo, impresionándolo con su intensidad.

—Andrew, ya está aquí.

—Lo sé, cariño, lo estás haciendo muy bien. —Retiró el pelo rojizo de su frente húmeda sintiéndose impotente, sin poder hacer nada que la ayudara, que le aliviara el sufrimiento.

—Lord Hardwick, será mejor que salga. —La voz de la comadrona fue inflexible, pero más lo era la voluntad de Andrew.

—Señora, haga su trabajo y olvídese de que estoy aquí. —Su tono autoritario hizo que diera un respingo.

La cara de Marian se contrajo por el esfuerzo y volvió a apretar la mano de Andrew con todas sus fuerzas, gruñendo de dolor.

—Cariño, sigue así. Muy bien.

—*Milord*, por favor —el médico volvió a insistir—. El bebé está a punto de nacer. Debería salir, le avisaremos cuando hayamos terminado. —El doctor volvió a concentrarse en lo realmente acuciante, que no era otra cosa que la pequeña cabecita que ansiosa quería ver la luz.

Marian volvió a gritar.

—¿Te duele? —Andrew sabía que era la pregunta más absurda de la historia, su esposa tenía la cara desencajada de dolor y le apretaba la mano con tanta intensidad que pensaba que sus huesos crujirían en cualquier momento. Por supuesto que dolía, pero su cerebro no era capaz de hilar frases coherentes en semejantes circunstancias.

Marian le clavó una mirada asesina.

—¿Te parece que me duele? —Su voz era casi un gruñido animal—. Qué agudo eres, amor.

—Puedo hacer algo que…

—Andrew, espera afuera por faaav… —Una nueva contracción la sacudió, cortándole el aliento. A Marian apenas le quedaban fuerzas para sostenerse a sí misma, tratando de no olvidarse de respirar mientras notaba cómo su cuerpo se desencajaba para adaptarse a lo que le estaba ocurriendo, como para lidiar con los nervios de padre primerizo de su esposo.

La doncella, aun a riesgo de perder su empleo, agarró al conde del brazo y lo condujo sin contemplaciones hasta la salida. Andrew dirigió una última mirada de soslayo a lo que ocurría en la cama y sintió que la sangre lo abandonaba. Tuvo que apoyarse en la pared para no caer redondo al suelo de la impresión.

Richard, que lo esperaba sentado en una banqueta en el pasillo, se puso de pie alarmado al ver la tez macilenta de su hermano y lo sujetó hasta que recuperó el resuello.

—¿Ocurre algo? ¿Está todo bien?

—Ya falta poco. —Andrew se sentó—. Aunque creo que Marian no me dejará que vuelva a tocarla nunca más. —Richard soltó una carcajada.

—Bueno, la mayoría suele tener más de un hijo, así que quizá no sea tan terrible como parece. —Richard tuvo suerte de que ninguna fémina que hubiera dado a luz estuviera presente o le hubiera arrancado el gaznate.

—Créeme. Lo es. Solo espero que la naturaleza haga su trabajo y todo vuelva a su dimensión habitual —masculló Andrew, más para sí mismo que para su hermano, impactado por lo que acababa de presenciar y entendiendo por qué los doctores no querían a los maridos nerviosos cerca de las parturientas.

Un nuevo trueno restalló sobre ellos y un nuevo gemido desgarrador de Marian traspasó la puerta de la habitación, paralizando el corazón de Andrew.

Y después, el silencio. Durante unos interminables segundos, el tiempo pareció detenerse y hasta la tormenta pareció dar un respiro a los habitantes de Greenfield.

Un llanto agudo, amortiguado por la gruesa puerta de roble, anunció la nueva vida. Tras unos minutos, la puerta se abrió y Andrew sintió que no le cabía ni un gramo más de felicidad en su corazón, que al fin esa dicha era totalmente plena y tangible.

Cuando Marian abrió los ojos, la luz tenue del amanecer comenzaba a clarear el cielo y los truenos eran ya solo un mal recuerdo de la noche más difícil y, probablemente, más feliz de su vida. Notaba todos los músculos de su cuerpo doloridos, pero, más allá del dolor y el cansancio, la sensación de plenitud y alegría desbordaba a todas las demás.

Andrew, sentado en una butaca junto a su cama, contemplaba absorto el pequeño bulto de ropa que sostenía en sus brazos, del que emergían las pequeñas manitas y la cara sonrosada de su hijo. No se percató de que su mujer había abierto los ojos y eso le permitió a ella observarlos a placer, con una sensación de orgullo.

—¿Eres consciente de que ya no eres mi chico favorito?

Andrew levantó la vista y Marian se conmovió al ver sus ojos húmedos y brillantes por la emoción.

—En cambio tú sí que eres mi chica favorita. —Puso al pequeño James en brazos de su madre con delicadeza y se sentó junto a ella en la cama, pasándole un brazo por detrás de la espalda.

—Gracias.

Andrew enarcó las cejas sorprendido.

—¿Por qué? Lo has hecho todo tú solita. Aunque mi orgullo de hombre aguerrido me haya hecho invadir tu habitación para intentar ayudar, el mérito ha sido tuyo, amor.

—Bueno, supongo que algo tuviste que ver para llegar hasta aquí. Al menos, en el inicio del proceso, aunque hace tanto tiempo desde la última vez que creo que ya he olvidado el mecanismo.

—Creo recordar los detalles básicos, pero te prometo practicar con ahínco hasta alcanzar la perfección en cuanto te recuperes. —Andrew se acercó para besarla, pero el pequeño emitió un ruidito y ambos lo miraron con una mezcla de adoración y preocupación propia de padres primerizos.

—Pues algo me dice que corremos el riesgo de olvidarlo todo —bromeó Marian con una risa cantarina que le provocó un cosquilleo cálido a su marido en el corazón.

—Estaba muy preocupado por ti —le susurró, depositando un tierno beso sobre su sien. Ella apoyó la cabeza sobre su pecho, acurrucándose contra su calor—. Ha sido una tormenta terrible.

Andrew sintió como durante unas décimas de segundo el cuerpo de su esposa se tensaba bajo su abrazo. El niño hizo un ruidito y se pegó al pecho de su madre en busca de cobijo y alimento. La observó amamantarlo y le pareció que no había visto jamás nada tan hermoso. Una vez el pequeño se sació, Marian lo tapó y exhaló el aire despacio.

—Recuerdo cada minuto de aquella noche. —Andrew la miró sorprendido y abrió la boca para decirle que no era necesario continuar. Marian levantó la mano acallándolo antes de que la interrumpiera—. Jamás he hablado de esto a nadie, todos piensan que no lo recuerdo. Pero tú sabes que no es así, ¿verdad? Me has visto durante mis crisis. —Tragó saliva, intentando deshacer el nudo de su garganta.

»La tormenta era terrible. Mamá quería parar, pero mi padre estaba ansioso por llegar a casa, así que continuamos. Yo estaba dormida en el regazo de mi madre cuando un golpe y un sonido atronador me despertaron. Salí despedida, chocando contra una de las paredes. Todo estaba oscuro. Escuchaba los gemidos de dolor de mi madre y ese horrible sonido que emitían los caballos agonizantes, sus alaridos, sus golpes... era realmente escalofriante. Los relámpagos nos iluminaban intermitentemente y pude ver la cara de mi padre sin expresión, con los ojos abiertos, pero sin ver, como si estuvieran vacíos. Mi madre me dio su chal y me dijo que le cubriera la cara y yo la obedecí. Murió en el acto, igual que el cochero. Es curioso, aunque seas demasiado pequeña para entender la muerte, en momentos así es como si te invadiera la clarividencia.

—Marian, siento que tuvieras que pasar por eso. Nadie merece vivir algo así.

Ella continuó con su voz serena y calmada como si hubiera contado esa historia mil veces y fuera capaz de controlar los sentimientos que le provocaba.

—Los truenos eran terroríficos y los caballos, poco a

poco, dejaron de moverse y de gemir. Al principio pensé que alguien acudiría a ayudarnos de inmediato e, incluso, me pareció ver una figura oscura acercarse a la ventanilla y observarnos desde el exterior mientras la lluvia la empapaba, pero supongo que sería mi imaginación infantil que creaba monstruos de la nada. Mi madre me abrazó contra su cuerpo protegiéndome, dándome su calor. A pesar de estar herida y de sufrir un dolor insoportable, no se quejó ni una sola vez. Intenté mantenerme despierta con todas mis fuerzas, como si con eso pudiera ayudarla a seguir viviendo, pero fallé. Las voces de los hombres que nos encontraron me despertaron al amanecer. Miré a mi madre esperanzada, pero el último hilo de vida se le escapaba. Estaba muy pálida y su piel estaba helada. Me sonrió. Un hombre abrió la puerta del carruaje y me arrancó de sus brazos. Dicen que murió en cuanto yo estuve a salvo. Lo último que me dijo fue: «Tienes que ser fuerte».

—Y lo has sido. Has honrado con creces su último deseo.

—No es verdad. Solo he sido alguien furioso. Durante mucho tiempo lo único que sentía era rabia. Rabia contra mis padres por haberme abandonado, contra mi familia por no entenderme. Rabia con aquellos que me compadecían, rabia contra los que no lo hacían. Rabia contra los que tenían una familia perfecta, rabia contra ti por hacerme quererte.

Andrew deslizó la mano por su brazo, en un gesto tierno, acercándola más a su cuerpo.

—¿Y ahora qué sientes?

—Que la rabia y la furia han desaparecido. Solo siento paz.

—Paz. ¿Quieres decir que al fin vas a convertirte en una esposa recatada y comedia? ¿Vas a obedecer a tu abnegado esposo sin rechistar? Suena terriblemente aburrido —le dijo, arrancándole una sonrisa, intentando aliviar ese momento cargado de un dolor antiguo que no se sanaría nunca.

—Yo no diría tanto, no te hagas ilusiones. No pienso convertirme en un angelito. Seguiré siendo el mismo demonio de siempre.

—No esperaba menos.

Marian cerró los ojos y sonrió, intentando saborear aquel momento especial en el que la vida la había compensado, al fin, por todo lo que le había arrebatado demasiado pronto.

Durante una fracción de segundo, Marian sintió de nuevo el silencioso pánico que la atenazaba durante los momentos de felicidad, el temor a que no fuera para siempre, el miedo a perder, pero los desechó alejándolos de su mente, dispuesta a absorber toda la felicidad que estuviera a su alcance.

56

Unos suaves golpes en la puerta hicieron que Andrew levantara la cabeza del tomo de papeles que invadía su otrora ordenada mesa, en su despacho de Greenfield. No pudo evitar contagiarse de la sonrisa radiante que portaba su esposa, que entró en la habitación con su hijo James en brazos. Se acercó hasta ellos y el pequeño, con un alegre gorjeo, extendió sus bracitos para reclamar su atención. Andrew lo cogió en brazos y lo lanzó hacia arriba provocando una alegre carcajada.

—Andrew, no hagas eso o acabarás con su desayuno sobre tu camisa.

—Tonterías, es un Greenwood y los Greenwood no nos deshacemos solo por movernos un poco. Lo que pasa es que te pone celosa que me quiera a mí más que a ti.

Marian puso los ojos en blanco y se acercó hasta el escritorio para echarle un vistazo a la enorme cantidad de trabajo que tenía pendiente su esposo.

—Yo que tú, no tentaría a la suerte. Por muy Greenwood que seas, una papilla es una papilla. Y, además, me quiere más a mí —dijo con una provocativa sonrisa, quitándole a su hijo de los brazos—. Richard ha venido a recogernos, ¿seguro que no puedes acompañarnos?

Andrew dejó caer los hombros, resignado. Desde que

su hijo había nacido, hacía ya siete meses, nada le apetecía más que pasar horas y horas observando cada uno de sus movimientos y sus pequeños progresos y, por supuesto, compartir esos momentos con Marian. Viajaba periódicamente a Londres para resolver los asuntos concernientes a sus negocios, pero, en cuanto podía, volvía a Greenfield con su familia. No recodaba haber sido tan feliz jamás. Le hubiera encantado acompañarlos, a ellos y a Richard, a la feria que se celebraba en el pueblo, donde los puestos de comida, telas y baratijas invadían la plaza principal y los mejores caballos se exhibían para su venta. Pero el deber era el deber, y Andrew se sorprendió al descubrir que una parte cada vez más grande de su cerebro le gritaba que el trabajo podía esperar. Aun así, no sucumbió a la tentación y se despidió de su hijo con un sonoro beso en el moflete.

—Ojalá pudiera, pero tengo que revisar todo el papeleo que me ha traído Philips. Además, el capataz quiere hablar conmigo sobre los cazadores furtivos, por lo visto algunos arrendatarios han visto cosas raras en el bosque y está preocupado.

—Está bien, pero no será lo mismo sin ti. —Marian hizo un exagerado mohín de disgusto.

—Lo sé. Pero te prometo que te lo compensaré. Esta tarde me tendrás solo para ti. Y esta noche también, por supuesto. —La besó y le dedicó una sonrisa pícara.

Andrew había intentado concentrarse en el papeleo y los balances, pero lo que le había comentado el capataz lo mantenía inquieto, a pesar de que había querido quitarle hierro al asunto delante de Marian. No solía poner trabas a que la gente de la zona cazara en su propiedad, siempre que pidieran permiso y lo informaran de ello, lo que indicaba que quien fuera que deambulaba por sus tierras no lo estaba haciendo de buena fe.

Multitud de posibles finales poco halagüeños cruzaron por su mente. Podían ser fugitivos, o ladrones o, simplemente, gente irrespetuosa que no valoraba la propiedad privada. Existía el peligro añadido de que una bala perdida pudiera alcanzar a alguien o que se enredaran en problemas con algún arrendatario. Salió de su despacho con aire decidido y fue a buscar su caballo. Acompañado de Jack se dirigieron a dar una vuelta por los campos.

No llevaban demasiado rato cabalgando cuando se encontraron en el camino a uno de los guardas de la finca que venía a todo galope en dirección a la mansión.

—¿Qué ocurre, Jones? —El rostro del hombre estaba transformado por la preocupación.

—*Milord,* iba a informarle. Será mejor que venga. Como ya sabe, desde hace días, algunos de los jornaleros han visto algunas luces raras por la noche, y el hijo pequeño de los Perkins dijo haber visto a un hombre con un rifle al otro lado del lago. Se han escuchado algunos disparos y nadie sabía de dónde vienen.

Un nudo tenso se formó en el estómago de Andrew y notó un extraño cosquilleo en la nuca, como si algo invisible le hubiera acariciado. Su instinto le decía que algo malo estaba a punto de ocurrir, algo mucho peor que un furtivo cazando un par de perdices sin permiso. Instó al hombre a que siguiera hablando.

—En una de las cabañas abandonadas hemos encontrado a un hombre. Hemos intentado acercarnos para hablar con él, pero ha huido.

—Llévame hasta allí.

Andrew sentía la sangre rugir en sus oídos y el instinto de protección le hizo cabalgar más rápido de lo razonable, esquivando ramas y piedras, hasta llegar a la cochambrosa cabaña rodeada de maleza y olvidada en aquel pequeño claro del bosque.

Su cabeza no podía albergar la posibilidad de que algún tipo de peligro, por minúsculo que fuera, amenazara a su familia, y estaba dispuesto a reducir a cenizas a aquel que osara tan solo pensarlo invadiendo de esa manera sus dominios.

Otro de los guardas esperaba estoico en la puerta con su rifle preparado, por si el intruso volvía. El capataz salió de la cabaña al escuchar los caballos y la voz del conde en el exterior.

—*Milord,* mis hombres no tardarán en darle caza a ese hombre. Ha huido a pie y lo han herido. Pero…

Andrew asintió y lo apartó para entrar en la maloliente cabaña. Se agachó para no chocar con la cabeza en el marco de la puerta y parpadeó varias veces hasta que sus ojos se acostumbraron a la penumbra del interior.

Había dos jergones en el suelo, restos de comida y suciedad, mucha suciedad.

—Habla de una vez, Perkins. —La tensión había borrado cualquier traza de amabilidad y sosiego en la voz del conde.

—Cuando llegamos, solo estaba ese hombre, nos disparó y huyó a través del bosque. Pero creo que es evidente que aquí han estado pernoctando dos personas.

Andrew miró alrededor. Dos jergones, una manta raída y sucia, la otra con bastante mejor aspecto, y un par de cuchillos. Movió con la puntera de su bota la manta más nueva que yacía enroscada en el suelo como si fuera un animal dormido, y algo brillante le llamó la atención. Se agachó para recoger el objeto oculto entre sus pliegues, una petaca.

—*Milord,* el hombre, antes de disparar, dijo algo que

no entendimos. Creo que dijo: «Ya es demasiado tarde, es tarde para ella».

Andrew se quedó petrificado, envuelto en una especie de remolino que amenazaba con engullirlo todo. Sujetó en alto la petaca de plata que acababa de recoger del suelo. Era un objeto demasiado caro y demasiado elegante para pertenecer a un furtivo. La giró en sus manos y, a pesar de la escasa luz del interior de la cabaña, pudo observar con total claridad una filigrana grabada sobre la superficie y unas hojas de laurel que adornaban profusamente una letra: la letra «M».

Supo con total clarividencia, como si alguien se lo hubiera susurrado al oído, que la petaca no podía pertenecer a otra persona que a Joshua Miller. Las palabras resonaron en sus oídos con la fuerza de un trueno. Su cabeza estaba tan aturdida que parecía que un centenar de tambores resonaban en sus tímpanos y todo lo que rodeaba su campo de visión comenzó a oscurecerse, como si el atardecer caprichoso hubiese deseado presentarse allí a media mañana, impregnándolo todo de negrura.

«Ya es demasiado tarde para ella.»

El caballo de Andrew avanzaba a una velocidad endiablada, y Jack intentaba mantenerse a su altura, pero el resto de hombres empezaban a rezagarse. Debía llegar al pueblo, debía llegar hasta Marian y su hijo antes de que Joshua les hiciera daño, y eso era lo único verdaderamente importante. Si algo les ocurría, ni siquiera la muerte podría acabar con su sufrimiento.

Ambos saltaron de los caballos al llegar a la plaza y los ataron con prisas a uno de los postes. El lugar estaba llenándose de gente, y debían ser discretos para no desencadenar un caos. Se subieron sobre los escalones de piedra de una fuente, que había en el lateral, intentando encontrar la melena pelirroja de Marian o, en su defecto, a Richard que, por su altura, debía destacar sobre los demás.

La gente paseaba ociosa y sonriente entre los puestos de dulces, ajena a la desesperación y la urgencia que se aferraba al pecho del conde.

Richard cogió a su sobrino de los brazos de su madre y James se lo agradeció con un alegre gorjeo en su idioma y varias palmaditas en la cara.

—Ven con tu tío preferido, pequeño. Iremos a ver los caballos mientras mamá se gasta el oro de los Greenwood en encajes y cintas —se burló Richard, ganándose un pellizco de su cuñada en el brazo.

—No seas malvado, sabes que no suelo comprarme nada, pero estoy tan absorta en James que ya no recuerdo cuándo fue la última vez que me esmeré en arreglarme. ¿Y si Andrew se desenamora de mí por mi dejadez? —parpadeó fingiendo ingenuidad.

—Bueno, tú nunca has sido de arreglarte ni peinarte demasiado. No creo que note la diferencia. ¡Auugh! —Se ganó otro pellizco—. La verdad es que, dado el grado de enamoramiento que rezumáis mi hermano y tú, se tendrían que derrumbar los cielos sobre la tierra para que eso cambiara. Sois taaaaan empalagosos.

Richard se alejó entre risas con el pequeño James para echarle un vistazo desde la barrera a una magnífica yegua blanca que le había llamado la atención, mientras Marian, aún sonriendo, se volvió hacia el puesto admirando la suavidad de las telas, decidida a darse un caprichito mientras su doncella coqueteaba unos metros más allá con un vendedor.

Andrew, al fin, divisó a su hermano a lo lejos, dirigiéndose hacia el cercado donde se encontraban los caballos con su hijo en brazos. Desanduvo con la mirada el camino por donde lo había visto llegar y no le costó demasiado encontrar la brillante melena rojiza de su mujer, alejándose de uno de los puestos. Por suerte, no había mucha gente a su alrededor y estaba solo a unos metros, por lo que pronto llegaría hasta ella. Solo los separaban unos pasos y un puñado de personas y, sin embargo, el desasosiego hacía que le resultara inalcanzable.

El brillo del sol reflejado en algo metálico hizo que Jack, fiel sombra del conde, volviera la vista hacia el piso de arriba de la posada, donde una galería techada recorría toda la planta superior. Apoyado sobre la barandilla de madera, un hombre con un rifle apuntaba a alguien entre la multitud.

Joshua Miller sonrió con su expresión más cruel y despiadada cuando su sobrina se dirigió a la parte menos concurrida de la plaza, resultando un blanco claro y fácil de alcanzar para un cazador experto como él. Desde la noche del accidente que acabó con la vida de los Miller, se había torturado pensando que Marian era un cabo suelto que no debió sobrevivir. Le había faltado coraje para matar a aquella chiquilla molesta y como penitencia había cargado con ella toda su vida, como un recordatorio constante de lo que nunca sería. Siempre había estado a la sombra de su hermano, incluso después de muerto, y su hija era el obstáculo que le impedía acceder a lo que ambicionaba. Pero había llegado el momento de eliminarla de la faz de la tierra y terminar lo que había empezado hacía tantos años, una forma poética de cerrar aquel círculo sin sentido.

El grito de advertencia de Jack le heló la sangre al conde, que volvió la vista hacia la galería llevado por la intuición. A pesar de la multitud, era evidente la dirección hacia donde apuntaba Joshua, que no era otra que a su desprevenida sobrina. Andrew solo podía pensar en protegerla y, guiado por su instinto más primario, echó a correr con toda la velocidad de la que fue capaz hasta alcanzarla, apartando a todo aquel que se interponía en su camino. Fue incapaz de gritar para advertirla, solo fue consciente de cada gramo de aire que se interponía entre ellos. Se lanzó contra ella justo en el momento en el que el estruendo de un disparo hizo enmudecer a la gente congregada en la plaza.

El silencio solo duró un segundo y un instante después todos gritaban y huían despavoridos en todas las direcciones, sin entender lo que estaba sucediendo. Andrew cubrió con su cuerpo a su mujer, protegiendo su cabeza con sus fuertes brazos, impidiéndole moverse. Marian estaba aturdida por el impacto y por el peso de un cuerpo enorme sobre el de ella que apenas le permitía respirar. Abrió los ojos aterrada al entender al fin que la fuerza de la naturaleza que la había arrollado era su esposo.

—¡Andrew! ¿Qué pasa? ¿Qué...?¡¿Dónde está James?!

Andrew levantó la cabeza lo justo para ver a Jack y a varios hombres subir corriendo por la escalera exterior hasta la galería, y solo en ese momento fue consciente del agudo dolor que sentía en su costado, como si una brasa estuviera perforándolo lentamente.

Un nuevo disparo resonó en la plaza, provocando de nuevo gritos y una nueva huida de los curiosos que habían comenzado a acercarse a contemplar la escena. Andrew volvió a cubrir a Marian, que se abrazó a él con todas sus fuerzas.

Un grito y el ruido contundente de un objeto pesado al precipitarse sobre el suelo de piedra les hizo levantar la vista y, aun desde la distancia, ambos reconocieron el cuerpo inerte de Joshua Miller con su cabello rojizo manchado de sangre sobre el empedrado.

Jack, recuperando el aliento y con una pistola humeante en las manos, lo miraba desde la galería y Andrew casi lloró del alivio. Nada importaba ya, solo que Marian estaba a salvo. Joshua jamás podría hacerle daño.

Marian se arrodilló junto a él, impactada y sin poder asimilar aún lo que acababa de ocurrir, extrañada porque Andrew no hubiera intentado levantarse. Sobrecogida y tomando conciencia del peligro que habían corrido, quiso ponerse de pie para buscar a su hijo y, solo entonces, se percató de que su marido estaba terriblemente pálido y su cara no era más que una máscara contraída por el dolor.

Richard, que lo había presenciado todo con impotencia desde la distancia, dejó a James al cuidado de la doncella que los acompañaba y corrió al lado de su hermano. La gente comenzó a arremolinarse y alguien pidió que llamaran al médico.

Marian, desconcertada, abrió la chaqueta de Andrew y no pudo retener el grito que escapó de sus labios al ver una mancha de color escarlata que crecía a gran velocidad, empapando su ropa. El pánico la paralizó. Todo ocurrió como en un sueño, una pesadilla, más bien, en la que Marian era transportada de un sitio a otro, sujetada por manos que pretendían ayudarla, mujeres que la apartaban de su esposo para que alguien más sereno que ella intentara taponar la hemorragia. Buscó con la mirada desesperada a su hijo. Sumergida en un estado de estupor, vio al vendedor de telas traer trozos de lienzo para improvisar unas vendas, vio al posadero traer un carromato, vio a la doncella llorando con James en brazos que la imitó nervioso. Vio a Richard sin su sonrisa habitual, roto por el dolor y la preocupación, vio a Jack, que siempre se mantenía impávido, gritando órdenes con la cara desencajada.

Varios hombres se agolpaban sobre el enorme cuerpo de Andrew que yacía sobre el frío suelo sin moverse. Uno de ellos se apartó y entonces lo vio, con sus bellos ojos azules cerrados, su cabello oscuro y rebelde desordenado sobre la frente húmeda de sudor, tan hermoso, tan desvalido, la sangre empapando su pecho, visible entre la camisa abierta, y su mano inerte en la mano de Richard que la apretaba con fuerza.

Todo se tiñó de oscuridad. Y ya no vio nada más.

57

Marian mecía a James como si fuera un autómata, con la mirada perdida clavada en la pared de la habitación infantil. El pequeño captaba el nerviosismo y la angustia de su madre y, a pesar del cansancio, se revolvía inquieto, incapaz de conciliar el sueño.

La niñera apretó el hombro de la condesa con suavidad y la hizo salir del trance en el que estaba sumida.

—*Milady,* quizá sea mejor que yo me encargue de él. —Marian parpadeó varias veces y asintió, permitiendo que cogiera a su hijo de sus brazos.

—Gracias, Meg. —Marian besó a su hijo en la coronilla y volvió con el corazón encogido a la habitación de su marido.

Hacía apenas media hora que el médico se había marchado y ella aprovechó que Andrew dormía para ir a ver cómo se encontraba James. El doctor no había sido demasiado explícito en su diagnóstico y aún menos halagüeño. La bala había entrado por su costado derecho y, aunque no había dañado ningún órgano, se había quedado alojada dentro del cuerpo. Andrew había llegado muy debilitado por la pérdida de sangre y había perdido más aún al extraer el proyectil.

No había ni un instante que perder, ya que, cuanto más tiempo estuviera la bala en contacto con su carne, más posibilidad habría de que la infección proliferara, por lo que, antes siquiera que la morfina que le había suministrado hiciera efecto, el doctor Michaels ya estaba hurgando en su interior.

Sentada en el suelo del pasillo, acompañada de Richard, Marian no pudo evitar taparse los oídos con las manos y cerrar con fuerza los ojos cuando escuchó los gritos y los gruñidos de dolor de su marido, mientras el doctor procedía a operar. Por suerte, su cuerpo debilitado no fue capaz de soportar más el sufrimiento y se desmayó.

Marian se sentó junto a su cama y le cogió la mano entre las suyas. Se veía tan pálido bajo la luz anaranjada de la chimenea que no pudo evitar sentir la desolación invadiéndola. Al notar su presencia, Andrew abrió los ojos con esfuerzo. Intentó hablar, pero estaba demasiado débil y sentía la garganta y la boca reseca. Al notarlo, su esposa colocó un brazo bajo su cabeza y le acercó un vaso a los labios. Se atragantó un poco y lo sostuvo pacientemente hasta que recuperó el aliento.

—Tranquilo, todo va a salir bien, cariño. —Le sonrió, intentando trasmitirle sosiego, pero su sonrisa no fue más que una mueca tensa.

La herida de Andrew ardía, sus brazos y sus piernas estaban entumeciéndose, y no encontraba apenas fuerzas para moverlas. Notaba sus ojos irritados y sus sienes latiendo como si un millón de tambores resonaran en el interior de su cerebro, mientras su piel bullía con un hormigueo infernal.

La fiebre estaba comenzando a hacer acto de presencia y él conocía lo suficiente sobre heridas como para saber que, aunque su fuerte naturaleza podría superar la pérdida de sangre, la infección provocada por la bala era harina de otro costal. Hombres corpulentos y sanos habían perecido por heridas mucho más livianas que la suya, por lo que no había cabida para el optimismo. A medida que la noche fue cayendo sobre Greenfield, la fiebre fue escalando en un imparable ascenso, hasta el punto de que Marian pensó que ninguna piel humana sería capaz de resistir semejante temperatura. De manera incansable pasó paños húmedos por el cuerpo de su marido, intentando hacer bajar la fiebre con la ayuda de Eleonora, que permaneció a su lado, hasta que exhausta por el cansancio y con los nervios desechos por el difícil trago tuvo que retirarse.

Marian pasó un paño con agua helada por el rostro y el cuello de Andrew y él gimió, un sonido casi imperceptible de alivio. Perdió la noción del tiempo, y no sabía decir cuántas horas había pasado intentando aliviar su tormento. Lory venía cada hora para traer paños limpios y agua, y relevarla para que descansara, pero ella se negaba a marcharse.

Casi amanecía, cuando agotada apoyó los codos sobre la cama y sujetó su cabeza con las manos. Los ojos le ardían por la noche en vela y la espalda le dolía horrores, pero no abandonaría a su esposo. Andrew, con un esfuerzo sobrehumano, abrió los ojos y estiró la mano hasta rozar el brazo de su mujer. Se sobresaltó y se limpió con rapidez las lágrimas de los ojos, componiendo una sonrisa que no sentía.

—Andrew, amor. Te sientes… —Andrew movió la cabeza para que no le interrumpiera. Casi no tenía fuerzas y sentía la necesidad de abrirle su corazón, quien sabe si por última vez.

—Marian. —Ella se llevó su mano a los labios y besó su palma, manteniéndola junto a su boca unos instantes.

Trató de humedecerse los labios resecos y ella le acercó un vaso ayudándole a beber. Intentó moverse, pero el dolor lacerante por debajo de las costillas lo dejó paralizado y sin aliento.

—No intentes moverte, solo dime lo que necesitas y yo te lo traeré. —Lo ayudó a recostarse y le tocó la frente. La fiebre había remitido un poco, pero aún no había desaparecido del todo.

—Te necesito a ti. —Su voz estaba enronquecida y era apenas algo más que un susurro—. Marian, hay algo que nunca te he dicho: te quiero.

—No importa. —Los ojos de Marian se nublaron distorsionando su visión, rebosantes de lágrimas—. Me lo demuestras cada día, a mí y a James. Y seguirás haciéndolo durante muchos años, amor.

Andrew compuso una débil sonrisa. Nunca había sido un hombre temeroso de su destino, consciente de que el final del recorrido podía estar agazapado en cualquier rincón del camino. La muerte era un final inexorable e ineludible para todos, que había que aceptar con la mayor dignidad posible. Sin embargo, en ese momento, si hubiera podido, hubiese pataleado de impotencia. No era justo. Adoraba su vida, su familia, a su esposa. Ni siquiera hacía dos años que se había casado. ¡Dios mío, le quedaba tanto por hacer! Quería exprimir cada sensación, disfrutar de su mujer, de su vitalidad, hacerle el amor cada noche, compartir horas y horas de conversación antes de dormir. Tenía toda la vida por delante y quería ver crecer a su hijo, no era justo que todo se truncara de repente. Al menos le quedaba el consuelo de haber conseguido salvar la vida de Marian y saber que, aunque él no estuviera para protegerlos, la terrible amenaza de su tío había desaparecido.

Apretó la mano de su mujer débilmente.

—Te amo. Siempre te he amado, ni siquiera sé cuándo nació el sentimiento, pero sin ti mi vida no… —Su voz era cada vez más débil y su respiración más superficial. Marian apoyó la mano sobre su pecho y sintió sus débiles latidos.

—No… —Marian no pudo contener un llanto frustrado— No te atrevas a despedirte, Andrew. No voy a permitírtelo. Seguirás aquí, estaremos juntos. Prométemelo.

Andrew cerró los ojos, exhausto, y una lágrima furtiva resbaló por su sien hasta perderse entre su oscuro cabello.

Los siguientes tres días, Andrew se debatió entre momentos en los que su piel ardía de tal forma que se le hacía incluso insoportable el roce de la sábana más liviana, y otros en los que los escalofríos lo sacudían y le hacían castañetear los dientes. Eleonora y Caroline se turnaban para ayudar a Marian, pero ella apenas abandonaba la habitación. Solo lo hacía para pasar tiempo con su hijo, que acusaba la ausencia de sus padres. Apenas descansaba, sentada de manera perenne en la silla junto a la cama de su esposo, excepto en los escasos momentos en los que parecía más tranquilo y se permitía recostarse junto a él y dormitar un poco.

Andrew se despertaba en los momentos en que la fiebre amainaba y una leve esperanza les reconfortaba, pero, a medida que el día avanzaba, aquella esperanza se desvanecía como si fuera un espejismo. El médico confiaba cada vez menos en la fortaleza del paciente, y dado que la herida no mejoraba, la única opción que les ofrecía era la de rezar y confiar en que Dios decidiera otorgarle la gracia de seguir viviendo.

Pero eso no era suficiente para Marian.

Y

Caroline salió por la puerta de los jardines con la vista perdida, agotada y llevada por la desolación. No podía creer que su hermano mayor, el tipo más fuerte y guapo que ella jamás había visto, ese gigante siempre tan rebosante de energía y vitalidad, estuviese postrado sobre su cama como un guiñapo pálido y tembloroso, esperando a que Dios o el destino decidieran por él. Se tapó la boca con la mano, incapaz de contener los desesperados sollozos que se guardaba para sí misma con tal de no afectar a Marian y al resto de su familia. Se dejó caer de rodillas sobre el camino de tierra, sobre las hojas que el temprano otoño comenzaba a arrancar de los árboles. Unas fuertes manos la cogieron de los brazos y la sacudieron, intentando hacerla reaccionar. Abrió los ojos como si no supiera cómo había llegado hasta allí para encontrarse con la mirada azul e inquisitiva, siempre tan hermosa, de Thomas Sheperd. Debía haber estado loca o ciega para haber pensado alguna vez que sus ojos eran fríos.

—Caroline, por favor, no me digas que él..., no me digas que... —Thomas se arrodilló junto a ella, sosteniéndola muerto de la preocupación.

Caroline se abrazó a su cuello y lloró amargamente y, entre sollozos, le explicó el estado de su hermano. Ambos permanecieron así abrazados, compartiendo su dolor, consolándose el uno al otro hasta que sus piernas se entumecieron y no quedaron más lágrimas que verter.

Richard paseaba inquieto por la habitación mientras Thomas observaba la cama, apoyado en la pared junto a la ventana. Andrew no se había despertado en todo el día y su cuerpo, agotado y devastado por la fiebre y la infección, parecía haber entrado en un estado de continuo estupor, como si se hubiese cansado de luchar.

—No te rindas, amor —susurró Marian junto a su oído, humedeciéndole los labios con un paño—. Andrew Greenwood, eres más terco que una mula y más fuerte. Y está tentándome la idea de patearte el trasero si no despiertas de una maldita vez.

Thomas sonrió con pesar ante el evidente cariño y la complicidad que encerraban esas palabras y pensó que, aunque él personalmente dudara de su existencia, pudiera ser que ellos formaran parte de esa *rara avis* que suponían las personas que habían encontrado el amor verdadero.

Richard se pasó las manos por el cabello y miró a su cuñada, que apenas era una sombra de sí misma, con sus pómulos hundidos y sus ojeras de un tono cada vez más oscuro. Pero el gran cambio que había experimentado residía en sus ojos, que habían perdido toda su chispa, su vida.

—Si al menos estuviéramos tratando con una mula, todo sería más fácil. En un santiamén tendría la solución. Es curioso cómo los animales están más a salvo que nosotros.

Thomas le dirigió una mirada inquisitiva.

—¿A qué te refieres? —Thomas decidió que un poco de conversación no les vendría mal a ninguno de los tres, quizás así pudieran salir de esa espiral de tristeza y desolación que los envolvía.

—Hay una anciana en Clapton. Es una especie de curandera. Alguna gente le tiene cierto temor, pero, al final, siempre acuden a ella. Tiene una mano excepcional para arreglar las fracturas del ganado y los caballos. Y les cura cuando tienen una herida infectada con unos emplastos de hierbas y remedios caseros. Medicina antigua, lo llama.

—¿Una especie de druida?

—Sí, pero para vacas. Me la recomendaron por si alguna vez tenía problemas con el ganado.

—Bueno, druida o no, parece ser más eficaz que la mayoría de matasanos que conozco.

Richard se hubiera reído si el cansancio y la preocupación se lo hubieran permitido.

—¿Qué tipo de remedios? —Richard miró a Marian, que seguía pasando el paño húmedo por la frente de su esposo en un gesto mecánico e infructuoso. Su espalda, de pronto, se había tensado mientras esperaba la respuesta. Thomas se tensó también, intuyendo lo que discurría la mente de Marian a toda velocidad.

»Richard, ¿a qué distancia vive esa mujer de aquí? —insistió

Su cuñado palideció, entendiendo su pregunta.

—Marian, no estarás pensando… Esa mujer solo cura animales. No es un médico. Probablemente será una chalada que baila alrededor de una hoguera en las noches de luna llena.

—Animales, Richard. —Marian se puso de pie con energía renovada. —Piel, carne, huesos. Si esas hierbas son capaces de sanar un caballo, por qué no iban a poder curarlo a él. —La voz de Marian era un lamento desesperado.

—¡No! El cansancio está haciendo mella en tu entendimiento, Marian. No deshonraré la memoria de mi hermano así.

—ÉL. ESTÁ. VIVO. —Marian masticó las palabras una a una llena de furia. Movería cielo y tierra y cruzaría los mares si existiera una mínima posibilidad de que Andrew sobreviviera. Miró hacia la cama—. Por Dios, mírale, no le queda tiempo. ¿Es que no lo ves? —Richard negó con la cabeza, sintiendo que el suelo se movía bajo sus pies.

»Richard, escúchame. —Marian clavó sus dedos en sus brazos—. Has visto su herida. Está infectada. No va a mejorar, no tenemos nada que perder y podemos ganarlo todo.

—Mi madre no lo permitirá. —Richard se soltó y se alejó de ella.

—Pero yo soy su esposa. La decisión es mía, y yo decido que hay que traer a esa mujer inmediatamente. —Richard, frustrado, golpeó con su puño la pared. Marian olió el triunfo y dio una última estocada—. ¿De veras podrías vivir sabiendo que no hicimos por él todo lo que estaba en nuestra mano, que no gastamos el último cartucho?

—Richard, Marian tiene razón. Sea lo que sea lo que esa mujer haga, no será peor que esperar a que la fiebre y la infección lo consuman. Al fin y al cabo, usa hierbas y ungüentos, no puede ser tan malo.

—Está a unos cuarenta minutos de aquí, hacia el noroeste. Si vamos a hacerlo, hay que salir cuanto antes. Andrew no soportará mucho más.

Marian lloró de alivio y volvió a su posición junto a la cabecera de su cama, rezando para que ella quisiera venir, para que no fuera demasiado tarde, para que la vida no le arrebatara lo que tanto tiempo tardó en conseguir.

Las lluvias de los últimos días habían convertido los caminos en un barrizal que dificultaba el avance, pero, aun así, ni Jack ni Thomas se plantearon ni por un momento parar. Sabían que el tiempo era oro y cada minuto podía ser definitivo.

Thomas compuso en su imaginación la imagen de una bruja como las descritas en los cuentos, con su cabello enmarañado, los ojos rojos y una nariz curvada llena de verrugas. En lugar de una mujer vestida con harapos y un sapo subido al hombro, les abrió la puerta una señora de unos sesenta años, con un pelo canoso pulcramente recogido en un moño bajo y un sencillo vestido gris.

La mujer se sorprendió por lo intempestivo de la hora y hasta que no le contaron el motivo de su visita no les abrió la puerta. Al principio, la buena mujer se mostró reticente y nerviosa por tamaña responsabilidad, pero cuando vio a un hombretón como Jack arrodillarse ante ella y cogerle las manos para suplicarle su ayuda, la mujer se levantó y, sin mediar palabra, comenzó a registrar en una alacena.

—Si le dices esto a alguien, te mato, Sheperd —bufó Jack, poniéndose en pie. Thomas se rio y suspiró aliviado al ver a la mujer sacar frascos y bolsitas, que olía con actitud concentrada, para después colocarlos ordenadamente en un maletín de piel similar a los que usaban los doctores.

—Y bien —dijo la mujer, cogiendo su capa—. Supongo que habrán traído algún transporte para mí.

Ambos se miraron con cara de estupor.

La mujer hizo un gesto con la mano.

—Ya me lo temía. No se preocupen, mi hijo vive aquí al lado, tiene una carreta y una yegua que no es tan lustrosa como sus hermosas monturas, pero servirá.

Marian estaba al borde de la desesperación, y la presencia de Eleonora y los hermanos de Andrew en la estancia solo contribuía a darle a aquellas horas un aspecto definitivo, de despedida, como si aquella habitación fuera la alcoba de un moribundo, como si la muerte se ocultara en los rincones oscuros del cuarto dispuesta a cobrarse su pieza.

La puerta se abrió y Sheperd, con el rostro desencajado por el cansancio y la ansiedad, entró seguido de Jack y de una mujer mayor que se quedó de pie, en la entrada, con aspecto sereno y amable.

Miró hacia la cama y frunció el ceño.

—No hay tiempo que perder. Que me traigan toallas, vendas y agua caliente. —Señaló a Richard y al resto de hombres—. Usted quédese. Y ustedes dos. El resto fuera, por favor.

Eleonora, Caroline y Crystal obedecieron inmediatamente la inflexible orden. A pesar de que Eleonora no estaba de acuerdo con la decisión de llamar a una curandera, se sintió reconfortada al ver el aspecto pulcro y cuidado de la mujer.

Marian la miró perpleja.

—No pienso moverme de aquí.

—Supongo que usted es la condesa. —La mujer no varió ni un milímetro la expresión de su cara. Se acercó hasta la cama y levantó las mantas hasta dejar a Andrew desnudo y expuesto. Apartó la venda y Marian se quedó con la mirada fija sobre la herida hinchada y enrojecida y la costra ennegrecida y purulenta. Su aspecto era terrible—. Bien, yo no he pedido venir. Y por lo que veo, su marido no dispone de tiempo como para esperar a que nosotras lleguemos a un entendimiento. Por lo tanto, o respeta mi petición o me marcharé por donde he venido.

—¿Sabe lo que hace? —Marian no quería resultar desagradable, y la curandera entendió sus nervios. Su agotamiento y su desesperación se reflejaban en su rostro.

La mujer paseó la vista por el hermoso cuerpo de Andrew, tan perfecto a pesar de haber perdido peso, de su palidez y de su fiebre.

—Al final, no nos diferenciamos tanto de los animales. Pero debo reconocer que nunca he tratado a un espécimen tan espectacular.

Marian se cruzó de brazos obstinadamente.

—No saldré de aquí. —La mujer, que había colocado y abierto su maletín sobre la silla que ella había ocupado hacía unos minutos, volvió a cerrarlo con intención de cumplir su amenaza y marcharse.

—Pero ¿por qué ellos pueden quedarse? —preguntó Marian exasperada, sabiendo que tenía las de perder.

—La herida está bastante mal. Tengo que arrancarle la costra, limpiarla, retirar la carne muerta y aplicarle la cura. Aunque ahora lo vea inmóvil, con toda seguridad su cuerpo se rebelará contra el dolor hasta su último aliento, así que necesitaré la fuerza de estos hombres. Lo que no necesito es una esposa doliente y agotada. Acepte mi consejo y descanse mientras yo hago mi trabajo. Su marido la necesitará.

—Marian, por favor. —La súplica encerrada en la voz suave de Richard la hizo salir resignada de la habitación.

Tomó un rápido baño y solo entonces su cuerpo fue consciente del dolor de sus músculos entumecidos, que le pesaban como el plomo, y de sus ojos irritados por la falta de sueño.

Acostó a su hijo en su cama y se acurrucó junto a él, sintiéndose culpable por no haberle dedicado el tiempo necesario durante esos últimos días. Lo besó con ternura y el pequeño suspiró entre sueños pegándose al cuerpo de su madre, buscando por instinto su calor. Marian cerró los ojos y se sumió en un sueño profundo y desprovisto de sensaciones.

Se despertó sobresaltada pensando que había dormido demasiado, a pesar de que apenas había amanecido. Dejó a James al cuidado de Meg y se dirigió a la habitación de Andrew con urgencia, temerosa de lo que iba a encontrarse. El aire se había impregnado de olores extraños, a algo metálico, a hierbas, y a una esencia amarga que molestaba en la nariz. La estancia parecía extrañamente tranquila, más limpia, como si las sombras que se cernían sobre la cama de Andrew se hubieran esfumado. Marian pensó que estaba perdiendo la cabeza y dejándose llevar por la sugestión. La mujer, que permanecía sentada junto a la cama, se levantó para cederle el sitio, pero Marian negó con la cabeza y se sentó junto a Andrew en el borde de la cama.

—¿Cómo ha ido? Esperaba que me despertaran para informarme —no pudo reprimir el reproche.

—A veces, la ausencia de noticias es una buena noticia. Ha ido bien, aunque sigue teniendo un poco de fiebre. Yo no hago milagros, por desgracia. Ha perdido mucha sangre y la infección le ha debilitado, pero su cuerpo es fuerte como el de un toro.

—Gracias por... —Se secó bruscamente las gruesas lágrimas que rodaban por sus mejillas, síntoma de una debilidad que se esforzaba en rehuir.

—Permítase llorar, *milady*.

—Llámeme Marian, por favor. Odio eso de *milady*. Ni siquiera sé cómo se llama, discúlpeme. He sido muy descortés con usted cuando debería estarle agradecida.

—Mi nombre es Dolores. Dolores Teddson.

—Muy apropiado. —Sonrió Marian débilmente.

—Sí, no me quedaba más remedio que dedicarme a la curación. —Le sonrió amable. Marian deslizó con suavidad los dedos por la piel de la mejilla de Andrew, donde la sombra oscura de la barba comenzaba a aparecer.

—Si él no... No podría soportarlo. —Su voz se atascó en su garganta, en un nudo apretado que le arrancó un sollozo.

—Lady Marian. Marian —rectificó—, confío en que su marido sane. Pero si, Dios no lo quiera, no fuera así, debe ser valiente, sus ojos me dicen que lo es. No somos conscientes de las cosas que somos capaces de soportar hasta que la vida nos pone a prueba. Si no quiere luchar por usted, debe hacerlo por la nueva vida que crece en su interior.

Marian, absorta mirando los párpados cerrados de su esposo, al principio no reaccionó ante sus palabras. Después de unos segundos, parpadeó varias veces y miró a Dolores, que seguía con su pose digna y tranquila de estatua griega.

—¿Cómo ha dicho?

—¿No lo sabía? Su semilla crece en usted. —Marian sintió una mezcla de sensaciones indescriptibles en su interior que le impidieron contestar. Alegría, sorpresa, esperanza y, eclipsando todas ellas, la necesidad de que Andrew estuviera a su lado para verla crecer. Sola no podría, necesitaba su apoyo, su amor, su lealtad, su pasión. Todo lo que él significaba. Se sintió mareada y una náusea amenazó con desarmar su debilitado cuerpo—. Debe cuidarse y descansar. ¿Cuándo fue la última vez que comió algo decente? Tiene otro hijo por lo que me han dicho, no puede permitirse flaquear, señora.

—Cómo lo sabe. Cómo sabe que yo… cómo ha notado que estoy embarazada si ni yo misma…

—Llámelo un sexto sentido. Con las cabras nunca fallo. —Lo dijo con tanta naturalidad y sencillez que Marian, por primera vez en mucho tiempo, no pudo evitar soltar una pequeña carcajada.

Dolores Teddson se marchó esa mañana dejando las instrucciones y todo lo necesario para continuar con las curas. Solo el tiempo y el propio cuerpo de Andrew podrían hacer el resto.

La fiebre había disminuido, pero no desaparecía del todo, lo cual podía considerarse una mejoría o, siendo pesimista, un fiasco y un sufrimiento innecesario para el paciente. Marian había conseguido que tomara un poco de caldo, y su respiración parecía algo más fuerte y estable. Se acarició el vientre, sorprendida por no haber sido capaz de interpretar los síntomas durante las últimas semanas, que ahora le resultaban tan elocuentes.

Se paseó por la habitación y cogió la levita de su marido, que descansaba en el respaldo de la silla. Se la acercó para aspirar su olor y cerró los ojos, disfrutando del inconfundible aroma de su colonia mezclado con su piel. Dobló la prenda, y un pequeño objeto metálico cayó al suelo con un suave tintineo. Marian se agachó y, sorprendida, recogió su pequeña peineta de plata y nácar que había echado en falta hacía tantísimo tiempo, antes de casarse incluso. Sonrió con cariño a Andrew, que permanecía inmóvil en su cama, y no pudo evitar que las lágrimas se deslizaran por sus mejillas ante el tierno gesto que suponía llevar un objeto tan personal con él, como si fuera un talismán. Después de todo, detrás de esa dura fachada, siempre había existido un corazón sensible y entregado.

Cerró los ojos y se apretó el puente de la nariz, intentando aliviar el persistente dolor de cabeza que amenazaba con convertirse en crónico. Miró su mano sobre la de Andrew al notar el casi imperceptible movimiento de sus dedos.

Sus ojos cansados se entreabrieron y, al principio, trataron de enfocarla como si no la reconociera. Marian sintió su corazón saltándose un par de latidos por la euforia.

—¡Dios mío!, ¡¡Andrew!! —No pudo evitar que las lágrimas de alivio y esperanza se derramaran sin control por su rostro. Se llevó la mano de su marido a su mejilla y la mantuvo allí sintiéndolo, incapaz de hablar.

Andrew abrió la boca, pero solo pudo emitir un gemido ronco y casi inaudible.

Marian tocó su frente, la fiebre aún seguía allí.

—No te fuerces, cariño, ya habrá tiempo para hablar. —Sus ojos se veían tan apagados, vidriosos, tan faltos de vitalidad que Marian se estremeció. Se acercó más a su boca para intentar escuchar lo que él se esforzaba tanto en decir. Notó el débil intento de Andrew de apretarle la mano y se le partió el alma—. Tranquilo, estoy aquí, a tu lado, y no me pienso mover hasta que levantes tu pedante trasero de esta cama.

Andrew hizo el intento de sonreír y cerró los ojos, agotado por el esfuerzo que un gesto tan simple suponía.

—Mi… mi guerrera —consiguió por fin pronunciar, después de que Marian le diera un poco de agua que le costó bastante tragar. Sentía como si un millón de cristales ardientes se aferraran a su garganta y sus cuerdas vocales, y no conseguía deshacerse de la sensación de que hacía días que estaba fuera de su propio cuerpo, como si ese recipiente se hubiera convertido en una cáscara hueca e inservible—. James…

—Iré a buscarle ahora mismo. —Andrew, consciente de que las fuerzas le abandonaban, no podía permitirse el lujo de perder esos valiosísimos instantes de lucidez y se aferró a su mano con la entereza de la que fue capaz.

—Marian, tienes que ser fuerte. Lo vas, lo… —Su lengua parecía de trapo y la ansiedad estaba empezando a pasarle factura. Su corazón comenzó a palpitar más fuerte y sus sienes latían con un rugido ensordecedor—, lo harás muy bien.

Marian sintió que la sangre se helaba en sus venas.

Andrew cerró los ojos y ella posó su mano temblorosa en el corazón, temerosa de no encontrar el rítmico sonido. Pero él seguía allí. Aún seguía allí. No podía creer en la posibilidad de que él también la traicionara. Que la abandonara igual que sus padres.

—No, no te lo perdonaré, Andrew Greenwood. Juro por Dios que, si me abandonas, bajaré hasta el mismo infierno para traerte a rastras hasta aquí. ¿Me has oído? No permitiré que tú también me destroces. Yo no sé vivir sin ti. No lo conseguiré. No puedes hacerme esto. —Su voz se desgarró en un doloroso lamento.

Apenas se percató de que alguien entró en la habitación, escuchó distante el murmullo de unas faldas al acercarse a la cama, una mano fría se apoyó en su mejilla con un roce liviano, y su nombre sonó como un eco lejano en sus oídos. Se giró, pero no había nadie más allí.

De pronto, la habitación, la casa, el mundo, le resultó asfixiante, pesaba demasiado para ella. Salió de la mansión como un fantasma con la vista perdida, dejando que sus pies marcaran su camino, con su cerebro ajeno a lo que sucedía a su alrededor. No fue consciente del tiempo que estuvo caminando, ni del aire que helaba su cara, ni de su cansancio hasta que levantó la vista. El columpio se mecía llevado por la brisa fresca de la tarde. Se aferró a las descoloridas y gastadas cuerdas que lo anclaban a la fuerte y centenaria rama, donde su padre lo colgó para ella, hacía toda una vida.

Cerró los ojos y vio su cara pecosa y sonriente mientras ella reía a carcajadas por la emoción, sintió la mirada tierna de su madre contemplándola, sentada en la roca junto a ellos mientras jugueteaba con una brizna de hierba. Vio los ojos azules de Andrew Greenwood adolescente, con su pequeña motita marrón en uno de ellos como una isla en el océano, y sintió que se enamoraba otra vez de él con aquel amor ingenuo y puro que solo una niña de diez años puede sentir. Se aferró a esas malditas cuerdas como si con ellas pudiera sujetar la vida que se le escapaba, pero sus rodillas ya no la sostenían y se arrastró poco a poco hasta el suelo, donde sus manos se clavaron furiosas en la tierra roja. Lloró hasta que no le quedaron más lágrimas, gritó hasta que se quedó afónica y golpeó el suelo con furia hasta que sus puños acabaron magullados y su cuerpo sin fuerzas.

Y allí permaneció, vencida y exhausta, hasta que Richard y Sheperd la encontraron horas más tarde.

Capítulo final

A pesar de estar a primeros de diciembre, la mañana era soleada y el tiempo benévolo. Marian dirigió la mirada al cielo, balanceándose suavemente en el viejo columpio, sonriendo hacia las esponjosas nubecillas blancas que la suave brisa movía perezosamente, preguntándose si alguien la observaría desde allí arriba. Notó una ligera punzada y se pasó la mano por la redondez de su barriga, que, ya en el ecuador de su embarazo, comenzaba a crecer cada día un poco más.

En los últimos meses iba con frecuencia hasta allí y pasaba largo rato en el columpio, deleitándose con los tibios rayos de sol, con los olores a hierba y a tierra húmeda, y empapándose de la reconfortante energía de aquel lugar. Recordó de nuevo a su padre luchando con las cuerdas del columpio, encaramado a una rama, entre risas, ajustándolas a la medida correcta. Su padre, siempre sonriente, siempre afable, siempre feliz. Últimamente, una extraña nostalgia, amarga y dulce a la vez, la asaltaba cuando menos lo esperaba y se sorprendía cuando a su mente acudían retazos de recuerdos e imágenes de sus padres, que creía olvidados. Desde que Andrew recibió ese disparo, sin saber muy bien por qué, sentía a sus progenitores más presentes que nunca.

Recordó con desasosiego cómo habían transcurrido

esos días tan solo un par de meses atrás. John Pyne, el compañero, guardaespaldas y cruel compinche de Joshua, había sido atrapado en el bosque al tratar de escapar, mientras Joshua se apostaba en el pueblo con la intención de asesinar a Marian.

El individuo había contado con pelos y señales todo lo que sabía sobre el demente plan de venganza de Joshua y su intención de matar a Marian, a Andrew y a su hijo, y escapar sin ser visto. Desde que se le perdiera la pista dándole por muerto tras su caída al Támesis, Joshua había malvivido en los suburbios, ocultándose y buscándose la vida como podía, hasta que Pyne lo encontró borracho y andrajoso en una taberna. Lo sacó de allí y lo convenció para alejarlo de la ciudad hasta que las aguas se calmasen, y habían viajado durante meses sacando algo de dinero con combates de boxeo y juegos de cartas, donde la honestidad brillaba por su ausencia. Pero el tiempo transcurrido, en lugar de apaciguarle, lo único que consiguió fue enquistar aún más el odio visceral e infundado que sentía por Marian y el desprecio por todo lo que ella representaba.

Después de matarlos, pensaba que Gertrude se apoyaría en su hombro buscando cariño, devastada por la tragedia, y él sería el único miembro de la familia con vida para darle consuelo. Podría, al fin, doblegar la voluntad de la anciana y conseguir de ella todo lo que quisiera. Por más que John, según su versión, le había intentado convencer de lo absurdo y cruel de sus intenciones, Joshua solo era capaz de escuchar la voz de su propia avaricia. A pesar de eso, Pyne se había comportado como un cobarde y no hizo nada para impedir la tragedia que se avecinaba.

Consiguieron que uno de los lacayos de la mansión les informara de los movimientos de Marian y su familia a cambio de unas monedas, y Joshua había elegido la mejor oportunidad para ir en busca de sus víctimas.

La codicia de Joshua Miller lo había llevado a acabar su vida, tras un forcejeo con Jack, precipitándose desde la galería de la posada, con un tiro en la sesera.

Su leal compañero John atesoraba tantos pecados a sus espaldas que necesitaría dos vidas para pagarlos todos en la cárcel.

Lo más doloroso para Marian fue saber que Joshua había insinuado durante sus noches de embriaguez que él había tenido algo que ver con la muerte de su hermano y su cuñada, aunque ya nunca lo sabrían. Y quizá fuera mejor así para poder al fin cerrar las heridas.

Pensando en aquel fatídico momento, la angustia volvía a apoderarse de Marian, y toda la espiral de sensaciones dolorosas amenazaba con destruirla de nuevo, como si se hubiera quedado atrapada para siempre en ese bucle, condenada a revivirlo una y otra vez.

Inevitablemente, cada vez que recordaba esos días, al igual que la convalecencia de Andrew, la inmensa sensación de desesperanza y vacío se hacía más presente.

Las palabras de Andrew durante las largas horas en las que se debatió contra la fiebre, tan parecidas a las de su madre en su último aliento, la acuciaban y torturaban, arañándole el alma.

«Tienes que ser fuerte», pero ella ya había sido fuerte durante demasiado tiempo y ahora solo deseaba ser feliz.

Recordó como ese día lo había dejado postrado en su cama, incapaz de ver el modo en que su cuerpo seguía apagándose, rabiosa al pensar que él podría llegar a rendirse. Se había dirigido, cegada por la desesperación, hacia el mismo lugar donde ahora se encontraba sin ser consciente de la dirección de sus pasos, el lugar donde Andrew y ella hablaron por primera vez hacía ya una eternidad. Había dado rienda suelta a todo el sufrimiento que albergaba, maldiciendo, rezando, encomendándose a los cielos y a los infiernos, a cualquiera que pudiera escucharla. Las lágrimas habían arrasado con la impotencia que sentía y, con ellas, se llevaron sus propias fuerzas.

Cuando Richard y Sheperd la hallaron, después de más de dos horas buscándola por los alrededores entre la histeria y la preocupación, la encontraron acurrucada en el suelo, rodeando las rodillas con sus brazos.

Richard la levantó y la hizo mirarle a los ojos.

Recordar las palabras de su cuñado, con su voz enronquecida por la emoción, aún conseguía ponerle la piel de gallina.

—Marian, mírame, tienes que ir a casa inmediatamente. —Su estómago era un pozo oscuro y la anticipación había estado a punto de acabar con ella—. La fiebre ha remitido, Andrew se ha despertado.

El sonido de una risa cantarina acercándose por el camino la sacó de su ensimismamiento. Levantó la vista con una radiante sonrisa cuando vio aparecer a su esposo por el camino de tierra, con el pequeño James en sus brazos. Le pareció que no podía existir una imagen en el mundo más hermosa que esa.

Curiosamente, Andrew tuvo exactamente el mismo pensamiento al ver a su esposa con su llameante cabello rojo flotando a su alrededor y mecido por la suave brisa, atrapando los rayos de sol que se filtraban entre el follaje de los árboles. Se balanceaba suavemente en el columpio, con sus formas redondeadas por la maternidad, y rodeada de la exuberante belleza del bosque. Era la viva imagen de una diosa pagana de la fertilidad, y él estaba deseoso de convertirse en su fiel siervo, de venerarla y adorarla hasta el último día de su vida.

James rio feliz al ver a su madre y le tendió los brazos

automáticamente para reclamar toda su atención. Andrew extendió una manta que traía consigo en el suelo para colocar a James, que, inmediatamente, comenzó a gatear y a mordisquear el pequeño muñeco de trapo que siempre llevaba consigo.

Se colocó detrás de su esposa y la meció con suavidad, enterrando la cara en su melena para aspirar su aroma a violetas que tanto le enardecía y lo llenaba de paz al mismo tiempo.

—¿No crees que en tu estado no deberías hacer este tipo de cosas, Marian?

—¿Qué tipo de cosas?

—Columpiarte, caminar más de una hora, dejar a tu marido solo. Sobre todo, esto último.

Marian giró la cara hacia él enarcando una ceja y Andrew aprovechó para tomar sus labios en un beso rápido e intenso.

—No columpiándome, solo estoy aquí sentada. Y me siento bien cuando camino, aunque últimamente me canso más. Y en cuanto a mi marido, él es quien debería estar descansando. Por si no lo recuerda, lord Pedante, estuvo a punto de... —aún le costaba pronunciar las palabras— abandonarme en la más absoluta miseria hace apenas un par de meses. Eres tú el que debe reducir su actividad y te comportas como si no hubiera pasado nada.

Andrew puso los ojos en blanco en un gesto típico de Marian y le susurró en el oído haciendo que un cálido cosquilleo le recorriera la piel.

—Anoche no parecías muy dispuesta a que «redujera mi actividad». Y esta mañana has sido tú la que me ha incitado a emprender «más actividades». ¿Debería deducir que quiere matarme, lady Hardwick? —se burló, mordisqueándole la oreja.

Marian se rio ruborizándose y jadeó por la sensación,

pero el momento lúdico se vio interrumpido por una pequeña punzada en su vientre. Andrew sonrió contra su cuello y deslizó su mano sobre la barriga de su esposa, con toda la ternura que albergaba su corazón, y rio al notar el leve movimiento de su interior.

—Se mueve mucho más que James. Él es como una pequeña miniatura tuya y, hasta antes de nacer, ya sabía cómo debía comportarse. Dios mío, tendré que hacer un gran esfuerzo para que no sea igual de estirado que el antiguo tú.

James gritó alegre reclamando su atención, y ambos rieron al verlo lanzar por los aires su muñeco para volverlo a coger un instante después.

—¿Y qué tiene de malo ser como yo? —Marian hizo un mohín para fastidiarle, evitando contestar. Lo miró de arriba abajo simulando que sopesaba la pregunta.

Estaba más delgado y el reposo había hecho que su musculatura se redujera un poco, pero sus rasgos más marcados lo hacían aun más atractivo.

—Nada, nada. Además, eso no importa, cuando llegue la pequeña Dolores Greenwood, sabrás lo que es bueno. Ya no seréis mayoría.

Andrew sonrió al ver lo claro que su esposa tenía que el bebé que esperaba iba a ser una niña. Hasta había decidido ponerle ese nombre en honor a la curandera que le salvó la vida. Aquella mujer, que pasaba el día arreglando torceduras en las patas de los terneros, le había dado una segunda oportunidad. La vida le había dado una segunda oportunidad. Veía con una claridad meridiana lo afortunado que era, y estaba decidido a exprimir cada segundo esa dicha infinita que se le había otorgado.

—Si se parece a ti, creo que el nombre le vendrá que ni pintado. Su afición favorita, sin duda, será provocar dolores de cabeza a todo aquel que pulule a su alrededor.

Marian se fingió indignada, pero no podía ocultar su risa.

Andrew cogió a su pequeño en brazos y le habló cerca del oído con complicidad, a lo que el niño le respondió en su propio idioma con una sonrisa alegre y pura.

—Pequeño, debemos estar preparados. Qué tiemble el mundo, Demonio Greenwood viene de camino.

Le encantaba verlo así. Relajado, provocador, hermoso, con el fruto de su amor entre sus brazos, tan realizado y satisfecho por la familia que estaban formando. Pensó que quizá la vida había decidido ser benévola con ella y devolverle un poco de lo que le había negado durante tanto tiempo, y se sintió más que orgullosa de haber sido capaz de superar todas aquellas pruebas hasta llegar a ese instante.

Un momento de felicidad pura y vibrante que estaba dispuesta a defender, como buen demonio que era, con uñas y dientes.

EPÍLOGO

Febrero 1862

La noche era bastante fría, pero, a pesar de todo, el aire invernal resultaba agradable en contraste con el sofocante ambiente del interior del salón. Aún no había comenzado el apogeo de la temporada social y Margaret Duncan se aventuró a organizar un gran baile para llevarse todo el protagonismo.

No era muy habitual que las mujeres embarazadas asistieran a ese tipo de eventos, solían reducir al mínimo su actividad, pero ¿desde cuándo Marian Greenwood hacía algo que fuera mínimamente convencional? Allí estaba, en su sexto mes de embarazo, sentada en unos de los bancos de piedra del jardín de su tía con los pies en alto y saboreando uno a uno la media docena de pastelitos que Richard le acababa de traer en un refinado plato de porcelana.

—No sé cómo has convencido a Andrew para venir, seguro que prefiere mantenerte entre algodones hasta que llegue el bebé. Y no le culpo, tus pies parecen… —Richard compuso una expresión consternada ante la visión de los enormes tobillos de Marian que amenazaban desbordarse de sus zapatillas.

—Richard, si no vas a decir algo agradable, cierra esa bocaza —dijo Marian, metiéndole a la fuerza uno de los pasteles en la boca. Él lo engulló obediente y se limpió todo el merengue que se había desparramado por su barbilla con la mano, chupándose los dedos después.

—¿Estáis organizando un pícnic sin mí? —La voz de Andrew hizo que ambos giraran sus cabezas hacia las cristaleras.

—Algún día tendrás que contarme cómo lo haces para localizarla siempre de manera tan eficaz.

—Práctica. —Andrew sonrió y se inclinó para besar a su mujer en la mejilla y preguntarle si se sentía bien para continuar en la fiesta. Hablaban con tal complicidad que parecía que el resto del mundo carecía de importancia para ellos.

—Mi tía me mataría si nos marcháramos tan pronto, al fin y al cabo, eres el ilustre y valeroso conde que recibió un disparo salvando a su mujer. La mayoría ha venido para verte y mañana poder contárselo al resto.

—O sea, ¿que soy el bufón de la velada?

—Eres un héroe entre estos petimetres que no se arriesgarían ni a partirse una uña para salvar a alguien. Para mí, al menos, lo eres.

—Buena chica y buen criterio —se burló Andrew.

Era increíble verlos juntos, sin rastro de aquella tensión tan intensa que había caracterizado su relación durante toda su vida. Aunque se pasaban la mayor parte del día discutiendo y provocándose el uno al otro, habría que estar muy ciego para no ver la devoción mutua que se profesaban y, por un momento, Richard sintió una pequeña punzada de envidia, aunque la desechó enseguida. Estaba feliz por ellos. Los adoraba.

Pensó durante un segundo lo tentador que resultaba abandonar la vida de placeres mundanos y encuentros disolutos para entregarse de aquella manera a otra persona. Nunca había sentido algo que se asemejara ni remotamente a ese sentimiento, ni había sido el destinatario de un cariño semejante. Puede que él no estuviera preparado para ello, puede que no estuviera hecho para sentir ni recibir amor. Quizás estaba destinado a continuar para siempre con sus encuentros sencillos y rápidos con algunas de las chicas lozanas y discretas del pueblo o con sus exquisitas y refinadas amantes de la ciudad.

Y, hablando de amantes, esperaba que la señora Robinson, una joven pasional y ardiente con la que había mantenido varios encuentros en sus visitas a la ciudad, consiguiera despistar a su anciano y cegato marido y estuviera ya esperándolo en el lugar más oscuro del jardín, como habían acordado.

—Los pasteles estaban deliciosos, cuñada. —Le echó un rápido vistazo al reloj de bolsillo y volvió a guardárselo—. Pero esta noche tengo intención de deleitarme con otro tipo de dulce.

Su hermano lo fulminó con la mirada por el comentario impropio hecho delante de una dama, pero Marian soltó una carcajada para nada incómoda por ello.

Richard les guiñó un ojo y se alejó con su andar desenfadado, silbando por el camino de piedra hasta perderse en la oscuridad del jardín.

Maysie Sheldon se volvió una última vez y sujetó las manos de su melliza, apretándolas entre las suyas.

—Elisabeth, ¿estás segura? Sabes que esto no tendrá marcha atrás. Tu vida, tus esperanzas…

Elisabeth la cortó antes de que sus palabras horadaran su convicción y la hicieran replantearse su alocado y absurdo plan.

—No hay esperanza ni hay vida en lo que me espera. Lo que pase a partir de mañana no puede ser peor que eso. —Le sonrió, aunque el gesto no le resultó convincente ni a ella misma. Le dio un rápido beso en la mejilla para darle ánimos—. Vamos, haz tu parte May. Todo saldrá bien, confía en mí.

Maysie asintió y se marchó por el solitario pasillo de regreso al baile. Elisabeth soltó despacio el aire, aliviada por haber conseguido convencerla. Relajó su postura y dejó caer sus hombros hacia delante, librándose de la rigidez tan perfectamente autoimpuesta.

Se deshizo de su máscara estudiada, de su coqueta y fingida sonrisa, de su pose de damisela frágil necesitada de protección.

Observó su imagen reflejada en la cristalera lateral que daba a los jardines y solo vio a la pequeña, normal y sencilla Lys, a la que muy pocos conocían, salvo su hermana Maysie, y de cuya existencia ella misma a veces se olvida. Respiró hondo varias veces para aplacar sus nervios y salió al jardín con un objetivo claro.

Elisabeth Sheldon, con paso decidido, enfiló el camino de grava dispuesta a hacer añicos para siempre su reputación.

Noa Alférez

Noa Alférez es una almeriense enamorada de su tierra y de la vida sencilla. Siempre le han gustado la pintura, las manualidades, el cine, leer... y un poco todo lo que sea crear e imaginar. Nunca se había atrevido a escribir, aunque los personajes y las historias siempre habían rondado por su cabeza. Tiene el firme convencimiento de que todas las situaciones de la vida, incluso las que *a priori* parecen no ser las mejores, te conducen a nuevos caminos y nuevas oportunidades. Y sobre todo la creencia de que nunca es tarde para perseguir los sueños.